Jan Steinbach

Die Schwestern *von* Marienfehn

atb aufbau taschenbuch

Jan Steinbach, geboren 1973, ist das Pseudonym eines erfolgreichen deutschen Schriftstellers, der auf einem Bauernhof nahe der niederländischen Grenze aufgewachsen ist. Seit Kindestagen mit der Kunst des Kornbrennens vertraut, spürte er den Familiengeschichten hinter diesem besonderen Handwerk nach, um von spannenden Traditionen und Brüchen zu erzählen.
Bei Rütten & Loening und im Aufbau Taschenbuch liegen von ihm die Romane »Willems letzte Reise«, »Das Café der kleinen Kostbarkeiten«, »Das Strandhaus der kleinen Kostbarkeiten« und »Was wir Glück nennen« vor.

Ende der sechziger Jahre steht die junge Hanna Brook vor den Trümmern ihrer Träume: Carl, die Liebe ihres Lebens, heiratet ausgerechnet ihre Ziehschwester Rosie. Und obwohl Hanna im geteilten Berlin ihre ersten Schritte als Journalistin machen will, muss sie sich – als einzige Unverheiratete der Familie – in der alten Heimat in Marienfehn um ihren erkrankten Vater kümmern. Gegen große Widerstände übernimmt sie die Leitung der Feinbrennerei Brook und arbeitet sich in Destillierkunst und Getreideanbau ein. Es gelingt ihr, das Familienunternehmen zu retten, indem sie die traditionelle Handwerkskunst neu belebt und den Alten Korn, hochwertigen Schnaps, der in Holzfässern reift, produzieren lässt. Doch dann begegnet sie Carl wieder, den sie nie vergessen hat …

Jan Steinbach

Die Schwestern *von* Marienfehn

Roman

atb aufbau taschenbuch

FSC
www.fsc.org
MIX
Papier | Fördert
gute Waldnutzung
FSC® C083411

ISBN 978-3-7466-4011-2

Aufbau Taschenbuch ist eine Marke
der Aufbau Verlage GmbH & Co. KG

1. Auflage 2023
Vollständige Taschenbuchausgabe

Die Originalausgabe erschien 2020 bei Rütten & Loening,
einer Marke der Aufbau Verlage GmbH & Co. KG
Umschlaggestaltung www.buerosued.de, München
unter Verwendung eines Motivs von © Arcangel / Laura Kate Bradley
Gesetzt aus der Whitman durch Greiner & Reichel, Köln
Druck und Binden CPI books GmbH, Leck, Germany
Printed in Germany

www.aufbau-verlage.de

Prolog

September 1985

Alles war vorbereitet. Der hölzerne Tisch in die Brennerei getragen, die Stühle aufgestellt und Schnapsgläser auf einem kleinen goldenen Tablett verteilt. Das beschlagene Eichenfässchen ruhte eingekeilt zwischen zwei Scheiten, und in Glasflaschen funkelte golden der erlesene Tropfen.

Die Männer hatten sich um Punkt fünf in der Brennerei versammelt, kamen aus dem Stall und vom Feld, überblickten ernst und abwartend den Tisch. Sonst rissen sie gern derbe Witze und schlugen sich lachend auf die Schultern, jedoch niemals, wenn Hanna Brook im Raum war, ihre *Eiserne Lady*, wie sie sie bisweilen scherzhaft nannten.

Hanna konnte die Anspielung auf Margaret Thatcher schwer nachvollziehen. Sie hatte über die Jahre nur getan, was getan werden musste, um Hof und Brennerei am Leben zu erhalten. Um die Tradition fortzuführen, die das Schicksal launenhaft in ihre Hände gelegt hatte. *Eisern* hatte sie sich dabei nie gefühlt.

Sie stellte sich vor die Rohbrandkolonne, jenes gewaltige Monstrum aus Kupfer und Zinn, das schon einige Generationen von Schnapsbrennern überdauert hatte.

»Danke, dass ihr alle gekommen seid«, begann sie. »Ihr wisst, es steht nicht gut um uns. Wir können nicht mehr mit den großen Brennereien mithalten. Der Industriealkohol nimmt uns die Existenzgrundlage. Inzwischen wäre es sogar billiger, Rohalkohol einzukaufen, statt ihn selber zu produzieren.«

Die Männer blickten zu Boden, murmelten, spuckten aus. Als wären sie verantwortlich für den Niedergang. Dabei waren sie Hannas letzte Hoffnung.

»Der Hof wirtschaftet schon lange nicht mehr gut«, fuhr sie fort. »Wir bewegen uns in den roten Zahlen, das wisst ihr alle. Mit unserem Gebrannten ist kein Geld mehr zu verdienen, und Vieh und Ländereien werfen nicht genug ab, um die Kosten zu decken.«

Sie mussten dringend modernisieren. Sich spezialisieren. Die Frage war eben nur, worauf. Sie mussten entscheiden, was mit der Brennerei passieren würde.

»Wir sollten die Brennrechte verkaufen, Chefin«, sagte Bernhard Aaldering, der sich um die Schweine und die Bullen kümmerte. »Uns auf den Hof und die Ländereien konzentrieren. Wir könnten auf Schweinemast umstellen. In einen Maststall investieren. Das ist die Zukunft.«

Ja, das war die Zukunft, dachte Hanna, da waren sich alle einig. Alle rieten ihr, die Brennrechte an eine große Brennerei zu verkaufen und ihre Landwirtschaft zu modernisieren. Sich auf Kühe oder auf Schweine zu konzentrieren.

Doch sie hasste diese Vorstellung – die Brennerei war das Herz des Betriebs. Ihr wertvollster Besitz. Seit Jahrhunderten wurde auf dem Hof Brook Korn gebrannt. Sie war verantwortlich dafür, diese Tradition weiterzuführen. Sie durfte nicht mit ihr verschwinden. Das würde Hanna nicht zulassen.

»Du hast vollkommen recht, Bernhard, das wäre eine Möglichkeit. Und du kannst mir glauben, ich habe lange darüber nachgedacht. Allerdings … gibt es vielleicht noch eine andere Lösung.«

Verstohlene Blicke, Stirnrunzeln. Die Skepsis unter den Männern war spürbar.

»Setzt euch«, sagte Hanna. Endlich wurden Stühle gerückt, und die Männer nahmen Platz.

»Wir können Alkohol nicht so billig produzieren wie die Großen, das ist klar. Also müssen wir uns auf das besinnen, was uns ausmacht. Was wir besser können als die Großen.«

»Und das wäre?«

»Ganz einfach: Qualität.«

An den Gesichtern der Männer erkannte Hanna, dass sie kein bisschen überzeugt waren. Es war ein Risiko, die Brennerei am Leben zu erhalten. Das könnte den gesamten Hof in den Abgrund reißen. Ihre Arbeitsplätze standen auf dem Spiel.

»Seht ihr das Fass? So hat mein Großvater noch produziert. Er hat den Brand in Eichenfässern gelagert. Ihn reifen lassen. Bis zu zehn Jahre lang.«

»Korn, der in Fässern reift? Ich weiß nicht. Kann man da nicht gleich importierten Whiskey kaufen?«

»Wir brennen einfachen Korn. Ehrlich und unkompliziert. Wie teuer soll diese Art Korn denn sein? So was kauft doch keiner.«

Hanna atmete durch. Sie versuchte, sich ihre Aufregung nicht anmerken zu lassen. Zwar waren es nur die Mitarbeiter vom Brennereihof, denen sie ihren neuen Brand vorstellte. Keine Branchenkenner oder Gourmets. Trotzdem wusste sie, wenn sie diese Männer nicht überzeugen konnte, würde es ihr auch woanders nicht gelingen. Hier entschied sich, ob das jahrelange Experimentieren umsonst gewesen wäre.

Sie nahm eine Flasche ihres vor drei Jahren in französischen Eichenfässern eingelagerten Korns und schenkte ein, damit jeder probieren konnte. Das letzte Glas war für sie.

Sie ließ die goldene Flüssigkeit ihr Bouquet im Glas entfalten und hielt es sich unter die Nase. Es roch fruchtig und frisch, ein wenig nach Malz. Nach Sommer und reifen Weizenfeldern, nach dem Aufstellen von Getreidegarben, nach surrenden Insekten, die in der Herbstsonne tanzten. Nach all den vielfältigen Aromen eines Erntetags. Kurzum, einfach perfekt.

Die Männer schnupperten ebenfalls. Sie reagierten, wie es Menschen immer taten, wenn etwas Unvorhergesehenes eintrat: überrascht, verunsichert und irritiert.

»Und das soll die Brennerei retten?«, fragte Bernhard mürrisch. »Was soll das überhaupt sein?«

»Probiert einfach«, schlug sie vor.

Und das taten sie. Stille breitete sich aus in der Brennerei. Hanna hielt den Atem an. Nun würde sich alles entscheiden.

Plötzlich wünschte sie sich sehnlichst, nicht allein vor diesen Männern zu stehen. Jemanden an ihrer Seite zu haben, der ihr beistand. Der diesen Moment mit ihr teilte, egal, ob er sich zum Guten oder zum Schlechten wenden würde.

Doch da war niemand. Sie war allein. Carl wusste nicht einmal, wie schlecht es um die Brennerei stand. Carl, der irgendwo in der weiten Welt unterwegs war und wahrscheinlich keinen Gedanken mehr an Hanna verschwendete.

Wie so oft nahm sie sich zusammen. Streckte den Rücken durch, unterdrückte ihre Wünsche und Sehnsüchte. Sie nahm das Glas und nippte. Ein weiches und wärmendes Aroma breitete sich auf ihrem Gaumen aus, ein satter, sanfter und gleichzeitig feuriger Geschmack. Der Brand war voller Trost und Schönheit, war Balsam für Körper und Seele.

Sie sah auf und erkannte es in den Gesichtern ihrer Männer. Ihnen erging es ebenso. Sie waren ganz eingenommen von dem Brand. Blickten verwundert und berührt. Hanna spürte, etwas Großes lag in der Luft. Sie hatte die Männer überzeugt.

Plötzlich schien alles ganz einfach. Es würde ihr gelingen. Es gab einen Weg, die Brennerei zu retten. Sie würde es schaffen. Ganz allein. Eine neue Gewissheit durchflutete sie. Wenn diese Männer an dem Korn Geschmack fanden, dann würden es auch andere tun. Dann wäre die Brennerei noch nicht verloren.

»Und?«, fragte sie und lächelte triumphierend in die Runde. »Was sagt ihr zu meinem Korn?«

Kapitel 1

Heute

Mit den warmen Strahlen der Septembersonne im Gesicht und dem einsamen Schrei eines Moorvogels in der Ferne betrachtete sie lange und nachdenklich den Ort, an dem sie sterben würde.

Das alte Sandsteinhaus lag umgeben von uralten Eichen am Rande des Moors. Ein protziger Kasten mit rußigen Zinnen und einer Marienstatue, die starr und abweisend von der Fassade auf das Kommen und Gehen der Menschen herabsah. In den hohen Sprossenfenstern spiegelte sich der Herbsthimmel, Mücken tanzten in der warmen Luft, und ein weiches Licht gab allem einen unwirklichen Schimmer.

Seltsam, dass es ausgerechnet hier geschehen würde, dachte sie. In diesem Haus am Moor, vor dem sie sich als Kind ein wenig gefürchtet hatte. Es war im Laufe der Zeit vieles gewesen: Krankenhaus, Soldatenlazarett, Teil der Gemeindeverwaltung, Lagergebäude und schließlich ein verbarrikadiertes Geisterhaus. Bis es von Grund auf saniert und erweitert worden war, um das katholische Seniorenheim von Marienfehn zu beherbergen. Ihr neues Zuhause, in das sie heute einziehen würde.

»Ich verstehe dich nicht, Tante Hanna«, sagte Benedikt mit bitterem Unterton. »Wirklich nicht.«

»Ich weiß nicht, was du meinst. Komm, hilf mir mal. Ich bin nicht gut zu Fuß heute. Mein Bein will nicht so recht.«

»Du weißt genau, was ich meine.« Er reichte ihr den Gehstock, auf den sie sich stützte. »Deinen Umzug. Dass du wirklich hier leben willst. Das ist kein Ort, an den du gehörst. Doch nicht du.«

»Ach, Benedikt. Lass uns nicht wieder von vorn anfangen. Das bringt doch nichts.«

»Ich meine nur. Das soll ja nicht heißen, dass ich dir nicht gern beim Umzug helfe. Ich finde einfach … Das ist nicht in Ordnung, Tante Hanna. Auch wenn alle so tun, als wäre es das.«

Sie schenkte ihm ein schiefes Lächeln. Zu sagen, er sei zu jung, um das zu verstehen, hatte sicherlich wenig Sinn. Er war nicht mehr der kleine Junge von einst. Inzwischen war er zu einem gut aussehenden Mann gereift, der anpacken konnte und handwerklich geschickt war. Kaum zu glauben, wie schnell die Zeit verging. Doch ihr Großneffe, das Nesthäkchen ihrer Familie, würde in ein paar Monaten achtundzwanzig werden.

»Ich weiß auch gar nicht, wie du so ruhig bleiben kannst«, insistierte er. »Es ist falsch, dass du im Heim leben sollst. Mich macht das total wütend.«

»Jetzt lass doch, Benedikt. Bitte.«

Sie wollte diesen Umzug ebenso wenig wie er, doch diesen Kampf hatte sie längst verloren. Es hatte keinen Sinn, sich gegen die Niederlage zu wehren. Hanna fühlte sich alt und zerbrechlich, wenn sie nur daran dachte.

»Dein Altenteil auf dem Hof steht dir zu. Man kann dich doch nicht einfach abschieben. Das darfst du dir nicht gefallen lassen.«

»Benedikt. Wir werden nicht wieder von vorn anfangen.«

»Ich finde nur, du hast etwas Besseres verdient. Du solltest …«

»Es ist meine Entscheidung«, sagte sie im Tonfall ihrer lang erprobten Autorität. »Ich habe entschieden, hierherzuziehen. Keiner sonst. Hörst du? Es ist meine eigene Entscheidung.«

Das brachte ihn zum Schweigen. Mürrisch nahm er einen der Umzugskartons und stapfte entschlossen auf das Gebäude zu.

Sie schüttelte den Kopf. Was sollte sie denn machen? Als hätte sie eine Wahl gehabt. Er hatte recht mit dem, was er sagte. So traditionsbewusst waren die Menschen in Marienfehn noch, um zu wissen, dass es ein absolutes Unding war, wenn die ehemalige Besitzerin der Brennerei sich in einem Apartment im Seniorenheim wiederfand. Aber das half keinem weiter.

Sie stützte sich auf ihren Gehstock und blickte zum Sandsteingebäude. Alles war liebevoll restauriert worden, doch ein Hauch der Düsternis von einst umgab es noch, trotz der modernen Anbauten und der hübschen Parkanlagen.

Als ihr Großneffe zurückkehrte, um den letzten Karton zu holen, schien sein Ärger bereits verflogen. Er trat neben Hanna.

»Es ist ja ganz hübsch hier«, räumte er ein. »Trotzdem ist es nicht der Brennereihof.«

»Als Kind habe ich immer gedacht, das Moor würde sich das Haus eines Tages zurückholen«, erzählte Hanna. »Es würde einfach im Nebel verschwinden. Vom Morast verschluckt werden und nie wieder auftauchen.«

»So wie das Haus Usher, meinst du. In der Geschichte von Edgar Allan Poe.«

»Ja, so ungefähr. Aber sieh nur, es steht immer noch. Früher war es mitten im Moor, und jetzt ist es ganz an den Rand gerutscht.«

Das Gegenteil war nämlich passiert. Moor und Feuchtwiesen waren dabei, zu verschwinden. Nicht im Nebel zwar, jedoch wurden sie Stück für Stück trockengelegt und für die Landwirtschaft nutzbar gemacht, wodurch wiederum das restliche Moor durch Dünger und Nährstoffe verlandete und die Tier- und Pflanzenwelt nach und nach verloren ging.

»Es wird doch eine Menge unternommen, um das Moor zu erhalten«, wandte Benedikt ein. »Wir haben die biologische Station, die kümmert sich um den Lebensraum Moor. Schon allein wegen der Touristen.«

Das war richtig. Es gab ein ganzes Heer von Menschen, die das Moor für die Nachwelt erhalten wollten. Wissenschaftler, Schäfermeister, Ehrenamtliche, Austauschstudenten, sogar Pädagogen waren vertreten, die Schulklassen und Touristen herumführten und über Nachhaltigkeit und Biodiversität sprachen.

»Ja, wir haben die biologische Station«, stimmte sie nachdenklich zu. »Noch so was, was damals undenkbar gewesen wäre.«

Benedikt nahm den letzten Karton und brachte ihn zum Haus. Hanna stützte sich auf den Stock und wartete auf seine Rückkehr. Den Sandsteinkasten ließ sie dabei nicht aus den Augen. Hubert Espelkamp kam ihr in den Sinn. Ein Milchbauer aus der Nachbarschaft, einer der ersten Bewohner, die hier im Seniorenheim gelebt hatten. Ein Lächeln stahl sich in ihr Gesicht.

Er war ein bisschen in Hanna verschossen gewesen, Hubert Espelkamp. Ein stämmiger Landwirt, der meist ziemlich wortkarg war. Keine Ahnung, was ihm an ihr gefallen hatte. Doch beim Schützenfest zweiundsiebzig, das würde sie nie vergessen, auf dem Höhepunkt der Feier, da war Hanna für eine Nacht schwach geworden.

Hubert hatte sich als Gentleman erwiesen und sein Lebtag Stillschweigen bewahrt über diese Nacht. Hanna kannte genügend Männer, die in der Dorfkneipe damit geprahlt hätten. Bier und Schnaps trinkend am Tresen, mit aggressivem Lachen und derben Witzen auf ihre Kosten. Nicht so Hubert. Kein Sterbenswort war über seine Lippen gekommen. Und das Einzige, was an ihr Abenteuer erinnerte, war sein seltsames Lächeln, immer sonntags nach dem Gottesdienst, wenn sie mit den anderen Kirchgängern ins Freie strömten und einen heimlichen Blick wechselten. Die Wärme, die dann in seinen Augen aufblitzte, gefolgt von einem Hauch von Sehnsucht und Traurigkeit.

Huberts spätere Frau war sehr empfindlich, was den Namen Hanna Brook anging. Sie achtete peinlichst darauf, dass die beiden nicht aufeinandertrafen. Doch diese Blicke, sonntags nach dem Kirchgang, die konnte auch sie nicht unterbinden.

Als es Hubert zuletzt immer schlechter ging, da hatte Hanna ihn im Seniorenheim besucht. Da waren sie wieder allein miteinander in einem Zimmer gewesen, zum ersten Mal seit zweiundsiebzig.

»Sie haben Besuch, Herr Espelkamp«, rief die junge Pflegerin, die Hanna in den Raum führte.

Sie versuchte, mit ihrer Stimme den plärrenden Fernseher zu übertönen. Es lief eine Kochsendung mit angestrengt gut gelaunten Männern, die über Töpfe und Pfannen gebeugt standen und sich gegenseitig ins Wort fielen. Hubert, oder vielmehr jenes Wesen mit fahler Haut und totenkopfartigem Schädel, das Hubert entfernt ähnelte, mit den weißen Fusseln auf dem Kopf und ausgemergeltem Oberkörper, lag in einem Bett mit hochgestelltem Kopfteil, das direkt auf den Fernseher ausgerichtet war. Er blickte nicht einmal auf, als sie eintraten. Der Lärm des Fernsehers bereitete Hanna augenblicklich Kopfschmerzen.

»Eine Dame für Sie, Herr Espelkamp«, rief die Pflegerin.

Sie nahm die Fernbedienung und stellte den Fernseher leiser. Erst jetzt schien Hubert zu bemerken, dass etwas vor sich ging.

»Er mag diese Kochsendungen, wissen Sie. Sie beruhigen ihn. Wir lassen das für ihn laufen. Auch wenn er nicht mehr gut hören kann. Sein Hörgerät zieht er sich immer aus dem Ohr, er kann es nicht leiden.«

Sie legte die Fernbedienung beiseite, zwinkerte Hanna zu und ließ die beiden allein. Hanna trat etwas unbeholfen an sein Bett. Sie lächelte.

Von seinem stattlichen Aussehen war nicht viel geblieben. Von dem dunklen Haar und seinen sinnlich geschwungenen Lippen.

Doch wenn sie genau hinsah, erkannte sie ihn trotzdem, den

Hubert von damals, egal, wie sehr er sich verändert hatte. Und sie hatte sich ja ebenfalls verändert, auch sie war grau und faltig geworden.

»Ich bin's, Hubert. Hanna.«

Er blickte verständnislos.

»Hanna«, wiederholte sie laut.

Doch nichts. Sein Blick huschte über sie hinweg, als suchte er irgendwo Halt. Den fand er schließlich auf der Mattscheibe. Hanna zögerte, nahm auf seiner Bettkante Platz.

»Es ist lange her, Hubert. Wir sind alt geworden, was?« Sie lachte nervös. »So viele Jahre. Sieh uns nur an.«

Doch er hatte nur Augen für seine Kochsendung.

»Erkennst du mich denn nicht? Ich bin es, Hubert: Hanna Brook.«

Vergebens. Sie drang nicht zu ihm durch. Vielleicht war es dumm gewesen, herzukommen. Was hätte sie ihm auch sagen sollen? Fast fünfzig Jahre nach ihrem Abend auf dem Schützenfest?

»Hubert, ich bin hier wegen des Schützenfests zweiundsiebzig. Erinnerst du dich?« Das klang doch ziemlich absurd, oder? Trotzdem war es die Wahrheit. »Vielleicht hätte aus uns etwas werden können, Hubert.« Denn das war es, was ihr eigentlich auf dem Herzen lag. »Vielleicht, wenn mein Herz nicht einem anderen gehört hätte. Wenn es nicht immer einem anderen gehört hätte, mein Leben lang. Carl. Im Grunde wusstest du das, oder? Du bist ein guter Mann, Hubert. Einen besseren kann sich eine Frau nicht wünschen. Es tut mir leid, dass ich nicht frei war für dich.« Warum hatte sie ihm das nicht damals schon gesagt? Es war so dumm, seine Gefühle vor dem anderen zu verheimlichen.

Sie nahm seine Hand. Sie war warm und trocken. Knochig zwar und dünn und zerbrechlich, trotzdem fühlte sie sich gut an. Ohne darüber nachzudenken, legte Hanna seine Hand an ihre Wange. Nun löste sich Huberts Blick vom Fernseher. Er wirkte erstaunt über die Berührung, über die Intimität des Moments. Ein weiches Lächeln tauchte in seinem Gesicht auf. Doch erkannte er sie immer noch nicht. Sein Blick war wie der eines Säuglings. Nichts ahnend und offen für die Wunder der Welt genoss er die unerwartete Zärtlichkeit.

Hanna bemerkte, wie Tränen über ihre Wangen liefen. Sie hatte gehofft, noch einmal diesen anderen Blick zu sehen, so wie früher nach dem Kirchgang, diese plötzlich auftauchende Wärme in seinen Augen, gefolgt von einem Hauch von Sehnsucht und Begehren.

Sie hatte gehofft, sich verabschieden zu können.

»Er ist heute nicht gut drauf«, sagte eine Stimme hinter ihr. Es war die Pflegerin, die zurückgekehrt war. »Manchmal hat er Momente, da erkennt er jemanden. Doch meistens ist es wie jetzt. Versuchen Sie es ein andermal wieder.«

Hanna wischte sich unauffällig die Tränen ab, dann bedankte sie sich lächelnd und ging hinaus. In der Tür sah sie noch einmal zurück, in der Hoffnung, vielleicht doch einen Funken des Erkennens in seinen Augen zu sehen. Aber er sah wieder zum Fernseher und schien sie längst vergessen zu haben.

Mach's gut, Hubert, dachte sie, bevor sie für immer aus seinem Leben trat.

Sie hatte Hubert damals einen Korb gegeben, trotz der Nacht während des Schützenfestes. Er hatte das respektiert. Er wusste, wie es in ihrem Herzen aussah.

Carl. Wieder stahl er sich in ihre Gedanken. Das hörte sicher niemals auf. Denn an dieser einen Sache hatte sich in all der Zeit nichts geändert. In ihrem Herzen war nur Platz für ihn.

Sie wünschte, er wäre hier. Dann würde sie den Brennereihof leichter hinter sich lassen. Wenn Carl bei ihr wäre, würde sie freudig ein neues Leben beginnen. Auch heute noch. Doch er war fort, und sie würde auch diesen Weg allein gehen.

»Wo bleibst du denn, Tante Hanna?« Benedikt stand im Eingang und sah zu ihr herüber. »Die warten auf uns wegen der Schlüsselübergabe. Du musst noch unterschreiben.«

»Ich komme schon.«

»Danach muss ich noch einmal zum Brennereihof fahren, um die letzten Kisten zu holen. Wir sollten uns beeilen.«

»Ich sage doch, ich komme. Eine alte Frau ist kein D-Zug.«

Sie umfasste ihren Gehstock und schritt durch das goldene Sonnenlicht. Libellen umschwirrten sie, als wollten sie eine sterbende Fee auf ihrem letzten Weg begleiten. Der Kies knirschte unter ihrem Schritt, ein sanfter Wind raschelte in den Birken, leuchtend gelbe Blätter segelten durch die Luft.

Sie war am Ziel ihrer Reise angekommen. Hier würde das letzte Kapitel ihres Lebens geschrieben werden. Ein merkwürdiges Gefühl. Doch einen weiteren Umzug würde es sicher nicht mehr geben. Sie war in ihrem letzten Zuhause angelangt.

Da war eine unbestimmte Müdigkeit, eine Vorbotin des Kommenden. Wer konnte schon sagen, wie viele Jahre ihr noch bevorstanden. Oder wie es mit ihrer Gesundheit bestellt sein würde. Sie würde alles auf sich zukommen lassen müssen. Doch einer Sache war sie sich gewiss. Die letzte Reise ihres Lebens, die würde sie eines Tages von hier aus antreten, vom Seniorenheim Mariahilf. Dieser Umzug brachte sie diesem Tag ein kleines bisschen näher.

Benedikt stand mit dem Karton im Eingang.

»Ich hoffe, dir gefällt, wie ich deine Wände gestrichen habe. Bist du bereit, dein neues Apartment zu sehen?«

»Ob ich bereit bin?« Sie lächelte. Atmete durch. Ließ den Blick über die bunte, leuchtende Herbstlandschaft wandern. »Lass uns reingehen.«

Kapitel 2

Die winzige Wohnung, die sie bezog, befand sich in einem der modernen Seitenflügel des Seniorenheims, die hufeisenförmig vom Haupthaus abgingen. Dazwischen lag eine Parkanlage mit einem Teich und der alten Sandsteinkapelle, die bereits an dieser Stelle im Moor gestanden hatte, bevor das Haupthaus gebaut worden war.

Der linke Flügel beherbergte die Apartments des betreuten Wohnens, während der rechte für die Pflegefälle vorgesehen war. In jenem Flügel hatte auch Hubert Espelkamp gelegen. Sie blickte mit gemischten Gefühlen hinüber. Wer wusste schon, ob sie nicht auch eines Tages dort liegen würde?

»Hier ist es«, sagte Benedikt. »Wir sind da.«

Der Umzugskarton, auf dem mit schwungvoller Handschrift *Küche* geschrieben stand, schwebte schwerelos vor seiner Brust. Hanna wusste, Benedikt trainierte wie besessen im Fitnessstudio. Kaum einer würde vermuten, wie stark er war, denn er trug stets weite und unförmige Kleidung. Sie konnte nur ahnen, weshalb er so sehr darauf achtete, seinen beeindruckenden Körper zu verstecken.

Vorsichtig und mit kerzengeradem Rücken stellte er den Karton ab. Ihr gutes Service klirrte sacht darin. Er zückte den Schlüssel.

»Ich bin gespannt, wie es dir gefällt, jetzt, wo alles fertig ist«, sagte er etwas nervös.

Er hatte eine Menge Arbeit in die Wohnung gesteckt, hatte tapeziert, gestrichen, alles hergerichtet. Dass er nun regelrecht aufgeregt war, ihr das Ergebnis seiner Arbeit zu präsentieren, rührte Hanna. Sie hatte doch gar keine Wahl und musste sich mit dem zufriedengeben, was sie vorfand. Dennoch war ihm ihr Urteil wichtig. Er hatte tatsächlich Angst davor, nicht das Beste für sie herausgeholt zu haben.

»Ich habe die Möbel erst mal so aufgestellt, wie ich es sinnvoll fand. Wir können aber alles noch umstellen. Es soll so werden, wie es dir am besten gefällt. Sieh es dir einfach an.«

Die Tür sprang auf. Er trat zur Seite und ließ Hanna den Vortritt. Also gut, nun war es so weit. Etwas scheu ging sie hinein. Das Apartment umfasste knapp vierzig Quadratmeter, inklusive Kochzeile und Badezimmer. Eine ziemliche Umstellung, dachte man an den alten Brennereihof mit den umliegenden Ländereien, auf dem sie gelebt hatte.

Zu ihrer Überraschung empfing sie ein sehr behagliches und gemütliches Zimmer. Bei der Besichtigung war der Raum kahl gewesen, mit weißen Wänden und einer eher abweisenden Atmosphäre. Doch jetzt wirkte alles einladend und wohlig, warme Pastelltöne überwogen.

Benedikt hatte dem Raum nach Kräften Hannas Stempel aufgedrückt. Ihr gemütlicher Sessel stand vor dem Panoramafenster, das zum Moor hinausging. Daneben das kleine französische Beistelltischchen, das sie so liebte. Ihr flauschiger Teppichläufer, den sie selbst geknüpft hatte, in den Achtzigern, als das große Mode gewesen war. All ihre Lieblingsstücke waren hier versammelt. Und das, obwohl sie die meisten Möbel hatte zurücklassen müssen. Es fiel gar nicht auf, was fehlte, und obwohl der Raum klein war, war es Benedikt gelungen, ihn geräumig wirken zu lassen.

Sie staunte. Es war ein Zuhause.

»Wann hast du das denn alles gemacht?«, fragte sie voller

Bewunderung. »Etwa abends nach der Arbeit? Ich habe ein schlechtes Gewissen. Aber die Wände sehen wunderschön aus. Und sind das da meine Vorhänge aus dem Büro? Sie passen hervorragend zu der Einrichtung. Ich bin sprachlos.«

An der Rückwand stand ein schmales Bett, das sie und Benedikt eigens in einem Sanitätshaus gekauft hatten. Dieses Bett war der einzige Störfaktor im Raum. Ein Kompromiss, den sie hatte eingehen müssen. Ein Pflegebett, das aussah wie das von Hubert Espelkamp. Eine Mahnung daran, was ihr bevorstehen könnte.

»Wenn es dir nicht gefällt, ändern wir alles«, beeilte sich Benedikt zu sagen. »Das ist nur ein Vorschlag. Ich will, dass du dich wohlfühlst.«

»Nein, nein. Es ist perfekt. Ich wüsste nicht, wie man es besser machen sollte.«

»Der Clou ist das hier.« Er deutete auf ihr altes Kirschbaumschränkchen, das er auf eine Weise öffnete, als wäre er ein Zauberer, der einen Trick vorführte. Eine stolze Reihe edler Flaschen erschien, allesamt mit dem Emblem der Feinbrennerei Brook und dem Schattenschnitt des Brennereihofs. Die zeitlose Flasche mit dem Alten Korn, Verkaufsschlager und Aushängeschild der Brennerei, daneben die schlanke und hochwertige Flasche des Single Malt, mit dem sie einen wichtigen internationalen Preis gewonnen hatte, die hohen und schmalen Flaschen der Kornvariationen, die bauchige des Kräuterwacholders und die vielen Likörflaschen, die es in den unterschiedlichsten Formen und Farben gab. Der ganze Stolz der Feinbrennerei.

Benedikt strahlte. »Eine Hausbar mit den besten Produkten von Brook. Ich dachte, die darf hier nicht fehlen.«

Das Bild versetzte ihr einen Stich. Der Verlust der Brennerei schmerzte sie. Doch das wollte sie Benedikt nicht spüren lassen.

»Habe ich gerade schon gesagt, es wäre perfekt?«, sagte sie leichthin. »Das ist es natürlich erst jetzt, mit der Hausbar. Danke, Benedikt. Das ist wirklich eine schöne Idee.«

»Sieh dich ruhig in Ruhe um. Wenn du was ändern möchtest, sag es einfach. Es soll alles so sein, wie du es haben möchtest.«

Hanna blickte sich unentschlossen um, dann trat sie ans Fenster, legte den Griff um und öffnete es. Warme und würzige Luft zog vom Moor herauf. Es roch nach trockenem Laub und überreifen Früchten, nach fauligem Moos und morschem Holz. Die Herbstsonne stand tief und wärmte ihr Gesicht. Sie hob die Hand schützend über die Augen und blickte hinaus.

Ein sandiger, von Kopfeichen gesäumter Weg führte hinter dem Gelände des Seniorenheims in den Bruchwald hinaus. Es folgte ein schmaler Waldstreifen mit dürren Birken und Erlen, deren morsche Stämme bereits im schwarzen Sumpfwasser standen, dahinter begann die weite Ebene des Moors. Von ihrem Fenster aus hatte Hanna einen perfekten Ausblick auf das offene Moor mit seinen Bülten und Wasserflächen, mit dem Wollgras und den Binsen, dem Farn und Heidekraut.

Es lag ihr direkt zu Füßen. Hohe Wolken zogen über das Moor hinweg, und eine einsame, verkrüppelte Schwarzerle streckte ihre Zweige in den Himmel. Hanna atmete die Herbstluft ein.

»Die Aussicht ist großartig, nicht wahr?«, meinte Benedikt. »Du kannst die Jahreszeiten im Moor verfolgen. Da gibt es eine Menge zu sehen. Ich könnte dir ein Fernrohr besorgen, zum Vögelbeobachten.«

Sie lächelte. »Ja. Es ist wirklich großartig.«

Die Aussicht würde ihr Trost schenken, wenn das Heimweh sie überkam. Sie liebte das Moor, besonders zu dieser Jahreszeit. Sie streckte das Gesicht hinaus in die Sonne und schloss die Augen. Genoss den Moment.

Wie hatte sie sich das Sterben vorgestellt?

Ein konkretes Bild war da natürlich nicht gewesen. Früher

waren die Menschen zu Hause auf den Bauernhöfen gestorben, in ihren Betten und umgeben von der Familie. Ihre Mutter war noch auf diese Weise gestorben. Alle waren da gewesen, hatten geweint, gebetet, sich bekreuzigt. Und am Ende war Oma Butthus, ihre Nachbarin, aufgestanden und hatte das Fenster geöffnet, damit die Seele der Mutter in den Himmel steigen konnte.

Natürlich gab es das schon lange nicht mehr. Der Tod war kaum mehr Teil des Lebens. Er wurde abgeschoben und entsorgt, damit ihn keiner erblicken musste. Heute starb man für gewöhnlich allein im Krankenhaus, an Schläuche gehängt und von Maschinen umgeben. Weit weg von dem Ort, an dem man sein Leben zugebracht hatte.

Dennoch hatte Hanna ein vages Bild vom Sterben gehabt. Oder eher so was wie eine Idee. Es sollte auf dem Brennereihof enden, nirgendwo anders. In ihrer Vorstellung wäre sie einfach umgekippt und von sanftem Dunkel empfangen worden. Irgendwann, bei der Arbeit in der Schnapsbrennerei, während sich der Duft des frisch geernteten Weizens im Lager ausbreitete, während die Maische im Kessel gor und der Brand hinter den Fensterchen der Brennkolonne blubberte. Sie hätte einfach aufgehört zu existieren, wäre eins geworden mit dem Universum.

Stattdessen war sie jetzt hier, im Mariahilf.

Aber wenigstens hatte sie ein gemütliches Zimmer und einen wunderschönen Ausblick aufs Moor. Sie wollte endlich loslassen, aufhören zu kämpfen. Es hatte keinen Sinn, dem Hof hinterherzutrauern.

Sie wandte sich vom Fenster ab. Lächelte.

»Ich werde mich wohlfühlen. Ganz bestimmt.«

Benedikt antwortete nicht. Er blickte zu Boden. Es war, als schämte er sich dafür, seine Großtante zurücklassen zu müssen.

»So schlimm ist es doch gar nicht«, meinte sie. »Sieh dich um. Es ist wirklich schön geworden.«

»Das schon. Trotzdem. Bist du dir sicher, dass du dich hier wohlfühlen wirst?«

»Natürlich. Ich habe alles, was ich brauche. Und sieh dir den Ausblick an. Es gefällt mir sehr, wie du alles eingerichtet hast.«

Nun sah er auf. Lächelte sogar. Er steckte sich verlegen die Hände in die Hosentaschen.

»Ich meine es so, Benedikt: Ich werde mich wohlfühlen. Und das habe ich dir zu verdanken. Ohne dich hätte ich das alles nicht geschafft.«

Gern hätte sie ihn umarmt, doch stattdessen tätschelte sie ihm nur etwas ungelenk die Schulter. Benedikt mochte keine Berührungen, das war schon immer so gewesen. Obwohl er ihr als Kind oft wie ein Hund hinterhergelaufen war, versteifte er sich, sobald sie ihn in den Arm nehmen wollte. Sogar diese kleine und ungelenke Geste ließ ihn mit Unbehagen reagieren.

»Ich hole mal die anderen Kisten«, sagte er eilig. »Ich muss noch eine Tour fahren, um die letzten Sachen zu holen. Danach haben wir alles hier.«

»Soll ich dir nicht schnell einen Kaffee kochen? Du musst doch mal eine Pause machen.«

»Ach was, das geht ganz schnell.« Er schnappte seinen Autoschlüssel und ging zur Tür. »Ich bin gleich wieder da, Tante Hanna. Dann können wir Kaffee trinken.«

Es sah aus, als würde sie im nächsten Moment allein in ihrem Apartment stehen. Auch wenn es gemütlich und einladend geworden war, überforderte sie diese Aussicht. Sie bekam es plötzlich mit der Angst. Noch war sie nicht bereit, einsam zurückzubleiben. Sie wollte diesen Moment des Endgültigen noch hinauszögern.

»Ich begleite dich«, sagte sie schnell. »Dann kann ich mich gleich ein bisschen im Haus umsehen. Vielleicht kann ich uns ja irgendwo ein Stück Kuchen besorgen, für später, wenn du wieder hier bist.«

Gemeinsam gingen sie zurück ins Hauptgebäude. Benedikt studierte dabei eine Broschüre vom Mariahilf, die in einer Sitzecke auslag. Hanna warf währenddessen einen Blick in den Innenhof, in dem die Parkanlagen und die alte Kapelle zu sehen waren. Die verwunschene Sandsteinkapelle hatte sie nur als Ruine im Moor in Erinnerung. Irgendwie freute es sie, dass die alten Gebäude nun doch erhalten geblieben waren. Dass sie renoviert und geehrt wurden und nicht, wie damals von ihr befürchtet, im Moor versunken waren.

»Du kannst hier Seniorengymnastik machen, jeden Mittwoch«, stellte Benedikt mit Blick auf die Broschüre fest. »Ist doch toll, oder? Und freitags ist Bingo.«

Hanna sparte sich einen Kommentar. Sie wusste noch nicht, was sie von diesen Gruppenangeboten halten sollte. Sie gaben ihr das Gefühl, als wären sie auf einer Kinderfreizeit und müssten bespaßt werden.

»Jetzt gerade läuft ein Malkurs. Intuitives Malen und Selbsterfahrung.« Er las vor: *»Finden Sie Zugang zu Ihrer Intuition und schöpferischen Kraft. Entdecken Sie Ihr Potenzial und stärken Sie Ihr Selbstvertrauen.«*

Er wusste natürlich, was seine hartgesottene Großtante von solchen Veranstaltungen hielt. Mit einem schelmischen Seitenblick fragte er: »Wäre das nicht was für dich, Tante Hanna?«

Sie warf ihm einen strengen Blick zu, woraufhin er kicherte.

»Der Malkurs ist wohl für die fitteren Senioren«, sagte er. »Für die anderen gibt es Gedächtnistraining und gemeinsames Singen von Volksliedern. Gibt es hier eigentlich irgendwelche Bewohner, die du von früher kennst?«

»Ich weiß nicht. Das werden wir sehen.«

Hanna hatte natürlich bereits Informationen darüber eingezogen und zu ihrer Erleichterung erfahren, dass derzeit niemand aus ihrem näheren Umfeld im Seniorenheim untergebracht war. Keine Nachbarn oder fernen Verwandten. Keiner, der sie auf die jüngsten Ereignisse auf dem Brennereihof ansprechen würde.

Natürlich würden einige Bewohner sie kennen, das blieb nicht aus, wenn man so lange in Marienfehn gelebt hatte. Jedoch würden sie Hanna nicht offen auf den Brennereihof ansprechen, sondern nur hinter ihrem Rücken spekulieren. Sollten sie ruhig, es störte sie nicht.

Denn alles, was Hanna nun wollte, war Ruhe. Dafür war ein Seniorenheim doch wie gemacht, oder? Sie wollte sich von den letzten Monaten erholen, vom Umzug und dem ganzen Durcheinander. Spaziergänge unternehmen, harmlos mit anderen Senioren plaudern, den Blick über das Moor genießen. Mehr nicht. Sie wollte sich nur noch treiben, alles hinter sich lassen.

Ein lautes, durchdringendes Lachen erklang. Schrill, irritierend krächzend und trotzdem irgendwie ansteckend. Ein Lachen, das in Hannas Ohren beunruhigend vertraut klang.

Sie hielt verwundert inne. Es klang beinahe, als gehörte es … Aber nein, das war unmöglich.

Wieder wurde schrill und krächzend gelacht. Benedikt runzelte fragend die Stirn, ein Lächeln huschte über sein Gesicht. Er deutete auf einen Gruppenraum. Der Malkurs fand dort statt. Die Tür stand offen, und er trat neugierig näher.

»Nein, das haben Sie toll gemacht«, erklang die Stimme der blutjungen Kursleiterin. »Es sieht aus wie eine Narzisse.«

»Eher wie eine krepierte Sau auf einer grünen Forke«, konterte eine Reibeisenstimme fröhlich. Dann wieder dieses einzigartige Lachen.

Hanna spähte in den Gruppenraum. Eine Handvoll Senioren hockte da und malte Aquarellbilder. Sie blickten auf und ließen sich von dem Lachen anstecken. Eine blonde Frau, beinahe noch ein Mädchen, huschte zwischen ihnen umher und wandte sich nun an die lustige Seniorin mit der markanten Stimme.

»Soll ich Ihnen neues Papier bringen, Frau Brewster?«

Frau Brewster. Also doch. Hanna blieb endgültig das Herz stehen. Wie war das möglich?

»Ach, nicht nötig, Liebes. Ich steh schon selber auf. Ich bin glücklich, dass ich meinen Hintern noch allein in die Luft bekomme. Das sollte man ausnutzen, solange man kann, finden Sie nicht?«

Eine dürre, zerbrechliche Frau mit struppigen blonden Haaren stemmte sich an ihrem Rollator hoch. Sie hatte große Kinderaugen, eine Stupsnase, trug zahllose bunte Schals und Ketten. Alles an ihr wirkte leicht und heiter, man wollte unwillkürlich lächeln, wenn man sie sah. Jeder Zweifel war ausgeschlossen: Es war Rosie.

Hanna hätte sich wegducken können, zur Seite treten, um Zeit zum Nachdenken zu gewinnen. Doch stattdessen stand sie einfach da und starrte. Als wäre sie zur Salzsäule erstarrt.

Die dürre Frau hievte sich an den Handgriffen des Rollators aus dem Stuhl, schwang den Oberkörper herum – und sah Hanna direkt in die Augen.

Sie schien ebenfalls völlig aus der Bahn zu geraten. Das Heitere und Schelmische war wie auf Knopfdruck verschwunden. Stattdessen wurde ihr Blick ernst, geradezu finster. Dann schwang sie ihren Rollator herum wie ein Artilleriegeschütz, das sie gegen Hanna in Stellung bringen wollte.

Bevor Hanna sich klar werden konnte, ob sie überhaupt mit ihr reden wollte, rutschte es schon heraus: »Rosie! Was machst du denn hier?«

Rosie Brewster. Sie sollte irgendwo in den Vereinigten Staaten sein, wo sie für immer hatte bleiben wollen. Sie hatte doch damals diesen Amerikaner geheiratet, Brewster.

»Hanna. Das Gleiche könnte ich dich fragen.«

»Bist du nicht auf der anderen Seite des Atlantiks?«

»Nicht mehr.« Rosie fixierte sie. »Und du? Bist du nicht auf dem Brennereihof?«

Hanna nahm Haltung an. »Nicht mehr.«

Alle im Raum starrten sie an. Die Kursleiterin, die anderen Senioren, auch Benedikt fragte sich offensichtlich, was hier vorging. Die beiden alten Damen standen auf einer Theaterbühne im Scheinwerferlicht.

Ein Wiedersehen nach über vierzig Jahren, dachte Hanna, auch noch im Seniorenheim. Es war ein schlechter Witz.

Rosie, ihre älteste Freundin. Ihre Schwester, ihre Weggefährtin. *Wir schwören, für immer Freundinnen zu sein, ja, Hanna? Wir wollen unser Leben lang zusammenhalten, auf ewig. Schwörst du das?* Sie hatte es geschworen, auf ewig. Natürlich hatte sie das.

Hanna hatte ihre Fassung nun einigermaßen wiedererlangt. Sie wollte sich in ihr Apartment verkriechen und die Situation in Ruhe überdenken. Auf jeden Fall musste sie raus hier, runter von der Theaterbühne.

Sie räusperte sich. Alle sahen sie an.

»Nun gut. Einen schönen Tag noch.«

Die Situation war ohnehin nicht mehr zu retten. Also konnte sie es dabei belassen, sich ein höfliches Lächeln abzuringen, in die Runde zu grüßen, sich mit den Worten »Komm, Benedikt, wir gehen« bei ihrem Großneffen einzuhaken und aufrecht den Ausgang anzusteuern.

Kapitel 3

»Tante Hanna…?«

Sie hatte sich bereits umgedreht und nahm Kurs auf ihr Apartment. Als wäre gar nichts passiert. Benedikt sah ihr verblüfft nach. Er holte mit großen Schritten auf, suchte in ihrem Gesicht nach einer Erklärung. Doch nichts. Ihre Miene war unergründlich.

»Wer war das?«

»Niemand Besonderes.«

Sein demonstratives Schweigen provozierte eine Antwort.

»Jemand, den ich von früher kenne.«

»Aber…«

»Es spielt keine Rolle, Benedikt.«

Sie warf ihm einen Blick zu, der weniger bestimmt als flehend war. »Bitte. Lass gut sein.«

Das brachte ihn zum Schweigen. Irritiert wandte er sich zur offenen Tür des Gruppenraums, doch niemand folgte ihnen. Der Kurs schien nach der Störung einfach weiterzugehen. Also bemühte er sich, mit Hanna Schritt zu halten, die trotz ihres Stocks und der schmerzenden Hüfte ein ziemliches Tempo vorlegte. Er überlegte, wie er mehr über diese fremde Frau in Erfahrung bringen konnte, als sie die Apartmenttür erreichten.

Tante Hanna, die den Schlüssel gezogen hatte, fummelte umständlich am Schloss herum. Ihre Hände zitterten, und der Schlüssel wollte einfach nicht ins Schloss gleiten.

Benedikt nahm ihr behutsam das Schlüsselbund ab.

»Lass mich mal probieren«, sagte er. »Ich glaub, das Schloss klemmt.«

»Ja, ich glaub auch.«

»Ich werde das später ölen. Dann geht es besser.«

»Das ist lieb von dir.«

Er öffnete die Tür, und Hanna trat würdevoll hinein, versuchte weiterhin, sich nichts anmerken zu lassen.

»Jetzt haben wir gar nicht nach Kuchen gefragt. Zu dumm.«

Sie steuerte ihren Sessel an und ließ sich, auf ihren Stock gestützt, langsam hineinsinken. Sie wirkte völlig geschafft. Um dies zu überspielen, scheuchte sie Benedikt mit der freien Hand zur Kochnische.

»Ich habe noch ein paar Kekse in dem Karton mit den Lebensmitteln, Benedikt. Schokokekse, glaube ich. Sieh doch mal nach. Nein, in dem anderen Karton. Die Kekse hast du früher immer so gern gegessen. Das ist zwar kein Kuchen, aber sonst habe ich leider nichts.«

»Kekse reichen völlig, Tante Hanna.«

Er zögerte. Eigentlich wollte er zum Brennereihof fahren, um die letzten Kartons zu holen. Doch er wusste nicht, ob er seine Großtante in diesem Zustand allein lassen konnte.

»Soll ich nicht vielleicht doch Wasser für Kaffee aufsetzen, Tante Hanna? Wir machen es uns gemütlich. Die Kartons kann ich später noch holen.«

Tante Hanna sah auf. Sie wirkte ein wenig verloren in dem großen Sessel. »Du wolltest doch keine Pause machen.«

»Vielleicht wäre es doch ganz schön«, sagte er leichthin.

Es war nicht ihre Art, von bereits getroffenen Entscheidungen abzuweichen, schon gar nicht, wenn ihr das als Schwäche ausgelegt werden konnte. Doch nun wirkte es beinahe, als würde sie heute eine Ausnahme machen.

Doch ehe sie etwas erwidern konnte, ertönte ein lautes Quietschen, gefolgt von sphärischem Rauschen. Es kam aus dem Lautsprecher, der neben der Tür in die Wand eingelassen war. Eine leicht knarzige Frauenstimme meldete sich zu Wort.

»Der heutige Gottesdienst beginnt in einer halben Stunde in der Kapelle von Mariahilf«, teilte sie geschäftsmäßig mit. »Für Bewohner, die unsere Kapelle nicht persönlich aufsuchen können, wird die Messe per Lautsprecher übertragen. Wenn Sie an der heiligen Kommunion teilnehmen möchten, geben Sie bitte Bescheid. Ein Kommunionshelfer wird im Anschluss an den Gottesdienst Bewohner in ihren Zimmern aufsuchen.«

Ein erneutes Fiepen, das abrupt abbrach, dann herrschte Stille. Tante Hanna hatte ihre Fassung wiedererlangt. Der Moment der Schwäche war vorüber. Sie wirkte unerschütterlich wie eh und je.

»Ich würde eigentlich ganz gern in die Messe gehen«, sagte sie. »Schön, dass die Traditionen hier erhalten werden. Du wolltest doch die letzten Kartons holen, ja? Dann kann ich mir solange die Kapelle ansehen.«

»Also trinken wir später Kaffee?«

»Das würde ich meinen. Ich muss ja auch noch ausräumen.«

Da war sie wieder, seine alte Tante Hanna. Solange noch keine Ordnung herrschte, wäre auch keine Zeit, sich auszuruhen. Er hätte die Einladung zu einer Pause annehmen sollen, als noch Zeit dazu gewesen war.

»Das heißt … vielleicht höre ich der Messe diesmal lieber über Lautsprecher zu«, sagte sie nachdenklich, während sie sich in ihrem Raum umsah und mit dem Aufräumen begann. »Dann könnte ich dabei ein paar Schränke auswischen und einräumen. Die Kapelle kann ich noch oft genug besuchen.«

»Also gut. Ich hole die letzten Kartons. Unterwegs kann ich sicher Kuchen besorgen.«

»Du bist ein Schatz. Lass dir ruhig Zeit.«

Sie erhob sich mithilfe des Stocks, drückte lächelnd seinen

Arm, dann öffnete sie einen Karton und verschaffte sich einen Überblick über den Inhalt. Ihren Neffen schien sie bereits vergessen zu haben.

Benedikt machte sich auf den Weg und kehrte nochmals in das Hauptgebäude zurück. Vor dem Gruppenraum im Erdgeschoss blieb er stehen. Doch der Malkurs war beendet. Es war niemand mehr da. Suchend blickte er sich nach der Frau mit dem Rollator um. Sie war nirgends zu sehen. Wer immer diese kleine Person mit den bunten Schals und dem eigentümlichen Lachen gewesen war, heute würde er wohl nichts mehr über sie erfahren. Also ging er zurück zum Wagen und startete den Motor.

Es fiel ihm nicht leicht, zum Brennereihof zu fahren. Zu viel war passiert in den letzten Monaten. Außerdem war er dort nicht mehr willkommen, das war ihm durchaus bewusst. Hanna Brook war es gewesen, die ihn in die Firma geholt hatte, und gemeinsam hatten er und Hanna die Produktpalette geprägt. Das machte ihn nicht unbedingt beliebt bei der neuen Leitung. Es war sicherlich nur eine Frage der Zeit, bis er seine Anstellung in der Feinbrennerei verlieren würde.

Er nahm die schmale Landstraße, die am Moor entlangführte, vorbei an Marienfehn mit dem weithin sichtbaren spätgotischen Kirchturm und hinaus in das Land seiner Kindheit, mit den Kiefernwäldern, den sandigen Böden und weitläufigen Wiesen und Feldern.

Nach drei Kilometern erreichte er das Anwesen. Er fuhr durch eine Kurve, und vor ihm an der Straße tauchte der Brennereihof auf. Er lag versteckt hinter einem Erlenwäldchen, so dass er jedes Mal wie aus dem Nichts zwischen dem Blätterwerk der Bäume erschien, wenn Benedikt sich mit dem Auto näherte.

Wie üblich spürte er bei diesem Anblick Trost und Frieden. Für ihn würde es immer Tante Hannas Feinbrennerei sein. Ein Ort der Zuflucht und des Geliebtwerdens. Der Schauplatz des glücklichen Teils seiner Kindheit. Dort, wo er nach dem Tod seiner Mutter Geborgenheit gefunden hatte.

Zwar hatte der Hof einiges von dem Zauber verloren, den er in Benedikts Kindheit besessen hatte. So waren ein paar der prächtigen Eichen gefällt worden, in deren Schatten das Haupthaus stand. Und dort, wo früher ein Bauerngarten mit von Buchsbaum umsäumten Beeten und Gartenwicken und Sommerblumen geleuchtet hatte, war heute eine sterile grüne Rasenfläche, ordentlich gedüngt und vertikutiert, so dass nicht einmal mehr Klee und Gänseblümchen darauf blühten.

Die Obstwiese mit den knorrigen Apfelbäumen und dem wild wuchernden Wiesenschaumkraut, die hinter der Scheune gelegen hatte, war längst gerodet und wurde nun mit Mais bestellt. Und auch die moosbewachsenen Zaunpfähle, die am Wiesenrand aufgereiht standen, und die Hecke am Feldweg, die aus Nuss- und Holundersträuchern bestanden und in der es immer gesurrt und gesummt und geraschelt hatte, waren fort.

Alles war kühler und eintöniger geworden. Dennoch war es weiterhin ein großartiger Anblick, das Anwesen der Hofbrennerei. Besonders an so einem goldenen Herbsttag, an dem alles leuchtete und strahlte.

Das große Bauernhaus war ein Fachwerkbau mit Sprossenfenstern und grünen Blendläden. Es war umgeben von verstreuten Wirtschaftsgebäuden, vom Sandsteinspeicher, der alten Scheune und natürlich der Brennerei mit den Rundbogenfenstern, dem beschlagenen Tor und dem weithin sichtbaren, zwanzig Meter hohen, gemauerten Schornstein, der alles wie ein Burgfried überragte.

Die Wirkung all dessen war erhalten geblieben, was immer sich sonst auch verändert hatte. Das Bild war wie eintätowiert in seiner Seele. Wenn irgendein Ort auf der Welt sein Zuhause war, dann war es Tante Hannas Brennereihof. Hier hatte er sämtliche Ferien verbracht, um auf dem Hof herumzutollen und in der Brennerei zu helfen. Um zu vergessen, wie leer und einsam es sich bei seinem Vater und dessen neuer Frau anfühlte. Er glaubte immer, hierherzugehören. Auf diesen Hof. Da war es irgendwie ganz selbstverständlich gewesen, dass er in die Brennerei einstieg. Eine Ausbildung zum Destillateur machte und sein Leben mit voller Hingabe dem Brennen der edlen Spirituosen widmete.

Er bog von der Straße ab und parkte den Lieferwagen vor dem Haupthaus. Es war nirgends jemand zu sehen, alles blieb ruhig. Der Hof wirkte wie ausgestorben. Und er war froh, keinen zu sehen.

Alles war vertraut, und doch fühlte es sich plötzlich fremd an. Als gehörte der Hof nicht mehr zu seinem Leben. Als wäre er nur noch Teil seiner Erinnerung.

Wahrscheinlich würde es sehr bald tatsächlich so sein.

Tante Hanna war wenig sentimental, was seine Zukunft anbelangte.

»Du bist noch jung, du hast alle Möglichkeiten«, hatte sie zu ihm gesagt, als sich abzeichnete, dass sie den Brennereihof verlassen würde. »Destillateure werden überall gesucht.«

Er wollte so was gar nicht hören. »Ach ja? Wo denn?«

»Du könntest in der Industrie arbeiten. Es muss ja keine Brennerei sein. Da gibt es viele Möglichkeiten. Meine Güte, Benedikt, du bist jung. Du hast dein Leben noch vor dir. Häng nicht an der Vergangenheit. Betrachte es als Chance für einen Neuanfang. Als Abenteuer.«

Ein Abenteuer. Er lachte bitter. Ein seltsames Abenteuer war es, wenn einem der Boden unter den Füßen fortgezogen wurde und man das Gefühl hatte, in einen Abgrund zu stürzen.

»Du hast doch schon Bewerbungen geschrieben?«

Er nickte vage. Es war eine kleine Notlüge gewesen. Bisher hatte er sich noch nirgends beworben. Doch das sollte sie nicht wissen.

»Hast du schon was gehört?«, fragte sie.

»Bisher noch nicht. Abwarten.«

»Das kann ich gar nicht glauben. Die müssen dich doch mit Kusshand nehmen! An dem Zeugnis, das wir geschrieben haben, liegt es sicher nicht.«

»Ich kenne nur die Arbeit in einem kleinen Familienbetrieb. Das sind alle Erfahrungen, die ich mitbringe.«

»Du bist ein Goldstück. Es wird höchste Zeit, dass du das einsiehst. Gerade weil du in einem Familienbetrieb alles von der Pike auf gelernt hast. Du kannst anpacken, du bist zuverlässig, du siehst Arbeit, die gemacht werden muss. Erzähl mir nicht, dass so was nicht gesucht wird.«

Er sparte sich eine Antwort. Doch Tante Hanna ließ ihn damit nicht durchkommen.

»Ich kenne diesen Blick, Benedikt. So guckst du, wenn ich mich mit dem Computer dumm anstelle. Dies ist anders. Ich bin Geschäftsfrau. Ich weiß, was ein Mitarbeiter mitbringen muss, um für ein Unternehmen wertvoll zu sein. Was ist denn mit der Stelle in Bremen, von der du erzählt hast? Haben die sich auch noch nicht gemeldet?«

»Nein, bisher noch nicht.«

Er wollte nicht nach Bremen. Auch sonst nirgendwohin.

»Vielleicht dauert das einfach seine Zeit.« Sie lächelte mitfühlend. »Geh nach Bremen oder Hamburg, Benedikt. Meinetwegen nach Berlin. Du musst doch was erleben. Buddel dich hier nicht ein.«

»Ich will nicht weg von hier. Dies ist mein Zuhause.«

Der Brennereihof ist mein Zuhause!, hätte er am liebsten gerufen. Du, Tante Hanna, du bist mein Zuhause.

Doch das tat er nicht. Stattdessen blickte er stur zu Boden und schwieg.

»Denk darüber nach. Geh hinaus und leb dein Leben. Du wirst irgendwo einen guten Job finden.«

»Jetzt muss ich erst mal zurück in die Brennerei«, hatte er gesagt, um das Gespräch zu beenden. »Meine Mittagspause ist vorbei. Ich will doch keinem die Gelegenheit geben, mich heute noch abzumahnen.«

Er war schon in der Tür, als sie ihn aufhielt.

»Und eines noch, Benedikt.«

»Was denn?«

Sie hatte gelächelt, den Blick voller Zuneigung.

»Triff deine Entscheidung. Nimm bitte keine Rücksicht auf mich. Und leb dein Leben.«

Wie er nun mit dem Lieferwagen vor dem Gebäude stand, versicherte er sich nochmals, dass auf dem Hof keine Menschenseele war. Dann stieg er aus, um die letzten Umzugskisten aus dem Haus zu holen. Noch hatte er einen Schlüssel. Sicher würde er den bald abgeben müssen. Es war nur eine Frage der Zeit.

Die Kisten standen im leergeräumten Wohnzimmer von Tante Hanna. Der Raum war altvertraut, auch wenn er ohne Möbel nackt und leblos wirkte. Die niedrig stehende Herbstsonne warf warmes Licht über die Bodendielen. Nur der wuchtige Bauernschrank war noch an seinem Platz. Die Schranktüren standen offen, alles war ausgeräumt und sauber gewischt. Er hatte keine Ahnung, was mit dem Schrank geschehen würde.

Er spürte Traurigkeit. Hier hatte er einen großen Teil seiner Kindheit verbracht. Nirgends war er lieber gewesen als auf dem Brennereihof. Er konnte es kaum ertragen, diesen Raum nun so verwaist und seelenlos zu sehen. Was würde daraus wohl werden? Er wollte es im Grunde gar nicht wissen.

Irgendwo im Haus fiel eine Tür ins Schloss. Schritte waren zu hören, dann wurde es wieder still. Es war also doch jemand zu Hause. Instinktiv hielt Benedikt die Luft an. Er wartete, lauschte. Vorerst blieb es ruhig.

Eilig nahm er die letzten beiden Kisten, die in der Mitte des Raums standen. Er hatte keine Lust, jemandem zu begegnen.

Bevor er den Raum verließ, lauschte er nochmals ins große Bauernhaus hinein. Nichts. Also stieß er die Tür auf, ging hinaus und verstaute die Kisten im Lieferwagen. Er warf den Motor an und fuhr, bevor jemand auf ihn aufmerksam werden konnte, vom Hof. Erst als er wieder auf der Hauptstraße war, wurde ihm klar, dass er wahrscheinlich zum letzten Mal in Tante Hannas Wohnzimmer gewesen war.

Es war kein angemessener Abschied gewesen. Doch wäre so ein Abschied überhaupt möglich?

Er machte einen kleinen Umweg durch den Ortskern von Marienfehn, um Kuchen zu besorgen. Bienenstich, Tante Hannas Lieblingskuchen. Zurück im Seniorenheim packte er den Kuchen oben auf die beiden Kisten und stemmte sie hoch. In der Eingangshalle geriet der Kuchen jedoch in Schieflage und rutschte gefährlich nahe an die Kante heran. Also stellte er alles noch mal vorsichtig ab und sicherte den Bienenstich auf der Kiste. Bevor er sie wieder anheben konnte, erklang eine Stimme hinter ihm.

»Du bist Benedikt, habe ich recht?«

Er sah sich um. Es war die kleine Frau aus dem Malkurs. Sie saß allein in der Sitzgruppe am Eingang, den Arm hatte sie auf den Lenker ihres Rollators gelegt, als wäre er das heruntergekurbelte Fenster eines Sportwagens.

Sie lächelte, als würden sie sich seit Langem kennen, und winkte ihn zu sich.

»Tut mir leid, aber ich weiß nicht, wer Sie sind.«

Das schien sie nicht weiter zu stören.

»Was bist du groß geworden, Benedikt«, sagte sie mit wissendem Lächeln. »Und hübsch. Du kommst nach deinem Urgroßvater, aber das weißt du sicher.«

Da er nicht antwortete, klopfte sie mit der Hand auf den freien Platz neben sich.

»Komm, setz dich einen Augenblick zu mir.«

Er war nicht sicher, ob er der Einladung folgen sollte. Es fühlte sich wie ein Verrat an Tante Hanna an.

»Jetzt komm schon. Oder willst du deiner Großtante Rosie nicht wenigstens Guten Tag sagen? Schließlich sind wir eine Familie.«

Kapitel 4

März 1943

Das erste Mal fiel der Name Rosie auf dem Brennereihof, als Hannas Vater auf Fronturlaub war. Er kam mit dem Zug nach Marienfehn, an einem kühlen, regnerischen Frühlingstag, mit seiner grauen Offiziersuniform, dem hohen Kragen, dem schweren Gürtel und dem Reichsadler mit Hakenkreuz auf der Brust. Er wirkte noch strenger und fremder als sonst. Nicht nur Hanna, auch ihre beiden älteren Schwestern Inge und Waltraut, die ein weniger kühles Verhältnis zum Vater hatten, gingen instinktiv auf Abstand. Das änderte sich auch nicht, als er seine gewohnte Hofkleidung anzog.

Hanna belauschte heimlich ihre Eltern, die in der Küche saßen und in gedämpfter Lautstärke miteinander sprachen. Sie hatten den Volksempfänger eingeschaltet, aus dem pausenlos Propaganda drang, wie sie es immer taten, wenn sie ungestört miteinander redeten. Eigentlich wollte Hanna gar nicht lauschen. Das war nämlich strengstens verboten, und ihre Mutter wurde jedes Mal fuchsteufelswild, wenn sie Hanna dabei erwischte.

Doch es war wie ein Zwang. Sie fand die Gespräche der Erwachsenen einfach zu interessant. Es war viel amüsanter, ihnen zuzuhören als den anderen Kindern. Wenn die Nachbarsfrauen beim Schnaps zusammensaßen und über ihre Ehemänner sprachen. Oder beim Kaffeeklatsch der Tanten, die über den Kaiser sprachen und wie schön früher alles gewesen war. Dabei konnte sie viel mehr lernen, als wenn man mit anderen Kindern sprach. Und Hanna liebte es, zu lernen. Zwar gab es viele Dinge auf der Welt, die sie nicht verstand. Sie wollte jedoch alles darüber wissen.

Auch wenn sie nicht immer verstand, wovon gesprochen wurde, träumte sie davon, selbst erwachsen zu sein und mitreden zu können. Am Tisch zu sitzen, Kaffee zu trinken und über interessante Dinge zu sprechen, das stellte sie sich herrlich vor.

An diesem Morgen lauschte sie nur, weil eine ihrer Murmeln quer über den Steinboden der Diele rollte und direkt vor der Küchentür liegen blieb, die einen schmalen Spalt weit offen stand. Hanna spähte hinein und entdeckte ihren Vater, der vor einer Schnapsflasche am Küchentisch saß, während die Mutter das Mittagessen vorbereitete. Sie hatte in einer Schüssel Schnippelbohnen aus dem Steintopf im Kriechkeller geholt und machte sich daran, das eingekochte Fleisch aus dem Glas zu fischen, um einen Fond für die Bohnen zuzubereiten.

Die beiden redeten ernst miteinander, und das Schnapsgläschen auf dem Tisch blieb unangerührt.

»Theodora und Rosie haben diesen Bombenangriff überlebt«, hörte sie ihren Vater sagen. »Aber sie können von Glück reden. Der Essener Stadtkern gleicht einer Trümmerwüste. Die Kruppwerke haben auch was abbekommen. Die ganze Innenstadt wurde zerstört.«

Ihre Mutter rührte schweigend die Schnippelbohnen in den Fleischsud und tat, als ging sie alles nichts an.

Hanna umfasste ihre Murmel. Wenn es um den Krieg ging, wollte sie lieber doch nicht erwachsen sein. Das war etwas, das ihr Angst machte. Diese namenlose Gefahr, die von diesem Ungeheuer ausging, das draußen in der Welt tobte und alles Lebendige gierig auffraß. Davon wollte sie am liebsten gar nichts wissen.

Sie wäre davongelaufen. Sie durfte sich ohnehin nicht noch einmal erwischen lassen. Doch die Angst lähmte sie. Die Angst vor den Bombern und dem Feind und dem Verschwinden von Dorfjungen in Uniformen. So blieb sie vor dem Türspalt hocken und lauschte weiter.

»Weiß der Himmel, wie sie aus dem Keller rausgekommen sind«, sagte ihr Vater. »Er war für fünfunddreißig Personen zugelassen. Und dann haben sie sich da unten gestapelt, mindestens doppelt so viele. Keiner weiß, wer alles verschüttet wurde. Zum Glück geht es den beiden gut. Rosie ist ein zähes Mädchen. Sie wird es schon wegstecken.«

Rosie, dachte Hanna, um sich von der Angst abzulenken. Was für ein hübscher Name. Sie wollte einmal ihre Puppe Rosa nennen, was so ähnlich klang wie Rosie, doch ihre Mutter hatte das verboten, wegen Großtante Rosa. Puppen sollten nicht wie Menschen heißen, das gehöre sich nicht. Hanna dagegen fand, es sei ein Kompliment für Tante Rosa, wenn sie doch einen so schönen Namen habe, dass Kinder ihre Puppen nach ihr benennen wollten. Doch das hatte Hanna nur eine Ohrfeige eingebracht, weil sie wieder einmal neunmalklug gewesen sei. Sie hatte die Puppe daraufhin Lotte genannt, nach dem Vorschlag ihrer Mutter. Ein blöder Name, außerdem hieß ein Nachbarskind Liselotte und wurde Lotte gerufen. Aber das war seltsamerweise kein Problem, Hauptsache, die Puppe hieß nicht Rosa.

Vielleicht hätte Hanna die Puppe Rosie nennen sollen, dachte sie jetzt. Das war fast genauso schön wie Rosa. Sie überlegte. Rosie war sicher die Abkürzung von Roswitha oder Rosalind. Denn dic richtig schönen Namen waren meistens Spitznamen, das hatte sie schon gelernt. Wenn ein Name richtig gut klang, dann war es nie ein echter Name, sondern nur eine Abkürzung für einen anderen, viel langweiligeren Namen. Was sie schade fand.

»Aber wie kann das denn sein?«, fragte ihre Mutter. »Wenn

es doch ein offizieller Luftschutzkeller war? Der müsste doch sicher sein.«

Ihr Vater machte nur eine wegwerfende Handbewegung.

»Volltreffer eben. Den Rest machen die Stabbrandbomben. Der Phosphor kann nicht gelöscht werden. Es war ein altes Haus. Und dann der Feuersturm. Da kannst du nichts mehr machen. Aber das spielt jetzt keine Rolle mehr. Die beiden haben überlebt, das ist das Wichtigste. Trotzdem haben sie alles verloren. Von dem Mietshaus ist nichts übrig. Nicht mal eine Außenwand. Da ist alles pulverisiert worden.«

»Und wo sind sie jetzt?«

»Sie sind bei Bekannten untergekommen. Fürs Erste.«

Ihre Mutter wandte sich dem eingekochten Fleisch zu. Es schien, als wollte sie ihr Gesicht verbergen. Entschlossen schnitt sie das Fleisch in kleine Würfel, um es zum Gemüse zu geben.

»Du willst doch nicht etwa, dass wir sie aufnehmen?«

»Warten wir es ab. Im Moment haben sie eine Bleibe.« Bitter fügte er hinzu: »Jedenfalls bis zum nächsten Bombenangriff.«

»Hier können sie aber nicht herkommen.«

»Maria. Es ist unsere Familie.«

»Familie, was heißt das schon. Haben wir nicht genug Mäuler zum Durchfüttern?«

»Verdammt, sie ist die Frau meines Bruders. Otto wird vermisst. Er war in Stalingrad. Du weißt genau, was das bedeutet. Rosalind ist deine Nichte. Wir werden ihnen nicht die Tür vor der Nase zuschlagen.«

Rosalind, dachte Hanna. Das Mädchen hieß also gar nicht Rosie. Hatte sie es sich doch gedacht. Wie es ihr wohl gerade erging? Hanna war überfordert damit, sich diese Dinge vorzustellen. Bombenangriffe und verschüttete Keller, das gehörte zu diesen dunklen und beängstigenden Dingen, die zum Krieg gehörten. Aber Rosie war zäh, hatte ihr Vater gesagt. Ihr machte das alles sicher nichts aus.

»Was würdest du wollen, wenn es umgekehrt wäre?«, fragte ihr Vater. »Dass du und die Kinder einfach im Stich gelassen werden?«

»Du wirst schon auf dich aufpassen.« Es klang wie ein Befehl. Oder mehr wie eine Drohung. »Dazu wird es bestimmt nicht kommen.«

Ihr Vater sah aus, als wollte er widersprechen, doch dann beließ er es dabei. Hanna beobachtete, wie er am Küchentisch vor dem Schnapsglas hockte. Er wirkte nicht mehr so Furcht einflößend wie gewöhnlich. Eher müde und erschöpft. Und gleichzeitig umgab ihn etwas Dunkles.

»Es wird nicht mehr lange dauern«, sagte er.

Ihre Mutter rührte entschlossen das Fleisch auf dem Herd unter.

»Alles liegt in Trümmern. Es geht nur noch darum, sich abschlachten zu lassen. Als hätten wir noch irgendeine Chance.«

»Ich will so was nicht hören!«, fuhr sie ihn an. »Wenn alle so reden wie du, dann kann der Krieg auch nicht mehr gewonnen werden.«

»Was denn, glaubst du etwa an den Endsieg?«

Sie warf den Kochlöffel in den Topf, so dass ein paar Tropfen Brühe auf den Herd spritzten und zischend verdampften.

»Ich will daran glauben, ja! Dass unsere Jungen und Männer nicht umsonst gefallen sind. Dass unser Schneid größer ist als der von allen anderen. Daran will ich glauben. Ihr werdet schon verhindern, dass es zum Schlimmsten kommt. Dafür sorgt ihr.«

Sie wandte sich um und funkelte ihn herausfordernd an, doch ihr Vater schnaubte nur, kippte nun endlich den Schnaps runter und stand auf.

»Wenn der Feind kommt und alles überrollt, dann bete dafür, dass er uns nicht antut, was wir ihm angetan haben.«

Er stand auf und ging zur Tür, ohne seine Frau weiter zu beachten. Das ging alles so schnell, dass Hanna kaum die Zeit hatte aufzuspringen. Er würde sie entdecken. Im nächsten Moment würde sie erwischt werden.

»Heinrich!«

Er blieb stehen, wandte sich widerwillig um.

»Was ist denn?«

»Ich bin wieder schwanger.«

Hanna konnte seinen Gesichtsausdruck nicht sehen, er stand mit dem Rücken zu ihr. Doch sein Körper versteifte sich seltsam. Er blieb einfach mitten in der Küche stehen.

Hannas Angst vor Entdeckung war sofort vergessen. Hieß das etwa, sie bekäme ein Geschwisterchen? Ein Brüderchen etwa? Denn das war es, was sie sich sehnlichst wünschte. Wenn es ein Junge würde, gäbe es endlich den Hoferben, auf den alle warteten. Hanna hätte schon dieser Hoferbe sein sollen. Sie hatte zwei ältere Schwestern, und als ein drittes Kind unterwegs war, da waren alle überzeugt, endlich einen Jungen zu bekommen. Doch stattdessen war es Hanna geworden. Keiner brauchte ein drittes Mädchen auf dem Hof. Hanna war überflüssig, das spürte sie genau.

Wenn jetzt ein Junge käme, dachte sie aufgeregt, wenn es einen Hoferben gäbe, dann wäre vielleicht alles wieder gut. Dann musste sie sich nicht mehr dafür schämen, ein Mädchen zu sein. Vielleicht würden ihre Eltern Hanna dann sogar ein bisschen lieb haben können. Das wäre doch möglich. Ach, wenn doch der Junge nur schon da wäre.

»Es wird ein Junge, Heinrich«, sagte ihre Mutter. »Diesmal bin ich sicher. Ich spüre das.«

»Das warst du beim letzten Mal auch schon«, sagte er und bewegte sich nicht vom Fleck. »Und dann kam Hanna.«

»Wir können es eben nur probieren«, kommentierte sie bitter. »Was anderes bleibt uns nicht. Es wird schon kein weiteres Mädchen geben. Irgendwann hat man auch Glück.«

»Auch das hast du bei Hanna schon gesagt.« Er holte Luft. »Ich werde nicht da sein, das weißt du ja. Beten wir, dass die ganzen Mühen nicht umsonst sind.«

»Es ist doch bislang ganz gut gelaufen auf dem Hof. Eine Schwangerschaft wird mich nicht umbringen.«

»Hoffen wir das Beste.«

Schweigen. Immer noch stand ihr Vater unbewegt im Raum.

»Es wird ein Sohn werden, Heinrich. Du bekommst deinen Erben.«

»Noch eine Hanna verzeih ich dir nicht. Wir müssen sie alle durchfüttern, unsere Mädchen, aber bringen tun sie nichts.«

»Es liegt nicht an mir, dass Hanna ein Mädchen ist«, erwiderte die Mutter böse. »Du bist genauso beteiligt. Und selbst wenn wir noch ein Mädchen kriegen, dann kannst du nichts dagegen tun. Wir können es nicht zurückgeben.«

Hanna würde nachher nicht sagen können, was genau passiert war. Sie hatte einfach das Gleichgewicht verloren. Und ehe sie begriff, was geschah, fiel sie gegen die Tür, die aufflog und gegen die Wand donnerte. Zu allem Überfluss fiel noch die hölzerne Madonnenfigur vom Regalbrett und klatschte in eine Schüssel mit Kartoffelschalen, wurde beschmutzt und entweiht. Ein Sakrileg. Als ob das Lauschen nicht schlimm genug gewesen wäre.

Hanna starrte fassungslos auf die Muttergottes, dann zu ihren Eltern, deren Gesichter vor Wut rot wurden.

»Du neugieriger Satansbraten!«, rief ihr Vater und ging mit großen Schritten auf sie zu. »Was haben wir dir über das Lauschen gesagt? Na, warte ab. Dir werde ich's zeigen.«

Natürlich war Hanna klar, dass sie es nur schlimmer machte, wenn sie davonlief. Doch so weit konnte sie nicht denken. Sie sah nur ihren Vater zornesrot auf sie zumarschieren und schlüpfte unter seinem Arm hindurch, als er sie packen wollte, floh durch Diele und Viehstall nach draußen auf den Hof.

»Bleibst du wohl stehen!«, brüllte er hinter ihr. »Untersteh dich, bleib sofort stehen!«

Doch da stürmte sie bereits durch die Tennentür hinaus auf den Hof. Ein leicht säuerlicher Geruch lag in der Luft. Es war Brenntag, und das Aroma der Schlempe, der Rückstände des Getreides nach dem Destillieren, erfüllte den Hof. Johann, ihr alter Knecht, schob gemütlich eine Schubkarre mit der matschigen Schlempe aus der Brennerei hinaus, um sie den Bullen zu fressen zu geben. Ein heller Brei, der den typischen Geruch vergorenen Getreides verströmte.

Hanna wollte schon in die Brennerei laufen und sich im Kornlager mit der Mühle verstecken. Oder hinter dem Maischebottich, einem ihrer Lieblingsverstecke. Doch Johann würde sie hineinlaufen sehen und bestimmt verraten.

»Hanna, verflucht!«

Also stürmte sie am Backsteinhaus der Brennerei vorbei und weiter in den Garten. Hinter den Himbeersträuchern schlug sie einen Haken und verschwand auf der Apfelwiese in einer Hecke. Hier würde ihr Vater sie nicht finden, da war sie sicher.

Tränen rannen ihr übers Gesicht. Das hatte sie gar nicht bemerkt. Wenn ihre Eltern könnten, würden sie Hanna zurückgeben. Sie wollten sie nicht haben, aber das wusste sie ja. Es war nicht schlimm, sagte sie sich. Wenn sie ein Brüderchen bekommen würde, dann wäre es egal, dass sie ein Mädchen war. Sie brauchten nur einen Jungen, einen Hoferben. Dann wäre ihr Vater nicht mehr wütend auf sie.

Sie sah ihn in Hemdsärmeln über den Hof stapfen. Er brüllte ihren Namen, doch Hanna rührte sich nicht vom Fleck. Schließlich ging er wieder ins Haus.

Hanna bemerkte, dass der Zweig eines Strauchs ein Loch in ihre Schürze gerissen hatte, als sie in die Hecke gesprungen war. Ihre Mutter bläute ihr ständig ein, auf ihre Sachen aufzupassen. Vielleicht wäre es das Beste, die Schürze heimlich mit der ihrer Schwester Waltraut zu tauschen. Das würde keiner merken, und Waltraut bekam nie so viel Schimpfe wie Hanna. Das wäre ein bisschen gemein, weil Waltraut nie böse zu anderen war und immer nur still und lieb, aber Hanna wusste sich nicht anders zu helfen.

In der Hecke war alles nass und glitschig, es war unmöglich, sich hier nicht schmutzig zu machen. Ganz vorsichtig kletterte sie wieder hervor, als die Luft rein war, klopfte ihr Kleidchen und die Schürze sauber und sah sich um.

Jenseits des Feldes mit der Wintergerste, auf der Landstraße nach Marienfehn, tauchte ein seltsames schwarzes Objekt auf. Sie lief zum Zaun und schaute. Es war eine große elegante Limousine mit geschwungenen Kotflügeln und wuchtigem Kühlergrill, die wirkte, als würde sie schweben. Es war beeindruckend. Automobile bekamen sie nicht häufig zu sehen in Marienfehn.

Hanna hielt den Atem an, als dieses noble Gefährt auf den Schotterweg bog, die Zufahrtsstraße zum Brennereihof. Das Auto fuhr zu ihnen, ohne Zweifel, sonst gab es hier nichts. Der Motor knatterte vornehm, und die Limousine rauschte schnittig auf den Hof vor das Wohnhaus.

Hanna lief zurück in den Garten und spähte, immer noch im Sicherheitsabstand, über die Himbeersträucher hinüber zum Haus.

Ein Uniformierter stieg aus, setzte seine Mütze auf, nahm Haltung an und trat vor die Haustür. Dort tauchte Hannas Vater auf, der plötzlich nicht mehr hemdsärmelig war, sondern seine Anzugjacke trug. Er wirkte auch nicht mehr wütend, sondern sehr jovial. Die beiden sprachen miteinander, dann gingen sie hinüber in die Brennerei. Sie schienen sich gut zu verstehen, denn es wurde gelacht und sich gegenseitig auf die Schulter geklopft.

»Hanna, hast du das gesehen?«

Inge tauchte neben ihr auf, mit einem Kopftuch, das sie vorm Nieselregen schützte, und einem Spaten in der Hand. Inge war vier Jahre älter als Hanna, ihre arbeitsame Schwester, die immer pflichtbewusst und schweigsam war und niemals Anlass zu Ärger und Wut gab. Doch jetzt wirkte sie seltsam aufgekratzt.

»Ein Automobil!«, rief sie und stieß den Spaten kräftig in die Erde. Sie nahm ihre kleine Schwester an die Hand. »Komm, das sehen wir uns an. Ist das nicht phantastisch?«

Die beiden hielten Sicherheitsabstand. Verbargen sich hinter einer der Eichen, die auf dem Hof standen. Gingen sicher, dass der Uniformierte mit ihrem Vater in der Brennerei verschwunden war. Erst dann wagten sie sich näher heran.

»Das ist was, oder?«, schwärmte Inge. »Da kommt unsere Pferdekutsche nicht mit. Wie muss das sein, da drin zu sitzen und übers Land zu fahren!«

Als sie die Limousine ehrfürchtig umrundeten, tauchte er plötzlich auf: ein blasser, schmächtiger Junge mit strengem Seitenscheitel und Brille, mit kurzen Hosen und blitzblanken Schuhen, mit denen man besser nicht auf einem Bauernhof herumtollte.

Er saß auf dem Trittbrett zwischen den schwungvollen Kotflügeln und spielte mit einem Stock. Als er aufschaute, trafen sich ihre Blicke.

Er sah nur sie an, nicht Inge, dann stand er auf, schob sich seine Brille zurecht und sagte: »Hallo. Ich bin Carl.«

»Gehört das Auto deinem Vater?«, fragte Inge.

»Ja. Er ist Ortsgruppenleiter.«

»Wirklich? Haben alle Ortsgruppenleiter so ein Auto?«

»Ich weiß nicht.« Carl wirkte nicht so, als würden ihn solche Fragen interessieren. Schulterzuckend fügte er hinzu: »Mein Großvater ist der Bürgermeister von Marienfehn.«

»Dann heißt du Carl Nordthues«, stellte Inge fest.

Inge, die sonst eher schweigsam war, redete plötzlich ohne

Unterlass, so begeistert war sie von dem Auto. Während Hanna, die normalerweise immer zu viel sprach, sich kaum zu bewegen wagte. Sie fühlte sich schüchtern und verlegen in Gegenwart dieses Carl.

»Bestimmt habt ihr deswegen so ein großes Auto«, sagte Inge. »Das muss toll sein, damit zu fahren. Ich stelle mir das ganz herrlich vor.«

Carl blickte zu Hanna. Er lächelte, doch sie wagte es nicht, zurückzulächeln. Stattdessen blieb sie hinter ihrer älteren Schwester stehen. Inge schlug nach einer Weile vor, gemeinsam Hinke Pinke zu spielen. »Oder wir spielen Murmeln. Hast du Murmeln dabei, Carl?«

Das war Hannas Stichwort. Sie besaß nämlich eine Murmel, die größer und schöner war als alle anderen. Es war ihre Lieblingsmurmel, ihr Schatz. Diese Murmel war tiefblau, und in ihrem Innern schwebten traumartige Gebilde, beinahe wie Wolkenformationen mit Sternen und Planeten, und alles leuchtete tief und geheimnisvoll.

Diese Murmel trug sie immer bei sich. Sie war viel zu wertvoll, außerdem durften ihre Schwestern nicht bemerken, wie schön sie war, denn sonst würden sie sie ihr bestimmt wegnehmen.

Doch nun, wo sie Carl die ganze Zeit schweigend angesehen hatte, war dies ihre Chance, auf sich aufmerksam zu machen. Sie konnte ihm zeigen, dass nicht nur er, sondern dass auch sie besonders war. Also nahm sie ihren ganzen Mut zusammen, zog die Murmel aus der Schürze hervor und hielt sie Carl auf eine Weise hin, als würde es sich um ihr Herz handeln.

»Das ist meine schönste Murmel.«

Carl trat näher und betrachtete sie.

Hanna bemerkte das Staunen in seinem Blick. Er sah ebenfalls, was ihren Schatz ausmachte. Das Ungewöhnliche und Wunderbare daran.

Schließlich sah er auf und lächelte.

»Ja. Die ist wirklich schön.«

Fünfundsiebzig Jahre später, in einem Seniorenheim in Marienfehn, fragte sich Hanna, ob sie es in diesem Moment schon gewusst hatte. Dass dies eine Begegnung war, die ihr ganzes Leben verändern sollte. Sie hätte es nicht mit Bestimmtheit sagen können. Doch blieb die Erinnerung an diesen Moment für immer glasklar, den Rest ihres Lebens. Der Moment, in dem dieser Junge von der Murmel zu ihr aufsah und lächelte.

Kapitel 5

Danach tauchte Carl in regelmäßigen Abständen auf dem Hof auf. Irgendwie fand er immer wieder eine Möglichkeit und einen Anlass, den Brennereihof zu besuchen. Er begleitete seinen Vater, wenn der in der Brennerei was zu erledigen hatte. Saß auf einem Heuschober, der aus Marienfehn herfuhr, oder kam zu Fuß die Landstraße entlang. Bei seinem ersten Besuch war ein Band zwischen ihm und Hanna entstanden. Es schien ganz natürlich, dass er vorbeikam, um sie zu treffen.

Die Erwachsenen sagten untereinander, die beiden spielten zusammen. Dabei hätten sie selbst das, was sie miteinander taten, niemals Spielen genannt. Im Gegenteil. Sie führten nämlich Unterhaltungen. Das war es, was sie taten. Kletterten auf Bäume oder auf den Heuboden und plauderten miteinander. So wie Erwachsene es taten. Carl interessierte sich nämlich auch nicht für die Dinge, die andere Kinder taten. Carl redete gern davon, dass er Französisch lernen wollte, auch wenn das die Sprache des Feindes war und sein Vater böse wurde, sobald er damit anfing. Außerdem wollte er reisen und die Welt sehen. Wie Hanna freute er sich darauf, in die Schule zu kommen. Auch wenn die Landvolksschule kein besonderes Niveau habe, wie er sie wissen ließ. Dort lerne man auch kein Französisch. Deshalb müssten sie unbedingt auf eine weiterführende Schule gehen.

Sie konnten stundenlang miteinander reden, und es wurde ihnen nie langweilig. Da war gar keine Zeit, mit den anderen

Kindern zu spielen. Es gab viel zu viel, was man miteinander diskutieren konnte.

»Da sind ja meine beiden kleinen Klugschwätzer«, pflegte Johann, der alte Knecht, zu sagen, wenn er sie auf dem Dachboden der Brennerei oder auf dem Heuboden erwischte. »Meine beiden Professoren. Fehlt nur noch der Geheimrat Goethe, dann wäre die Runde komplett, was?«

Die anderen auf dem Brennereihof ließen die beiden meistens in Ruhe. Hannas Mutter war zwar nicht sonderlich begeistert von dieser Freundschaft. Schließlich war Carl der Enkel des Bürgermeisters und stammte aus einer angesehenen Familie. Überdies waren es einflussreiche Nazis. Und dann musste es ausgerechnet Hanna sein, mit der er sich anfreundete. Dieses anstrengende und vorlaute Kind, von dem sich wirklich keiner wünschte, dass es die Familie Brook nach außen repräsentierte.

Doch was sollte sie dagegen tun? Wenn der Enkel des Bürgermeisters mit ihrer Tochter spielen wollte, konnte sie es ihm schlecht verbieten. Das wäre eigentlich die Aufgabe von Carls Vater gewesen. Doch der griff nicht ein. Ganz im Gegenteil. Unausgesprochen verlangte er von Hannas Mutter, dass die sich geehrt fühlte.

Grimmig wachte ihre Mutter darüber, dass Hanna wenigstens ordentlich aussah, wenn Carl auftauchte. Ihre Zöpfe mussten vorzeigbar sein und die Schürze sauber. Außerdem sollten Haus und Garten in Ordnung sein, was viel zusätzliche Arbeit bedeutete. Wenn Carl auf dem Hof auftauchte, zog Hanna sich also schnell eine saubere Schürze an, steckte die blaue Murmel ein und lief zur Mutter, damit die ihren Anblick überprüfen konnte.

Im Frühsommer wurde ihre Mutter krank. Schwer krank sogar, auch wenn keiner den Mädchen sagen wollte, was eigentlich los war. Doch Oma Butthus, ihre Nachbarin, die ihre Mutter pflegte, erklärte den Mädchen schließlich, dass sie ihr Kind verloren habe. Ihr kleines Brüderchen sei nun im Himmel, wo es viele andere Kinder gäbe, die es lieb haben würden.

Schon nach ein paar Tagen war ihre Mutter wieder grimmig und mit voller Kraft an die Arbeit gegangen. Als wäre es nicht mehr als eine Erkältung gewesen. Doch schien sie ständig wütend zu sein auf etwas, und Hanna hatte wieder einmal das Gefühl, insgeheim sei sie der Grund dafür. Weil sie kein Junge geworden war.

Ein paar Wochen später überraschte sie ihre Mutter nachts in der Küche. Sie hatte nicht schlafen können und war auf der Suche nach einem Schluck Wasser in die Küche geschlichen. Im Licht der Petroleumlampe hockte ihre Mutter am Küchentisch, ein Häufchen Elend und Verzweiflung, in Tränen aufgelöst, mit bebenden Schultern und ersticktem Schluchzen.

Hanna war wie gelähmt, schreckensstarr. Sie durfte ja nicht die Erwachsenen belauschen. Ihre Mutter hasste das. Außerdem ahnte sie, dass sie dieses Mal unverzeihlich tief in die Privatsphäre ihrer Mutter eingedrungen war. Trotzdem konnte sie sich nicht vom Fleck bewegen. Sie war einfach unfähig gewesen, die Küche zu verlassen.

Als die Mutter sie entdeckte, war es zu spät gewesen. Niemals zuvor hatte Hanna sie so zornig und so aufgebracht erlebt. Nie war sie so gewaltsam auf sie losgegangen, um sie zu bestrafen.

»Nimm die Hände runter!«, hatte sie immer wieder gebrüllt, wenn Hanna versucht hatte, wenigstens das Gesicht vor ihren Schlägen zu schützen. »Die Hände runter, habe ich gesagt!«

Hanna fühlte sich schuldig am Tod ihres Brüderchens, obwohl sie doch gar nichts dafür konnte. Sie war sich ganz sicher, dass sie ihn sehr lieb gehabt hätte. Sie schwor sich bei allem, was ihr heilig war: Wenn sie einmal ein Brüderchen bekommen würde, dann würde sie sich immer gut um es kümmern.

Der Sommer hielt Einzug in Marienfehn, doch ihr Vater

kehrte nicht zurück. Er blieb an der Front. Hanna, die wie ihre älteren Schwestern auf dem Hof mitarbeiten musste, besonders zu der beginnenden Erntezeit, tat dies am liebsten zusammen mit Dragan, dem serbischen Zwangsarbeiter, der für den riesigen Gemüsegarten zuständig war. Dragan sprach zwar kein Deutsch, jedoch hörte er immer lächelnd zu, wenn Hanna ihm die Namen der Gemüsesorten aufsagte oder erklärte, wie Schnecken bekämpft werden mussten und welche Käfer Schädlinge waren.

An diesem Sommertag setzten sich die beiden mit einer Wanne voller Erbsen in den Schatten der Linde, um die Schoten zu öffnen und die Erbsen von der Hülle zu befreien.

»Das sind Gartenwicken«, sagte Hanna zu Dragan, der die rankenden, in voller Blüte stehenden Wicken bewunderte. »Das ist kein Gemüse, weißt du, die werden einfach gepflanzt, weil sie so schön blühen. Das tun sie auch, oder?«

Dragan zwinkerte und sagte etwas auf Serbisch.

»Wusstest du, dass Wicken zu der Familie der Erbsen gehören?«, fragte Hanna. »Ich finde das ganz außergewöhnlich. Die sind verwandt mit Erbsen, obwohl die ganz anders aussehen. Und viel größer sind. Und sie duften.«

Das Wort Erbsen kannte Dragan. Er zeigte auf die Wanne, die sie vor sich hatten.

»Erbsen döppen, heißt das«, erklärte Hanna.

Er grinste breit, wobei seine Zahnlücke zum Vorschein kam und tausend Lachfältchen um seine Augen auftauchten.

»Bitte danke«, sagte er, wie immer, wenn er etwas auf Deutsch sagen wollte. Viel mehr beherrschte er nämlich nicht. »Guten Tag« noch, und »Stillgestanden« und »Raus«.

Dafür konnte er Kunststücke machen mit seiner brennenden Zigarette. Er konnte sie im Mund umdrehen und ganz verschwinden lassen. Oder er warf sie hoch und fing sie mit den Lippen wieder auf, ohne sich zu verbrennen.

Dragan war der Feind, das wusste Hanna. Sie hatte gehört, wie Oma Butthus, ihre Nachbarin, das zur Mutter gesagt hatte.

»Du kannst ihn nicht mit am Tisch sitzen lassen, Maria. Er ist der Feind, vergiss das nicht.«

»Er arbeitet genauso hart wie alle anderen«, hatte ihre Mutter geantwortet. »Natürlich sitzt er mit am Tisch. Er bekommt das Gleiche zu essen wie wir alle.«

»Wenn sich das nur nicht rumspricht. Du weißt ja, was die Leute sagen. Fraternisieren mit dem Feind. Dass du dir mal keine Probleme schaffst.«

»Soll ich ihn im Stall schlafen lassen und Kartoffelschalen zu fressen geben? Ich glaub nicht, dass er dann besser arbeitet.«

»Ich sage ja nur, vergiss nicht, dass er der Feind ist. Nicht, dass dich einer anzeigt, weil du ihn zu gut behandelst.«

Wenn Dragan der Feind war, überlegte Hanna, musste sie dann wirklich solche Angst vor diesem Feind haben, wie das bei ihrem Vater mitgeklungen hatte? Oder wäre es dann vielleicht gar nicht so schlimm, wenn der Feind tatsächlich käme?

»Bitte danke«, sagte Dragan und hielt ihr eine Erbse vors Gesicht. Dann ließ er sie mit einem Zaubertrick verschwinden, und Hanna sah nur noch seine leere Hand. Er lachte über ihr verdattertes Gesicht.

»Wie hast du das gemacht?«, fragte sie begeistert. »Das musst du mir zeigen, das will ich auch können. Bitte, Dragan, bringst du mir das bei?«

»Hanna!« Ihre Mutter tauchte im Garten auf. Ihr Gesicht verdunkelte sich, als sie sah, wie viel Spaß sie und der Serbe miteinander hatten, während die Erbsen darauf warteten, gepult zu werden. Der Serbe sah zu ihr auf, ihre Blicke trafen sich, und eine Weile sagte keiner etwas. Dann wandte sich ihre Mutter an Hanna. Sie hielt ihr keine Standpauke, sondern sagte schlichtweg: »Zieh dir eine frische Schürze an und geh raus zum Spielen. Carl ist da. Jetzt mach schon.«

Dann zupfte sie ein bisschen an Hannas Haaren herum, bespuckte den Daumen, um einen Fleck aus ihrem Gesicht zu schrubben, und schickte sie fort. Sie blieb mit Dragan im Garten zurück. Wahrscheinlich, um mit ihm zu schimpfen, glaubte Hanna, damit keiner denken konnte, sie würde den Feind gut behandeln. Aber selbst wenn sie mit Dragan schimpfte, hörte sich das nie so schlimm an, wie wenn sie mit Hanna schimpfte. Das war sicher nur gespieltes Schimpfen.

Ein paar Minuten später trat Hanna vors Haus, wo Carl geduldig auf sie wartete. Er stand am Gartenzaun und vertrieb sich die Zeit damit, die Latten zu zählen. Als er Hanna kommen sah, lief er ihr aufgeregt entgegen.

»Ich hab einen riesigen Moorfrosch gesehen«, begrüßte er sie. »Da waren ganz viele, aber einer war richtig groß. Wie meine Hand. Und der war eklig. Wetten, dass du dich nicht traust, die anzufassen?«

»Ich trau mich wohl. Wenn du ihn zuerst anfasst, dann fasse ich sie auch an. Wetten? Wo ist der Frosch?«

»Komm, ich zeig ihn dir!«

Er lief los, an der Brennerei vorbei zum Kiefernwäldchen. Er nahm nicht den Weg über die Straße, sondern steuerte direkt die Heide an, die über einen Sandweg zu erreichen war. Hanna zögerte nicht und lief ihm hinterher.

»Warte doch, Carl! Ich komme ja schon.«

Hinter dem Wäldchen erstreckte sich die ebene Heidefläche, Heidekraut, Ginster und Wacholder wechselten sich mit einzelnen Birken und flach wurzelnden Kiefern ab. Am hohen Himmel standen Schönwetterwolken. Darunter führte ein Weg aus weißem Sand, der von verbranntem Gras gesäumt war, durch die Ebene. Der weite Horizont wurde nur durch den Kirchturm von Marienfehn unterbrochen.

»Jetzt komm!«, lachte Carl und rannte in die Heide hinein. »Es ist nicht weit.«

Wenn Carl hier den Frosch entdeckt hatte, dann war er durch die Heide hergekommen. Er hatte die Abkürzung durch das Moor genommen und nicht die Landstraße. Es war für Kinder natürlich streng verboten, durchs Moor zu gehen. Dort gab es schließlich Irrlichter und Geisterwesen. Und trügerische Stellen mit Faulschlamm, in denen ein Mensch versinken konnte. Wie mutig Carl war, diesen Weg zu gehen.

Ob er vielleicht mit ihr ins Moor wollte? Allein hätte sie sich das niemals getraut, doch gemeinsam mit ihrem Freund, das spürte sie, wäre es ein großes Abenteuer.

Die Heide brütete in der Sonne. Schmetterlinge umflatterten sie, Lerchen und Kiebitze sangen, ein warmer Wind raschelte im Ginster. Für Hanna war es, als wären sie in einer anderen Welt, die weit entfernt war und nichts mehr mit dem Leben auf dem Hof zu tun hatte. Eine Märchenwelt, die sie ganz für sich allein hatten. Wo es keinen Krieg gab und keine Eltern.

»Hier ist es!«, rief Carl. »Ich schwöre, der war riesengroß. Wusstest du, dass Moorfrösche blau werden, wenn sie sich paaren?«

Hanna wusste das nicht und fand es furchtbar interessant.

»Richtig himmelblau«, sagte Carl. »Ich hab das mal gesehen, da war ich noch kleiner. Aber jetzt gerade ist keine Paarungszeit, deshalb sehen die ganz normal aus.«

Er stand vor einem Ginsterbusch und suchte den Sandboden ab. Doch von dem Frosch war nirgends eine Spur.

»Der muss hier irgendwo sein.« Doch er konnte die Frösche nicht finden. »Ich bin sicher, hier war das.«

»Aber blau war der nicht?«

»Nein, nur riesengroß. Und eklig. Ich wünschte, ich könnte ihn dir zeigen.«

Er streifte durch das Heidekraut, immer noch auf der Suche.

»Vielleicht finden wir ja eine Kreuzotter«, sagte Hanna. »Oder eine Eidechse. Hast du schon mal eine Eidechse gesehen?«

Carl blieb ihr eine Antwort schuldig. Ein leises Heulen wurde vom Wind zu ihnen hergetragen. Es war eine Sirene. Die Illusion der Märchenwelt zerplatzte. Fliegeralarm.

Sie blickten sich erschrocken an. Sobald sie eine Sirene hörten, war ihnen eingeimpft worden, sollten sie nach Hause kommen. Und zwar auf dem schnellsten Weg.

Hanna blickte sich in der weiten Ebene um. Bedeutete das, sie müsste jetzt allein nach Hause laufen? Würde sie überhaupt den Weg finden? Hier draußen im Moor würden doch bestimmt keine Bomben abgeworfen werden.

Carl legte den Kopf schief und lauschte.

»Kommt die von Marienfehn?«, fragte Hanna.

»Nein, der Wind kommt aus der anderen Richtung.«

»Dann ist das die Sirene in der Bauernschaft. Die auf dem Dach der Feuerwehrscheune steht. Was machen wir denn jetzt?«

»Komm mit zu mir nach Hause«, schlug Carl vor. »Marienfehn ist näher als der Brennereihof.« Da sie zögerte, fragte er: »Oder sollen wir zu euch zurück? Ist dir das lieber?«

Ihre Mutter würde wahrscheinlich nicht einmal merken, wenn Hanna nicht auf dem Hof war, trotz der Sirenen. Also beschloss sie, mitzugehen nach Marienfehn. Carl nahm sie an die Hand, gemeinsam steuerten sie den Kirchturm an.

Nach einer Weile brummten hoch oben am Himmel Flugzeuge. Sie sahen aus wie ein Schwarm Zugvögel. Hanna und Carl hielten sich die Hand schützend vor die Augen und blinzelten in den Himmel.

»Die Bomberverbände kommen über den Kanal«, sagte Carl. »Und dann über die holländische Grenze. Die ist ja nur ein paar Kilometer von hier entfernt.«

»Wohin fliegen die wohl?«, fragte Hanna, die gegen das Sonnenlicht blinzelte.

»Weiter ins Landesinnere. Wo die großen Städte sind.«

Bisher hatte Hanna nur nachts das Brummen der Maschinen

gehört. Niemals am Tage. Sie sahen schön aus, auch wenn sie gefährlich waren.

»Vielleicht ins Ruhrgebiet?«, fragte sie und dachte an ihre Cousine Rosie, die mit ihrer Mutter in Essen lebte und schon einmal ausgebombt worden war.

»Ins Ruhrgebiet oder weiter nach Köln oder Frankfurt.«

»Frankfurt«, sagte sie und dachte an die Menschen, die in ihren Kellern sitzen würden, wenn die Bomben fielen. Sie fragte sich, wo Rosie wohl jetzt war. Es flogen so oft Verbände über Marienfehn hinweg. Bestimmt war auch Essen bei den Zielen dabei gewesen.

Der Bomberverband flog weiter und verschwand aus ihrem Blickfeld. Das Dröhnen der Motoren wurde leiser.

»Komm, Hanna, wir gehen weiter.«

Die Sirenen meldeten Entwarnung und verstummten. Jetzt gab es eigentlich keinen Grund mehr, nach Hause zu gehen. Doch vor ihnen begann bereits das Moor. Feuchte Flächen glitzerten im Sonnenlicht, das Heidekraut wurde von weiß blühendem Wollgras abgelöst. Eine Libelle tanzte in der Luft, irgendwo schrie ein Moorvogel.

»Sieh mal da«, sagte Carl und deutete auf den Bruchwald, in dem sich sumpfiges Wasser staute. Dahinter waren die Zinnen des Krankenhauses zu erkennen. Ein großer Sandsteinbau, der mitten im Moor errichtet worden war.

Hinter Schilf und Binsen lag im Bruchwald eine halb verfallene Kapelle. Hanna hatte schon von ihr gehört, aber sie noch nie gesehen.

»Spukt es da?«, fragte sie. »Das sagt Oma Butthus, unsere Nachbarin. Da gehen Gespenster um, und wenn man nicht aufpasst, dann packen sie einen.«

»Es gibt gar keine Gespenster«, sagte Carl, auch wenn seine Stimme dabei nicht so überzeugt klang. »Sollen wir mal gucken gehen?«

»Ich weiß nicht.«

Doch da sprang Carl schon über grasbewachsene Bülten, die aus dem Moorwasser ragten, um sich ihr zu nähern. Hanna hielt den Atem an. Das war zu gefährlich. Sie konnte es nicht wagen, hinterherzuspringen. Wenn sie abrutschte, würde sie im schwarzen Wasser landen.

Eine der Nonnen aus dem Krankenhaus entdeckte sie. Sie rief etwas, das sie nicht verstanden. Doch sie wussten, dass Kinder keinesfalls ins Moor gehen durften. Also traten sie die Flucht an, rannten über einen torfigen Pfad davon und liefen, bis ihnen die Luft ausging.

Lachend und außer Atem setzten sie sich auf einen umgestürzten Baum am Wegesrand. Die Sonne brannte vom Himmel. Sie legten sich auf den Rücken und betrachteten die vorbeiziehenden Schäfchenwolken am Himmel. Eine Weile sagte keiner etwas, dann meldete sich Carl zu Wort.

»Meinst du, der Feind kommt hierher?«

Hanna hob die Schultern.

»Was wird dann sein?«, fragte Carl.

»Mein Vater hat gesagt, dann müssen wir beten. Damit der Feind uns nicht so behandelt wie wir ihn.«

»Wie behandeln wir den Feind denn?«

Darauf wusste sie keine Antwort.

»Dragan ist der Feind, und der kann Zaubertricks.«

Sie fielen wieder in Schweigen. Dachten an die Gerüchte und das Flüstern, wenn es um den Feind ging, an die Bomberverbände und die brennenden Städte. Schließlich sagte Carl: »Wenn der Feind kommt, verstecken wir uns hier.«

»Hier im Moor, meinst du?«

»Ja. Wir nehmen einfach was zu essen von zu Hause mit. Und wenn es regnet, gehen wir in die Kapelle.«

Sie ließ den Blick über die weite Ebene wandern, die vor ihnen im Sonnenlicht lag. Es war ganz still, nur das Summen der

Insekten und der gelegentliche Schrei eines Moorvogels waren zu hören. Alles strahlte Frieden und Schönheit aus.

»Abgemacht, Hanna?«, fragte Carl. »Wenn er kommt, dann verstecken wir uns hier. Hier findet er uns bestimmt nicht.«

Sie blickten sich an. Lächelten. Damit war es beschlossen. Was sollte passieren, wenn sie zu zweit blieben? Solange ihre Freundschaft bestehen würde?

Schulter an Schulter hockten sie auf dem Baumstamm und sahen ins Moor hinaus. Bis Carl irgendwann nach ihrer Hand tastete und sie in die seine nahm. Da fiel die Angst endgültig von ihr ab. Es blieben nur ein freudiges Glücksgefühl und die unumstößliche Zuversicht, dass kein Krieg der Welt ihnen hier im Moor etwas würde antun können.

Der Fliegeralarm war nicht mehr als eine blasse Erinnerung, als Hanna auf den Brennereihof zurückkehrte. Sowie sie die Heide verlassen hatte und auf den Feldweg zum Hof getreten war, hatte das Glücksgefühl sie wieder verlassen. Sie würde Ärger bekommen, weil sie nicht beim Heulen der Sirene sofort nach Hause gekommen war.

Ihre Mutter trat gerade aus der Haustür, als Hanna in ihrem Blickfeld auftauchte. Die Miene war düster und streng, doch galt ihre Aufmerksamkeit seltsamerweise nicht Hanna. Sie nahm lediglich mit einem grimmigen Nicken zur Kenntnis, dass ihre jüngste Tochter den Fliegeralarm offenbar gut überstanden hatte, und wandte sich wieder ab.

Erst da bemerkte Hanna, dass Besuch auf dem Brennereihof eingetroffen war. Zwei Gestalten mit staubigen und viel zu warmen Mänteln und einem dünnen Pappkoffer in der Hand. Eine ausgemergelte Frau mit hohlen Wangen und ein Mädchen, ungefähr in Hannas Alter.

Sie wusste sofort, wer das sein musste. Tante Theodora und ihre Cousine Rosie.

Ihre Mutter schien nicht überrascht vom Auftauchen der Verwandtschaft. Offenbar hatte sie es den Kindern schlichtweg verschwiegen, dass die beiden erwartet wurden. Hanna näherte sich zögerlich ihrer Mutter.

Die Tante und die Cousine wirkten erschöpft und ziemlich abgerissen. Sie warteten darauf, was ihre Mutter sagen würde.

»Ich hoffe, ihr könnt gut arbeiten«, begrüßte Hannas Mutter sie. »Hier gibt's nichts umsonst.«

Dann nahm sie ihrer Schwägerin den Koffer ab und verschwand grimmig im Haus. Tante Theodora schenkte ihrer Tochter ein mattes Lächeln, dann nahm sie ihre Hand und folgte Hannas Mutter zur Haustür.

Rosie blickte sich verstohlen um. Sie entdeckte Hanna, die mit großen Augen das Geschehen beobachtete. Als Rosie sicher war, dass keiner der Erwachsenen sie beobachtete, grinste sie übers ganze Gesicht und zwinkerte Hanna zu. Und in ihren Augen lagen so viel Witz und gute Laune, dass Hanna gar nicht anders konnte, als zurückzulächeln. Und Rosie gleich im ersten Moment fest ins Herz zu schließen.

Kapitel 6

Es war nicht gelogen, wenn Hanna behauptete, seit Jahren kaum einen Gedanken an Rosie verschwendet zu haben. Sie hatte dieses Kapitel längst abgeschlossen. Die Zeit schritt voran. Außerdem war sie überzeugt gewesen, Rosie in diesem Leben niemals wiederzusehen.

Ausgerechnet hier tauchte sie nun wieder auf. Nach über vierzig Jahren. In Hannas verfluchtem Seniorenheim, in das sie sich zurückgezogen hatte, um ausgiebig ihre Wunden zu lecken und irgendwann abzuschließen mit allem.

Nun war es vorbei mit der Ruhe und dem Frieden, nach denen sie sich gesehnt hatte. Jetzt musste sie sich überlegen, wie sie mit der Tatsache umging, gemeinsam mit Rosie unter einem Dach zu leben.

Unruhig riss sie einen Umzugskarton auf, der mit einem *K* für Küche beschrieben war, und blickte hinein. Es war ihr altes Thomas-Service, das sie in den Fünfzigern für ihre Aussteuer bekommen hatte. Das Beste, was man damals bekommen konnte. Ihr ganzes Leben hatte es unangerührt im Schrank gestanden, weil es viel zu schade war, um es zu benutzen. Nun, wo sie im Schrank nur Platz für ein Service hatte, hatte sie sich für das Thomas-Porzellan entschieden, das sie unmöglich weggeben konnte. Was ihr Leben lang zu schade gewesen war, würde nun jeden Tag auf den Tisch kommen. Daran würde sie sich erst gewöhnen müssen.

Sie hob einen Stapel Unterteller heraus, um sie in den Schrank zu hieven. Eine Fotografie rutschte dabei auf die darunterliegenden Goldrandtassen. Merkwürdig. Hanna fischte das Foto hervor. Es musste aus der Zigarrenkiste mit den alten Bildern gefallen sein, die sie unten im Karton vermutete.

Eine alte Schwarz-Weiß-Aufnahme vor der Brennerei. Rosie und sie waren abgebildet. Sie waren Anfang zwanzig, standen in Petticoats Arm in Arm vor dem Eingang und lachten. Ausgerechnet dieses Foto musste herausfallen, ein Witz.

Hanna untersuchte den Karton und fand tatsächlich die Zigarrenkiste am Boden. Sie hatte sich geöffnet, und ein Teil der Fotos war herausgerutscht. Sie schob sie zusammen und legte sie zurück in die Kiste. Dann trug sie die Kiste zu ihrem Sessel am Fenster und ließ sich dort mit einem Seufzer sinken.

Sicher wäre jetzt nicht der richtige Moment, um sich mit alten Erinnerungen zu konfrontieren. Sie hatte genügend andere Dinge zu tun, und außerdem wäre Benedikt gleich zurück. Trotzdem öffnete sie den Deckel und lugte hinein. Die Fotos ihrer Kindheit und Jugend lagen lose darin. Kleine Bilder mit verblassten Konturen und gezackten Rändern und mit Notizen in Sütterlinschrift auf der Rückseite.

Sie zog wahllos ein weiteres Foto hervor. Rosie war auf dieser Aufnahme noch nicht dabei, nur Hanna und ihre älteren Schwestern. Sommer 1941, stand auf der Rückseite. Ihre Schwestern Inge und Waltraut waren der Größe nach aufgestellt, alle mit strammen Zöpfen und sauberen Schürzen. Hanna, die Nachzüglerin, saß mit ihren drei Jahren auf dem Schoß des Vaters. Er blickte ernst in die Kamera, wie auch ihre Mutter, die hinter ihm stand. Ihr Vater hielt sie weit vom Körper weg. Als hätte sie Tollwut. Oder eine ansteckende Krankheit. Das war typisch für ihn.

Sie wühlte weiter in den Schwarz-Weiß-Fotos: Ihre Eltern, die Großeltern, der Brennereihof. Dann, plötzlich, hielt sie ein Foto von Carl in der Hand. Carl, der zusammen mit seinem Vater und den Großeltern vor ihrem Anwesen in Marienfehn stand. Mit Hemd, Krawatte und kurzen Hosen, gescheiteltem Haar und seiner Nickelbrille.

»Möchtest du das Foto haben?«, hörte sie seine Stimme in ihrem Kopf sagen. Sie war jung, ein Backfisch. »Ich schenke es dir.«

»Das kannst du doch nicht verschenken«, protestierte Hanna. »Das ist viel zu wertvoll. Du siehst so niedlich aus mit deiner Brille und den kurzen Hosen.«

»Ich brauch das nicht mehr. Behalt es ruhig.« Mit einer Geste jugendlicher Arroganz und Herablassung schob er sich die blonden Haare aus der Stirn. »Für mich hat es keinen Wert. Nicht, wenn mein Vater auf dem Bild ist.«

Sie legte das Foto zurück in die Zigarrenkiste. Schüttelte die Gedanken an Carl ab. Es war wirklich der falsche Zeitpunkt, um in Erinnerungen zu versinken. Wenn Benedikt zurück war, wollte sie den Küchenschrank eingeräumt haben. Also stand sie auf und machte sich an die Arbeit.

Plötzlich hörte sie Carls Stimme in ihrem Kopf, so deutlich, als würde er hinter ihr stehen.

»Lass uns abhauen, Hanna. Nur wir zwei. Diese Chance bekommen wir nie wieder. Lass uns von hier verschwinden und den Rest unseres Lebens zusammen sein.«

Ein alter, fast vergessener Schmerz ließ sie innehalten. Der Stapel Teller, den sie gerade aus dem Karton gehievt hatte, wurde mit einem Mal übermenschlich schwer. Sie stellte ihn auf der Anrichte ab, ließ sich auf den Stuhl sinken, blickte sehnsuchtsvoll in die Ferne.

»Wir sind nicht dazu verurteilt, das Leben zu führen, das andere für uns vorgesehen haben. Hörst du, Hanna? Wir sind frei. Frei, so zu leben, wie wir es uns wünschen. Komm schon. Lass uns einfach glücklich sein.«

Glücklich sein. Wenn das nur so einfach gewesen wäre. Manchen Menschen war es vielleicht einfach nicht bestimmt, glücklich zu sein. Das war übrigens etwas, das Hanna und Rosie miteinander teilten. Sie hatten beide kein besonderes Talent dafür.

Als es an der Tür klopfte, erwischte sie sich dabei, dass sie immer noch in ihrem Sessel am Panoramafenster hockte und in den alten Fotografien stöberte. Eilig schloss sie die Kiste und schob sie unter den Sessel.

Benedikt stürmte bereits herein.

»Das sind die letzten beiden Kartons«, seufzte er und stellte sie ab, wobei er einen Teller mit Bienenstich auf dem obersten Karton balancieren ließ.

Er hatte bemerkt, wie sie die Kiste unterm Sessel verschwinden ließ. Seine Stirn runzelte sich, doch Hanna ließ sich nichts anmerken.

»Danke, Benedikt. Du bist ein guter Junge.«

»Ich habe Kuchen mitgebracht. Bienenstich.«

»Wunderbar. Bist du so lieb und kochst uns Kaffee?«

Er ging zur Küchenzeile und füllte Wasser in die Kaffeemaschine. Hanna nutzte es, um die Kiste weiter unter den Sessel zu schieben. Doch auch das bemerkte er aus dem Augenwinkel.

»Hier ist nur das gute Geschirr, Tante Hanna. Wo ist denn dein Alltagsservice?«

»Es ist ja kein anderes da«, sagte sie etwas unglücklich. »Aber sei trotzdem vorsichtig damit.«

Benedikt deckte den kleinen Tisch und stellte den Kuchen dazu. Er schien etwas auf dem Herzen zu haben. Er wirkte ein wenig schuldbewusst. Sie kannte ihn gut genug, um das zu durchschauen. Sie durchbohrte ihn mit Blicken, und schließlich seufzte er.

»Du, Tante Hanna. Ich muss dir da was sagen …«

»Ist was mit dem Lieferwagen der Brennerei?«

»Nein, der Wagen ist okay. Und wenn ich eine Beule reingefahren hätte, wäre das nicht mehr dein Problem.«

Sie lachte trocken. »Touché. Da hast du wohl recht.«

Draußen war eine Bewegung. Aus der kleinen Sandsteinkapelle traten zwei Gestalten in Chorhemd und Ministrantenrock, die den schmalen Weg zum Haupthaus hinaufstiegen. Eine mollige Frau mit grauer Kurzhaarfrisur, die einen Hostienkelch trug, daneben ein junger Messdiener mit einer Kerze in einem Windglas. Sie brachten die Kommunion zu den Bewohnern, die den Gottesdienst über Lautsprecher gehört hatten.

»Diese Frau, die wir im Gruppenraum gesehen haben«, begann er zögernd, »die aus dem Malkurs. Rosie.«

Tante Hanna streckte den Rücken durch. Sie presste die Lippen zusammen. Übles schwante ihr.

»Sie ist Großtante Rosalind, oder?«

Sie schnaubte. »Du hast also mit ihr gesprochen.«

»Sie ist mir unten über den Weg gelaufen. Sie kannte meinen Namen. Sie hat was von meinem Urgroßvater erzählt.«

»Was das Auftauchen deiner *Großtante*, wie du sie nennst, angeht, darüber reden wir später. Heute aber sicher nicht.«

»Aber Tante Hanna. Sie *ist* meine Großtante ...«

»Sie wurde adoptiert. Deine leiblichen Großtanten sind Tante Inge und Tante Waltraut. Und die sind beide schon verstorben. Ich fürchte, außer mir ist da keiner mehr.«

Er wollte widersprechen, doch brachte sie ihn mit Blicken zum Schweigen.

»Und? Was wollte sie?«

»Sie wollte wissen, was mit dem Brennereihof passiert ist. Wer den Betrieb führt.«

»Und? Hast du es ihr gesagt?«

Es klang wie ein Vorwurf, das war ihr bewusst. Aber das Ganze ärgerte sie unglaublich. Rosie fing den Jungen ab, um ihn auszuquetschen. Das war typisch für sie.

»Ich hoffe, du hast ihr nichts gesagt.«

»Wir sind in Marienfehn, Tante Hanna. Wenn sie wissen will, was los ist, muss sie nur irgendwen fragen. Ich dachte mir: Besser, sie erfährt von uns, was passiert ist, als dass sie nur Tratsch und Gerüchte zu hören bekommt, von irgendwelchen Leuten, die überhaupt keine Ahnung haben.«

Verflucht. Dann wusste Rosie also Bescheid. Dummerweise hatte Benedikt recht mit dem, was er sagte. Das war ihr bewusst. Sicher hatte er richtig gehandelt. Trotzdem.

»Es wäre mir lieber, du hättest nicht mit ihr gesprochen.«

Eisiges Schweigen legte sich über den Raum. Bei den Mitarbeitern der Brennerei hätte das jetzt funktioniert, da würde keiner einen Pieps wagen. Aber Benedikt war Familie. Ihn schüchterte sie so leicht nicht ein.

»Ihr habt euch gestritten. Ich weiß.«

»Misch dich da nicht ein, Benedikt.«

»Aber sie ist deine *Schwester.*«

»Meine Schwestern sind tot«, rief sie wütend.

Ihre Wucht ließ ihn verstummen. Sie verschränkte die Arme, ihr Blick duldete keinen Widerspruch.

»Hörst du, Benedikt? Ich habe keine Schwester.«

Nachdem der Junge gegangen war, ließ sie sich erschöpft auf ihren Sessel sinken. Sie hatte das Fenster geöffnet, um frische Luft hereinzulassen. Insekten surrten im Abendlicht. Irgendwo war Kinderlachen, und in der Ferne dröhnte eine Landmaschine. Die friedliche Stimmung passte nicht zu ihrem Innenleben.

Rosie. Sobald sie ihr Apartment verlassen würde, musste sie damit rechnen, ihr über den Weg zu laufen. Sie nahm die Zigarrenkiste und suchte nach Kinderfotos von ihr und Rosie. Doch während des Kriegs waren keine Fotos mehr gemacht worden, erst nach dem Krieg, als sie keine Kinder mehr waren.

Es hatte damals in Essen weitere Bombardierungen gegeben, natürlich, wie überall. Tante Theodora und Rosie waren ein weiteres Mal obdachlos geworden, waren ein weiteres Mal nur knapp mit dem Leben davongekommen. Irgendwie war es ihnen gelungen, ohne Geld bis nach Marienfehn zu gelangen.

Die Cousinen hatten sich auf Anhieb gut verstanden. Hanna fand es großartig, dass Rosie jetzt bei ihnen auf dem Brennereihof leben sollte.

»Rosie kann bei mir im Bett schlafen«, bot sie sofort an. »Das macht mir nichts aus, Mama. Ehrlich.«

»So weit kommt es noch. Wir sind zwei Familien. Jede bekommt ihren eigenen Raum. Rosalind und ihre Mutter ziehen in die Kammer hinter der Küche. Über den Rest machen wir uns Gedanken, wenn es so weit ist.«

Hanna fragte sich heute, was Rosie zu diesem Zeitpunkt schon alles erlebt hatte. Sechs Jahre alt und zwei Mal ausgebombt. Sie hatten nie über das gesprochen, was im Ruhrgebiet gewesen war. Rosie hatte am Anfang mit Kleid und Schürze geschlafen, was Hanna ziemlich merkwürdig fand. Aber sie wollte sich nicht davon abbringen lassen.

Dass Rosie dieses Monstrum Krieg besser kannte als Hanna, das wurde ihr spätestens klar, als eines Tages dieses Flugzeug auf dem Weizenfeld abstürzte. Ein alliierter Bomber, der auf dem Rückweg zum Kanal offenbar einen Motorschaden hatte, eine Weile wie eine betrunkene Hummel hoch oben am Himmel trudelte und dann plötzlich mit einem pfeifenden Zischen zu Boden raste.

Das Flugzeug hatte ein tiefes Loch in den Acker gerissen, und brennende Trümmerteile waren über das ganze Feld verteilt.

Hanna und Rosie waren im Bruchwald am Rande des Moors und pflückten Brombeeren. Sie hörten den Lärm, sahen von ferne das brennende Feld und streichholzgroße Menschen, die zum Unglücksort liefen.

Ein eilig getauschter Blick, und die Körbe wurden wie auf Kommando abgestellt. Sie liefen auf das Feld zu. Doch am Rande des Bruchwalds rückte etwas anderes in ihr Blickfeld. Ein riesiges weißes Tuch, das in den Bäumen und Sträuchern hing. Weißer Stoff, der sich im Wind blähte, verknotete Stricke, ein abgerissener Ast.

Es war ein Fallschirm. Die Mädchen nahmen sich ängstlich an die Hand. Gingen zögerlich weiter.

Da entdeckten sie den Piloten. Er lag unnatürlich verrenkt am Graben, eingewickelt in die Schnüre seines Fallschirms, voller Schlamm und Dreck, schmutzig, blutig.

Er lebte. Rosie löste ihre Hand aus Hannas und trat vorsichtig näher, Schritt für Schritt, als bewegte sie sich auf dünnem Eis. Der Mann keuchte, die Pilotenbrille war halb abgerissen, sein Blick hastete wahnsinnig umher.

»Rosie!«, rief Hanna. »Wir müssen Hilfe holen!«

Doch wen sollten sie holen? Dieser Mensch war der Feind. Was würde mit ihm passieren, wenn sie Alarm schlugen? Würde er nicht erschossen werden?

»Rosie! *Bitte*. Wir müssen Hilfe holen.«

Doch Rosie reagierte nicht. Sie stand nun direkt über ihm. Er japste nach Luft, seine Augen rollten, er schien gar nicht zu wissen, wo er war und was passierte.

Da spürte Hanna es. Er würde sterben. Es war wie bei dem Maulwurfbaby, das die Hofkatze ihr vor die Füße gelegt hatte, mit gebrochenen Rippen und tauben Hinterläufen. Hanna hatte auch da gespürt, wie das Leben schwand. Sie hatte den kleinen Maulwurf in der Hand gehalten, um ihn zu wärmen, doch kurz darauf war er tot gewesen. Hier bei dem Piloten war es dasselbe. Er starb. Nur war er kein Maulwurf, sondern ein erwachsener Mann, mit Bartwuchs und hüpfendem Adamsapfel, mit einem breiten Kinn und Händen, die zupacken konnten. Dieser Umstand erschreckte Hanna zu Tode.

»Rosie, wir müssen Hilfe holen«, bettelte sie. »Bitte, lass uns doch die Mutter holen.«

Rosie hockte sich neben ihn. Hanna begriff, es war nicht das erste Mal, dass sie einen Menschen sterben sah. Es war für sie etwas ganz Gewöhnliches. Der Mann röchelte, blickte sie wild an.

Sie strich ihm ungelenk über die Wange. »Ei«, sagte sie, ihre Kurzform von Eiapopeia. Sie sagte es wieder und wieder: »Ei.« Dazu diese unbeholfenen Zärtlichkeiten, die er gar nicht wahrzunehmen schien. Er spuckte Blut, schnappte nach Luft.

Es sah aus, als wollte er Rosie unbedingt etwas sagen, doch dann übermannte ihn etwas anderes, das stärker war als das bisschen Leben in seinem zerschmetterten Körper. Sein wilder Blick gefror, und in seine Augen trat Leere.

Rosie legte ihre Hand auf sein lebloses Gesicht. Streichelte ihn wie ein Katzenjunges. Schien gar keine Furcht zu haben.

Hanna war unfähig, sich zu bewegen. Diese gewaltige Demonstration des Todes traf sie im Innersten. Angst, Mitgefühl und Entsetzen bahnten sich einen Weg. Sie starrte auf Rosie und auf den toten Piloten, und plötzlich, überrollt von ihrer Trauer und ihrem Leid, brach sie in Tränen aus.

Die Tränen schossen einfach unkontrolliert hervor, ihr ganzer Körper bebte unter dem Schluchzen. Sie heulte und plärrte, hustete und zitterte und konnte einfach nicht damit aufhören.

Da war Rosie aufgewacht. Sie hatte Hanna in den Arm genommen und gedrückt. Zwei sechsjährige Mädchen neben der Leiche eines alliierten Piloten. Sie hielt Hanna fest umklammert, schweigend und geduldig wartend, bis irgendwann Hannas Schluchzen abnahm und sie nach und nach wieder zur Ruhe gekommen war.

Hanna ließ ihren Blick durch das Panoramafenster über das Moor schweifen. Mücken tanzten im Sonnenlicht. Wildgänse sammelten sich schreiend am Himmel. War das der Tag gewesen, fragte sie sich, an dem sie sich Freundschaft geschworen hatten?

»Wir schwören, für immer Freundinnen zu sein, ja, Hanna?«, hatte Rosie gesagt. »Wir wollen unser Leben lang zusammenhalten, auf ewig.«

Hanna hatte geschworen. Sie war überzeugt gewesen, dass dieser Schwur ein ganzes Leben hielt. Niemals wäre sie auf die Idee gekommen, dass irgendwas sie und Rosie je auseinanderbringen könnte.

Aber was wussten Kinder in dem Alter schon.

Kapitel 7

Die erste Nacht im neuen Zuhause verlief erstaunlich ruhig und erholsam. Von ihrem Bett aus konnte sie den Mond sehen, der über den Nebelbänken im Moor stand. In seinem silbrigen Licht schlummerte sie nach einer Weile ein und fiel in einen tiefen und traumlosen Schlaf, aus dem sie am nächsten Morgen frisch und belebt erwachte.

Sie trank lediglich eine Tasse Kaffee. Wenn sie hinunter in die Kantine gehen und nachfragen würde, ob sie auch ohne Anmeldung am Frühstück teilnehmen könne, würde sie zwangsläufig auf Rosie treffen. Sie nahm sich vor, Benedikt später zum Einkaufen in den Supermarkt zu schicken. Schließlich konnte sie sich selbst verpflegen im betreuten Wohnen.

Trotzdem musste sie sich langsam mit dem Umstand auseinandersetzen, mit Rosie unter einem Dach zu leben. Sie konnte daran nichts ändern. Dauerhaft würde es nicht gelingen, ihr aus dem Weg zu gehen.

Draußen kündigte sich ein weiterer goldener Herbsttag an. Also beschloss sie, ein wenig im Moor spazieren zu gehen. Auf dem Weg durch das Hauptgebäude fühlte sie sich wie eine Schulschwänzerin, die sich nicht erwischen lassen durfte. Sie spähte in alle Sitzecken und offenen Gruppenräume, um ja nicht Rosie zu begegnen. An diesem Morgen wäre sie dem einfach nicht gewachsen.

Sie wanderte über den von Kopfeichen gesäumten Weg zum

Bruchwald. Einst war der Weg als künstlicher Damm aufgeschüttet worden, der durch feuchte Niederungen führte. Der Sand auf dem schmalen Weg war weiß gewesen, und beiderseits lagen magere Feuchtwiesen.

Heute war der Sand nicht mehr weiß, sondern dunkel wie Mutterboden. Auch gab es keine feuchten Niederungen mehr. Links des Weges befand sich ein Maisfeld, das kurz vor der Ernte stand. Die Fläche auf der anderen Seite gehörte zwar bereits zum Naturschutzgebiet, doch auch dort gab es nur noch eine üppig wuchernde Wiese, über die sich die Kühe eines Biohofs hermachten.

Wie viel sich verändert hatte seit damals, als sie und Carl so häufig in der Heide und im Moor gewesen waren. Vieles war nicht mehr wiederzuerkennen.

»Das werde ich am meisten vermissen«, hatte Carl zu ihr gesagt, kurz bevor er zum Studieren fortgegangen war. »Hier in der Heide zu sein. Einfach nur im Sand zu liegen und in den Himmel zu sehen.«

»Du kannst doch jederzeit zu Besuch kommen. Die Heide läuft dir nicht weg. Und der Himmel auch nicht.«

»Das ist was anderes. Ich meine, so wie heute: dass wir spontan rausgehen und Zeit vertrödeln. Einfach weil schönes Wetter ist. Weil uns für ein oder zwei Stunden keiner vermissen wird.«

»Wir werden noch oft genug in Marienfehn sein«, lachte Hanna. »Wir müssen das in Zukunft halt planen. Und uns nicht heimlich davonstehlen.«

»Kann man einen so schönen Herbsttag planen? Wenn auf einmal der Wacholder reif ist und die Heide blüht. Dieses Licht und der Dunst und die vielen Libellen. Weißt du, Hanna, dann möchte ich nirgendwo anders sein. Nicht in der ganzen Welt.«

Hanna hatte das Ende des Weges erreicht. Die Stelle, an der damals Hochmoor in Heide überging. Eine große Übersichtstafel wies den Wanderweg durch das Moor mit allem, was dort an Tieren und Pflanzen zu entdecken war. Die Heide, die hier hätte beginnen sollen, war allerdings längst verschwunden. In den Sechzigern hatte man angefangen, sie zu roden. Heute waren dort weite Felder, auf denen Mais oder Getreide angebaut wurde. Etwas entfernt fuhr ein riesiger Traktor über die weite Ebene und pflügte den Boden. Das Brummen des Motors wehte mit dem Wind herüber.

»Ich weiß, was du meinst, Carl«, flüsterte sie. »Mir fehlt sie auch.«

Sie legte die Hand über die Augen und schaute. Ganz am Ende der Felder, fast am Horizont, erkannte sie das Kiefernwäldchen, wo damals die Heide geendet hatte. Dahinter lag der Brennereihof. Sicher ließ sich der Schornstein von hier aus sehen, doch dafür waren ihre Augen nicht mehr gut genug.

Sie wandte sich ab und nahm den Pfad, der in das verbliebene Moor hineinführte. Darauf wollte sie sich konzentrieren. Auf das, was geblieben war. Der Tourismus im Moor hatte auch seine Vorteile, wie sie schnell bemerkte. Überall waren nun gut ausgebaute Wege und Bohlenstege. In ihrem Alter wäre es kaum möglich gewesen, sich durchs Unterholz zu schlagen oder gar von Grasbült zu Grasbült über den Sumpf zu springen. Diese Neuerungen waren durchaus willkommen. Außerdem waren die Tafeln am Wegesrand, die über Natur und Geologie aufklärten, durchaus interessant.

Als sie am späten Vormittag ins Seniorenheim zurückkehrte, war es in den Gemeinschaftsräumen lebendiger als am Morgen. Hanna hatte sich für das Mittagessen angemeldet, wusste allerdings gar nicht, wohin sie musste. Sie blickte sich suchend um, als hinter ihr eine Stimme ertönte.

»Johanna Brook?«

Eine Dame in ihrem Alter, mit Strickjacke und Bundfaltenhose, betrachtete sie stirnrunzelnd. Hanna kannte das Gesicht, konnte es zunächst jedoch nicht zuordnen.

»Dann ist es also wahr. Du bist zu uns ins Seniorenheim gezogen.«

Es war Gertrud. Die Ehefrau von Hubert Espelkamp. Die bei jedem Dorffest darauf geachtet hatte, dass Hanna und Hubert nicht nebeneinandersaßen oder miteinander plauderten. Gertrud blickte ihre alte Kontrahentin genüsslich an.

»Die Matriarchin vom Brennereihof. Wer hätte das gedacht. Bist du also am Ende vom Hof gejagt worden. Streit mit den Erben? Tja. Ist nicht das erste Mal, dass so was passiert.«

Hanna war sprachlos. Gertruds Stimme troff vor Feindseligkeit. Offenbar hatte sie nur darauf gewartet, dass Hanna eines Tages angreifbar wäre, und ergriff die Gelegenheit voller Genugtuung.

»So ist das eben, wenn man der nachfolgenden Generation keine freie Hand lässt. Wenn man den Laden weiterführen will und nichts abgeben kann. Das war schon immer so. Wenn die Alten zu herrschsüchtig sind, dann muss man irgendwann zu anderen Mitteln greifen. Das lässt sich keiner auf Dauer gefallen.«

War es das, was die Leute dachten? Dass Hanna zu herrschsüchtig gewesen war? Dass deshalb alles eskaliert war?

»Gertrud …«, begann Hanna getroffen, ohne zu wissen, was sie auf so viel Bosheit erwidern sollte.

»Und jetzt sitzt du hier, wie ein Fisch auf dem Trockenen. Wie muss sich das anfühlen für eine Brook? Ihr wart doch immer etwas Besseres.«

»Gertrud Espelkamp«, erklang scharf eine Stimme.

Es war Rosie, die sich mit ihren dünnen Ärmchen auf dem Rollator abstützte. Ihr Blick war scharf und angriffslustig, egal, wie gebrechlich ihr Körper wirkte.

»Wenn ich es nicht besser wüsste, würde ich denken, du steckst deine Nase in Sachen, die dich nichts angehen.«

»Sieh an«, erwiderte Gertrud abfällig. »Die Brook-Schwestern. Wieder vereint.« Bösartig fügte sie hinzu: »Ich führe nur

Konversation, Rosie. Es interessiert doch alle hier, warum die ehemalige Hofherrin aus dem Haus geworfen wurde. Da muss ja einiges passiert sein. Wundern tut es mich natürlich nicht.«

Hanna stand immer noch wie unter Schock. Sie konnte Gertruds Gemeinheiten nicht länger ertragen. Sie wollte nur noch, dass sie ging und sie in Ruhe ließ.

»Wo wir schon bei Familienangelegenheiten sind«, sagte Rosie mit falscher Freundlichkeit. »Du bist ja auch von deinen Kindern abgeschoben worden, oder? Obwohl du noch recht rüstig bist und gar nicht so viel Arbeit machen würdest. Aber da folgen sie wohl deinem Beispiel? Hast du nicht Hubert auch abgeschoben, anstatt ihn zu Hause zu pflegen?«

Sie schenkte Gertrud ein zuckersüßes Lächeln. Die warf ihr einen vernichtenden Blick zu, überlegte, was sie darauf erwidern konnte, drehte sich jedoch um und stakste beleidigt davon.

Hanna stieß die Luft aus. Dafür war Rosie immer gut gewesen. Um sich mit anderen Leuten anzulegen. Hanna fühlte sich unendlich erleichtert. Der Angriff war unvorhergesehen eingetreten.

»Danke, Rosie.«

»Ach was. Nicht der Rede wert.«

»Gertrud … Ich kann es nicht glauben.«

»Sie ist ja weg. So schnell kommt sie nicht wieder.«

Hanna erholte sich von dem Überfall. Sie und Rosie fielen in Schweigen. Die Distanz war wieder spürbar. Hanna räusperte sich. Sie wollte sich bereits entschuldigen und weitergehen, doch Rosie kam ihr zuvor.

»Ach, komm schon, Hanna. Wir sind nun mal zusammen eingekerkert. Das lässt sich nicht ändern. Also würde ich sagen, wir schließen einen Waffenstillstand. Fürs Erste. Es hilft ja nichts, wir werden uns hier ständig über den Weg laufen. Also, was hältst du davon?«

Auch wenn sie das leicht und fröhlich sagte, war es ihr ernst. Das konnte Hanna an ihrem Blick erkennen.

»Nur einen Waffenstillstand, Hanna, mehr nicht, versprochen. Wie sollen wir sonst unter einem Dach leben?«

Hanna zögerte. Dann gab sie sich einen Ruck.

»Einen Waffenstillstand. Fürs Erste wenigstens.«

Rosie lächelte dankbar. Sie schwang ihren Rollator umständlich herum und machte sich daran, den Gemeinschaftsraum zu betreten. Die meisten Bewohner waren bereits anwesend. Sie saßen an runden Tischen beisammen, einige plauderten munter, andere hockten schweigend im Rollstuhl und starrten vor sich hin, manche beobachteten missgünstig die Tische, an denen gute Stimmung herrschte, andere wieder schienen nicht viel um sich herum zu bemerken und warteten mit zittrigen Köpfen und gebeugter Haltung auf das Essen.

Hanna folgte Rosie. Sie wusste nicht, wo sie sich anmelden oder hinsetzen sollte. An einem Tisch in der Ecke war noch ein Stuhl frei. Ob sie dort mal fragen sollte?

Rosie bemerkte ihre Unsicherheit.

»Hast du dich fürs Essen angemeldet?«

»Ja, das habe ich.«

»Du kannst dich nicht einfach irgendwo hinsetzen. Wir sind nicht im Restaurant.«

»Aber wieso denn nicht?«

»Hier haben alle ihre Stammplätze. Das ist ein ausgeklügeltes System. Was meinst du, was los ist, wenn hier jemand denkt, er kann sich überall hinsetzen. Dann haben wir Bürgerkrieg.«

»Und wo soll ich hin?«

»Es gibt schon freie Plätze. Aber wenn du dich einmal irgendwo hinsetzt, dann ist das für alle Zeiten dein Platz. Wähle also mit Bedacht.«

Rosie lachte ihr typisches Lachen, wobei ihre Augen ironisch leuchteten.

»Du machst dich über mich lustig.«

»Kein bisschen. Da vorn am Tisch ist noch was frei. Bei den griesgrämigen Frauen, siehst du? Bei denen will nämlich keiner sitzen. Das würde ich dir aber nicht empfehlen.«

»Was schlägst du dann vor?«

»Setz dich zu uns an den Tisch.«

»Dort ist noch was frei?«

»Nein. Aber wir setzen einfach Frau Vornholte um. Die ist dement, die merkt das nicht. Komm mit.«

Kurz darauf hatte Hanna ihren eigenen Platz im Gemeinschaftsraum. Frau Vornholte wurde erklärt, dass sie sich im Tisch geirrt hatte. Sie säße bei den griesgrämigen Frauen, ob sie das vergessen hätte. Die arme Frau wirkte ziemlich durcheinander, ließ sich aber widerstandslos verfrachten. Hanna spürte ihr schlechtes Gewissen.

An Rosies Tisch herrschte gute Stimmung. Zwei Herren und eine Dame gehörten dazu. Sie waren alle ein bisschen tattrig, schienen aber ihre fünf Sinne noch beieinander zu haben.

»Das ist meine Schwester Hanna«, stellte Rosie sie vor. »Sie hat ein Apartment im betreuten Wohnen.«

»Oha«, feixte einer der Herren. »Dann wohnen Sie im Reichenbereich.«

»Wo wohne ich?«, fragte Hanna irritiert.

»Haben Sie denn nie *Big Brother* gesehen?«

Die anderen kicherten. Hanna verstand zwar nicht, weshalb, doch offensichtlich lachten sie nicht auf ihre Kosten.

»Wir können bei Hanna mal eine Party machen«, schlug Rosie vor. »Sie hat eine eigene Küche. Und einen Kühlschrank für Getränke. Das müssen wir unbedingt ausnutzen.«

Da redeten alle durcheinander.

»Ich sehe schon, Sie müssen wir uns warmhalten.«

»Ich koche dann für uns Rinderrouladen mit Rosenkohl. Nichts gegen das Essen hier, aber …«

»Wir könnten mal wieder richtig Doppelkopf spielen. Mit Schnapstrinken und Zigarrenrauchen. Und mit ordentlichen Geldeinsätzen.«

»Wie wär's mit Wahrheit oder Pflicht?«

»Ich bin für Strip-Poker.«

Alle kicherten wieder. Hanna stimmte in das Lachen ein. Natürlich hatte Rosie längst die interessantesten Leute um sich versammelt. Das dauerte nie lange, egal, wohin sie kam. Hanna war erleichtert darüber. Es machte ihr das Ankommen im Mariahilf einfacher.

Nach dem Essen blieben Rosie und Hanna allein am Tisch zurück. Eigentlich wäre nun Zeit für Hannas Mittagsschläfchen gewesen. Doch sie hatte ein wenig Angst davor, in ihr einsames Apartment zurückzukehren. Auch wenn sie sich mit Rosie nicht wieder anfreunden wollte, war sie doch lieber hier mit ihr als oben allein in ihrer Wohnung.

Rosie schien das zu bemerken. Sie organisierte zwei Tassen Kaffee, mit denen sie in eine Sitzecke in den Wintergarten umzogen.

Eine Weile saßen sie da und wussten nicht so recht, was sie sagen sollten. Während des Essens waren sie in eine Unterhaltung geraten. Und natürlich war ein Stück der alten Vertrautheit ganz selbstverständlich zurückgekehrt.

»Du weißt, was auf dem Hof geschehen ist, richtig?«, fragte Hanna.

»Ja, Benedikt hat es mir erklärt.«

Hanna zögerte. Es gab so vieles zu erzählen. Wie es dazu gekommen war, dass sie hier im Seniorenheim lebte. Wieso ihr der Brennereihof entglitten war. Sie wusste nicht, wo sie anfangen sollte.

Da ergriff Rosie das Wort.

»Wolfgang hat mich hierhin abgeschoben«, sagte sie.

Wolfgang war ihr zweiundfünfzigjähriger Sohn, ihr einziges

Kind, das in Wuppertal lebte. Die beiden hatten schon immer ein schwieriges Verhältnis. Wolfgang war ein Sonderling, aber Rosie war auch nicht gerade die Frau, die dafür gemacht war, Kinder großzuziehen. Es hatte einfach nicht gepasst.

»Er wollte mich nicht bei sich im Haus haben, als ich aus den Staaten zurückgekommen bin. Mein Herr Sohnemann. Man kann es ihm wohl nicht verübeln. Ich … na ja, du siehst ja, meine Beine. Außerdem bin ich ein bisschen steif geworden. Und zittrig. So richtig obenauf bin ich nicht.«

»Musstest du deswegen zurück nach Deutschland? Oder hattest du Heimweh.«

Rosie lachte. Es klang ganz frei und unbeschwert, auch wenn das sicher nicht ihrer Gefühlslage entsprach.

»Nein, ich hatte kein Heimweh. Das kannst du mir glauben.«

»Was war es dann?«

»Ich konnte nicht mehr allein leben. Aus gesundheitlichen Gründen. Schon gar nicht mit dem Wohnwagen unterwegs sein, was ich in den letzten Jahren getan habe. Das Nomadenleben hatte ein Ende. Das Alter …«

»Und dann bist du hierher zurückgekommen? Ausgerechnet?«

»Tja. Es hat sich herausgestellt, dass ich nur noch Wolfgang habe. Du weißt, ich habe nie groß vorgesorgt in meinem Leben. Mein Sohn und ich mögen unsere Probleme haben. Aber er hat sich gekümmert. Er zahlt hier alles, ganz umstandslos.«

Rosie war es also am Ende nicht viel besser ergangen als ihr. Auch sie hatte kaum damit gerechnet, im Seniorenheim von Marienfehn zu enden. Dennoch waren beide hier gelandet.

»Was ist mit Mr. Brewster?«, fragte Hanna.

»Es hat nicht funktioniert.« Rosie lächelte schief. »Er lebt in Florida in seinem Altenwohnsitz. Allerdings allein. Es war besser so für uns. Erst lief es gut, aber als er im Ruhestand war, ich weiß nicht, wir sind uns wohl zu sehr auf die Pelle gerückt. Ich will mich nicht beschweren. Ich hatte eine gute Zeit nach der Trennung. Mit dem Wohnwagen in den Staaten unterwegs zu sein, das war … ich glaube, das war die beste Zeit in meinem Leben. Frei zu sein. Machen zu können, was man will. Keine Rücksicht zu nehmen. Meinetwegen hätte es ewig so weitergehen können.«

Hanna wusste nicht, was sie dazu sagen sollte.

»Jetzt sind wir quitt, denke ich.«

»Wie meinst du das?«, fragte Hanna.

»Ich habe erfahren, was mit dir auf dem Brennereihof passiert ist. Und jetzt hast du erfahren, wie meine Niederlage ausgesehen hat. Ich fand, das stand dir zu.«

»Verstehe. Dann sind wir wohl quitt.«

»Zwei alte Damen, die belämmert dastehen.«

Das macht uns nicht zu Freundinnen, hätte Hanna beinah gesagt. Doch sie verkniff es sich.

»Vielleicht spielen wir mal eine Partie *Mensch ärgere dich nicht* zusammen«, sagte Rosie. »Ich kenne Bewohnerinnen, die sind ganz harte Hunde, was das angeht.«

Rosie zwinkerte ihr zu, und nun musste Hanna gegen ihren Willen lächeln.

»Mal sehen. Vielleicht machen wir das mal.«

Wieder fielen sie in Schweigen.

»Dann werde ich mal meinen Mittagsschlaf halten«, sagte Rosie und stand mühsam auf. »Ich will unseren Waffenstillstand nicht überstrapazieren.«

Mit aufreizender Langsamkeit schob sie ihren Rollator aus dem Wintergarten hinaus. Hanna sah ihr nach. Viel zu dünn war sie geworden. Und sehr wacklig auf den Beinen.

»Rosie!«, rief sie ihr nach. »Warte kurz.«

Rosie blieb stehen, stützte sich auf ihre Lenkstange und wandte sich um.

»Möchtest du die ganze Wahrheit hören?«

»Das bist du mir nicht schuldig.«

»Doch. Ich glaube schon. Du gehörst auch zum Brennereihof.«

Rosie nickte.

»Komm heute Abend zu mir ins Apartment«, sagte Hanna. »Dann trinken wir einen Schnaps zusammen. Wie früher.«

»Einen Brooks Alter Korn?«

»Etwas Besseres gibt es schließlich nicht.«

Rosie grinste. »Ich komme sehr gern. Bis später.«

Damit wandte sie sich endgültig um und schob ihren Rollator davon. Hanna sah ihr nachdenklich hinterher. Sie hatte keine Ahnung, wohin dies hier führen würde. Aber Freundinnen, das nahm sie sich fest vor, Freundinnen würden sie und Rosie sicher niemals mehr werden.

Kapitel 8
März 1945

Rosie lebte sich schnell auf dem Hof ein, was ihrer Mutter sichtlich schwerer fiel. Tante Theodora wirkte stets müde und abgekämpft. So war es schon gewesen, als sie mit dem Pappkoffer auf dem Hof aufgetaucht war, und seitdem hatte sich nichts daran geändert. Sie wirkte, als fehlte ihr der Antrieb für die einfachsten Dinge. Als wäre alles, was sie mit ihren großen traurigen Augen sah, eine Bestätigung für ihr Unglück.

Rosie dagegen dachte sich ständig etwas aus, um ihre Mutter aufzuheitern. Sie machte Witze, sang Lieder oder bastelte Figuren aus Papier oder Kastanienmännchen. Dann sagte sie Dinge wie: »Schau mal, Mutti. Ist der nicht hübsch? Der sieht aus wie Johann, der Knecht, findest du nicht?« Woraufhin Theodora lächelnd das Geschenk entgegennahm, ihrer Tochter über die Haare strich und sagte: »Was wäre ich nur ohne dich, mein liebes Kind?«

Zu Hannas Mutter sagte Theodora gern: »Wenigstens die Kinder kommen unbeschadet davon. Sie vergessen die Schrecken. Den Kinderseelen kann der Krieg nichts anhaben.«

Ihre Mutter sagte selten etwas dazu. Zwar duldete sie ihre Schwägerin inzwischen beinah wie ein Familienmitglied. Aber deren Traurigkeit ignorierte sie konsequent. Sie war erneut schwanger geworden, und endlich lag wieder Hoffnung in der Luft, dass es einen Hoferben geben würde. Jedenfalls trug sie einen dicken Bauch vor sich her, und die Hebamme aus Marienfehn hatte gesagt, dass diesmal alles gut und gesund aussah.

Währenddessen rückte die Front näher. Die Erwachsenen hatten spürbar Angst, immer wurde flüsternd vom Feind gesprochen, der vielleicht bald kommen würde. Von Dingen, die heimlich im Radio gehört worden waren. Seit Wochen verging kaum ein Tag ohne Fliegeralarm. Nahe an der niederländischen Grenze lagen sie in der Einflugschneise der alliierten Bomber. Anfangs waren noch deutsche Nachtjäger aufgetaucht, um die Bomber abzufangen. Dann hatte am Himmel Krieg geherrscht, und Flugzeuge waren brennend auf das Land gestürzt. Doch inzwischen waren diese Gegenangriffe selten geworden.

Als Hanna und Rosie an diesem Abend in die Küche traten, um sich zum Abendbrot auf die Bank zu setzen, hofften sie, eine Nacht ohne Fliegeralarm zu erleben.

»Da seid ihr ja«, sagte ihre Mutter, als sie in die Küche stürmten. »Wurde auch Zeit. Hinsetzen.«

Die Mutter schnitt dicke Scheiben Brot. Neben ihr hockte Tante Theodora und beschmierte sie mit Butter. Ihre Schwestern stürzten sich wie ein Rudel Welpen auf die Schinkenbrote. Erst da bemerkte Hanna, dass jemand am Tisch fehlte.

»Wo ist denn Dragan?«

»Fort«, sagte ihre Mutter knapp.

»Aber … wohin fort?«

»Er ist fort. Jetzt setz dich.«

Hanna erinnerte sich, was Oma Butthus zu ihrer Mutter gesagt hatte. Dass Dragan es nicht zu gut haben durfte bei ihnen, sonst könnten die Leute misstrauisch werden.

Hanna fühlte sich schrecklich. War Dragan vielleicht abgeholt worden, weil sie zu nett zu ihm gewesen waren?

»Er soll mithelfen, Panzergräben auszuheben«, sagte Tante Theodora, doch irgendwie nahm Hanna ihr das nicht ab. »Da werden ganz viele Zwangsarbeiter eingesetzt. Es kommen vielleicht zwei Russen zu uns. Aber das wissen wir noch nicht sicher.«

Hanna spürte einen Kloß im Hals. Ihre Mutter schnitt verbissen das Brot. Sie gab sich hemdsärmelig, doch Hanna spürte, dass hinter dieser Fassade etwas Verletzliches lag. Auch wenn sie nicht hätte sagen können, was genau es damit auf sich hatte, so schien Dragans Verschwinden nicht spurlos an ihr vorüberzugehen.

»Setz dich endlich hin, Hanna«, befahl sie. »Und keine Fragen mehr. Jetzt wird gegessen.«

Hanna war allerdings der Appetit vergangen. Unglücklich spähte sie zu dem Platz, an dem Dragan gesessen hatte. Ob sie ihn jemals wiedersehen würde?

Im nächsten Moment war ein vertrautes Geräusch zu hören. Von ferne drang Sirenengeheul herüber. Bedachte man die Windrichtung, musste das die Sirene in Marienfehn sein, deren Alarm sie hörten.

Allgemeines Seufzen am Tisch. Wenn die Sirenen heulten, bedeutete das für alle, in den Luftschutzbunker zu gehen. Das war ein einfacher Betonraum im Garten neben dem Wohnhaus, den ihr Vater hatte errichten lassen, während seines letzten Fronturlaubs. Im Falle eines direkten Treffers wären sie zwar auch dort nicht geschützt. Doch sollte der Hof in Flammen aufgehen oder ein Querschläger durch die Luft jagen, wären sie wenigstens in Sicherheit.

»Nehmt eure Brote mit«, wies ihre Mutter sie an. »Wir essen heute im Bunker zu Abend. Hanna, du nimmst die Milch, aber sei vorsichtig damit. Und du, Rosie, du …«

Sie krümmte sich plötzlich und stöhnte. Alle blickten sie erschrocken an. Einen Moment lang passierte gar nichts. Dann atmete sie durch, richtete sich auf, schien etwas sagen zu wollen und wurde wieder von Schmerzen niedergedrückt.

»Das kommt ja wirklich sehr passend«, sagte Tante Theodora,

die als Einzige nicht verstört blickte. Ausgerechnet die ängstliche Theodora. »Was machen wir denn jetzt, Maria?«

»Ich kann es nicht ändern«, stieß ihre Mutter hervor. Auch das klang nicht ängstlich, sondern verärgert.

Sie hielt sich den kugelrunden Bauch und streckte den Rücken durch. »Geht in den Bunker, Kinder. Wird's wohl.«

Keine rührte sich vom Fleck. Alle starrten sie an. Draußen mischten sich die ersten Motorengeräusche in das Heulen der Sirenen. Die Bomber waren viel zu früh.

»In den Bunker!«

Nun standen alle vom Tisch auf. Doch ihre Gesichter blieben verstört. Theodora war offenbar nicht gemeint, denn sie machte keine Anstalten, sich den Kindern anzuschließen.

»Wir können die Hebamme nicht holen, oder doch?«, fragte sie besorgt.

»Nein. Nicht während eines Luftangriffs. Wir müssen allein klarkommen.«

Hebamme. Nun verstand Hanna. Das Geschwisterchen war unterwegs. Ihre Mutter bekam ein Kind.

»Heute Nacht kommt unser Brüderchen!«, rief sie freudig.

Ihre Mutter, die sich solche vorlauten Zwischenrufe sonst verbat, konnte sich dieses Mal ein mattes Lächeln nicht verkneifen.

»Oder ein Schwesterchen, Hanna. Warten wir es ab. Und jetzt ab mit euch in den Bunker.«

Inge, die sofort pflichtbewusst die Tätigkeiten ihrer Mutter übernahm, ohne dazu aufgefordert zu werden, stellte Petroleumlampe und Zündhölzer bereit. Doch Tante Theodora hielt sie zurück.

»Du nicht, Inge. Wir brauchen dich hier.«

Inges Augen wurden groß. Offenbar konnte sie sich nicht vorstellen, was ein zehnjähriges Mädchen bei einer Geburt machen sollte. Und sie wollte sich das auch nicht vorstellen, das erkannte Hanna.

»Waltraut, du nimmst die Petroleumlampe«, sagte ihre Mutter. »Sei vorsichtig damit, sonst prügle ich dich windelweich. Geht schon. Und Inge, du musst Wasser aufsetzen und saubere Handtücher –«

Ehe sie den Satz beenden konnte, krümmte sie sich erneut unter Schmerzen. Theodora schickte Hanna, Rosie und Waltraut nach draußen. Sie marschierten mit Tellern, Lampe und Behältnissen hinaus in den Garten. Am dunklen Abendhimmel waren in der Ferne tanzende Flaklichter zu sehen. Ein Grollen und Brummen mischte sich in das Heulen der Sirene. Das waren die ersten Bomberverbände.

Im Bunker war es kalt und klamm. Und dunkel. Es roch modrig, obwohl die Mauern erst vor ein paar Monaten errichtet worden waren. Mutter und Tante Theodora hatten ein paar alte Stühle vom Dachboden hergebracht. Auch ein Tisch stand im Bunker, auf dem Waltraut die Petroleumlampe abstellte.

Die drei blickten sich voller Unbehagen an. Allein, ganz ohne Erwachsene, war es ziemlich gruselig im Bunker, stellten sie fest. Rosie schüttelte schließlich die Beklommenheit ab und gab sich hemdsärmelig. Setzte sich an den ausrangierten Tisch und machte sich über das Schinkenbrot her.

»Jetzt kommt schon. Stellt euch nicht so an.«

Hanna und Waltraut setzten sich zu ihr. Zögerlich begannen sie zu essen. Hockten schweigend im Zwielicht und lauschten den Motorengeräuschen, die in der Ferne zu hören waren.

Dann war da ein Rumsen. Lautes Pfeifen folgte. Alle hielten den Atem an. Ein dunkles Grollen erfüllte die Luft, den Bunker durchfuhr ein Beben. Das war in der Nähe gewesen.

»Was war das?«, fragte Hanna ängstlich.

»Ist eine Bombe gefallen?«, kam es von Waltraut. »Doch nicht auf unser Haus?«

»Unsinn«, sagte Rosie völlig ruhig. »Das war viel zu weit weg. Vielleicht haben sie ein Flugzeug abgeschossen. Esst weiter.«

Waltraut sah sie verwundert an. Allerdings wirkte sie zu eingeschüchtert, um Fragen zu stellen.

»Glaub mir, das würde sich anders anhören, wenn das Haus getroffen wäre«, sagte Rosie. »Das wäre so laut, dann würdest du jetzt nur noch ein Pfeifen im Ohr haben.«

Sie mümmelten weiter an ihren Broten und lauschten angestrengt. Das Grollen war fort. Auch die Motorengeräusche waren vorüber. Am liebsten wären sie sofort wieder ins Haus gelaufen. Doch sie mussten warten, dass Entwarnung gegeben wurde.

Schließlich war es so weit. Der lang gezogene Klang der Sirene meldete, dass sie den Bunker verlassen konnten.

»Nehmt alle eure Teller«, sagte Rosie. »Und Waltraut, nimm du die Lampe wieder mit rüber.«

Als sie ins Freie traten, spürten sie eher die Veränderung, als dass sie sofort begriffen, was passiert war. Der Horizont war nicht dunkel. Es war, als wäre dort wieder die untergehende Sonne aufgetaucht. Blutrot leuchtete es in der schwarzen Nacht. Über dem rot glühenden Horizont irrten Flaklichter am Himmel. Doch sie wirkten unkoordiniert und sprunghaft, wie die Körper von geköpften Hühnern, die noch eine Weile wild flatterten und zuckten, bevor das Leben sie endgültig verließ.

»Ist da Marienfehn?«, fragte Waltraut mit piepsiger und ängstlicher Stimme.

»Unsinn, du Dussel«, kam es barsch von Rosie. »Marienfehn liegt hinterm Moor. Das muss eine Stadt sein. Eine große Stadt.«

»Altheim«, hauchte Hanna. »Die Kreisstadt.«

Sie standen schweigend und blickten in den glühenden Horizont. Keine konnte sich abwenden und zum Haus laufen. Sie standen einfach da und schauten. Hanna und Waltraut waren nicht in der Lage, sich vorzustellen, was in Altheim passierte. Und Rosie schwieg dazu.

Tante Theodora tauchte neben ihnen auf. Ihr Gesicht war

aschfahl. Sie bekreuzigte sich. Konnte ebenfalls den Blick kaum vom brennenden Altheim abwenden.

»Mami? Ach, meine liebe Mami«, begann Rosie mit süßlicher Stimme. Rosie, die gerade noch die Resoluteste von ihnen gewesen war, nahm wie stets ihr sanftes Verhalten an, von dem sie glaubte, es wäre das Richtige im Umgang mit ihrer Mutter. »Sollen wir nicht reingehen, Mami?«

Theodora sah aus, als würde sie gleich loslaufen, um sich in die Flammen zu stürzen. Nacktes Entsetzen lag in ihrem Gesicht. Rosie klammerte sich vergeblich um ihre Taille. Theodora nahm ihr Kind kaum wahr.

»Bitte, Mami. Ich möcht so gern ins Haus.«

Theodora machte einen Schritt aufs Feuer zu, die Augen weit aufgerissen. Da drang ein Schreien in den Garten. Ein gesundes, kräftiges Säuglingsschreien.

Hanna sog die Luft ein. Der Hoferbe war da.

»Haben wir ein Brüderchen?«

Das holte ihre Tante zurück. Sie löste den Blick vom Feuer und sah auf die Kinder herab, als erwachte sie aus einem Traum.

»Sag schon, Tante Theodora! Haben wir ein Brüderchen?«

»Eure Mutter hat ein gesundes Kind zur Welt gebracht.« Nun tauchte sogar ein zerbrechliches Lächeln in ihrem Gesicht auf. »Beide sind wohlauf. Wir haben alles heil über die Bühne gekriegt. Es ist ein Wunder.«

»Aber sag schon: Ist es ein Junge?«

Theodora lachte. Plötzlich schien das Feuer vergessen.

»Du bist ja schlimmer als dein Vater, Hanna.«

Hanna war kurz davor, loszulaufen, um sich selbst zu überzeugen, da strich ihr die Tante über den Kopf und sagte: »Es gibt einen Hoferben, Hanna. Es ist ein Junge. Der Brennereihof braucht nichts mehr zu befürchten.«

Reines Glück durchströmte sie. Ein Junge. Endlich. Sie rannte ins Haus, wo das Säuglingsschreien lauter wurde. Inge wusch in der Küche Tücher aus, mit blutiger Schürze und leichenblassem Gesicht. Sie nahm ihre Schwester kaum zur Kenntnis, schien unter Schock zu stehen.

Hanna kümmerte sich nicht darum. Sie rannte weiter, ins Schlafzimmer ihrer Mutter. Einen Raum, den sie bei Todesstrafe nicht betreten durfte. Doch das war nun egal. Die Tür stand offen, und sie stürmte hinein.

Da war er. Der Hoferbe in den Armen ihrer Mutter, ein kleiner schrumpeliger Wurm, doch voller Leben. Er schrie nach Leibeskräften und patschte mit seinen winzigen Händchen der Mutter ins Gesicht. Hanna bremste ab, nun plötzlich unsicher, ob sie nicht doch eine Linie überschritten hatte. Aber ihre Mutter blickte auf und schenkte Hanna ein Lächeln. Das erste Lächeln, an das Hanna sich erinnern konnte, in dem Liebe und Zuneigung lagen.

»Komm her, Hanna«, sagte sie. »Du hast ein Brüderchen bekommen. Möchtest du ihn mal halten?«

Später, als es ruhig geworden war in dem alten Bauernhaus, lagen die Kinder im Bett und versuchten, das Geschehene zu verarbeiten. Rosie durfte in dieser Nacht bei Hanna im Bett schlafen. Obwohl an Schlaf kaum zu denken war. Jedenfalls fanden die beiden Cousinen keine Ruhe. Waltraut, die im Bett nebenan lag, schlummerte friedlich. Vor lauter Erschöpfung war sie gleich eingeschlafen. Rosie und Hanna dagegen verharrten im Dunkeln und sahen zum Fenster, wo unverändert der rote Schein am Horizont zu sehen war.

Hanna fragte sich, wie viele Menschen dort im brennenden Altheim in ihren Kellern hockten. Ob welche verschüttet worden waren, wie es in Essen passiert war, in dem Haus, in dem Rosie gewohnt hatte. Sie fragte sich, wie viele heute Nacht in dem Feuer gestorben waren. Doch mit Rosie konnte sie darüber nicht sprechen. Die hatte zwar schon erlebt, was in den Städten passierte, wenn ein Feuersturm ausbrach. Doch sie redete mit niemandem darüber, und es war Hanna unmöglich, sie darauf anzusprechen.

Während in Altheim Menschen den Tod fanden, dachte Hanna, war bei ihnen der Hoferbe zur Welt gekommen. Ein hilfloser Wurm, der mit lautem Kreischen sein Lebensrecht unterstrich. Wie merkwürdig ihr das erschien. Leben und Tod, alles in einer Nacht.

Im Widerschein des Feuers sah Hanna Rosies Gesicht. Bestimmt dachte sie an Essen zurück.

Rosie suchte unter der Bettdecke nach Hannas Händen und hielt sich daran fest.

»Wie ist das wohl, zu sterben, Hanna?«

»Ich weiß nicht …«

»Ob das sehr wehtut?«

Sie lagen Gesicht an Gesicht, in Rosies Augen spiegelte sich das rote Leuchten am Horizont. Sie sprach so leise, dass es beinah war, als träumte Hanna nur, was sie sagte.

»Wo gehen wir hin, wenn wir tot sind? Was meinst du, Hanna?«

Doch auch darauf hatte sie keine Antwort.

»Ich glaube, wenn wir tot sind, dann ist es ganz still«, flüsterte Rosie. »Da gibt es keine Bomben und keine Schreie. Auch keine Tiefflieger und kein Feuer. Da ist alles sanft. Wie in einem Kissen. Das glaube ich.«

Sie waren ganz nah, hielten sich aneinander fest.

»Und ich glaube, dass es da hell ist. Hell und wunderschön. Ganz bestimmt. So muss es einfach sein.«

Lange sagte keine von ihnen etwas. Irgendwann, als Hanna bereits glaubte, Rosie wäre eingeschlafen, flüsterte ihre Cousine: »Ich glaube, mein Papa wird da sein und mich in den Arm nehmen.«

Danach schlief Rosie tatsächlich ein. Ihr Atem ging ruhig und gleichmäßig.

Hanna war mit einem Mal unendlich traurig. Würde auch ihr Vater da sein und sie in den Arm nehmen? Oder ihre Mutter? Wenn sie tot wären und sie sich dort sehen würden, wo es hell und schön war, würden sie Hanna überhaupt in den Arm nehmen wollen? Was, wenn es ihnen auch dann nichts bedeutete, selbst dort?

Hanna wollte nicht weinen, doch sie konnte die Tränen nicht zurückhalten. Draußen glühte still der Horizont. Nichts war zu hören, nur der ruhige Atem ihrer Cousine.

Sie würde nicht sterben, beschloss sie grimmig. Das würde sie einfach nicht zulassen. Und sie wusste auch, weshalb ihr nichts passieren würde. Weil Carl in der Heide auf sie wartete, wenn der Feind käme. Das hatten sie vereinbart. Wenn der einmarschierte und alles in Flammen stünde, dann würden sie sich in der Heide verstecken. Sie musste nur rechtzeitig weglaufen. Solange sie Carl hatte, davon war Hanna überzeugt, würde sie gar nicht sterben können.

Kapitel 9

Ein paar Tage später war scheinbar alles wieder so wie immer. Wie jeden Morgen weckte Inge sie mit der Petroleumlampe, und die Mädchen liefen hinunter in die Küche, wo Tante Theodora am Herd stand und in einem riesigen Topf Puddingmilch fürs Frühstück kochte, den leicht süßlichen Milchbrei, der für den Tag sättigte. Es war schulfrei, und die Mädchen sollten im Stall beim Fegen und Ausmisten helfen. Hanna hatte sogar die Erlaubnis bekommen, nach dem Frühstück den Knecht zu begleiten, der zum Postamt nach Marienfehn fuhr. Eine Gelegenheit, die sie nicht ungenutzt verstreichen lassen wollte. Sie würde Carl besuchen können.

Als die Puddingmilch abgeräumt war, wechselte sie einen Blick mit ihrer Cousine. Rosie zwinkerte ihr zu und lächelte verschwörerisch. Für Hanna das Zeichen, dass es begann.

Hanna schlich in die Diele, wo sie sich in der dunklen Ecke am Herdfeuer verbarg. Rosie stellte sich derweil in die offene Küchentür.

»Mama! Tante Maria!«, rief sie. »Guckt mal, was ich kann!«

Sie stellte sich, so gut das in Holzschuhen und mit dicken Socken möglich war, auf die Zehenspitzen und legte die Hacken aneinander. Dann fing sie an zu trippeln und flatterte mit den Armen herum, was plump und dennoch auf seltsame Art anmutig wirkte.

»Ich bin der sterbende Schwan. Wie im Ballett!«

Sie hüpfte herum, mit strahlendem Bühnenlächeln und tanzenden Zöpfen. Es sah so lustig und verrückt aus, es zog einen so in den Bann, dass Hanna kurz aus dem Konzept geriet.

Doch dann nahm sie sich ein Herz und schlüpfte durch die niedrige Tür hinterm Herdfeuer, die in den Kriechkeller führte. Sie wollte sich lieber nicht vorstellen, was passierte, wenn ihre Mutter sie erwischte. Das würde Prügel setzen, wie Hanna sie selten erlebt hatte.

Mit wild klopfendem Herzen schlich sie in den niedrigen Raum. Zwischen Kartoffelsäcken und gelagerten Äpfeln standen auf Regalen ihre Vorräte. Sie war nicht wählerisch. Ein kleines Glas eingemachte Stachelbeeren und eine Mettwurst, das reichte für heute. Eilig stopfte sie beides in die Schürze, dann huschte sie wieder hoch.

Rosie tanzte immer noch in der offenen Tür. Eine anmutige Ballerina im Körper eines Bauerntölpels. Tante Theodora stand in der Küche und schlug sich lachend die Hände vors Gesicht.

»Ein Bild für die Götter!«, rief sie. »Sieh dir das an, Maria. Ist das nicht herrlich?«

Und selbst Hannas Mutter, die für solcherlei Unfug sonst eher nicht zu haben war, konnte sich ein Lächeln nicht verkneifen. Wenigstens für einen Moment, bevor sie wieder die Lippen aufeinanderpresste und dem Ganzen ein Ende bereitete.

»Jetzt aber Schluss! Sonst tanzt dein Hintern auch, aber unter dem Teppichklopfer. Los jetzt. Die Arbeit wartet.«

Hanna war unauffällig zu Rosie getreten. Keiner hatte sie kommen sehen. Gehorsam machten sie sich auf den Weg nach draußen.

»Fein!«, juchzte Rosie, als sie außer Hörweite waren. »Das hat wunderbar funktioniert.«

»Ja! Du hast sie wirklich abgelenkt. Wo hast du denn das mit dem Ballett her? Hast du das mal gesehen, so richtig in echt?«

»Ja, in der Wochenschau. Da war ich mit Mama, aber das ist schon lange her.«

Inge und Waltraut marschierten über den Hof zum Schweinestall. Sie blickten sich nach Rosie um, die beim Ausmisten helfen sollte.

»Bestell Carl schöne Grüße«, flüsterte sie Hanna noch eilig zu, bevor sie den anderen folgte.

Hanna legte Wurst und Stachelbeeren in ein Tuch und wickelte alles vorsichtig ein. Dann machte sie sich auf den Weg zur Remise, wo Johann die Kutsche fertig machte.

Vor ein paar Wochen hatte Hanna damit angefangen, für Carl Lebensmittel zu stibitzen und sie ihm heimlich zuzustecken. Carls Großvater bestand nämlich darauf, dass alle in der Familie sich nur von Lebensmittelkarten ernährten. Zwar hatten sie einen Hühnerstall, Obstbäume und einen großen Gemüsegarten, doch der überzeugte Nazi verfügte eben, dass alles, was über die zugeteilte Ration hinausging, abzugeben wäre. Schließlich hatte Hitler bestimmt, was jeder Deutsche an Kalorien bekommen sollte, und daran wurde sich auch gehalten. Was bedeutete, dass Carl ständig hungrig war, seit sich die offiziellen Rationen zunehmend verringerten.

Im Herbst hatte ihn der Großvater dabei erwischt, wie er einen Apfel aus dem Garten gegessen hatte. Da hatte es mächtig Prügel gesetzt, denn auch das Obst wurde ohne Ausnahme an die Behörden abgegeben. Selbst Hannas Mutter hatte sich abfällig darüber geäußert. Verblendet, hatte sie Carls Großvater gegenüber Theodora genannt. Hanna wusste nicht, was das Wort bedeutete, doch es klang nicht so, als wäre es etwas Gutes.

Unterwegs auf der Landstraße schwiegen Johann und sie. Es war ein warmer Vorfrühlingstag. Die Sonne tauchte alles in ein wunderschönes Licht, und man konnte gar nicht glauben, dass Krieg herrschte. Doch sahen sie in der Ferne Lastwagen der Wehrmacht übers Land fahren, sogar ein Panzer war dabei.

Johann wirkte unruhig. »Ich hätte dich besser zu Hause lassen sollen«, war das Einzige, was er sagte.

Marienfehn war voller Menschen. So viel war in dem kleinen Ort noch nie los gewesen. Da waren Soldaten der Wehrmacht, die auf dem Weg zur Front durchs Dorf zogen, Zwangsarbeiter, die zu Schanzarbeiten für den Volkssturm eingeteilt waren, Offiziere in schönen Militärautos, sogar soldatische Pferdeführer mit ihren Karren. Es herrschte angespannte Stimmung auf den Straßen. Es war wie in einer belagerten Burg.

»Bleib besser auf der Kutsche, während ich im Postamt bin«, sagte Johann. »Wir fahren sofort danach zurück.«

»Aber ich wollte doch zu Carl. Nur deshalb bin ich mitgefahren.«

Er überblickte mit Sorgenfalten das Geschehen im Dorf.

»Aber nur ganz kurz. Beeil dich, Mädchen. Und komm, so schnell du kannst, zurück.«

Hanna wollte schon von der fahrenden Kutsche springen und loslaufen. Doch Johann bestand darauf, dass sie sitzen blieb, bis er am Postamt war.

Ein älterer Mann mit Pfeife und Nickelbrille stand am Gehweg und stützte sich auf eine Schippe. Er tippte sich gegen die Schirmmütze, als Johann auftauchte.

»Otto, was machst du denn hier?«, begrüßte Johann ihn. »Willst du die Hauptstraße umgraben?«

»Volkssturm, Johann. Volkssturm. Bist du nicht eingezogen worden?«

»Noch nicht. Vielleicht bin ich denen zu tattrig.«

»Eher nicht«, lachte Otto. »Da würde ich nicht drauf wetten.« Spottend zitierte er die Propaganda: »Das Volk steht auf, und Sturm bricht los.«

»Red doch leiser, verflucht.«

Johann sprang vom Wagen und kümmerte sich um das Pferd. Die beiden Männer senkten ihre Stimmen, doch Hanna, die es gewohnt war zu lauschen, konnte trotzdem verstehen, was gesagt wurde.

»Das bringt doch nichts mehr«, meinte Johann. »Wollen sie jetzt die Alten und Kranken noch verheizen?«

»Und die Kinder. Genauso ist es.«

»Und was machen die ganzen Soldaten hier?«

»Die müssen zur Front. Hier ist Zwischenstation. Das Schulgebäude soll geräumt werden, um sie unterzubringen.«

»Wie lange soll das denn noch gehen?«

»Lange kann es nicht mehr dauern, Johann. In Holland sind alliierte Luftlandetruppen abgesprungen. Die Wehrmacht ist auf dem Rückzug, und zwar auf ganzer Linie. Sie sind nicht mehr weit entfernt von der Grenze. Tja, und dahinter kommen als Erstes wir.«

»Wenn wir dann noch leben. Liebe Güte, hoffentlich hat der Alptraum bald ein Ende.«

Da bemerkte Johann, dass Hanna nach wie vor auf der Kutsche saß.

»Du bist ja immer noch da!«, rief er wütend. »Worauf wartest du? Beeil dich, in einer Viertelstunde fahre ich zurück. Zur Not ohne dich.«

Hanna sprang von der Kutsche und lief drauflos. Sie bahnte sich ihren Weg zwischen Soldaten und Pferdekarren zum Anwesen des Bürgermeisters. Das Herrenhaus, in dem Carls Großeltern lebten, lag mitten im Ort hinter einem steinernen Torbogen. Ein getünchtes, zweistöckiges Haus mit grünen Fensterläden und von Sandstein umfassten Türbögen.

Hanna schlich sich in die schönen Gartenanlagen und verbarg sich hinter dem hölzernen Hühnerstall, von wo aus sie Steinchen an Carls Fenster werfen konnte. Mehrmals prasselten die Steinchen gegen die Scheibe. Doch hinter den Sprossenfenstern tat sich nichts. Carl war offensichtlich nicht da.

Plötzlich tauchte Carls Großvater im Garten auf. Sie presste sich an die Wand des Hühnerstalls. Der durfte sie auf keinen Fall entdecken. Ihm folgte ein stattlicher Mann in Offiziersuniform. Es war Carls Vater. Der war also auch in Marienfehn.

Die Männer blieben an den Rosenbögen stehen, die nur ein paar Meter von ihr entfernt waren.

»Die V2-Raketen werden aus dem Venn abgeschossen«, hörte sie Carls Vater sagen. »Großen Schaden richten sie nicht an. Aber sie sorgen für Verwirrung.«

»Das ist gut. Alles, was uns einen Vorteil verschafft, ist willkommen. Wir warten auf die Wunderwaffe. Hitler hat noch was in der Hinterhand, davon bin ich überzeugt.«

Carls Vater schwieg dazu. Hanna überlegte, wohin sie schleichen konnte, ohne entdeckt zu werden. Doch es gab keinen Ausweg, sie saß in der Falle.

»Maria Brook hat mit mir gesprochen«, wechselte Carls Vater das Thema. »Sie will ihre Schnapsvorräte an die Bevölkerung verkaufen und braucht dazu die Erlaubnis.«

»Den Schnaps verkaufen? Ohne Bezugskarten? Ist sie von allen guten Geistern verlassen?«

»Woanders in der Gegend haben die Brennereien genau damit angefangen. Damit die Vorräte nicht in die Hände des Feinds fallen. Oder in die der Zwangsarbeiter. Falls wir überrollt werden. Die Vorstellung, dass russische Zwangsarbeiter ohne Kontrolle Schnaps saufen und betrunken auf die Bevölkerung losgehen …«

»Wir werden nicht überrollt. Auf keinen Fall. Das werde ich nicht zulassen. Was ist denn los mit dir? Hat man dir etwa den Schneid abgekauft?«

Carls Vater ging nicht darauf ein. Überhaupt klang er gar nicht mehr so streng und hart, wie er sonst auf Hanna gewirkt hatte.

»Ihr solltet vielleicht von hier verschwinden, Vater. Weiter ins Landesinnere. Nur vorübergehend. Keine offizielle Evakuierung, versteht sich. Nur du und Mutter und Carl.«

»Niemals! Was verlangst du von mir? Geh lieber raus und stell dich dem Feind entgegen. Dann wird er hier schon nicht auftauchen.«

»Also gut. Macht, was ihr wollt. Aber Carl werde ich mitnehmen. Er ist mein Sohn, trotz allem. Ich werde ihn von hier wegbringen, heute noch.«

Sein Großvater protestierte und wurde laut. Hanna jedoch war wie erstarrt. Weg von hier. Weg aus Marienfehn. Was würde dann werden? Würde sie Carl wiedersehen? Was wäre, wenn der Feind käme? Sie wollten sich doch in der Heide verstecken.

Die Männer waren weiterspaziert. Hanna blickte nochmals zum Fenster, doch von Carl war nichts zu sehen. Wie betäubt schlich sie sich zurück auf die Straße. Was sollte sie jetzt tun?

Kaum war sie draußen, gingen die Sirenen los. Ein grässliches Geheul, das alles erfasste. Erschrocken blickte sie sich um. Es war helllichter Tag. Die Sonne schien. Ein warmer Vorfrühlingstag. Käme jetzt etwa ein Luftangriff? Das war unmöglich.

Sie musste zurück zu Johann. Überall auf der Straße liefen Menschen durcheinander, Pferde scheuten, Mütter riefen nach ihren Kindern. Die Kutsche stand noch am Platz vorm Postamt. Johann musste im Gebäude sein.

Ein Grollen am Himmel. Hanna blickte auf, zwinkerte gegen das Sonnenlicht. Da oben waren bereits Bomberverbände. Wie wütende Insekten näherten sie sich. So schnell waren sie noch nie da gewesen. Die Sirene hatte ja gerade erst losgeheult. Hanna begann zu laufen. Vorbei an Fachwerkhäuschen mit hübschen Gartenzäunen und Hühnerställen. Vorbei am Bildstock der Heiligen Jungfrau. Bis zum Postamt war es noch weit. Sie sah sich hektisch um. Irgendwo musste sie Schutz suchen.

»Hanna! Was machst du denn hier?«

Frau Böing, eine Kundin der Brennerei, hatte das Küchenfenster aufgerissen.

»Komm rein! Schnell. Du kannst nicht da draußen rumlaufen!«

Hanna dachte nicht lange nach. Sie stürmte zum Haus der Familie Böing. Das Grollen am Himmel wurde lauter. Die Frau empfing sie an der Haustür, winkte sie hektisch herein und zog sie in ihren Keller, wo der Rest der Familie saß und wartete.

Fünf Kinder, die Hanna mit großen, ängstlichen Augen ansahen. Keiner sagte etwas. Frau Böing setzte sich auf die Bank im Keller, und ihre Kinder rutschten dicht an sie heran. Jedes schien ihr am liebsten auf den Schoß klettern zu wollen.

Das Grollen der Flugzeuge war selbst hier unten zu hören. So laut hatte sie es noch nie erlebt. Dann war da ein Pfeifen in der Luft, ein schrilles, böses Geräusch. Noch ein Pfeifen und noch eines. Ein Kind fing an zu weinen. Jeder wusste, was passierte, noch bevor der erste Einschlag kam.

Höllischer Lärm brach aus. Als würde die Welt untergehen. Es donnerte und knallte. Der Boden vibrierte. Die Kinder schrien laut auf. Das Licht verlosch, nur durch ein schmales Kellerfenster fiel graues Zwielicht herein.

Wieder ein singender Pfeifton, gefolgt von dröhnendem Donnern. Das musste ganz nah gewesen sein. Es fühlte sich an, als würde ein Erdbeben Marienfehn erfassen. Hanna klammerte sich an ihren Sitz. Sie keuchte, kniff die Augen zu, versteifte sich am ganzen Körper.

Beim nächsten Einschlag glaubte sie, das Haus der Böings wäre getroffen. Der Knall war so laut, dass es in ihren Ohren fiepte. Putz fiel von der Decke und rieselte auf sie herab.

»Hanna!«, schrie Frau Böing.

Wie im Nebel sah sie die ausgestreckte Hand. Sie konnte sich nicht bewegen. Es war unmöglich. Ein Stück Deckenputz fiel ihr auf den Kopf, rieselte in ihren Nacken. Da gab sie sich einen Ruck und klammerte sich an die ausgestreckte Hand. Frau Böing zog sie zu sich, umfasste sie und die anderen Kinder.

Da wurde Hanna ganz ruhig. Wir werden sterben, dachte sie. Hier endet es. Sie würde sich nicht mit Carl in der Heide verstecken. Sie würde ihn niemals wiedersehen. Es war zu spät. Gemeinsam mit den anderen Kindern und umschlungen von dem warmen und üppigen Körper der Brennereikundin würde sie hier unten sterben.

Dann endeten die Angriffe. Kein Pfeifen mehr, kein Donnern, auch kein Brummen am Himmel. Es wurde ruhig. Feuer knisterte und loderte, doch im Vergleich zum Angriff war es geradezu still.

Ein Kind schluchzte hemmungslos. Frau Böings Arme lockerten sich. Sie sprach tröstende Worte, doch Hanna hörte nicht hin. Sie sah zum grauen Streifen am Kellerfenster. Staub wirbelte im Licht. Ihr Atem ging stoßweise, sie lebte.

»Wir können wieder hochgehen«, sagte Frau Böing irgendwann. »Es ist vorbei. Alles ist gut.«

Zu Hannas Überraschung stand das Haus der Böings noch. Es war nicht getroffen worden. Die Fenster waren zersprungen, ein paar Dachpfannen heruntergerissen. Doch ansonsten war es unbeschadet.

Sie trat ans Fenster und sah hinaus. Marienfehn stand in Flammen. Die Häuser der Nachbarn waren fort. Die Schule brannte lichterloh. Das Dach der Kirche war wie abrasiert, nur noch der stolze Kirchturm ragte unbeschädigt aus Flammen und Rauch hervor.

Sie stolperte zur Tür und riss sie auf.

»Hanna! Bleib hier! Geh nicht raus.«

Frau Böing wollte sie zurückhalten, doch sie riss sich los und lief hinaus. Das Gartentor war unversehrt, auch der Rosenbogen mit den Verzierungen stand unbeeindruckt da. Krokusse blühten lieblich, eine seltsam beschauliche Insel inmitten der Zerstörung.

Sie stolperte über die Straße zurück ins Dorf. Die meisten

Häuser brannten oder waren dem Erdboden gleichgemacht. Marienfehn war nicht wiederzuerkennen. Überall Rauch und Feuer. Alles lag in Trümmern. Neben einem brennenden Haus lag ein regloser Kinderkörper. Es war ein Mädchen, dessen Kopf in einem unnatürlichen Winkel vom Körper abknickte. Blonde Zöpfe und eine rote Schleife. Margot.

Sie lief weiter. Die Soldaten und die vielen Zwangsarbeiter kamen ihr in den Sinn. Wo sie jetzt wohl waren? Das Haus von Carls Großvater brannte lichterloh. Wo der große Garten gewesen war, da war jetzt ein Bombenkrater.

Sie lief weiter. Das Postamt existierte nicht mehr. Auch die Kutsche war fort. Nur Feuer und Rauch. Ein Mann lag zerschmettert und halb verkohlt am Boden, röchelte und spuckte. Von Johann keine Spur.

Sie drehte sich um, begann wieder zu laufen. Erst jetzt begriff sie, dass sie einen bestimmten Weg eingeschlagen hatte. Aus dem Dorf heraus und in Richtung Moor. Nur fort von hier. Über den Sandweg am Krankenhaus vorbei, das völlig intakt war. Durch den Bruchwald ins Moor. Über Bülte und Bohlenstege und weiter in die Heide. Ihre Lungen brannten vom Laufen, doch sie achtete nicht darauf.

Vor ihr in der Heide bewegte sich etwas. Ein Kind. Es hockte auf einem Baumstamm, von dem es aufsprang, als es sie entdeckt hatte. Es lief ihr entgegen. Hanna hielt inne. Keuchend fixierte sie die laufende Gestalt. Carl. Ein warmes Gefühl durchströmte ihre Brust. Ohne es zu wollen, lachte sie laut auf. Er lebte. Sie rannte los, rief seinen Namen und winkte ihm zu.

Und Carl, der stehen geblieben war, um ebenfalls ihren Namen zu rufen, hob den Arm und winkte zurück.

Kapitel 10

Über dem Moor machten sich erste Fledermäuse auf die Jagd. Dunst bildete sich über den Bülten, Nebel umhüllte die kargen Bäume im Bruchwald.

Hanna legte die Zigarrenkiste, in der sie gestöbert hatte, zur Seite. Es gab nicht mehr genügend Licht, um sich die alten Fotos anzusehen. Ihr Rücken schmerzte bei der Bewegung. Sie hatte zu lange dagesessen und sich den Erinnerungen hingegeben. Angestrengt massierte sie sich die schmerzenden Muskeln.

Mithilfe des Stocks stand sie auf, schloss das Fenster und schaltete das Licht ein. Es war bereits kurz vor acht. Sie fragte sich, wann Rosie kommen würde.

Da klopfte es an ihrer Tür. Na also.

»Ich bin's. Rosie. Schläfst du schon?«

Hanna öffnete. Im Flur stand ihre Schwester, die sich mit beiden Händen auf ihren Rollator stemmte. Sie grinste verlegen.

»Ich hab unsere Verabredung irgendwie vergessen. Das passiert mir ständig in letzter Zeit. Jetzt war ich mir nicht sicher, ob ich dich so spät noch stören darf.«

»Es ist kurz vor acht, Rosie. Was denkst du denn, wann ich zu Bett gehe? So gut kennst du mich noch. Mehr als sechs Stunden Schlaf brauche ich nicht. Bis Mitternacht kannst du jederzeit bei mir vorbeikommen.«

Sie trat zur Seite, um sie hereinzulassen. Mühsam schob Rosie den Rollator an Hanna vorbei ins Innere.

»Du würdest dich wundern, wie viele hier längst im Bett liegen. Ich lege mich inzwischen auch früher hin. Man passt sich an. Um zehn hast du das Gefühl, es ist mitten in der Nacht.«

»Setz dich doch in meinen Sessel. Ich hole mir rasch einen Stuhl aus der Küche. Möchtest du ein Glas Wasser?«

Rosie ließ sich mit einem schweren Seufzer sinken.

»Wasser? Ich dachte, hier gibt's Schnaps«, meinte sie gut gelaunt. »Ich bin doch hier an der Quelle, was gute Schnäpse angeht. Oder liege ich da falsch?«

Hanna lachte. »Natürlich bist du hier an der Quelle.«

Sie öffnete die Türen des Kirschbaumschränkchens, in dem Benedikt die Hausbar untergebracht hatte. Sie war anfangs nicht sicher gewesen, ob sie überhaupt solche Erinnerungen an die Brennerei in ihrem neuen Zuhause haben wollte. Doch viele dieser Spirituosen waren ihre Kreationen. Für einige hatte sie internationale Preise gewonnen. Wenn man ihr auch alles andere nehmen konnte, diese Vergangenheit war immer noch die ihre.

Die stolze Reihe edler Flaschen erschien. Einige sogar mit einem Hinweis, welchen Preis sie gewonnen hatten. Für jede Gelegenheit war ein hochwertiges Produkt dabei. Der Himbeer-Aperitif mit Obstgeist und Früchten zum Essen, die feinen Liköre zum Kaffee, die Kräuterelixiere und der Wacholderschnaps als Digestif, und natürlich der Alte Korn, der für jede Gelegenheit gut war.

»Beeindruckend«, sagte Rosie.

»Nicht wahr? Mein ganzer Stolz.«

»Vor allem, wenn man daran denkt, dass wir früher nur einfachen Korn und Wacholder gebrannt haben.«

»Das meiste hiervon ist immer noch Korn.«

»Aber …«

»Du darfst dir den Korn nicht so vorstellen wie früher. Nicht wie diese massentauglichen Brände, die ab den Sechzigern hergestellt wurden. Dies ist Lagerkorn. Da legen wir großen Wert auf die Auswahl der Rohstoffe, wir brennen per Hand, und vor allem lassen wir den Korn reifen. Im Prinzip ist unser Alter Korn nichts anderes als Whiskey. Der wird auch aus Getreide gemacht. Nur dass wir es hier nicht so nennen.«

»Ich habe gehört, dass du einen Preis für den besten Whiskey auf dem Kontinent gewonnen hast. Das hat mir Inge geschrieben. Ich dachte, sie will mich auf den Arm nehmen.«

»Das war mein Single Malt«, meinte Hanna stolz. »Ein Roggendestillat, fünf Jahre Lagerung in American Oak – Eichenfässern. Er ist ganz sanft und rund und hat ein rauchiges Vanille-Aroma. Den musst du unbedingt probieren. Aber vielleicht fangen wir mit etwas anderem an? Du hast die freie Auswahl.«

»Wenn das so ist«, meinte Rosie und zwinkerte, »dann nehme ich einen Alten Korn.«

Hanna lachte. »Richtige Antwort.«

Der Alte Korn war das Aushängeschild des Hauses. Hanna freute sich jedes Mal, ihn auszuschenken. Ihr erster Brand. Damit war 1985 alles losgegangen. Mit ihm war es ihr gelungen, den Konkurs der Brennerei abzuwenden und sich einen Namen für Spitzenbrände zu erarbeiten. Jahrelang hatte sie experimentiert, mit dem Destillat, der Lagerung in Eichenfässern, der Reifung des Brands. Bis sie zufrieden war mit den Ergebnissen.

»Hast du ihn eigentlich schon einmal probiert?«, fragte sie. Schließlich hatte Rosie schon in den USA gelebt, als sie ihn auf den Markt gebracht hatten.

»Ich muss gestehen … nein. Auch wenn mir das peinlich ist. Ich hab ja nur durch Inges Briefe erfahren, was los war.«

»Schon gut. Probier ihn jetzt.«

Hanna reichte ihr das Glas und ließ sich neben sie auf den Stuhl sinken. Sie stießen an, und ehe Hanna selbst nippte, beobachtete sie, wie Rosie ihn probierte. Erstaunen trat in das Gesicht ihrer Schwester, dann Ergriffenheit, Genuss, Ehrfurcht und schließlich Glück.

»Er ist gut, nicht wahr?«, kommentierte Hanna zufrieden und nahm selbst einen Schluck.

Der Korn war sanft und voll und wärmte von innen. Mit geschlossenen Augen schmeckte sie das Aroma frisch abgeernteter Weizenfelder, den Duft von Klatschmohn und Kornblumen und die trockene Note von Heu und Wiesenkräutern. Bei Hanna erzeugte der Alte Korn stets ein Gefühl von Trost und Wohligkeit.

»Das ist Korn?«, fragte Rosie ungläubig. »Er schmeckt so … ich weiß gar nicht, wie ich es ausdrücken soll. Ich bin völlig geplättet.«

Hanna lachte. »Am Anfang musste ich die Gastwirte davon überzeugen, dass sie den Alten Korn nicht in den Kühlschrank stellen. Ich wollte die Leute von meinem gelagerten Korn überzeugen, aber überall wurde er gekühlt.«

»Was ist denn falsch daran? Korn steht doch immer im Kühlschrank?«

»Genau. Der Grund, warum man billige Schnäpse eiskalt trinkt, liegt darin, dass sie nur so genießbar sind. Doch wirklich hochwertige Spirituosen wirst du niemals gekühlt bekommen. Der Alte Korn kann seinen Geschmack nur bei Zimmertemperatur entfalten. Da musste ich ganz schön Überzeugungsarbeit leisten.«

»Es hat sich gelohnt.«

»Und wie es sich gelohnt hat.«

Rosie nippte ein weiteres Mal an ihrem Glas. Als könnte sie gar nicht glauben, was sie dort trank.

»Möchtest du noch etwas anderes probieren?«, fragte Hanna.

»Ob ich –? Wir trinken uns hier quer durch deinen Schrank, Hanna. Ich muss alles darüber wissen, was du an Bränden entwickelt hast. Ich gehe nicht raus, ehe ich nicht völlig betrunken bin.«

Nichts lieber als das, dachte sie. Sie liebte es, ihre Kreationen zu präsentieren, immer noch.

»Lass mal sehen.« Sie stand auf und ging die Flaschen durch. »Wie wäre es mit einem Holunderblütenlikör? Die Blüten zupfen wir selbst. In der Werbung heißt es ja überall, nur mit ausgewählten Zutaten, obwohl das Zeug industriell hergestellt wird. Aber bei uns stimmt das noch. Wir wählen wirklich per Hand aus.« Sie wandte sich zum Schrank. »Oder vielleicht doch unseren Klosterlikör? Das ist ein Kräuterlikör, der ist ganz weich und mild. Die Kräuter werden im Altheimer Benediktinerkloster angebaut. Alles nach alter Tradition. Benedikt hat sich wochenlang durch alte Klosterbibliotheken gearbeitet, um die vergessenen Rezepte hervorzuholen. Das war ein richtiges Abenteuer, diesen Likör wieder neu zu entwickeln.«

»Später gern. Aber jetzt probiere ich lieber noch einen richtigen Schnaps. Was ist mit deinem Single Malt? Sollen wir mit dem weitermachen? Oder was hast du sonst noch alles auf Lager?«

»Wie wäre es mit einem Marienfehner Moorfeuer? Den hat auch Benedikt entwickelt. Hochwertig und trotzdem erschwinglich. Etwas, das fürs Schützenfest genauso taugt wie für die gehobene Gastronomie. Fruchtig-aromatisch, mit einem feinen Aroma von Brombeere und Haselnuss. Was meinst du?«

»Hört sich toll an. Den will ich.«

»Benedikt ist immer voller Ideen, wenn es um neue Produkte geht«, sagte Hanna, während sie eingoss. »Man muss in Bewegung bleiben, sagte er. Immer Neues ausprobieren. Die Marktanteile ausbauen. Natürlich haben wir unsere Klassiker, und das sind die Verkaufsschlager. Aber die Leute probieren gern Neues aus. Man muss darauf achten, im Gespräch zu bleiben.«

Sie trug die Gläser zu ihrem Beistelltischchen und setzte sich zu Rosie.

»Außerdem macht es riesigen Spaß, sich neue Sachen auszudenken und dann zu sehen, was ankommt und was nicht. Du weißt das vorher nie. Zum Wohl.«

Sie stießen an, und Rosie nahm einen Schluck. Spürte dem Geschmack nach und lächelte. »Der ist wirklich gut, Hanna.«

Sie schwenkte den Brand und hielt das Glas gegen das Licht. »Benedikt scheint ein netter Junge zu sein. Und attraktiv ist er. Er sieht aus wie unser Vater, findest du nicht?«

Hanna lächelte. Natürlich sprach Rosie von Heinrich Brook als von ihrem Vater. Sie konnte ihr das nicht verdenken. Für sie war er immer mehr ein Vater gewesen als für Hanna.

»Ja. Er ist ein guter Junge. Ich wüsste nicht, was ich ohne ihn wäre.«

»Ich war ja leider die ganzen Jahre in den Staaten. Ich habe ihn bisher nie kennengelernt. Natürlich habe ich gehört, dass Andreas einen Sohn bekommen hat. Inge war so stolz, Oma zu werden. Sie hat mir geschrieben damals: *Unsere Familie wird größer. Du hast einen weiteren Großneffen.* Es war sicher nicht leicht für ihn, ohne Mutter aufzuwachsen.«

»Nein. Das war nicht leicht für ihn.«

Benedikts Mutter war gestorben, als er vier Jahre alt war. Sie hatte Brustkrebs. Er sagte immer, er hätte gar keine Erinnerung mehr an sie. Oder an die Zeit mit ihr. Doch Hanna war überzeugt, dass da noch einiges tief in ihm verborgen lag und er es nur nicht an sich heranlassen wollte.

»Aber sein Vater hat doch wieder geheiratet, richtig?«

»Ja. Andreas hat eine Holländerin geheiratet. Sie sind nach Hengelo gezogen. Da war Benedikt acht. Er hat sich nicht gut eingelebt. Als Kind wirkte er immer so verloren. Andreas war ein guter Junge, da kann man gar nichts sagen. Aber irgendwie waren er und sein Sohn sich immer fremd. Er konnte Benedikt die Mutter eben nicht ersetzen. Wahrscheinlich kann man ihm keinen Vorwurf machen.«

»Wie lange ist Andreas jetzt schon tot?«

Andreas starb bei einem Unfall auf der Baustelle, wo er als Bauleiter arbeitete. Ein Betonteil hatte sich von einem Kran gelöst und ihn erschlagen. Es war für alle ein ziemlicher Schock gewesen.

»Seit acht Jahren. Da war Benedikt gerade neunzehn.«

»Mit neunzehn wurde er Waise«, sagte Rosie mitfühlend. »Wie traurig für ihn.«

Seltsam. Rosie selbst war mit neun Jahren Waise geworden. Doch sie schien gar keine Parallele zwischen seinem und ihrem Schicksal zu sehen. Zwei Jahre nach Kriegsende war Tante Theodora gestorben und hatte Rosie als Vollwaise zurückgelassen.

Sie stellte das Glas auf dem Tischchen ab.

»Ich habe beim Umzug meine Fotokiste wiedergefunden«, sagte sie. »Du weißt schon, die alten Fotos, die ich in der Zigarrenkiste aufbewahrt habe.«

»Ach, die besitzt du noch? Natürlich. So warst du immer. Du hängst an den alten Sachen. Also, ich weiß nicht. Vielleicht sollte man die Vergangenheit einfach ruhen lassen.«

»Vielleicht«, meinte Hanna nachdenklich. »Ich musste viel an den Krieg denken in den letzten Tagen. An die Zeit, als wir Kinder waren.«

Rosies Heiterkeit war damit verflogen. Sie hielt sich das Moorfeuer unter die Nase und schnupperte. Sicher würde sie gleich das Thema wechseln.

»Wenn ich die Kinder heute sehe, die zwischen sechs und neun sind«, fuhr Hanna unbeirrt fort. »Weißt du, die sind so alt wie wir damals. Sie sind so unbeschwert und fröhlich. Sie leben, wie es sich für Kinder gehört. Wenn ich sie sehe, dann kann ich kaum glauben, dass wir in diesem Alter im Krieg waren. Was hat man uns alles zugemutet. Das kann man Kindern doch nicht antun, in so einer Welt zu leben.«

»Wir hatten es doch noch gut«, wandte Rosie ein. »Im Gegensatz zu vielen anderen. Denk nur an die Flüchtlinge aus dem Osten. Die Kinder, die mit dem Treck unterwegs waren. Oder die in den Städten. Ich bin da ja noch rausgekommen, irgendwann. Aber was haben diese Kinder alles mit angesehen. Und es war ja mit Kriegsende nicht getan. Danach kamen die Hungerjahre. Weißt du noch, wie Kinder mit ihren Eltern von Bauernhof zu Bauernhof gezogen sind, um Essen zu erbetteln? Unsere Mütter haben ja versucht, immer mal wieder etwas abzugeben. Als wenn wir selbst viel gehabt hätten. All die abgerissenen Gestalten, die zu Fuß auf dem Land unterwegs waren. Da waren auch viele Kinder in unserem Alter dabei. Wie ist es denen ergangen? Also sag nicht, dass wir es schlimm hatten. Wir haben ja nicht mal gehungert. Andere hatten es wirklich schlechter.«

Hanna schüttelte den Kopf. Das war genau das, was ihnen damals von den Erwachsenen immer gesagt wurde. Es gab viele, denen es schlechter ging. Sie sollten froh sein, mit heiler Haut davongekommen zu sein. Vor allem sollten sie froh sein, nicht hungern zu müssen.

»Wir hatten es auch nicht immer leicht, Rosie. Das kannst du nicht abstreiten. Die Luftangriffe, diese ganze Unsicherheit. Die Väter im Krieg. Wir haben viel erlebt und waren doch noch so klein. Kein Kind sollte im Luftschutzkeller sitzen, während draußen die Bomben einschlagen. Kein Kind sollte die Eltern im Krieg verlieren. Oder Angst davor haben, dass der Feind kommt.«

Rosie hörte nun auf, am Moorfeuer zu schnüffeln.

»Oder den Tod der Mutter mit ansehen müssen«, fügte sie leise hinzu.

»Ja, Rosie. Das auch nicht.«

Hanna erinnerte sich noch gut daran, wie Tante Theodora gestorben war. Eine Lungenentzündung. Der Arzt hatte gemeint, das wäre kein Todesurteil. Sie müsse kämpfen. Doch Tante Theodora hatte nicht gekämpft. Sie war einfach gestorben.

Rosie war bis zum Schluss bei ihr gewesen. Hatte sie aufgeheitert, zum Lachen gebracht. Sie hatte mit ihrer guten Laune gegen den Tod ihrer Mutter angekämpft. Doch am Ende hatte auch das nicht geholfen.

»Ich dachte damals, es wäre meine Schuld gewesen«, sagte sie nun. »Ich konnte meine Mutter doch immer aufheitern. Sie hat sich so gefreut, wenn ich Späße gemacht habe. Ich war für sie da. Wenn sie mich nur genug lieb hat, dachte ich, dann würde sie nicht sterben wollen. Und am liebsten hatte sie mich immer dann, wenn ich fröhlich war.«

»Es war nicht deine Schuld, Rosie.«

»Ich weiß. Trotzdem. Sie wollte nicht weiterleben, selbst für mich nicht. Sie hat mich einfach alleingelassen.«

Hanna spürte den Impuls, ihre Hand zu nehmen. Du warst nicht allein, hätte sie gern gesagt. Du hattest doch mich.

Aber so viel war passiert seitdem. Sie waren nicht mehr die Kinder von damals. Es würde nur schal klingen, wenn sie heute so etwas sagte.

Rosie wischte sich eine Träne weg. Sie lächelte.

»Siehst du? Das kommt dabei heraus, wenn man in alten Fotokisten wühlt. Ich habe es dir doch gesagt. Besser, man lässt alles hinter sich und sieht nach vorn.«

Sie brauchte nicht lange, um ihre Fassung wiederzuerlangen.

»So, jetzt probiere ich aber deinen Single Malt«, verkündete sie in gewohnter Fröhlichkeit. »Wenn du den Preis für den besten Whiskey auf dem Kontinent bekommen hast, dann will ich wissen, wie der schmeckt.«

Hanna lächelte. Sie ließ sich auf den Themenwechsel ein. Erhob sich mühsam und goss den Single Malt ein. Vielleicht hatte Rosie recht, und es kam nichts Gutes dabei heraus, wenn man sich alten Erinnerungen hingab.

»Er sieht tatsächlich aus wie ein Whiskey«, sagte Rosie, die freudig ihr Glas entgegennahm. »Wie bist du nur auf die Idee gekommen?«

»Wir haben mit dem Alten Korn angefangen. Der wird in Fässern gelagert. Außerdem habe ich viel mit Bränden und Destillaten experimentiert. Und wenn du dich erst mit dieser ganzen Wissenschaft auseinandersetzt – dazu noch mit den Lagerbedingungen, dem Holz, aus dem die Fässer sind, den unterschiedlichen Aromen, die auf diese Weise entstehen … dann kommst du ganz schnell auf die Idee, Whiskey zu brennen. So sehr unterscheidet der sich von unserem Korn gar nicht. Auch wenn er natürlich besser klingt.«

Sie tranken, und Hanna spürte die vertraute sanfte Wärme, schmeckte die fruchtige, malzige Note.

»Der ist großartig, Hanna«, schwärmte Rosie.

»Kannst du sagen, wonach er schmeckt?«

»Ich weiß nicht … Er schmeckt irgendwie rund. Nach Karamell und Vanille vielleicht. Oder nach Honig. Und ein bisschen nach … ist das Pflaume?«

»Perfekt. Du beschreibst das gut.«

»Pflaume?«, meinte Rosie skeptisch.

»Es ist keine Pflaume drin. Ist ja kein Obstbrand. Aber das Aroma hat tatsächlich eine fruchtige Note. Das erinnert ein wenig an Pflaume.«

Rosie ließ den Blick nachdenklich über die Flaschen im offenen Kirschbaumschränkchen wandern.

»Ich hatte ja keine Ahnung, was du aus der Brennerei gemacht hast. Mit dem einfachen Korn und dem Wacholder von damals hat das nichts mehr zu tun. Ich bin ganz begeistert. Wenn man bedenkt, was du aufgebaut hast …«

Rosie stockte. Ihre Blicke trafen sich. Beide dachten das Gleiche. Denn was immer Hanna aus der Brennerei gemacht hatte, nun war sie abgeschoben worden und lebte in einem Seniorenheim. Offenbar war es für sie nicht möglich, sich auf den Lorbeeren ihres Lebenswerks auszuruhen.

Rosie stellte das Glas auf dem Beistelltisch ab.

»Ich denke, wir haben uns jetzt warmgetrunken, nicht?«

»Was meinst du damit, Rosie?«

»Dass du mir langsam erzählen kannst, was mit dem Brennereihof passiert ist. Die ganze Geschichte. Aus deiner Perspektive.«

Hanna seufzte. Ihr wäre es lieber gewesen, sie würden einfach beisammensitzen und von früher reden. Von der alten Zeit, die für immer verschwunden war.

Aber deshalb war Rosie heute Abend nicht hier. Hanna hatte ihr versprochen, vom Brennereihof zu berichten. Ihr zu erklären, warum sie, die Matriarchin der Brennerei, in einem winzigen Apartment im Seniorenheim lebte. Es war Rosies Recht, dies alles zu erfahren.

»Also gut«, sagte Hanna und goss beiden einen weiteren Alten Korn ein. »Der Brennereihof. Fangen wir an.«

Kapitel 11

»Benedikt hat mir erzählt, Waltrauts Ältester leitet den Betrieb?«, half Rosie ihr auf die Sprünge. »Unser Klaus also?«

Klaus war der älteste von drei Söhnen ihrer Schwester Waltraut. Er hatte in den Achtzigern eine kaufmännische Laufbahn eingeschlagen und war auf diesem Weg irgendwann in der Brennerei gelandet.

»Ich dachte, ich hör nicht recht«, wunderte sich Rosie. »Damit hätte ich niemals gerechnet.«

»Nun ja, aus Kindern werden Menschen …«

Klaus war fünfundsechzig geboren, daher kannte auch Rosie ihn noch gut. Sie hatte ihn groß werden sehen, ihren Neffen, der wie später Benedikt quasi auf dem Brennereihof aufgewachsen war. Klaus hatte seine Tante Rosie in den Ferien besucht, soweit Hanna wusste.

»Ich kann mich noch gut erinnern, wie das mit Klaus war, damals in meinem Gemüsegarten«, lachte Rosie drauflos. »Weißt du noch, der Garten, den ich in Hamburg hatte? Klaus hatte Angst vor meiner Vogelscheuche, die ich im Beet stehen hatte. Bei den Vögeln hat sie absolut nichts gebracht, aber das Kind ist immer heulend weggerannt.«

»Ja, er war ein ängstlicher Junge. Das stimmt. Seitdem hat sich viel geändert.«

»Er ist also Kaufmann geworden. Und wann hat er die Brennerei übernommen?«

»Er hat direkt nach der Handelsschule bei mir angefangen. Damals in den Achtzigern war das. Ich war froh, dass einer aus der Familie mithilft. Ich hatte ja keine eigenen Kinder, Rosie. Ich habe nur mit Angestellten gearbeitet. Und es war damals eine schwierige Zeit. Alle haben gesagt, ich solle die Brennrechte verkaufen, das bringe nichts mehr. Das Geschäft mit dem massentauglichen Alkohol war für uns vorbei. Die großen Brennereien hatten alles übernommen, und als kleiner Betrieb konntest du nicht wettbewerbsfähig bleiben.«

»Und in dieser Zeit hat Klaus bei dir angefangen?«

»Ja. Er hätte es weitaus besser treffen können. Ausgerechnet in einen Geschäftsbereich einzusteigen, dem die Totenglocken läuten. Aber er liebte die Brennerei. Deshalb hat er trotz allem bei mir angefangen. Und Klaus ist ein guter Geschäftsmann. Er hat damals immer noch was möglich gemacht auf diesem schwierigen Markt. Aber wir mussten ziemlich kämpfen.«

»Ein netter Junge«, sagte Rosie nachdenklich. »So habe ich ihn eigentlich auch in Erinnerung. Ein bisschen schlicht vielleicht, aber patent. Ich hätte nichts auf ihn kommen lassen.«

»So ging es mir auch. Und es hat sich wirklich gut angefühlt, ein Familienmitglied im Betrieb zu haben. Ich kam mir nicht mehr wie eine Einzelkämpferin vor. Als ich den Alten Korn entwickelt habe, hat Klaus Absatzmärkte dafür gefunden. Ohne ihn hätte ich es nicht geschafft. Er war fast fünfundzwanzig Jahre im Betrieb, als ich aufgehört habe, und es waren wichtige, erfolgreiche Jahre. Wir waren ein gutes Team. Ich war für das Sortiment verantwortlich und er für den Vertrieb. Das hat reibungslos geklappt.«

»Und deshalb hast du den Betrieb an ihn übergeben?«

»Ja. Es war immer mein Plan, den Brennereihof zu Lebzeiten zu übergeben. Nach der Höfeordnung, wie es sich gehört. Der Betrieb sollte in der Familie bleiben.«

»Die Höfeordnung?«, lachte Rosie und nippte an ihrem Schnapsglas. »Gibt es die heute noch?«

»Natürlich gibt es sie. Sie regelt wie damals die Übergabe von landwirtschaftlichen Betrieben an die nächste Generation. Das Prinzip ist bis heute das gleiche: Der Bauernhof soll in seiner Gesamtheit weitergegeben werden, damit er erhalten bleibt, wie er ist. Damit nicht alles unter mehrere Erben aufgeteilt und zersplittert wird. Es geht darum, die Betriebe wirtschaftlich zu halten.«

»Und das macht man eben zu Lebzeiten«, fügte Rosie hinzu.

»Genau. So war es früher auf jedem Bauernhof in der Gegend, erinnerst du dich? Der älteste Sohn hat den Hof bekommen, und die anderen Geschwister wurden abgefunden. Dann lebte der alte Herr auf dem Hof in seinem Altenteil. Da wurde der Dachboden ausgebaut oder was auch immer. Und die nächste Generation hat meist ohne Streit den Betrieb fortgeführt. So wollte ich es für den Brennereihof.«

»Und wie ist es weitergegangen?«

»Wir haben die Verträge aufsetzen lassen. Ich habe Klaus alles überschrieben. Da ich keine Kinder habe, mussten keine Erben abgefunden werden. Es war alles ganz problemlos. Wir bauen auf den Ländereien nach wie vor unser Getreide an, das wir fürs Destillat brauchen, deshalb konnte der Hof als landwirtschaftlicher Betrieb gelten. Klaus ist mit seiner Frau Astrid und den Kindern eingezogen. Da haben die Probleme angefangen.«

»Mit Astrid?«

»Vor allem. Aber es gab einfach vom ersten Tag an schlechtes Blut. Ich hätte das niemals für möglich gehalten. Klaus und Astrid waren wie verwandelt, als die Übergabe vollzogen war. Vor allem Astrid. Es ging ihr immer darum, mir zu zeigen, dass sie jetzt die Hofherrin ist und nicht ich. Am Anfang habe ich mir das nicht bieten lassen, du kennst mich ja. Aber sie hat nicht lockergelassen. Immer ging es darum, dass sie das letzte

Wort hat. Dass sie bestimmt, was gemacht wird. Klaus hat sich zuerst aus allem rausgehalten, doch als das nicht mehr möglich war, sprang er seiner Frau bei.«

»Was heißt das denn? Solltest du dich nicht mehr um das Brennen und das Sortiment kümmern?«

»Ich sollte mich um gar nichts mehr kümmern. Nicht einmal mehr um den Erhalt des typischen Geschmacks unseres Alten Korns. Ich hatte mich ja längst zurückgezogen aus den meisten Bereichen des Geschäfts. Nur den Alten Korn zusammenzustellen, das war immer noch meine Aufgabe. Das war das Einzige, das mir wichtig war.«

»Wie machst du das denn? Geht's dabei um den Brennvorgang?«

»Nein, es geht um das Aroma. Du weißt ja, der Alte Korn reift in Holzfässern. Wenn die Reifung vorüber ist, kann man den Alkohol nicht einfach in Flaschen abfüllen. Jedes Fass schmeckt ein bisschen anders. Um den perfekten Geschmack zu bekommen, muss jemand von allen Fässern kosten und die Mischung festlegen, welche Fässer wie gemischt und anschließend abgefüllt werden. Es geht darum, dass der Alte Korn immer ein ähnliches Aroma hat. Dass er wiedererkannt wird. Das war meine Aufgabe, die ganzen Jahre über.«

»Und Klaus wollte nicht mehr, dass du das machst?«

»Ihm war es bestimmt egal. Astrid fand nur, dass es nicht mehr mein Gebiet ist, wo ihnen die Brennerei gehört. Ich sollte die Brennerei grundsätzlich nicht mehr betreten. Da bekam ich Hausverbot. Benedikt hat dann das Abschmecken für mich übernommen. Obwohl er fand, dass ich das besser könne als er. Doch meine Meinung war nicht mehr gefragt.« Hanna stieß einen Seufzer aus. »So fing es an.«

»So fing es an?«, fragte Rosie erschrocken. »Wie ging es denn weiter?«

»Immer, wenn es eine Meinungsverschiedenheit gab, hat

Astrid mit dem Finger in die Luft gestochen und gesagt: Das ist mein Hof. Hier bestimme ich.«

»Aber du hattest doch dein Altenteil, oder? Du hast lebenslanges Wohnrecht. So ist das bei der Höfeordnung?«

»Das stimmt. Ich habe lebenslanges Wohnrecht. Aber ich wollte da nicht mehr sein. Es war nicht mehr mein Zuhause.«

»Du kannst dir doch von so einer verzogenen …«

»Nein, Rosie. Du weißt nicht, wie das ist. Immer dieser Streit. Ich konnte nicht mehr. Soll ich dir sagen, wie ich mich da gefühlt habe? Wie eine Obdachlose, die jeden Abend unter der gleichen Brücke schläft. Weder gehört mir die Brücke, noch gibt sie mir Sicherheit. Es war Zeit, zu gehen.«

Rosie blickte betroffen. Auch irritiert. Als hätte sie von Hanna mehr erwartet. Offenbar hätte sie ihr ein höheres Maß an Hartnäckigkeit zugetraut.

»Ich hab es einfach nicht mehr ausgehalten, Rosie. Die Feindseligkeit. Das Misstrauen, einfach alles.«

»Aber du lässt dich doch sonst nicht unterkriegen. Da muss nicht irgendein dummer Junge kommen und meinen, er könnte dir die Butter vom Brot nehmen. Der soll sich mal in Acht nehmen.«

»Vielleicht habe ich den Zeitpunkt verpasst, auf den Tisch zu hauen. Am Ende ließ sich der Streit einfach nicht mehr beilegen.«

»Ich kenne Klaus doch. Er macht ja gern auf harter Kerl, aber im Grunde ist er das gar nicht. Außerdem kann man an seinen Anstand appellieren. Wenigstens konnte man das früher, als er noch ein Junge war.«

»Es hat viel mit Gier zu tun, Rosie. Die darf man nie unterschätzen. Es ist eben ein großer Besitz.«

»Sie haben doch längst alles. Der Brennereihof gehört ihnen. Ob du da noch lebst oder nicht. Es gibt doch gar keinen Grund, dich fertigzumachen. Im Gegenteil. Du bist doch die Gönnerin.«

»Vielleicht wollte keiner daran erinnert werden.«

»Gibt es denn keine Dankbarkeit mehr?«

»Ich weiß nicht. Astrid war die treibende Kraft, als es darum ging, an das Erbe zu kommen. Und sie konnte mich vom ersten Tag an nicht ausstehen. Gut, ich will nicht behaupten, dass ich sie sonderlich gern gehabt hätte. Sie wollte sofort überall mitmischen, hat die Rolle der Hofbesitzerin geliebt. Und ich war ihr ein Dorn im Auge.«

»Bist du nicht auf sie zugegangen?«

»Nach einer Weile schon. Aber da war es bereits zu spät. Sie wollte mir ihre Macht demonstrieren. Zuerst durfte ich nicht mehr in den Wohnbereich von Klaus und Astrid. Dann war der Garten tabu. Sie hat meine Blumenbeete in Rasenfläche verwandelt, und ich durfte den Garten nicht mehr betreten. Ich hatte nichts mehr auf dem Hofgelände und in den Stallungen zu suchen. In der Brennerei hatte ich Hausverbot. Am Ende durfte ich nicht einmal mehr Besuch empfangen. Weil dann Autos auf dem Hof stünden. Und man wisse ja auch nicht, ob ungebetener Besuch in ihrem Teil des Hauses auftauchen würde. Oder gar die Brennerei besichtigen wollte. Wenn doch mal Besuch auftauchte, haben sie rumgeschrien und sich beschwert und die Atmosphäre so vergiftet, dass bald gar keiner mehr kommen wollte.«

»Aber wieso hast du dich nicht gewehrt? Das verstehe ich nicht. Ich hab doch gehört, wie du die Brennerei geführt hast. Alle hatten Respekt vor dir. Manche sogar ein bisschen Angst. Du warst die unumstrittene Matriarchin. Wie passt das zusammen?«

»Ich bin nicht mehr die Jüngste, Rosie. Irgendwann dachte ich: Lass sie doch. Um des lieben Friedens willen. Ich habe nachgegeben und mir gedacht, wenn ich sie damit beruhige, sei's drum. Es geht schließlich darum, Frieden zu haben innerhalb der Familie. Aber da war es schon zu spät. Sie fand immer irgendwas Neues, worüber sie streiten konnte. Etwas, das sie mir als Regel aufdrücken wollte. Lange habe ich geglaubt, wenn ich mich nur noch in dieser einen Sache füge, dann ist es genug. Dann hat sie ihren Willen, und wir können in Frieden weiterleben.«

»Doch es war nie genug?«

»Nein, das war es nie. Denn darum ging es gar nicht. Ich habe sie wohl daran erinnert, wem sie den Besitz zu verdanken hat. Diese Erinnerung hat sie gehasst.«

»Und Klaus hat da mitgemacht? Das fällt mir schwer zu glauben. Es ist mir ja durchaus klar, dass er nicht ›Hier!‹ geschrien hat, als der liebe Gott Talente verteilt hat, aber er ist dein Neffe. Ihr hattet doch ein gutes Verhältnis. Vor der Hofübergabe jedenfalls.«

Das war wirklich etwas, das Hanna schmerzte. Sie hatte Vertrauen zu Klaus gehabt. Natürlich kannte sie seine Schwächen. Sie hatte die Stärken und Schwächen ihres Neffen sorgfältig abgewogen, bevor sie ihren Entschluss gefasst hatte. Sie kannte ihn gut. Schließlich hatten sie die Brennerei über Jahre gemeinsam geführt. Er war in dieser Zeit beinahe so etwas wie ein Sohn geworden. Nach Waltrauts Tod war sie für ihn da gewesen. Sie hatten den Expansionskurs der Brennerei gemeinsam entwickelt und umgesetzt. Hanna hatte ihn dabei genau beobachtet; die Entscheidung, ihm die Brennerei zu überschreiben, war nicht leichtfertig gefallen. Dass Klaus sie auf diese Weise verraten hatte, war wirklich schwer zu verdauen.

»Klaus hat dichtgemacht«, sagte sie. »Er war überhaupt nicht mehr ansprechbar. Es war unmöglich, zu ihm durchzudringen. Ich habe ihn kaum wiedererkannt.«

Hanna erinnerte sich, wie er einmal vor ihr stand und sie laut anbrüllte, weil ihr Auto auf dem Parkplatz der Brennerei stand. Dabei störte es nicht einmal. Der Parkplatz war leer. Kein anderer Wagen war dort abgestellt.

»Merkst du denn nicht, was du hier tust?«, hatte sie ihn fast flehentlich gefragt. Sie hatten sich doch einmal so nahegestanden. Er konnte das doch nicht vergessen haben.

»Wieso bist du so zu mir? Was habe ich dir getan? Wir sind doch eine Familie.«

»Ich warne dich, Hanna«, war seine düstere Antwort. »Stell noch einmal dein Auto auf den Parkplatz der Brennerei, und ich fahre mit dem Frontlader drüber.«

»Klaus. Jetzt komm doch zu dir.«

Doch etwas war in seinem Blick gewesen. Etwas Unerbittliches. Gepaart mit wilder Entschlossenheit. Da hatte sie begriffen, dass sie ihn verloren hatte. Er hatte sich entschieden, gemeinsam mit Astrid diesen Weg zu gehen. Hanna konnte ihn nicht zurückhalten. Es lag nicht mehr in ihrer Macht.

»Du kannst dich doch von so einer Person nicht um dein Lebenswerk bringen lassen, Hanna. Das schreit doch zum Himmel.«

»Es war meine Entscheidung. Vergiss das nicht. Ich habe Klaus den Hof übertragen. Das war ich. Was soll ich denn jetzt tun? Es war ein Fehler, den ich nicht mehr korrigieren kann. Es ist, wie es ist. Ich bin alt geworden, Rosie. Ich will nicht mehr kämpfen.«

Hanna nahm ihr Schnapsglas, obwohl sie den Alkohol bereits spürte. Doch das war ihr nun egal. Diesmal kippte sie den restlichen Inhalt einfach runter, auch wenn sie betrunken werden würde. Alter Korn, der ihr das Gefühl, zu Hause zu sein, vermittelte.

»Jetzt kennst du die ganze Geschichte, Rosie. So bin ich im Mariahilf gelandet. Es war meine eigene Entscheidung.«

Schweigen erfüllte den Raum. Rosie musste offenbar verdauen, was sie gehört hatte. Hanna nahm den Stock und hievte sich vom Stuhl hoch. Sie ging zu ihrer Hausbar. Während sie die Flaschen überblickte, versuchte sie, die jüngsten Geschehnisse auf dem Brennereihof zu verdrängen und nur an ihre erfolgreiche Vergangenheit zu denken.

»Jetzt sollten wir einen Klosterlikör trinken«, sagte sie und bemühte sich um Fröhlichkeit. »Das Rezept hat Benedikt in Klosterarchiven aus dem Mittelalter gefunden. Und die Kräuter werden von Altheimer Mönchen angebaut. Im Klostergarten. Alles biologisch zertifiziert natürlich.«

Rosie wirkte immer noch nachdenklich, als Hanna ihr einen Klosterlikör einschenkte. Sie merkte, wie ihre Feinmotorik ein wenig schwammig wurde. Ihr Kopf war wie in Watte gepackt. Sie musste wirklich aufpassen, nicht zu viel von den Bränden zu trinken, sosehr sie auch trösteten.

»So geht das nicht, Hanna.«

Hanna glaubte schon, sie meinte den Klosterlikör.

»Du kannst den Hof nicht kampflos aufgeben.«

Das war es also. Sie ließ sich wieder auf den Stuhl sinken.

»Da gibt es nichts mehr zu kämpfen. Der Hof ist übergeben. Es ist längst zu spät.«

»Willst du dir das etwa gefallen lassen?« Rosie wies mit einer Geste auf ihre Umgebung. »Das kommt nicht infrage.«

»Was soll ich denn machen, Rosie? Die Verträge sind alle in Ordnung. Da lässt sich nichts rückgängig machen. Wie willst du da noch etwas ändern?«

»Das weiß ich auch noch nicht«, sagte Rosie und kippte den Klosterlikör entschlossen hinunter. »Aber wir werden nicht so einfach aufgeben. Wir werden uns was einfallen lassen, Hanna, das schwör ich dir. Und dann holen wir uns den Brennereihof zurück.«

Kapitel 12

Frühsommer 1950

Hanna war es, die als Erste der Brook-Kinder den Brennereihof verließ. Im Grunde wäre das nicht überraschend gewesen, schließlich war sie das ungewünschte dritte Mädchen, die große Enttäuschung ihrer Eltern, die auf einen Hoferben gewartet hatten und Hanna nie das Gefühl geben konnten, einen festen Platz in ihrer Mitte zu haben. Ungewöhnlich war jedoch, dass Hanna gerade erst dreizehn geworden war, als es so weit war, und damit eigentlich viel zu jung, um hinaus in die Welt zu ziehen.

Es begann mit einem unerwarteten Besuch auf dem Hof. Ein fremdes Herrenfahrrad hatte vor dem Wohnhaus gestanden, von dem Hanna nicht wusste, wem es gehörte. Sie war gerade dabei, Holzscheite für den Küchenofen aus der offenen Remise zu holen, wo sie klein gehackt zum Trocknen aufgestapelt waren. Eine Aufgabe, die sie hasste, weil sich die Hühner gern in der Remise aufhielten und die Scheite voller Hühnerdreck waren. Gerade griff sie wieder mal hinein, als sie ein Scheit ganz oben vom Stapel holte, und fluchte leise vor sich hin, als Rosie hinter ihr auftauchte.

»Hanna, weißt du, wer gerade zu Besuch war?«

Hanna blickte sich um. Das Fahrrad war verschwunden.

»Nein. Wer denn?«

»Herr Wolff«, hauchte Rosie.

Der Lehrer ihrer Volksschule. Ein großer, strenger und Respekt einflößender Mann, der alle Brook-Kinder unterrichtete. Und vor dem alle ein wenig Angst hatten.

»Er wollte mit Mutter über dich sprechen.«

Hanna wurde sofort heiß und kalt. Herr Wolff war ihretwegen gekommen. Ihre Leistungen waren sehr gut, und sie wünschte sich nichts lieber, als weiter zur Schule zu gehen. Um interessantere Dinge zu lernen als das, was an der Volksschule unterrichtet wurde. Sie würde gern Sprachen lernen und mehr über Literatur erfahren, was nur an einer weiterführenden Schule möglich war. Herr Wolff beobachtete Hanna schon seit Langem, und er fand offenbar, dass sie das Zeug dazu hatte.

»Hat er von dem Gymnasium gesprochen? Was hat Mutter dazu gesagt? Jetzt red schon.«

»Dass du ein Mädchen bist, und Mädchen haben auf dem Gymnasium nichts zu suchen.«

Hanna spürte brennende Enttäuschung. »Aber hier gibt es nur Günther, und der soll nicht aufs Gymnasium. Der soll den Hof übernehmen und wird auf die Landwirtschaftsschule gehen.«

Doch Rosie lächelte schief. Ihre Geschichte war noch nicht zu Ende. »Herr Wolff hat gesagt, dass es auch Mädchengymnasien gibt. Und dass du Lehrerin werden könntest. Da herrscht gerade ziemlicher Mangel. Er sagt, wenn es so weit ist, kannst du heiraten und den Beruf aufgeben. Doch bis dahin wird jede Lehrkraft gebraucht. Er war ziemlich überzeugend. Ich glaube, er hat Mutter mit der Lehrerin gekriegt. Das könnte für sie ein Beruf für eine Frau sein.«

Hanna wollte gar nicht Lehrerin werden. Sie träumte heimlich davon, Journalistin zu werden, was ihre Mutter nicht wissen sollte. Es spielte auch keine Rolle. Wichtig war, dass sie weiter zur Schule ging.

»Meinst du, Mutter hat angebissen?«

»Ich weiß nicht. Sie will mit Papa sprechen. Das hat sie Herrn Wolff gesagt.«

»Mit Papa sprechen...«, sagte Hanna matt. Sie hoffte, dass es nichts Schlechtes bedeutete.

»Papa macht bestimmt, was Mama sagt«, meinte Rosie. »Ich würde mir da keine Sorgen machen.«

Seit ihr Vater aus dem Krieg zurückgekehrt war, schien er verändert zu sein. Noch distanzierter als früher. Er war oft in Gedanken versunken, wirkte meilenweit entfernt. Die Erziehung überließ er inzwischen ganz ihrer Mutter. Am liebsten schien er sich auf die Felder oder in die Brennerei zurückzuziehen. Weit weg von allen anderen.

Er war als ausgezehrter, abgerissener Fremder zurückgekehrt, ein Jahr nach Kriegsende. Ihre Mutter war erleichtert, ihn in einem Stück zurückzubekommen. Viele Männer waren als Krüppel zurückgekehrt, wenn überhaupt. Mit allen denkbaren Amputationen oder mit Löchern anstelle von Augen in den Gesichtern. Er jedoch war heil und unversehrt. Äußerlich.

Doch schon bald begannen die Streitereien. Ihre Mutter hatte den Hof allein geführt, während, wie sie betonte, ihr Vater den Krieg verloren hatte. Und nun wollte sie sich nicht mehr vorschreiben lassen, wie die Geschäfte gemacht werden sollten. Ihr Vater bestand auf seiner Rolle als Hofherr, und schließlich gelang es ihm, sich gegen seine Frau durchzusetzen. Wenigstens, was die Ställe und die Brennerei anging.

Doch wirkte er ständig unzufrieden mit allem. Nicht einmal über seinen Sohn Günther hatte er sich wirklich gefreut. Obwohl er doch der Hoferbe war, den alle herbeigesehnt hatten. Hanna verstand nicht, warum ihr Vater nicht ganz aus dem Häuschen war. Sie kümmerte sich um Günther, seit er auf der Welt war. Sie hielt sich an das Versprechen, das sie sich selbst gegeben hatte. Dass sie ihr Brüderchen lieb haben würde.

Günther sei ein Frühchen gewesen, hieß es immer. Das bedeutete, begriff Hanna, dass er zu früh auf die Welt gekommen war. Zwei Monate zu früh, sagten die Erwachsenen. Es hatte etwas mit dem letzten Fronturlaub ihres Vaters zu tun, der Ende August 1944 gewesen war. Da wurden an den Fingern Monate abgezählt. Hanna verstand nicht, weshalb das wichtig war. Denn Günther war gesund und feist und sehr lebendig gewesen, als er auf die Welt gekommen war. Da war es doch egal, ob er zu früh gekommen war oder nicht. Irgendwas schien ihrem Vater an dieser Sache nicht zu gefallen. Sein Verhältnis zu Günther war überhaupt nicht so, wie Hanna es erwartet hatte. Er ließ selten ein gutes Haar an dem Jungen, und im Stall und auf den Feldern triezte er ihn unablässig.

»Wir müssen mit dem Fortschritt gehen«, ahmte Rosie mit dunkler Stimme und militärischer Haltung ihren Lehrer nach. »Adenauer bringt das Land voran. Sogar die Lebensmittelmarken sind jetzt abgeschafft. Das ist das Wirtschaftswunder. Blicken wir nach vorn. Bauen wir das Land wieder auf.«

»Ich will doch nur weiter zur Schule gehen. Auch wenn ich ein Mädchen bin. Das ist alles.«

»Ach, eine Sache hat Herr Wolff noch gesagt. Das Gymnasium für Mädchen, das ist in Altheim.«

»In Altheim? Wie soll ich denn da hinkommen?«

»Von Marienfehn fährt ein Zug. Allerdings nur zwei Mal am Tag. Herr Wolff sagt, du brauchst eine Unterkunft in der Kreisstadt.«

Eine Unterkunft. Bedeutete das, sie würde fortgehen müssen? Die Vorstellung verwirrte sie und schien fast absurd.

»Meinst du, unsere Eltern lassen mich weggehen?«

Sie kannte überhaupt nichts anderes als Marienfehn und den Brennereihof und hatte keine konkrete Vorstellung, was das genau bedeuten könnte.

»Ach, ich wünschte, ich könnte mitkommen. Wäre das nicht schön, wenn wir zusammen nach Altheim gingen?«

Erst in diesem Moment wurde Hanna klar, was es bedeutete, wenn sie aufs Gymnasium ginge. Sie wären nicht mehr zusammen. Rosie, ihre Schwester und beste Freundin, wäre von ihr getrennt.

»Ich will gar nicht von hier weggehen. Ich will nur weiter lernen. Französisch und Latein. Das ist alles. Ich will nicht weg.«

Nicht ohne dich, Rosie, fügte sie in Gedanken hinzu.

»Aber du musst. Du willst doch Journalistin werden.«

Sie sagte das mit merkwürdigem Unterton. Tatsächlich war Rosie diejenige, die sich am schwersten tat in der Schule. Das Lernen lag ihr nicht. Sie interessierte sich eben für andere Dinge und fand das auch nicht weiter schlimm. Außerdem zeichnete sich bereits ab, dass Rosie eines Tages eine Schönheit werden würde, und das schien den meisten Erwachsenen zu genügen. Da brauchte sie nicht auch noch gut in der Schule zu sein. In diesem Moment wirkte es jedoch so, als würde sie am liebsten mit Hanna tauschen.

»Würdest du denn von hier fortgehen?«, fragte Hanna erstaunt. »Wenn du nach Altheim solltest?«

»In der Stadt leben«, schwärmte sie. »Nicht mehr jeden Morgen aufstehen und Kühe melken. Nicht mehr bei der Ernte helfen. Keinen Sonnenbrand mehr. Keine zerstochenen Arme vom Aufsetzen der Getreidegarben. Immer elegant angezogen sein. Das stelle ich mir großartig vor. Wer hat schon solche Möglichkeiten.«

So sah Rosie das? Das Melken störte Hanna gar nicht, auch mochte sie es, bei der Ernte zu helfen. Sie wollte eben nur weiter zur Schule gehen. Lernen. Das war alles.

»Würdest du denn gern einen Beruf lernen?«, fragte sie.

Rosie lächelte unglücklich. Hanna begriff, dass ihre Schwester schon darüber nachgedacht hatte. An Hannas Stelle würde sie sicher keine Angst davor haben, den Hof zu verlassen und ins Ungewisse aufzubrechen. Rosie sah nur die Chancen, die darin lagen.

Könnten sie nur zusammen nach Altheim gehen. Zu zweit

verlören die Ferne und das Unbekannte jeglichen Schrecken. Doch allein zu gehen, das wäre Furcht einflößend.

»Wenn du an meiner Stelle wärst, Rosie, würdest du gehen?«

Rosie ergriff ihre Hände und sah sie ernst an. »Nur, wenn du nichts dagegen hättest. Sonst würde ich für dich darauf verzichten.«

»Und hast du nichts dagegen, wenn ich allein gehe?«

»Ich bin natürlich traurig. Aber ich freue mich für dich.«

Rosies Blick war unergründlich. Hanna fragte sich, ob das ihre ehrliche Meinung war. Plötzlich schien die Schule nicht mehr so wichtig. Wichtiger war es, mit Rosie zusammen zu sein. Nichts sollte sie trennen. Das hatten sie geschworen.

»Geh nach Altheim«, sagte Rosie. »Vielleicht komme ich nach. Ich kann Krankenschwester werden. Oder Sekretärin. Und dann sind wir wieder zusammen.«

Ein paar Wochen lang schien es, als wäre Herr Wolff niemals da gewesen. Keiner sprach über Altheim oder das Gymnasium. Doch dann, eines Abends, als die Schwestern nach dem Essen in der Küche saßen und das Radio auf dem Küchenbord lief, wurde Hanna von ihrer Mutter nach nebenan gebeten. Die Mädchen lauschten gebannt einem Bericht über die Elefantendame Tuffi, die mit der Wuppertaler Schwebebahn gefahren und in Panik durchs Fenster gesprungen war, zehn Meter tief in die Wupper. Eine irre Zirkusgeschichte, die am Vortag passiert war und überall in den Zeitungen stand. Hanna wollte den Bericht unbedingt zu Ende hören, doch dann bemerkte sie den Gesichtsausdruck ihrer Mutter und wusste, dass es um Herrn Wolff ging.

Sie stand auf, während die anderen Mädchen kaum Notiz von ihr nahmen, und folgte ihrer Mutter zum Herdfeuer in der Diele, wo auch der Vater saß und sie distanziert betrachtete.

»Wir haben über das Gymnasium gesprochen«, verkündete ihre Mutter, als alle am Herdfeuer Platz genommen hatten.

»Überlegt, ob das überhaupt möglich ist. Aber zuerst müssen wir von dir wissen, Hanna: Willst du wirklich weiter zur Schule gehen?«

Hanna dachte an Rosie. Daran, dass sie getrennt werden würden. Und sie war sich nicht mehr sicher. Ob ihr das Lernen wichtiger war, als mit Rosie zusammen zu sein.

»Ich weiß nicht genau. Ich denke schon.«

»Du denkst schon«, kommentierte ihr Vater grimmig. »Dafür also der ganze Aufwand?«

»Lass doch, Heinrich. Wir wissen ja selber noch nicht, was wir von der Sache halten.« Zu Hanna sagte sie: »Herr Wolff hat sich sehr für dich ins Zeug gelegt. Den Platz am Gymnasium kannst du bekommen, wenn du willst. Dann geht es nach Ostern los, zum neuen Schuljahr.«

»Aber dafür muss ich nach Altheim, oder?«

»Auch darüber haben wir nachgedacht. Du wirst bei Onkel Ludger und Tante Käthe unterkommen. Am Wochenende und in den Schulferien kannst du dann nach Hause.«

Onkel Ludger war ein Bruder ihrer Mutter, der auf einem kleinen Bauernhof am Rande Altheims lebte. Offenbar hatte sie ihrem Bruder einen Besuch abgestattet, als sie in Altheim war, um Besorgungen zu machen.

»Du wirst dir Kost und Logis verdienen müssen. Aber anpacken kannst du ja. Ludger hält nicht viel vom Lernen. Der Mensch ist dafür da, mit seiner Hände Arbeit Geld zu verdienen, sagte er. Außerdem findet er, dass Mädchen nichts auf höheren Schulen zu suchen haben. Er hält das für verschwendete Liebesmüh, wo sie doch sowieso heiraten werden.«

»Aber das muss gar nicht seine Sorge sein«, sagte ihr Vater. »Er soll sie schließlich nicht unterrichten.«

»Nein. Er wird dich aufnehmen. Familie ist Familie, sagt er. Und von dort kannst du mit dem Fahrrad zur Schule fahren.«

Hanna dachte an das kleine Gehöft, auf dem ihre Verwandten

lebten. Als sie das erste Mal zu Besuch waren, hatte sie sich gefragt, wo die acht Kinder, die dort lebten, nur schlafen mochten. Sie mussten sich nachts stapeln in dem winzigen Bauernhaus. Und nun sollte sie dort auch noch unterkommen?

»Es ist deine Entscheidung«, sagte ihre Mutter. »Überleg dir, ob du gehen willst.«

Damit war Hanna entlassen. Es lag also an ihr.

Vor ein paar Wochen noch hatte sie sich nichts sehnlicher gewünscht, als aufs Gymnasium zu gehen. Doch nun war klar, dass sie dafür Rosie verlassen musste. Sie war schon in der Tür, als sie innehielt. Sie fragte sich, ob sie an den Wochenenden nach Hause kommen konnte. Sie wusste nicht, was die Zugfahrt kostete und ob sie sich das leisten konnten. Gerade wollte sie zurück zum Herdfeuer, als ihre Eltern die Unterhaltung wieder aufnahmen.

»Vielleicht ist es keine schlechte Idee«, hörte sie ihren Vater sagen. »Hanna ist nicht die Hübscheste. Und sie ist zu altklug für ein Mädchen. Immer weiß sie alles besser. Es wird nicht leicht werden, sie unter die Haube zu bringen.«

»Das kann sich alles noch auswachsen, Heinrich. Wart mal ab.«

»Aber was, wenn sich keiner findet, der Hanna heiraten will? Soll sie dann auf dem Hof bleiben?«

Sie fielen in Schweigen. Hanna hielt erschrocken die Türklinke fest, wagte es nicht, sich zu bewegen.

»Nein, Maria. Das mit der Schule ist keine schlechte Idee. Wenn sie Lehrerin ist, kann sie für sich selbst sorgen. Dann sind wir nicht für sie verantwortlich, wenn sie eine alte Jungfer wird.«

Sie wollten sie loswerden. Natürlich wollten sie das. Deshalb erlaubten sie das mit der Schule. Hanna hatte nie einen Platz auf dem Brennereihof gehabt. Jetzt fürchteten sie, dass kein Mann sie wollte. Weil sie eben nicht liebenswert genug war.

Es traf sie mehr, als sie es für möglich gehalten hätte.

Ganz leise schloss sie die Tür und trat in die Küche. Im Radio lief Musik, ein flotter Schlager. Rosie schunkelte gut gelaunt auf der Küchenbank, während Inge pflichtbewusst die Teller zusammenstellte und Waltraut steif dasaß und ihre Adoptivschwester mit großen Augen anblickte.

»Tuffi ist nichts passiert«, rief Rosie, als sie Hanna entdeckte. »Nur die Schwebebahn ist kaputt.«

Dann hakte sie sich übermütig bei Inge und Waltraut ein, auch wenn die beiden ziemlich widerspenstig waren. »Ham se nich, ham se nich, ham se nich 'ne Braut für mich«, stimmte sie lautstark in den Schlager ein, sprang auf die Bank und tanzte.

Egal, wie traurig Hanna gerade noch war, nun musste sie lächeln. Rosie war wirklich einmalig. Wollte sie ihre beste Freundin zurücklassen?

Die Gedanken an das Gymnasium ließen sie in den Tagen darauf nicht los. An einem heißen Sommertag traf sie Carl im Moor, damit sie endlich mit ihm über die Sache reden konnte. Vielleicht konnte er ihr helfen, eine Entscheidung zu treffen.

Auch wenn sie inzwischen keine kleinen Kinder mehr waren, war es immer noch strengstens verboten, ins Moor zu gehen. Bislang waren sie jedoch nicht erwischt worden, und so genossen sie es, von Grasbült zu Grasbült über das Sumpfwasser zu springen, den Fröschen beim Insektenfangen zuzusehen oder einfach auf einer trockenen Erhebung unter einer Birke zu sitzen und über die Ebene hinwegzublicken, wo weit und breit keine Menschenseele zu sehen war.

Sie fand Carl auf einem umgefallenen Birkenstamm hockend und düster und schwermütig ins Moor starrend. Erst als er Hanna kommen sah, hellte sich sein Gesicht auf und er sprang hoch, um sie zu begrüßen. Da sog er schmerzerfüllt die Luft ein und krümmte sich, nur um sofort wieder sein strahlendes Lächeln aufzulegen.

»Alles in Ordnung?«

»Natürlich. Wo warst du denn so lange?«

»Ich konnte nicht eher weg. Ich …« Sie bemerkte, wie Carl sich die Seite hielt. »Was ist denn los? Zeig mal …«

Er zögerte, dann hob er zaghaft sein Hemd. Bauch und Hüften waren überzogen mit roten Striemen. An einigen Stellen war die Haut aufgeplatzt, hauchdünner Schorf hatte sich bereits auf die Wunden gesetzt.

»War das dein Vater?«, fragte Hanna, obwohl sie die Antwort kannte. Carl bekam die jähzornige und bösartige Seite seines Vaters oft zu spüren.

»Was war es diesmal?«

»Gar nichts. Ich habe nur einen Roman gelesen. *Schuld und Sühne*. Da ist er sofort ausgeflippt. Weil es angeblich weibisch sei.«

Sein Vater hasste es, wenn Carl las. Das hielt er für verweichlicht. Wie so vieles, was sein Sohn tat und in seinen Augen nicht männlich genug war.

»Aber Dostojewski ist Weltliteratur«, empörte sich Hanna. »Was soll denn daran weibisch sein?«

»Lesen insgesamt, glaube ich.« Vorsichtig schob er das Hemd wieder in die Hose. »Obwohl ich nicht weiß, was mit Landserheften wäre. Die müssten für ihn eigentlich in Ordnung sein.«

Er sagte das spöttisch, doch Hanna konnte spüren, wie düster seine Stimmung hinter diesen Späßen war. Auch Carls Vater war verändert aus dem Krieg zurückgekehrt. Wo Hannas Vater jedoch distanziert und in sich gekehrt war, war Carls Vater jähzornig und gewalttätig. Der Untergang des Naziregimes hatte ihn verbittert, an Gehorsam und soldatische Tugenden glaubte er jedoch noch immer.

»Meine Güte, warum ist Lesen denn so schlimm für ihn?«, regte Hanna sich auf. »Er will doch, dass du mal studierst. Dann musst du belesen sein.«

»Ich soll einfach männlicher werden. Weißt du, was er gebrüllt hat, als er mich mit dem Gürtel verdroschen hat? *Du würdest den Krieg nie überleben! So weich und mimosenhaft, wie du bist. Du musst ein Mann werden, wenn du das schaffen willst. Man muss hart sein wie Kruppstahl. Nur dann überlebt man den Krieg.*«

Hanna fand diese Vorwürfe absurd. Direkt nach dem Ende des Krieges hatte Carl ganz allein dafür gesorgt, dass er und seine Großeltern überlebten. Der ehemalige Bürgermeister und seine Frau hatten sich damals erst geweigert, das Haus zu verlassen. Carls Opa hockte meist mit zugezogenen Vorhängen im Wohnzimmer seines zur Hälfte abgebrannten Heims und starrte vor sich hin. Und seine Oma traute sich als ehemalige höchste Nazifrau im Ort nicht mehr auf die Straße.

Hanna hatte Carl einmal zufällig in Marienfehn getroffen, als er mit Lebensmittelkarten vor der Ruine der Dorfschule anstand, in deren fensterlosem Klassenraum Lebensmittel ausgegeben wurden. Der Sohn des Ortsgruppenleiters und Enkel des Bürgermeisters hatte an der Ausgabe für einige Unruhe gesorgt.

»Was will der hier?«, hatte einer aggressiv gerufen. »Jetzt kriegen die noch was zu fressen? Die haben uns das doch alles eingebrockt.«

Carl hatte einfach dagestanden, mit stoischem Gesicht und der festen Entschlossenheit, die Angriffe nicht zu nah an sich heranzulassen.

Wie schwer musste es für ihn gewesen sein, das auszuhalten? Doch er hatte jeden Tag darum gekämpft, die Familie über Wasser zu halten, so lange, bis sein Vater aus der Gefangenschaft zurückgekehrt war. Er hatte Wertsachen aus dem teilweise zerstörten Haus der Großeltern mitgenommen, um sie auf den Höfen gegen Lebensmittel zu tauschen. Er hatte alles getan, was nötig gewesen war. Dabei war er noch ein Junge gewesen. Dazu brauchte es schon einiges an Zähigkeit, fand Hanna.

»Ich wünschte, mein Vater wäre nicht aus dem Krieg zurückgekommen«, sagte Carl mit Blick aufs Moor.

»Carl! So was darfst du nicht sagen.«

»Aber es stimmt doch. Ich habe sechs Jungen in meiner Schulklasse, die haben keinen Vater mehr. Ich beneide sie wirklich, weißt du. Ihre Väter sind einfach gefallen. Die werden nicht verprügelt, weil sie angeblich zu schwach sind.«

»Du bist nicht schwach.«

Carl ließ sich wieder auf den Birkenstamm sinken, nahm einen Grashalm in den Mund und blinzelte gegen die Sonne. Hanna hockte sich zu ihm, ließ sich ebenfalls die Sonne ins Gesicht scheinen.

»Und was machen deine Alten?«, fragte er und grinste.

»Herr Wolff war bei uns. Er hat mit Mutter gesprochen. Ich soll aufs Gymnasium gehen. Nach Altheim. Ich weiß aber noch nicht, ob ich das machen soll.«

Carl reagierte völlig anders, als Hanna erwartet hatte. In einem Moment saß er noch entspannt mit dem Grashalm im Mund auf der Birke, und im nächsten schoss sein Oberkörper in die Senkrechte. Sein ganzer Körper stand unter Spannung, als würde er am liebsten aufspringen und unter der Birke herumtanzen. Seine Schmerzen schienen vergessen.

»Du meinst das Mädchengymnasium?«, fragte er. »In Altheim?«

»Ja, natürlich. Wo denn sonst?«

Nun sprang er tatsächlich auf. In seinen Augen spiegelte sich Begeisterung.

»Ich gehe auch nach Altheim aufs Gymnasium! Auf die Jungenschule. Die Schulen sind nur hundert Meter voneinander entfernt.«

Daran hatte Hanna noch gar nicht gedacht. Es war zwar immer klar gewesen, dass Carl einmal das Gymnasium besuchen würde. Alle Jungen in seiner Familie hatten das getan. Doch bislang hatte sie diese Verbindung zu sich noch gar nicht gezogen.

»Dann sind wir beide in der Kreisstadt!«, rief Carl. »Wir gehen zusammen weg von Marienfehn, schon im nächsten Frühjahr, nach Ostern, wenn das neue Schuljahr beginnt.«

Wie war es möglich, dass sie daran noch gar nicht gedacht hatte? Ein warmes Gefühl breitete sich in ihr aus.

»Dann sehen wir uns regelmäßig«, sagte Carl. »Wir können zusammen Latein lernen. Uns Vokabeln abfragen. Oder du hilfst mir bei Mathe. Darin bist du viel besser als ich. Und in den Ferien sind wir wieder in Marienfehn. Dann treffen wir uns wie immer im Moor.«

»Ich weiß noch nicht, ob ich wirklich gehe«, wandte Hanna ein. »Hier ist doch alles, was ich kenne. Rosie ist hier …«

»Du musst einfach!«, rief er. »Bitte, Hanna. Das wäre so toll, wenn du … also wenn …«

Er geriet ins Stocken und wirkte verlegen. Seine Wangen begannen zu glühen.

»Jedenfalls würden wir dann schon mal jemanden kennen«, wiegelte er ab. »Es ist doch viel leichter, wenn man schon mal einen kennt, oder? Dann ist man nicht ganz allein.«

»Hast du denn auch solche Angst davor, von hier wegzugehen?«

Er hockte sich wieder zu ihr unter das Blätterdach der Birke. Dann zupfte er einen neuen Grashalm ab und steckte sich ihn in den Mund.

»Nein, ganz sicher nicht.« Er lachte bitter. »Wovor sollte ich Angst haben? Davor, meinem Vater aus dem Weg zu gehen? Oder meinen Großeltern? Ich würde bis nach Südamerika gehen, wenn ich müsste. Das würde mir überhaupt nichts ausmachen.«

So war Carl eben. Was immer sein Vater über ihn dachte, er war nicht schwach. Hanna bewunderte ihn für seine Furchtlosigkeit.

»Wo wirst du wohnen?«, fragte Hanna.

»Mein Vater hat eine Gastfamilie in Altheim für mich gefunden. Leute, die er kennt. Irgendwer von früher, ein Nazi, schätze ich mal. Ist mir auch egal. Ich bekomme dort ein Zimmer. Mein Vater zahlt für Kost und Logis. Und du? Wo sollst du hin? Falls du gehst, meine ich.«

»Zu meinem Onkel und meiner Tante. Die haben einen Bauernhof, der ist nur fünf Kilometer entfernt. Ich würde dann mit dem Fahrrad zur Schule fahren.«

Carl dachte darüber nach. »Du musst, Hanna. Wir können zusammen Abitur machen. Wir müssen nicht hierbleiben. Wir können weg aus Marienfehn.«

»Bei dir hört sich das so einfach an. Zusammen weg, zusammen studieren. So leicht ist das nicht.«

»Warum denn nicht? Wir können überallhin auf der Welt, wohin wir auch wollen. Wir müssen nur mutig sein.«

Zusammen mit Carl – das war tatsächlich eine schöne Vorstellung. Zwar wären sie nicht in der gleichen Schule. Denn was für sie ganz normal war, dass Jungen und Mädchen zusammen unterrichtet wurden, das gab es nur in den Volksschulen auf dem Land. In der Stadt gingen Jungen und Mädchen streng getrennt in verschiedene Schulen. Trotzdem wären sie beide in der Kreisstadt, es war schon mal ein Anfang.

»Betrachte es als Abenteuer«, sagte Carl.

»Wie meinst du das, ein Abenteuer?«

»Wir ziehen hinaus in die Welt. Wir erleben was. Das ist doch toll, oder? Das ist ein Abenteuer, Hanna. Unser eigenes Leben geht los. Ich weiß nicht … Sieh es einfach als Herausforderung, die wir gemeinsam meistern werden.«

Herr Wolff hatte gesagt, wenn sie ginge, würde sie hart arbeiten müssen. Nur die Besten schafften es bis zum Abitur. Alle anderen würden vorher aussortiert. Und sie müsse viel lernen, um überhaupt mit den anderen mithalten zu können. Außerdem würde sie auf dem Hof ihres Onkels mithelfen müssen. Kühe melken und Gartenarbeit, das war für sie vorgesehen.

Carl bemerkte ihre Skepsis. Er grinste schief.

»Das schaffst du schon. Wenn eine alles schafft, dann du. Und ich helfe dir dabei.«

Bei allen Zweifeln hatte sich eines in ihrem Herzen verankert, und das begann zu wirken: Sie und Carl würden einander nah sein.

Sie hatte viel zum Nachdenken, als sie durch die Heide zurück zum Brennereihof wanderte. Wenn sie nicht ginge, würde sie Carl nur noch in den Schulferien sehen. Vielleicht interessierte er sich gar nicht mehr für sie, wenn er erst mal die Stadt kennengelernt hatte. Andererseits wollte sie Rosie nicht zurücklassen.

Schließlich rückte hinter dem Kiefernwäldchen der Hof in ihr Blickfeld. Das große Bauernhaus mit dem Fachwerkgiebel, die Scheune, der Speicher und die Brennerei mit dem hohen Schornstein. Der Wind ließ das Laub in den Eichen rascheln und trieb Staub auf dem Schotterweg vor sich her.

Mit einem Mal wurde sie unendlich traurig. Dies alles sollte sie hinter sich lassen, ihr Zuhause. Ein anderes hatte sie nicht. Hier waren ihre Eltern, ihre Geschwister, Rosie. Sie gehörte doch trotz allem hierher. Oder nicht?

Auf dem Hof war keiner zu sehen. Ein Glück. Sicher würde ihre Mutter wieder wissen wollen, wo sich Hanna eigentlich rumtrieb, während so viel Arbeit liegengeblieben sei.

Das Tor der Brennerei stand offen. Stimmen waren im Inneren zu hören. Da war Rosie. Hanna lief los, um ihr alles zu erzählen. Sie wollte unbedingt wissen, was sie darüber dachte.

An der offenen Tür hielt sie inne. Die Stimme ihres Vaters war ebenfalls zu hören. Sie spähte vorsichtig in den Raum hinein. Ihr Vater hantierte an der Kolonne für den Feinbrand. Er drehte an einem Schräubchen, hielt einen Schlauch, aus dem ein dünnes Rinnsal lief, über ein Glas, nahm es und roch daran. Die beiden wirkten seltsam vertraut miteinander.

»Hier, riech mal«, sagte er und hielt es Rosie unter die Nase.

Sie verzog das Gesicht und drückte den Ärmel ihrer Strickjacke vor die Nase. Ihr Vater lachte. So kannte Hanna ihn gar nicht.

»Riecht immer noch wie Klebstoff, oder? Aber es ist schon besser geworden. Die Nase ist das wichtigste Werkzeug. Pass auf, wir warten noch ein bisschen.«

Er sprach mit Rosie übers Schnapsbrennen? Er mochte Rosie, das wusste sie. Man musste sie einfach gernhaben. Sie war nicht so fleißig und vernünftig wie Inge, nicht so still und schüchtern wie Waltraut und schon gar nicht so neunmalklug wie Hanna. Trotzdem. Mit Hanna hatte er noch nie übers Brennen gesprochen.

»Man riecht schon die malzige Note. Das wird ein guter Brand, wart es ab.«

Rosie schien allerdings wenig Interesse zu haben. Sie nahm eines der leeren Schnapsgläser, die auf einem Regal neben der Kolonne standen.

»Guck mal, ich bin Opa Butthus«, sagte sie.

Sie nahm eine leicht vorgebeugte, bucklige Haltung ein, stolperte ein bisschen zurück und stützte sich an einem Balken ab. Genauso sah Opa Butthus aus, wenn er zu viel getrunken hatte. Ein bisschen wie Karl Valentin.

»Wir sind hier zusammengekommen«, lallte sie und tat, als könnte sie ihren Vater kaum fixieren, während in ihrer Hand das Schnapsglas schaukelte. »Wir sind … um diesen Ehrentag unseres Hochzeitspaars zu … an diesem wunnerschönen Ehrentag zu be… zu besingen.«

Ihr Vater lachte und schüttelte den Kopf. Das Theater schien ihm zu gefallen. Er stellte das Glas mit dem Brand ab und setzte sich auf einen Hocker.

»Und jetzt bin ich der Lehrer, Herr Wolff«, rief Rosie, plötzlich wieder ganz die Alte.

Dann nahm sie eine militärische Haltung an, bei der sie jedoch, vermeintlich betrunken, aus dem Gleichgewicht geriet.

»Auf Ihr Wohl, Herr Oberstleutnant«, brüllte sie. »Auf dass Sie noch viele Jahre marschieren können, Herr Oberstleutnant.« Sie schlug die Hacken zusammen, hickste und stolperte wie betrunken einen Schritt nach vorn. Dann salutierte sie und kippte dabei den imaginären Inhalt ihres Glases über die Schulter.

Ihr Vater lachte laut. »Du bist unverbesserlich, Rosie.«

Hanna lachte nicht, egal, wie komisch das war. Dazu war sie viel zu irritiert, wie unbefangen Rosie sich gegenüber ihrem Vater verhielt. Das hätte sich Hanna niemals getraut. Ihr ging es immer darum, ihn nicht zu verärgern.

Rosie lachte ebenfalls, glücklich darüber, ihren Vater aus der Reserve gelockt zu haben. Die Methode, mit der sie Tante Theodora stets Momente der Heiterkeit schenken konnte, funktionierte auch bei anderen Menschen, die schweigsam und in sich zurückgezogen waren.

Dann passierte etwas, das Hanna den Atem raubte. Rosie umarmte ihren Vater. Als wäre es das Selbstverständlichste auf der Welt. In Hannas Augen eine unverzeihliche Grenzüberschreitung. Der Anblick löste regelrecht Entsetzen in ihr aus. Niemals wäre ihr in den Sinn gekommen, ihren Vater zu umarmen.

Doch Rosie tat das ganz unbefangen. Sie ließ einfach ihren Gefühlen freien Lauf. Und zu Hannas Überraschung versteifte sich ihr Vater weder, noch stieß er Rosie weg. Im Gegenteil. Mit einem freundlichen Lachen erwiderte er die Umarmung.

Hanna wollte weglaufen, doch sie konnte sich nicht von der Stelle rühren. Heftige Gefühle erfassten sie. Verstörung, aber auch Sehnsucht nach dieser Nähe und Vertrautheit. Und nagende Eifersucht auf Rosie.

»Du bist wirklich unverbesserlich«, sagte ihr Vater und nahm

Rosie auf den Schoß, obwohl sie eigentlich schon zu alt dafür war. Er fasste sie an den Schultern und betrachtete sie liebevoll. »Ich hoffe, ich kann dir deinen Vater ersetzen.«

»Du bist doch jetzt mein Vater.«

Er lächelte, strich ihr übers Haar.

»Das ist lieb von dir. Du bist für mich wie eine Tochter. Du bist mir sogar die liebste Tochter.«

Er blickte auf das hübsche Mädchen hinab, dann prophezeite er mit weicher Stimme: »Eines Tages wirst du einen Mann sehr glücklich machen, Rosie.«

Da sah er auf und entdeckte Hanna in der offenen Tür. Sein Lächeln gefror, der Blick verdunkelte sich. Ohne um Erlaubnis zu bitten, war sie eingedrungen in die Privatsphäre ihres Vaters. Es war unverzeihlich. Das konnte sie an seinem Blick sofort erkennen.

Endlich löste sie sich aus ihrer Starre. Sie machte auf dem Absatz kehrt und rannte davon, so schnell sie konnte. Quer über den Hof, am Bullenstall vorbei und hinter den Speicher. An dessen Rückseite ließ sie sich gegen das Fachwerk fallen und ging in die Knie.

Durch einen Tränenschleier blickte sie in den Bauerngarten, der vor ihr lag. In den akkuraten, von Buchsbaum umgebenen Beeten summten die Bienen. Schmetterlinge flatterten umher. Sie kämpfte gegen die Tränen an. Sie fühlte sich verraten. Überflüssig. Und sie war eifersüchtig. Streng genommen war Rosie das vierte Mädchen auf dem Hof. Sie müsste noch weniger geliebt werden als Hanna. Doch war sie die Einzige, die einen Weg ins Herz des Vaters gefunden hatte. Natürlich war das Hanna nicht gelungen. Wer konnte sie schon lieb haben? Rosie dagegen …

Irgendwann hörte sie ihre Mutter rufen. Doch Hanna blieb in ihrem Versteck. Sie wollte nicht zu den anderen. Am liebsten würde sie sich für immer hier verkriechen.

Betrachte es als Abenteuer, hatte Carl gesagt, *als eine Herausforderung, die wir meistern werden.*

Ja, so sollte sie es sehen. Denn hier auf dem Brennereihof würde sie niemals bekommen, wonach sie sich sehnte. Sie würde keine Liebe bekommen, keine Aufmerksamkeit, vor allem würde sie hier niemals einen Platz finden, an den sie wirklich gehörte. Dies war nicht der Ort, der bestimmt war für ihr Leben.

Da konnte sie auch gehen und hinausziehen in die Welt.

Kapitel 13

Hanna stieg mit ihrem Koffer aus dem Bummelzug. Der Bahnhof war ein neu errichteter, schlichter Bau mit getünchten Wänden und einem gedrungenen Schieferdach. Auf dem weiten, unbebauten Vorplatz, von dem die Trümmer des ehemaligen Bahnhofsviertels längst geräumt waren, stand lediglich eine zweirädrige Kutsche, vor die ein zottiger Gaul gespannt war. Das Pferd wartete geduldig, und oben auf der Kutsche saß ein Mann, der vor sich hin starrte und Pfeife rauchte.

Es war Onkel Erwin, der unverheiratete Bruder, der ebenfalls auf dem Hof lebte. Er fixierte sie düster. Ein nasskalter Wind ging über den Platz. Hanna packte ihren Koffer und schleppte ihn zur Kutsche. Onkel Erwin nahm seine Pfeife und klopfte sie aus.

»Da bist du ja, Frau Professor. Dann steig mal auf. Wir wollen doch sehen, ob wir dich durchgefüttert kriegen.«

Wortlos hievte sie ihren Koffer auf die Kutsche und nahm neben ihm Platz.

»Was denn, hat's dir die Sprache verschlagen?«

»Guten Tag, Onkel Erwin.«

»Das mein ich doch. Kompanie vollständig? Na los, Alex!« Er schnalzte mit der Zunge.

Der Gaul mit der zottigen Mähne setzte sich schwerfällig in Bewegung, und der Zweiräder huckelte drauflos. Hanna war natürlich nicht das erste Mal in Altheim, doch seit ihrem letzten Besuch hatte sich eine Menge verändert. Die Kirche, die nach den Bombardierungen nur noch eine Ruine gewesen war, war von einem Baugerüst umgeben. Eingeschossige Ladenlokale waren an der Hauptstraße errichtet worden. Überall waren neue Häuser entstanden. Ein blitzsauberer Lkw kam ihnen entgegen. Fahrräder, sogar eine Limousine.

»Ein Mädchen.« Erwin schüttelte den Kopf. »Ich wollte auch was aus meinem Leben machen, weißt du. Was lernen. Einen Beruf.« Er tippte sich an die Stirn. »Ich hatte Köpfchen. Aber dann kam der Krieg. Und später die Gefangenschaft.« Er spuckte aus, bevor er seinen Monolog fortführte. »Ich habe die Gesundheit dem Vaterland gegeben. Und was hat es mir gebracht? Gar nichts. Wer dankt es mir? Niemand. Dystrophie, sagen die Ärzte. Von der ganzen Hungerei ist mein Magen kaputt. Meine Knochen auch. Das war's. Vorbei meine Pläne.«

Er warf ihr einen verächtlichen Seitenblick zu. »Und jetzt sollst du aufs Gymnasium. Ein Mädchen.«

»Mädchen können auch lernen«, erwiderte sie zornig. »Ich war die Beste auf der Volksschule. Klüger als die Jungen. Das hat unser Lehrer auch gesagt.«

Es schien Onkel Erwin gar nicht zu stören, dass sie frech geworden war. Ihr Vater hätte Hanna die Leviten gelesen. Nicht so Onkel Erwin. Er schien eher amüsiert.

»Wehren kannst du dich ja.«

»Ich sage nur was, wenn ich recht habe.«

»Nichts für ungut, Mädchen. Deine Mutter sagt, du willst Lehrerin werden. Das ist ein guter Beruf.«

Dann fiel er in Schweigen. Wirkte, als ob er sie völlig vergessen hatte. Hanna hätte nicht sagen können, was er von ihr hielt. Doch sie beschloss, ebenfalls zu schweigen.

Der Gaul zog die Kutsche langsam aus dem Ort hinaus und über die schnurgerade Landstraße. Die Natur lag an diesem Märznachmittag noch wie im Winterschlaf.

Hinter einem weiten, frisch gepflügten Feld tauchte der Bauernhof ihrer Verwandten auf. Ein kleines, gedrungenes Gehöft aus Fachwerk, mit einem Backsteingiebel und einem grün gestrichenen Tennentor. Es sah aus wie eine Miniaturversion eines typischen Bauernhauses der Gegend.

Ein Auto drängelte hinter der Kutsche. Eine nagelneue Limousine mit geschwungenen Kotflügeln. Der Fahrer begann zu hupen, und Onkel Erwin, gerade noch griesgrämig und in sich zusammengesunken, richtete sich auf, plötzlich hellwach.

»Bleiben Sie hinter uns!«, rief er, was der Autofahrer natürlich nicht hören konnte.

Er setzte bereits zum Überholen an. Onkel Erwin zog die Zügel an, doch das Pferd scheute und wieherte aufgeregt. Der gerade noch altersmüde Gaul verwandelte sich mit einem Mal in ein Rennpferd. Offenbar legte er es auf ein Wettrennen an.

»Brrr, Alex!«, rief Onkel Erwin vergeblich.

Das Auto war inzwischen vorbeigezogen, doch Alex galoppierte mit einer Kraft hinterher, als wäre die Kutsche nur ein Zweig, der sich in seinem Schwanz verfangen hatte. Und so fühlte sich Hanna auch, während sie in hohem Tempo durchgeschüttelt wurde.

»Halt dich fest!«, brüllte Onkel Erwin. Als wenn das nötig gewesen wäre. Hanna klammerte sich mit aller Kraft an den Sitz der Kutsche, den Koffer presste sie zwischen ihren Beinen zusammen.

Das Auto war längst hinter einer Kurve verschwunden, doch der Gaul preschte weiter. Er bog auf den Schotterweg, der von der Landstraße zum Gehöft führte. Die Kutsche flog auf einem Rad hinterher.

»Brrr, Alex! Brrr!«, rief Onkel Erwin wieder und wieder und zerrte an den Zügeln.

Doch Alex galoppierte wie wild geworden weiter, quer über den Hof, unfähig zu stoppen, weiter über eine Rasenkante auf ein Feld, auf dem fingerhoch die Wintergerste stand. Es ruckelte und rumste. Hanna, die kräftig durchgeschüttelt wurde, schickte ein Stoßgebet gen Himmel.

Auf dem durchgeweichten Acker verlor Alex langsam an Tempo. Etwa hundert Meter hinter dem Hof kam er schließlich erschöpft zum Stehen.

»Diese verfluchten Autos!«, beschwerte sich Onkel Erwin. »Man sollte die alle verbieten. Wie sollen sich die einfachen Bauern noch im Verkehr bewegen? Das ist unerhört. Aber auf uns nimmt ja keiner Rücksicht.«

Hanna kannte allerdings kein anderes Pferd, das sich mit Autos Wettrennen lieferte. Zum ersten Mal an diesem Tag lächelte sie. Alex hatte ihr gezeigt, dass man durchaus seinen eigenen Willen haben konnte, egal, wie hart das Leben war.

Sie folgte Onkel Erwin zum Haus. Zwischen den gedrungenen Wirtschaftsgebäuden stoben Hühner gackernd auseinander. Durch eine wacklige Tür mit Butzenfenster führte Onkel Erwin sie direkt in die Bauernhausküche. Ein enger Raum mit rauchgeschwärzter Decke, der von einem riesigen Küchenherd dominiert wurde. Tante Käthe, eine stämmige Frau mit strengem Dutt, stand davor und schwenkte eine Pfanne. Es duftete nach Pfannkuchen und Holzfeuer.

Gegenüber stand der Küchentisch, der viel zu klein schien, um der riesigen Kinderschar Platz zu bieten, die sich auf den Bänken quetschte. Sie tuschelten und kicherten, doch keines sah Hanna offen ins Gesicht.

Onkel Ludger hockte am Ende und las in der Kirchenzeitung. Als er die beiden eintreten sah, hob er nur kurz den Blick, bevor er sich wieder räuspernd der Lektüre widmete.

»Sieh an. Frau Professor ist da«, sagte er abfällig.

Offenbar war das der Spitzname, den man Hanna in dieser Familie gegeben hatte.

»Das Kind kann doch nichts dafür«, schimpfte Tante Käthe

und legte ihren fleischigen Arm um Hanna. »Jetzt stell den Koffer erst mal ab, Johanna. Es gibt Pfannkuchen, zur Feier des Tages. Die magst du doch, oder?«

Sie nickte, was Tante Käthe mit einem zufriedenen »Na also« kommentierte. Die Kinder quetschten sich auf der Bank, und Hanna wurde an das Ende verfrachtet. Sie fand nur mit einer Pobacke Halt und konnte kaum ihre Ellbogen bewegen. Onkel Ludger betrachtete sie über den Rand der Kirchenzeitung.

»Schule«, sagte er kopfschüttelnd. »Schöne Flausen haben sie dir in den Kopf gesetzt. Häuslichkeit und Frauentum, das sind die wahren Werte.«

»Ludger!«, dröhnte Tante Käthe bedrohlich, woraufhin ihr Mann wieder mit dem Kopf hinter der Zeitung verschwand. Dann schenkte sie Hanna ein warmes Lächeln. »Wir werden uns schon verstehen, nicht wahr, Johanna? Und jetzt wird gebetet. Die Pfannkuchen sind fertig.«

Nach dem Essen wurde Hanna auf das Mädchenzimmer geführt. Eine schmale Kammer, die voller Betten stand. Hannas Bett war in die Ecke neben die Tür geschoben worden, so dass sich die Kammertür kaum noch öffnen ließ und die Mädchen nun durch einen schmalen Spalt klettern mussten. Jedoch hatte sie ein eigenes Bett, also konnte sie sich kaum beschweren.

Dennoch fühlte sie sich in dieser ersten Nacht fremd. Das ruhige Atmen der vier Mädchen, mit denen sie die Kammer teilte, konnte ihr die Einsamkeit nicht nehmen.

Auf dem Brennereihof lag sie nach dem Schlafengehen meist mit Rosie zusammen in der Dunkelheit, und jeden Abend sprachen sie im Flüsterton eine Weile über alles Mögliche, bevor ihnen die Augen zufielen. Hier lag sie wach und starrte in die Dunkelheit, ohne einschlafen zu können.

Irgendwann mussten ihr allerdings die Augen zugefallen sein, denn als ein durchdringender Schrei sie weckte, war sie bereits im Tiefschlaf gewesen.

»Erschießt mich nicht!«, schrie jemand. »Bitte, erschießt mich nicht!«

Dann wurde es wieder still im dunklen Bauernhaus. Hanna saß mit wild klopfendem Herzen aufrecht im Bett. Die anderen Mädchen erwachten nicht. Da war ein leiser Seufzer in der Kammer, ein schläfriges Murmeln, jemand wälzte sich auf die andere Seite, und danach gab es nur noch gleichmäßiges Atmen.

Hannas Herz beruhigte sich nur langsam. Dann war ein Murmeln im Haus. Leere Flaschen fielen um, klirrten und rollten über einen Dielenboden.

Ganz leise schlüpfte sie aus dem Bett. Sie zwängte sich durch den Spalt auf den Flur. Huschte nach unten in die Diele, von wo die Stimme zu stammen schien. Aus der Kammer hinter dem Herdfeuer, deren Tür ein wenig offen stand, drang Licht. Es war der Raum von Onkel Erwin.

Er hockte in Unterwäsche auf dem Bett, vor ihm ein Haufen leerer Bierflaschen. Offenbar war er es gewesen, der im Schlaf geschrien hatte. Nun war er wach und stützte den Kopf schwer in die Hände.

»Er musste ja nicht in den Krieg«, begann er zu schimpfen. »Weil er den Hof hatte. Ja, er war der Hoferbe. Ich konnte stattdessen gehen.« Plötzlich wurde er laut. »Ich habe nix. Keine Frau, keine Familie. Ihr habt mir mein Leben genommen. Warum musste er nicht gehen? Warum ich und nicht er?«

Onkel Erwin war betrunken, das stand fest. Hanna sollte besser zurück ins Bett gehen und versuchen zu schlafen. Doch sie konnte sich nicht von der Stelle rühren.

Grummelnd schimpfte er weiter: »Ich hätte was werden können. Ich hätte einen Beruf lernen können. Aber ihr habt mich nicht gelassen.« Dann schrie er: »Ich verfluche euch!«

Hinter ihr erhellte eine Kerze die Diele. Tante Käthe war wie aus dem Nichts aufgetaucht. Im Nachthemd und mit dünnen langen Haaren, die über ihre Schulter herabhingen. Hanna rechnete mit einer Ohrfeige, weil sie heimlich gelauscht hatte. Doch nichts passierte. Tante Käthes Gesicht war unergründlich.

»Schlaf«, sagte sie. »Es ist mitten in der Nacht.«

»Es tut mir leid, Tante Käthe. Ich wollte nicht … Es war nur so laut.«

Sie drückte Hanna zwei Wachskugeln in die Hand.

»Steck dir das in die Ohren, dann kannst du schlafen. So machen wir das auch.«

Hanna betrachtete die Kugeln. Sie war völlig durcheinander.

»Und jetzt ab mit dir, bevor es was setzt. Hier wird nachts nicht herumgeschlichen. Das kannst du dir hinter die Ohren schreiben.«

Hanna ging irritiert zurück in die Kammer, verkroch sich im Bett und lauschte. Onkel Erwin schimpfte immer noch in der Kammer vor sich hin. Sie blickte sich um. Die anderen Mädchen schienen den nächtlichen Lärm bereits zu kennen, sonst wären sie sicherlich ebenfalls aufgewacht.

Sie nahm die Kugeln, knetete sie zurecht und stopfte sie in ihre Ohren. Sofort wurde es still. Trotzdem dauerte es lange, bis sie wieder einschlief. Sie dachte an den Brennereihof, das Moor, die Heide. An Rosie, mit der sie im Bett flüsterte, und an Carl, mit dem sie über Grasbülte sprang. Wenn die Schule anfing, würde sie ihn sehen. Carl wäre da. Mit diesem Gedanken schlummerte Hanna schließlich ein und fiel in einen tiefen, traumlosen Schlaf.

In den kommenden Tagen bekam sie Carl jedoch nicht zu Gesicht. Sie wusste natürlich, wo das Jungengymnasium war, doch es gab für sie keinen Weg dorthin. Als Mädchen konnte sie schlecht mit dem Fahrrad dort herumfahren und den Jungs hinterhersehen. Allein schon, weil Tante Käthe wissen wollen würde, warum sie nicht pünktlich aus der Schule zurückgekehrt wäre. Und Carl war ebenfalls nicht an ihrer Schule aufgetaucht. Obwohl sie kaum mehr als hundert Meter entfernt waren, hörten sie nichts voneinander.

Diese ersten Tage an ihrem Gymnasium machten Hanna schnell klar, dass es nicht einfach für sie werden würde. Die anderen Mädchen waren im Unterrichtsstoff viel weiter als sie. Selbst wenn sie sich abmühen würde, die Wissenslücken zu schließen, die zwischen ihr und den anderen klafften, reichte das längst nicht aus, um an ihr Ziel zu gelangen. Diese Illusion wurde ihr gleich am ersten Schultag von Herrn Becker, ihrem neuen Klassenlehrer, genommen.

Hanna saß da einsam auf einer Bank in der vorletzten Reihe, dem letzten freien Platz in der Klasse, während ihre Mitschülerinnen tuschelten und lachten. Sie blickte scheu zu den anderen, doch keine beachtete sie. Vielleicht lag es daran, dass Hanna schmucklose Kleidung aus einfachem Stoff trug und nicht saubere, schicke Röcke und luftige Blusen wie die anderen Mädchen. Als Herr Becker in den Klassenraum trat, sprangen alle auf, stellten sich an ihren Platz und nahmen eine gerade Haltung ein. Es wurde so still, dass man eine Stecknadel hätte fallen hören.

»Guten Morgen!«, sagte der Lehrer forsch.

Mit einem Knicks antworteten alle: »Guten Morgen, Herr Becker.«

»So viele Mädchen«, meinte er kopfschüttelnd, während er den Blick über die vollen Schulbänke schweifen ließ. »Da werde ich wohl aussortieren müssen. Ich werde hier die Spreu vom Weizen trennen, keine Sorge. Wisst ihr, wie viele von euch es bis zum Abitur schaffen werden? Ein Drittel. Nur die Besten werden bis zum Schluss dabei sein. So war es bisher in meinen Klassen, und so wird es auch bleiben. Seht euch also um.«

Keines der Mädchen wagte jedoch, den Blick vom Lehrer zu nehmen.

»Ihr sollt euch umsehen. Macht schon.«

Zögerlich blickten sie nach links und rechts, obwohl da nichts war, das sie nicht bereits gesehen hatten.

»Das bedeutet, von drei Mädchen werden zwei nicht zum Abitur zugelassen. Ihr könnt euch also ausrechnen, wie eure Chancen stehen. Fleiß, Disziplin und sittliche Reife. Das ist es, was hier großgeschrieben wird. Wir werden sehen, wer die geforderte Leistung erfüllen kann. Setzen.«

Eingeschüchtert nahmen die Mädchen auf ihren Bänken Platz. Herr Becker setzte sich ans Pult, packte Bücher und Hefte aus seiner Tasche und legte sie akkurat auf den Tisch.

»In der ersten Stunde haben wir Latein«, sagte er und blätterte in einem Heft. »Ich werde mir einen Überblick verschaffen, auf welchem Stand ihr seid. Fangen wir an mit …« Sein Finger blieb auf einer Zeile in dem Heft stehen. »Unserem Neuzugang aus Marienfehn. Johanna Brook.«

Hanna fuhr auf und stellte sich neben ihr Pult. Die anderen Mädchen waren natürlich neugierig auf sie geworden, selbst wenn sie Hanna nur aus Augenwinkeln und mit verstohlenen Seitenblicken betrachteten. Keine wagte, den Kopf von Herrn Becker abzuwenden.

»Mal sehen, was du kannst. Bilde das Imperfekt von *salutat*«, forderte er sie auf.

Hanna starrte ihn fassungslos an. Sie hatte dieses Wort noch nie gehört.

»Was ist? Ein bisschen plötzlich. Das ist eine einfache Frage. Da muss die Antwort wie aus der Pistole geschossen kommen.«

»Ich habe auf der Volksschule kein Latein gehabt.«

»Kein Latein?«, fragte er genüsslich. »Wie willst du dann die Klasse schaffen?«

»Ich weiß, dass ich Stoff nachholen muss.«

»Stoff nachholen also. Hast du auf der Volksschule denn lesen und schreiben gelernt?«

Ein paar Mädchen kicherten tatsächlich. Herr Becker schien das nicht zu stören. Im Gegenteil. Er gönnte sich ebenfalls ein schmales Lächeln. Hanna antwortete nicht darauf. Sie würde es diesem Fatzke noch zeigen, das schwor sie sich.

Er bedachte sie mit einem düsteren Blick, dann sagte er: »Setzen.« Hanna rutschte zurück auf ihre Bank.

So ging es in den folgenden Tagen weiter. Mathematik, Erdkunde, Handarbeit, Deutsch, Englisch. Überall hatte sie bergeweise Hausaufgaben zu erledigen. Sie bekam schnell eine Vorstellung davon, welche Unmengen an Stoff sie aufzuholen hatte, um mit den anderen mithalten zu können. Zwischendurch zweifelte sie, ob es überhaupt zu schaffen wäre.

Bei alldem hatte sie kaum Zeit, neue Freundinnen zu finden. Die anderen Mädchen kannten sich bereits, und keine machte Anstalten, Hanna anzusprechen oder sie in eine der Cliquen einzubeziehen. Außerdem unterschied sie sich äußerlich mehr als deutlich von den wohlhabenden und modisch gekleideten Mädchen. Sie fühlte sich wie ein Aschenputtel. In den Pausen stand sie allein, und vor Unterrichtsbeginn saß sie still auf ihrer Bank, während die anderen in Grüppchen beisammenstanden und plauderten.

Vor einer Deutschstunde bei Frau Heinrichs, die zwar streng war, aber auch sehr nett, wie Hanna fand, lümmelten ein paar ihrer Mitschülerinnen am Fenster herum, als sie plötzlich aufsprangen und aufgeregt zum Pausenhof sahen.

»Schaut doch! Da draußen!«, rief eins der Mädchen. »Schnell.«

Sofort kam Bewegung in die Gruppe. Die anderen Mädchen liefen ebenfalls zum Fenster. Sie kicherten und stießen sich gegenseitig in die Rippen. Doch außer »Seht doch!« und »Was machen die da?« bekam Hanna keinen Hinweis darauf, was vor sich ging.

Sie trat hinter die Mädchen, die sich vor dem Fenster drängten und schubsten, stellte sich auf die Zehenspitzen und blickte hinaus. Auf der Straße vor dem Schulzaun marschierte eine Gruppe von Jungs, etwa in ihrem Alter, in kurzen Hosen und mit Kniestrümpfen und Hosenträgern, vorbei.

War das etwa der Grund für die Aufregung? Ohne darüber nachzudenken, überblickte sie die Gruppe auf der Suche nach Carl. Doch er war nicht dabei.

Die Jungs bemerkten die Mädchen am Fenster, begannen zu feixen, zu grinsen, winkten und stellten sich in Posen auf, die gespielte Männlichkeit darstellen sollten. Die Mädchen waren nun nicht mehr zu halten. Sie kicherten und hüpften und strahlten mit glühenden Wangen zur Straße. Nur Hanna stand etwas ratlos hinter ihnen. Das waren doch nur Jungen.

Eine junge Lehrerin, die das Treiben vom Pausenhof aus bemerkt hatte, trat entschlossen vor das Schultor und sprach die Gruppe an. Verlegenheit machte sich breit, doch ein paar Jungen feixten weiter in Richtung Klassenfenster.

Die Lehrerin, eine hübsche Frau in einem modischen Kleid, stellte den vermeintlichen Rädelsführer zur Rede. Er wirkte höflich, aber keinesfalls eingeschüchtert und antwortete auf ihre Fragen. Die Mädchen konnten natürlich nichts davon verstehen, denn sie wagten es nicht, die Fenster zu öffnen.

»Was sagt er denn zu ihr?«, fragte eine.

»Er ist fesch, oder? Er hat gar keine Angst.«

»Passt auf! Jetzt hält er um ihre Hand an!«

Dieser Ausruf provozierte sofort wieder aufgeregtes Lachen und Kichern. Hanna war sprachlos. So ein hysterisches Verhalten hatte sie noch nie erlebt. Und das nur, weil ein paar Jungen vor der Schule standen. Vielleicht lag es daran, dass ihre Mitschülerinnen immer von den Jungen getrennt unterrichtet worden waren.

Die Jungen zogen weiter und verschwanden aus ihrem Blickfeld. Auch die Lehrerin kehrte zurück in die Schule. Gerade wollten sich die Mädchen seufzend und glucksend vom Fenster abwenden, da tauchte ein Nachzügler auf, der offenbar zu der Jungengruppe gehörte.

Hanna erkannte ihn sofort. Es war Carl. Ebenfalls in kurzen Hosen und mit Kniestrümpfen, trottete er hinterher. Da bemerkte er, dass sich ein Schnürsenkel geöffnet hatte. Er kniete nieder, zog sich seine Strümpfe hoch und knotete den Schuh zu. Dabei strich er seine blonden Haare zurück.

»Schaut euch den an!«, rief eine. »Ist der nicht hübsch?«

»Er hat so schöne Haare. Findet ihr nicht?«

»Also, mit dem würde ich sofort tanzen gehen«, rief eine vorlaut, was bei den anderen, die diesen Ausruf mutig und schamlos fanden, sofort wieder Gelächter provozierte.

Carl stand auf und entdeckte die Meute hinterm Fenster. Er grinste schief und schob sich nochmals die Haare zurück. Diesmal selbstsicherer und mit einer Spur von Arroganz. Dann legte er den Kopf machohaft zurück und zwinkerte. Hanna starrte ihn an. Wie führte er sich denn auf? So kannte sie ihn gar nicht. Dennoch war es ihr Freund Carl.

Instinktiv trat sie einen Schritt zurück, damit er sie nicht sah.

»Was ist hier los?«, dröhnte eine Stimme hinter ihnen.

Es war Frau Heinrichs, die Deutschlehrerin. Sie erkannte sofort, was vor sich ging. Es hatte mit einem Jungen zu tun, der auf der Straße vorm Schultor stand. Alles Nette fiel von ihr ab, jetzt war sie nur noch streng.

»Sofort auf eure Plätze. So ein Verhalten dulde ich nicht. Was ist nur in euch gefahren?«

Die ausgelassene Stimmung erstarb augenblicklich. Die Mädchen stürmten zu ihren Plätzen und stellten sich brav auf, um die Lehrerin zu begrüßen.

»Zeugt so ein Tumult etwa von sittlicher Reife? Wenn der Unterricht beginnt, möchte ich hier keinen wilden Haufen vorfinden. Ihr solltet euch schämen. Nach Schulschluss werdet ihr gemeinsam im Klassenverband den Hof kehren. Das soll euch eine Lehre sein.«

Keine wagte, aufzustöhnen oder gar zu protestieren. Alle blickten starr und bewegungslos geradeaus.

»Setzen«, kam es von der Lehrerin, und die Stunde begann.

Hanna hatte Mühe, dem Unterricht zu folgen. In Carls Lächeln war etwas gewesen, das ihr fremd war. Eine Seite von ihm, die er nicht zeigte, wenn er mit ihr zusammen war. Sie fühlte sich ausgeschlossen. Beunruhigt. Und obwohl das unsinnig und blöde war, spürte sie so etwas wie Eifersucht auf ihre Mitschülerinnen.

Nachdem die Stunde beendet und der Pausenhof gekehrt war, konnte sie sich endlich auf ihr schweres Damenrad setzen und die Stadt verlassen. Auf dem Heimweg, der sie über sandige Pfade und Feldwege führte, hatte sie keine Augen für die erwachende Natur. Endlich, nach so langer Zeit, hatte sie Carl gesehen, und doch fühlte es sich an, als wäre sie einem Fremden begegnet.

Auf dem Hof wartete bergeweise Arbeit auf sie. Onkel Ludger und Tante Käthe verstanden nicht, warum Hanna auch noch am Nachmittag ihre Nase in Bücher stecken wollte. Dafür sei doch in der Schule mehr als genug Zeit. Außerdem hatte Hanna ihre täglichen Aufgaben, die sie erledigen musste. Kühe melken, Kartoffeln schälen, in der Waschküche mitarbeiten. Das war es, das ihre Nachmittage füllte. Zum Lernen kam sie meist erst nach dem Abendessen. Oft saß sie dann einsam im Licht einer Petroleumlampe über ihren Schulheften, während die anderen Kinder bereits schliefen, und büffelte Englisch und Latein. Erst wenn in der Kammer hinterm Herdfeuer die leeren Bierflaschen zu klirren begannen und sich Onkel Erwins Schimpfen und Klagen im Haus erhob, erst dann löschte sie das Licht und fiel todmüde ins Bett.

Es dauerte mehr als zwei Wochen, bevor sie Carl wiedersah. Sie spazierte an diesem Morgen in der Frühlingssonne über den Pausenhof. In den letzten Tagen war sie zwar dazu übergegangen, auch in den Pausen zu lernen. Die anderen Mädchen interessierten sich ohnehin nicht für sie. Da konnte sie die freie Zeit auch sinnvoll nutzen. Doch heute lernte sie nicht. Ihr Kopf drohte zu platzen. Sie war nicht mehr fähig, irgendetwas Neues aufzunehmen.

Also trat sie durch das wuchtige barocke Portal der alten Schule auf den Hof, spazierte vorbei an den Absperrungen und Bretterzäunen, hinter denen die Ruinen der Sporthalle und der Schulaula standen und wo demnächst ein moderner Neubau entstehen sollte, weiter zu den frisch gepflanzten Linden und drehte eine Runde entlang des Schulzauns. Atmete tief ein und aus und versuchte, an nichts zu denken.

Da hörte sie plötzlich ihren Namen. Carl stand, halb verborgen hinter einem Weißdornstrauch, auf der Straße hinter dem hohen Schulzaun und winkte ihr zu. Hanna blickte sich rasch um, ging sicher, nicht beobachtet zu werden, dann huschte sie zum Zaun. Carl hielt sich mit beiden Händen an den Eisenstreben fest. Es kam ihr vor, als besuchte er sie im Gefängnis.

Er lächelte, und diesmal war es das vertraute Carl-Lächeln. Nichts Arrogantes lag darin. Nur Wiedersehensfreude.

»Was machst du hier?«, fragte Hanna beunruhigt. »Bist du nicht in der Schule?«

»Ich habe mich weggeschlichen. Das merkt schon keiner.«

»Bist du verrückt? Wenn das rauskommt … dann möchte ich nicht in deiner Haut stecken.«

»Es kommt schon nicht raus. Ich bin ja nicht blöd.«

Er wirkte völlig unbekümmert, was Hanna einen gewissen Respekt abforderte.

»Wie geht es dir?«, fragte er.

Was sollte sie ihm sagen? Sie wollte so viel loswerden über ihr neues Leben, doch plötzlich fühlte sie sich seltsam scheu ihm gegenüber.

»Mir geht's gut. Ich muss nur sehr viel lernen.«

»Ich auch. Ganz schön heftig, was wir alles nachholen müssen, oder? Am schlimmsten ist es bei mir in Mathe. Und in Latein. Puh, ich kann mir diese ganzen Vokabeln einfach nicht merken. Mal sehen, wie das weitergeht. Mein Lateinlehrer hat mich auf dem Kieker. Zum Glück habe ich tolle Mitschüler. Die helfen mir, auch beim Spicken.« Er lachte. »Der Lateinlehrer merkt das gar nicht. Ich hab schon ganz viele neue Freunde. Die sind echt in Ordnung, die Jungs. Die halten zusammen, weißt du. Und wir machen viel Sport, richtig in einer Turnhalle mit Bock und Matten und so. Nicht wie in Marienfehn, wo wir draußen auf der Wiese blöde Turnübungen machen mussten. Das macht wirklich Spaß, vor allem, wenn wir Völkerball spielen.«

Hanna lächelte. Versuchte, die Traurigkeit, die sie plötzlich erfasste, zu überspielen. Für ihn war es tatsächlich ein Abenteuer, dieses neue Leben.

»Meine Gastfamilie ist schon in Ordnung«, fuhr er fort, »da ist es jedenfalls besser als zu Hause. Ich bin froh, nicht mehr bei meinem Vater zu sein. Überall ist es besser als dort. Aber am besten ist es in der Schule mit den anderen Jungs. Mit denen kann man echt Pferde stehlen.«

Er unterbrach sich, als er merkte, dass er wie ein Wasserfall redete und Hanna kaum zu Wort kommen ließ.

»Aber erzähl mal, wie ist es bei dir?«

»Schön. Mein Onkel und meine Tante sind sehr nett. Sie helfen mir viel mit der Schule. Ich habe sogar ein eigenes Zimmer.«

Hanna wusste nicht, warum sie das sagte. Sie hatte bisher nie Geheimnisse vor Carl gehabt. Doch sie wollte ebenfalls von einem neuen, aufregenden Leben erzählen. Von Freundinnen, die ihr halfen.

»Die Lehrer sind streng, aber in Ordnung«, sagte sie. »Meine Deutschlehrerin ist toll. Frau Heinrichs. Die ist echt eine Marke. Ich glaube, dass ich in Deutsch keine Probleme haben werde. Aber Englisch ist schwer. Ich wüsste nicht, was ich ohne meine Klassenkameradinnen machen würde.«

Auf dem Schulhof wurde gekichert. Ein paar Mädchen hatten Hanna entdeckt, die mit Carl am Zaun stand. Carl schien das überhaupt nicht zu stören. Doch Hanna wurde verlegen. Sie senkte den Kopf, spürte, wie das Blut in ihre Wangen schoss.

»Wir müssen mal überlegen, wie wir uns treffen können«, sagte er. »Wir wollen doch zusammen lernen. Vokabeln abfragen und so. Außerdem wolltest du mir bei Mathe helfen.«

»Aber wie soll das gehen? Ich muss nach der Schule sofort nach Hause. Das schaffe ich gar nicht. Und es wäre ja auch verboten.«

»Verbote sind dazu da, dass man sie bricht.«

»Mach dich nicht über mich lustig. Du weißt genau, wie das ist. Ich kann mich nicht einfach wegschleichen. Vielleicht haben wir uns das zu leicht vorgestellt. Nur weil wir zusammen in einer Stadt leben, heißt das nicht, dass wir uns so oft treffen können wie in Marienfehn.«

Carls gute Laune wirkte plötzlich wie weggeblasen. Er sah Hanna mit einem merkwürdigen Blick an.

»Willst du denn gar nicht, dass wir zusammen lernen?«

»Doch, natürlich. Ich meine nur … das ist nicht so einfach. Ich weiß nicht, wie wir das machen sollen.«

»Aber wir wollten uns doch gegenseitig helfen, das haben wir gesagt.« Seine Stimme klang nun flehend. »Wir wollten zusammen weg aus Marienfehn. Ich dachte, wir …«

Hanna erfuhr nicht mehr, was er dachte. Eine große Gestalt war neben ihr aufgetaucht. Es war Frau Heinrichs, die offenbar die Pausenaufsicht hatte. Sie zog Hanna mit stählernem Griff vom Zaun zurück, ohne sie eines Blickes zu würdigen.

»Junger Mann, ich muss doch sehr bitten«, blaffte sie Carl an. »So ein Verhalten dulden wir nicht.«

Carl wollte protestieren, doch Hanna warf ihm bittende Blicke zu, und so senkte er stattdessen den Kopf und lief davon.

»Hier wird nicht herumpoussiert«, wandte sich Frau Heinrichs streng an Hanna. »Ich hätte wirklich mehr von dir erwartet. Sich am Schulzaun mit irgendwelchen Jungs herumdrücken, also wirklich. Ich dachte, du wärst ein vernünftiges Mädchen.«

Hanna hätte ihr gern gesagt, dass Carl nicht irgendein Junge war, sondern ein Freund aus Marienfehn. Doch man widersprach Lehrern nicht, schon gar nicht, wenn man nicht zuvor zum Sprechen aufgefordert wurde.

Frau Heinrichs lockerte ihren Griff. Nun sah sie nicht mehr so streng aus. Sogar ein mitfühlendes Lächeln tauchte in ihrem Gesicht auf.

»Hanna, du bist ein kluges Mädchen. Du hast Disziplin. Willst du dich denn nicht auf die Schule konzentrieren?«

»Doch, Frau Heinrichs.«

»Jungs«, sagte sie kopfschüttelnd. »Dafür ist doch immer noch Zeit. Verbau dir das nicht. Wenn du dich anstrengst, kannst du es schaffen. Sei nicht so dumm wie die anderen Mädchen, die nur diese blöden Jungs im Kopf haben. Ich dachte, du hättest das längst begriffen. Du hast die nötige Intelligenz, Hanna. Verschwende das nicht. Versprichst du mir das?«

Hanna nickte betreten. Sie fühlte sich scheußlich.

»Jetzt lauf. Wir sehen uns später im Unterricht.«

Der Weg zurück ins Schulgebäude war wie ein Spießrutenlauf. Vorbei an kichernden und tuschelnden Mädchen und mit den Blicken von Frau Heinrichs im Rücken musste sie den langen Weg bis zum Schulportal gehen, um endlich in Sicherheit zu sein.

Sie und Carl waren nicht zusammen, und wahrscheinlich würden sie es niemals wirklich sein. Es war nicht, wie Carl es sich in Marienfehn ausgemalt hatte. Der Schmerz, den diese Erkenntnis auslöste, drohte sie zu verschlingen.

Die Schule war nun das Wichtigste. Das durfte sie sich nicht verspielen. Vielleicht war für Carl tatsächlich alles ein Abenteuer. Er war ein Junge, wen wunderte das. Für sie war es das jedenfalls bestimmt nicht.

Kapitel 14

Alles lag in tiefem, undurchdringlichem Nebel, als Benedikt an diesem Morgen zur Arbeit fuhr. Auf der Landstraße überfiel ihn das Gefühl, der einzige lebende Mensch auf der Welt zu sein. Alles war grau und still. Das änderte sich auch nicht, als er auf den Brennereihof einbog. Das Backsteinhaus der Brennerei mit den gusseisernen Fenstern erhob sich wie in einem alten Edgar-Wallace-Film einsam und starr aus dem Nebel. Beinahe wirkte es gespenstisch.

Natürlich lag das an seiner Stimmung an diesem Morgen. An der Gewissheit, dass Klaus ihm bald kündigen würde. Doch wirkte die Brennerei nun auf ihn wie ein sterbender Ort. Als würde nichts hiervon bleiben.

Er ging nicht wie gewöhnlich ins Büro, um E-Mails zu checken und Kaffee zu trinken, sondern machte sich direkt an die Arbeit in der Produktion. Er wollte für eine Weile allein sein und erst mal niemandem über den Weg laufen.

Er hatte Bioroggen bestellt, der inzwischen eingetroffen war, wie er an den gestapelten Säcken im Vorraum der Mühle erkannte. In der Regel produzierten sie ihre Rohstoffe, die Zutaten für ihre Destillate, auf den eigenen Ländereien. Dort wuchsen Roggen und Weizen, außerdem gab es Kräuterbeete und Wacholderanbau. Doch die letzte Ernte war schlecht gewesen, und deshalb musste er in diesem Jahr dazukaufen.

Er schnitt den obersten Sack auf und blickte hinein. Der Roggen sah gut aus. Ein würziges Aroma stieg aus dem Sack auf. Er fuhr mit der Hand hindurch, ließ die satten Körner durch seine Finger gleiten. Dann nahm er ein Korn heraus, drückte es zwischen seinen Fingern und biss hinein. Es schmeckte herb, malzig und ganz entfernt nach Sommer. Er lächelte zufrieden. Sie hatten gute Qualität bekommen, keine Frage.

Sack für Sack schleppte er den Roggen hinauf zur Mühle und kippte ihn in den Trichter. Während die Schnecke rotierte und das Getreide mahlte, während das Mahlwerk surrte und Roggenstaub aufwirbeln ließ, wurde der Raum von einem trockenen Duft erfüllt, nach Heu und Ernte und sonnenverwöhnten Getreidefeldern. Benedikt konnte dabei alles andere vergessen, konnte ganz aufgehen in den Aromen der Rohstoffe und seiner Arbeit.

Dieses Gefühl würde er in der Industrie ganz bestimmt nicht bekommen. Tante Hanna riet ihm, nach Bremen, Hamburg oder Berlin zu gehen, einen gewöhnlichen Job anzunehmen. Doch wenn er in einem Labor Parfüme oder ätherische Öle produzierte, wäre das ganz sicher nicht so sinnlich wie in diesen Momenten in der Brennerei. Diese Verbindung mit der Natur war einzigartig, und sie bescherte ihm Trost. Das war schon immer so gewesen. Er wünschte, er könnte seine Arbeit hier für immer weiterführen. Ganz egal, was Tante Hanna sagte.

Nachdem der Roggen gemahlen war, stellte er die Mühle wieder ab. Es wurde still im Raum. Der aufgewirbelte Staub setzte sich langsam. Jemand stieg die hölzernen Treppenstufen herauf. Die Tür ging auf und ein alter Mann im Blaumann und mit Schirmmütze trat herein. Es war Bernhard Aaldering. Ein Urgestein der Brennerei, der ein paar Stunden pro Woche an der Abfüllanlage arbeitete und sich damit die Rente aufbesserte.

Er wandte ihm sein wettergegerbtes Gesicht zu und tippte sich an die Mütze. »Moin, Benedikt.«

»Moin.«

Der Nachbar schob sich verlegen die Hände in die Taschen. Offenbar hatte er was auf dem Herzen. »Wie geht's der Chefin?«

»Ganz gut, glaub ich. Sie lebt sich langsam ein, wenn es das ist, was du meinst.«

Der alte Mann nickte düster. Als würde es ihm nicht passen, dass es Tante Hanna in ihrem neuen Zuhause gefiel.

»So schlecht ist es nicht im Mariahilf«, wandte Benedikt ein. »Ihre Wohnung ist in Ordnung. Sie hat einen tollen Blick aufs Moor. Du weißt ja, wie sie das Moor liebt.«

Er schüttelte unwillig den Kopf. »Es ist eine Schande.«

»Ach Bernhard. Lass gut sein.«

»Wirklich. Dass ich so was noch erleben muss. Zu unserer Zeit hätte es das nicht gegeben. Das kann ich dir sagen.«

Benedikt sammelte die leeren Roggensäcke ein, klopfte sie sauber und legte sie sorgfältig zusammen.

»Wir können es nicht ändern«, sagte er.

»Das stimmt, mein Junge. Aber grüß sie von mir. Sag ihr, dass sie fehlt.«

Plötzlich hatte Benedikt eine Idee. Bernhard Aaldering war zwar gut zehn Jahre jünger als Tante Hanna, doch er kannte sich aus in Marienfehn. Er hatte sein ganzes Leben hier verbracht.

»Sie hat dort eine alte Bekannte wiedergetroffen.«

»Ach ja? Wen denn?«

»Kennst du Rosalind?«

»Rosie?« Das verschlug ihm den Atem. »Aber ... Im Mariahilf?«

»Ganz genau. Sie wohnt da.«

»Rosie. Wer hätte das gedacht?«

»Anscheinend ist sie aus Amerika zurück, was aber keiner in der Familie wusste. Ich hab sie nicht einmal erkannt. Als sie fortgegangen ist, war ich noch nicht auf der Welt.«

»Rosie zurück in Marienfehn ... Das ist mal eine Überraschung. Der alte Haudegen. Sag, wie hat Hanna das aufgenommen?«

»Nicht so richtig gut.«

Er lachte trocken. »Das glaube ich.«

»Was ist zwischen den beiden passiert?«

Offenbar war diese Frage zu direkt gewesen. Bernhard blies die Backen auf und wich Benedikts Blick aus.

»Du fragst Sachen.«

»Aber sie sind doch Schwestern, oder? Rosie ist adoptiert worden.«

»Ja, das stimmt. Vorher waren sie Cousinen.«

»Cousinen?«, fragte Benedikt überrascht.

»Das wusstest du nicht? Sie kamen im Krieg auf den Hof, Rosie und ihre Mutter. Der Vater war gefallen, und die beiden waren ausgebombt. So sind sie hier gelandet.«

»Und wieso ist Rosie adoptiert worden?«

»Die Mutter ist kurz nach dem Krieg gestorben… es war eine schlimme Zeit damals. Als der alte Brook aus der Kriegsgefangenschaft zurückgekommen ist, haben die Eheleute das Kind adoptiert.«

»So sind die beiden Schwestern geworden.«

»Ja. Aber sie waren mehr als das. Wir haben sie die Zwillinge genannt. Weil sie immer zusammen waren. Wie Pech und Schwefel haben sie zusammengeklebt. Die beiden und der Junge.«

»Der Junge?«

»Carl Nordthues. Sagt dir der Name Nordthues noch was? Die waren mal wer in Marienfehn. Aber das ist auch schon lange her.«

Den Namen Carl hatte Benedikt schon einmal gehört, irgendwas musste zwischen ihm und Tante Hanna gewesen sein. Doch mehr gab seine Erinnerung nicht her.

»Die drei waren die besten Freunde. Carl und Hanna waren ein bisschen wie Romeo und Julia. Und Rosie war ihre Verschworene. Früher haben alle gedacht, Carl und Hanna, die würden eines Tages mal heiraten. Das war wie vorbestimmt. Doch dann ist alles ganz anders gewesen.«

Er schüttelte den Kopf, als könnte er die Neuigkeit immer noch nicht glauben. »Rosie ist zurück. Herr im Himmel. Und sie lebt im Mariahilf.«

»Tante Hanna war nicht begeistert davon. Man kann sich da schlecht aus dem Weg gehen.«

»Nein, bestimmt nicht.« Bernhard lachte, wurde jedoch sofort wieder ernst. »Vielleicht ist es gut, dass Rosie aufgetaucht ist. Es könnte der Chefin helfen. Vielleicht ist es genau das, was sie jetzt braucht.«

»Das hat für mich aber anders ausgesehen.«

»Unterschätz Rosie nicht, mein Junge. Sie war oft die treibende Kraft, wenn es darum ging, Entscheidungen zu treffen.«

»Die beiden reden nicht mal miteinander.«

»Warte es ab. Ich kann nur sagen: Wenn einer das Zeug dazu hat, deine Tante wieder in die Spur zu bringen, dann ist es Rosalind Brook.«

Benedikt wagte einen weiteren Anlauf.

»Willst du mir nicht sagen, was zwischen den beiden vorgefallen ist, Bernhard?«

Bernhard Aaldering schien mit sich zu ringen. Doch dann näherten sich Schritte auf der Holztreppe. Die Tür flog auf, und Onkel Klaus stand im Raum. Mit seinen knapp zwei Metern, dem breiten Kreuz und dem mächtigen Bierbauch gelang es ihm allein durch seine körperliche Präsenz, Dominanz auszustrahlen. Er blickte die beiden an, als hätte er sie bei einem konspirativen Treffen überrascht. Sein Misstrauen war förmlich zu spüren.

»Bernhard. Was machst du hier? Ich dachte, du bist unten an der Anlage.«

»Uns sind die Abpackkartons ausgegangen. Nachschub ist unterwegs. Ich wollte nur kurz Benedikt Guten Tag sagen.«

Er klang defensiv, was dadurch verstärkt wurde, dass er seine Mütze abnahm und sie nervös knetete.

Benedikt fragte sich, wie viele der alten Mitarbeiter hier auf Dauer beschäftigt sein würden. Schließlich war jeder einzelne von Tante Hanna eingestellt worden.

»Bestimmt sind die Kartons schon da«, stellte Klaus düster fest.

Bernhard Aaldering nickte eilfertig und drückte sich am Chef vorbei zur Treppe. Nun wandte sich Klaus an Benedikt. Der wusste sofort, dass etwas nicht stimmte. Sein Onkel sah ihn an wie einen Gegner bei einer Schlägerei, den er niederringen musste.

»Ich möchte kurz mit dir sprechen«, sagte er. »Können wir in mein Büro gehen?«

Benedikt verstand sofort, was passierte. Es war so weit. Ihm würde gekündigt werden. Auch wenn er nicht so schnell damit gerechnet hatte.

Benedikt legte die zusammengefalteten Säcke ab und schob sich die Hände in die Taschen.

»Also gut. Ich bin bereit.«

Ehe Klaus etwas erwidern konnte, hörten sie unten in der Brennerei Stimmen. Die Sekretärin begrüßte Besucher, die eingetroffen waren.

»Sie sind aber früh«, sagte sie gerade. »Herr Brook erwartet Sie noch gar nicht.«

»Das ist uns bewusst«, erwiderte eine verbindlich klingende Frauenstimme. »Wir sind gut durchgekommen. Die Autobahn war komplett frei, welch Wunder. Wir können gern warten.«

»Nehmen Sie doch einen Moment Platz. Ich werde Herrn Brook Bescheid geben. Sicher hat er auch jetzt schon Zeit für Sie.«

Mit einem raschen Blick durchs Fenster erkannte Benedikt, dass eine schwarze Limousine auf dem Hof stand. Ein Mercedes Benz. Wahrscheinlich waren das Kunden, auch wenn er keine Ahnung hatte, wer sich angemeldet hatte.

Klaus wirkte verärgert. Er wollte Benedikt vor die Tür setzen, das war sicher, und jetzt war ihm etwas dazwischengekommen. Benedikt überlegte, ob er einfach gehen sollte. Doch eine seltsame Leichtigkeit erfasste ihn. Seine letzten Stunden in der Brennerei hatten begonnen. Er beschloss, sie zu genießen.

»Ich könnte zuerst die Maische ansetzen«, meinte er. »Der Roggen ist gemahlen und kann jetzt beigemischt werden. Das dauert nicht lange. Danach können wir sprechen.«

»Gut. Kümmer du dich um die Maische. Danach kommst du in mein Büro.«

Ohne eine Antwort abzuwarten, wandte sich Klaus ab und stapfte die knarrenden Holzstufen nach unten. Er begrüßte die Gäste, wer immer diese Leute auch waren, und führte sie in den Konferenzraum. Benedikt beugte sich übers Treppengeländer und spähte nach unten. Es handelte sich um eine schlanke Frau um die dreißig in einem dezenten Kostüm und einen untersetzten älteren Herrn, der einen teuren Maßanzug trug und Autorität ausstrahlte.

Benedikt hatte die beiden noch nie gesehen. Nun verschwanden sie aus seinem Blickfeld, die Tür zum Besprechungsraum wurde geschlossen, und die Stimmen verstummten.

Er trat zurück in die Mühle und blickte sich wehmütig um. Schon als Kind hatte er es geliebt, sich hier oben aufzuhalten. An diesem duftenden, organischen Ort, an dem das Getreide für den Brand gemahlen wurde.

Damals war er von Tante Hannas Destillateuren an die Hand genommen worden, sie hatten ihn in die Geheimnisse der Getreidesorten und ihrer Verarbeitung eingeweiht. Das waren nach dem Tod seiner Mutter seine schönsten Kindheitserinnerungen. Es war immer klar gewesen, dass auch er eines Tages Destillateur werden würde. Dass er diesen Ort zu seinem Lebensmittelpunkt machen wollte. Wie so viele Männer vor ihm in der Familie Brook.

Er atmete die würzige Luft ein, strich mit der Hand über den Rand der Schüttung, nahm ein Roggenkorn, das zu Boden gefallen war, und steckte es ein. Dann nahm er Abschied, ging ein letztes Mal über die schmale Holztreppe hinunter und steuerte den Maischebottich an.

Durch die offene Tür fiel ihm der Mercedes ins Auge. Neugierde erfasste ihn. Er streckte im Vorbeigehen den Kopf durch die Tür am Empfang.

»Wer ist denn da gekommen?«, fragte er die Sekretärin.

»Oh. Das sind … ich glaube, die kommen von Behrendt.«

Es war ihr sichtlich unangenehm, und Benedikt verstand sofort, weshalb. Die Behrendt-Gruppe war der Marktführer unter den Brennereien, die deutsche Spirituosen in ganz Europa verkauften und in jedem Supermarkt zu finden waren.

Benedikt wusste natürlich, dass die Behrendt-Gruppe neben massentauglichen Schnäpsen und Likören auch eine Luxuslinie hatte. Er konnte sich nur einen Grund für dieses Treffen erklären: Die Feinbrennerei Brook sollte verkauft werden.

Es war wie ein Schlag in den Magen. Das konnte Klaus nicht machen. Er konnte nicht ihren kleinen Familienbetrieb, den sie durch alle Höhen und Tiefen geführt hatten, an den Platzhirsch verscherbeln.

Benedikt versuchte, sich seine Gefühle nicht anmerken zu lassen. Der Sekretärin war es unangenehm genug.

»Na dann«, sagte er emotionslos. »Ich mache mich mal an die Maische.«

Allerdings ging er nicht zu den Maischebehältern, sondern steuerte das Büro von Klaus an. Solange der in der Besprechung war, wäre Benedikt unbeobachtet. Er schlüpfte hinein und schloss lautlos die Tür. Die Behrendt-Gruppe. Er musste unbedingt mehr darüber erfahren, bevor Klaus ihn entlassen würde.

Eilig blickte er sich im Raum um. Er brauchte Beweise.

Etwas ratlos zog er Schreibtischschubladen auf, durchwühlte den Posteingang. Doch es gab nichts, das ihm weiterhalf. Natürlich nicht. Was hatte er erwartet?

Schließlich setzte er sich an den Rechner und loggte sich mit dem Firmenpasswort ein. In Klaus' Mail-Postfach wurde er fündig. Es gab einen Schriftwechsel zwischen seinem Onkel und einem hohen Manager von Behrendt. Wahrscheinlich war das der Typ, der gerade im Besprechungsraum saß. Ruhelos überflog Benedikt den Schriftwechsel. Es ging nicht zweifelsfrei daraus hervor, dass Klaus die Brennerei verkaufen wollte, doch deutete zwischen den Zeilen alles darauf hin. Für alles Weitere diente wohl das Treffen heute.

Er überlegte. Wenn er den Schriftwechsel an sich selbst weiterleitete, riskierte er, entdeckt zu werden. Also druckte er eilig alles aus und schloss das Postfach wieder. Mit den Ausdrucken unterm Arm öffnete er die Bürotür, lugte in den glücklicherweise immer noch verwaisten Flur und schlüpfte hinaus.

Kapitel 15

Nachdem sich der Morgennebel verzogen hatte, schien die Herbstsonne von einem klaren blauen Himmel. Das Laub der Birken leuchtete in einem warmen Gelb, von Zeit zu Zeit löste sich ein Blatt und segelte bedächtig zu Boden.

Hanna beschloss, einen Spaziergang ins Moor zu unternehmen. So schön die Aussicht auch war, sie hielt es nicht länger aus, ganz allein in ihrem Apartment.

Auf dem Weg durch das Hauptgebäude entdeckte sie Rosie, die im Wintergarten saß und in die leuchtenden Parkanlagen hinausblickte. Sie hatte den Rollator neben ihrem Sessel abgestellt und war in Gedanken versunken. Das typische Funkeln in ihren Augen war wie ausgeknipst, stattdessen wirkte sie müde und erschöpft.

Hanna änderte kurzerhand ihre Pläne. Sie zog ihre Herbstjacke aus, warf sie über den Arm und trat an den Sessel im Wintergarten.

Rosie schien sie gar nicht zu bemerken. Sacht legte Hanna die Hand auf ihren Arm.

»Rosie? Ist alles in Ordnung?«

Sie fuhr herum, so schnell das ihr steifer und leicht gebeugter Oberkörper zuließ. Als sie Hanna erkannte, knipste sie das Strahlen in ihren Augen sofort wieder an.

»Hanna! Wo kommst du denn her?« Sie zwinkerte. »Jetzt machst du dir schon Sorgen um mich, sieh an.«

»Ich habe nur …« Hanna fühlte sich ertappt. »So würde ich das nicht nennen.«

»Pass nur auf, irgendwann bringst du mir den Tee ans Bett und scheuchst die Pflegekräfte herum.«

Hanna ließ sich auf den Sessel neben sie sinken.

»Keine Sorge, Rosie, das wird nicht passieren.«

Rosie kicherte vergnügt. Doch hinter der Fröhlichkeit war immer noch etwas anderes, Dunkles zu spüren.

»Was ist denn los mit dir? Jetzt sag schon.«

»Ach, es sind nur die Beine. Sie schmerzen. Es fällt mir sonst schwer, zu glauben, dass ich schon einundachtzig bin. Einundachtzig! Das kann gar nicht sein. Wo sind die ganzen Jahre geblieben? Aber meine Beine, o ja, die sind wirklich einundachtzig.«

»Was genau ist denn mit deinen Beinen?«

»Nur der übliche Verschleiß. Sonst nichts. Du hast doch auch einen Gehstock, oder? Reden wir nicht drüber. Es gibt hier mehr als genügend Leute, die den ganzen Tag nur über ihre Krankheiten sprechen. Sehen die etwa aus, als hätten die mehr Spaß als wir?«

»Es geht nicht immer nur um Spaß.«

Doch Rosie kicherte nur, als wäre damit Hannas Einwand erschöpfend beantwortet.

»Wolltest du einen Spaziergang machen?«, fragte sie. »Lass dich nicht aufhalten. Wie du siehst, bin ich gesund und munter.«

»Eigentlich ist mir nur die Decke auf den Kopf gefallen. Den ganzen Tag in dem kleinen Apartment sitzen, da muss ich mich noch dran gewöhnen. Auf dem Hof war ja immer Leben.«

»Sag das nächste Mal ruhig Bescheid. Das lässt sich doch ändern. Wir trommeln die Clique zusammen. Mit denen kann man immer Spaß haben.«

»Du meinst, wenn ich mal wieder Strip-Poker spielen will?«, scherzte Hanna.

»Das war doch nicht ernst gemeint. Glaub mir, denen fällt allen die Decke auf den Kopf. Wenn du noch vollkommen fit im Köpfchen bist, kann es hier schnell langweilig werden.«

Hanna betrachtete Rosie. Sie war alt geworden, genau wie sie selbst. Die schmalen Schultern, der dünne Hals. Es wirkte, als würde die Last der vielen Tücher und Ketten sie irgendwann in die Knie zwingen.

Trotz allem war Rosie ihr vertraut, immer noch. Doch die vierzig Jahre, in denen sie getrennt waren, hatten auch eine Distanz geschaffen. Sie fragte sich, wie gut sie ihre Schwester überhaupt noch kannte.

Es fiel ihr schwer, sie sich in einem Wohnmobil vorzustellen. Allein auf endlos weiten Straßen, die durch Wüsten und Farmland führten. Ohne einen Ort, an den sie zurückkehren konnte. Natürlich fand Rosie schnell Anschluss, das war immer so gewesen. Sie hatte sicher kein Problem gehabt, mit Menschen ins Gespräch zu kommen und freundlich aufgenommen zu werden. Dennoch musste sie auch oft auf sich allein gestellt gewesen sein. Wie musste sich das anfühlen, im Nirgendwo ein Motorproblem zu haben? Oder vor einem Naturspektakel zu stehen und keinen zu haben, mit dem man diesen Anblick teilen konnte?

»Hast du denn wirklich niemals Angst vorm Alleinsein, Rosie?«

Sie lächelte hintergründig. »Nein. Schon lange nicht mehr. Im Gegenteil. Wenn ich allein bin, darf ich sein, wie ich bin. Zusammen mit einem Mann ist mir das nie richtig gelungen.«

Dann sah sie Hanna direkt an, und ihr Blick wurde scharf. »Hast du darüber nachgedacht? Wirst du um den Hof kämpfen?«

»Herrje, jetzt fängst du damit an?« Hanna seufzte schwer. »Wie soll ich das denn machen? Das bringt doch nichts.«

»Wir werden uns schon was einfallen lassen. Du musst nur deinen Kampfgeist wiederfinden.«

»Nein, Rosie. Ich fühle mich müde und unendlich alt, wenn ich nur daran denke. Es geht nicht nur ums Kämpfen. Es geht auch darum, zu wissen, wann man einen Kampf nicht gewinnen kann.«

Hanna blickte hinaus in den Garten. Es war so ein wunderschöner Herbsttag. Da sollte man das Wetter genießen, fand sie, solange es noch so schön war. Sie hatte sich so viele schöne Tage von Klaus und Astrid verderben lassen. Jeder weitere wäre ein unnötiger Verlust.

Rosie schien mal wieder ihre Gedanken zu lesen. Sie beließ es vorerst dabei und quälte sie nicht länger. Stattdessen setzte sie sich auf und schob vorsichtig ihre Beine vor.

»Was hältst du davon, wenn wir ein bisschen in den Park gehen? Sehen wir uns die Rabatten an. Die Astern stehen in voller Blüte. Der Gärtner ist großartig. Komm, ich zeig dir die Beete.«

»Was sagen denn deine Beine dazu? Kannst du nach draußen?«

»Ich muss sogar. Glaub mir, es ist wichtig, sich zu bewegen. Wenn ich meine Beine nicht gebrauche, dann denken sie am Ende noch, sie könnten einfach abfaulen.«

Rosie erhob mühsam ihren steif wirkenden Körper, hielt die Griffe ihres Rollators etwas zittrig umklammert, schüttelte erst das eine, dann das andere Bein vorsichtig aus.

»Siehst du? Funktioniert noch. Gehen wir tanzen.«

Sie steuerte den Ausgang an, und Hanna spazierte langsam neben ihr her. Draußen traten sie ins goldene Herbstlicht. Die Sonne wärmte sie, Vögel zwitscherten, und ein leichter Wind streifte über ihre Gesichter.

Sie spazierten an den Blumenbeeten vorbei, und Hanna erinnerte sich an ihren Bauerngarten mit den Sommerblumen, den sie so geliebt hatte. Bevor Astrid sie auch daraus vertrieben und alles in eine Rasenfläche verwandelt hatte. Doch sie wäre nun ohnehin zu alt, um die viele Gartenarbeit zu leisten. Also genoss sie einfach die Schönheit der Pflanzen im Seniorenheim.

Schließlich standen sie vor dem Weg, der zur Kapelle hinabführte. Nichts erinnerte mehr daran, dass sie früher mitten im Bruchwald gestanden hatte. Das Moor hatte sich längst zurückgezogen. Heute lag sie in den Parkanlagen von Mariahilf. Dahinter säumten Hecken die Grenzen des Grundstücks, erst dort begann das Moor.

»Ich war gestern draußen im Moor«, sagte Hanna. »Es ist wunderschön. Nicht wie früher, natürlich. Aber der Ausflug hat sich gelohnt. Vielleicht hast du mal Lust mitzukommen?«

»Ins Moor?«, lachte Rosie. »Da war ich seit Jahrzehnten nicht mehr. Ich glaube nicht, dass ich über die Grasbülten springen kann.«

»Wir können uns einen Rollstuhl ausleihen. Den könnte ich schieben.«

»Du meinst, über die Sand- und Bohlenwege? So viel Kraft hast du nicht.«

»Die Wege sind inzwischen befestigt. Das ist alles für den Tourismus erschlossen. Und wir müssen ja auch nicht mitten hinein ins Moor. Es ist auch da schön, wo man mit einem Rollstuhl hinkommt.«

Hanna überblickte die Hecken und die dahinterliegenden Kiefern, die aus dem Moor ragten. Das letzte Mal, dass Rosie und Hanna gemeinsam im Moor waren, war unendlich lange her. Es musste wohl an dem Tag gewesen sein, als Carl in ein Moorloch gefallen und fast ertrunken war, dachte Hanna.

Zu gern hätte sie mit Rosie diese Erinnerung geteilt. Doch über Carl zu sprechen war unmöglich.

»Ich frage mal nach, ob wir einen Rollstuhl bekommen.«

»Mach das, Hanna. Die Idee gefällt mir. Ich würde gern ins Moor. Wann war ich das letzte Mal dort? Du liebe Güte, wie lange muss das her sein.«

Es musste während Hannas zweitem Jahr auf dem Gymnasium gewesen sein, während der Schulferien. Sie war zu Hause auf dem Brennereihof. In Altheim hatte sie Carl nicht besonders häufig gesehen, und in Marienfehn änderte sich auch kaum etwas daran. Und wenn sie sich doch einmal sahen, dann zusammen mit Rosie. Immer waren sie zu dritt. Und Rosie redete die meiste Zeit wie ein Wasserfall.

Als Carl in dieses Moorloch gefallen war, hatte sein Vater zum ersten Mal mitbekommen, dass sie heimlich im Moor gewesen waren. Im Nachhinein wunderte sich Hanna, dass sie nicht viel früher erwischt worden waren. Carls Vater hatte ihn windelweich geschlagen, aber es war die letzte Tracht Prügel für seinen Sohn gewesen. Carl war damals fünfzehn und voller Hass auf seinen Vater. Zu der Zeit hatte er schon seit einer Weile mit dem Boxtraining begonnen, von dem er ganz besessen war. Selbst die vielen Romane, die er sonst in seiner Freizeit verschlang, blieben dafür liegen. Hanna hatte schon länger vermutet, dass es darum ging, sich gegen seinen Vater wehren zu können. Und sie hatte recht behalten.

Als sein Vater dann den Gürtel um sein Handgelenk gewickelt hatte, da hatte Carl zurückgeschlagen. Er hatte Hanna nie erzählt, was genau passiert war, doch alle wussten, dass er seinen Vater ziemlich übel zugerichtet hatte. Das blaue Auge und die aufgeplatzte Lippe ließen sich jedenfalls nicht verbergen. Die Sache hatte für eine Menge Spott und Gelächter bei den Leuten gesorgt.

Nach diesem Vorfall war Carl nur noch selten in Marienfehn gewesen.

An jenem Tag im Moor jedoch, von dem noch keiner wusste, wie er enden würde, hatten sie zu dritt am Sumpf gesessen und Steine ins Wasser geworfen. Sie waren ein bisschen träge gewesen in der sengenden Sonne. Rosie saß zwischen ihnen, wie so oft in diesen Ferien. Zwischen Hanna und Carl herrschte eine seltsame Sprachlosigkeit. Hanna hatte keine Ahnung, woher sie rührte oder wie sie überwunden werden konnte.

»Stellt euch vor«, sagte Carl, nachdem er einen besonders großen Stein mit einem satten Plumpsen im Wasser versenkt hatte. »Mein Vater wird in diesem Jahr Schützenkönig von Marienfehn. Dann muss ich zum Schützenfest, ob ich will oder nicht. Er hat schon gesagt, dass ich dann einen Tag schulfrei bekomme. Als wenn das was Tolles wäre.«

»Aber wie kann er denn wissen, dass er den Vogel abschießt?«, wollte Rosie wissen.

»Das ist alles abgesprochen. Alle schießen so lange mit, bis es brenzlig wird. Bis der Vogel nur noch am seidenen Faden hängt. Und dann schießen sie absichtlich vorbei. Bis mein Vater ihn runterholt. Er wollte letztes Jahr schon König werden, aber dann hat Otto Zumwinkel aus Versehen den Vogel abgeschossen. Er wollte danebenschießen, zielte aber eben sehr schlecht. Da war vielleicht was los. Mein Vater spendet viel Geld für den Verein. Alle waren mit ihm als König einverstanden. Und dann kommt ihm ausgerechnet ein einfacher Nachtwächter dazwischen und heimst den ganzen Ruhm ein.«

»Ach, das hört sich aber unromantisch an«, meinte Rosie. »Ich dachte, es geht dabei um den besten Schützen. Wenn sie dastehen mit ihren Uniformen, und der Beste bekommt die Krone… Ich hatte mir das bislang ganz schön vorgestellt: König werden und dann die Dame seiner Wahl zur Königin machen. Und das ganze Dorf ist auf den Beinen.«

Rosie hatte dabei sicherlich die schönen Kleider im Kopf, die die Frauen am Königsthron trugen. Sicher träumte sie davon, in so einem Kleid den Zug anzuführen. Eine richtige Dame zu sein. Alle würden sie bestaunen. Und die ganze Nacht würde getanzt werden. Das war ganz nach Rosies Geschmack.

»Warum wirst du nicht Schützenkönig, Carl?«, fragte sie neckisch.

»Bist du verrückt? Das kostet richtig viel Geld. Außerdem muss man mindestens siebzehn sein. Und ich bin nicht mal im Schützenverein.«

»Stell dir vor, du könntest deinem Vater den Vogel vor der Nase wegschießen. Und dann wärst du König und nicht er. Wäre das nicht toll?«

Carl lachte über Rosie. Doch der Gedanke schien ihm zu gefallen.

»Wen würdest du denn als Königin wählen? Sag schon.«

Die Frage war ohne Hintergedanken gestellt. Rosie amüsierte sich einfach. Trotzdem blieb Hanna, die schweigend neben ihr saß, plötzlich das Herz stehen. Sie wagte nicht, Carl anzusehen.

»Eine von euch natürlich«, meinte er.

»Ich würde es sofort machen!«, rief Rosie. »Ich weiß schon, was für ein Kleid ich tragen würde. Wie das aussähe. Oder doch lieber Hanna?« Sie legte fröhlich den Arm um sie. »Das wäre doch was. Unsere Eltern würden sich wundern. Die denken ja, nur weil Hanna klug ist, würde sie niemals Schützenkönigin.«

»Ach, mir ist das egal. Und du willst es doch viel lieber als ich.«

»Nein, ich fände das herrlich: du als Königin. Wir könnten es allen einmal zeigen. Und ich könnte deine Ehrendame sein. Dann würde ich auch am Thron sitzen. Das würde mir gefallen.«

Carl sah Hanna direkt an. Sie konnte seinem Blick nicht ausweichen, auch wenn sie es am liebsten gewollt hätte.

»Würdest du denn meine Königin sein wollen?«

Sein Blick war unergründlich. Hanna wusste nicht, was sie sagen sollte. Sie fühlte sich überfordert.

»Ich habe gar keine Zeit für so was. Ich muss für die Schule lernen. Außerdem würde das zu Rosie viel besser passen.«

»Ach, du Dummerchen«, lachte Rosie. »Wir machen dir eine neue Frisur und besorgen ein tolles Kleid. Dann bist du die Schönste auf dem Fest. Dafür sorge ich schon.«

Die Schönste auf dem Fest. Mit Carl an ihrer Seite. Sie spürte einen Stich. Das würde niemals passieren. Sie war nicht das Aschenputtel. Wenn Carl eines Tages König werden würde, dann sicher mit einem anderen Mädchen. Einem hübscheren.

»Nein«, sagte sie. »Das will ich gar nicht.«

Alle drei fielen in Schweigen. Carl starrte verschlossen ins Wasser. Rosie dagegen zwinkerte gut gelaunt ins Sonnenlicht. Sie schien gar nichts von der gedrückten Atmosphäre zu spüren, die plötzlich herrschte.

Mit einem Satz sprang sie auf. »Kommt! Lasst uns den Schmugglerweg nach Holland suchen.«

»Bist du verrückt?«, entfuhr es Hanna. Der Schmugglerweg war strengstens verboten. Noch verbotener als das Moor. »Wenn uns die Grenzer schnappen, dann bekommen wir Ärger.«

»Die vernünftige Hanna«, zog Rosie sie auf. »Das ist wieder mal typisch. Komm schon, das macht Spaß.«

Carl ließ sich von ihrer Begeisterung anstecken. Er sprang ebenfalls auf und blickte übers Moor.

»Wir müssen quer durch das Hochmoor«, sagte er. »Auf der anderen Seite gibt es einen Weg durch den Bruchwald. Der soll ziemlich verborgen sein. Aber ich glaube, ich weiß, wo wir ihn finden könnten.«

Er wandte sich an Hanna. »Komm schon. Warst du jemals auf der anderen Seite der Grenze? Ich noch nie. Das ist doch ein Abenteuer.«

Hanna wollte kein Spielverderber sein, also schloss sie sich den beiden an. Außerdem wollte sie nicht immer die Vernünftige sein, sie wünschte, sie wäre auch manchmal so impulsiv und unbedacht wie Rosie.

Doch schon bald waren sie viel tiefer im Moor, als sie gedacht hatten, und als Carl mit einem Stock in den Moorschlamm stach, um zu prüfen, wie tief er an dieser Stelle war, brach der Stock und ließ Carl in den Schlamm stürzen. Mit einem schrecklichen

Schmatzen umschloss die braune Suppe seinen Körper. Carl ruderte und strampelte, doch das zog ihn nur tiefer nach unten.

Er rief nicht einmal um Hilfe. Er starrte sie einfach an, erschrocken und als verstünde er nicht, wie ihm geschah. Er war schon bis zur Brust im Moor versunken. Und keiner von ihnen wusste, wie tief der Schlamm an dieser Stelle sein mochte.

Hanna war unfähig, sich zu bewegen. Sie stand wie erstarrt. Es war wie im Keller von Frau Böing, als die Bomben fielen. Die Angst und die ganze Machtlosigkeit nahmen wieder Besitz von ihr, sie war verurteilt, dazusitzen und zu warten, dass die Hölle um sie herum ausbrach.

Rosies Stimme drang wie durch Nebel zu ihr hindurch.

»Halt meine Beine fest, Hanna! Jetzt mach schon!«

Rosie hatte sich quer über einen Grasbült geworfen, Arme und Beine im Sumpf. Hanna stand selbst nicht auf sicherem Grund. Das Gras unter ihren Füßen federte, überall gluckerte und schmatzte es. Rosie wartete nicht länger. Sie reckte ihre Arme Carl entgegen.

»Hanna!«, schrie sie.

Da endlich löste sich die Starre. Das Bild des Kellers verschwand. Sie ging in die Hocke, sicherte ihren Halt und umklammerte Rosies Fußknöchel, damit die nicht zu Carl ins Moorloch rutschte. Sie klammerte sich so fest an ihre Freundin, dass Rosie später blaue Flecken haben sollte.

Zum Glück dauerte es nicht lange, da hatte sie Carl herausgezogen. Er klammerte sich an Rosies Grasbült. Atmete schwer und wirkte zutiefst schockiert. Doch Rosie begann zu lachen. Erst kicherte sie nur, doch dann wurde sie immer lauter, bis sie sich gar nicht mehr halten konnte vor Lachen.

Auch Carl stimmte in das Gelächter ein, und Hanna konnte sehen, wie es ihn von der Angst befreite. Er war von oben bis unten voller Schlamm, so dass seine weißen Zähne in seinem schmutzigen Gesicht erstrahlten, während er lachte und lachte.

Nur Hanna konnte nicht mitlachen. Der Schock saß ihr tief in den Knochen. Was, wenn Carl untergegangen wäre? Die Katastrophe, der sie hier entgangen waren, war größer als alles, was sie sich vorstellen konnte.

In jenem Moment, dort im weiten Moor von Marienfehn mit ihren fünfzehn Jahren, da traf sie endlich die Erkenntnis, die sie zwar immer in ihrem Herzen getragen, aber nie klar zu denken gewagt hatte. Sie traf sie wie ein Blitz, und nun konnte sie nicht länger umhin, diese Wahrheit zuzulassen.

Sie liebte Carl. Sie liebte ihn mehr als alles andere in der Welt. Nicht wie einen Bruder. Nicht wie einen alten Kinderfreund. Sie liebte ihn voller Zärtlichkeit, als ihr Gegenstück, ihre zweite Hälfte. Als den Menschen, der sie erst vollkommen machte. Ohne den sie nicht leben wollte.

Nun sank sie auf den Grasbült und lachte ebenfalls. Das Lachen der drei Jugendlichen war weithin zu hören. Ein seltsames Bild gaben sie dort ab, schlammbedeckt im trügerischen Moor. Doch keiner war da, der sie sehen konnte. Wie so oft war das Moor menschenleer.

Über der Kapelle von Mariahilf sammelten sich Wildgänse, die ihren Weg in den Süden antreten würden. Die Luft war erfüllt von ihren Schreien. Die Herbstsonne war hinter einer Eiche verschwunden, und die beiden alten Damen standen nun im kühlen Schatten. Das Fenster der Erinnerung schloss sich wieder, und Hanna kehrte in die Gegenwart zurück.

»Mir ist kalt, Rosie. Lass uns ins Haus gehen.«

»Sehr gern. Ich muss mich sowieso für einen Moment hinsetzen. Vielleicht können wir uns einen koffeinfreien Kaffee aus der Kantine besorgen?«

Rosie schob ihren Rollator herum und machte sich auf den Rückweg zum Hauptgebäude. Nachdenklich folgte ihr Hanna.

Sie hätte Carl damals nicht retten können. Davon war sie überzeugt. Wenn Rosie ihn nicht rausgezogen hätte, wäre er untergegangen.

Sie waren am Eingang angelangt, da tauchte eine vertraute Gestalt auf dem Schotterweg auf. Es war Benedikt. Das Lächeln, mit dem er sie und Rosie begrüßte, misslang ein wenig. Seltsam, dachte Hanna. Es war mitten am Nachmittag. Er hätte doch bei der Arbeit sein müssen.

»Benedikt! Was machst du hier?«

Er bemerkte Rosie und geriet ins Stocken. Rosie begrüßte ihn freundlich, was er irritiert erwiderte. Er schien sich sehr darüber zu wundern, die beiden in trauter Einigkeit zusammen zu sehen.

»Bist du nicht in der Brennerei?«, fragte Hanna.

»Nein. Und um ehrlich zu sein, da werde ich so schnell auch nicht wieder hinkommen.«

»Du lieber Gott. Heißt das etwa …?«

»Es heißt, dass mir heute von Klaus gekündigt wurde.«

Das verschlug ihr die Sprache. Natürlich hatte sie damit gerechnet, dass Benedikt irgendwann würde gehen müssen. Am besten wäre gewesen, er hätte sich bis dahin eine neue Stelle gesucht. Klaus würde ihn auf Dauer nicht im Unternehmen haben wollen. Doch dass es so schnell passierte, überraschte sie.

»Klaus hat dich rausgeworfen?«, empörte sich Rosie. »Das kann er nicht machen. Ich habe deine Spirituosen probiert. Deine Kreationen. Sie sind traumhaft. Du bist ein Zauberkünstler. Klaus kann dich nicht vor die Tür setzen, das ist doch unternehmerischer Selbstmord.«

»Du siehst ja, wie er das kann.«

»Zu wann ist dir gekündigt worden?«, fragte Hanna.

»Ab sofort. Ich soll meinen Urlaub nehmen, der noch offen ist, für den Rest der Zeit bin ich freigestellt. In zwei Monaten endet dann mein Arbeitsverhältnis.«

Hanna fühlte sich grauenhaft. Jetzt musste Benedikt teuer dafür bezahlen, dass er ihr gegenüber loyal war.

»Klaus hat mich ins Büro gebeten, und dann ging alles ganz schnell. Ich kam kaum zu Wort. Er hat kurzen Prozess gemacht. Ich musste meinen Schlüssel abgeben. Alles stehen und liegen lassen. Er hat mich aus seinem Büro direkt zu meinem Auto geführt. Als wäre ich ein Industriespion oder so was. Ich solle mich nicht mehr auf dem Brennereihof blicken lassen. Und das war's dann.«

»Das ist alles meine Schuld«, sagte Hanna zu sich selbst.

»So ein Unsinn«, mischte sich Rosie ein. »Du wirst den Teufel tun und dir die Schuld für Klaus' Verhalten geben. Jetzt ist Schluss.«

Sie schien wirklich wütend zu sein. Sie stemmte sich entschlossen auf ihren Rollator.

»Das hört auf. Und zwar sofort. Ich kann das alles nicht mehr hören. Du darfst Klaus und Astrid nicht damit durchkommen lassen. Du musst jetzt was tun.«

»Rosie, ich habe dir doch erzählt …«

»Ich weiß genau, was du mir erzählt hast. Das macht es nicht besser. Du wirst kämpfen, Hanna. Hörst du? Eigentlich sollte man denken, dass du das am besten kannst.«

Hanna wollte nicht wieder davon anfangen. Doch Rosie schien diesmal entschlossen, sie nicht so einfach davonkommen zu lassen.

Benedikt bedachte die beiden mit einem merkwürdigen Blick. Es musste tatsächlich sehr irritierend auf ihn wirken, dass sie nicht nur miteinander sprachen, sondern auch noch über solch grundsätzliche Dinge stritten.

»Ich glaube, ich muss euch was erzählen«, sagte er.

Er zog ein paar Papiere aus seiner Tasche, faltete sie auseinander und strich sie glatt.

»Klaus hat einen guten Grund, weshalb ich sofort die Brennerei verlassen sollte. Ich durfte nämlich hiervon nichts erfahren.«

»Was ist das?«, fragte Hanna.

»Das sind E-Mails. Keine richtigen Beweise. Aber man kann sich das, was nicht geschrieben wird, zusammenreimen. Wir hatten heute nämlich Besuch. Von der Behrendt-Gruppe.«

Hanna glaubte, sich verhört zu haben. Die Behrendt-Gruppe. Börsennotierter Marktführer im Bereich Spirituosen, der gern Linzenzmarken aufkaufte, um Nischenmärkte zu besetzen.

»Was sollte Behrendt von der Brennerei wollen?«, fragte Rosie irritiert.

Hanna kannte die Antwort. Sie fühlte sich ganz schwach. Mühsam stützte sie sich auf den Gehstock. Benedikt hielt Rosie die Papiere entgegen.

»Es sieht ganz so aus, als ob Klaus die Marke Brook verkaufen will.«

»Verkaufen? Kann er das denn so einfach?«

Hanna nahm ihm die Ausdrucke ab und strich sie glatt. Das Zittern ihrer Hände ließ sich nicht unterdrücken. Sie konnte sich kaum auf den Schriftwechsel konzentrieren, den sie vor sich hatte. Doch es war klar, dass Benedikt recht hatte. Dieses Treffen, das da vereinbart wurde, konnte nur einen Grund haben.

»Das ändert alles«, sagte Hanna schwach. »Brook ist ein Familienunternehmen. Das waren wir immer, und so haben wir alle Krisen überlebt. Aber nicht hierfür. Das darf er nicht machen.«

Rosie fixierte Hanna. Sie verkniff sich einen Kommentar, doch ihr Blick sagte ganz deutlich: Siehst du? Habe ich es nicht gesagt?

»Also kämpfen wir«, stellte sie fest.

Es klang beinahe triumphierend. Hanna ließ die Ausdrucke sinken und wechselte einen Blick mit Rosie. Dann nickte sie. Kämpfen. Das war tatsächlich die einzige Lösung.

Rosie wandte sich zufrieden an den Jungen und legte ihm vertraulich die Hand auf den Arm.

»Benedikt, mein Lieber, hast du nicht Lust, deinen alten Tanten eine Tasse koffeinfreien Kaffee zu besorgen? Und vielleicht ein Stück Kuchen? Dann setzen wir uns in den Wintergarten und besprechen alles. Ich habe auch schon eine Idee, wie wir die Sache angehen. Es wird höchste Zeit, dass wir loslegen.«

Kapitel 16

Herbst 1955

Auf dem Hof stand ein nagelneuer Tankwagen mit leuchtenden Kotflügeln und blitzenden Felgen. Er trug das Emblem einer bekannten Spirituosenfirma aus Altheim.

Hanna, die mit ihrem Koffer in der Hand vom Bahnhof nach Hause gelaufen war, umrundete neugierig den Lastkraftwagen. In der offenen Brennereitür entdeckte sie ihren Vater, der auf Günther einredete, ihm offenbar in seiner Funktion als Hoferbe Belehrungen über die Brennerei gab.

»Die Brennerei Brook hat eine lange Tradition«, sagte er. »Es ist unser Familienerbe. Sie hat alles überstanden, sogar den Krieg. Und jetzt geht es voran, mein Junge. Die Zeiten ändern sich. Wir müssen mit ihnen gehen. Wir machen Profit«, lachte er, »so wie alle anderen.«

Günther entdeckte Hanna zuerst. Ein Strahlen breitete sich auf seinem Gesicht aus. Bei seinem Vater wirkte er stets ein bisschen angespannt, doch bei Hanna war das anders. Sie hatte sich an ihr Versprechen gehalten und war immer für Günther da gewesen. Es gab immer noch dieses Band zwischen ihnen, das entstanden war, als er noch ein Kleinkind gewesen war.

»Hanna!«, rief er und lief ihr entgegen. »Ich dachte, du kommst erst morgen.«

»Ich konnte schon früher weg. Onkel Erwin hat mich heute Morgen zum Bahnhof nach Altheim gebracht.«

»Komm mit«, sagte er und zog sie zur Brennerei. »Der Alkohol wird gleich abgepumpt. Das musst du dir unbedingt ansehen. Der wird jetzt in Altheim abgeflascht. Die haben da eine Anlage mit einem Fließband und allem. Vollautomatisch geht das. Von da aus beliefern die den Getränkehandel. Überallhin, sogar nach Münster.«

Hanna lächelte über seine Begeisterung. »Ich kann mir das jetzt nicht ansehen, Günther. Ich muss fürs Abitur lernen.«

Das Abitur stand unmittelbar bevor. Hanna hatte es weit geschafft. Eine Menge Mädchen waren aussortiert worden, doch nicht sie. Aber die letzten Meter würden hart werden, und es wartete noch viel Arbeit auf sie, wenn sie es schaffen wollte.

»Ist Rosie da?«, fragte sie.

»Die ist in der Heide. Sie trifft sich mit Carl.«

Dann war Carl ebenfalls in Marienfehn. Wenigstens ein Lichtblick. Hanna war Carl seit Wochen nicht mehr begegnet. Sie freute sich darauf, endlich zu erfahren, wie es bei ihm mit dem Abitur lief.

Sollte sie vielleicht schnell in die Heide laufen und den beiden Hallo sagen? Aber nein, dazu wäre später noch Zeit. Sie musste sich um Algebra und Latein kümmern. Das war im Moment wichtiger.

»Hanna!«, rief ihr Vater in der Brennereitür. »Wie läuft's in Altheim?«

»Gut. Onkel Ludger will sich einen Traktor kaufen.«

»Kann er sich das leisten?«, fragte er verwundert.

»Er kauft einen gebrauchten. Einen Lanz Bulldog.«

»Na, wenn das so ist …«

Ein Mann mit einer sauberen Uniform und einer leuchtend roten Schirmmütze trat aus der Brennerei. Er sagte etwas zu ihrem Vater, das Hanna nicht verstand.

»Komm, Günther«, rief der daraufhin. »Es geht los.«

Günther grinste Hanna breit an, dann machte er auf dem Absatz kehrt und lief zurück in die Brennerei.

Hanna nahm ihren Koffer und ging ins Bauernhaus. In der Küche lief das Radio, und Stimmen drangen in die Diele. Hanna schob die Tür leise auf und trat ein. Waltraut und Inge saßen vor einer Schüssel und schälten Kartoffeln. Sie waren inzwischen junge Frauen geworden. Waltraut sah gut aus. Das luftige Kleid mit der Wespentaille stand ihr hervorragend, und mit ihrer hohen Toupage wirkte sie modern, fast wie eine Städterin.

Auch Inge sah sehr erwachsen aus. Mit ihrem Arbeitsrock und der karierten Bluse jedoch nicht annähernd so schick wie Waltraut. Die hatte eine Ausbildung als Schwester im Krankenhaus von Marienfehn begonnen und bedauerte sehr, dass es in dem kleinen Krankenhaus keine heiratsfähigen Ärzte gab. Nur alte Männer und solche, die schon verheiratet waren. Jedenfalls war das Hannas letzter Stand.

»Wie ist denn der neue Arzt?«, fragte Inge gerade.

»Er ist ein bisschen schüchtern. Aber nett. Frisch von der Universität.«

»Und ist er unverheiratet?«

Waltraut nickte verschmitzt, und beide kicherten.

Hannas Mutter, die einen schweren Topf auf den Herd stellte, bemerkte den Gast in der Küchentür.

»Kind, was machst du denn hier? Wir haben erst morgen mit dir gerechnet.«

»Ich konnte einen Tag früher kommen. Aber ich muss sehr viel lernen.«

Ihre Mutter wischte sich die Hände an der Küchenschürze ab.

»Hast du Hunger? Bis zum Mittagessen dauert es noch.«

Hanna hatte einen Bärenhunger, doch sie wollte lieber warten und keine Umstände machen. Aber ihre Mutter hatte schon das Brot aus dem Kasten geholt und schnitt eine Scheibe ab.

»Jetzt setz dich schon. Du brauchst dringend was auf die Rippen, so wie du aussiehst. Gibt es denn bei Tante Käthe nicht genug zu essen? Und ihr zwei hört mit dem Quatschen und dem

Kichern auf. Wie lange dauert das noch mit den Kartoffeln? Sollen wir alle verhungern?«

Hanna rutschte auf die Küchenbank unter ein Regalbrett, auf dem das Radio stand. Ein Sprecher sagte etwas über Kriegsgefangene in Russland und den Besuch des Bundeskanzlers in Moskau. Dann war die unverwechselbare, rheinisch gefärbte Stimme Adenauers in der Küche zu hören: »Der sowjetrussische Premierminister hat mir gestern Abend erklärt, ehe ich in Bonn sein werde, werde die Aktion der Rückführung in Russland schon anlaufen.«

Ihre Mutter stellte einen Teller mit einem Schinkenbrot auf den Tisch. »Ein Glück, dass sie zurückkommen«, sagte sie. »Oder was noch von ihnen übrig ist.«

Mitten im Wirtschaftswunder wirkten solche Meldungen wie ein Echo aus einer anderen Zeit. Die Welt hatte sich weitergedreht, und keiner wollte noch etwas vom Krieg hören. Wie das wohl für diese Gefangenen wäre, wenn sie zurückkämen, fragte sich Hanna.

»Wie geht es denn Onkel Ludger und Tante Käthe?«, wollte ihre Mutter wissen.

»Gut. Ich soll euch schön grüßen.«

»Und bekommst du auch genug zu essen?«

»Natürlich. Mehr, als ich verdrücken kann.«

»So siehst du aber nicht aus.«

»Wirklich, Mama. Ich bekomme genug.«

Woran es ihr bei Tante Käthe mangelte, war Zeit zum Lernen, doch das wollte sie ihrer Mutter lieber nicht sagen.

Sie verdrückte das Schinkenbrot und machte sich auf den Weg in ihr Zimmer, um sich dem Lateinbuch zu widmen. Von ihrem Sprossenfenster aus konnte sie die Brennerei überblicken. Der Lastwagen war fort. Ihr Vater, der Gerätschaften wegräumte, lief auf dem Hof hin und her. Günther schien begeistert über die neuen Entwicklungen in der Brennerei. Ihr Vater konnte froh sein, einen solchen Erben zu haben. Über die Nachfolge brauchte er sich keine Sorgen zu machen. Günther würde eines Tages sicher einen hervorragenden Schnapsbrenner abgeben. Trotzdem schien er immer etwas an Günther auszusetzen zu haben. Er schien niemals stolz zu sein auf seinen Sohn. Immer wirkte er in seiner Gegenwart griesgrämig.

Hannas Blick schweifte über das Backsteingebäude hinweg zur Heide. Der Kiefernwald versperrte die Sicht. Was Carl und Rosie dort wohl trieben? Wie gern wäre sie zu ihnen gegangen. Doch dafür war einfach keine Zeit.

Carl würde nach dem Abitur in Oldenburg studieren, jedenfalls plante er das. Geschichte und Politikwissenschaften. Er wollte Journalist werden, genau wie Hanna. Sein Vater hatte nichts dagegen. Er war mit der Studienwahl einverstanden. Das unterschied Carl von Hanna. Sie musste ihren Vater noch überzeugen, der nach wie vor wollte, dass sie Lehrerin würde.

Sie schaute träumerisch in den Himmel. Wie es wohl wäre, eine Reporterin zu sein? Sie würde in einer Zeitungsredaktion arbeiten. Ständig unterwegs sein, mit interessanten Menschen sprechen. Und ihre Texte würden gedruckt werden, sie würden gelesen werden. Von Menschen, die sich für das Weltgeschehen interessierten. Es war aufregend, von so einem Leben zu träumen. Sie wünschte nur, sie hätte schon mit ihrem Vater darüber gesprochen. Ohne seine Erlaubnis könnte sie diesen Weg kaum einschlagen.

»Komm doch einfach mit!«, hatte Carl gesagt. »Nach Oldenburg. Wenn du Journalistin werden willst, dann kannst du das auch da. Du kannst alles erreichen, Hanna. Stell dir vor, wir können zusammen studieren. Wir könnten eigenes Geld verdienen. Bei den Zeitungen werden Leute gesucht. Wär das nicht was?«

»Ach, Carl. Ich hoffe so sehr, dass Vater zustimmt.«

»Das wird er schon. Du träumst doch auch davon, bei einer

Zeitung zu arbeiten. Dazu noch in der Stadt, wo was los ist. Und wir könnten mittendrin sein.«

Ganz so einfach war das natürlich nicht. Außerdem musste sie zuerst das Abitur schaffen. Das würde alles andere als ein Spaziergang werden. Eins nach dem anderen, sagte sie sich.

»Vielleicht sollten wir heiraten«, meinte Carl.

Es sollte ein Scherz sein, natürlich. Doch wirkte er seltsam nervös, nachdem ihm das rausgerutscht war.

»Dann könnte ich bestimmen, was du studierst und wo du arbeitest«, sagte er betont spaßhaft. »Ich könnte dir ein Konto eröffnen und dir erlauben, den Führerschein zu machen.«

Hanna lachte. »Und wie willst du mich ernähren?«

»Wir lassen uns was einfallen. Das muss doch möglich sein. Außerdem brauchen wir nicht viel. Nur ein Bett und etwas zu essen. Und arbeiten, das können wir schließlich. Vierundzwanzig Stunden am Tag, wenn es nötig ist.«

Hanna wandte den Blick vom Kiefernwald ab. Unten in der Brennerei war keiner mehr zu sehen. Sie rief sich zur Ordnung. Sie verlor sich schon wieder in ihren Gedanken, statt zu arbeiten. Mit einem Seufzer schlug sie das Lateinbuch auf und begann, den Stoff zu wiederholen.

Irgendwann wurde sie von Günther zum Mittagessen gerufen. Sie stand auf, massierte sich den verspannten Nacken, warf noch mal einen Blick hinaus zur Heide und ging in die Küche. Ihre Geschwister hatten sich bereits am Küchentisch versammelt, auch ihr Vater saß am Tischende und las in der Zeitung. Nur eine fehlte.

»Wo ist Rosie?«, fragte Hanna.

»Sie hat versprochen, pünktlich zum Essen da zu sein«, sagte ihre Mutter grimmig und stellte den Eintopf auf den Tisch. »Das ist mal wieder typisch.«

Im Radio sang Caterina Valente »Ganz Paris träumt von der Liebe«, bis ihre Mutter mitten im Lied das Radio abstellte.

»Hinsetzen. Es wird gebetet.«

Während Günther das Ave Maria aufsagte, sah Hanna verstohlen zu ihrem Vater. Sie würde später mit ihm reden, nahm sie sich vor. Vielleicht hätte er gar keine Einwände.

Sie hatten gerade mit dem Essen begonnen, da rauschte Rosie in die Küche. Sie war außer Atem, ihre Wangen waren leicht gerötet. Hanna stockte. Sie war ebenfalls herangereift. Nicht nur das. Sie sah wunderschön aus. Das grüne Kleid mit der hohen Taille stand ihr großartig, und obwohl es aus einem groben und widerstandsfähigen Stoff genäht war, wirkte es bei Rosie geradezu elegant.

»Hanna! Du bist ja schon da!«

Sie stürmte auf die Bank zu und umarmte ihre Schwester innig. Ihre Mutter blickte dabei düster.

»Sieh an, das Frolleinchen bequemt sich, uns beim Essen Gesellschaft zu leisten.«

»Tut mir leid, Mama. Ich habe ganz die Zeit vergessen.«

»Ich soll dich schön von Carl grüßen«, sagte Rosie zu Hanna. »Er dachte, du kommst erst morgen.«

»Aber … Ich sehe ihn doch morgen, oder nicht?«

»Er fährt morgen früh schon wieder zurück nach Altheim. Er will lieber dort fürs Abitur lernen. Er sagt, er hat da mehr Ruhe. Aber wenn du mich fragst, will er wohl möglichst wenig Zeit bei seinem Vater verbringen.«

»Ruhe jetzt!«, mischte sich ihre Mutter ein. »Es wird gegessen und nicht getratscht. Rosie, überspann den Bogen nicht. Ihr könnt später miteinander reden. Iss!«

Rosie machte sich mit einem verlegenen Lächeln über den Eintopf her. Hanna war der Appetit jedoch vergangen. Sie würde Carl also wieder nicht sehen. Darauf hatte sie sich doch am meisten gefreut. Mit ihm über das Abitur zu reden. In seiner Nähe zu sein. Er fehlte ihr, auch wenn sie das niemals laut zugeben würde. Doch sie konnte ihn verstehen. Hier war nichts, was ihn hielt. Bei seinem Vater war es bestimmt unerträglich. Seine Großeltern machten es nicht besser. Außerdem hasste er Marienfehn, das ganze Leben auf dem Land, und wollte in die Stadt. Warum sollte er also länger hierbleiben als unbedingt notwendig?

»Hanna, schmeckt es dir etwa nicht?«

»Doch, Mama. Sehr.«

»Dann iss. Tante Käthe soll sehen, wie ein gut genährtes Mädchen aussieht.«

Nach dem Essen machte sich Hanna sofort wieder daran, für die Schule zu lernen. Auf dem Brennereihof durfte sie das, anders als bei Tante Käthe, wo zuerst die Arbeit erledigt werden musste, bevor für so etwas Zeit war. Ihre Eltern fanden es jedoch nicht anstößig, wenn sie mitten am Tag die Nase in Bücher steckte. Für sie war Lernen nicht gleichbedeutend mit Müßiggang und Faulenzerei. Hanna würde hier bestimmt viel schaffen.

Während der Mittagsruhe herrschte wie immer eine besondere Atmosphäre im Bauernhaus. Es war still und unbewegt. Außer dem Pendelschlag der Wanduhr in der Diele war nichts zu hören. Wer sich nicht aufs Ohr legte, der musste im Haus mucksmäuschenstill sein. Daher verbrachten ihre Geschwister die Zeit meist draußen im Garten und auf dem Hof.

Hanna starrte in ihr Lateinbuch, doch sie konnte sich kaum konzentrieren. Sie dachte darüber nach, wie sie ihrem Vater das mit dem Journalismus beibringen sollte. Immer wieder sagte sie die Vokabeln auf und versuchte, sich abzulenken. Bis sie unten eine Tür knarren hörte, gefolgt von Schritten und einem rückenden Stuhl. Das bedeutete, ihr Vater war wach. Er las wie jeden Tag nach dem Mittagsschlaf in der Küche die Zeitung, bevor er wieder aufs Feld ging. Am besten stellte sie sich dem Gespräch gleich heute und schob die Sache nicht weiter vor sich her.

Sie ging nach unten und schlich in die Küche. Ihr Vater hob kurz den Blick von der Zeitung.

»Sieh an, Hanna. Bist du nicht mit deinen Schulaufgaben beschäftigt?«

»Ich würde gern mit dir reden. Wenn ich darf…«

Er bedachte sie mit einem strengen Blick, dann legte er die Zeitung zur Seite. »Was gibt es denn so Wichtiges?«

»Es ist wegen des Studiums…« Sie nahm Platz und legte nervös die Handflächen auf den Tisch. »Ich möchte dich etwas fragen. Es geht um das Studieren in Münster.«

»Es ist doch alles geklärt. Du wirst bei diesen beiden älteren Damen wohnen. Das Zimmer kostet zwanzig Mark, deine Mutter hat alles in die Wege geleitet. Du musst nur noch das Abitur schaffen. Das erwarten wir natürlich von dir. Und dann kann es losgehen. Wenn alles gut läuft, kannst du mit einundzwanzig Lehrerin sein.«

»Darüber habe ich nachgedacht. Ich meine… ich habe über das Lehramt nachgedacht. Das ist bestimmt sehr interessant. Aber… ich könnte ja vielleicht auch etwas anderes studieren.«

Sein Blick wurde düster. Er fixierte sie wie einen Fuchs, der versuchte, in den Hühnerstall zu gelangen. Sie wusste sofort, sie war es ganz falsch angegangen. Dennoch sprach sie hastig weiter.

»Ich meine, es gibt ja auch andere Studiengänge. Wir haben nie darüber gesprochen. Weißt du, wenn ich mir aussuchen dürfte, was ich am liebsten studieren würde, dann… ich könnte mir gut vorstellen, Politikwissenschaften und Journalismus zu studieren. Ich würde nicht länger brauchen, um damit fertig zu werden. Es wäre einfach nur… Ich würde…«

»Wie kommst du denn auf diese Idee? Politik? Was in Gottes Namen hast du dir denn da ausgedacht? Was willst du denn damit später anstellen?«

Sie richtete sich auf. Jetzt keine Schwäche zeigen.

»Ich will Journalistin werden«, sagte sie mit fester Stimme. »Bei einer Zeitung oder im Rundfunk. Dafür würde ich das studieren, weißt du, um später in diesem Beruf zu arbeiten.«

»Journalistin?« Er sah sie fassungslos an. »Wer hat dir denn diesen Floh ins Ohr gesetzt?«

»Keiner. Das ist allein meine Idee. Es geht doch darum, welchen Beruf ich am liebsten machen würde. Und das wäre etwas, was ich wirklich gern machen würde.«

»Du wirst heiraten. Danach brauchst du eh keinen Beruf mehr. Und wenn du bis dahin als Lehrerin arbeitest, ist das gut genug.«

»Es spielt doch gar keine Rolle, was ich bis dahin mache. Ich meine, bis ich verheiratet bin und einen eigenen Haushalt gründe. Dann kann ich doch ebenso gut Journalistin werden.«

»Du bist ein Mädchen! Ich bitte dich. Das ist doch kein Beruf für dich.«

»Es ist ein Beruf wie jeder andere. Ich wäre nicht die erste Frau, die bei einer Zeitung oder im Rundfunk arbeitet.«

»Das ist wahnsinnig. Du bist ein Mädchen vom Land. Eine Bauerntochter. Was sind das für Ideen.«

»Was macht es für einen Unterschied, ob ich Lehrerin bin oder Journalistin?«

»Was es für einen Unterschied macht? Lehrerin ist ein ehrenwerter Beruf. Lass es mich nicht bereuen, dich aufs Gymnasium geschickt zu haben. Wer will denn eine Journalistin heiraten? Willst du endgültig alle Männer verschrecken?«

Hanna starrte ihn an. Ihre Wangen glühten vor Wut und vor Scham. Das war es also. Natürlich. Sie sollte genügsam und tugendhaft sein. Nur dann konnte sie hoffen, trotz ihrer Defizite, trotz ihres Verstands, einen Mann abzubekommen.

»Schluss jetzt«, beendete ihr Vater entschlossen das Gespräch. »Wir zahlen mehr als genug Geld für deine Ausbildung. Ich will nichts mehr davon hören. Also wirklich. Journalistin.«

Er schüttelte den Kopf und griff wieder nach der Zeitung.

Hanna wollte sich nicht so leicht abspeisen lassen. Sie wollte nicht einfach kampflos aufgeben. Sie unternahm einen letzten Versuch.

»Carl wird auch Journalist. Er sagt, man kann schon während des Studiums Geld verdienen, wenn man für eine Zeitung schreibt. Oder irgendwas anderes arbeitet. Ich würde auch Zeitungen austeilen, morgens vor den Vorlesungen. Dann kann ich mich an den Kosten beteiligen.«

»Carl also. Daher weht der Wind.«

»Nein. Das war meine eigene Entscheidung. Ich will Journalistin werden, ganz unabhängig von Carl.«

Doch ihr Vater schien den Einwand gar nicht zu hören.

»Ich hätte es mir denken können. Nein, Hanna. Schlag dir das aus dem Kopf. Carl geht seinen Weg, und du gehst deinen. Ihr könnt später immer noch … du weißt schon. Es ist viel zu früh, um damit anzufangen. Werd erst mal erwachsen.«

Hannas Wangen begannen erneut zu glühen. »Wir sind nur Freunde. Er ist wie mein Bruder. So wie Günther. Darum geht es gar nicht.«

Es war eine Lüge. So faustdick, dass sie fürchtete, augenblicklich vom Blitz getroffen zu werden.

Ihr Vater sah sie mit zusammengekniffenen Augen an, als wollte er den Wahrheitsgehalt ihrer Beteuerung prüfen.

»Selbst wenn du denkst, dass es so ist. Sieh ihn dir an, deinen Carl. Er ist ein fescher Junge. Er ist frech und vorlaut, setzt seinen Dickschädel durch. Denkst du, er passt auf dich auf? Wenn ihr zusammen studiert und Gott weiß was alles macht? Er wird den Mädchen den Kopf verdrehen. Die jungen Frauen mögen solche gut aussehenden und überheblichen Halbstarken. Sie werden ihm hinterherlaufen. Carl wird sich austoben wollen. Und du? Wo ist da Platz für eine Schwester?«

Hanna wusste, dass er recht hatte. Es tat weh, doch sie konnte die Augen nicht davor verschließen. Carl würde bald merken, welche Wirkung er auf Mädchen hatte. Sie würden Schlange bei ihm stehen. Er würde ihrer schnell überdrüssig werden.

»Ich kenne seinen Vater, Hanna. Er war auch so, als er in Carls Alter war. Ein Luftikus. Der hat nie was anbrennen lassen.«

»Carl ist nicht wie sein Vater!«

»Hanna, das ist mein letztes Wort. Du wirst keine Journalistin. Und schon gar nicht lasse ich dich mit Carl irgendwohin gehen.«

Er nahm endgültig seine Zeitung wieder auf. Das Gespräch war beendet. Das war unmissverständlich klar. Ihr Körper fühlte sich an wie aus Blei, als sie sich erhob und die Küche verließ. Sie war schon an der Tür, als er nochmals aufsah.

»Hör auf mit den Träumereien, Hanna. Du bist alt genug, um Verantwortung zu übernehmen. Sieh dich um. Jeder packt da an, wo er hingestellt wird. Das Land wird wiederaufgebaut. Wer kann es sich schon leisten, zu tun, wonach ihm der Sinn steht? Du bist kein Kind mehr. Verhalt dich also auch nicht so.«

»Es ist nicht einfach eine Träumerei. Wenn ich will, kann ich das schaffen. Genauso, wie ich es schaffen kann, Lehrerin zu werden.«

»Nein, Hanna. Das war mein letztes Wort in dieser Sache. Ich habe wirklich genug davon.«

Beschämt und gedemütigt verließ Hanna die Küche. Allein in ihrem Zimmer, wo keiner sie sehen konnte, erlaubte sie sich ein paar Tränen. Sie wusste, es war vorbei. Ohne seine Erlaubnis konnte sie diesen Weg nicht einschlagen. Jetzt stand endgültig fest, dass der Journalismus für sie ein Luftschloss bleiben würde.

Doch es wartete noch eine weitere böse Überraschung auf sie. Spätabends, ihre Verzweiflung hatte sich inzwischen in matte Traurigkeit gewandelt, erfuhr sie eine Neuigkeit, die ihr ebenfalls stark zusetzen sollte.

Es war Zeit, zu Bett zu gehen, und wie früher bedeutete dies für Hanna und Rosie, dass sie endlich ungestört über alles reden konnten. Rosie hatte die Kerze gelöscht und war kaum in ihr Bett geschlüpft, da flüsterte sie bereits in die Dunkelheit, die sie beide umgab.

»Du hättest früher nach Hause kommen sollen, Hanna. Gestern war wirklich was los. Es gab eine Hochzeit.«

»Eine Hochzeit? Davon weiß ich ja gar nichts.«

Hanna schüttelte ihr Kopfkissen zurecht und ließ sich hineinsinken. Draußen stand ein sichelförmiger Mond am hellen Sternenhimmel. Eine Fledermaus flatterte durch diese Szenerie und verschwand hinter den Ästen einer Kiefer.

»Carls Cousin hat geheiratet. In der Bauernschaft auf der anderen Seite von Marienfehn. Deswegen war er überhaupt hier. Er wäre sonst in Altheim geblieben.«

Nun wusste sie, welche Hochzeit Rosie meinte. Carl hatte sie gefragt, ob sie ihn begleiten würde. Er hatte keine Lust darauf und wollte nicht ohne ein vertrautes Gesicht dorthin gehen. Natürlich hatte Hanna die Vorstellung gefallen, gemeinsam mit Carl auf ein Fest zu gehen. Doch es war unmöglich. Dafür hätte sie direkt nach der Schule den Zug nach Marienfehn nehmen müssen. Aber auf dem Hof von Tante Käthe wartete noch eine Menge Arbeit auf sie, außerdem hatte sie nichts zum Anziehen. Und sie musste in jeder freien Minute lernen. Das Ganze kam einfach zum falschen Zeitpunkt.

Carl hatte daraufhin gesagt, dass er auch nicht zu der Hochzeit gehen würde. Sein Vater könne ihn nicht zwingen. Doch offenbar hatte Carl sich nicht durchsetzen können und war doch gekommen, um zur Hochzeit zu gehen.

»Es war herrlich«, schwärmte Rosie in der Dunkelheit. »Wir haben den ganzen Abend getanzt. Natürlich nur Walzer und Foxtrott. Nichts Modernes. Aber immerhin hatten sie eine eigene Kapelle, und die war nicht schlecht.«

»Du warst da?«, fragte Hanna erschrocken.

»Du wolltest ja nicht.« Sie hielt inne. »Bist du mir etwa böse? Dass ich Carl begleitet habe?«

Wahrscheinlich war das Carls Bedingung gewesen. Entweder durfte er eine Begleitung mitbringen, oder er würde auf der Hochzeit nicht erscheinen.

»Nein, nein«, sagte sie schnell. »Natürlich nicht.«

Doch schnürte sich bei dem Gedanken ihre Kehle zu. Carl und Rosie hatten sicherlich ein hübsches Paar abgegeben. Und Rosie war eine perfekte Begleitung zu so einem Fest. Sie tanzte gern, sorgte dafür, dass keine Langeweile aufkam, und sie konnte strahlen, wenn sie sich amüsierte, das wusste Hanna. Alle im Raum sahen sie dann an, und keiner konnte sich ein wohlwollendes Lächeln verkneifen.

Was hätte Hanna dagegen schon zu bieten gehabt? Wenn sie tanzte, fühlte sie sich dabei steif und ungelenk. Sie mochte es nicht, im Mittelpunkt zu stehen, und verstummte in großen Gesellschaften meist. Bestimmt hatte Carl mit ihr einen schöneren Abend gehabt, als wenn Hanna ihn begleitet hätte.

»Stell dir vor, ich kannte da niemanden, auch die Familie von Carl nicht. Obwohl ich mich ganz gut amüsiert habe, ohne wen zu kennen. Man lernt ja auf so einem Fest alle schnell kennen. Und getanzt haben wir, kann ich dir sagen. Das war wunderschön.«

Hanna wollte was erwidern, doch sie hatte Angst, dass sich ein Schluchzen in ihre Stimme mischen könnte. Wieso konnte sie nicht sein wie Rosie? Alles wäre dann einfach. Sie und Carl könnten zusammen sein. Also starrte sie einfach schweigend zum Mond, der über den Zweigen der knorrigen Kiefer leuchtete.

»Das war ein großer, herrschaftlicher Hof. Mit einer riesigen Tenne als Festsaal. Da war alles voller weißer Tischdecken und Papierrosen. Und weil Carl zur Familie gehörte, durfte ich mit am Brauttisch sitzen. Du liebe Güte. Und das Essen, Hanna, ich sage dir, so gut habe ich in meinem ganzen Leben noch nicht gegessen. Carls Vater hat das überhaupt nicht gefallen, dass ich mitgekommen bin. Er meinte, Carl könnte eine Begleitung mitbringen, wenn er verheiratet ist. Das würde sich nicht schicken, einfach eine Freundin mitzuschleppen. Ich glaube, eine Menge Leute haben das so gesehen. Aber du kennst ja Carl. Er hat sich durchgesetzt. Und alle anderen fanden es bald überhaupt nicht mehr schlimm, dass ich mitgekommen bin. Die waren sehr nett zu mir. Als würde ich dazugehören.«

Rosie plapperte immer weiter, ohne Hannas bedrücktes Schweigen zu bemerken. Hanna wollte sich nicht anmerken lassen, wie nah ihr das alles ging.

»Was hast du denn getragen?«, fragte sie tapfer.

»Waltraut hat mir ihr bestes Kleid geliehen. Du weißt schon, das hellblaue mit der hohen Taille. Das sah so schön an mir aus. Wenn ich es mir einmal leisten kann, werde ich mir auch so ein Kleid kaufen.«

Sie räkelte sich wohlig im Bett und zog die Decke zurecht. »Es war einfach herrlich«, seufzte sie. »Ich könnte jeden Abend feiern und tanzen.«

»Das wirst du bestimmt eines Tages auch. Ich kann mir gut vorstellen, dass du einmal in der Stadt lebst. Und dann kannst du so oft tanzen gehen, wie du willst.«

»Glaubst du wirklich?«, kam es begeistert zurück. »Denkst du, ich werde einmal in der Stadt leben?«

Rosie wollte weg vom Brennereihof. Das war nichts Neues. Sie wollte nicht auf dem Feld arbeiten. Oder im Stall. Sie wollte hübsche Kleider tragen. Sich die Fingernägel anmalen. Eine Dame sein.

Sie hatte keine landwirtschaftliche Ausbildung gemacht wie Inge, sondern lernte stattdessen im Büro, in einem Landhandel in Marienfehn. Am Ende ihrer Ausbildung wäre Rosie kaufmännische Sekretärin.

»Meine Ausbildung dauert nicht mehr lange«, sagte sie. »Danach kann ich überallhin. Arbeit für Sekretärinnen gibt es in ganz Deutschland. Ich muss nur einen Mann finden, der mich mitnimmt. In die Stadt.«

Hanna wusste gar nicht, warum, doch plötzlich wandelte sich ihre Traurigkeit in Wut.

»Immer geht es nur um Männer«, schimpfte sie. »Dürfen wir gar nichts selber bestimmen? Brauchen wir immer einen Mann, um zu tun, was wir wollen? Einen, der uns erlaubt, so zu leben, wie wir möchten? Warum können wir das nicht selber entscheiden?«

»Hanna, jetzt redest du wirklich Unsinn. Wie stellst du dir das denn vor?«

»Ich weiß es auch nicht. Aber wenn ich ein Mann wäre, würde sich diese Frage gar nicht stellen.«

»Wir können nun mal nicht wie die Männer sein. Und das will ich auch gar nicht. Man braucht doch jemanden, der einem ein Zuhause schafft. Damit man eine Familie gründen kann. Du musst dir nur den Richtigen aussuchen.«

»Im Krieg gab's doch auch keine Männer, und alles hat wunderbar funktioniert. Warum brauche ich jemanden, der mir zuerst alles erlauben muss, was ich machen möchte? Glaub mir, Rosie, manchmal wünschte ich wirklich, ich wäre ein Mann. Dann könnte ich tun und lassen, was ich will.«

»Das kannst du doch auch so. Du musst es nur etwas geschickter anstellen. Außerdem – du wirst Lehrerin, Hanna. Das ist ein richtiger, ein angesehener Beruf. Du wirst mehr verdienen als Waltraut oder ich. Sogar mehr als Inge.«

Das stimmte zwar. Trotzdem hatte auch das ihr Vater für sie entschieden. Sie durfte nicht wählen, welchen Weg sie einschlagen wollte. Sie hatte sich zu fügen, das war alles. Ihr blieb nichts anderes übrig. Und ihre eigenen Wünsche spielten keine Rolle.

»Du wirst eine Respektsperson sein, Hanna. Die Leute werden Achtung vor dir haben. Auf die Lehrerin hört man. Vielleicht musst du dir gar keinen Mann suchen. Wenn du genug Geld verdienst, kannst du so leben, wie du willst.«

Vielleicht stimmte es, was Rosie sagte. Vielleicht tat sie ihrem Vater unrecht. Sie sollte diese Gelegenheit ergreifen. Wenn sie einmal Lehrerin war, könnte sie vielleicht wirklich ihre eigenen Entscheidungen treffen. Ohne irgendwen um Erlaubnis fragen zu müssen.

Doch wo wäre Carls Platz in dieser Zukunft? Er würde hinausziehen in die weite Welt, das war sein großer Traum. Und im Gegensatz zu ihr konnte er sich diesen Traum erfüllen. Wie sollte das zusammenpassen? Würden sich ihre Wege nicht zwangsläufig trennen?

»Meinst du wirklich, ich werde einmal in der Stadt leben?«, fragte Rosie glücklich.

»Bestimmt. Und dann werden alle deine Träume wahr.«

»Ach, Hanna. Glaubst du das wirklich?«

»Ja, das glaube ich. Ich glaube das ganz fest.«

Es war das Letzte, was sie sagte. Kurz darauf schlief Rosie ein. Hanna hörte ihren leisen, gleichmäßigen Atem. Sie sah traurig zu der Mondsichel, die inzwischen halb abgetaucht war hinter der knorrigen Kiefer.

Die Frage war nur, dachte sie, wo sie selbst dann sein würde. Ihr lag nicht viel an der Stadt. Sie teilte Rosies Sehnsucht nach dem Leben dort nicht, aber selbst das würde keine Rolle spielen. Sicher konnte sie sich nicht aussuchen, wo sie als Lehrerin eingesetzt würde. Vielleicht landete sie weit entfernt in einer Volksschule in einem kleinen Dorf, dessen Namen sie noch nie gehört hatte. Sie musste abwarten, wohin sie geschickt würde. Doch egal, wo es sein mochte, eines konnte sie sich nicht vorstellen – dass Carl ebenfalls dort sein würde.

Kapitel 17

Als sie mit ihrem Koffer auf den Bahnhofsplatz in Altheim trat, wartete Onkel Erwin bereits mit der Kutsche auf sie. Er sah nicht gut aus, noch schlechter als sonst. Auch wenn weder Onkel Ludger noch Tante Käthe je ein Wort darüber verloren, war er ein sehr kranker Mann. Sein Magen war durch die langen Jahre der Unterernährung angegriffen, und er aß immer weniger.

Der Arzt hatte ihm das Trinken verboten, was Onkel Erwin jedoch ignorierte. Jeden Abend hockte er in seiner Kammer hinter dem Herdfeuer, trank Bier und schimpfte auf sein Schicksal.

Hanna und er sprachen kaum miteinander, obwohl sie Respekt vor ihm und seinem schweren Schicksal hatte, um das sich keiner kümmerte. Wenn er getrunken hatte, führte er sich natürlich schrecklich auf. Doch sonst tat er keiner Fliege was zuleide. Wenn der Krieg ihn nicht hätte krank werden und verbittern lassen, dann hätten sie vielleicht Freunde werden können.

»Hallo, Onkel Erwin«, sagte sie und stemmte ihren Koffer auf die Kutsche.

Er nickte zur Begrüßung und klopfte seine Pfeife aus.

»Jetzt kommt also deine letzte Etappe«, stellte er fest.

Hanna nahm neben ihm Platz. Er gab Alex einen Befehl, und das Pferd setzte sich in Bewegung.

»Wenn du die Prüfungen geschafft hast, werde ich dich wohl nicht mehr mit der Kutsche abholen.«

»Ich hoffe, ich schaffe sie überhaupt.«

»Das wirst du. Ich mache mir keine Sorgen.«

Sie schaukelten in der Kutsche gemütlich stadtauswärts. Onkel Erwin nahm nicht die gewohnte Route, sondern bog in einen gepflasterten Weg ein, der in Richtung der holländischen Grenze führte. Es war ein Umweg, der sie mindestens eine halbe Stunde kosten würde.

»Wir nehmen den Russenweg«, sagte er, als er Hannas verwundertes Gesicht bemerkte. »Auf der Hauptstraße ist zu viel Verkehr. Jeder will heutzutage ein Auto besitzen. Das wollen wir Alex nicht zumuten, oder?«

»Wieso heißt die Straße Russenweg, Onkel Erwin?«

»Weil russische Kriegsgefangene ihn am Ende des Kriegs bauen mussten und keiner weiß, wie viele von ihnen unterm Pflaster liegen.«

Hanna schwieg betreten. Nun konnte sie den Blick kaum mehr vom Pflaster abwenden, über das sie holperten. Es fühlte sich an, als würden sie einen Friedhof schänden. Dragan kam ihr in den Sinn, ihr serbischer Zwangsarbeiter, der sie mit seinen Zaubertricks immer zum Lachen gebracht hatte. Sie hatten nie wieder etwas von ihm gehört. Oma Butthus sagte mal, er sei mit ziemlicher Sicherheit nicht mehr am Leben. Ob er auch einer derjenigen war, die diesen Weg gepflastert hatten? Ein furchtbarer Gedanke.

»Dann geht es für dich bald in die weite Welt«, wechselte Onkel Erwin das Thema. »Du verlässt uns.«

»Ja. Aber in die weite Welt geht es eher nicht, nur nach Münster.«

»Du wirst doch Journalistin. Warte es ab. Da wirst du eine Menge rumkommen.«

»Nein, ich werde nicht Journalistin. Ich habe mit Vater gesprochen. Es bleibt dabei, ich soll Lehrerin werden – sein letztes Wort. Für das Studium werde ich viel arbeiten müssen. Ich muss damit so schnell fertig werden, wie es geht. Und wenn ich meinen Abschluss habe, dann fängt die Arbeit an einer Volksschule an.«

Onkel Erwin schwieg. Er überblickte scheinbar gleichmütig die Landschaft, die an ihnen vorbeizog. Doch Hanna spürte, dass er sich eine andere Antwort gewünscht hatte.

»Vater sagt, man muss da anpacken, wo man hingestellt wird«, rechtfertigte sie seine Entscheidung matt. »Ich kann mich wohl glücklich schätzen, denn ich werde einmal eine gute Stellung und mein eigenes Geld verdienen. Das können nicht viele Mädchen von sich behaupten.«

Er sah sie von der Seite an. In seinen Augen spiegelten sich Bedauern – und Zuneigung.

»Du wirst deinen Weg gehen, glaub mir. Du wirst es einmal besser haben.«

Dann wandte er seinen Blick wieder ab, als wäre nichts gewesen. Hanna fragte sich irritiert, was er damit sagen wollte. Besser, als er es in seinem Leben gehabt hatte? Oder würde es für sie selbst einmal besser werden? Besser, als es jetzt war?

Allerdings blieb ihr nicht viel Zeit, darüber nachzusinnen, denn plötzlich war Motorengeräusch zu hören. Hanna blickte sich erschrocken um. Ein Auto näherte sich mit hoher Geschwindigkeit auf dem Russenweg.

»O nein!«, rief sie.

Alex wurde sofort unruhig. Er schnaubte und warf den Kopf hin und her. Das Auto zog aggressiv an ihnen vorbei. Fehlte nur noch, dass der Fahrer laut hupte.

»Brrr, Alex!«, rief Onkel Erwin und zog an den Zügeln.

Doch es war zu spät. Sobald das Auto auf gleicher Höhe war, galoppierte das Pferd los. Hanna klammerte sich an den Sitz der Kutsche. Die Rufe ihres Onkels gingen im Motorenlärm unter. Alex rannte blindlings drauflos, um sich einem weiteren chancenlosen Wettrennen zu stellen.

Das Auto zog vorbei und beschleunigte, während Alex wie

von Sinnen hinterherpreschte. Die Kutsche flog willenlos über den Pflasterweg, und Hanna und Onkel Erwin bemühten sich verzweifelt, nicht runterzufallen.

Erst ein paar Hundert Meter vor dem Bauernhof beruhigte sich das Pferd endlich. Es schien völlig entkräftet zu sein und trottete nun mühsam dem Ziel entgegen.

»Eines Tages, und es wird nicht mehr lange sein bis dahin«, sagte Onkel Erwin, »wird unser guter Alex hinter einem Auto tot zusammenbrechen. Dann werden die Rücklichter dieses Wagens das Letzte sein, was er zu sehen bekommt.« Dann hievte er Hannas Koffer von der Kutsche und machte sich daran, Alex das Geschirr abzunehmen.

In der Küche herrschte eine seltsame Aufregung, als Hanna eintrat. Die Kinder tuschelten und kicherten. Onkel Ludger blickte von der Kirchenzeitung auf und bedachte sie mit einem abschätzigen Blick. Hanna wusste augenblicklich, dass, was immer auch hier los sein mochte, es bestimmt mit ihr zu tun hatte.

»Sieh an, Frau Professor«, sagte Onkel Ludger.

Hanna begrüßte ihn höflich und wartete ab.

»Du glaubst jetzt wohl, zu den feinen Leuten zu gehören«, meinte er ironisch. »Da können wir uns glücklich schätzen, einen so hohen Gast zu beherbergen, nicht wahr?«

»Jetzt lass das doch«, schimpfte Tante Käthe am Herd. »Gib ihn ihr schon. Was soll das denn?«

Hanna verstand gar nichts mehr. Was sollte er ihr geben?

»Der Postbote war heute hier«, sagte Onkel Ludger und zog einen Brief aus seiner Westentasche. »Er hat einen Brief für dich dabeigehabt.«

Der Umschlag war blütenweiß und mit einer ordentlichen Handschrift beschrieben. Hanna sah ihn ungläubig an. Sie hatte noch nie einen Brief bekommen, in ihrem ganzen Leben nicht.

»Ist der wirklich für mich?«

»Es sieht ganz so aus.«

Von wem konnte der sein? War das ein gutes oder ein schlechtes Zeichen, wenn sie einen Brief bekam?

Onkel Ludger händigte ihr den Umschlag aus, als wäre es ein wichtiges offizielles Dokument. Hanna las den Absender.

Er war von Carl. Ein unerwartetes Hochgefühl durchströmte sie. Am liebsten hätte sie ihn sofort geöffnet. Doch sie wollte den Inhalt vor den neugierigen Blicken der anderen schützen. Kurz überlegte sie, ob sie rasch in ihr Zimmer hochlaufen könnte, doch Tante Käthe schien ihre Gedanken zu lesen.

»Jetzt wird erst einmal gegessen«, sagte sie. »Den Brief kannst du später lesen.«

Die anderen Kinder schienen es überaus zu bedauern, dass der Brief nun ungeöffnet in Hannas Tasche verschwand. In ihre Neugierde mischten sich Ehrfurcht und eine gewisse Unsicherheit, denn es war etwas Besonderes, einen Brief zu bekommen.

»Heute ist Waschtag, Hanna. Ich hoffe, das hast du nicht vergessen. Und später kannst du dir den Vorratsraum vornehmen. Die Regale könnten mal wieder durchgewischt werden. Außerdem…«

»Dazu hat Hanna keine Zeit.«

Das war Onkel Erwin gewesen. Er hatte ebenfalls die Küche betreten. Es wurde totenstill. Alle starrten ihn an. Er sprach so gut wie nie am Tisch, schon gar nicht stellte er Tante Käthes Befehle infrage.

»Sie muss fürs Abitur lernen. Das geht jetzt vor.«

Damit setzte sich Onkel Erwin an seinen Platz und achtete nicht mehr auf die anderen. Vielleicht lag es daran, dass er sich niemals in irgendwas einmischte. Doch seltsamerweise widersprach Tante Käthe nicht, und Onkel Erwin behielt das letzte Wort.

»Und jetzt ist Ruhe«, wandte sie sich an die Kinder, obwohl keiner redete. »Hinsetzen und beten. Es wird gegessen. Ich möchte nichts mehr hören.«

Tatsächlich durfte Hanna sich früher als gewöhnlich an ihre Schulbücher setzen. Erst spät am Abend, als die anderen Mädchen längst schliefen, fand Hanna die Zeit, sich mit dem wertvollen Schatz in ihrer Tasche zu befassen. Unten, in der Kammer hinterm Herdfeuer, klirrten Bierflaschen, und Onkel Erwin murmelte griesgrämig vor sich hin. Sie zog den Umschlag hervor und betrachtete ihn eingehend. Eine rote Briefmarke mit dem Kopf von Theodor Heuss klebte darauf. Der Poststempel war ordentlich über die Ecke der Marke platziert worden. Ihre Adresse hatte Carl akkurat und in schön geschwungenen Buchstaben vermerkt. Ihr wurde klar, dass sie seine Handschrift bislang noch nie gesehen hatte.

Sie nahm ein Messer und öffnete vorsichtig den Umschlag, dann faltete sie ein ordentlich beschriebenes Blatt auseinander. Mit klopfendem Herzen begann sie zu lesen.

Liebe Hanna,

leider habe ich Dich in Marienfehn nicht mehr gesehen, was ich sehr bedauere. Ich wäre gern mit Dir ins Moor und in die Heide gegangen. Aber ich habe mich mit meinem Vater gestritten und musste danach zurück nach Altheim. Ich habe es einfach nicht mehr ausgehalten. Ich hoffe, Du kannst das verstehen.
Ich hätte Dich wirklich gern gesehen – wir begegnen uns so selten, dass man nicht glauben würde, wir lebten in derselben Stadt. Erinnerst Du Dich daran, wie wir von der Schule geträumt haben? Wir wollten alles zusammen machen, und dann ist es anders gekommen.
Jetzt sind wir mitten im Abitur, und ich weiß nicht einmal, welche Fächer für Dich am wichtigsten sind. Kommst Du gut voran mit dem Stoff? Glaubst Du, dass Du das Abitur schaffen wirst?
Liebe Hanna, ich würde so gern unsere Vorsätze noch wahr-

machen, bevor es zu spät dafür ist. Damit wir uns später gern an unsere Schulzeit erinnern und daran, wie wir sie zusammen gemeistert haben.

Ich habe viel über uns nachgedacht. Was hältst Du davon, wenn wir zusammen für das Abitur lernen? Ich weiß, es ist schwierig für Dich, dafür Zeit zu finden. Du musst nach der Schule zurück zum Hof Deines Onkels. Aber vielleicht können wir uns morgens vor der Schule treffen. Du kennst doch die überdachte Kreuzigungsszene an der Kirche in Altheim, oder? Dort könnten wir auch lernen, wenn es regnet. Wenn wir uns um sieben Uhr in der Früh treffen, haben wir eine knappe Stunde Zeit, um zusammen zu sein.

Kannst Du eine Stunde früher mit dem Fahrrad losfahren? Hast Du überhaupt Lust, mit mir zu lernen?

Ich weiß nicht, wann Du diesen Brief bekommst und ob Du Zeit haben wirst, zu kommen. Daher werde ich einfach ab morgen jeden Tag um sieben an der Kirche sein und auf Dich warten.

Es grüßt Dich
Dein Carl

Hanna ließ das Papier glücklich sinken. Sie fühlte sich, als hätte sie einen Liebesbrief bekommen. Sie war Carl nicht gleichgültig, auch wenn ihr Vater das behauptete. Er wollte Zeit mit ihr verbringen. Ihr nahe sein. Die leise Stimme, die ihr zuflüsterte, dass er das nur tat, weil er eine Schwester in ihr sah, wollte sie nicht beachten. Carl wollte mit ihr zusammen sein. Mit einem Seufzer drückte sie den Brief an ihre Brust.

Geschrei drang durchs Haus: »Wir durften fürs Vaterland sterben, und heute interessiert's keinen mehr. Für euch geht's nur um das Wirtschaftswunder. Fressen, fressen und noch mal fressen. Das ist alles, was ihr wollt.«

Hanna achtete nicht darauf. Sie nahm den Brief und las ihn nochmals. Und ein drittes Mal. Sie hätte vor Glück laut auflachen mögen. Eine Stunde früher aufzustehen, das wäre kein Problem für sie. Onkel Ludger sagte immer wieder: Stehst du eine Stunde früher auf, verdoppelst du deinen Lebenslauf. Er würde es mit einem anerkennenden Nicken quittieren, wenn sie früher zur Schule fuhr.

»Auf diesen Arzt kann man nichts geben«, beschwerte sich Onkel Erwin lautstark. »Wo war der denn im Krieg? Irgendwo hinterm Ofen, so viel ist sicher.«

Das breite Lächeln in ihrem Gesicht konnte sie einfach nicht abstellen. Doch sie musste das Licht löschen und schlafen, damit sie morgen früh genug aufstehen konnte, um rechtzeitig nach Altheim zu fahren. Den Brief legte sie unter ihr Kopfkissen. Dann pustete sie die Petroleumflamme aus und schlüpfte unter die Bettdecke. Sie wusste nicht, wie lange sie noch dagelegen und in die Dunkelheit gestarrt hatte. Doch eingesunken in ihr weiches Kissen und mit dem vertrauten Schimpfen des Onkels im Ohr schlummerte sie schließlich doch ein.

Carl wartete ungeduldig an der Kirche am Marktplatz, wo der Wiederaufbau vollständig abgeschlossen war. Alles war neu und hell und modern. Die Geschäfte waren voller Waren hinter großen Fensterscheiben unter bunten Markisen. Der Platz wirkte ganz anders als vor dem Krieg, viel lichter und transparenter mit all dem Glas, nur die Kirche war im alten Stil wiederaufgebaut worden. Sie war der einzige Hinweis, dass diese Stadt eine über tausend Jahre alte Gemeinde war.

Das neue Bild von Altheim passte zu seinen Bewohnern, die ebenfalls nichts von der Vergangenheit wissen wollten. Die nur nach vorn blickten, als wären sie eben erst auf die Welt gekommen. Nicht nur die Stadt, auch die Menschen in ihr schienen keine Geschichte zu haben. Doch Carl mochte den Neubeginn. Diese Energie, die überall herrschte.

Er war an diesem Morgen furchtbar aufgeregt. Nervös sprang er die Kirchenstufen hoch und wieder runter. Immer wieder sah er zu der Straße, auf der Hanna mit ihrem Fahrrad hoffentlich bald auftauchen würde.

Er wusste, dass er sich lächerlich benahm. Schließlich kannte er sie schon sein Leben lang. Sie waren zusammen aufgewachsen, und früher meinten die Nachbarn stets, er und Hanna würden eines Tages heiraten. Er hatte das nie angezweifelt. Doch wie viel komplizierter war es geworden, nun, wo sich seine Gefühle veränderten und er Hanna als Frau ansah. Das machte ihn auf eine Weise unsicher und verlegen, die er nur schwer verstand.

Seit sie Marienfehn verlassen hatten, stand etwas zwischen ihnen, das er kaum benennen konnte. Hanna war so distanziert geworden und schien beinah kein Interesse daran zu haben, Zeit mit ihm zu verbringen.

Deswegen hatte er sich endlich durchgerungen, Hanna einen Brief zu schreiben. Und Hanna war tatsächlich an der Kirche aufgetaucht. Gleich am ersten Tag, nachdem sie den Brief bekommen hatte. Carl hatte vor der Kreuzigungsszene auf sie gewartet, und als sie mit ihrem Fahrrad aufgetaucht war, war er aufgesprungen, um ihr wie ein junger Hund entgegenzulaufen.

Carl, dem so viel auf dem Herzen brannte, was er ihr erzählen wollte, wusste nicht, wo er anfangen sollte. Und dann hatte sich ihr Gespräch nur ums Lernen gedreht. Hanna tat sich schwer mit Englisch, er dagegen hatte Mühe, in Mathematik mitzuhalten. Gemeinsam gingen sie den Stoff durch, halfen sich gegenseitig und diskutierten mögliche Prüfungsaufgaben.

Auch wenn es Carl nicht gelang, Hanna seine Gefühle zu offenbaren, fanden sie darüber beinah wieder zu ihrer alten Vertrautheit zurück. Doch dann war die Stunde schon vorüber gewesen, und Hanna schwang sich auf ihr Fahrrad, um zur Schule zu fahren.

Endlich tauchte sie auch an diesem Morgen auf der Straße auf. Mit ihrem alten Damenrad steuerte sie auf ihn zu. Aufrecht, ernst, mit einem spröden Lächeln auf den Lippen.

»Hanna! Da bist du ja!«

»Es tut mir leid«, sagte sie, während sie vom Fahrrad abstieg und es an die Kirchenmauer lehnte. »Ich konnte nicht früher loskommen. Hast du lange gewartet?«

»Nein, gar nicht«, log er. »Ich bin auch gerade erst gekommen.«

Sie setzte sich auf die Stufen, holte ein Buch hervor und schlug es auf.

»Heute machen wir uns also an Latein«, sagte sie. »Da kann ich wirklich ein bisschen Hilfe brauchen.«

Carl zögerte. Eigentlich wollte er mit ihr überhaupt nicht über die Schule reden. Da war eine Frage, die ihm auf den Nägeln brannte. Gestern schon wollte er das Thema ansprechen, doch es hatte sich einfach nicht ergeben.

Hanna bemerkte, dass er sein Buch nicht aus der Tasche hervorzog. Sie sah ihn fragend an.

»Hast du schon mit deinem Vater gesprochen?«, platzte es aus ihm heraus. »Wegen unseres Studiums?«

Hanna wich seinem Blick aus. Ihre Wangen röteten sich. Offenbar war es das falsche Thema. Doch er konnte nicht länger warten.

»Was ist? Hast du mit ihm gesprochen oder nicht?«

»Es geht nicht, Carl.«

»Wie meinst du das? Was geht nicht?«

Nun sah sie auf. Ihre Augen waren dunkel und unergründlich. Hieß das, sie wollte gar nicht mit ihrem Vater darüber sprechen?

»Ich kann nicht nach Oldenburg gehen. Es ist unmöglich.«

»Aber warum denn nicht? Will dein Vater nicht, dass du dir deinen Studiengang selbst aussuchst? Er muss doch sehen, dass du da auch ein Wörtchen mitzureden hast.«

»Carl!«, unterbrach sie ihn ärgerlich. »So einfach ist das nicht.«

»Aber … warum denn nicht?«

Er kämpfte gegen die Verzweiflung in seiner Stimme. Sie sollte nicht merken, wie wichtig das für ihn war. Wie viel für ihn davon abhing. Das würde sie vielleicht nur abschrecken. Er wollte nicht kaputt machen, was sie miteinander verband.

»Ich kann nicht einfach meinen Launen folgen und alles über den Haufen werfen«, sagte sie. »Wir müssen vernünftig sein. Wie stellst du dir das vor?«

»Du tust so, als wolltest du nach Südamerika auswandern. Es ist doch ehrenwert, Politik zu studieren. Wir werden viel arbeiten und dann unseren Weg als Journalisten gehen, was ein angesehener Beruf ist. Was soll denn daran unvernünftig sein?«

»Ach, Carl. Ich bin die Erste in meiner Familie, die studieren wird. Ich hätte eine Ausbildung machen können, so wie meine Schwestern. Dann würde ich jetzt schon Geld nach Hause bringen. Der Familie helfen. Inge und Waltraut sparen schon seit einer Weile darauf, einen Fernseher für meine Eltern zu kaufen. Mir dagegen muss mein Vater das Zimmer in Münster bezahlen. Das reicht doch aus, oder? Ich denke nicht, dass ich jetzt größenwahnsinnig werden sollte.«

Mit einem Mal fragte sich Carl, ob sie vielleicht ganz zufrieden damit war, Lehrerin zu werden. War die Sache mit dem Journalismus etwa nur eine fixe Idee gewesen? Sie hatte ihn erst darauf gebracht, diesen Beruf anzustreben, von allein wäre er gar nicht darauf gekommen. Und jetzt stellte sich heraus, dass sie es gar nicht ernst meinte.

»Willst du es denn gar nicht mehr, Hanna?«

Sie schwieg, den Blick auf eine Pfütze vor den Stufen der Kirche gerichtet. Eisige Sprachlosigkeit breitete sich zwischen ihnen aus. Carl glaubte, etwas sagen zu müssen. Ihr die Wahrheit zu gestehen. Den Grund, weshalb er sich so sehr wünschte, sie würde ihn nach Oldenburg begleiten. Was er für sie empfand. Doch das war unmöglich. Sie wirkte so streng und verschlossen. Er brachte es nicht über sich, ihr seine Gefühle anzuvertrauen.

»Jetzt lass uns Latein lernen«, sagte sie schließlich und nahm ihr Buch. »Wir haben wenig Zeit. Die Schule fängt doch gleich an.«

»Ja, du hast recht«, sagte er tonlos. »Wir werden in der Klausur einen Text übersetzen müssen. So viel ist sicher. Und da werden alle unregelmäßigen Verben drin vorkommen. Ich hasse Latein.«

»Ja«, sagte sie und lächelte plötzlich, als wäre nichts gewesen. »Das tue ich auch.«

Sie zeigte ihm einen Text, wie er auch in der Prüfung vorkommen könnte. Und so vertieften sie sich in ihre Arbeit. Gemeinsam diskutierten sie über Verben, Zeiten, Fälle und Vokabeln.

Dabei wurden sie ungezwungener. Wenn sie zusammen lernten, dann war sie fast vergessen, diese unsichtbare Wand, die sie trennte. Carl wollte diesen Moment genießen. Schulter an Schulter saßen sie auf der steinernen Stufe, und Hannas Nähe beruhigte ihn auf seltsame Weise.

Irgendwann betrachtete er sie von der Seite, wie sie mit gerunzelter Stirn über ihr Buch gebeugt saß und lateinische Sätze vorlas. Er hörte gar nicht mehr, was sie sagte. Sah nur noch ihr Gesicht mit den hohen Wangenknochen und den beinahe aristokratischen Zügen. Wie schön sie war.

Hanna hielt inne und wandte sich ihm zu. Es trennten sie nur wenige Zentimeter. Später konnte sich Carl nicht erklären, wie es passiert war, doch in diesem Moment folgte er einfach seinen

Gefühlen. Ohne nachzudenken. Er beugte sich vor und küsste Hanna auf den Mund.

Die Zeit schien stehenzubleiben. Alles fiel von ihm ab. Es gab keine Schule mehr, kein Abitur, auch keine Angst davor, dass sie ihn nicht lieben könnte. Da waren nur ihre weichen Lippen, der Duft, der von ihr ausging, und die Nähe ihres Körpers.

Hanna sprang erschrocken auf. Das Lateinbuch rutschte von ihrem Schoß und fiel die Kirchenstufen hinab. Sie starrte Carl fassungslos an. Das Buch landete in der Pfütze vor den Stufen. Die Seiten sogen sofort das schmutzige Wasser auf.

Nun wandte sich Hanna bestürzt ihrem wertvollen Buch zu. Sie schien unfähig, zu reagieren. Carl zog es blitzschnell aus dem Wasser. Doch es war zu spät. Das Buch war ruiniert.

Eilig zog er sein Stofftaschentuch hervor und tupfte so gut es ging die Seiten sauber. Dann nahm er auch sein Hemd zu Hilfe, es war ihm egal, dass er es beschmutzte. Er versuchte zu retten, was zu retten war.

»Es tut mir leid, Hanna. Es tut mir … ich weiß nicht, warum ich das getan habe. Ich … es tut mir so leid.«

Hanna hatte sich schnell wieder gefasst. Sie nahm ihm das nasse Buch ab und steckte es in ihre Tasche, ohne es weiter zu beachten.

»Nein. Mir tut es leid«, sagte sie.

Ihr Blick war unergründlich, sie schien distanzierter denn je. Dann nahm sie ihr Damenrad, stieg auf und fuhr davon, ohne sich noch einmal umzudrehen.

Carl blieb geschlagen zurück. Er sah ihr nach, bis sie hinter den Neubauten des Kirchplatzes verschwunden war. Was hatte er sich nur dabei gedacht? Wie hatte er so sehr die Kontrolle über sich verlieren können?

Doch nun hatte er Gewissheit. Seine Ängste hatten sich bewahrheitet. Hanna liebte ihn nicht, nicht auf diese Weise. Sie sah in ihm, was er ihre gesamte Kindheit für sie gewesen war –

einen guten Freund, der immer für sie da war. Zwar war auch sie erwachsen geworden, doch an ihren Gefühlen für ihn hatte sich nichts geändert.

Er nahm seine Tasche und machte sich auf den Weg zu seiner Schule. Er war blind und taub für das erwachende Leben um ihn herum. Schritt für Schritt bewegte er sich durch die Stadt, ohne den Blick vom Bürgersteig zu heben. Irgendwann traten Tränen in seine Augen, und er begann zu weinen.

Kapitel 18

Die Sonne war längst über dem Moor verschwunden. Aus dem Sumpf zogen silbrige Dunst- und Nebelschwaden herauf und umhüllten die kargen Bäume im Bruchwald. Hanna spürte die feuchte Kühle, die durch das offene Fenster ihres Apartments hereinzog. Tief atmete sie die frische Luft ein.

Sie war so dumm gewesen. Damals hätte sie alles noch abwenden können, was später folgen sollte. Da war ein kurzer Moment gewesen, der über das weitere Leben entschied, und sie hatte nicht den Mut gehabt, das Richtige zu tun. Als Carl sie auf den Kirchenstufen geküsst hatte, waren für einige Sekunden alle Zweifel verschwunden. Er liebte sie. Sie gehörten zusammen.

Doch dann gewann wieder die Vernunft die Oberhand – oder etwas, was sie damals dafür gehalten hatte. Sie war nicht wie Rosie, war weder hübsch noch lebensfroh. Sie fürchtete, dass Carl schlicht jede Gelegenheit nutzte, die sich ihm bot, dem anderen Geschlecht nahe zu sein.

An den folgenden Tagen war sie dann nicht mehr an der Kirche aufgetaucht. Sie hatte es einfach nicht über sich gebracht. Zu groß war ihre Angst, verletzt zu werden. Und sie durfte auch keinesfalls alles aufs Spiel setzen, die Schule, das Studium, ihre gesamte Zukunft, nur weil sie romantischen Phantasien nachhing.

Natürlich musste er das so verstehen, dass sie ihn nicht liebte. Wie hätte er es sonst auffassen sollen?

Hanna betrachtete den kobaltblauen Horizont. Sie seufzte. Wahrscheinlich wäre es besser, die Erinnerungen abzuschütteln. Es führte nirgendwohin, dazusitzen, ins Moor zu starren und die alten Geschichten aufzuwühlen. Also schloss sie das Fenster, kochte sich einen Tee und schaltete den Fernseher ein. Das würde sie auf andere Gedanken bringen.

Da klopfte es an ihrer Tür. Hanna wunderte sich, wer um diese Zeit bei ihr auftauchen könnte. Benedikt wäre es sicher nicht. Sie trat vor die verschlossene Tür.

»Wer ist da?«, rief sie.

»Ich bin's. Rosie.«

Hanna öffnete. Im Flur stand ihre Schwester, die sich mit beiden Händen auf den Rollator stemmte. Sie grinste verlegen.

»Ich war mir nicht sicher, ob ich dich noch stören darf.«

»Natürlich darfst du stören. Ich freue mich, wenn ich nicht allein hier herumhocke.«

Sie trat zur Seite, um sie hereinzulassen. Mühsam schob Rosie den Rollator an Hanna vorbei ins Innere.

»Ich wollte meine Beine ein bisschen malträtieren. Damit sie nicht aus der Übung kommen. Da dachte ich, ich schaue mal vorbei.«

»Setz dich in meinen Sessel. Möchtest du etwas trinken?«

Rosie ließ sich mit einem schweren Seufzer sinken.

»Ich hätte nichts dagegen.« Sie deutete auf Hannas Hausbar und kicherte. »Irgendwas aus deinem Apothekenschrank.«

Hanna holte zwei Schnapsgläser und stellte sie auf das Tischchen. Es war wirklich seltsam. Vor ein paar Tagen noch hatte sie überlegt, wie sie Rosie am besten aus dem Weg gehen konnte. Jetzt verging kein Tag mehr, ohne dass sie miteinander redeten. Rosie besuchte sie ganz selbstverständlich, als wäre nie etwas gewesen. Und Hanna gestand sich ein, dass sie sich darüber freute.

»Hast du einen bestimmten Schnaps im Auge?«, fragte sie. »Du kennst dich ja inzwischen aus mit unserem Sortiment.«

»Such du einen aus. Ich schließe mich deiner Wahl an.«

»Wenn das so ist …« Hanna überblickte die Flaschen im Schrank. »Dann bleibe ich beim Alten Korn. Unserem Klassiker.«

Sie nahm die Flasche heraus, setzte sich zu Rosie und schenkte ein. Sie ließ die bernsteinfarbene Flüssigkeit in die Gläser fließen und ihr vertrautes Bouquet verströmen, schnupperte zufrieden daran und reichte ein Glas an ihre Schwester.

Rosie nahm es dankbar entgegen. »Ich musste einfach wissen, ob Benedikt noch was herausgefunden hat«, erklärte sie ihr Auftauchen. »Er wollte sich doch umhören in der Brennerei. Deshalb bin ich hier.«

Doch Hanna spürte, dass diese Erkundigung nur vorgeschoben war. Das hätte Rosie morgen früh ohnehin erfahren. Was sie wirklich wollte, war Gesellschaft, und Hanna konnte es ihr nicht verübeln.

»Nun sag schon. Gibt es Neuigkeiten?«

»Die gibt es tatsächlich. Klaus will die Marke Brook verkaufen, das haben wir jetzt schwarz auf weiß. Daran gibt es nichts mehr zu deuten. Er will die Brennerei weiter als Geschäftsführer leiten, allerdings unter der Führung von Behrendt. Die Behrendt-Gruppe will mit der Feinbrennerei Brook eine neue Premiummarke aufbauen. Brook soll bundesweit in die Supermärkte kommen. Da so viel in einer Brennerei gar nicht produziert werden kann, soll auch an anderen Standorten gebrannt werden. Dann wird unser Alter Korn nicht mehr nur aus Marienfehn kommen. Marienfehn soll aber das Aushängeschild bleiben, mit dem Brennereihof und seiner idyllischen Lage soll geworben werden – mit Heimatverbundenheit und Liebe zum Handwerk. Also mit genau dem, was verschwinden wird.«

»Und woher weiß Benedikt das alles?«

»Es gibt immer noch Verbündete im Betrieb. Sie haben heimlich Nachforschungen angestellt. Ich bin vielleicht fort, aber die wenigsten sind Klaus gegenüber loyal, so viel ist sicher.«

»Und kannst du das alles auch beweisen?«

»Natürlich. Dafür hat Benedikt gesorgt.«

Rosie wirkte mit einem Mal ganz aufgeregt.

»Können wir daraus nicht etwas machen?«, fragte sie. »Ich kenne mich nicht aus mit der Höfeordnung, aber eigentlich darf ein Betrieb kurz nach der Übergabe nicht verkauft werden, oder?«

»Nein. Wir müssen mit einem Anwalt darüber sprechen.«

»Was ist mit dem Anwalt, der die Verträge aufgesetzt hat? Der kommt aus Altheim, wenn ich mich richtig erinnere?«

»Schon. Allerdings ist das ein Bekannter von Klaus. So sind wir auf die Kanzlei gekommen, weil Klaus ihn ins Spiel gebracht hat. Vielleicht wäre es besser, jemand anders aufzusuchen. Um sicherzugehen, dass Klaus nichts davon erfährt.«

»Wir müssen nach einem Spezialisten für die Höfeordnung suchen. Am besten fangen wir gleich morgen damit an.«

Rosie hob das Glas, und sie stießen an. Hanna spürte die Aufregung ihrer Schwester. Sie selbst wollte lieber zurückhaltend bleiben, denn es würde gewiss nicht leicht werden, gegen Klaus' Pläne vorzugehen. Aber es war ein erster Schritt. Sie war jetzt da, wo Rosie sie haben wollte: Sie war bereit zu kämpfen.

Sie nippte an ihrem Alten Korn und spürte dem warmen und weichen Aroma nach. Schloss die Augen und genoss das milde Feuer.

»Jetzt schlagen wir zurück, Hanna. Wir zeigen Klaus und dieser Astrid, wo der Hammer hängt.«

»Immer mit der Ruhe. Gehen wir die Sache lieber vorsichtig an. Schritt für Schritt.«

»Das ist typisch für dich. Die vernünftige Hanna.«

Doch Rosie sagte das mit einem liebevollen Lächeln. Sie lehnte sich zurück und nippte ebenfalls an ihrem Alten Korn.

»Also gut. Sehen wir morgen weiter.«

Rosie blickte nachdenklich zum Moor, wo der Mond über der weiten Ebene aufging.

Nach einer Weile fragte sie: »Ihr seid euch sehr nah, du und Benedikt, nicht wahr?«

»Ja. Er ist ein guter Junge, immer gewesen. Damals, als seine Mutter gestorben ist, war er so verloren. Ganz allein. Ich habe versucht, für ihn da zu sein, ihm Trost zu geben, so gut es eben ging. Ich hatte immer schon einen guten Draht zu ihm, schon als er noch in den Windeln lag. Er war immer bei mir auf dem Hof, in den Ferien, am Wochenende. Das hat sich auch nicht geändert, als er älter wurde. Trotzdem konnte ich ihm natürlich nie die Mutter ersetzen ...«

»Vielleicht sieht das Benedikt anders«, sagte Rosie und zwinkerte. »Wenn man euch zusammen sieht, bekommt man jedenfalls den Eindruck.«

Hanna fühlte sich plötzlich elend. Was ist, wenn ich einmal nicht mehr bin?, fragte sie sich. Wer wird dann für ihn da sein?

»Hat er eigentlich eine Freundin?«, fragte Rosie. »Bisher habe ich ihn nur allein gesehen.«

»Nein, er hat keine Freundin. Er ist ... ich weiß nicht, wie ich es sagen soll. Wir haben nie darüber gesprochen, aber ich glaube, er ist eher ... du weißt schon, wie unser Cousin Harald ...«

Ein Cousin väterlicherseits, der von einem Hof in der Nähe von Altheim stammte, wo er zusammen mit vier Brüdern aufgewachsen war. Auch Harald war schon als Kind irgendwie anders gewesen, ohne dass Hanna genau hätte sagen können, weshalb. Er war früh von zu Hause weggegangen und lebte lange Zeit im Verborgenen mit einem anderen Mann zusammen, Richard, den Hanna später kennen- und schätzen gelernt hatte. Sie und Rosie waren zwei der wenigen Eingeweihten in der Familie gewesen und hatten das Geheimnis bewahrt. Damals wäre so etwas noch ein großer Skandal gewesen, Harald und Richard hätte das Zuchthaus gedroht.

»Du weißt schon, was ich sagen will.«

»Du meinst, Benedikt ist schwul?«, fragte Rosie.

»Nun ja… eben wie Harald.«

»Dann sag doch einfach, dass er schwul ist. Wo ist denn das Problem?«

Bei Rosie klang das ganz selbstverständlich. Wenn Hanna ein modernes Wort wie dieses aussprach, klang es immer irgendwie fremd und zu ihrem Leidwesen auch anstößig. Dabei meinte sie das überhaupt nicht so. Vielleicht lag das an ihrem Alter. Das Wort *schwul* ging ihr jedenfalls nur schwer über die Lippen.

»Das ist ja heute nicht mehr wie früher«, beeilte sie sich zu sagen. »Ich hätte sowieso nichts dagegen, das weißt du. Jeder soll so leben, wie er ist. Wir wissen ja noch, wie schlimm es damals für Harald und Richard war, sich verstecken zu müssen. Seine Brüder haben bis zu ihrem Tod so getan, als wüssten sie von nichts. Das war der leichteste Weg für sie, damit umzugehen.« Sie seufzte. »Vielleicht tue ich Benedikt auch unrecht. Er redet mit mir über solche Sachen nicht. Egal, wie nahe wir uns sein mögen. Was das angeht, komme ich nicht an ihn ran. Er war schon als kleiner Junge so: Einerseits ist er mir wie ein Welpe hinterhergelaufen, aber an einer gewissen Stelle blieb stets eine Barriere.«

»Dann weißt du gar nicht, ob er einen Freund hat?«

»Irgendwas sagt mir, dass es nicht so ist, aber ich weiß es nicht. Ich denke einfach, ich würde es merken, wenn es so wäre.«

Er würde dann nicht mehr so verloren wirken, dachte sie. Er würde sich vielleicht nicht so verzweifelt an die Brennerei klammern. Wenn er jemanden hätte, den er liebte und der für ihn da war. Je länger Hanna darüber nachdachte, umso sicherer wurde sie, dass sie davon wissen würde.

»Vielleicht müssen wir da mal ein bisschen nachhelfen?«, feixte Rosie.

»O bitte. Vergiss das ganz schnell. Der arme Junge. Wenn er eins sicher nicht braucht, dann zwei alte Tanten, die sich in sein Liebesleben einmischen.«

»Ich meine ja nur. Allein kriegt er das offensichtlich nicht hin. In seinem Alter war ich schon das erste Mal geschieden.«

»Nein, Rosie. Das ist keine gute Idee. Er würde das auch gar nicht zulassen, so verschlossen, wie er ist.«

»Also gut. Keine Sorge, ich werde ihn in Ruhe lassen. Wir haben ohnehin anderes, auf das wir uns konzentrieren müssen. Und das ist ebenfalls im Sinne Benedikts, nicht wahr?«

»Ach, ich wünschte, ich hätte Benedikt als Nachfolger bestimmt. Dann wäre alles anders gelaufen.«

»Vielleicht ist es noch nicht zu spät, Hanna.«

»Wollen wir es hoffen. Trotzdem. Ich hätte von Anfang an Benedikt in die Erbfolge einbinden müssen.«

Rosie wurde mit einem Mal sehr ernst. Sie schwenkte ihr Schnapsglas.

»Wir haben beide viele Fehler gemacht, Hanna. Ich wünschte mir manchmal, wir könnten rückwärtsleben. Und alles korrigieren, was falsch gelaufen ist.«

Hanna wusste, sie redete nicht mehr über Benedikt. Es ging um das, was sie auseinandergebracht hatte. Bislang hatten sie alles umschifft, was einen neuen Streit hätte auslösen können. Doch hier in der nächtlichen Stimmung schien es plötzlich möglich, sich der Vergangenheit anzunähern.

»Es waren oft nur scheinbar kleine Entscheidungen«, sagte Rosie. »Fehler, die man aus einer dummen Laune heraus gemacht – und sich selbst längst verziehen hat. Wir waren schließlich jung und hatten noch das ganze Leben vor uns. Und doch haben diese Entscheidungen in ihrer Summe alles geändert.«

Hanna dachte daran, wie Carl sie auf den Stufen der Kirche

geküsst hatte. Wie sie aufgesprungen und weggelaufen war. Wie oft hatte sie sich gewünscht, zu diesem Moment zurückzukehren und alles anders zu machen.

»Wie hätten wir wissen können, dass wir mit diesen scheinbar kleinen Dingen die großen Weichen unseres Lebens stellen?«, meinte Rosie. »Dass wir den Rest unserer Zeit mit den Konsequenzen leben müssen? Und dann sitzt man plötzlich in einem Seniorenheim, und nichts von dem, was man sich erhofft hat, ist wahr geworden. Alle Träume sind irgendwie auf der Strecke geblieben.«

Hanna spürte, wie sich der Groll und die Verbitterung auflösten, die sie so viele Jahre Rosie gegenüber empfunden hatte. Zumindest war es für den Moment so. Für diese Nacht, in der sie bei einem feinen Brand zusammensaßen und der Mond leuchtend über dem Moor stand.

»Und doch sitzen wir nach allem, was passiert ist, wieder beisammen«, sagte Hanna und lächelte. »Das ist heute noch genau wie damals. Und auf dem Tisch steht eine Flasche mit dem besten Brand unserer Brennerei.«

Rosie lächelte zurück. Die Ernsthaftigkeit und die Trauer, die sie umgeben hatten, waren verflogen. In ihren Augen war das altvertraute Leuchten. Sie hob ihr Glas.

»So ist es, Hanna. Und darauf sollten wir anstoßen.«

»Auf uns, Rosie.«

»Auf uns.«

Sie ließen die Gläser klirren und leerten sie. Dann blickten sie schweigend zum Moor hinaus, wo Kiefernäste aus dem Nebel ragten und der Dunst silbrig im Mondlicht leuchtete.

Kapitel 19

Am nächsten Vormittag fand Hanna ihre Schwester im Wintergarten, wo sie wie so oft einfach dasaß und hinaus in die Parkanlagen blickte.

Diesmal wirkte Rosie jedoch außerordentlich lebendig. Sie entdeckte Hanna sofort und winkte sie eilig zu sich heran.

»Da bist du ja! Komm her.«

Sie rückte ihren steifen Oberkörper im Sessel zurecht, strahlte übers ganze Gesicht und hatte offensichtlich gute Neuigkeiten.

»Du hast doch meine Clique kennengelernt, weißt du noch?«

Hanna ließ sich in den freien Sessel sinken. »Natürlich. Wieso fragst du?«

»Ich habe denen gesagt, dass wir einen Anwalt suchen. Oder einen Notar. Alles, was sich auftreiben lässt. Es muss nur jemand sein, der sich mit dem Höferecht auskennt. Und rate mal, was dabei rausgekommen ist.«

»Jetzt sag schon«, erwiderte Hanna, plötzlich ebenfalls aufgeregt.

»Es gibt einen Notar im Ruhestand, hier im Mariahilf. Bei mir auf der Station, ist das zu glauben? Er kennt sich mit der Materie aus. Vor allem ist er noch fit im Kopf. Er will sich unseren Fall ansehen.«

»Rosie! Das ist ja großartig.«

»Nicht wahr? Wir sollen ihm die Verträge zeigen. Alle Unterlagen, die du von der Hofübergabe hast. Die Sachen hast du doch hier, oder?«

»Natürlich. Ich hab alles in meinem Apartment. Wann können wir zu ihm?«

»Er hat heute Vormittag Physiotherapie. Und nach dem Mittagessen will er beim Bingo mitmachen. Da darf er nicht fehlen, sagt er. Wir können ihm gegen siebzehn Uhr die Unterlagen bringen, dann sieht er sich alles in Ruhe an.«

»Was für ein Zufall! Du bist unglaublich, Rosie.«

»Ich hab doch gar nichts gemacht. Mich nur ein bisschen umgehört.«

Hanna wäre am liebsten direkt hochgelaufen, um die Unterlagen herauszusuchen. Doch das eilte nicht. Bis fünf Uhr würde ihr die Zeit noch lang werden.

»Wenn das klappt, Hanna, dann könntest du zurück auf den Brennereihof.«

»So weit sind wir noch nicht. Warten wir es ab.«

»Aber wenn die Hofübergabe tatsächlich rückgängig gemacht werden kann – wenn du Benedikt die Brennerei vermachen kannst…«

Das waren Luftschlösser. Besser, sie warteten ab, was der Notar sagte. Dann wäre später die Enttäuschung nicht so groß. Außerdem war Hanna sich gar nicht sicher, ob sie wieder auf den Hof ziehen wollte.

»So schlecht ist es hier gar nicht. Ich habe mich gerade erst eingelebt.«

»Das ist nicht dein Ernst, Hanna. Du willst doch nicht etwa hierbleiben?«

»Wieso nicht?«

»Komm schon, Hanna.« Rosie lächelte verschmitzt. »Du planst doch nicht, dich auf Dauer im Mariahilf einzurichten? Ich meine, ganz unabhängig davon, was mit dem Brennereihof ist.«

Diese Frage verblüffte Hanna. Was sollte sie denn sonst im Sinn haben?

»Was mich angeht, ich habe das jedenfalls nicht vor«, sagte Rosie.

»Aber wo willst du denn sonst hin? Wolfgang will dich nicht bei sich aufnehmen, das hat er deutlich gemacht. Du hast eine Pflegestufe, Rosie. Du kommst nicht mehr allein klar.«

»Das ist typisch für dich. Die vernünftige Hanna.«

Hanna war so perplex, dass sie nicht wusste, was sie darauf sagen sollte. Das Ganze hörte sich einfach nur wahnsinnig an.

»Ich weiß ja, dass ich nicht mehr mit dem Wohnmobil herumfahren kann. Auch wenn ich nichts lieber täte. Du kannst dir nicht vorstellen, wie frei ich mich gefühlt habe. Morgens in einem fahrenden Zuhause aufwachen, die Sonne über den Bergen oder über dem Meer. Allein durch die Wüste knattern, das Fenster runtergekurbelt und den heißen Wind im Gesicht spüren. Dein eigenes Ding machen. Und das Beste: Überall lernst du neue Menschen kennen. Es ist ganz einfach. Vor allem die jungen Leute interessieren sich für dich. Eine Oma on the road. Da wollen sie mehr drüber wissen. Dann sitzt du am Lagerfeuer, trinkst Wein, es wird Gitarre gespielt, ein Joint geht rum …«

»Rosie!«, rief Hanna empört.

Doch die kicherte nur vergnügt, wie damals, wenn ihnen ein Streich geglückt war.

»Jeden Tag siehst du etwas anderes von dieser großartigen Welt. Und einsam bist du nie, es sei denn, du willst es sein. Ach, ich hätte mein ganzes Leben so zubringen sollen.«

Hanna dachte an Rosies zahlreiche gescheiterte Ehen. Das war also ihre Vorstellung von Glück. Allein zu sein, irgendwo auf der Welt unterwegs.

Während Rosie erzählte, strahlte sie übers ganze Gesicht. Doch als sie irgendwann innehielt, schien sie sich an ihre gesundheitlichen Einschränkungen zu erinnern. Daran, dass dieses Leben sich unwiderruflich dem Ende zuneigte. Sie wirkte bekümmert, doch nur für einen kurzen Moment, bevor sie sich wieder ihren Plänen zuwandte.

»Aber nur weil ich nicht mehr im Wohnmobil leben kann, heißt das ja nicht, dass ich hier im Altenheim rumsitzen muss.«

»Bleibt dir denn etwas anderes übrig?«

»Das muss ich mir noch überlegen. Es kam ja alles so überstürzt, als Wolfgang mich hier angemeldet hat.« Sie lachte wie ein junges Mädchen. »Ich werde mir schon was einfallen lassen. Da kannst du sicher sein.«

Wenn Rosie das sagte, hörte es sich ganz einfach an. Als wäre alles nur ein Spiel. Als wären sie nicht schon über achtzig.

»Gehen wir einmal davon aus, Klaus behält den Hof, trotz allem, was wir unternehmen. Willst du dann wirklich hierbleiben, Hanna?«

»Mein Apartment ist schön. Ich muss mir keine Sorgen machen. Vor allem nicht, was die Zukunft angeht.«

»Nun«, meinte Rosie gut gelaunt. »Du musst tun, was du für das Beste hältst. Aber auf eines kannst du dich verlassen: Ich werde von hier türmen.«

Sie genoss Hannas Verwunderung, das war ihr deutlich anzusehen. Mühsam erhob sie sich und klammerte sich mit leicht zittrigen Händen an ihren Rollator.

»Such die Unterlagen zusammen, Hanna. Wir treffen uns heute Nachmittag bei mir auf der Station. Ich werde mich vorher ein bisschen hinlegen.«

Hanna blieb im Wintergarten sitzen. Sie musste verdauen, was Rosie gesagt hatte. Von hier türmen. Was, wenn es wirklich eine Möglichkeit dazu gäbe? Was, wenn das Mariahilf doch nicht die letzte Station in ihrem Leben wäre?

Sie kam nicht dazu, länger darüber nachzudenken, denn die Stimme einer älteren Frau dröhnte durch die Halle.

»Hanna, bist du das? Und … Rosie! Das ist doch nicht möglich.«

Die beiden Schwestern blickten zum Eingang. Hanna erhob sich ebenfalls von dem Sessel. Es war Margarethe Anderson, eine Nachbarin von Gertrud Espelkamp. Sie trug einen Blumenstrauß unterm Arm und eine Schachtel mit Pralinen.

»Das ist mal eine Überraschung!«, rief sie. »Rosie, bist du wieder in Marienfehn? Wohnt ihr etwa beide hier? Ich wusste gar nicht, dass ihr im Mariahilf seid. Ich bin gekommen, um Gertrud zu besuchen. Ihr wisst sicher, dass die hier untergebracht ist?«

»Das wissen wir«, kommentierte Hanna matt. Die gehässigen Kommentare, mit der die Nachbarin sie begrüßt hatte, würde sie nicht so schnell vergessen.

»Hanna lebt im betreuten Wohnen. Und ich, na ja, du siehst ja«, sagte Rosie und deutete auf den Rollator. »Ich bin nicht mehr so gut zu Fuß.«

Margarethe Anderson plauderte drauflos, und schnell hatte Hanna den Eindruck, sie würde lieber mit ihnen Zeit verbringen als mit Gertrud.

»Ich mache mit beim Besuchsdienst von der katholischen Kirchengemeinde«, erklärte sie. »Ich fürchte, ich muss weiter. Aber ich komme euch ein andermal besuchen. Klasse, dass ihr hier beide zusammenlebt. Fast wie früher.«

Sie lachte und war schon drauf und dran zu gehen, als ihr noch etwas einfiel.

»Sagt doch mal, wie geht es eigentlich Carl? Lebt der noch? Von dem hab ich Ewigkeiten nichts mehr gehört.«

Hanna und Rosie, die gerade noch mit den Gedanken ganz woanders gewesen waren, erstarrten. Das Lachen erstarb auf ihren Gesichtern.

Der Name Carl war zwischen ihnen noch kein einziges Mal gefallen. Und nun war es die Nachbarin, die sie darauf ansprach, als taugte dieses Thema im Geringsten für einen kleinen Smalltalk.

Die Mienen der beiden Frauen irritierten sie. »Carl Nordthues«, schob sie hinterher. »Ihr wisst doch, wen ich meine?«

Es war Rosie, die sich als Erste wieder fasste.

»Natürlich. Carl. Wir haben schon lange nichts mehr von ihm gehört. Ich wusste gar nicht, dass du ihn kennst.«

»Nicht besonders gut«, bekannte sie heiter. »Aber wir kommen beide aus Marienfehn, und da weiß man natürlich voneinander. Er war immer ein netter Kerl. Doch er ist ja so früh weggegangen. Ich dachte, ihr wüsstet vielleicht …«

Rosie und Hanna blickten sich nicht an. Für Hanna fühlte es sich an, als rückten sie auseinander, obwohl sich keine von ihnen einen Millimeter bewegte.

»Wir haben leider auch keinen Kontakt mehr«, sagte Rosie, die sich nun ebenfalls heiter gab. »Das Leben hat uns auseinandergetrieben. Wir waren lange Zeit über die ganze Welt verstreut. Bis auf Hanna natürlich, die ist in Marienfehn geblieben.«

»Rosie und ich haben uns auch eine Ewigkeit nicht gesehen, bevor wir ins Mariahilf gezogen sind.« Hanna hatte nun ebenfalls die Kontrolle zurückerlangt und schaffte, sich ungezwungen zu geben. »Wenn man in seinem Alltagstrott steckt, verliert man so viele Menschen aus den Augen. Wirklich eine Schande. Wir müssten viel mehr Zeit darauf verwenden, alte Freundschaften zu pflegen.«

»Da habt ihr recht. Und wenn man dann plötzlich im Ruhestand ist und Zeit hat, ist es oft zu spät.«

»Ich kann nicht einmal sagen, ob Carl noch lebt«, sagte Rosie. »Geschweige denn, in welcher Stadt er zuletzt gewohnt hat.«

»Jetzt muss ich aber weiter«, sagte Margarethe und deutete auf Blumen und Pralinen. »Ich werde erwartet. Es war schön, euch zu sehen. Bis bald!«

Sie winkte und ging durch eine Glastür zum Anmeldetresen.

Als sich die Tür hinter ihr schloss, fielen Rosie und Hanna in Schweigen. Da war sie wieder, diese Wand zwischen ihnen. Alles, was sie vier Jahrzehnte lang getrennt hatte, war wieder in ihrem Bewusstsein.

Als wenn sie sich abgesprochen hätten, gingen sie am Aufzug getrennte Wege. Rosie schob ihren Rollator mühsam in die Kabine und drückte einen Knopf. Hanna nickte ihr knapp zu.

»Wir sehen uns später, Hanna.«

»Ja, bis dahin.«

Und damit schloss sich die Tür hinter Rosie, und der Fahrstuhl setzte sich in Bewegung. Hanna blieb allein im Treppenhaus zurück.

Carl. Obwohl Hanna nun über achtzig war, spielte er weiterhin eine große Rolle in ihrem Leben.

»Immer nur lernen und arbeiten«, hörte sie die junge Rosie sagen, damals, als sie in den Semesterferien auf dem Brennereihof gewesen war. »Du musst doch auch mal Spaß haben! Das Leben genießen. Warum gehst du nicht mit Carl tanzen? Er tanzt ganz hervorragend, glaub mir.«

Spaß war jedoch das Letzte, was Hanna mit der Zeit ihres Studiums in Münster verband. Ihr blieb weder die Muße, das Studentenleben zu erkunden, noch Gelegenheit, sich in irgendeiner Weise zu entfalten. Dazu wäre auch gar nicht genug Geld da gewesen. Sie musste sparsam sein und lernen.

Immerhin hatte sie an der Uni Freundinnen gefunden. Zwischen den Vorlesungen oder am Nachmittag, wenn sie in der Sonne am Aasee saßen und miteinander plauderten. Doch keine von ihnen verfügte über die Mittel, sich einfach mal in ein Lokal zu setzen und einen Apfelsaft zu trinken. Oder gar zu einer Tanzveranstaltung zu gehen, wie Rosie das regelmäßig tat. Sie alle wollten so schnell wie möglich das Studium abschließen, um eigenes Geld zu verdienen. Und das bedeutete eben viel Arbeit und wenig Zeit für anderes.

In diesen Semesterferien, in denen Rosie sie aufforderte, das Leben zu genießen, war Hanna mit ihrem Koffer zu Fuß von Marienfehn gekommen. Der Brennereihof, der auf der Landstraße hinter einer Kurve auftauchte, war ihr auf einmal als pure Idylle erschienen. Nach der langen Zeit, die sie in ihrer stillen Kammer unterm Dach bei den beiden Witwen in Münster verbracht hatte, freute sie sich auf das lebendige Treiben auf dem Hof.

Der Erste, den sie antraf, als sie zwischen den Wirtschaftsgebäuden auftauchte, war ihr Bruder Günther. Er schob eine schwer beladene Schubkarre vor sich her. Am leicht säuerlichen Geruch, der in der Luft lag, erkannte Hanna, dass die Maische gegoren war und Günther dabei war, die Schlempe, die Rückstände des Gärprozesses, in den Stall zu bringen, um damit die Bullen zu füttern.

Sein Gesicht hellte sich auf, als er sie entdeckte. Er ließ die Schubkarre auf dem Hof stehen und lief ihr entgegen. Hanna stellte den Koffer ab und umarmte ihren Bruder. Umarmungen waren nicht üblich in ihrer Familie, doch bei Günther fiel es ihr leicht, ihre Befangenheit abzulegen.

»Da bist du endlich«, begrüßte er sie.

»Ja, da bin ich. Lang ist's her. Was gibt es Neues auf dem Hof?«

»Stell dir vor, wir haben einen Fernseher! Den musst du dir ansehen. Wir sitzen jetzt jeden Abend nach dem Essen davor.«

»Einen Fernseher!«

Was für ein Luxus. Hanna war gespannt darauf, den zu Gesicht zu bekommen.

»Oma und Opa Butthus sind praktisch bei uns eingezogen. Die hocken jetzt jeden Abend mit im Wohnzimmer, um mit uns fernzusehen. Es waren auch schon andere Nachbarn da«, erzählte Günther stolz. »Hier ist richtig was los, kann ich dir sagen.«

»Ist dann überhaupt noch Platz für mich im Wohnzimmer?«

»Für dich ist immer Platz.« Er grinste schief. »Du bist viel zu selten zu Hause. Du solltest öfter da sein.«

In Günthers Augen gehörte Hanna wirklich dazu, doch war dies überhaupt noch ihr Zuhause? Sie war mit dreizehn fortgegangen und seitdem nur Zaungast gewesen. Was machte einen Ort überhaupt zu einem Zuhause für einen Menschen?

Sie folgte Günther, der die Schubkarre wieder aufnahm und den Bullenstall ansteuerte. Die Schlempe wogte auf der Ladefläche wie Grießpudding hin und her.

»Ist sonst noch was passiert?«, fragte Hanna, die hinter ihm in den dunklen, warmen Bullenstall trat.

»Carl war aus Oldenburg zu Besuch. Vor ein paar Tagen erst. Aber nur fürs Wochenende. Er hat nach dir gefragt.«

Carl. Wieder hatten sie sich verpasst. Hanna bekam ihn so gut wie gar nicht mehr zu Gesicht.

»Er war tanzen. Mit Rosie. Auf dem Feuerwehrfest.«

»Mit Rosie? Das hat sie gar nicht erzählt.«

Die beiden verbrachten inzwischen mehr Zeit miteinander als Carl und Hanna. Sie spürte den Stachel der Eifersucht. Doch wem wollte sie einen Vorwurf machen? Sie war ja nie auf dem Hof, wenn Carl in Marienfehn auftauchte. Sie sprach nicht mit ihm, schrieb ihm keine Briefe.

»Rosie hatte wohl noch keine Gelegenheit, dir das zu erzählen. Du bist ja gerade erst angekommen.«

»Dann war es nicht geplant, dass die beiden tanzen gehen?«

Sie hörte sich an wie eine misstrauische Geliebte. Das ärgerte sie, doch sie konnte nichts dagegen tun.

»Keine Ahnung. Ich glaube, sie sind spontan gegangen. Rosie nimmt jede Gelegenheit, die sie kriegen kann, wenn's ums Tanzen geht.«

Sie konnte die nächste Frage nicht zurückhalten.

»Meinst du, Carl und Rosie …?«

»Ob sie ein Paar sind?«, fragte er unbekümmert. »Nein, das

glaube ich nicht. Rosie will jemanden heiraten, der reich ist. Am besten einen Städter. Und Carl hat eine Freundin in Oldenburg. Das erzählt man sich jedenfalls.«

Die Eifersucht, die sie Rosie gegenüber empfand, fiel augenblicklich in sich zusammen. Carl hatte eine Freundin. Es war ein Schock. Doch was hatte sie denn auch gedacht? Wieso sollte Carl sich nicht ein anderes Mädchen suchen?

Günther schob die Schubkarre auf die Futtertenne und kippte die Schlempe in den Trog. Die Bullen drängten sich sofort am Gitter und machten sich darüber her.

»Oldenburg«, sagte er fröhlich, »das muss so spannend sein. In der Stadt leben und für eine Zeitung schreiben. Wer kann das schon von sich behaupten? Carl sagt, er will nach dem Studium nach Hamburg gehen oder nach Frankfurt. Da, wo die großen überregionalen Zeitungen sind.«

»Würdest du denn auch gern in der Stadt studieren? Einen ganz anderen Beruf machen?«

Ihr wurde klar, dass solche Träume für Günther noch hoffnungsloser waren als für sie. Sein Weg war für ihn vorbestimmt, von jenem Augenblick an, in dem er in jener stürmischen Nacht auf die Welt gekommen war. Günther würde der Hoferbe sein. Er würde Landwirt und Schnapsbrenner werden, das stand felsenfest.

Zu Hannas Überraschung lachte er laut und vergnügt. Ein Lachen, das sie an Dragan erinnerte, den Zwangsarbeiter, den sie so bewundert hatte für seine ewig gute Laune.

»Nein, das wäre nichts für mich«, sagte Günther. »Ich finde es ganz aufregend, wenn Carl davon erzählt. Aber ich würde das nicht wollen.«

Er stellte die leere Schubkarre ab und wischte sich mit der Hand über die Stirn.

»Wir sind für so was nicht gemacht, oder, Hanna?«

»Wozu sind wir nicht gemacht?«

»In der Großstadt zu leben. Im Büro zu arbeiten. Mit feinen Leuten zu tun zu haben. So was eben.«

Seltsam. Sie lebte doch längst in der Stadt. Doch bei ihr schien das irgendwie nicht zu zählen. Rosie dagegen, die nie woanders als auf dem Bauernhof gewesen war, ihr nahm man das ganz selbstverständlich ab.

Was war das wohl für ein Mädchen, mit dem Carl nun zusammen war? Sicher eine Kommilitonin, die ebenfalls Journalistin werden wollte. Besser, sie dachte nicht zu viel darüber nach.

»Wir sind halt Landkinder«, sagte Günther. »Ich könnte mir jedenfalls nicht vorstellen, in einer Stadt zu sein. Ich brauch die frische Luft und die Tiere um mich herum.«

Ein Kalb streckte den Kopf zwischen den Streben an der Futtertenne heraus. Günther kraulte ihm lächelnd den Kopf.

»Mir gefällt es hier.«

Die Stimme ihres Vaters donnerte über den Hof.

»Günther, verflucht! Wo bleibst du denn? Der Kessel für die Maische muss sauber gemacht werden.«

Günthers Grinsen wurde breiter. »Jedenfalls meistens.«

»Günther! Verdammt nochmal.«

Er rollte jedoch nur mit den Augen und zwinkerte ihr zu.

»Ich komme ja schon«, rief er und sagte zu Hanna: »Lass uns in die Brennerei gehen. Papa freut sich bestimmt, dass du gekommen bist.«

»Ich begrüße ihn später. Zuerst geh ich ins Haus und bring meinen Koffer weg.«

Günther nahm die Schubkarre und schob sie gemächlich über den Hof zur Brennerei. Hanna sah nachdenklich hinterher. Für ihn stellte sich die Frage gar nicht, wo er glücklich werden würde, stellte sie fest. Er hatte längst seinen Platz gefunden.

Als sie ihren Koffer aufnahm, rief sie sich in Erinnerung, was ihr Vater gesagt hatte, als sie die Erlaubnis für das Journalismusstudium von ihm wollte. Man packte da an, wo man hingestellt wurde. Darauf sollte man sich konzentrieren, statt Dingen nachzuhängen, die ohnehin nicht zu ändern waren. Und sie würde eben Lehrerin werden.

Vielleicht sollte ja alles genau so sein, dachte sie niedergeschlagen, während sie in das Bauernhaus ging. Vielleicht würde sich eines Tages das Glück automatisch einstellen. Vielleicht würde sie dann einen anderen Mann treffen, den sie genauso lieben konnte wie Carl.

Hanna blickte eine Weile auf die verschlossene Fahrstuhltür, hinter der Rosie verschwunden war, dann ging sie zurück in ihr Apartment und öffnete das Fenster, um frische Luft hereinzulassen. Sie blickte zur Uhr. Es wäre noch genug Zeit, die Unterlagen für den Notar herauszusuchen.

Sie entschied sich, eine Tasse Tee zu trinken, ließ das Wasser im Kessel aufkochen und goss einen Pfefferminztee auf. Damit setzte sie sich in ihren Sessel und blickte hinaus ins Moor. Über der Ebene erstreckte sich der unverstellte Himmel. Sie spürte den Trost, der von der stillen, weiten Landschaft ausging.

Rosie hatte gleich am ersten Tag jener Semesterferien Hanna zur Seite gezogen, um mit ihr über Carl zu sprechen. Gleich nach dem Mittagessen lud Rosie sie zu einem Spaziergang ein. In die Heide, wo keiner sie belauschen konnte.

»Du warst mit Carl auf dem Feuerwehrfest?«, fragte Hanna, bevor Rosie loswerden konnte, was sie auf dem Herzen hatte.

»Ja, es war ganz herrlich!«, schwärmte sie. »Ich könnte jeden Abend tanzen gehen. Natürlich sind das hier nur Dorffeste. Keine eleganten Tanzlokale, wie es sie in Münster gibt…«

»Als wenn ich je in einem eleganten Tanzlokal gewesen wäre.« Hanna musste bei dem Gedanken lachen. »Auch wenn ich genauso viel arbeiten muss wie das Aschenputtel…«

Rosie wirbelte herum, immer noch ganz aufgekratzt, und

nahm sie an den Händen, so wie früher, wenn sie Ringelreihen gespielt hatten. Ihr Blick wurde ernst, beinahe flehend.

»Hanna, ich muss wissen, wie du darüber denkst. Ist Carl frei?«

Die Frage kam plötzlich und unvermutet. Das Erste, das ihr in den Sinn kam, war diese Freundin aus Oldenburg, von der Günther erzählt hatte. Doch dann begriff sie, dass Rosie etwas anderes meinte. Sie wollte wissen, ob Hanna Ansprüche auf Carl erhob.

»Wenn du nur ein Wort sagst, werde ich nie wieder einen Gedanken daran verschwenden«, beeilte sich Rosie zu sagen. »Du bist meine Schwester und meine allerbeste Freundin. Ich möchte nicht, dass je irgendetwas zwischen uns steht. Schon gar nicht ein Junge.«

War Rosie etwa in Carl verliebt? In Hannas Kopf purzelte alles durcheinander. Sie konnte keinen klaren Gedanken fassen. Ein Abgrund tat sich vor ihr auf.

Ihre Schwester klammerte sich an ihre Hände. Sie suchte in ihren Augen nach einer Antwort. Wartete ängstlich. Hanna musste etwas sagen. Irgendwas.

»Aber Carl hat doch eine Freundin in Oldenburg. Oder etwa nicht?«

»Ach, das ist nichts Ernstes. So, wie er über sie spricht, glaube ich nicht, dass er wirklich in sie verliebt ist.« Rosie lachte nervös. »Ich … wir haben so viel Spaß zusammen. Ich möchte ihn häufiger treffen. Aber nur, wenn du nichts dagegen hast. Dann werde ich keine Sekunde länger darüber nachdenken. Deshalb frage ich dich: Ist Carl frei?«

Hanna spürte seltsamerweise keine Eifersucht mehr. Auch keinen Zorn, keine Angst und keine Verzweiflung. Alles, was sie fühlte, war unendliche Traurigkeit.

Natürlich hatte es so kommen müssen. Rosie war eben alles, was sie nicht war. Sie war hübsch und lebensfroh, unkompliziert und liebenswert. Sie wären so ein reizendes Paar, Rosie und Carl. Wieso sollte Carl auch Hanna lieben? Sie hatte nichts zu bieten, im Gegensatz zu Rosie.

Ihre Schwester wartete noch immer voller Angst auf eine Antwort. Und als Hanna die Stimme hob, war es wie ein Zauber, der erst dann seine Wirkung entfaltet, wenn er ausgesprochen wird.

»Ja«, sagte sie. »Er ist frei.«

Warum hatte sie das damals getan, fragte sich Hanna, während sie die Hand an der Teetasse wärmte. Wieso hatte sie Rosie nicht einfach gestanden, dass sie Carl liebte? Sie hatten doch nie Geheimnisse voreinander gehabt. Sie hatten sich immer alles anvertraut. Natürlich wäre es schmerzhaft gewesen für Rosie. Aber die Wahrheit wäre für alle das Beste gewesen. Sie hätte den Mut finden müssen, sie laut auszusprechen.

Doch sah sie keine Zukunft für sich und Carl. Er liebte sie nicht, nicht auf diese Weise. Sie konnte das auch verstehen. Er konnte ganz andere Frauen haben, wenn er wollte. Sie glaubte damals, kein Recht darauf zu haben, Carl zu lieben.

Ein Brachvogel schrie in der Einsamkeit des Moores. Hanna zog die Zigarrenkiste unter dem Sessel hervor und suchte nach dem Foto, von dem sie wusste, dass es irgendwo darin versteckt sein musste. Es dauerte eine Weile, doch dann hielt sie es in der Hand. Das Hochzeitsfoto von Carl und Rosie. Die Hochzeit wurde auf dem Brennereihof ausgerichtet, auf dem Hof der Braut, wie es Sitte war. Kurz nach der Hochzeit waren Carl und Rosie nach Frankfurt gegangen, wo er eine Stelle bei einer Zeitung bekommen hatte.

Da standen sie, jung und schön, ein atemberaubendes Paar. Carl in einem dunklen Anzug, der ihm prächtig stand. Und Rosie in einem selbst genähten Kleid, das sie nach dem berühmten Hochzeitskleid von Brigitte Bardot geschneidert hatte, die ein paar Jahre zuvor geheiratet hatte. Es war schlichter gefertigt und ohne die Rüschen, dennoch wirkte es furchtbar elegant und modern. Und Rosie mit ihrer atemberaubenden Figur, den großen Augen und ihren blonden Haaren brauchte den Vergleich mit der Französin nicht zu scheuen.

Hanna wusste nicht, wie lange sie das Schwarz-Weiß-Foto angestarrt hatte. Ihr Tee war inzwischen erkaltet, da ließ ein lautes Schrillen sie aufschrecken. Das Foto fiel zurück in die Kiste.

Es war ihr Handy. Sie sah aufs Display. Benedikt.

»Hallo, Tante Hanna«, begrüßte er sie. »Störe ich dich?«

»Nein, ganz und gar nicht.« Sie schloss die Kiste und schob sie unter den Sessel. »Ganz im Gegenteil.«

»Das ist gut. Ich habe mich gefragt, was du heute vorhast. Ich könnte dich besuchen. Vielleicht gehen wir im Moor spazieren. Was hältst du davon?«

Sie nahm ihren Stock und hievte sich aus dem Sessel. Mit der Fußspitze gab sie der Zigarrenkiste einen Schubs, damit sie ganz unter dem Sessel verschwand.

»Eine großartige Idee. Ich habe Neuigkeiten. Wir haben einen Notar aufgetan, der sich mit unserem Fall befassen will. Wann kannst du hier sein?«

Kapitel 20

Sommer 1963

Das graue Mietshaus stammte noch aus der Vorkriegszeit. Es war beladen mit düsterem Fassadenschmuck, mit protzigen Wappenfiguren und schmiedeeisernen Balkonen. Ein wuchtiges Gebäude, das einen ziemlichen Kontrast zu dem nüchternen Neubau aus den Fünfzigern gleich daneben bot. Auf dem gegenüberliegenden Grundstück waren sogar noch Ruinen zu sehen, als wäre die Zeit stehengeblieben, drum herum weite Brachflächen, die zwar geräumt, aber noch nicht bebaut waren.

Überhaupt hatte Hanna das Gefühl, die Entwicklung in Berlin hing allem, was sie aus Westdeutschland kannte, weit hinterher. Wiederaufbau und Wirtschaftswunder kamen hier offenbar verzögert an, und das, obwohl Berlin doch das Schaufenster des Westens sein sollte.

»Hier wohne ich«, rief Harald, der ihr den Koffer abgenommen hatte. »Komm. Wir machen uns einen Kaffee, und dann kannst du dich von deinem Flug erholen. Es ist gleich im ersten Stock.«

Er stieß die schwere Tür des alten Mietshauses auf und ließ ihr den Vortritt. Im dunklen Treppenhaus roch es nach Schimmel, Kohlsuppe und Briketts.

»Gut, dass du mit dem Flugzeug gekommen bist, Hanna. Das ist im Moment das Beste, wenn man durch die Zone will.«

Der erste Flug in ihrem Leben. Was für eine Aufregung. Eigentlich war alles ganz ruhig verlaufen. Dennoch hatte sie sich zu Tode geängstigt. Die vornehmen und gut gekleideten Fluggäste um sie herum waren da wesentlich gelassener gewesen. Doch nicht so Hanna. Während des gesamten Flugs nach Tempelhof hatte sie sich am Taschentuch eines Geschäftsmanns neben ihr festgeklammert und versucht, sich auf den sicheren Tod vorzubereiten.

»Nachdem sie die Mauer gebaut haben, ist Fliegen am bequemsten«, sagte Harald, der die knarrenden Holzstufen hinaufkletterte. »Beim Transitverkehr durch die Zone weißt du nie, was dich erwartet. Überhaupt herrscht seit dem Mauerbau Grabesstimmung. Wir wären ja völlig wehrlos ohne die Amerikaner. Die Sowjets könnten uns jederzeit schlucken, wenn die nicht wären. Komm, es ist nur eine Treppe.«

Mauerbau und Kubakrise. Das steckte ihnen allen noch in den Knochen. Bei der Kubakrise hatte Hanna fest geglaubt, es gäbe wieder Krieg. Das Heulen der Sirenen würde zurückkehren, das Hasten in Luftschutzräume, die Bomben und die Zerstörung, alles wieder von vorn, nur dieses Mal gäbe es keinen Frieden und keinen Wiederaufbau mehr.

Doch die Krise war vorübergegangen. Kennedy hatte sich durchgesetzt, und die Russen waren abgezogen. Die Leute gingen wieder ihrer Arbeit nach, als wäre alles in Ordnung. Trotzdem spürte Hanna diese Unruhe, dieses erdrückende Gefühl, dass der Krieg die Fesseln abwerfen und Zerstörung über sie alle bringen könnte.

Durch die Fenster zum Hinterhof ließ sich erkennen, dass die Seitenflügel des Mietshauses ebenfalls weggebombt waren. Links standen noch die Brandwände, und Wäscheleinen waren dazwischen aufgehängt worden. Auch dieses Haus war verkrüppelt aus dem Krieg hervorgegangen, so wie der Rest der Stadt.

Harald schloss die Wohnungstür auf und führte sie stolz ins Innere. Es war eine Junggesellenwohnung, die er sich mit einem anderen ledigen Mann teilte und die über Innentoilette und einen modernen Elektroherd verfügte. Die beiden hatten sich zeitgemäß eingerichtet, wie Hanna schnell erkannte. Schlichte Formen, Cocktailsessel, transparente Vorhänge.

»Setz dich«, sagte Harald, der sie in die Küche führte. »Leg deinen Mantel ab. Ich koche dir einen Kaffee.«

Während er sich am Herd zu schaffen machte, sagte er gut gelaunt: »Ganz ungewohnt, dich ohne Rosie zu sehen. Sonst habt ihr immer zusammengeklebt, wenn meine Brüder und ich auf dem Brennereihof zu Besuch waren.«

»Ich habe sie gefragt, ob sie mich begleiten will. Aber Rosie konnte leider nicht. Inge wäre gern mitgekommen, aber ihr Mann hat es nicht erlaubt. Er sagt, eine anständige Frau habe keinen Urlaub ohne ihren Ehemann zu machen. Sie hat alles versucht, konnte ihn aber nicht umstimmen.« Hanna seufzte. Warum meinte eigentlich jeder, über Frauen entscheiden zu dürfen? Sie sah Harald an. »Danke für deine Einladung. Wirklich. Berlin ist ein Abenteuer für mich, und ich freue mich sehr, dass ich hier bin.«

»Wie geht es euch denn? Was gibt es Neues in Marienfehn?«

»Es hat sich viel verändert. Inge und Waltraut sind nicht mehr auf dem Hof, seit sie geheiratet haben. Inge führt einen Bauernhof bei Altheim. Waltraut ist in Marienfehn geblieben. Sie wohnt mit ihrem Mann bei dessen Eltern, was wohl nicht ganz einfach ist. Aber sie wollen ein Haus bauen. Waltrauts Mann wird einen Kredit aufnehmen. Rosie ist die Letzte von uns, die noch auf dem Hof lebt. Ausgerechnet Rosie, wer hätte das gedacht?«

»Und Günther natürlich.«

»Richtig. Aber Günther wird einmal alles übernehmen. Allerdings hilft er nicht im Haushalt, was wir Mädchen getan haben. Obstwiesen, Gemüsegarten, der Haushalt, das bleibt nun alles an Mutter und Rosie hängen.«

»Und wie ist deine neue Stellung? Ich habe gehört, du arbeitest in der Volksschule von Marienfehn? Stimmt das? Ausgerechnet Marienfehn?«

Das war wirklich eine seltsame Fügung gewesen. Nach dem Examen hatte Hanna darauf gewartet, wohin die Landesregierung sie schicken würde. Lehrermangel herrschte überall, besonders auf dem Land. Doch Herr Wolff war in den Ruhestand gegangen, und irgendwie hatte er es so gedreht, dass Hanna die Stelle in der Dorfschule bekommen hatte.

»Das Unterrichten macht Spaß«, sagte sie. »Vor allem kann ich jederzeit zum Brennereihof, um Mutter unter die Arme zu greifen. Wenn Rosie auszieht, wird ja sonst niemand mehr da sein.«

»Aber du wohnst über der Schule?«

»Genau. Da gibt es eine kleine Dienstwohnung. Nur kaltes Wasser, einen Kanonenofen und ein Plumpsklo hinterm Haus. Nicht gerade luxuriös, aber ich mag es.«

Vor allem mochte sie ihre Eigenständigkeit. Die Freiheit, die eine eigene Wohnung bedeutete. Es war nicht viel, was sie hatte, doch das alles gehörte ihr. Endlich konnte sie tun und lassen, was sie wollte. Ihre eigenen Entscheidungen treffen und niemandem mehr Rechenschaft ablegen, was sie umso mehr genoss, seit sie sah, wie Inge nach ihrer Hochzeit für alles und jedes ihren Mann um Erlaubnis bitten musste. Und der hatte es eben am liebsten, wenn Inge nur zu Hause war und den Hof nicht verließ.

Natürlich war das Leben als Dorfschullehrerin nicht das Gleiche, wie mit Carl fortzugehen und Journalistin zu werden. Dennoch bedeutete es für sie mehr Freiheit, als sie je gehabt hatte. Das war ein Trost.

»Für uns wäre eine Wohnung im Neubau auch komfortabler«, sagte Harald, der den Wasserkessel aufsetzte. Hanna spürte den Impuls, ihm das Kaffeekochen abzunehmen. Doch hier war es ganz selbstverständlich, dass auch die Männer solche Dinge taten. »Aber die Miete ist günstig, und ich studiere ja noch. Wir fühlen uns hier trotz des alten Kastens pudelwohl.«

»Ich weiß, was du meinst. Mir geht es in meiner spärlichen Lehrerwohnung genauso.«

Dabei war sie am Anfang gar nicht glücklich gewesen, nach Marienfehn zu kommen. Sie wäre gern irgendwohin gegangen, wo sie Carl und Rosie nicht so häufig sehen musste. Insofern war sie glücklich und erleichtert gewesen, allein nach Berlin zu fahren und allem für eine Woche den Rücken zu kehren.

Der Wasserkessel begann zu pfeifen, und Harald brühte frischen Kaffee auf. Dann stellte er vor Hanna eine Tasse mit duftendem Kaffee auf den Tisch und setzte sich zu ihr.

»Ich habe gehört, bald ist wieder Hochzeit auf dem Brennereihof?«, fragte er unbekümmert. »Wen heiratet Rosie eigentlich?«

»Carl Nordthues aus Marienfehn.«

»Carl? War das nicht dieser Junge, von dem alle sagten, du würdest ihn einmal heiraten?«

»Da waren wir Kinder«, sagte Hanna und überspielte ihre Gefühle mit einem Kichern. »Hattest du nicht auch eine Cousine, mit der du früher Heiraten gespielt hast?«

»Ich freu mich für Rosie. Carl ist ein netter Kerl.«

Hanna durfte sich nicht anmerken lassen, wie sie über diese Hochzeit dachte. Sie wünschte Rosie und Carl das Glück, das sie verdienten. Auch wenn ihr jedes Mal das Herz blutete, wenn sie die beiden zusammen sah.

Seit sie die Wohnung über der Schule bewohnte, kamen die beiden am Wochenende abends oft vorbei, um Schallplatten aufzulegen und zu tanzen. Gern in Begleitung der anderen Schwestern und deren Freunde. Natürlich wurde dabei auch viel gelacht und getrunken. Abends um elf war jedoch meist Schluss, weil Hanna als Lehrerin unter besonderer Beobachtung stand. Am schlimmsten war es, Rosie und Carl zuzusehen, wenn sie beisammensaßen, flüchtige Küsse austauschten, sich etwas zuflüsterten und lachten. Hanna musste viel Kraft aufwenden, um ihre Verlegenheit und Traurigkeit zu überspielen und eine gute Gastgeberin zu sein.

Carl wirkte ebenfalls oft verlegen. Ihm schien es peinlich zu sein, Rosie in Hannas Gegenwart nahe zu sein. Ob er etwas von Hannas Gefühlen ahnte? War es ihm deshalb unangenehm, weil ihm ihre Zuneigung unwillkommen und unangenehm war, wo er doch Rosie liebte?

»Wissen die beiden schon, wo sie nach der Hochzeit leben werden?«, fragte Harald. »Doch nicht in Marienfehn, oder?«

»Nein, in Frankfurt. Carl hat dort eine Stelle bei der *Frankfurter Rundschau*. Rosie wird sich Arbeit als Sekretärin suchen. Sie haben schon eine kleine Wohnung.«

Hanna wollte nicht länger über Carl und Rosie reden. Es gab ein anderes Thema, das ihr auf den Nägeln brannte. Die ganze Stadt war in Aufregung, es war auf den Straßen überall zu spüren, und Hanna erging es nicht anders.

»Jetzt sag schon, Harald: Werden wir Kennedy sehen?«

»Da geh ich doch stark von aus.«

Der amerikanische Präsident würde nach Berlin kommen. Seit drei Tagen lief sein Besuchsprogramm in Deutschland. Es hatte lange nicht festgestanden, ob auch Westberlin auf dem Programm stünde, doch nun war es gewiss, und Hanna wäre mittendrin.

»Vielleicht sehen wir ihn sogar ganz aus der Nähe«, sagte Harald. »Richard ist bei der Zeitung, er hat für morgen einen Presseausweis. Du weißt schon, mein Mitbewohner. Er sagte, wir könnten uns an ihn dranhängen.«

Hanna war völlig perplex. »Dein Mitbewohner ist Journalist?«

»Ja, beim *Tagesspiegel*. Ist was nicht in Ordnung? Du siehst so erschrocken aus.«

»Ach, es ist nichts. Entschuldige. Ich …« Erst zögerte sie, aber dann entschied sie sich, Harald von ihrem alten Traum zu erzählen. »Es ist nur … Wenn ich frei hätte wählen können, dann wäre ich nicht Lehrerin geworden – sondern Journalistin. Das ist alles.«

Harald wollte etwas erwidern, doch Hanna kam ihm zuvor.

»Versteh mich nicht falsch. Es ist in Ordnung, Lehrerin zu sein. Ich habe eine gute Stellung. Wir können im Leben eben nicht immer tun, was wir wollen. Und so schlecht habe ich es nicht getroffen, im Gegenteil.«

Harald lächelte auf eine Weise, als sähe er ihre Sehnsucht und ihre Traurigkeit. Hanna wandte eilig den Blick ab.

»Und was unternehmen wir heute?«, fragte sie. »Ich bin noch fix und fertig von der Reise. Aber sicher hast du was geplant?«

»Natürlich habe ich was geplant! Vielleicht legst du dich noch eine Weile hin, heute Abend werden wir nämlich feiern. Ich habe Freunde eingeladen, und später werden wir ausgehen. Ich hoffe, du hast was Schönes zum Anziehen dabei.«

Hanna lächelte bei dem Gedanken, was Rosie dazu sagen würde. Die Tanzlokale hier waren sicher nicht mit dem in Altheim zu vergleichen.

»Ich weiß nicht, ob ich überhaupt etwas besitze, das passend wäre. Geschweige denn, ob ich so was dabeihabe. Ich hoffe, ein schlichtes Kleid wird genügen.«

»Dann komm. Ich zeig dir dein Zimmer. Wir werden sicher eine Menge Spaß haben.«

Hanna legte sich zwar hin, war jedoch zu aufgeregt, um zu schlafen. Schließlich stand sie auf und zog das blaue Kleid an, das im Koffer lag, und ihre geliebten Pumps, für die sie monatelang gespart hatte. Natürlich war ihr Aufzug nicht sonderlich elegant oder modern, doch in seiner Schlichtheit wirkte er zeitlos. Hoffte sie zumindest.

Ab sieben füllte sich das Wohnzimmer langsam. Die Räume

aus der Kaiserzeit waren weitläufig und mit Schiebetüren unterteilt. Dielen und Stuck gaben dem Ganzen ein fast großbürgerliches Ambiente.

Die jungen Männer, die eingeladen waren, tauchten allesamt mit Anzug und Krawatte auf, die Frauen in schmal geschnittenen Kleidern mit kurzen Röcken und breiten Gürteln. In Marienfehn hätten diese modernen, gebildeten Frauen wie Außerirdische gewirkt. Doch hier schienen sie ganz normal.

Hanna konnte bei dieser Mode natürlich nicht mithalten. Doch sie hatte sich die Haare toupiert und einen kräftigen Lidstrich aufgetragen, wie ihn auch die anderen Frauen trugen, und sie wirkte zumindest nicht wie ein Bauerntrampel.

Das Wohnzimmer war schnell gefüllt. Hanna stand ein wenig abseits und hielt sich an einem Sektglas fest. Richard, der Mitbewohner von Harald, war inzwischen ebenfalls aufgetaucht. Er sah aus wie ein Filmstar, groß, muskulös, dunkelhaarig und mit diesem gewissen Funkeln in den Augen. Und er stand im Mittelpunkt, sowie er den Raum betreten hatte.

Irgendwann entdeckte er Hanna, die schüchtern von einem Bein aufs andere trat, und strahlte sie an. Er ging auf sie zu, um sie zu begrüßen, wurde dann jedoch von zwei jungen Frauen in Beschlag genommen, die ihn lachend und plaudernd fortzogen.

Harald legte eine Schallplatte auf den Spieler und setzte vorsichtig die Nadel darauf. Ein französisches Chanson, das Hanna nicht kannte, erklang, und der Geräuschpegel der Gespräche stieg augenblicklich. Er zwinkerte Hanna zu. Dann flüsterte er einer eleganten Frau mit Samthandschuhen und Zigarettenspitze etwas ins Ohr und winkte Hanna herbei.

»Das ist Renate«, stellte Harald sie vor. »Sie studiert mit mir zusammen an der Freien Universität. Renate, das ist meine Cousine Hanna.«

Die junge Frau lächelte und gab ihr höflich die Hand. Doch

Hanna hatte das Gefühl, ihr Lächeln sei gönnerhaft und ein wenig herablassend.

Harald ließ sie allein, und Renate zündete sich affektiert eine Zigarette an. Sie überblickte das Treiben im Wohnzimmer, suchte offenbar nach einem Gesprächsthema.

»Rauchen Sie?«, fragte sie schließlich und hielt Hanna die Zigarettenschachtel hin.

»Nein, danke. Ich rauche nicht.«

Sie hätte es zwar gern einmal ausprobiert, weil es so elegant und weltmännisch aussah – zumindest bei Frauen wie Renate –, doch Hanna wollte sich nicht die Blöße geben, bei dem Versuch husten zu müssen.

»Sie kommen also aus der Provinz?«, fragte Renate.

»Ja. Aus Altheim. Das ist in der Nähe der holländischen Grenze, mitten auf dem platten Land.«

»Ach, das ist doch nicht schlimm. Ich komme aus Heidelberg. Glauben Sie mir, das ist auch tiefste Provinz. Kein Vergleich zum Leben in Berlin. An der Uni lernt man eine Menge interessanter Leute kennen. Und nicht nur das. Berlin ist einfach aufregend.«

»O ja. Vor allem jetzt, da Kennedy kommt, nicht wahr?«

Sie lächelte, wie Hanna glaubte, ein wenig nachsichtig.

»Sie können mir glauben, es gibt keinen im Westteil der Stadt, der nicht auf Kennedy hofft. Und im Ostteil kommen noch viele dazu. Alle fiebern dem Besuch entgegen.« Sie zog an ihrer Zigarettenspitze und blies den Rauch in die Luft. »Aber ich meine eigentlich etwas anderes. Berlin ist einfach besonders. Wir gehen heute Abend noch aus, hat man Ihnen das schon gesagt?«

»Ja, in einen Klub, nicht wahr?«

»So ist es. Ins Kleist Casino. Da gibt es eine kleine Bühne und ein eigenes Showprogramm. Aber Sie werden ja sehen …«

Hanna lächelte etwas steif. Irgendwie wirkte alles, was diese Studienfreundin Haralds sagte, auf gewisse Weise herablassend.

Zum Glück wurden sie in diesem Moment unterbrochen, denn Richard stand plötzlich vor ihnen, groß und gut aussehend, und stellte sich vor.

»Du bist also Hanna!« Er strahlte sie an. »Wir können doch Du sagen, oder? Harald hat mir schon viel von dir erzählt. Stimmt es, dass du Journalistin werden wolltest?«

Hanna fühlte sich überrumpelt. Ihr Cousin hätte das für sich behalten sollen. Es war nichts, womit sie hausieren ging.

»Tut mir leid, ich wollte dich nicht damit überfallen. Es geht mich auch nichts an.« Richard lächelte so einnehmend, dass Hanna ihm nicht böse sein konnte. »Ich war nur so interessiert, weil wir offensichtlich die gleiche Leidenschaft haben.«

»Ich bin Lehrerin«, stellte sie fest. »Das mit dem Schreiben war nur eine Träumerei. Nichts Seriöses.«

»Aber warum nicht? War dir der Beruf nicht sicher genug?«

So eine Frage war typisch. Richard meinte es zweifelsfrei gut mit ihr. Trotzdem. Leute wie er oder Renate, die offensichtlich aus privilegierten Verhältnissen stammten, konnten das kaum nachvollziehen.

»Mein Vater hat es nicht erlaubt«, sagte Hanna. »Er wollte, dass ich Lehrerin werde. Das ist ein anständiger Beruf. Und es war alles andere als selbstverständlich für meine Familie, dass ein Mädchen zur Universität geht. Ich bin stolz darauf.«

Renate lächelte herablassend und warf Richard vielsagende Blicke zu. Hanna hasste sie dafür. Doch Richard achtete gar nicht auf sie. Er hatte nur Augen für Hanna.

»Du kannst mit Recht stolz darauf sein«, sagte er. »Es ist nicht leicht, sich bei seiner Familie durchsetzen zu müssen. Du hast einen tollen Beruf.« Dann zwinkerte er und fragte: »Aber sag, hast du vielleicht trotzdem Lust, mich mal zu begleiten?«

»Dich zu begleiten? Wohin?«

»In die Redaktion natürlich. Zum *Tagesspiegel*. Ich zeige dir, wie eine Zeitung von innen aussieht. Was hältst du davon?«

Hanna war sprachlos. Ob sie Lust dazu hätte? Am liebsten wäre sie ihm um den Hals gefallen.

»Ich denke, das gilt als Ja«, lachte Richard, der sie sofort durchschaut hatte. »Am besten machen wir das gleich morgen. Wenn Kennedy in der Stadt ist, fällt es nicht auf, wenn jemand Neues dabei ist.«

Hanna bekam keine Möglichkeit, ihm zu danken. Eine Gruppe junger Leute am Plattenspieler rief Richards Namen. Sie hatten etwas Schnelleres aufgelegt und wollten offenbar, dass Richard mit ihnen tanzte. Er deutete eine Verbeugung an, drehte sich um und ging zu den anderen hinüber.

»Ein schöner Mann, nicht wahr?«, fragte Renate, die mit der Zigarettenspitze und einem Glas Sekt neben sie trat.

»Ja, und sehr zuvorkommend.«

Sie beobachteten, wie er mit den anderen tanzte. Es wurde immer lebendiger, Frauen lachten und kreischten, Männer jubelten und klatschten.

»Wieso ist er noch Junggeselle?«, fragte Hanna.

Sie schätzte Richard auf dreißig. Er hatte einen guten Job bei einer angesehenen Zeitung, sah aus wie ein Filmstar – die Frauen mussten sich doch um ihn reißen.

»Er ist so nett und übernachtet bei seiner Mutter in Steglitz, solange ich hier bin«, redete sie weiter. »Das ist wirklich nett von ihm. Er möchte sicher nicht, dass mein Ruf leidet. Oder dass ihm nachgesagt wird, er hätte Damenbesuch.«

Renate lachte drauflos. Hanna blickte verständnislos.

»Was ist so lustig?«

»Die Nachbarn würden wenig Anstoß daran nehmen. Im Gegenteil – es würde ein Gerücht zerstreuen, das weitaus schlimmer ist.«

»Was denn für ein Gerücht?«

Renate ließ Hanna nun die ganze Überheblichkeit der Großstädterin spüren.

»Wie viele Schlafzimmer gibt es in dieser Wohnung?«

Hanna verstand nicht. »Zwei, denke ich. Richard hat sein Zimmer für mich frei gemacht. Und dann noch das Schlafzimmer, in dem Harald schläft.«

»Und dieses Zimmer, das Richard für Sie geräumt haben soll, wie sieht es da aus? Ein Abstellraum mit einem Reisebett, nicht wahr?«

Sie amüsierte sich prächtig über Hanna, der in diesem Moment klar wurde, dass der Raum mit dem Klappbett tatsächlich kaum Richards Schlafzimmer sein konnte. Dafür war alles viel zu provisorisch.

»Aber wenn er da nicht schläft…«

»Ganz richtig. Wo schläft er dann?«

Es dauerte, bis Hanna begriff, was Renate damit andeuten wollte. Ihre Wangen wurden heiß. War es möglich, dass Harald und Richard…?

Der Plattenspieler verstummte mit einem Quietschen, als die Nadel über die Rillen gezogen wurde. Es wurde gelacht und geraunt, dann meldete sich Richard zu Wort.

»Kommt, Kinder, es geht los!«, rief er. »Wir fahren ins Kleist Casino.«

Es wurde geklatscht und gejubelt, dann suchten alle ihre Sachen zusammen. Auch Renate stellte ihr Sektglas ab und warf sich eine leichte Strickjacke über.

»Mach dich auf was gefasst«, raunte sie Hanna zu. »Diesen Abend wirst du nicht vergessen. Das Kleist Casino ist wirklich unglaublich.«

In der allgemeinen Aufbruchsstimmung suchte auch Hanna ihre Jacke. Sie blickte sich im Getümmel um. Was für eine verrückte Welt, in die sie gelangt war. Es fühlte sich an, als wäre sie auf einem anderen Planeten.

Rosie kam ihr in den Sinn. Diese Art Abenteuer, die Großstadt, diese illustre Gruppe, ein Nachtklub … Im Grunde erlebte Hanna hier alles, wofür Rosie schwärmte. Es war genau diese Art von Welt, von der ihre Schwester träumte. Es kam Hanna vor, als hätten sie die Plätze getauscht. Als lebte sie das Leben, das Rosie sich erträumte – und umgekehrt. Sie lachte auf, ohne genau zu wissen, weshalb.

»Hanna, bist du so weit?«, rief Richard.

»Meinetwegen kann's losgehen.«

»Dann komm. Ich nehm dich auf den Rücksitz meines Motorrollers.«

Hanna nahm sich vor, für einen Abend Rosie zu sein. Sie wollte sich amüsieren und tanzen und diesen Rollentausch genießen.

Kapitel 21

Das Redaktionsgebäude des *Tagesspiegel* lag unweit des Potsdamer Platzes, der seit knapp zwei Jahren von der Mauer durchschnitten wurde. Die Tour, die den amerikanischen Präsidenten quer durch die Stadt führen sollte, würde auch hier vorbeiführen. Kennedy sollte Gelegenheit haben, mit eigenen Augen zu sehen, was diese Mauer für die Stadt bedeutete.

Deshalb waren die Straßen vor der Redaktion, wie überall dort, wo der Präsident entlangkäme, bereits voller Menschen. Es herrschte eine vorfreudige Feiertagsstimmung, und alle versuchten, einen guten Platz an der Strecke zu ergattern.

Die Fassade des Redaktionsgebäudes war noch voller Einschusslöcher aus dem Krieg, wie Hanna erstaunt bemerkte. Vieles war nur notdürftig repariert worden, das ließ sich überall in der Stadt beobachten. Sie folgte Richard etwas schüchtern ins Innere der Redaktion.

Der Lärm klackernder Schreibmaschinen erfüllte den Raum, Redakteure liefen umher, Telefone schrillten, irgendwo brüllte ein Vorgesetzter einen Untergebenen an. Hanna wunderte sich, wie viele Frauen sie sah. Die meisten waren sicher als Sekretärinnen beschäftigt, dennoch schien es – anders, als ihr Vater meinte – völlig normal zu sein, als Frau in einer Zeitungsredaktion zu arbeiten.

»Richard!«, rief ein Mann hinter ihnen. »Du bist immer noch hier? Der Flieger landet gleich in Tegel.«

Ein untersetzter Mann, dem man ansah, wie sehr er nach den Hungerjahren das Wirtschaftswunder samt Fleisch und guter Butter ausgekostet hatte, eilte auf sie zu. Sein mächtiger Bauch wippte vor ihm her, die Hemdzipfel blieben trotz Gürtel und Hosenträger nicht im Hosenbund, sondern flatterten umher.

»Es verzögert sich alles etwas, aber es wird Zeit für dich. Wir wollen gute Fotos haben.«

»Ich bin schon unterwegs«, sagte Richard. »Ich wollte nur meine Kamera holen.« Zu Hanna sagte er: »Das ist mein Chef. Erich Ziegler.«

Auch sie wurde vorgestellt, als Cousine des Mitbewohners, die einmal Journalistin werden wollte und deshalb Richard an diesem Tag begleitete. Diese Geschichte hatten sie zuvor abgesprochen, um keine unnötigen Fragen zu provozieren.

»Sie ist heute meine Praktikantin«, sagte Richard grinsend. »Mal sehen, wie sie sich macht.«

Richards Chef nahm sie genau in Augenschein. Er betrachtete sie jedoch nicht auf die Weise, die sie von anderen Männern gewohnt war, sondern schien sich für etwas anderes zu interessieren, das Hanna nicht benennen konnte. Dann sagte er: »Sie wird sich bestimmt gut machen.«

Hanna wusste nicht, was sie von diesem seltsamen Kompliment halten sollte, doch Richard nickte ihr anerkennend zu. Erich Ziegler eilte weiter und verschwand im allgemeinen Getümmel. Bevor sie Richard zu diesem sonderbaren Zwischenfall befragen konnte, wurden sie von einem weiteren Kollegen begrüßt. Ein junger und etwas ölig wirkender Mann mit Trenchcoat und Kamera.

»Hallo, Richard. Wen hast du denn da mitgebracht?«

Er wiederum betrachtete Hanna auf die gewohnte Weise, nur noch etwas schamloser. Solche Männer gab es hier also auch.

»Das ist Fräulein Brook«, sagte Richard. »Sie ist die Cousine meines Mitbewohners.«

»Cousine also.« Er grinste schief. »Du alter Schwerenöter.«

Dann schlug er ihm lachend auf die Schulter und verschwand ebenfalls. Richard schnappte sich seine Kamera und nahm Hanna am Ellbogen.

»Komm, brechen wir auf. Es wird Zeit für uns.«

Hanna blickte sich noch einmal in der lebendigen Redaktion um. Ein Gefühl der Sehnsucht erfasste sie. Wie aufregend musste es sein, hier zu arbeiten. Ein Chef wie Erich Ziegler würde ihr gefallen, und mit Typen wie diesem schmierigen Kollegen würde sie schon fertigwerden. Sie konnte Richard nur beneiden.

Draußen schwang er sich auf seinen Motorroller und wartete, dass sie hinter ihm Platz nahm. Er sah aus wie Gregory Peck in dem Film *Ein Herz und eine Krone*, fand Hanna. Ob Carl ebenfalls mit einem Motorroller durch Frankfurt jagen würde, die Kamera lässig um den Hals gehängt? Was für eine romantische Vorstellung, mit Carl auf dem Roller zu sitzen, gemeinsam für eine Zeitung zu arbeiten. Sie durfte sich nicht darin verlieren, denn es wäre Rosie, die hinter ihm säße. Also schob sie die Phantasie beiseite, nahm im Damensitz auf dem Motorroller Platz und sauste mit Richard quer durch die westlichen Besatzungszonen.

Die Ankunft der Fahrzeugkolonne des Präsidenten verzögerte sich tatsächlich um eine ganze Weile, und so hielt Richard an einer Brache neben einem Trümmergrundstück, um eine Zigarettenpause zu machen. Obwohl sie mitten in der Stadt waren, wirkte diese Brache überaus idyllisch. Wildblumen blühten in der Sonne, Bienen summten umher, und die Geräusche der Stadt drangen nur gedämpft zu ihnen.

»Darf ich auch mal?«, fragte Hanna und deutete auf die Zigaretten, die Richard aus seinem Jackett gezogen hatte.

Er warf ihr einen skeptischen Blick zu, dann grinste er.

»Gewöhn dir das aber besser nicht an. Hier – aber nur paffen.«

Hanna hustete direkt los, weil sie aus Versehen doch inhaliert hatte. Dann lachte sie, versuchte es noch einmal und ließ die Zigarette spielerisch zwischen den Fingern wandern.

»Ich würde am liebsten hierbleiben«, sagte sie, während ihr die Sonne ins Gesicht schien. »Das muss so spannend sein, bei einer Zeitung zu arbeiten.«

»Wenn es das ist, was du willst, dann musst du dafür kämpfen, Hanna.«

»Glaubst du etwa, ich weiß nicht, wie man kämpft?«

»Das habe ich nicht gesagt. Ich meine nur, manchmal muss man einfach tun, was man will. Man darf sich nicht von Konventionen und Regeln aufhalten lassen. Sonst wirst du nie glücklich werden.«

Hanna spürte Ärger, die Leichtigkeit des Moments war verschwunden.

»Weißt du, wie schwer es war, das Abitur zu schaffen? Oder das Studium? Ich habe hart dafür gearbeitet, um zu erreichen, was ich geschafft habe. Ich war besser als die anderen, trotzdem bekomme ich eine Stelle am Ende der Welt. Die interessanten Schulen stellen Männer ein, als Frau bekommst du, was übrig bleibt. Männer entscheiden, was du studierst und wo du arbeitest. Mir bleibt wenig Gelegenheit, mich über Regeln hinwegzusetzen. Ich bin nun mal kein Mann.«

»Natürlich, das wollte ich damit nicht sagen …«

»Immerhin bin ich Lehrerin. Für eine Frau vom Bauernhof ist das eine Menge. Ich verdiene mein eigenes Geld und bin unabhängig.«

»Aber du musst dich nicht damit zufriedengeben. Du kannst weitermachen, kannst noch mehr für dein Leben erreichen – wenn du es dir wünschst.«

Er redete genauso wie Carl, als wäre alles nur ein Abenteuer.

Er hatte keine Vorstellung davon, wie groß die Steine waren, die ihr in den Weg gelegt wurden. Doch Hanna begriff allmählich, was ihm durch den Kopf gehen musste. Was Renate darüber gesagt hatte. Wie Richard und Harald zueinander standen. Seine Art zu leben war gefährlich für ihn in der Welt, jederzeit drohte das Zuchthaus, und das war ein Argument, das beinah greifbar über ihnen schwebte und doch unausgesprochen blieb.

»Trotzdem«, sagte Hanna. »Es ist leicht für dich als Mann, das zu sagen. Solange du…« Sie schaffte nicht, es beim Namen zu nennen. »Bei mir ist das anders. Nicht umsonst heißt es: Aus Kindern werden Leute, aus Mädchen werden Bräute.«

»Vielleicht hast du recht. Ich weiß es nicht.« Er ließ den Blick über die Wildblumen schweifen. »Ich meine nur … man darf nicht aufhören zu träumen. Ich könnte dich unterstützen. Harald würde sicher auch gern helfen. Komm nach Berlin, versuch, hier als Journalistin Fuß zu fassen. Irgendwie werden wir das zusammen schon schaffen. Du hast uns, falls es nicht gleich klappt.«

Sein Vorschlag klang verführerisch. Doch sie wusste, was ihr bevorstand. Sie hatte nicht die passende Ausbildung, wer würde sie schon einstellen? Für Richard schien alles möglich zu sein. Doch Hanna wusste, dass sie besser sein musste als alle Männer, um eine Stellung zu bekommen. Und ohne Ausbildung war das unmöglich. Der Zug war abgefahren.

»Ich habe einen guten Beruf, Richard. Wie viele Frauen können das von sich behaupten? Vor ein paar Jahren herrschten noch Hunger und Not. Und jetzt geht es uns gut. Das ist schon mehr, als man verlangen kann.«

»Du meinst, sich seine Träume zu erfüllen, sei etwas für privilegierte Kinder aus reichem Elternhaus? So wie Renate zum Beispiel? Oder wie ich?«

Hanna lächelte. Er hatte es auf den Punkt gebracht. Trotzdem. Es war nicht nur das.

»Ich trage Verantwortung, weißt du. Ich kann meine Mutter nicht mit allem alleinlassen. Keiner spricht es aus, aber alle erwarten, dass ich ihr helfe. Das kommt noch zu allem anderen dazu.«

Richard blickte sie nachdenklich an. Sie fragte sich, was Harald über den Brennereihof erzählt hatte. Was ihr Cousin überhaupt wusste über die Verhältnisse dort. Sie war das dritte Mädchen, das keiner gewollt hatte. Und nun erwartete man von ihr die größte Loyalität.

Doch er sagte nichts, sondern lehnte sich zurück, schloss die Augen und inhalierte den Rauch seiner Zigarette. Eine Ameise krabbelte an Hannas Arm hoch. Sie schüttelte sie ab.

»Schreib einen Artikel«, sagte Richard unvermittelt.

»Wie bitte?«

»Probier es. Einfach so.«

»Worüber soll ich denn schreiben?«

»Ich weiß nicht. Vielleicht über Berlin. Über deinen Aufenthalt. Über den Kennedy-Besuch. Schreib aus der Perspektive eines Mädchens vom Land über die Stadt. Das könnte was werden, das die Leute interessiert.«

Sie dachte darüber nach. Die Idee gefiel ihr.

»Aber zuerst …« Er grinste und drückte die Zigarette aus. »… lass uns weiterfahren. Kennedy müsste langsam auf dem Weg sein. Komm. Wir wollen ihn nicht verpassen.«

Richard sprang auf und schwang sich auf den Motorroller. Hanna nahm ebenfalls Platz, und gleich darauf waren sie wieder mitten im aufgekratzten, lebendigen Getümmel.

Die Straßen waren inzwischen lückenlos gesäumt von Menschenmassen. Alles, was aus der Menge herausragte, musste als Aussichtsturm herhalten: Laternen, Bushaltestellen, sogar Bagger und Baustellenkräne, überall kletterten Leute hinauf, um besser sehen zu können. Nun drohten sie sich zu verspäten. Richard fuhr an den Straßenabsperrungen vorbei, kurvte teils über den Bürgersteig, nahm Seitenstraßen, immer dem Flughafen und dem anrollenden Präsidentenkonvoi entgegen.

Beinahe jedes Fenster an der Strecke war voller Menschen, Kinder auf Fahrrädern begleiteten hinter den jubelnden Massen den Konvoi. Konfettiregen ging auf die Straßen nieder, wo der Konvoi auftauchte, Menschen riefen Sprechchöre, winkten.

Richard blieb an einer Kurve stehen, um erste Fotos zu schießen. Hanna trat neben ihn und blickte dem Konvoi entgegen. In einem Regen bunter Papierschnipsel tauchte der erste Wagen auf, und die Menschen waren nicht mehr zu halten. »Da ist er! Da ist er!«, schrien sie. »Kennedy! Kennedy!« Hanna legte die Hand schützend über die Augen, wurde mitgerissen von der Begeisterung der Menge, lachte und rief mit den anderen mit, und dann tauchte die Limousine mit dem offenen Verdeck auf, in dem er stand, der amerikanische Präsident, der direkt in Hannas Richtung blickte, strahlte und winkte.

Die Heimkehr nach Marienfehn bedeutete einen traurigen Abschied für Hanna. Die Woche in Berlin bei Harald war so voller Möglichkeiten und Freiheiten, voller Versprechen auf ein anderes, selbstbestimmteres Leben gewesen, dass ihr die Abreise alles andere als leichtgefallen war.

In Marienfehn verlangsamte sich das Tempo wieder. Alles ging seinen gewohnten Gang. Morgens unterrichtete sie in der Schule, danach widmete sie sich den Aufgaben im Schulgebäude. Warf den Ofen an, pumpte Wasser aus dem Brunnen, fegte die Treppen. Meist schaffte sie es am späten Nachmittag, den Brennereihof zu besuchen und nachzusehen, ob ihre Mutter Hilfe brauchte. In diesem Trott wurde die Zeit in Berlin bald zu einer flüchtigen Erinnerung.

In der Dienstwohnung bewahrte Hanna allerdings einen Stapel Zeitungen auf, die sie daran erinnerten, dass es kein Traum gewesen war. Die Zeitungen waren allesamt ein und dieselbe Ausgabe des *Tagesspiegel*. Immer, wenn sie den Stapel sah, machte ihr Herz einen Satz. Denn der Artikel, den sie auf Richards Idee hin geschrieben hatte, war tatsächlich veröffentlicht worden.

Hanna konnte es immer noch kaum glauben, dass ihr Text gedruckt worden war. In Berlin hatte man ihn an jedem Kiosk kaufen können. Unter dem Artikel war ihr Name veröffentlicht worden. Johanna Brook. Schwarz auf weiß stand es dort. Und als Beweis dienten die Exemplare in ihrer Schreibtischschublade.

Etwas, das sie nie für möglich gehalten hatte, war mit dieser Veröffentlichung Realität geworden. Ihr Name in einer Zeitung verlieh ihr eine bislang ungekannte Bedeutung, und der Stolz darauf berauschte sie.

Dabei hatte sie nur über ihre persönlichen Eindrücke in Berlin geschrieben. Der Kennedy-Besuch war der Anlass des Artikels gewesen, doch es ging um viel mehr. Um die Atmosphäre in der geteilten Stadt, um das Leben auf dieser seltsamen Insel der Freiheit, um die zerbombten Reste der einstigen Hauptstadt und den Wiederaufbau. Es ging um das Nachtleben, das sie mit Richard und Harald kennengelernt hatte. Den Auftritt des Travestie-Künstlers im Kleist Casino hatte sie nur angedeutet, doch die Leser würden das sicher entschlüsseln können. Letztlich war der Artikel ein Reisebericht einer Berlin-Besucherin, die dem zerschundenen Zuhause seiner Bewohner eine Liebeserklärung gemacht hatte.

Sie war ein zweites Mal in der Redaktion gewesen, wo der Artikel redigiert, getippt und gesetzt worden war. Erich Ziegler hatte den Text mit großer Zufriedenheit gelesen. »Ich sage doch, aus Ihnen wird mal was!«, war sein Kommentar gewesen. Und Hanna hatte am darauffolgenden Tag fünf Zeitungen gekauft, obwohl sie doch keinem außer Rosie von dem Artikel erzählen durfte. Schließlich hatte sie als Lehrerin einen Ruf zu verlieren, und sicher würde es nicht gut ankommen, wenn sie über das Nachtleben in einer Großstadt samt Travestiekünstler schrieb.

Wie heikel die Sache war, wurde ihr am letzten Tag ihres Aufenthalts in Berlin deutlich. Sie und Harald spazierten über den Ku'damm, als plötzlich am Café Kranzler ein vertrautes Gesicht in der Menge auftauchte. Es war Herr Grotebeck, der Bürgermeister von Altheim. Hanna traute ihren Augen nicht. Er war ebenfalls in Berlin. Sie erstarrte mitten in der Bewegung. Für einen Moment trafen sich ihre Blicke, doch der Bürgermeister erkannte sie nicht. Vielleicht, weil er in Berlin nicht mit ihr rechnete.

Er betrat das Café, und unterm Arm entdeckte Hanna eine Ausgabe des *Tagesspiegel*, in dem ihr Artikel stand. Jener Artikel, der ein Geheimnis bleiben sollte und den sie keinem in Marienfehn zu zeigen gedachte.

Ein paar Tage lang hatte sie Todesängste ausgestanden. Sie rechnete jeden Moment damit, dass der Bürgermeister sie zu sich zitierte und ihr die Leviten las. Doch nichts dergleichen geschah. Entweder hatte er den Artikel nicht gelesen, oder der Groschen war beim Namen Johanna Brook einfach nicht gefallen.

Sie war erleichtert gewesen. Doch blieb ein bitterer Nachgeschmack, weil diese zufällige Begegnung ihr gezeigt hatte, dass ihre Freiheit selbst in Berlin begrenzt war. Auch dort blieb sie dieselbe Person wie in Marienfehn. Eine Lehrerin, die Verantwortung trug und ein Vorbild sein sollte.

Den freien Samstag in Marienfehn nutzte sie, um zum Brennereihof zu fahren und ihrer Mutter beim Einkochen zu helfen. Seit die anderen Schwestern ausgezogen waren und Rosie in ihre Hochzeitsplanungen abgetaucht war, blieb die ganze Arbeit auf dem Hof an ihr hängen.

Ihre Mutter hatte zwar Unterstützung von einer jungen Auszubildenden gehabt, die nach der landwirtschaftlichen Hauswirtschaftsschule ein Lehrjahr auf einem Fremdbetrieb machen musste, aber seit Kurzem war deren Ausbildung zu Ende und ihre Mutter wieder allein. Sie arbeitete von frühmorgens bis spätabends, wie sie es ihr Leben lang gewohnt war. Doch sie wurde langsam älter, das spürte Hanna, und es kostete sie immer mehr Kraft, alles zu bewältigen.

Hanna schnappte sich an diesem Vormittag eine große Wanne, ging in den Garten und nahm sich die Johannisbeeren vor. Die Sträucher waren übervoll mit Früchten, es war ein gutes Jahr. Auch Himbeeren und Stachelbeeren waren reif, und die Zweige bogen sich unter dem Gewicht der Beeren. Hanna hatte den Entsafter hervorgeholt und ausgeschrubbt, um anschließend Johannisbeersaft zu kochen.

Sie machte sich beherzt an die Arbeit, doch sie brauchte über zwei Stunden, bis die Sträucher leer gepflückt waren und sie die Wanne mit den Johannisbeeren in die Küche schleppen konnte.

Ihre Mutter stand am Ausguss und hielt die schmiedeeiserne Pfanne ins Spülwasser. Sie hörte Hanna nicht kommen. Mit den Händen im Wasser stand sie einfach da und sah durchs Fenster in die Ferne. Ihre Mutter würde sich niemals gestatten, einfach am Tisch Platz zu nehmen und sich auszuruhen. Doch Hanna erwischte sie immer häufiger dabei, wie sie irgendwo innehielt und sich auf diese Weise eine Pause nahm.

Als sie Hanna bemerkte, gab sie sich sofort wieder beschäftigt und schrubbte drauflos.

»Da bist du ja, Hanna. Kommst du voran?«

»Die Johannisbeersträucher sind abgepflückt. Wenn die Beeren im Entsafter kochen, mache ich mich dann an die Stachelbeeren. Bis zum Mittag müsste alles runter sein.« Sie wischte sich den Schweiß von der Stirn. »Hoffe ich wenigstens. Willst du die Stachelbeeren einkochen, oder soll daraus Marmelade gemacht werden?«

»Einkochen.« Ihre Mutter hievte die Pfanne aus dem Spülwasser. »Marmelade mache ich aus den Himbeeren.«

Hanna machte sich daran, die Johannisbeeren zu waschen, als ihre Mutter unvermutet das Wort an sie richtete.

»Es ist schön, dass du hilfst.«

Hanna hielt verwundert inne. Es war selbstverständlich, dass sie half. Sie wäre gar nicht auf die Idee gekommen, dass ihre Mutter Dankbarkeit empfinden könnte.

»Ich schaffe das alles allein nicht mehr, Hanna.«

»Du musst das auch nicht allein schaffen. Rosie und ich sind doch da. Und du wirst wieder ein Mädchen haben, das dir zur Hand gehen wird. Außerdem wird Günther irgendwann heiraten. Und dann ist eine neue Frau auf dem Hof, die bei der Arbeit helfen wird. Und Kinder, hoffentlich. So ist es doch immer.«

»Ich weiß schon. Ich will einfach nur sagen … es ist schön, dass du hilfst.«

Dann wischte sie sich verlegen die Hände an der Kittelschürze ab, machte sich am Herd zu schaffen und tat, als wäre nichts gewesen. Hanna wunderte sich. Sie und ihre Mutter waren sich immer fremd gewesen, und viel mütterliche Wärme war für Hanna nicht übrig geblieben. Woher kam plötzlich diese Sentimentalität?

»Ich werde jetzt Kartoffeln schälen«, wechselte ihre Mutter das Thema. »Sonst kriegen wir kein Essen mehr auf den Tisch.«

Der sonderbare Moment war vorüber, und Hanna fragte sich, ob sie sich das Ganze nur eingebildet hatte. Ihre Mutter machte sich am Herd zu schaffen, und Hanna heizte den Entsafter an. Keine sagte mehr etwas.

Durchs Küchenfenster sah Hanna ein Auto auf den Hof jagen. Ein altes, klappriges Cabriolet, das mit halsbrecherischer

Geschwindigkeit über den Schotterweg raste und riesige Staubwolken aufwirbeln ließ.

»Wer kann das denn sein?«, fragte sie erstaunt.

»Das? Ach, das ist Carl. Er weiß wahrscheinlich nicht, dass Rosie heute in Altheim ist.«

Carl. Sie spürte ein Ziehen im Magen. Darauf war sie nicht vorbereitet. Das Cabriolet hielt vor dem Gartenzaun. Nun erkannte sie Carl hinterm Steuer. Seine blonde Mähne, den hochgewachsenen Körperbau, die blauen Augen.

»Was ist das für ein Auto, das er da fährt?«

»Der Opel Olympia? Den hat er sich vor ein paar Monaten gekauft.«

»Diese alte Kiste? Die gehört ihm?«

»Tja. Baujahr sechsunddreißig, aber es ist sein ganzer Stolz. Ich habe ihm gesagt, er soll doch einen Kredit aufnehmen und sich einen VW Käfer kaufen, so wie das heute jeder macht. Er hat jetzt eine Stellung, da kann man sich so was leisten. Aber er wollte nicht. Er ist sparsam. Ganz anders als sein Vater.«

Carl entdeckte Hanna am Küchenfenster. Er zwinkerte und warf die Tür zu. Dann wischte er sich den Staub von der Jacke und trat grinsend aufs Haus zu.

Er ging durch die Tenne, wie Hanna feststellte, und klingelte nicht an der Haustür, wie es offizieller Besuch tat. Carl gehörte schon zur Familie. Seltsamerweise versetzte ihr diese Erkenntnis einen Stich.

Vielleicht wäre es besser, sie würden sich nicht über den Weg laufen. Hanna wollte nicht, dass ihre Wunden wieder aufrissen. Doch Carl betrat bereits die Küche.

»Hanna! Was für eine Überraschung. Ich wusste gar nicht, dass du heute auf dem Hof bist.«

In seine Augen trat das vertraute Leuchten. Ein gewitztes und warmherziges Aufblitzen. Rosie konnte sich wirklich glücklich schätzen.

»Ich helfe nur beim Einkochen. Heute Nachmittag geht's zurück nach Marienfehn.«

»Rosie ist nicht da, Carl«, mischte sich ihre Mutter ein. »Weißt du das gar nicht? Sie ist heute in Altheim.«

»Wieso hat sie nichts gesagt? Ich hätte mitkommen können.«

»Sie will Stoff für das Hochzeitskleid kaufen. Da kann sie dich nicht gebrauchen.«

»Du meinst, weil es Unglück bringt, wenn man das Kleid vor der Hochzeit sieht? Gilt das denn auch für den Stoff?«

»Sei nicht so neunmalklug und setz dich. Du möchtest doch bestimmt einen Kaffee trinken?«

Carl grinste und nahm Platz. Hanna wunderte sich, wie selbstverständlich die beiden miteinander umgingen. Hier hatte sich viel verändert während ihrer Abwesenheit. Doch im Grunde war es keine Überraschung. Carl war schließlich der zukünftige Schwiegersohn.

»Wie war's in Berlin, Hanna?«, fragte er, während ihre Mutter Kaffee eingoss. »Bestimmt sehr aufregend, oder?«

»Es war großartig«, schwärmte sie, und an ihre Mutter gewandt: »Ich soll dich schön von Harald grüßen.«

»Er kommt doch zur Hochzeit?«

»Ich denke schon.«

»Kommt er allein? Oder ist er inzwischen verlobt? Man hört gar nichts mehr von ihm.«

»Von einer Verlobten weiß ich nichts. Er wird wohl allein kommen. Ich dachte, er könnte vielleicht mein Tischherr sein. Ich bin ja auch allein.«

»Das ist eine hervorragende Idee. Schön, dass ihr euch versteht.« An Carl gewandt sagte sie: »Was wolltest du denn von Rosie?«

»Es sollte eine Überraschung sein. Ich dachte, ich lade sie auf ein Picknick ein. Ich habe alles dafür im Wagen. Wir hätten in die Heide fahren können. Oder vielleicht nach Holland.«

»Nach Holland? Wieso wollt ihr euch das antun? Die Leute werden euch spüren lassen, dass ihr da nicht willkommen seid. Macht besser auf dieser Seite der Grenze Picknick.«

Sie wandte sich wieder ihren Kartoffeln zu, und das Thema war beendet. Hanna kannte das. Weshalb die Menschen in Holland keine Deutschen mochten, blieb wie immer nur angedeutet. Denn über alles, was vor dem Wirtschaftswunder war, redete niemand. Als hätte es Deutschland in der Zeit davor gar nicht gegeben. Auch in der Schule wurde darüber kein Wort verloren.

Hanna hatte die Berichte über den Eichmann-Prozess in Israel verfolgt, ebenso die über den großen Prozess gegen das Auschwitz-Personal, der in Frankfurt stattfinden sollte. Doch genau wie die Älteren, die während der Nazi-Zeit am Ruder gewesen waren, sprach auch sie kaum über diese Dinge. Nicht einmal mit Carl oder Rosie. Als wären es ungeschriebene Regeln, an die sich alle hielten. Sie alle schwiegen, genau wie die Täter und die Opfer jener Zeit es taten.

»Jedenfalls brauchst du nicht auf Rosie zu warten«, sagte ihre Mutter. »Die kommt so schnell nicht zurück.«

»Da kann man nichts machen. Ich habe wohl Pech gehabt.«

Carl leerte seine Kaffeetasse und stand auf, um unverrichteter Dinge wieder abzuziehen.

»Warum fährst du nicht mit, Hanna?«, fragte ihre Mutter unvermittelt.

Carl blieb stehen und betrachtete sie. Die Idee schien ihm zu gefallen. Hanna spürte leichte Panik in sich aufsteigen. Sie wollte nicht mit ihm allein sein, auf keinen Fall. Carl durfte nicht wissen, was sie für ihn empfand. Es wäre besser für sie beide, wenn sie sich aus dem Weg gingen.

»Ja, warum eigentlich nicht?«, fragte er. »Komm mit, Hanna. Wir machen eine Spritztour.«

»Das geht nicht. Ich muss die Stachelbeeren pflücken. Und Saft kochen. Ich habe zu tun.«

»Ach, das hat Zeit«, sagte ihre Mutter ganz gegen ihre Gewohnheit. »Du hast heute schon genug getan. Genieß das schöne Wetter. Um die Stachelbeeren kümmere ich mich später.«

Hanna ärgerte sich. Ausgerechnet jetzt musste ihre Mutter sentimental werden.

Carl lächelte, und wieder blitzte der Schalk in seinen Augen auf. »Also, was ist, Hanna? Bist du dabei?«

»Also gut. Warum nicht«, sagte sie, obwohl sie sich unwohl fühlte.

Carl führte sie nach draußen und zeigte ihr stolz seinen Zweisitzer. Ein riesiger Kühlergrill funkelte in der Sonne, ausschweifende Kotflügel leuchteten, doch waren die Beulen und Roststellen unübersehbar. Der Wagen hatte seine beste Zeit hinter sich. Carl störte das nicht, ganz im Gegenteil. Er liebte sein Auto.

»Komm, steig ein. Wir fahren in die Heide. Bist du schon mal mit offenem Verdeck gefahren? Ich sage dir, das ist einfach herrlich.«

Hanna ließ sich von seiner Begeisterung anstecken. Während der Fahrt konnten sie zwar kaum miteinander reden, weil die Motorengeräusche und die klappernden Seitenfenster zu laut waren. Doch Hanna genoss den warmen Sommerwind im Gesicht und den offenen Himmel über sich.

Carl raste in die Heide hinein. Der Wagen rumpelte und holperte über die sandigen, von Löchern und Grasnarben durchzogenen Wege. Sie wurden in die Sitze gedrückt und umhergeworfen, und auch wenn sie kaum miteinander reden konnten, lachten sie dafür umso mehr.

Mitten in der Heide, wo keine Menschenseele mehr zu sehen war, umgeben von Ginster, Sand und Heidekraut, stellte Carl das Cabriolet in den Schatten einer Birke und holte den Picknickkorb hervor. Hanna stieg aus. Von einer Anhöhe aus überblickten sie die weite Landschaft und den unverstellten Himmel. Wie ruhig und friedlich es hier war. Wunderschön.

»Das wird mir in Frankfurt fehlen«, sagte Carl, der eine Decke im Schatten ausbreitete. »Die Heide, an einem Tag wie heute. Das ist wirklich unvergleichlich. Aber ich sollte mich nicht beschweren. Man kann nicht alles haben.«

»Wie ist es in Frankfurt?«, fragte Hanna, die sich zu ihm auf die Decke setzte.

»Großartig. Bei der *Frankfurter Rundschau* herrscht eine Energie, das kannst du dir nicht vorstellen. Alle wollen was erreichen, die Zeitung voranbringen. Etwas Besseres hätte mir nicht passieren können.«

»Das freut mich für dich. Ganz ehrlich.«

Carl wirkte verlegen. Natürlich lebte er ihren gemeinsamen Traum, während für Hanna diese Möglichkeit nicht bestand. Er hievte den Picknickkorb auf die Decke und holte Wurst und Brot hervor.

»Aber jetzt erzähl du. Hast du in Berlin Kennedy gesehen?«

»O ja, von ganz Nahem. Ich glaube sogar, er hat mir zugewinkt.«

Sie erzählte alles, was in Berlin passiert war. Von Richard und Harald, ihren Erlebnissen in den Klubs und von dem Tag, als Kennedy am Rathaus seinen legendären Satz *Ich bin ein Berliner* gesagt hatte und wie die Menge daraufhin gebebt und gejubelt hatte. Nur die Sache mit dem Artikel beim *Tagesspiegel*, die verschwieg sie ihm. Sie wusste nicht, weshalb, doch irgendwie gefiel es ihr, dieses süße Geheimnis für sich ganz allein zu behalten. Dass sie auch eine Journalistin war, egal, was alle anderen glaubten.

Carl zog eine Weinflasche hervor und öffnete sie. Wein zu trinken war eher ungewöhnlich in Marienfehn. Hier gab es Bier und Gebranntes, Wein jedoch selten.

»Das ist ein französischer Wein«, sagte er.

»Wo hast du den her?«

»Da staunst du, was? Ich habe ein paar Flaschen davon gebunkert, die ich in Frankfurt gekauft habe.«

Er schenkte ein und reichte ihr ein Glas. Hanna probierte. Der Wein schmeckte voll und warm und satt und auf angenehme Weise fremd.

»Großartig, nicht wahr?«, fragte Carl stolz und fügte lachend hinzu: »Nicht so gut wie der Gebrannte von Brook, versteht sich. Aber immerhin.«

Eine Weile saßen sie einfach im Schatten und überblickten die weite Landschaft. Hockten zufrieden da wie faule Katzen in der Mittagshitze. Sie genossen das Zusammensein. Auf einmal war das wieder unkompliziert.

»Es ist wie früher, findest du nicht?«, fragte Carl.

Das Gleiche war ihr ebenfalls durch den Kopf gegangen. Beide dachten sie an die Zeit, als sie Kinder waren und sich regelmäßig in der Heide trafen.

»Ja, wie früher. Du und ich in der Heide.«

»Es hat sich so viel verändert.«

»Wir sind erwachsen geworden.«

»Das ist wohl wahr.«

Wieder fielen sie in Schweigen. Die Sonne glitzerte zwischen den Blättern der Birke, und ein warmer Wind ging über die Heide. Hanna bemerkte, dass Carl sie von der Seite ansah. Es war wie damals auf den Stufen vor der Kirche. Plötzlich war eine sonderbare Energie zwischen ihnen, und ehe sie darüber nachdenken konnte, beugte sie sich vor und küsste Carl auf die Lippen. Es fühlte sich warm und weich und ganz natürlich an. In ihr war eine Stimme, die sagte, sie solle sofort aufhören. Aufspringen und weglaufen. Es nicht zulassen. Doch jede Faser ihres Körpers drängte zu Carl, und sie schob alle Gedanken weit fort.

Sie küsste ihn noch einmal. Und ein weiteres Mal. Sie konnte nicht mehr aufhören. Ihre Körper schienen füreinander gemacht zu sein. Es gab nichts, wovor sie Angst zu haben brauchte. Nichts, wogegen sie ankämpfen musste. Sie waren zusammen in der Heide. Ihrem Zufluchtsort, an den sie sich schon immer zurückgezogen hatten, wenn die Welt draußen nicht so war, wie sie sie haben wollten. Hier konnten sie seit jeher sein, was sie wollten. Sie ließ sich fallen und versank in Carls Armen.

Kapitel 22

Über dem Moor zogen dunkle Wolken auf. Der goldene Oktober ging spürbar seinem Ende entgegen. Sturm und Regen waren angekündigt worden, auch die Temperaturen sollten in den nächsten Tagen fallen. Der November stand vor der Tür, was, wie Hanna erfahren hatte, bedeutete: Die Sterbezeit im Seniorenheim würde beginnen.

Momentan hielt sich das Wetter noch, und Hanna zog ihre Windjacke über, nahm Stock und Wohnungsschlüssel und verließ das Apartment, um hinunter in den Garten zu fahren, wo Benedikt auf sie wartete, der mit ihr spazieren gehen und sie über die neuesten Entwicklungen auf dem Brennereihof in Kenntnis setzen wollte.

Vor dem Aufzug wartete eine Traube alter Leute in Rollstühlen, die für einen Gruppenausflug nach und nach ins Erdgeschoss gefahren wurden, und so nahm sie kurz entschlossen die Treppe und ging durch Rosies Station, um auf diesem Weg zum Hauptgebäude zu gelangen. Seit Margarethe Anderson die beiden Frauen auf Carl angesprochen hatte, waren sie sich wieder aus dem Weg gegangen, und Hanna fürchtete beinah, Rosie jetzt zu begegnen. Doch herrschte Mittagsruhe auf der Station, und die meisten Senioren hatten sich für ein Nickerchen zurückgezogen.

Gerade als Hanna am anderen Ende des Flurs durch die Glastür schlüpfen wollte, bemerkte sie, dass doch jemand anwesend war. Eine einsame Gestalt, die in der Sitzecke hockte und durchs Fenster hinausblickte. Es war Rosie, wieder einmal völlig in Gedanken versunken. Dafür, dass sie so leicht Freunde fand, war sie erstaunlich häufig allein und wirkte fast einsam, dachte Hanna.

Sie hätte einfach weitergehen können, ohne von ihr bemerkt zu werden. Doch sie hielt inne. Ob Rosie auch an Carl dachte? Nun war er unwiderruflich in ihre zerbrechliche Freundschaft zurückgekehrt.

Diese Hochzeit hätte damals nicht stattfinden dürfen, und es war Hanna zuzuschreiben, dass es so weit gekommen war. Carl hatte das Fest abblasen wollen. Ihretwegen. Er hatte sie angefleht, zu ihm zu stehen. Doch Hanna wollte nichts davon hören. Sie war wie unter Schock gewesen nach dem, was in der Heide passiert war.

Was war nur über sie gekommen? Wie hatte sie Rosie das antun können? Sie hatte ihre Schwester, ihre beste Freundin, verraten. Es war unverzeihlich. Sie schämte sich maßlos. Zog sich in ihre Dorfschule zurück, vergrub sich in Arbeit und versuchte, alles zu vergessen. Vielleicht, so hoffte sie, würde Carl ebenfalls vergessen können, und sie würden einfach so tun, als wäre alles wie zuvor.

Doch ein paar Tage später tauchte er vor der Schule auf, um sie zur Rede zu stellen. Sie hatte gerade den Klassenraum abgeschlossen und die letzten Kinder nach Hause geschickt, da entdeckte sie seinen Opel Olympia.

Es war zu spät, um davonzulaufen. Carl hatte sie bereits gesehen. Er sah mitgenommen aus. Ihr gelang es leichter, die Fassade aufrechtzuerhalten. Doch innerlich fühlte sie wie er.

»Hanna …«, begann er flehentlich, als sie vor dem Schulgebäude auftauchte. Doch sie ließ ihn gar nicht erst zu Wort kommen.

»Was willst du hier? Bist du verrückt geworden?«

»Bitte, Hanna. Wir müssen reden …«

Hanna wurde richtiggehend wütend. Warum riss er sich nicht zusammen, wie sie es tat? Dachte er denn überhaupt nicht an Rosie? Daran, dass sie unmöglich zu ihren Gefühlen stehen konnten?

Es war wieder einmal typisch, dachte sie. Männer taten einfach, was ihnen in den Sinn kam. Sie folgten ihren Impulsen, konnten es sich leisten, zu tun, was sie wollten.

»Wovon sprichst du?«, zischte sie. »Gar nichts war in der Heide. Es ist nichts passiert.«

»Aber ich kann das nicht vergessen. Ich kann nicht …«

»Und ob du das kannst. Es war ein Fehler, ein schwerer Fehler. Vergiss es. Da war nichts. Hörst du? Geh jetzt.«

»Ich will mit dir zusammen sein.«

Er trat vor. Wollte sie umarmen. Doch Hanna stieß ihn heftig weg. Sie war wütend. Das half ihr, distanziert zu bleiben. Nicht einzuknicken. Denn wie, fragte sie sich ärgerlich, konnte er ihr gegenüber so rücksichtslos sein? Sie wollte doch auch nichts sehnlicher, als sich ihm in die Arme zu werfen. Wieso brachte er sie in eine Situation, in der sie für sie beide stark sein musste?

»Reiß dich zusammen«, fuhr sie ihn an. »Wie kannst du Rosie das antun? Dass du auch nur hier bist! Ihr werdet *heiraten*.«

Er stand da wie ein geprügelter Hund. Doch das machte Hanna nur noch wütender. Dachte er denn gar nicht über die Konsequenzen seines Handelns nach? Wollte er tatsächlich die Hochzeit absagen, sein Wort brechen und Rosie ins Unglück stürzen? Es war einfach unmöglich.

Heute wusste sie, dass der Verrat an Rosie trotzdem unverzeihlich gewesen war – auch wenn die Heirat zustande gekommen war. Denn die Lüge hatte diese Ehe vom ersten Tag an gezeichnet. Ein Ehemann, der ständig abwesend war. Der nicht sie, sondern heimlich eine andere liebte. Und ein Aufbruch in ein neues Leben, das nur Enttäuschung und Entfremdung für

Rosie bereithalten würde. Vielleicht war das schlimmer gewesen, als es die Wahrheit je hätte sein können.

Sie sah, wie ihre Schwester in der Sitzecke eine Teetasse anheben wollte, sie unter dem Zittern ihrer Hände jedoch wieder absetzen musste. Hanna hätte ihr am liebsten dabei geholfen.

Was hatten sie und Carl ihr nur angetan? Ihre erste, so unglückliche Ehe hatte tiefe Narben auf ihrer Seele hinterlassen und war wahrscheinlich einer der Gründe, weshalb auch keine der anderen Beziehungen Rosies lange gehalten hatte.

Wie sie dort zusammengesunken im Sessel am Fenster saß, unterschied sie sich plötzlich gar nicht mehr von den anderen Senioren, die hier lebten, wirkte nicht wie sonst jünger und viel lebendiger. Im Gegenteil.

Hanna ging zu ihr, und sei es nur, damit sie wieder das Licht in ihren Augen anknipste und ihr rostiges Lachen erklingen ließ.

»Hallo, Rosie. Stört es dich, wenn ich mich kurz zu dir setze?«

Als Rosie aufblickte, wirkte sie tatsächlich sofort hell und wach und fröhlich. Hanna wusste nicht, wie sie das anstellte, doch ihre Schwester war wie ausgewechselt.

»Hanna! Was machst du denn hier in meinem Trakt?«

»Ich bin auf dem Weg nach draußen. Benedikt wartet unten. Wir wollen spazieren gehen. Komm doch mit. Was hältst du davon?«

»Geht ihr nur. Ich bleibe heute lieber drinnen. Meine Beine, du weißt schon.«

»Wir könnten einen Rollstuhl besorgen. Benedikt schiebt dich bestimmt gern.«

»Lass nur. Wenn ihr zurück seid, trinkt ihr sicher einen Kaffee? Da komme ich gern dazu.«

Hanna fragte sich, ob es tatsächlich nur die Beine waren, die ihr Probleme bereiteten. Doch jetzt war nicht der rechte Moment, um nachzufragen. Benedikt wartete auf sie.

»Warst du beim Notar?«, fragte Rosie.

»Ja, aber nur, um alle Unterlagen zu übergeben. Er will sich die in Ruhe ansehen.«

»Vielleicht wird noch alles gut. Drücken wir die Daumen.«

Hanna wollte realistisch bleiben. Doch sie konnte nicht verhindern, darüber nachzudenken, wie es wäre, wenn die Übergabe rückgängig gemacht werden würde. Erst jetzt, wo die Sache durch Rosie in Gang gesetzt worden war, merkte sie, wie sehr sie sich danach sehnte.

»Der Notar will sich morgen früh mit uns treffen. Du begleitest mich doch?«

»Natürlich tue ich das. Was denkst du denn? Ich bin schließlich auch eine Brook.«

»Ja, Rosie«, erwiderte Hanna und ergriff einem Impuls folgend ihre Hände. »Das bist du. Eine Brook, durch und durch.«

Die Reaktion überraschte ihre Schwester. Doch sie ließ einfach ihr rostiges Lachen ertönen.

»Werde ich dir am Ende etwa fehlen?«, feixte sie. »Wenn du auf dem Hof bist und wir nicht mehr zusammen im Mariahilf eingesperrt sind?«

Hanna ließ die Hände los. »Das hättest du wohl gern. Keine Angst, so weit wird es schon nicht kommen.« Natürlich scherzte sie nur, was ihre Schwester mit einem Kichern quittierte.

»Trotzdem möchte ich dir etwas sagen, Rosie.«

»Auf einmal wieder ernst? Was kommt jetzt?«

»Ich habe darüber nachgedacht. Sollte ich wirklich auf den Hof zurückkehren … Was hältst du davon, wenn wir zusammen den Altenteil beziehen? Wir könnten eine Art Alten-WG machen.«

Rosie wusste offenbar nicht, was sie sagen sollte. Sie wirkte überrumpelt, was sehr selten der Fall war.

»Ich weiß, das ist nicht so aufregend, wie mit einem Wohnwagen durch die Welt zu fahren. Es ist vielleicht ein bisschen langweilig. Oder du willst gar nicht zurück auf den Hof.«

Jetzt war es Rosie, die ihre Hände nahm.

»Ist das dein Ernst, Hanna?« Sie bekam feuchte Augen. »Ob ich …? Natürlich würde ich mit dir zum Brennereihof zurückkehren. Es wäre mir eine Ehre.«

Hanna dachte an die vielen Dinge, die passiert waren in der Vergangenheit. An den großen Streit, in dessen Folge sie sich für viele Jahrzehnte getrennt hatten. Alles schien weit weg. Was nun zählte, in ihrem Alter, war doch, nicht allein zu sein. Gemeinsam dem Leben und was es noch für sie bereithielt entgegenzutreten.

»Hoffen wir, dass es gut geht«, sagte sie. »Wir können das in Ruhe besprechen, wenn wir beim Notar waren. Aber jetzt muss ich runter, Benedikt wartet auf mich.«

»Du bist wirklich unglaublich, Johanna Brook.«

»Das muss ich von dir haben«, lachte sie. »Komm nach, wenn du so weit bist. Wir sind später unten in der Cafeteria.«

Hanna ging zum Treppenhaus. So ganz sicher war sie sich nicht, was die Sache mit der Alten-WG anging. Doch es fühlte sich richtig an. Nach Rosies Reaktion noch mehr als zuvor. Vielleicht war es an der Zeit, die Vergangenheit ein für alle Mal hinter sich zu lassen.

Sie dachte an die Hochzeit, die im Spätsommer 1963 groß ausgerichtet worden war. Ganz traditionell auf dem Hof der Braut, eine typische Bauernhochzeit mit allem Drum und Dran, obwohl das Brautpaar selbst kaum genügend Geld hatte, um sich neue Vorhänge für die gemeinsame Wohnung in Frankfurt zu kaufen. Doch ihr Vater hatte sich nicht lumpen lassen. Hanna glaubte, er wollte Rosie damit beweisen, dass er sie als eines seiner Kinder ansah. Sie war nicht einfach die adoptierte Kriegswaise, sie war seine Tochter, was immer die Leute auch sagen würden. Deshalb dieses beinahe übertriebene Fest. Über zweihundert Gäste waren geladen. Ein Festzelt war auf dem Hof errichtet und mit Birkenzweigen und papiernen Rosen geschmückt worden.

Hanna fragte sich manchmal, ob Rosie da schon was geahnt hatte. Denn obwohl Hanna Trauzeugin und Brautjungfer gewesen war, hatte sie jede Gelegenheit genutzt, Rosie und Carl aus dem Weg zu gehen. Sie war immer wieder in der Menge abgetaucht, war mit Nachbarn tanzen gegangen, hatte sich an der Theke versteckt. Sie schämte sich Rosie gegenüber. Carl dagegen wollte sie möglichst nicht in die Augen sehen. Er wirkte blass und übernächtigt. In der Kirche, als der Pfarrer sie getraut hatte, war sein Blick mitten in der Zeremonie zu Hanna hinübergewandert in der Hoffnung, sie würde aufstehen und allem ein Ende bereiten.

Jedes Mal, wenn Carl auf dem Fest zu ihr herübersah, versteifte sie sich ein wenig und blickte stur geradeaus. Sollte er ruhig denken, dass sie nichts für ihn empfand. Es war das Beste für ihn. Sie wollte hoffen, dass Carl sie vergessen würde, auch wenn ihr nichts mehr wehtat als diese Vorstellung.

Hanna war froh, dass Harald aus Berlin gekommen war, dessen Tischdame sie war. Sie konnte ihn als Vorwand nehmen, sich weniger um Rosie zu kümmern. Harald, der mit seinen Brüdern nicht besonders freundschaftlich verbunden war, hatte außer Hanna kaum jemanden, den er kannte. Er fühlte sich in seiner alten Heimat merklich unwohl, offenbar gab es nicht viele gute Erinnerungen, die er damit verband.

Nach dem Hochzeitstanz gingen sie erhitzt zurück zu ihrem Tisch und nahmen Platz. Hanna bemerkte, dass Carl sich nach ihr umsah, und gab sich betont gut gelaunt und steckte mit Harald lachend die Köpfe zusammen.

Eine gemeinsame Großtante schlenderte an ihrem Tisch vorbei und begrüßte Harald ausgiebig.

»Mein lieber Junge, dass wir dich hier auch mal wieder zu Gesicht bekommen. Aber bist du schon wieder allein gekommen? Gibt es denn keine Frau in Berlin? Du musst zurückkommen, wenn die Berliner Frauen nichts von dir wissen wollen. Hier gibt es eine Menge hübscher Mädchen, die sich freuen würden, wenn du sie mal zum Tanzen ausführst.«

Harald antwortete höflich, doch mit angestrengtem Lächeln. Als sie endlich fort war, stieß er die Luft aus. »Das scheint das Einzige zu sein, was die Leute interessiert. Ob ich verlobt bin.«

Hanna sah ihn prüfend an. Konnte sie es wagen, das Unaussprechbare zu sagen? Sie räusperte sich.

»Es wird keine Frau geben, oder? Ich meine – niemals. So ist es doch, Harald?«

Er sah erschrocken auf. Antwortete nicht.

»Schon gut. Es war nicht sonderlich schwer zu erraten. Und Richard ist ein gut aussehender Mann. Außerdem hat mir Renate einen kleinen Hinweis gegeben. Ich musste nur eins und eins zusammenzählen.«

Er blickte starr an ihr vorbei. »Du verstehst das nicht.«

»Vielleicht nicht. Aber ich weiß, wie es ist, anders zu sein. Keine Angst, ich werde keinem was davon erzählen. Meine Lippen sind versiegelt. Du hast mein Ehrenwort.«

Die Kapelle spielte einen Tusch. Alle hoben die Gläser und stießen auf das Hochzeitspaar an. Harald rang sich ein Lächeln ab, hob das Glas, trank, wartete, bis Carl und Rosie sich küssten, applaudierte und wandte sich wieder Hanna zu.

»Danke, Hanna. Lass uns über was anderes reden.«

»Ich werde es für mich behalten. Wirklich.«

Er lächelte spöttisch. »Also gut. Dann werde ich auch für mich behalten, dass du Carl liebst.«

Nun war es Hanna, die erschrocken zusammenfuhr. Sie wollte laut lachen und alles abstreiten, doch die Volte kam so überraschend, dass sie sich durch ihre Reaktion längst verraten hatte. Harald hatte sie durchschaut.

»Das war ebenfalls nicht schwer zu erraten«, sagte er. »Man muss nur eins und eins zusammenzählen. Weißt du eigentlich, wie angestrengt du Carl die kalte Schulter zeigst und doch ständig heimlich zu ihm hinübersiehst, wenn du denkst, er merkt es nicht?«

Hanna blickte sich hastig um. War das noch jemandem aufgefallen? Machte sie sich hier vor allen Leuten zum Narren?

»Keine Sorge, ich glaube nicht, dass es bemerkt wurde. Vielleicht habe ich einen etwas geschulteren Blick für so etwas. Oder es liegt daran, dass ich die ganze Zeit hinter dir herlaufe, um meinen Brüdern aus dem Weg zu gehen.«

Hanna spürte ihr Herz klopfen. Keiner durfte die Wahrheit erfahren. Es musste ihr Geheimnis bleiben. Keine Sorge, sagte sie sich. Sie konnte sich auf Harald verlassen, so wie er umgekehrt auf ihre Verschwiegenheit bauen konnte.

Harald hob sein Sektglas.

»Auf die verbotene Liebe.«

Hanna lachte, und das tat gut an einem Tag wie diesem.

»Auf die verbotene Liebe«, sagte sie und stieß mit ihm an.

Sie nippte am Sektglas und ließ den Blick über die Festgesellschaft schweifen.

»Aber was machen wir jetzt?«, fragte sie, obwohl sie wusste, dass Harald keine Antwort darauf haben würde. Dass es keine Antwort darauf gab. »Wie sollen wir denn weiterleben?« Wie sollten sie sich einrichten in einer Welt, in der es keinen Platz für sie gab?, wollte sie fragen. Doch Harald schien sie auch so zu verstehen.

»Das kann ich dir sagen.« Er stand auf und verbeugte sich vor ihr. »Wir tanzen. Ich darf doch um den nächsten Tanz bitten?«

Nach der Hochzeit ging es für Carl und Rosie auf Hochzeitsreise an die Nordsee und von dort in ihr neues Zuhause nach Frankfurt. Auf den Brennereihof kehrte Rosie nicht mehr zurück. Hanna war die letzte Tochter in Marienfehn, ausgerechnet sie war es, die dem Hof erhalten blieb. Auch wenn sie in der Wohnung über der Schule wohnte, war sie fast jeden Tag dort, um ihrer Mutter bei der vielen Arbeit auf dem Hof zur Hand zu gehen.

»Du musst eben heiraten«, hatte Rosie das einmal lachend kommentiert. »Sonst wirst du da nie wegkommen. Heirate, und keiner macht dir einen Vorwurf, wenn du nicht mehr jeden Tag auf den Hof kommst.«

Heiraten. Wen sollte sie denn heiraten? Hanna brauchte keinen Mann, der ihr alle Freiheiten nahm, so wie es Inges Mann tat. Die Selbstständigkeit als Lehrerin und ihre kleine Dienstwohnung über der Schule waren etwas, das sie nicht mehr würde missen wollen. Und so waren die Jahre ins Land gezogen, ohne dass sie je ernsthafte Heiratspläne gefasst hatte.

Als sie nun hinaus in den Garten des Seniorenheims trat, fiel ihr Blick auf den Seitenflügel mit der Demenzstation. Wo Hubert Espelkamp gewohnt hatte, bis er gestorben war. Wie jedes Mal, wenn sie an ihn dachte, huschte ein Lächeln über ihr Gesicht. Natürlich war er nie ernsthaft als Heiratskandidat infrage gekommen, trotzdem war seine Schwärmerei für sie sehr schmeichelhaft gewesen. Und offenbar etwas, das Gertrud Espelkamp ihr bis heute nicht verzieh.

Es hatte andere Männer gegeben, neben Carl. Nicht viele, wie sie sich eingestehen musste, wenn sie zurückblickte. Aber genug, um sich nicht ungeküsst zu fühlen. Sie hatte genügend Anträge bekommen, auch wenn sie keinen angenommen hatte.

»Tante Hanna! Ich bin hier.«

Benedikt stand direkt vor ihr. Er runzelte lächelnd die Stirn. »Hast du mich denn gar nicht gesehen?«

»Tut mir leid. Ich war in Gedanken versunken.«

Sie wandte den Blick von der Demenzstation ab. Ein kühler Wind fuhr durch den Garten. Hanna zog die Jacke zu und umfasste ihren Stock.

»Wollen wir wirklich im Moor spazieren gehen?«, fragte er. »Es sieht aus, als würde es jeden Moment anfangen zu regnen.«

»Du hast wahrscheinlich recht. Nehmen wir mit dem Park vorlieb. Dann können wir ins Haus flüchten, wenn es losgeht.«

Sie steuerten auf den kleinen Park zu, der vom Haupteingang bis zur Kapelle am Rande des Moors reichte. Hanna hakte sich bei Benedikt ein, auch wenn sie spürte, wie er sich bei der Berührung ein wenig versteifte.

»Was macht deine Jobsuche?«, fragte sie.

»Geht so. Mal abwarten.«

»Wie viele Bewerbungen hast du denn bislang geschrieben?«

»Ein paar. Keine Ahnung, wie viele.«

Das war sicher gelogen. Bevor Hanna jedoch nachhaken konnte, fragte er: »Hast du dich schon mit diesem Notar getroffen?«

»Nein. Er wird morgen mit uns sprechen.«

»Wenn ich irgendwas für dich tun kann, sag einfach Bescheid.« Halb im Spaß fügte er hinzu: »Wenn du vor Gericht gehst, werde ich auf jeden Fall für dich aussagen, Tante Hanna.«

»Das ist nett von dir«, lachte sie. »Aber so weit sind wir noch nicht. Wir müssen erst abwarten.«

»Übrigens. Ich habe Bernhard Aaldering im Supermarkt getroffen. Er sagt, er will die Brennerei verlassen.«

»Wie bitte?« Das Lachen verging ihr augenblicklich. »Er will wirklich kündigen? Ich dachte, er ist auf die Arbeit angewiesen.«

»Das ist er auch. Aber er hat einen Job als Nachtwächter in Altheim bekommen.«

Bernhard war der älteste Mitarbeiter der Brennerei. So jemand ging doch nicht einfach. Sicher hatte er lange über diesen Schritt nachgedacht. Nachtarbeit war viel anstrengender. Noch dazu in Altheim, wohin er mit dem Auto fahren musste.

»Ist die Stimmung so schlecht im Betrieb?«, fragte sie. »Dass sogar unser ältester und loyalster Mitarbeiter gehen will?«

»Ich glaube schon.« Benedikt wirkte betreten. »Bernhard Aaldering sagt, er ist nicht der Einzige, der wegwill. Es gibt einige, die am liebsten sofort aufhören würden. Sie sehen sich längst nach anderen Jobs um. Keiner ist glücklich auf der Arbeit. Er sagt, ohne dich fehlt die Seele der Firma. Und …« Verlegen fügte er hinzu: »… ich spiele dabei wohl auch eine Rolle.«

»Natürlich tust du das. Klaus war der Chef der Bücher. Aber du warst der, der beim Brand das Sagen hatte.«

Hanna dachte darüber nach. Es tat auf gewisse Weise gut, zu hören, dass sie im Betrieb fehlten. Auch wenn nun alles den Bach runterzugehen drohte.

»Was hat Klaus nur vor? Will er Destillateure von Behrendt auf den Hof holen?«

»Davon gehe ich aus. Ihm geht es nicht darum, die Brennerei auf dem jetzigen Niveau zu halten. Er hat keine Ideen, wie man Produkte weiterentwickelt. Er wird einfach der Politik von Behrendt folgen. Was immer die mit der Marke Brook vorhaben.«

Natürlich war das Hanna schon vorher klar gewesen. Dennoch traf es sie. Es würde also wirklich zu Ende gehen, wenn sie nichts unternahmen.

»Ich muss mich einen Moment setzen«, sagte sie und deutete mit dem Stock auf eine Bank.

»Natürlich. Soll ich dir irgendetwas bringen?«

»Nein, ich brauche nichts«, sagte sie. »Ich muss mich nur einen Moment ausruhen.«

Leichter Nieselregen setzte ein, doch das störte sie nicht. Die herbstlichen Blätter der Roteiche über der Bank hielten das meiste ab.

Sie wollte das Thema wechseln. Benedikt auf mögliche Stellen ansprechen, ein wenig Druck machen, damit er sich endlich nach einem neuen Job umsah, da bemerkte sie die Veränderung. Benedikt stand plötzlich steif da, noch steifer als sonst, und sein Gesicht wirkte verschlossen, die Augen unergründlich. Hanna folgte seinem Blick. Eine Bewohnerin des Seniorenheims wurde gerade von einem Pfleger mit dem Rollstuhl durch den Garten und auf sie zugeschoben.

»Jetzt fängt es wohl doch an zu regnen«, sagte der Pfleger übertrieben laut und deutlich zu der Frau. »Wir gehen besser zurück ins Haus?«

Die ältere Dame blickte verständnislos, und er rief laut, wobei er jede Silbe betonte: »Zurück ins Haus.«

Sie nickte kräftig und winkte mit der Hand zum Haupteingang. »Ja, es fängt an zu regnen.«

Hanna beäugte Benedikt. Sie fragte sich, ob er die Dame vielleicht kannte. Es war niemand aus Marienfehn, soweit sie wusste.

Da hob der Pfleger den Kopf, und sein Blick traf auf den von Benedikt. Er blieb stehen, machte große Augen, ein breites Lächeln hellte sein Gesicht auf.

»Benedikt. Was für eine Überraschung.«

»Hallo, Jonas.«

Hanna sah überrascht zu ihrem Großneffen, doch der stand nur hölzern da, unnahbar.

»Ich wusste nicht, dass du hier arbeitest.«

»Schon seit zwei Jahren. Es ist ein tolles Haus, wirklich. Ich bin gern hier. Aber was machst du hier? Besuchst du Verwandte?«

Hanna kannte Benedikt gut genug, um zu erkennen, dass er sie keinesfalls vorstellen wollte. Am liebsten wäre ihm, sie könnten einfach das Gespräch beenden und ihrer Wege gehen. Doch dafür war es zu spät.

»Das ist meine Großtante«, sagte er widerwillig. »Sie lebt seit Kurzem im Mariahilf.«

Der Pfleger nickte ihr freundlich zu, dann schob er den Rollstuhl neben Hanna unter das leuchtende Blätterdach der Roteiche, um die alte Dame vor dem Nieselregen zu schützen.

»Sie sind Frau Brook, nicht wahr?«, rief ihr die Frau entgegen. Offenbar hatte sie das Hörgerät nicht dabei. Hanna glaubte, die Frau nicht zu kennen, außerdem wollte sie ihren Neffen beobachten, und da störte sie nur.

Die Frau rief lautstark: »Wir haben bei uns in Bad Bentheim immer Ihren Korn getrunken. Brooks Alter Korn. Sie sind doch Frau Brook?«

»Ja, das bin ich. Das freut mich sehr zu hören. Wir waren immer stolz auf unseren Korn. Dann hat sich schon herumgesprochen, wer ich bin?«

Die Frau beugte sich ihr ein wenig entgegen.

»Der Schnaps«, rief sie, als hätte Hanna sie nicht verstanden. »Brooks Alter Korn. Das ist der beste.« Und lachend fügte sie hinzu, mit anschwellender Lautstärke: »Der beste.«

Hanna bekam kein Wort von der Unterhaltung der beiden Männer mit. Sie sah allerdings, wie unwohl sich Benedikt in seiner Haut fühlte.

»Brooks Alter Korn«, lachte die Dame wieder, dann hörte Hanna ihren Großneffen sagen: »… wieder reingehen, sonst holt sich meine Tante eine Erkältung.«

Nun wurde sie auch noch als Ausrede vorgeschoben. Gern hätte sie das richtiggestellt, jedoch wollte sie Benedikt nicht in den Rücken fallen. Die ganze Situation schien unangenehm genug für ihn zu sein.

Jonas, der Pfleger, löste die Fußbremse am Rollstuhl, rief der alten Dame zu: »Wir gehen auch besser rein«, warf Hanna zum Abschied ein Lächeln zu und schob seine Patientin fort.

Benedikt sah nicht so aus, als wollte er ein Wort der Erklärung abgeben. Hannas Kräfte waren inzwischen zurückgekehrt. Sie stand auf und stützte sich auf ihren Stock.

»Wer war denn der junge Mann?«

»Nur ein Bekannter.«

»Und woher kennst du ihn?«

»Keine Ahnung. Von irgendwoher.«

Dicke Tropfen mischten sich unter den Nieselregen. Eine Windböe trieb ihnen kalte Luft durch die Kleidung. Der Himmel verdunkelte sich.

»Lass uns besser reingehen, Tante Hanna.«

»Und dieser Junge …?«

»Ich weiß nicht mehr, woher ich ihn kenne. Jetzt komm schon.«

Von überall her aus dem Park kamen Bewohner und Besucher, die Schutz im Hauptgebäude suchten. Kaum waren Hanna und Benedikt unters Glasdach getreten, ging der Nieselregen in einen Platzregen über, der auf das Vordach prasselte.

»Gerade noch rechtzeitig«, meinte Benedikt. »Komm, setzen wir uns in die Cafeteria.«

Sie wollte nochmals auf Jonas zu sprechen kommen, doch er nahm bereits ihr unterbrochenes Gespräch wieder auf.

»Ich weiß nicht, wie weit die Verhandlungen mit Behrendt sind«, sagte er. »Aber was passiert, wenn es schon Verträge gibt?«

»Das weiß ich noch nicht. Kannst du rauskriegen, wie weit die Verhandlungen vorangekommen sind?«

»Ich kann es versuchen. Aber wenn der Verkauf schon vollzogen ist …« Er brach ab.

Hanna dachte an Klaus, den sie wie einen Sohn ins Unternehmen eingeführt hatte. Dem sie das Familienerbe voller Vertrauen in die Hände gelegt hatte.

»Das werden wir auf keinen Fall akzeptieren«, meinte sie mit bitterer Entschlossenheit. »Niemals. Wir werden das verhindern. Und wenn es das Letzte ist, was ich tue.«

»Höre ich da etwa Kampfgeist?«, dröhnte gut gelaunt eine kratzige und rauchige Stimme hinter ihnen.

Es war Rosie, die über ihren Rollator gebeugt die Cafeteria betrat. Sie strahlte Hanna und Benedikt an.

»Das wurde auch höchste Zeit. Kommt, halten wir Lagebesprechung. Wir werden Klaus schon irgendwie kleinkriegen.«

Kapitel 23

Herbst 1965

Nach dem plötzlichen Tod ihrer Mutter im Sommer fünfundsechzig übernahmen die Schwestern sämtliche Hausarbeit auf dem Hof. Sie kochten für ihren Vater, putzten, bügelten und kümmerten sich um den Gemüsegarten. Fürs Melken und Füttern wurde jemand aus Marienfehn eingestellt. Es waren vor allem Inge und Hanna, die sich die Arbeit teilten, unterstützt von Oma Butthus. Waltraut und Rosie wohnten zu weit entfernt, um mitzuhelfen.

Ihre Mutter hatte einen schweren Schlaganfall erlitten, als sie in der Tenne auf die Leiter geklettert war, um Eier vom Zwischenboden zu sammeln. Der Sturz war vergleichsweise harmlos gewesen. Am unteren Ende der Leiter lag ein Heuhaufen, in den sie hineingefallen war. Trotzdem machte der herbeigerufene Arzt ihnen wenig Hoffnung, und sie starb noch in derselben Woche. Umgeben von der ganzen Familie hatte sie im Ehebett gelegen. Die Töchter umrahmten das Bett, hockten betend und still weinend um ihre Mutter herum. Eine Kerze brannte auf dem Nachttisch, und überm Bett hing ein goldumrandetes Heiligenbild der Muttergottes mit dem Kind.

Nachdem die Mutter ihren letzten Atemzug getan hatte, stand Oma Butthus auf und öffnete das Fenster, damit ihre Seele in den Himmel steigen konnte. Nun wurde nicht mehr still geweint, sondern laut geschluchzt. Die Schwestern fielen sich in die Arme, die Männer nickten einander ernst zu, und der Vater drückte kräftig die Schulter des Sohns, was mehr körperliche Nähe ausdrückte, als Hanna je zuvor zwischen ihnen gesehen hatte. In ihrer Trauer waren sie vereint.

Nur Hanna fühlte sich seltsam unbeteiligt. Zu Lebzeiten hatte sie ihre Mutter kaum gekannt, und nun war sie von ihnen gegangen. Hanna spürte nur Leere in sich. Keine Tränen, keine Verzweiflung. Und die Scham darüber, nicht wie die anderen trauern zu können.

Ihr Vater zog sich nach ihrem Tod noch mehr in sich zurück. Sooft er konnte, blieb er auf den Feldern und im Stall, wo er einsam und verbissen seiner Arbeit nachging. Er litt still und für sich allein.

Für Günther war es keine leichte Zeit, denn das Verhältnis zwischen ihm und dem Vater war immer schwieriger geworden, und nach dem Tod seiner Frau ignorierte er Günther komplett. Es gab keine Absprachen mehr über das, was auf dem Hof zu erledigen war. Ihr Vater tat, wonach ihm der Sinn stand, und Günther musste hinterherlaufen und dafür sorgen, dass nichts Wichtiges vergessen worden war. Um die Brennerei kümmerte er sich beinah im Alleingang.

Hanna fuhr meist direkt nach Unterrichtsschluss zum Hof, kümmerte sich ums Mittagessen und spülte ab, bevor sie sich zurück zu ihrer Wohnung aufmachte und am Nachmittag Aufsätze und Diktate korrigierte.

Sie hatte sich im Vorjahr einen taubenblauen VW Käfer gekauft. Es war ihr ganzer Stolz. Ihr kleines bisschen Freiheit, das sie dem Leben abgerungen hatte. Mit dem Käfer war sie ständig unterwegs, fuhr überallhin, wann immer sie Lust hatte. Sie war dann wie im Rausch. Wenn sie über die Landstraßen jagte, konnte sie ihre unerfüllten Träume vergessen. Mit dem Rattern des Motors, dem Fahrtwind, der durchs offene Fenster ging, und mit den vorbeirasenden Landschaften spürte sie ein bislang ungekanntes Maß an Glück. Auch wenn es nur ein bescheidener Ersatz war für ein Leben als Journalistin, so konnte sie es dennoch in vollen Zügen genießen.

Am Mittag eines Herbsttages, an dem sie wieder mal zum Kochen auf dem Hof erschien, war Inge noch im Haus, die sich um die Wäsche gekümmert hatte. Hanna lud sie ein, zum Essen zu bleiben, doch Inge winkte nur erschöpft ab. Sie schien es eilig zu haben, wieder einmal.

»Ich muss selber kochen«, sagte sie. »Die Kinder brauchen was zu essen, und mein Mann auch. Ich bin eh zu spät dran.«

»Gut. Dann kümmere ich mich um unsere Männer hier. Vielleicht essen wir nächste Woche mal zusammen.«

»Ja, vielleicht.« Inge knotete sich das Kopftuch über und schlüpfte in ihren Mantel. Sie war mit dem Fahrrad da, ein Auto besaßen sie und ihr Mann nicht. »Ich hab dir Möhren aus dem Garten geholt. Eigentlich wollte ich schon mal die Kartoffeln schälen, aber das habe ich nicht mehr geschafft.«

»Macht nichts. Ich kümmere mich darum.«

Inge knöpfte eilig den Mantel zu. Doch plötzlich hielt sie inne und stieß einen Seufzer aus.

»Wir müssen uns was überlegen, Hanna.«

»Was meinst du damit?«

»Oma Butthus. Sie kann nicht mehr jeden Abend rüberkommen. Sie tut immer so, als wäre das kein Problem. Aber sie ist weit über siebzig.«

»Ich weiß. Wir verlangen zu viel von ihr.«

»Ach, es ist ja nicht nur sie... Wir alle können das nicht mehr ewig machen. Es war ja nur für die erste Zeit gedacht.«

»Aber was sollen wir denn sonst machen? Vater kann schließlich nicht selbst die Hausarbeit erledigen.«

»Ich weiß es doch auch nicht. So geht es jedenfalls nicht mehr weiter. Irgendwas müssen wir uns überlegen.«

»Günther muss eben heiraten«, sagte Hanna und meinte das eigentlich als Scherz.

Doch Inge nickte ernst.

»Das ist auch meine Meinung. Er ist alt genug. Es muss eine Frau auf den Hof, und zwar bald.«

»Er wird in ein paar Monaten einundzwanzig«, protestierte Hanna. »Lass ihn doch erst mal richtig erwachsen werden.«

»Er ist längst erwachsen. Es muss ja nicht jeder so lange damit warten wie du.« Das war ihr rausgerutscht, und sie bereute es sofort. »Tut mir leid, Hanna. So war es nicht gemeint. Ich muss jetzt los. Bis bald.«

Sie vermied es, Hanna in die Augen zu blicken, nahm ihre Tasche und verschwand durch die Tenne nach draußen.

Hanna machte sich auf den Weg in die Küche. Zu ihrer Überraschung war sie nicht allein im Haus. Günther saß in Arbeitskleidung am Küchentisch und ging die Post durch. Er grinste Hanna schief an. Offenbar wusste er genau, was die Schwestern in der Diele besprochen hatten.

»Du sollst heiraten«, begrüßte Hanna ihn trocken.

»Ja, ich weiß.« Er lachte. »Inge hat sogar schon Ideen, mit wem sie mich verkuppeln könnte.«

»Ist das ihr Ernst? Hat sie das so gesagt?«

»Sie hat Andeutungen gemacht. Mit welchen jungen Frauen ich mal tanzen gehen könnte. Ich frage mich, warum sie mich nicht einfach am Nasenring durch Marienfehn führt. Dann könnte sich jede heiratsfähige Frau ein Bild von mir machen.«

Er lachte wieder, doch Hanna konnte nicht mit einstimmen. Sie nahm sich die Kartoffeln und das Schälmesser und setzte sich zu ihm an den Tisch.

»Lass dich von Inge nur nicht drängen. Du wirst schon früh genug heiraten. So lange können alle ruhig warten.«

»Wie lange soll das noch so gehen, Hanna? Ganz im Ernst. Ganz Marienfehn weiß, dass hier die Stelle der Hofherrin zu besetzen ist. Ich bin eine gute Partie. Es wird sich bestimmt eine finden. Im Grunde brauche ich gar nicht gefragt zu werden.«

»Hör schon auf. Du nimmst dir so viel Zeit, wie du brauchst. Um Inge kümmere ich mich, keine Sorge.«

»Am Wochenende kommen Wintrupps mit ihrer ältesten Tochter Maria zu Besuch. Weißt du, was Maria dazu gesagt haben soll? ›Als ich den Hof sah, wusste ich, dass ich ihn liebe.‹ Das hat mir ihr Bruder Heinz anvertraut.«

»Maria Wintrupp ist eine blöde Kuh. Denk nicht mal daran, sie zu heiraten.«

»Vater wäre sehr angetan von den Wintrupps. Er meint, es wäre eine gute Verbindung.«

»Bitte, Günther! Du hast doch nicht vor, so ein geldgieriges Frauenzimmer zu heiraten. Was ist los mit dir?«

Ihre Bewegungen wurden ruppiger. Sie bemerkte, dass die Schale der Kartoffel immer dicker wurde. Wütend warf sie die Kartoffel in den Topf.

»Es ist halt nicht jeder so frei wie du.«

Sie sah verständnislos auf. »Wie ich?«

»Du machst einfach, was du willst. Du gehst deinen eigenen Weg, und keiner braucht dir zu sagen, was du zu tun hast.«

Hanna war so perplex, dass sie auflachte. War das etwa sein Ernst? So sah er sie? Als eine, die sich nichts sagen ließ? Ausgerechnet sie, die doch immer das Gefühl hatte, keine eigenen Entscheidungen treffen zu dürfen.

»Es stimmt«, sagte Günther. »Du bist berufstätig, du hast eine eigene Wohnung, ein eigenes Auto. Nächstes Jahr wirst du achtundzwanzig, und sagt dir irgendwer, dass du zu heiraten hast? Du bist frei, zu tun, was du willst. Im Gegensatz zu uns.«

Hanna verging das Lachen. Auf gewisse Weise hatte er recht. Günther war der Hoferbe, und es war allen immer klar gewesen, dass seine Rolle niemals infrage gestellt werden dürfte.

»Würdest du das Erbe denn ablehnen, wenn du frei wärst?«, fragte sie, während sie eine weitere Kartoffel nahm.

Er zuckte mit den Schultern. Schwieg.

»Wahrscheinlich nicht«, brummte er schließlich.

Er war eben der einzige männliche Erbe, dennoch schienen sie beide nachzudenken über das schlechte Verhältnis, das er und sein Vater hatten. Und über das Geheimnis, das keiner aussprach, das bestenfalls heimlich geflüstert wurde.

Ihre Blicke trafen sich. Ein Name lag in der Luft. Dragan.

Der Name, dessentwegen alle stets betont hatten, dass Günther ein Frühchen sei. Schließlich konnte jeder zurückrechnen zu dem Fronturlaub, in dem er gezeugt worden sein sollte. Es musste einfach ein Frühchen sein, alles andere war undenkbar, und so blieb man bei der offiziellen Version: Günther war zwei Monate vor der Zeit auf die Welt gekommen. Und keiner verstand, weshalb sein Vater ihn nicht leiden konnte. Aber so war es manchmal. Kinder und Eltern lagen auch woanders im Streit.

Günther senkte den Kopf, ging die Post weiter durch, als wäre nichts gewesen. Dann sah er auf, schien plötzlich eine Idee zu haben.

»Bleib, wo du bist«, sagte er aufgeregt, als er aufsprang. »Rühr dich nicht von der Stelle, Hanna. Ich möchte dir was zeigen.«

Er lief nach nebenan, zum Kriechkeller. Es rumpelte und klirrte, schließlich tauchte er mit zwei Flaschen auf. Hanna glaubte fast, dass es etwas mit Dragan zu tun hätte. Doch das schien abwegig. Er verbarg die beiden Flaschen hinter seinem Rücken.

»Ich möchte, dass du etwas probierst«, sagte er aufgeregt. »Du musst aber die Augen schließen.«

»Wieso soll ich denn die Augen schließen? Ich weiß doch eh nicht, was du da in der Hand hast.«

»Jetzt mach schon. Schließ die Augen.«

Er ging zum Schrank und holte eine weitere Flasche sowie zwei Schnapsgläser hervor. Die Gläser stellte er auf den Tisch. Dann überzeugte er sich, dass Hanna die Augen geschlossen hatte, und begann einzuschenken. Hanna hörte es klirren und gluckern, dann drückte er ihr ein Glas in die Hand und sagte ihr, sie solle probieren.

Sie nippte vorsichtig. Es war ganz gewöhnlicher Schnaps. Der musste aus ihrer Brennerei sein, schließlich hatte Hanna gesehen, dass kein Etikett auf den Flaschen war.

»Das ist unser Korn, oder? Brooks Weizenkorn.«

»Ganz richtig, gut erkannt. Ich finde nämlich, er schmeckt so wie die meisten Weizenkornsorten. Augen zu? Dann probier diesen hier.«

Hanna nippte an dem zweiten Glas und schmeckte ebenfalls Hochprozentiges. Allerdings so weich und voll, dass es nicht im Rachen brannte, stattdessen breitete sich ein würziges Aroma auf dem Gaumen aus, sanft und mild, das Hanna an Heuernte und Sommerwiesen erinnerte.

Sie öffnete die Augen. »War das …?«

»… auch ein Korn. Ein Weizenkorn.«

Hanna betrachtete ungläubig die Flaschen. Während der gewöhnliche Schnaps klar wie Wasser war, leuchtete der Inhalt der zweiten Flasche goldbraun.

»Was ist das für ein Schnaps?«, fragte sie. »Wo hast du ihn her? Er schmeckt köstlich. Unglaublich, wie verschieden die sind. Das ist doch niemals Korn.«

»Doch, ist es. Den hab ich aus dem Keller. Die Flaschen waren noch übrig. Die wird wohl jemand da vergessen haben.«

»Ich verstehe nicht …«

»Das ist auch Brooks Weizenkorn. Aber einer aus der Vorkriegszeit. Den hat noch unser Opa gebrannt.«

»Wieso ist der nicht klar? Und warum schmeckt er so anders?«

»Das liegt daran, dass Opa den Schnaps in Holzfässern gelagert hat. Das ist zwar kostspieliger und dauert länger, aber dafür ist das Ergebnis ein völlig anderes. Nach dem Krieg wurden nur noch Metallfässer genutzt. Das verkürzt die Lagerzeit und ist billiger, aber du siehst ja, was für einen Unterschied es ausmacht.«

Hanna hielt den alten Korn unter die Nase. Er hatte ein tolles Bouquet. Edel und hochwertig. Er roch nach Malz und Vanille. Beinahe schien er zu schade, um ihn einfach so zu trinken.

»Das würde ich mit der Brennerei machen«, sagte Günther voller Begeisterung. »Ich würde gern wieder so brennen, wie unser Großvater es getan hat.«

»Und den Brand in Holzfässern lagern?«

»Unter anderem. Ich würde einen Schnaps herstellen, der so hochwertig ist, wie das früher der Fall war, und einen ganz eigenen Geschmack hat. Jetzt wollen alle billig produzieren, und der Korn schmeckt überall gleich. Das hier, das ist aber richtige Qualität. Denkst du, den könnte man verkaufen?«

Hanna betrachtete nachdenklich die goldene Flüssigkeit. Sie wollte Günther nicht enttäuschen. Er schien regelrecht zu brennen für diese Entdeckung, die er im Kriechkeller gemacht hatte.

Doch sie sollten realistisch bleiben. Brooks gewöhnlicher Korn war als günstiger Schnaps bei den Leuten der Region beliebt. Bei Hochzeiten und Nachbarschaftsfesten wurde eine Menge davon getrunken. Sie war nicht sicher, wem Günther den alten Korn verkaufen wollte, egal, wie hochwertig er war. Wer sollte ihn hier auf dem Land trinken wollen?

»Dieser alte Korn wäre sicher teurer, oder?«, fragte sie.

»Um einiges teurer sogar. Aber dafür ist er auch besser. Das hast du selbst gesagt. Dafür muss es doch einen Markt geben. So etwas darf nicht verloren gehen.«

Hanna blieb jedoch skeptisch. Das Wirtschaftswunder hielt ungebrochen an, trotzdem war man sparsam, verglich die Preise, drehte jeden Groschen um. Natürlich konnten sich die Leute wieder etwas leisten, und das war wichtig. Man wollte ordentlich essen, ein Auto und einen Fernseher haben. Doch dafür musste sparsam gelebt werden. Die Leute würden für einen neuen Korn kaum mehr ausgeben wollen, wenn ihnen der alte gut gefiel.

»Was sagt Vater dazu?«, fragte sie vorsichtig.

Sofort war seine Begeisterung verflogen. Er ließ sich wieder auf seinen Platz sinken, ging weiter die Post durch, als hätte er das Interesse an den Schnapsflaschen verloren.

»Er hält gar nichts davon. Im Gegenteil. Er wird richtig wütend, wenn ich davon anfange. Für ihn ist der Schnaps einfach nur ein willkommener Nebenerwerb für den Bauernhof. Solange die Brennerei Geld macht, ist alles gut. Mehr will er nicht. Er hält es wie die CDU: keine Experimente.«

Hanna konnte ihren Vater verstehen, doch sie sah, wie begeistert Günther von dem alten Korn war. Er tat ihr leid.

»Und wenn du ein oder zwei Fässer abzweigst und die nach alter Tradition herstellst?«, schlug sie vor. »Sozusagen für den Hausgebrauch?«

Günther warf ihr einen finsteren Blick zu. Er antwortete nicht, offenbar war das Thema damit für ihn beendet.

»Hier, der ist für dich«, sagte er schließlich und schob einen Brief über den Tisch. »Ein Brief von Rosie.«

Hanna wischte sich die Hände an einem Geschirrtuch ab und nahm den Umschlag. Rosies geschwungene, unverwechselbare Handschrift prangte darauf.

»Langsam könnte sie sich daran gewöhnen, die Post an meine Adresse zu schicken«, murmelte sie.

»Er kommt doch an, wenn er hier landet.« Günther betrachtete missmutig die Flaschen. »Es ist eine Schande, wenn alte Handwerkskunst nicht mehr wertgeschätzt wird und einfach verschwindet. Wollen wir wirklich nur noch den billigen Schnaps herstellen? Es war nicht alles schlecht früher, weißt du.«

»Nein, die Autobahnen zum Beispiel«, konnte sich Hanna nicht verkneifen zu sagen, doch Günther fand das überhaupt nicht lustig.

Die Tür zur Tenne schlug nebenan ins Schloss. Eine dunkle Stimme dröhnte durchs Haus.

»Günther!« Es war ihr Vater, offensichtlich wieder einmal schlecht gelaunt. »Wieso sind die Bullen noch nicht gefüttert?«

»Weil du gesagt hast, du wirst sie füttern«, murmelte Günther in sich hinein. »Aber das willst du ja nicht hören.«

»Günther, verflucht! Wo bist du?«

Er schob die Post genervt von sich, dann stand er auf und stapfte hinaus in die Diele.

»In einer knappen Stunde ist das Essen fertig«, rief Hanna ihm hinterher, doch er brummte nur missmutig.

Bevor sie sich um die Kartoffeln kümmerte, riss sie eilig den Umschlag auf, um Rosies Brief wenigstens zu überfliegen. Sie würde später Zeit finden, ihn in Ruhe zu lesen.

Rosie schrieb aus Frankfurt, wo sie und Carl nun seit zwei Jahren lebten. Wie immer erfuhr Hanna eine Menge über ihren gemeinsamen Alltag, über Gesellschaften, die sie für Carls Kollegen aus der Zeitung ausrichtete, über das Leben in der Stadt und ihre Arbeit bei einer Firma für Büroartikel, schließlich vom ersten gemeinsamen Italienurlaub, der nun bevorstand. Italien. Das kannte Hanna nur von Goethe. Bis vor einigen Jahren wäre sie niemals auf die Idee gekommen, dass jemand, den sie persönlich kannte, je dorthin fahren könnte. Aber nun war es das beliebteste Ferienziel der Deutschen geworden, und Rosie und Carl gehörten zu denen, die sich so etwas inzwischen leisten konnten. Wie aufregend musste es sein, Italien zu besuchen.

Doch trotz der vermeintlich guten Neuigkeiten klang etwas in Rosies Bericht aufgesetzt, irgendwie künstlich. Hanna fand jedoch keinen Hinweis darauf, was genau nicht in Ordnung sein könnte.

Erst als sie Stunden später nach Marienfehn zurückfuhr und sich in ihre Wohnung über der Schule begab, las sie den Brief noch einmal ganz in Ruhe. Und nun war sie vollends überzeugt, dass Rosie nicht die Wahrheit sagte. Etwas war nicht in Ordnung.

Rosie hatte ihr letztes Weihnachten anvertraut, dass Carl womöglich als Auslandskorrespondent fortgeschickt werden würde. Rosie wollte jedoch nicht ins Ausland und fürchtete sich davor. Sie war zufrieden mit ihrer Arbeit im Büro in Frankfurt. Alles, wovon sie träumte, war, mit Carl eine Familie zu gründen und ein Haus in einem Vorort von Frankfurt zu bauen.

War das vielleicht der Grund für diese aufgesetzte Fröhlichkeit? Würden sie ins Ausland geschickt werden?

Wie wäre es für sie, fragte sich Hanna, wenn ihr Mann irgendwohin in die Welt geschickt würde und sie als Ehefrau ganz selbstverständlich mitgehen sollte? Wenn ihr keine Wahl gelassen und von ihr erwartet würde, ihren Beruf aufzugeben, ohne im neuen Land eine Beschäftigung zu haben, außer zu kochen und zu putzen und Gäste zu empfangen?

Hanna würde warten müssen, bis Rosie und Carl aus dem Urlaub zurück wären. Es gab seit Neuestem ein Telefon auf dem Hof, und von ihrem Büro aus hatte Rosie die Möglichkeit zu telefonieren.

Hanna würde sich also gedulden. Sie nahm den Brief, öffnete die Schreibtischschublade mit ihren privaten Dingen und legte ihn hinein.

Die Ausgabe des Berliner *Tagesspiegel* fiel ihr ins Auge, die sie in der Schublade aufbewahrte. Rosies Probleme waren für einen Augenblick vergessen. Sie strich über die Zeitung und lächelte nachdenklich.

Richard hatte ihr vorgeschlagen, nach Berlin zu kommen und als freie Mitarbeiterin bei der Zeitung zu arbeiten. Erich Ziegler mochte Hanna, er würde den einen oder anderen kleinen Auftrag für sie herausholen können. Es sei ein Anfang, meinte Richard, alles andere entwickle sich schon. Sie müsse nur zuversichtlich sein und hart arbeiten.

Hanna hatte lange über das Angebot nachgedacht. Sie scheute sich nicht davor, hart zu arbeiten. Dennoch war es kaum mehr als die Taube auf dem Dach, die sie da lockte. Ein paar kleine Texte als freie Mitarbeiterin, keine Festanstellung in Aussicht. Und da sie keine Ausbildung hatte, wären ihre Chancen, eine solche Stellung irgendwann einmal zu bekommen, mehr als gering. Sie machte sich nichts vor. Es gab genügend Männer, die sich um die freien Stellen rissen. Da würde sie niemals genommen werden, nicht ohne Ausbildung.

Außerdem hatte sie inzwischen eine Menge zu verlieren. Einen guten Beruf, Aufstiegsmöglichkeiten, ein sicheres Gehalt, das mit der Zeit weiter wachsen würde. Sollte sie für so eine Träumerei alles aufgeben?

Und sie wurde auf dem Brennereihof gebraucht. Sie konnte diese Verantwortung nicht einfach ignorieren. Das machte es vollends unmöglich, nach Berlin zu gehen.

Es hatte sie ein paar schlaflose Nächte gekostet, in denen sie sich grübelnd im Bett gewälzt hatte. Sie wollte ihren Traum nicht einfach aufgeben. Sie war unendlich traurig gewesen, doch letztlich hatte sie Richard abgesagt.

Sie dachte an das, was Günther ihr gesagt hatte. *Du bist frei. Du gehst deinen eigenen Weg. Keiner sagt dir, was du zu tun hast.* Sie wünschte, es wäre so, wünschte, sie wäre mutig genug, alles hinzuwerfen und neu anzufangen.

Und sosehr es sie ärgerte, sosehr sie sich auch dagegen wehrte: Sie lebte dennoch genau das Leben, das für sie vorgesehen war. Wie es auch von Günther verlangt wurde.

Kapitel 24

Was Günther betraf, sollte sie ihre Meinung noch im gleichen Jahr ändern. Denn er heiratete tatsächlich. Aber nicht so, wie es von allen erwartet worden war. Er bewies allen, dass er sich als Mann eben doch frei genug fühlte, eigene Entscheidungen zu treffen.

Hanna wusste sofort, dass etwas nicht stimmte, als Inge mit dem Fahrrad vor der Schule erschien. Es war kurz vor Unterrichtsschluss, als sie draußen auf der Straße hinter den hohen Fenstern des Klassenraums auftauchte. Ihre Schwester lehnte das Rad an eine Laterne, zog das Kopftuch achtlos herunter und ging unruhig vor dem Schulgebäude auf und ab.

»Dann machen wir für heute Schluss«, sagte Hanna. »Denkt daran, eure Hausaufgaben zu erledigen. Und vergesst nicht, dass es morgen ein Diktat gibt.«

»Ja, Fräulein Brook«, riefen die Kinder im Chor und: »Auf Wiedersehen, Fräulein Brook.« Die Kinder sprangen auf, nahmen ihre Ranzen, liefen umher und strömten hinaus auf die Straße. Hanna folgte ihnen, bedacht darauf, als Letzte das Gebäude zu verlassen, und trat Inge neugierig entgegen.

»Was machst du hier?«, fragte sie. »Ist etwas passiert?«

»Es geht um Günther. Du wirst es nicht glauben, Hanna. Er hat sich verlobt.«

Das war nun wirklich eine Überraschung. Hanna hatte nichts davon geahnt. Günther wollte sich bei diesem Thema von keinem in die Karten sehen lassen, nicht einmal von Hanna. Je größer der Druck auf ihn geworden war, desto stiller und zurückgezogener war er geworden.

»Das kommt ja plötzlich«, meinte Hanna gut gelaunt. »Aber ich freu mich für ihn. Wer ist denn die Glückliche? Jetzt sag schon.«

An Inges Blicken erkannte sie, dass es einen Haken an der Sache geben musste.

»Jetzt sag schon. Wer ist es?«

Inge verschränkte die Arme.

»Marianne Schulte Veen.«

Das verschlug Hanna tatsächlich die Sprache. Die Schulte Veens besaßen den größten Gutshof in der Gegend. Der Vater war der reichste und mächtigste Bauer, den sie kannte. Der Stammbaum der Familie, die für den Landstrich schon immer sehr bedeutsam gewesen war, reichte zurück bis zum Dreißigjährigen Krieg. Als Kind hätte Hanna niemals eines der Mädchen der Schulte Veens besuchen dürfen, so wie sie Carl besucht hatte. Nicht einmal mit ordentlichen Zöpfen und sauberer Schürze.

»Ja, so habe ich auch geguckt«, sagte Inge.

»Aber Marianne ist doch …«

»… ist die älteste von drei Töchtern, ganz richtig. Sie soll den Hof bekommen. Günther verlobt sich mit einer Hoferbin. Begeistert ist der alte Schulte Veen von der Verbindung nicht, das kannst du dir denken. Ihm gefällt nicht, dass Marianne sich so weit unter ihrem Stand verlobt hat. Aber Günther gefällt ihm, die beiden kommen gut miteinander aus. Deshalb will er es erst mal laufen lassen.«

Günther auf dem Hof der Schulte Veens? Aber was würde dann mit dem Brennereihof passieren?, fragte sich Hanna. Die Brooks hatten einen ordentlichen Hof, der sich sehen lassen konnte, doch im Vergleich zu den Schulte Veens war er völlig unbedeutend. Würden die Ländereien zusammengeführt werden, damit ein noch größerer Besitz dabei herauskäme? Doch was würde dann aus der Brennerei werden? Was würde aus ihrem Vater werden?

Natürlich konnte Inge Hanna diese Fragen nicht beantworten. Keiner konnte das. Dafür war es viel zu früh. Doch die Pläne des Vaters für die Zukunft des Brennereihofs waren damit durchkreuzt worden, so viel war sicher, und aus der guten Nachricht war eine eher unschöne Überraschung geworden.

»Ach herrje«, war alles, was Hanna dazu sagen konnte.

»Genau das denke ich auch. Hast du vielleicht einen Schnaps oben bei dir?«

»Also bitte. Ich bin immer noch eine Brook. Natürlich habe ich einen Schnaps.«

»Dann lass uns erst mal die Neuigkeiten verkraften.«

So gingen die beiden hinauf in die kleine Lehrerwohnung, um einen Schnaps auf den Schreck zu trinken. Brooks Korn, was auch sonst.

Schon bald wurde erst einmal eines klar: dass es so schnell keine Klarheit geben würde, was den Brennereihof und dessen Zukunft betraf. Alles blieb in der Schwebe. Günther würde nach der Heirat zwar auf den Gutshof ziehen und dort mithelfen, die Geschäfte zu führen. Doch der alte Schulte Veen hatte verfügt, dass der Hof nur an seine Tochter übergeben werden sollte, was bedeutete, dass Günther im Fall einer Scheidung ohne Rechte und vor allem ohne Besitz dastünde. Um das zu verhindern, wollte Günther die beiden Höfe zusammenführen und das Land dem der Schulte Veens hinzufügen, doch das ließ die Frage offen, was mit ihrem Vater und der Brennerei passieren würde.

Hannas Vater nahm zu all diesen Fragen keinerlei Stellung. Er war wütend auf Günther und verweigerte sich jedem Gespräch. Er stand einfach auf und verließ wortlos den Raum, sobald sein

Sohn durch die Tür trat. Ihr Vater fühlte sich verraten, und er ließ es ihn mehr als deutlich spüren.

Doch auch wenn Hanna ihn verstehen konnte, machte es dieses Verhalten nicht einfacher, über die Zukunft des Brennereihofs zu entscheiden. Den Schwestern blieben am Ende nur Vermutungen und ziellose Diskussionen. Konkrete Pläne konnten nicht geschmiedet werden.

Ihr Vater grübelte viel, doch er teilte sich ihnen nicht mit. Hanna und ihre Schwestern wurden in diesem Spätsommer vor vollendete Tatsachen gestellt: Ihr Vater stellte einen weiteren Mitarbeiter ein, der auf dem Hof leben sollte und eine Kammer im Bauernhaus bezog. August, ein dürrer und leicht hinkender Kriegsversehrter, der allerdings zäh war und gut anpacken konnte. Sein Gehalt war niedrig, und so war es möglich, Günther auf dem Hof zu ersetzen. Der Vater selbst arbeitete nun rund um die Uhr und brachte alles auf Vordermann. Heinrich Brook wollte der Welt offenbar demonstrativ zeigen, dass er den Hof allein weiterführen konnte, auch ohne Erben.

Es wurde ebenfalls eine Zugehfrau eingestellt, die sich um den Haushalt kümmerte. Eine Witwe aus Marienfehn, die sich etwas dazuverdienen musste. Inge und Hanna halfen immer noch aus, kümmerten sich um den Gemüsegarten und um die Wäsche, doch die meiste Arbeit wurde nun von dieser Zugehfrau erledigt. Ihr Vater lebte nun allein auf dem Hof, nur noch umgeben von Angestellten. Ein seltsamer Zustand.

Nachdem Günther ausgezogen war, gab es praktisch kein Familienleben mehr auf dem Hof. Wenn eine der Schwestern zu Besuch war, gab sich der Vater grimmig und wortkarg. An den Sonntagen fuhr er allein zur Kirche und setzte sich schweigend in die Reihe, die für die Familie Brook vorgesehen war, ohne sich mit den anderen Mitgliedern der Familie auszutauschen. Auch den Leuten aus Marienfehn ging er aus dem Weg, wurde zum Eigenbrötler.

Zur Hochzeit von Günther und Marianne kam er nicht. Günther ärgerte sich über den alten Sturkopf, jedoch hatte Hanna das Gefühl, dass er insgeheim erleichtert war, seinem Vater und dem Brennereihof auf diese Weise entkommen zu sein.

Mit der Zeit gewöhnten sich alle an die neue Situation, und nach und nach spielte sich alles ein. Beinahe glaubte Hanna, dass nun wieder Ruhe einkehren könnte auf dem Brennereihof, da passierte die nächste Katastrophe, die alles auf den Kopf stellte.

Wieder war es Inge, die als Überbringerin der Botschaft in Erscheinung trat. An einem düsteren Dezemberabend kurz vor Weihnachten tauchte sie trotz Regenschauer und Temperaturen knapp über dem Gefrierpunkt mit dem Fahrrad vor der Dorfschule in Marienfehn auf. Es war bereits dunkel, und Hanna bereitete sich mit einem Tee auf den Unterricht des nächsten Tages vor, da klopfte es an ihrer Wohnungstür.

Um diese Zeit hatte sie keinen Besuch mehr erwartet. Verwundert ging sie zur Tür, wo ihre durchnässte und fröstelnde Schwester wartete. Sie wollte Inge ins warme Innere lassen, doch sie hatte nicht vor zu bleiben.

»Fahr rüber zum Hof, Hanna. Beeil dich.«

»Was ist denn passiert?«

»Rosie ist zurück.«

Es war die Formulierung, die Hanna aufmerken ließ. Rosie war nicht einfach überraschend zu Besuch gekommen. Sie war zurück. Wie der verlorene Sohn aus dem Gleichnis. Es klang, als wäre sie dorthin zurückgekehrt, wohin sie eigentlich gehörte. Auf den Brennereihof.

»Was ist mit Carl?«, fragte Hanna. »Ist er nicht bei ihr?«

»Ich glaube, sie haben sich gestritten. Rosie ist allein aufgetaucht, mit einem Koffer in der Hand. Sie ist mit dem Zug gekommen und den Weg zum Hof gelaufen. Und sie wirkte nicht besonders glücklich.«

Beunruhigt fragte Hanna sich, warum Rosie nicht zuerst zu ihr gekommen war. Wäre das nicht normal gewesen?

Ein schrecklicher Verdacht überfiel sie. Hatte Rosie etwa erfahren, was in der Heide passiert war? Hatte Carl ihr dieses Geheimnis verraten, im Streit vielleicht? Eine heiße Welle der Scham durchlief ihren Körper. Konnte Hanna ihr überhaupt unter die Augen treten?

»Ich weiß nur, dass Rosie zurück ist«, meinte Inge. »Am besten fährst du zum Hof rüber und siehst nach dem Rechten. Bestimmt will sie dich sehen.«

Hanna machte sich gleich auf den Weg. Mit dem blauen Käfer schoss sie über die winterlich nassen Landstraßen. Nicht lange, da tauchte der Brennereihof hinter der Kurve in der nächtlichen Landschaft auf. Die erleuchteten Fenster, das behaglich flackernde Herdfeuer in der Diele, die dunklen Mauern und schützenden Dächer, all das wirkte beruhigend und einladend. Ein Ort der Ruhe und der Sicherheit. Eben genau das Zuhause, in das man in einer dunklen, stürmischen Winternacht zurückkehren wollte.

Hanna parkte auf ihrem Stellplatz vor der Brennerei und huschte durch den peitschenden Regen zum Bauernhaus. Sie ging durch die Tenne, wie sie es immer tat, vorbei an den warmen, dünstenden Körpern der Kühe, vorbei an einer Katze, die durchs Halbdunkel schlich, und weiter in die große Bauernhausdiele, in der das Herdfeuer brannte und sich der würzige Geruch nach Glühwein ausbreitete.

Auf der Bank am Feuer saßen zwei Gestalten. Sie hockten eng beieinander, Schutz gebend und voller Liebe. Vater und Tochter schwiegen gemeinsam, blickten in die Flammen, als Hanna sich näherte.

Rosie hatte geweint. Im flackernden Widerschein des Feuers glänzten ihre Wangen. Doch offenbar waren die Tränen versiegt, nun lehnte sie erschöpft an der massigen Schulter des Vaters, das zerknüllte Taschentuch noch in der Hand. Ein Koffer stand zu ihren Füßen, und ihr Mantel war über einen Stuhl geworfen.

Die Stimme eines Nachrichtensprechers war zu hören, aus dem Radio, das auf dem Dielenschrank stand. Leise murmelnd kündete sie von Dingen, die weit jenseits der schützenden Mauern des Bauernhauses passierten. »*... ist es den USA gelungen, das erste Rendezvous von zwei Raumschiffen im All stattfinden zu lassen. Gemini 6 und Gemini 7 umkreisten die Erde im Verbandsflug in fast dreihundert Kilometern Höhe. Ein großer Erfolg nach den Rückschlägen um die Vormachtstellung im Weltall, nachdem es der UdSSR im Sommer noch gelungen war ...*«

Rosie hatte sie in der Tür entdeckt. »Hanna!«

Sie rückte ein wenig vom Vater ab, etwas verlegen, in diesem Moment der Zweisamkeit gestört worden zu sein.

»Wo kommst du denn her?«

»Ich habe gehört, dass du hier auf dem Hof bist. Da habe ich mich sofort auf den Weg gemacht. Was ist passiert?«

»Es ist aus mit Carl«, sagte Rosie hoffnungslos.

Ihr Vater mischte sich missmutig ein. »Da ist das letzte Wort noch nicht gesprochen, Kind. Warten wir es ab.«

»Aber er will mich nicht«, jammerte Rosie.

»Dann hat er keine Augen im Kopf und kein Herz in der Brust. Ich werde ihn mir mal vorknöpfen. So geht das schließlich nicht.«

»Was ist denn überhaupt los?«, fragte Hanna, die immer noch im Mantel dastand und Zaungast war. »Was ist vorgefallen?«

»Dein Carl hat Rosie sitzenlassen. Er will ohne sie nach Mexiko gehen, für die Zeitung.«

»*Mein* Carl?«, fragte Hanna erschrocken.

Wussten sie es also doch? Hatte Carl das Geheimnis verraten?

»Sie kann doch nichts dafür«, wandte Rosie ein. »Nur weil die beiden Freunde sind, hat sie doch nichts damit zu tun.«

Erleichterung durchströmte Hanna. »Ist es denn wirklich

aus?«, fragte sie und ließ sich auf einen Stuhl am Feuer sinken. »Von heute auf morgen?«

Rosie nickte zaghaft. Hanna streifte den Mantel ab.

Eine Träne lief über Rosies Wange, glitzerte im Licht des Feuers. Hanna stand auf und nahm sie in den Arm. Doch die Umarmung fühlte sich hölzern an, auf gewisse Weise distanziert. Wieder fragte sie sich, ob Rosie vielleicht doch etwas wusste. Oder zumindest ahnte.

Sie schwiegen, während sie sich umarmten. Die Stille war unbehaglich. Aus dem Radio drang die Stimme des Sprechers. *»… doch so schön die Fotos der Erde auch sind, geschossen aus dem Gemini-Raumschiff. Aus dem Weltraum kann man nicht nur Fotos schießen, sondern auch Atombomben. So ist der Weltraum in Gefahr, das Wartezimmer des nächsten Weltkriegs zu werden.«*

Hanna löste sich ungelenk aus der Umarmung. Sie nahm wieder Platz, räusperte sich. Das knisternde Feuer strahlte große Hitze ab, doch aus dem hinteren Bereich der Diele zog klamme Kälte heran. Heiß war nur der Teil des Körpers, der dem Feuer zugewandt war.

»Ich werde mir den Jungen mal vornehmen«, schimpfte ihr Vater. »So geht es ja nicht! Bis dass der Tod euch scheidet, heißt es. Nicht, bis ich keine Lust mehr habe und lieber in der Weltgeschichte herumfahre.«

»Was ist das denn mit Mexiko?«, fragte Hanna.

»Carl wurde eine Stelle als Korrespondent angeboten«, sagte Rosie. »Das war schon länger Thema. Aber wir haben nie wirklich darüber geredet. Wir … weißt du, es läuft schon länger nicht mehr reibungslos bei uns. Er ist selten zu Hause, redet nicht mehr viel, und wenn doch, dann streiten wir uns meistens.«

»Davon weiß ich ja gar nichts. Warum hast du denn nichts davon geschrieben?«

Das hörte sich selbst in ihren eigenen Ohren verlogen an. Doch was sollte sie sonst sagen?

»Ich habe einfach gehofft, dass es mit der Zeit besser wird«, sagte Rosie. »Dass wir uns wieder vertragen. Aber Carl hat mich einfach nicht mehr lieb gehabt, verstehst du? Er hat sich mit mir gelangweilt.«

Irgendwie schien da noch mehr zu sein. Etwas, worüber Rosie nicht sprach. Doch Hanna wagte nicht, nachzuhaken. Schon gar nicht, solange ihr Vater dabei war.

»Ich wollte doch nur eine Familie gründen«, schluchzte sie. »Und ein kleines Häuschen in einem Vorort bauen. Ist das denn zu viel verlangt? Ich wollte eine richtige Familie mit Kindern. Eine nette Nachbarschaft und eine Schule in der Nähe. Das wollen doch alle. Aber Carl hat das schon lange nicht mehr interessiert. Er ist mir immer mehr aus dem Weg gegangen.«

»Er will lieber nach Mexiko?«

Sie nickte. »Ich glaube, hauptsächlich will er weg, raus aus unserem gemeinsamen Leben.«

Sie fielen in Schweigen. Hanna fühlte sich schuldig. Sie war mitverantwortlich für das, was hier passierte, doch natürlich fragte sie sich, was tatsächlich vorgefallen war. Doch für heute wäre nicht mehr zu erfahren.

»Er hat dich nicht verdient«, brummte ihr Vater.

Das war etwas, das er den ganzen Abend wiederholte. Carl habe sie nicht verdient. Hanna bereitete irgendwann die Gästekammer für Rosie vor. Sie bezog das Bett frisch und legte einen Bettwärmer unter die Decke. Ihr Vater trug dann den Koffer hoch, und nachdem Rosie sich gewaschen hatte, huschte sie erschöpft in die Federn und schlief bald darauf ein.

Hanna fuhr ziemlich verstört zurück nach Marienfehn. Sie schämte sich unendlich dafür, dennoch kreisten ihre Gedanken unentwegt um Carl. Die Frage, die in ihr wachgeworden war, als sie Rosie am Herdfeuer gesehen hatte, und die ihr gesamtes Denken beherrschte, lautete: Ist Carl jetzt frei?

Durfte sie so etwas überhaupt denken, solange Rosie heulend

im Gästezimmer des Brennereihofs lag? War das nicht ein erneuter Verrat an ihrer Schwester? Durfte Hanna es sich überhaupt erlauben, Carl immer noch zu lieben?

Sie fühlte sich scheußlich, während sie über diese Dinge nachdachte. Die ganze Nacht lag sie wach und starrte in die Dunkelheit. Alles in ihr sehnte sich nach Carl, trotzdem verbot ihr der Anstand, diesem Sehnen nachzugeben. Sie musste abwarten, in Ruhe über alles nachdenken.

In den Tagen bis Weihnachten päppelten sie Rosie wieder auf. Sie schien sich wohlzufühlen auf dem Brennereihof. Es dauerte nicht lange, da machte sie wieder ihre Späße und versprühte gute Laune. Doch in ihrem Inneren sah es noch anders aus.

Hanna dagegen passte jeden Tag den Postboten ab, in der Hoffnung, er hätte einen Brief von Carl für sie. Fast verzweifelt wartete sie auf irgendeine Nachricht von ihm. Sie wagte es nicht, selber zu schreiben, nicht einmal heimlich. Sie wollte nicht, dass es ein Dokument gab, das Rosie in die Hände gelangen und sie verraten könnte.

Um nicht das Telefon auf dem Brennereihof benutzen zu müssen, fuhr sie schließlich nach Altheim, wo es einen öffentlichen Fernsprecher gab. Sie rief bei der *Frankfurter Rundschau* an, erfuhr dort aber, dass Carl nicht in der Redaktion sei. Er mache Urlaub bis nach Silvester und im neuen Jahr ginge er nach Mexiko. Während des Weihnachtsfests überlegte sie fieberhaft, wie sie heimlich mit Carl in Kontakt treten könnte.

Rosie verkündete nach den Feiertagen für alle überraschend, dass sie wieder nach Frankfurt wolle. Sie könne fürs Erste bei einer Freundin wohnen.

»Was willst du noch da?«, rief ihr Vater. »Du bleibst natürlich hier. Das ist doch verrückt.«

»Ich habe meine Arbeit in Frankfurt, Papa. Ich muss wieder ins Büro, sonst setzt mich mein Chef auf die Straße.«

»Ach was. Arbeit findest du auch hier. Das ist doch für eine gute Sekretärin sicher kein Problem. Vielleicht können wir dich in der Brennerei unterbringen. Was hältst du davon?«

»Das ist lieb von dir. Ich denke darüber nach.«

Doch Rosie wollte nicht bleiben, das merkte Hanna sofort. Sie hatte die Tage auf dem Hof genossen und wusste das Angebot ihres Vaters zu schätzen. Aber für sie war klar, dass ihr Leben in Frankfurt weitergehen sollte.

Vielleicht lag es daran, dass zwischen ihr und Hanna eine unsichtbare, unüberwindliche Barriere zu stehen schien. Sie hockten zusammen, redeten miteinander, lachten, trotzdem blieben sie seltsam distanziert. Seit der Hochzeit hatte sich etwas verändert. Sie fanden nicht mehr zu der innigen Freundschaft zurück, die sie miteinander verbunden hatte.

Zwei Tage vor Silvester hielt Hanna es nicht mehr aus. Auf dem Hof gab sie vor, nach Altheim fahren zu müssen wegen eines Termins bei einem Facharzt. Sie würde den ganzen Tag fort sein, man solle nicht auf sie warten. Dann stieg sie in ihren taubenblauen Käfer und machte sich auf den Weg nach Frankfurt.

Auf der Autobahn war zwischen den Feiertagen nicht viel Verkehr. Das Wetter war grau und ungemütlich, immer wieder gingen Regen- oder Schneeschauer nieder. Der Schnee blieb allerdings nirgendwo liegen, und auch in Frankfurt war es nass und grau und schmuddelig.

Hanna war bislang noch nie in der Wohnung von Carl und Rosie gewesen und wusste nur, dass sie eine bescheidene Bleibe in Bornheim hatten. Eine Mietwohnung in einem Haus aus der Vorkriegszeit, die Rosie offenbar mit begrenzten Mitteln hübsch eingerichtet hatte.

Es dauerte, bis sie das graue Haus mit dem bröckelnden Fassadenschmuck fand, in dem die beiden lebten. Es lag an einer belebten Straße mit vielen Altbauten. Hanna drückte die Klingel, doch nichts passierte. Sie umrundete das Haus, lief die Straße auf und ab, klingelte wieder. Schließlich öffnete sich die Tür von allein, und eine mollige Frau mit Kopftuch und Wollmantel trat auf die Straße.

»Entschuldigen Sie«, begann Hanna. »Ich suche Carl Nordthues. Er wohnt doch hier?«

Die Frau betrachtete sie abschätzig.

»Nicht mehr. Er ist ausgezogen.«

»Aber wie kann das sein? Sein Name steht doch auf der Klingel. Kann es vielleicht sein, dass Sie sich irren?«

Jetzt nahm sie Hanna näher in Augenschein. So wie sie betrachtet wurde, fühlte sie sich wie ein leichtes Mädchen.

»Da gibt's keinen Irrtum. Der ist im Ausland. Gestern weg. Nach Südamerika.«

»Nach Mexiko«, sagte Hanna eher zu sich.

»Wie bitte? Ja, kann schon sein. Sie wissen ja gut Bescheid. Fragen Sie doch am besten seine Ehefrau«, fügte sie leicht verächtlich hinzu. »Sie wissen doch, dass er verheiratet ist?«

Hanna bedankte sich und ging zurück zum Auto. Nun hatte sie ihn doch verpasst. Er war fort. Er war gegangen, ohne sich zu verabschieden. Sie musste sich selbst die Schuld geben. Zwar hatte sie Carl nur die kalte Schulter gezeigt, um Rosie zu schützen, doch die Folge war nun, dass Carl nichts von ihrer Liebe wusste.

Traurigkeit überfiel sie. Das Gefühl einer verpassten Chance, die alles hätte ändern können. Sie würde nicht mehr erfahren, ob er sie noch liebte. Wieder hatte sie nicht rechtzeitig mit Carl gesprochen. Wieder war der Strom der Ereignisse an ihr vorbeigeflossen, ohne anzuhalten und ihr die Chance zu geben, glücklich zu sein.

Kapitel 25

Rosie kehrte nach Frankfurt zurück, wo sie gemeinsam mit einer Arbeitskollegin eine Dachgeschosswohnung bei einer älteren Dame bezog. Ein paar Monate später schrieb sie Hanna bereits, dass sie sich frisch verliebt habe. In Jakob, einen jungen Architekten, der gerade sein Studium in Frankfurt abgeschlossen habe. Er sei ihr bei einer Tanzveranstaltung vorgestellt worden, und wie Hanna zwischen den Zeilen herauslas, hatte es augenblicklich gefunkt.

Rosies Briefe wirkten von nun an nicht länger distanziert und fremd, ganz im Gegenteil. Ihre Schwärmereien waren so ausschweifend und altvertraut, als lägen sie wieder wie früher zusammen in der Dunkelheit, Bett an Bett, und redeten, bis ihnen die Augen zufielen.

Ein paar Monate später schrieb Rosie, dass Jakob um ihre Hand angehalten habe. Sie wisse aber nicht, ob eine Verlobung nicht zu früh sei, nachdem ihre Ehe mit Carl gerade erst geschieden war. Hanna schrieb zurück, dass Rosie ganz ihrem Gefühl vertrauen solle und, egal, welche Entscheidung sie treffen würde, Hanna zu ihr stehe.

Sie war über diese neue Nähe ebenso froh wie Rosie. Bedeutete sie doch auch, dass Hanna viel weniger Scham empfand, wenn sie über ihre Gefühle zu Carl nachdachte.

Über die *Frankfurter Rundschau* gelangte sie an dessen Adresse in Mexiko. Und so setzte sie sich hin und verfasste einen

Brief an ihn, in dem sie sich alles von der Seele schrieb. Ihre heimlichen Gefühle ihm gegenüber, die sie für ihn empfunden hatte, solange sie denken konnte. Ihre Zweifel wegen all der anderen Mädchen, die ihm während der Schulzeit hinterherliefen. Sie schrieb davon, wie sie immer geglaubt hatte, dass Carl sie für ein unattraktives und zu kluges Mädchen halten müsse und sie deshalb nicht lieben könne. Von ihrem Schutzmechanismus, den er offenbar für Desinteresse gehalten habe. Schließlich noch, wie sie ihr Zusammensein in der Heide erlebt hatte, für das sie sich Rosie gegenüber so schuldig gefühlt hatte, dass sie jeden Versuch Carls, sich ihr danach wieder zu nähern, abgewehrt hatte. All ihre Sehnsucht, ihre Traurigkeit und Liebe packte sie in diesen Brief. Endlich sprach sie alles aus, was zwischen ihnen stand und was sie verband. Es fühlte sich an wie ein reinigendes Gewitter, und sie wünschte nur, sie hätte Carl all dies persönlich sagen können.

Innerlich geläutert und voller Zuversicht, was Carls Reaktion auf ihre Geständnisse anbelangte, brachte sie den Brief zur Post und gab ihn auf. Sie fühlte sich befreit und glücklich, als sie wieder nach Hause ging. Natürlich änderte das Geständnis nichts daran, dass sie ein Leben in Marienfehn hatte und er in Mittelamerika lebte. Trotzdem. Es fühlte sich an, als wäre es noch nicht zu spät für sie und Carl.

Natürlich würde so ein Brief ewig brauchen, um sein Ziel zu erreichen. Das war ihr durchaus bewusst. Und Carls Antwort würde genauso lange für den Rückweg benötigen. Sie durfte nicht ungeduldig sein und würde sich in Geduld üben müssen.

Aber nach zwei Monaten begann Hanna unruhig zu werden. Was, wenn die Sendung verloren gegangen war? Bei ihrem Pech hätte das keinen verwundert. Also schrieb sie einen weiteren Brief und schickte ihn dem ersten hinterher. Sie wollte nicht verzagen.

Die Zeit verging. Es wurde Sommer. Immer noch blieb Carls

Antwort aus. Jeden Tag öffnete sie freudig den Briefkasten, und jeden Tag war dort keine Antwort von Carl zu finden. Ihre anfängliche Zuversicht bekam Risse. Vielleicht hatte Carl sie längst vergessen. Falls er tatsächlich in sie verliebt gewesen war, konnte sich dieses Gefühl inzwischen verflüchtigt haben. Vielleicht liebte er längst eine andere oder wollte Hanna einfach hinter sich lassen. Nie wieder was hören von den Brook-Mädchen.

Hanna fühlte sich angesichts der ausbleibenden Antwort immer elender.

Eines Tages erwartete sie dann Clemens, Inges Ehemann, ein einfacher Bauer mit riesigen Händen und einem wettergegerbten Gesicht, nach Unterrichtsschluss vor der Schule. Er knetete seine Mütze und blickte betreten auf seine Schuhe, während die Kinder an ihm vorbei nach Hause liefen.

»Clemens. Was machst du denn hier?«

Hanna wusste sofort, dass etwas passiert war. Nicht Inge, sondern er war gekommen, um ihr die Neuigkeit mitzuteilen. Dabei konnte er Hanna nicht leiden und ging ihr meist aus dem Weg. Als berufstätige Frau ohne Ehemann war sie ihm suspekt. Wenn er also persönlich auftauchte, musste es wichtig sein.

»Es geht um deinen Vater«, begann er zögernd. »Es hat einen Unfall gegeben. Mit dem Traktor. Er liegt in Altheim im Krankenhaus. Es sieht nicht gut aus, Hanna.«

»Was ist passiert? Wie ist er verunglückt?«

»Er ist mit dem Traktor umgekippt. Am Hang hinter dem Kiefernwäldchen. Er wollte aufs Feld und ist ins Rutschen gekommen.«

Mit dem Traktor umgekippt. Dabei hatte Hanna doch immer gesagt, er solle sich eins der modernen Modelle mit Überrollbügel kaufen. Die waren sicherer, in Österreich sogar schon Pflicht. Doch ihr Vater hatte nur gelacht. Er hatte den Traktor seit über zehn Jahren, und nie war etwas passiert. »Man muss eben vorsichtig sein«, hatte er gesagt.

»Komm, Hanna. Ich bring dich ins Krankenhaus.«

Clemens fasste sie erstaunlich sanft mit seinen riesigen Händen an der Schulter und schob sie sacht zu seinem Auto. Sie ließ es geschehen, starrte aus dem Fenster und begriff, dass sich nun alles verändern würde.

Im Krankenhaus hatten sich alle bereits versammelt. Sogar Günther und Marianne waren da. Sie hockten mit bleichen Gesichtern auf einer Holzbank oder liefen unruhig den Flur auf und ab. Nur Rosie wusste noch nicht, was passiert war.

Ihr Vater war nicht bei Bewusstsein. Er hatte zahllose Brüche und Quetschungen erlitten. Das Schlimmste war allerdings eine Verletzung seiner Wirbelsäule. Weder konnten die Ärzte sagen, ob er überleben würde, noch wussten sie, ob er querschnittsgelähmt sein würde.

Es dauerte noch Tage, bis sich abzeichnete, dass er den Unfall überstehen würde. In den nächsten Wochen mussten sie dann bangen, ob er jemals wieder würde laufen können. Am Ende erwies sich ihr Vater dann als zäher als gedacht. Zwar würde er sich nicht wieder vollständig erholen – seinen rechten Arm konnte er kaum noch heben, und auch die Hüfte hatte etwas abbekommen –, jedoch würde er kein Pflegefall sein. Er würde wieder laufen und seinen Alltag einigermaßen bestreiten können. Die harte Arbeit auf dem Brennereihof könnte er natürlich nicht mehr bewältigen.

Die Nachbarn kümmerten sich in dieser Zeit um den Hof. Auch Günther half mit. Er schaute jeden Tag vorbei und packte mit an. Es war jedoch klar, dass sich die Kinder etwas überlegen mussten, und so berief Inge den Familienrat ein. Alle Geschwister kamen bei Kaffee und Kuchen zusammen, um zu diskutieren, wie es weitergehen konnte.

Auch Rosie war da, sie sah großartig aus, Jakob tat ihr gut, und sie strahlte regelrecht. Mit ihrer guten Laune war sie ein Segen für ihren Vater gewesen und hatte eine Menge dazu beigetragen, dass er sich wieder besser fühlte. Auch ihren Verlobten mochte Heinrich Brook. Ein großartiger Junge, aus dem wird noch was, sagte er. Zum Familienrat war Rosie allerdings allein gekommen, wie alle Geschwister.

Ein seltsames Zusammentreffen. Hanna wusste nicht, wann sie zum letzten Mal alle gemeinsam am Tisch gesessen hatten. Das musste gewesen sein, bevor sie zu Onkel Ludger und Tante Käthe nach Altheim gezogen war. Vor über fünfzehn Jahren, als sie noch ein Kind gewesen war.

Inge schnitt die Sahnetorte an und hievte riesige Stücke auf ihre Teller. Waltraut goss derweil Kaffee ein und reichte Zuckerstückchen herum. Es fühlte sich vertraut und gleichzeitig fremd an, mit den anderen zusammenzusitzen.

»Wir müssen über die Zukunft des Hofs reden«, begann Inge schließlich. »Ich denke, das ist allen klar.«

»Als wenn es da noch eine Zukunft gäbe«, kommentierte Günther.

»Wie meinst du das?«, fragte Rosie vorwurfsvoll.

»Das ist doch klar, oder?«, sagte Inge. »Vater kann den Hof nicht weiterführen. Nicht nach dem Unfall. Er ist gesundheitlich nicht mehr in der Lage dazu.«

»Heißt das, der Betrieb soll dichtgemacht werden?« Rosie war sichtlich erschrocken. Sie hatte offenbar nicht mit dieser Möglichkeit gerechnet. »Aber das können wir doch nicht machen! Wir können das Papa nicht antun.«

»Ich sehe nicht, was wir sonst machen sollen, Rosie. Wie soll es denn weitergehen?«

»Der Hof ist sein Leben! Es muss einfach irgendwie weitergehen.«

»Du kannst ja einen Bauern heiraten«, ätzte Günther. »Dann kann es problemlos weitergehen. Was hältst du davon?«

Rosie schoss ihm böse Blicke entgegen. Hanna musste trotz der ernsten Situation schmunzeln. Die Vorstellung, Rosie würde als Bauersfrau den Brennereihof führen, war fast schon komisch, noch dazu, wo sie gerade auf dem Absprung war nach Hamburg, um ihren Architekten zu heiraten.

»Kann er nicht einfach noch jemanden einstellen?«, fragte Rosie. »Sein Kopf ist ja nicht kaputt, nur der Arm und die Hüfte. Er könnte die Arbeit delegieren.«

»Wir sind nicht sicher, ob der Hof genug dafür abwerfen würde«, sagte Inge voller Bedauern. »Günther und ich haben das durchgerechnet. Er hat ja schon zwei Mitarbeiter und eine Zugehfrau. Mehr geht nicht. Außerdem, Rosie ... Du weißt, Heinrich ist nicht mehr der Jüngste. Es ist ja nicht nur wegen des Unfalls. Wir hätten sowieso irgendwann darüber nachdenken müssen, wie es weitergeht. Ich meine, wie lange hätte es so noch funktioniert? Er ist schon im Rentenalter. Du weißt doch, wie es ist: Entweder gibt es einen Nachfolger, oder ...«

»Aber den Hof gleich ganz dichtzumachen!«

»Ich sehe keine andere Lösung, Rosie. Tut mir leid.«

»Wie muss man sich das denn vorstellen?«, fragte Hanna. »Habt ihr schon über die praktische Seite nachgedacht? Wollt ihr alles verkaufen?«

»Das Vieh kann man natürlich verkaufen. Und dann sind da ja noch die Brennrechte. Die können ebenfalls verkauft werden. Den Rest würden wir vorerst verpachten. Bei den Ländereien wird das kein Problem sein.«

»Und der Hof? Die Wirtschaftsgebäude? Die Brennerei? Wollt ihr das verfallen lassen?«

»So schnell verfällt das nicht«, sagte Günther. »Das Wohnhaus wäre ja noch bewohnt. Und ein paar Hühner wird sich Heinrich bestimmt noch halten können, vielleicht auch eine Kuh.«

»Es geht ja nicht darum, für alles eine endgültige Lösung zu finden«, meinte Inge. »Aber wir müssen erst mal für die nächste Zeit planen. Wie es weitergeht mit Heinrich und dem Hof, wenn er aus dem Krankenhaus kommt.«

»Ich habe schon gesagt, dass wir die Ländereien pachten können«, wandte Günther ein. »Sie liegen günstig, und wir wollen uns ohnehin vergrößern. Außerdem …«

Er sprach den Gedanken nicht zu Ende. Außerdem würde er sie ohnehin irgendwann erben, dachte Hanna. Da konnte er die Ländereien auch jetzt schon übernehmen. Und es stimmte: Für die Schulte Veens waren ihre Ländereien perfekt gelegen. Sie würden den Besitz gut ergänzen.

Der Brennereihof würde, wenn ihr Vater ihn nicht nach der Höfeordnung als Gesamtbetrieb an die nächste Generation weitergab, zu gleichen Teilen an die Kinder vererbt werden. Sollte nach seinem Tod alles verkauft werden, würden sie alle ihren Anteil am Erbe bekommen.

Da machte es für Günther Sinn, schon mal seinen Anspruch auf die Ländereien zu erheben. Das war schließlich der Teil des Besitzes, der für ihn am interessantesten war.

Hanna fühlte sich schrecklich bei diesen Gedanken. Ihr Vater erholte sich gerade von seinem Unfall, und sie waren schon mit Leichenfledderei beschäftigt. Etwas in ihr weigerte sich, mit Günther weiter über diese Dinge zu sprechen.

»Was die Zukunft des Hofs angeht, hat unser Vater sicher ein Wörtchen mitzureden«, sagte sie deshalb. »Ich glaube, er ist realistisch genug, es einzusehen, wann Schluss ist. Wie viele Mitarbeiter er braucht und ob er sich das leisten kann oder nicht, weiß er selber. Das muss nicht von uns geregelt werden.«

»Hanna hat recht«, meinte Rosie. »Ich finde auch, wir müssen das heute nicht endgültig klären. Warten wir ab, bis es Papa wieder besser geht.«

»Da ist allerdings noch eine andere Sache«, seufzte Inge.

Sie wechselte einen Blick mit Günther und Waltraut. Offenbar hatten die drei bereits darüber gesprochen. Hanna wurde misstrauisch. Irgendwas war im Hintergrund eingefädelt worden, das spürte sie genau.

»Was ist denn, Inge?«, fragte sie.

»Vater hat ja schon gesagt, dass er auf den Hof zurückkehren will, wenn er aus dem Krankenhaus kommt.«

»Natürlich wird er das!«, meinte Rosie. »Warum denn auch nicht? Es ist für ihn der beste Ort, um sich zu erholen.«

»Er wird Hilfe brauchen«, meinte Waltraut. »Nicht nur in der ersten Zeit. Wir haben mit dem Arzt gesprochen.«

»Aber so krank ist er doch nicht«, empörte sich Rosie. »Er wird wieder gesund werden, bis auf den Arm.«

»Er wird alt, Rosie«, kam es genervt von Günther.

»Versteht das nicht falsch«, meinte Inge beschwichtigend. »Er braucht keine Pflege. Er kann fast alles noch allein machen.«

»Trotzdem kann er nicht allein auf dem Hof leben«, fügte Waltraut hinzu. »Seine Mitarbeiter werden wohl entlassen werden müssen. Und was aus seiner Zugehfrau wird, können wir auch noch nicht sagen. Er kann nicht allein auf dem riesigen Hof sein.«

»Aber wir kümmern uns um ihn«, sagte Hanna. »Wie nach Mutters Tod. Wir werden uns abwechseln. Das klappt schon irgendwie.«

»Ich bin wieder schwanger«, sagte Inge knapp.

Bei ihrem Tonfall kam keiner auf die Idee, ihr Glückwünsche auszusprechen. Eine seltsame Art, so eine Neuigkeit mitzuteilen. Ihr viertes Kind. Eigentlich ein Grund zur Freude. Doch es klang anders.

»Wir werden das schon hinkriegen«, meinte Hanna etwas kleinlauter. »Es gibt für alles eine Lösung. Warum lassen wir es nicht einfach auf uns zukommen?«

»Weil das nicht geht«, sagte Waltraut. »Es kann immer mal was passieren. Er könnte stürzen. Oder Schlimmeres. Und dann ist keiner da.«

Hanna bekam langsam einen Verdacht, was da im Hintergrund bereits ausgemacht worden war. Ungläubig starrte sie ihre Schwestern an. Inge senkte schuldbewusst den Blick, doch streckte sie gleichzeitig den Rücken durch. Sie war entschlossen, dies durchzuziehen.

»Jemand muss zu ihm auf den Hof ziehen«, sagte sie. »Vater kann da nicht mehr allein leben. Einer von uns muss sich um ihn kümmern.«

Totenstille breitete sich am Tisch aus. Allen war klar, was das bedeutete. Allen bis auf Rosie, die verstörte Blicke in die Runde warf.

»Ich kann nicht«, verteidigte sie sich. »Ich bin doch frisch verlobt. Ich werde nach Hamburg ziehen.«

»Er könnte ja zu uns kommen«, wandte Günther ein. »Wir würden ihn nehmen. Aber das will er natürlich nicht.«

»Wundert dich das?«, empörte sich Rosie. »Sein Hof soll verkauft werden, und er darf als Gast auf dem Gut seiner Schwiegertochter leben? Was soll er denn da? Er redet ja nicht mal mit dir, weil du den Hof ausgeschlagen hast.«

»Ich habe den Hof nicht einfach ausgeschlagen. Dieser alte Sturkopf wollte nur, dass alles nach seinem Willen läuft.«

»Jetzt hört auf!«, ging Inge dazwischen.

Dann richtete sie ihren Blick auf Hanna. Die fühlte sich, als würde ihr eine Schlinge um den Hals gelegt. Sie bekam keine Luft mehr, konnte sich nicht bewegen.

»Nein«, sagte sie. »Ich nicht.«

»Du bist die Einzige, die unverheiratet ist.«

»Wir haben eigene Familien, eigene Höfe«, eilte Waltraut ihr zu Hilfe. »Du bist die Einzige, die sich um unseren Vater kümmern kann. Und eine muss es tun.«

Hanna konnte es nicht fassen. Das konnten sie ihr nicht antun. Sie hatte nie das Gefühl gehabt, auf dem Hof gewollt zu sein. Und jetzt wurde von ihr erwartet, dass ausgerechnet sie diese Bürde trug.

»Hanna, du musst!«, sagte Inge. »Keine von uns kann auf den Hof ziehen. Nur du. Es ist deine Pflicht.«

Alle sahen sie an. Hanna fühlte sich, als wäre sie in eine Falle getappt. Selbst Rosie schien von ihr zu erwarten, sich um Heinrich zu kümmern.

Sie dachte an all ihre geplatzten Träume. Alles purzelte in ihrem Kopf durcheinander. Der Wunsch, Journalistin zu werden. Politik zu studieren. Die Idee, in Berlin bei Richard und Harald zu leben, vielleicht doch noch Journalistin zu werden. Ein eigenes Leben zu leben. Und der Wunsch, gemeinsam mit Carl hinaus in die Welt zu ziehen. Mit ihm zusammen zu sein, für immer.

Keiner dieser Träume war in Erfüllung gegangen. Carl hatte nicht einmal auf ihre Briefe geantwortet. Sie war mit so vielen Enttäuschungen zurückgeblieben. Und trotzdem hatte sie sich ihren Teil der Freiheit erkämpft. Und nun sollte ihr auch das genommen werden. Sie sollte eingesperrt sein auf dem Hof, zusammen mit ihrem Vater.

»Nein. Nicht ich«, wiederholte sie, obwohl längst klar war, dass es für sie keinen Ausweg geben würde. »Ich will nicht auf den Hof.«

In den folgenden Nächten fand sie keinen Schlaf. Sie weinte über ihr Schicksal, suchte nach Ausflüchten, wälzte in Gedanken alles hin und her, obwohl sie wusste, dass es keinen Ausweg gab.

Sogar auf einen Brief von Carl hoffte sie noch, in dem er endlich schrieb, mit ihr zusammen sein zu wollen, in der irrwitzigen Hoffnung, dass sie dadurch ihrem Schicksal entkommen könnte.

Jedoch war alles vergeblich. Es gab keinen Strohhalm, nach dem sie greifen konnte. Es war ihre Pflicht als Tochter, sie musste die Verantwortung übernehmen. Alles andere würde sie sich selbst niemals verzeihen.

Nach drei Tagen des Grübelns und Verzweifelns hatte sie schließlich ihre Entscheidung getroffen. Also berief sie einen weiteren Familienrat ein.

Hanna sah den anderen ihre Verlegenheit an. Vor allem Rosie wirkte zerknirscht. Schließlich war sie, wenn auch nicht ungebunden, ebenfalls unverheiratet und ohne Kinder. Zwar warf ihr keiner vor, ihrem Verlobten nach Hamburg folgen zu wollen. Aber immerhin war ihr bewusst, dass das Opfer dafür Hanna erbringen musste.

»Unser Vater kommt in ein paar Tagen aus dem Krankenhaus«, sagte Inge. »Wie wollen wir nun mit der Situation umgehen? Was sagst du nun dazu, Hanna?«

»Ist nicht längst klar, was ich dazu sage?«

»Wir alle wünschten, es gäbe einen einfacheren Weg«, sagte Waltraut. »Das kannst du uns glauben, Hanna.«

»Ich weiß«, erwiderte sie. »Ich habe über alles nachgedacht. Und ich bin zu einer Entscheidung gelangt.«

Obwohl ihre Antwort längst klar war, obwohl die Geschwister längst für Hanna entschieden hatten, was mit ihrem Leben passieren würde, war nun dennoch gespannte Erwartung im Raum zu spüren.

Hanna probierte schnell von der Sahnetorte, spülte sie mit einem Schluck Kaffee herunter, rückte dann Kuchengabel und Kaffeetasse zurecht, bevor sie sich den fragenden Gesichtern zuwandte.

»Ich werde auf den Brennereihof ziehen und mich um unseren Vater kümmern.«

Erleichterung war zu spüren. Doch Hanna war noch nicht am Ende.

»Unter einer Bedingung«, sagte sie.

Augenblicklich kehrte die Anspannung zurück.

»Eine Bedingung?«, fragte Günther misstrauisch. »Was denn für eine Bedingung?«

»Das ist doch egal«, meinte Rosie. »Wir helfen dir, wo wir können. Sag einfach, was du von uns erwartest, dann tun wir alles.«

»Gut.«

Hanna bemerkte plötzlich eine Entschlossenheit, die sie nie zuvor gespürt hatte. Sie würde ihr Recht einfordern, und keiner könnte es ihr verwehren.

»Der Hof wird nicht zerschlagen werden«, sagte sie. »Ich werde alles übernehmen. Vater wird mir den Betrieb nach der Höfeordnung übertragen. Ich werde Günthers Platz einnehmen.«

Es herrschte Sprachlosigkeit am Tisch. Damit hatte keiner gerechnet. Sie starrten Hanna fassungslos an. Und wie um ihren Anspruch zu bekräftigen, stellte sie fest: »Ich werde die Brennerei und die Landwirtschaft weiterführen.«

Kapitel 26

»Wenn Sie Herrn Dr. Altenbrock suchen«, erklärte im Vorbeimarschieren eine Pflegerin, »dann sehen Sie am besten da vorn nach, in der Sitzecke am *Menschärgeredichnicht-Tisch*. Da findet man ihn eigentlich immer. Wenn er was essen soll oder seine Medikamente nicht genommen hat, gehe ich meistens zuerst dahin.«

Hanna und Rosie bedankten sich, und die Pflegerin eilte weiter. Doch in der Sitzecke mit dem Spieltisch, zu der sie geschickt worden waren, war niemand. Ratlos sahen sie sich um.

Sie kannten diesen Bereich des Seniorenheims nicht besonders gut. Dr. Altenbrock, der Jurist im Ruhestand, den Rosie für Hanna aufgetan hatte, sollte auf diesem Flur leben. Doch mehr wussten sie nicht.

Im Gemeinschaftsraum fanden sie eine Betreuerin, die sich um die Freizeitangebote im Heim kümmerte. Eine junge, sportliche Frau mit Pferdeschwanz, die gerade einen Rollstuhlausflug organisierte.

»Ach, sind Sie die beiden Damen mit der Hofübergabe, die juristisch geprüft werden soll?«, begrüßte sie Hanna und Rosie fröhlich. »Herr Dr. Altenbrock redet schon den ganzen Tag über Sie. Er ist ganz aufgeregt. Sie finden ihn in seinem Zimmer. Kommen Sie, ich zeige es Ihnen.«

Sie rief den Senioren in den Rollstühlen zu, sie sollten am Fahrstuhl warten und ja nicht auf eigene Faust losfahren, dann führte sie Hanna und Rosie zu einem Zimmer, klopfte an und riss die Tür auf.

»Dr. Altenbrock, hier ist Besuch für Sie«, rief sie in den Raum hinein. »Die beiden Klientinnen, auf die Sie warten.«

»O ja, o ja. Führen Sie sie doch bitte herein.«

Ein gebrechlicher Mann, den Hanna auf gut neunzig schätzte, erhob sich mühsam von seinem Sekretär. Er trug einen Anzug, in den er früher gewiss einmal hineingepasst hatte, doch inzwischen war er deutlich zu schmal dafür geworden. Aber er hatte sich für sie herausgeputzt: Hemd, Krawatte, Einstecktuch, Manschettenknöpfe.

»Was haben Sie sich schick gemacht!«, trompetete die Betreuerin. »Sonst sehen wir Sie nur in Ihrer alten grünen Strickjacke.«

Der pensionierte Jurist überging ihre Worte mit einem professionellen Lächeln, bedankte sich bei der jungen Frau, als wäre sie seine Sekretärin, und schloss hinter ihr die Tür.

»Setzen Sie sich doch, bitte«, sagte er und deutete auf zwei Stühle, die neben dem Pflegebett standen und zum Sekretär ausgerichtet waren. Auf der Arbeitsplatte entdeckte Hanna ihre Unterlagen. Er schien bereits alles gründlich durchgearbeitet zu haben, gemessen an den vielen Notizen, die er sich gemacht hatte.

»Entschuldigen Sie, dass ich kein richtiges Arbeitszimmer habe.« Er ließ sich auf den Stuhl am Sekretär sinken. »Aber Sie wissen ja, wie das hier ist. Wir können froh sein, dass wir nicht ins Schwesternzimmer ausweichen müssen.«

Er lachte auf eine Weise jovial, wie Hanna das von Geschäftsmännern bei Verhandlungen kannte. Es rührte sie, wie viel Mühe er sich gegeben hatte, um sie zu beraten. Sicher passierte es nicht mehr oft, dass sein Wissen als Jurist gefragt war.

»Haben Sie was herausgefunden?«, platzte Rosie heraus. »Gibt es einen Weg, wie wir gegen Klaus und Astrid vorgehen können?«

»Nun ja. Die Übergabe scheint völlig ordnungsgemäß gelaufen zu sein.« Er strich über die Unterlagen und legte dann die Hände in den Schoß. »Die Verträge sind in Ordnung. Es ist alles solide. Sie waren bei Huesmann und Partner, nicht wahr?«, wandte er sich an Hanna. »Die haben sich um die Übergabe gekümmert.«

»Ja, das ist richtig. Die wurden mir empfohlen.«

»Ich kannte noch den alten Huesmann, das war vielleicht ein Haudegen. Der hat nach dem Krieg alles allein aufgebaut. Eine großartige Kanzlei. Wie gesagt, die haben gute Arbeit geleistet.«

»Wir haben trotzdem gute Gründe, den Vertrag infrage zu stellen«, mischte sich Rosie ein. »Lassen Sie uns das doch der Reihe nach durchgehen.«

»Bitte, fangen Sie an.«

»Zum einen, Herr Altenbrock, sehen Sie sich Hanna Brook an: Sitzt im Seniorenheim statt auf dem Brennereihof. Vertrieben von ihrem Altenteil. Das hat man sich mit der Höfeordnung nicht gedacht, oder? Dass die alte Generation nach der Übergabe vor die Tür gesetzt wird.«

»Rosie! Ich bin freiwillig gegangen.«

»Ach, Unsinn. Das bist du nicht. Glauben Sie ihr kein Wort. Sie haben dich verjagt, Hanna. Eine Schande ist das.«

»Nun lass doch, Rosie. Es war trotzdem meine eigene Entscheidung.«

»Es lohnt schon, nach der Schuldfrage zu forschen«, wandte Herr Altenbrock ein. »Das könnte wichtig sein.«

»Siehst du, Hanna. Sag ich doch. Also lässt sich etwas machen, Herr Altenbrock?«

»Wenn es zum Störfall im Altenteil kommt, dann muss die Frage geklärt werden, ob die junge Generation durch ihr Verhalten ein Verbleiben im Altenteil unzumutbar macht. Oder ob die alte Generation Verschulden trägt an der Situation. Das wäre dann …«

»Als wenn Hanna Schuld hätte!«, empörte sich Rosie. »Das Verschulden liegt natürlich bei Astrid und Klaus. Also bitte. Glauben Sie etwa, dass Hanna denen das Leben zur Hölle gemacht hätte? Ganz sicher nicht.«

»Das mag schon sein. Trotzdem ist es nicht ganz unkompliziert, den Sachverhalt zu prüfen und abschließend zu bewerten.«

»Keine Sorge, bei uns ist das völlig unkompliziert«, insistierte Rosie. »Da können Sie ganz beruhigt sein. Hanna ist unschuldig, und diese Astrid ist eine bösartige und missgünstige Hexe. Das steht völlig außer Frage.«

»Nun ja, wie gesagt, das zu klären ist …«

»Ich kläre das schon, glauben Sie mir. Machen Sie sich da keine Gedanken. Sagen Sie uns lieber, was man unternehmen kann. Also, wenn die Schuldfrage geklärt ist.«

»Viele Möglichkeiten gibt es nicht. Es wäre denkbar, einen Anspruch auf eine monatliche Ausgleichsrente zu bekommen, um den finanziellen Schaden durch den Auszug zu beheben. Allerdings wird es nicht leicht werden, so einen Wert zu berechnen. Aber es ist gut möglich, dass der Anwalt der gegnerischen Seite einem Handel zustimmt. Die haben ja auch kein Interesse daran, dass so etwas vors Gericht geht.«

»Also Geld?«, fragte Rosie verdattert. »Uns geht es doch nicht ums Geld. Hanna ist von ihrem Hof verjagt worden. Das war ihr Zuhause. Ihr Lebenswerk. Es bedeutet alles für sie.«

Herr Altenbrock schien nicht zu begreifen. »Worum geht es Ihnen denn dann?«, fragte er.

»Wir wollen den Hof zurück. Alles rückgängig machen. Es war ein Irrtum. Wir haben jetzt einen würdigen Nachfolger. Benedikt. Er ist Hannas Großneffe und wäre ideal für die Rolle des Hoferben.«

»Aber … dafür ist es zu spät. Wie stellen Sie sich das vor? Selbst wenn klar belegbar ist, dass Ihrer Schwester ein Aufenthalt auf dem Hof nicht zumutbar ist, so liegt keine Leistungsstörung vor, die so schwer wiegt, dass dies einen Rücktritt vom Vertrag möglich macht.«

Rosie holte tief Luft. »Das ist ja nicht alles. Es gibt noch eine Sache: Klaus will die Feinbrennerei Brook verkaufen. Dabei war die Aufrechterhaltung des Familienbetriebs doch der Grund, warum Hanna den Hof überhaupt erst an ihn übergeben hat. Und jetzt verkauft er ausgerechnet das!«

Herr Altenbrock bedachte Hanna mit betretenen Blicken.

»Ihnen gilt mein ganzes Bedauern, Frau Brook.«

Sein Bedauern. Das hörte sich nicht so an, als würden sie den geplanten Verkauf rechtlich zu ihrem Vorteil nutzen können.

»Aber …« Hanna blickte irritiert zu Rosie. In diesem Punkt hatte sie tatsächlich geglaubt, etwas in der Hand zu haben. »Wenn er so kurz nach der Übernahme verkauft, dann … ich meine, das geht doch nicht. Das ist doch in der Höfeordnung geregelt.«

»Wir haben Beweise«, ging Rosie dazwischen. »Wir können haarklein alles belegen. Klaus versucht, das im Hinterzimmer zu regeln.«

Da der Notar weiterhin betreten blickte, schlug Rosie mit der Hand auf den Tisch. »Wir müssen vom Vertrag zurücktreten.«

»Frau Brewster, das ist nicht möglich. Selbst wenn Ihr Neffe den Hof und die Brennerei verkaufen würde, wären uns die Hände gebunden. Da Sie kinderlos sind, Frau Brook, gibt es keine weichenden Erben, also Erben, die für seinen Anspruch bei der Übergabe weichen mussten. Und so bräuchte er nicht einmal Abfindungen zu zahlen. So leid es mir tut, das sagen zu müssen: Aber er hat freie Hand über den Betrieb.«

»Aber es muss einen Weg geben!«, rief Rosie. »Es muss einfach!«

Sie ließ sich von seinen Argumenten nicht zurückhalten, das war typisch für sie. Hanna war dankbar für ihre Energie und ihr Temperament. Es tröstete sie, wie sehr Rosie sich für sie ins Zeug legte. Doch der bedauernde Blick des Juristen bestätigte, was sie ohnehin geahnt hatte. Dass es so gut wie unmöglich war, vom Vertrag zurückzutreten.

Sie hatte es sich selbst zuzuschreiben. Sie hatte den falschen Erben eingesetzt, und es gab keine Möglichkeit, diese Entscheidung rückgängig zu machen. Es war allein ihre Schuld.

»Ein Vertrag ist ein Vertrag«, sagte Herr Altenbrock mitfühlend. »Man muss ihn sorgfältig prüfen, bevor man unterschreibt. Das wissen Sie doch.«

»Wollen Sie uns sagen, wir müssen uns einfach damit abfinden?«, regte sich Rosie auf. »Dass dieser Parasit die Arbeit von Generationen einfach verscherbelt? Das ist unmöglich.«

Herr Altenbrock lächelte hilflos. Hanna spürte die Enttäuschung. Irgendwie hatte sie sich von Rosies Aktionismus anstecken lassen. Diese beugte sich nun angriffslustig vor, wie um dem Notar die Leviten zu lesen, doch Hanna legte ihr die Hand auf den Arm.

»Es ist gut, Rosie. Herr Altenbrock kann ja nichts dafür. Ich hätte mir vorher überlegen sollen, was ich da unterschreibe.«

»Aber, Hanna …«

»Wir können nichts mehr daran ändern.«

»Sie könnten immer noch auf Geldzahlungen drängen«, wandte Herr Altenbrock ein. »Falls sich belegen lässt, dass es für Sie nicht zumutbar war, länger auf dem Hof zu leben. Dann könnten wir uns eine Strategie überlegen.«

Hanna wollte das Thema bereits abwehren, doch dann änderte sie ihre Meinung. Ein zaghaftes Lächeln trat in ihr Gesicht.

»Warum eigentlich nicht? Was meinst du, Rosie? Sollen sie wenigstens ein bisschen bluten. Das ist besser als nichts. Astrid wird es hassen, mir Geld zu überweisen.«

Der alte Herr lachte befreit. Hanna bemerkte erst jetzt, wie wichtig es ihm war, helfen zu können. Sein Rat als Jurist war gefragt, und er schien erleichtert, dass er nicht überflüssig gewesen war mit seinem Fachwissen.

Diesmal ließ sich Rosie nicht von der guten Laune der beiden anstecken. Sie wirkte geschlagen. Dabei war es immer Rosies großes Talent gewesen, solche Situationen wegzulachen.

»Tut mir leid, Frau Brewster«, sagte Herr Altenbrock, dem ihre Reaktion nicht entgangen war. »Mehr kann ich leider nicht tun.«

Mühsam erhob sich Rosie und stemmte ihren dürren Körper auf den Rollator. Hanna bedankte sich freundlich, und die beiden Frauen verließen das Zimmer.

»Und jetzt?«, meinte Rosie, als sie allein waren.

»Ich weiß es auch nicht.«

»Wir sind noch nicht am Ende«, sagte sie trotzig. »Es muss einen anderen Weg geben.«

Doch wie es aussah, blieb es dabei. Klaus konnte mit dem Brennereihof machen, was er wollte. Egal, wie sehr es sie schmerzte, sie würde nichts dagegen tun können, wenn er ihn an die Behrendt-Gruppe verkaufen wollte.

Sie erinnerte sich, wie sie nach dem Beschluss des Familienrats zu Heinrich auf den Hof gezogen war. Sie hatte damals ihre Stelle als Lehrerin gekündigt und war Anfang Februar umgezogen, ein paar Tage nach Mariä Lichtmess. Was für eine Ironie, hatte sie damals gedacht. In alten Zeiten hatte an Mariä Lichtmess das neue Wirtschaftsjahr begonnen. Knechte wurden eingestellt, die Winterruhe ging zu Ende, die Vorräte waren zur Hälfte verbraucht, neues Leben erwachte auf dem Bauernhof. So fing also auch ihr erstes Jahr als Hofherrin an Mariä Lichtmess an. Wenn auch eher zufällig, so geschah alles nach alter Sitte und Tradition.

Ihr Vater war anfangs sehr schweigsam gewesen. Hanna wusste natürlich, weshalb. Er hätte sich eines seiner anderen Kinder für diese Rolle gewünscht, auf die sie nun Anspruch erhob. Aber er sah ein, dass er den Hof nicht mehr allein führen konnte.

Hanna hatte sich ihrer neuen Aufgabe zwar alles andere als glücklich, doch mit großem Ernst und voller Entschlossenheit angenommen. Sie war fleißig und lernbereit gewesen, um die Arbeit zu bewältigen, und erkämpfte sich schicksalsergeben Tag für Tag ein Stück mehr in ihrer neuen Rolle als Hofherrin.

Zwar gab es keinen Streit zwischen Vater und Tochter. Heinrich Brook arbeitete seine Tochter umsichtig ein, damit sie schnell einen Überblick über die Anforderungen der Brennerei und der Landwirtschaft bekam. Doch wenn sie nicht über den Betrieb sprachen, herrschte meist Schweigen zwischen ihnen. Da war stets eine unsichtbare Wand, die keiner von beiden überwinden konnte.

Dann, Hanna hatte sich gerade einigermaßen eingearbeitet auf dem Brennereihof, und sie verfluchte nicht mehr jede Nacht ihr Schicksal, tauchte unvermittelt und ohne jede Vorwarnung Carl auf dem Hof auf. Carl. Selbst heute, so viele Jahre danach, wie sie schweigend neben Rosie den Flur des Seniorenheims entlangtrottete, bekam sie weiche Knie, wenn sie an diesen Tag dachte. An den Augenblick, als er plötzlich vor ihr stand. Sie zwang sich, die Gedanken daran beiseitezuschieben. In Rosies Beisein wollte sie über anderes nachdenken. In der Gegenwart bleiben. Hier hatte sie genügend Probleme. Denn wie es aussah, würden sie nicht auf den Hof zurückkehren. Es war vorbei mit diesen Zukunftsplänen. Mit ihrer Alten-WG neben der Brennerei.

Rosie schaffte es kaum, sich mit dem Rollator bis zum Wintergarten zu schleppen. Völlig erschlagen ließ sie sich in den Sessel fallen. Die Sache schien ihr wirklich nahezugehen. Hanna nahm gegenüber Platz.

»Weißt du, Rosie … Wir können immer noch eine Alten-WG zusammen gründen.«

»Wir beide?« Endlich tauchte ein Lächeln auf. »Meinst du wirklich? Auch wenn wir nicht auf den Brennereihof zurückkehren?«

»Warum denn nicht? Wir könnten uns in Marienfehn etwas suchen. Eine Parterrewohnung. Wenn wir uns gegenseitig helfen, können wir den Alltag stemmen. Ich kann einkaufen gehen. Wir schaffen das schon. Vielleicht müssen ja Klaus und Astrid finanziell einspringen, um uns zu unterstützen.«

»Eine Parterrewohnung.« Nun erklang wieder ihr kratziges, raues Lachen. »Mitten im Dorf. Ja, das wäre was. Und jeder, der vorbeikommt, wird erfahren, was Klaus für einer ist.«

»Ich glaub, das wissen auch so schon viele.«

»Egal. Er soll sich in Marienfehn nirgendwo mehr sehen lassen können.«

Hanna schlug die flachen Hände auf die Oberschenkel und stand auf. »Und jetzt hole ich uns erst mal einen koffeinfreien Kaffee, Rosie. Danach sehen wir weiter. In Ordnung?«

Rosie nahm etwas zittrig Hannas Hand und drückte sie schwach. In ihren Augen leuchteten Dankbarkeit und Zuneigung. Wieder war es, als würde alles, was zwischen ihnen geschehen war, bedeutungslos werden. Als gäbe es nur diesen Moment, in dem sie wieder Freundinnen waren, und der schlimme Streit, der sie damals getrennt hatte, löste sich auf.

Hanna störte es nicht, dass es so war. Sie war froh, Rosie wieder in ihrem Leben zu haben.

»Trauern wir dem Hof nicht nach«, sagte sie. »Wir haben immer noch uns.«

Als sie jedoch kurz darauf mit zwei Tassen Kaffee auf einem kleinen Tablett zurückkehrte, wirkte Rosie wieder durch und durch lebendig. Der Schlag, den ihr Herr Altenbrock verpasst hatte, schien überwunden zu sein.

»Das mit der WG ist zwar eine schöne Idee, Hanna. Aber so leicht werden wir es Klaus nicht machen.«

Hanna stellte überrascht das Tablett ab. Rosie strotzte geradezu vor Tatendrang, das konnte sie erkennen. Plötzlich wirkte sie nicht mehr schwach und zittrig, ganz im Gegenteil. Hanna konnte nur staunen über die plötzliche Verwandlung.

»Aber was willst du denn machen? Es gibt keine Möglichkeiten mehr.«

»Willst du etwa schon wieder aufgeben?«, fragte Rosie.

»Was heißt denn *schon wieder*? Es ist ja wohl nicht so, dass ich bei der ersten Gelegenheit die Flinte ins Korn werfe. Du hast doch Herrn Altenbrock gehört. Es gibt keine Chance für uns. Die Rechtslage ist eindeutig.«

»Das mit der Rechtslage mag ja sein. Aber das heißt noch lange nicht, dass es für uns keine Chance gibt. Wir müssen uns eben was anderes ausdenken.«

»Aber was denn? Kannst du mir das mal sagen?«

»Natürlich. Wir nehmen uns Klaus und Astrid vor. Das ist längst überfällig, wenn du mich fragst. Wenn du den Mut hast, kannst du mich begleiten. Ansonsten geh ich allein.«

Kapitel 27

Herbst 1968

Drei Tage gor die Maische im Kessel. Hanna mochte den Geruch von Hefe und Malz und Getreide, der so typisch war und sie durch ihre ganze Kindheit begleitet hatte, der ins Säuerliche kippte, wenn die Rückstände der Maische nach dem Brennen als Schlempe entsorgt wurden. Dieser Geruch war für sie untrennbar mit dem Brennereihof verbunden, und mit zunehmendem Alter fand sie immer mehr Gefallen daran, ihn in der Nase zu haben.

In den alten Gemäuern der Brennerei breitete sich wie üblich eine wohlige Wärme aus, durch die durchgängige Erhitzung der Maischetanks bedingt. Dazu die leisen Geräusche, die den Gärprozess begleiteten, das Rauschen und Gurgeln, ein stilles Gluckern und Rinnen, immer gleichbleibende, flüsternde Geräusche, die unvergänglich wirkten.

Da konnte die Welt draußen ruhig kopfstehen, das Land von Studentenprotesten geprägt sein, die Konflikte in Vietnam und Lateinamerika eskalieren, der Prager Frühling niedergeschlagen und politische Morde wie der an Martin Luther King verübt werden, hier drin in den uralten Gemäuern blieb alles traumartig ruhig. Als wäre dies ein unvergänglicher Flecken Erde, der losgelöst war von allem anderen irdischen Gewirr.

Hanna hatte sich in alle Bereiche der Landwirtschaft eingearbeitet, in das Bestellen der Felder, in Saat und Ernte, in das Halten der Tiere, sogar mit dem Schlachten hatte sie sich vertraut gemacht. Doch die Brennkunst war es, der ihre ganze Leidenschaft galt. Je länger sie sich mit den Abläufen beschäftigte, umso mehr Verständnis bekam sie dafür, was einen guten Korn ausmachte.

Sie genoss es, dieses Wissen zu vertiefen und in der Praxis zu experimentieren.

Am Morgen hatte sie die Maische in die Kupferkolonne, die den Rohbrand erstellte, umgeleitet. Die gewaltige Kolonne stammte noch aus dem achtzehnten Jahrhundert und dominierte den Raum. Mit den runden Fensterchen, hinter denen es blubberte und schäumte, mit den uralten Rohren und Nieten und der majestätischen Ausrichtung himmelwärts gab sie Hanna stets das Gefühl, selbst nur ein kleines Rädchen im Uhrwerk der Zeit zu sein.

Die Rohbrandkolonne produzierte ein anfangs noch ungenießbares Destillat, das in das bauchige Feinbrenngerät geleitet wurde. Dort durchlief der Brand einen immer gleichen Kreislauf: erhitzen, verdampfen, abkühlen und wieder erhitzen. So lange, bis das Destillat schmackhaft wurde. Hanna zweigte von Zeit zu Zeit ein wenig des Destillats in ein Glas ab, schnupperte daran und probierte, ob das Ergebnis bereits zufriedenstellend war.

»Du machst dich gut«, ertönte eine Stimme hinter ihr.

Ihr Vater war in der Brennerei aufgetaucht.

»Aus dir wird einmal eine gute Brennerin. Du hast ein Gespür dafür, das merke ich. Ein viel besseres Gespür, als Günther es hat.«

Hanna ignorierte die Spitze gegen ihren Bruder. Sie hielt ihrem Vater das Glas entgegen, damit er das Destillat beurteilen konnte. Er legte den Stock zur Seite, den er seit dem Unfall brauchte, und nahm ihr das Glas ab.

»Ich hätte nie gedacht, dass es mir so viel Spaß machen würde«, gestand Hanna. »Doch ich entdecke immer etwas Neues bei der Arbeit. Ich lerne jeden Tag dazu, und das, obwohl ich schon über ein Jahr hiermit beschäftigt bin.«

»Übung macht eben den Meister. Das geht nicht von heute auf morgen.«

»Probier. Ich denke, er ist perfekt.«

Ihr Vater schnupperte, dann nippte er vorsichtig.

»Es liegt an unserem Wasser«, sagte Hanna. »Und an der Qualität des Getreides. Und natürlich an der Kolonne. Das alles zusammen bringt einen brillanten Korn hervor.«

»Du hast recht, der Korn ist perfekt.«

Er stellte das Glas ab und betrachtete die riesige Kupferkolonne. »Aber was ich von dem Ding halten soll, das weiß ich nicht. Ich denke, wir sollten sie austauschen. Es gibt modernere aus Edelstahl, die sind viel effektiver.«

»Aber die Kupferkolonne trägt viel zur Qualität unseres Korns bei.«

»Mädchen, diese Zeiten sind vorbei. Verharre nicht in der Vergangenheit. Das Kornbrennen ist heute ein Geschäft, in dem es um Quantität geht. Wenn wir mithalten wollen, müssen wir preiswerte Massenware erzeugen.«

»Die Kolonne funktioniert einwandfrei. Brooks Korn hat etwas Besonderes. Die Leute lieben unseren Brand. Wir sollten das erhalten.«

»Die Leute schmecken den Unterschied nicht, glaub mir.«

»Aber unsere Absätze steigen. Wieso sollten wir daran was ändern?«

»Im Moment steigen sie noch, das ist richtig. Doch das kann sich schnell ändern. Wir müssen den anderen immer eine Nasenlänge voraus sein.«

»Nein. Die Kolonne bleibt.«

Das war Hanna rausgerutscht, und sie meinte es nicht so hart, wie es sich anhörte. Doch ihr Vater starrte sie wütend an.

»Einen solchen Ton verbitte ich mir.«

»Entschuldige. Ich meine nur …«

»Wenn ich es für richtig halte, eine Edelstahlkolonne zu besorgen, dann mache ich das.«

Nun starrte Hanna zurück. Der Hof gehörte ihr, er war ihr überschrieben worden. Sie hatte das letzte Wort, was diese Dinge anging. Doch das wollte ihr Vater nicht gelten lassen.

In den meisten Fällen waren seine Entscheidungen richtig, und Hanna fühlte sich tatsächlich noch als Lehrling. Doch die Kupferkolonne würde sie nicht einfach aufgeben. In dieser Sache lag er falsch.

Eine Weile sagte keiner von ihnen was. Schließlich bestimmte Hanna: »Wir müssen das nicht heute entscheiden«, dann verließ sie den Raum, sorgsam darauf bedacht, dass dies das letzte Wort war, das in der Sache fiel.

Als sie anschließend im Schweinestall frisches Stroh ausstreute, fühlte sie sich überfordert von der Verantwortung. Sie wollte nicht gegen ihren Vater kämpfen, doch ahnte sie, dass diese Auseinandersetzung keinesfalls die letzte gewesen war.

Draußen knatterte der Traktor davon. Ihr Vater fuhr zum Acker raus. Das war seine Art, mit Konflikten umzugehen. Er setzte sich schweigend auf seinen Traktor und verschwand.

Hanna atmete durch. Sie nahm den Eimer zum Schweinefüttern und trat hinaus auf den Hof. Zuerst wollte sie sich um die Ferkel kümmern, danach wäre Zeit, das Mittagessen in Angriff zu nehmen.

Auf dem Hof stand ein Mann. Hanna traute ihren Augen nicht. Es war Carl. Er stand auf einmal da, im blassen Sonnenlicht, wie eine Fata Morgana, und Hanna, die im Arbeitskittel und mit Schweineeimer aus dem Stall trat, glaubte, eine Halluzination zu sehen.

Er wirkte fahrig und ein wenig gehetzt, wie er sich suchend auf dem Hof umblickte. Erst als er sie entdeckte, strahlte er übers ganze Gesicht.

»Hanna!«, rief er. »Da bist du!«

Sie wurde sich bewusst, wie sie aussah. Mit Kopftuch, Schweineeimer, schmutzig und grau. Carl lief auf sie zu. Es sah aus, als wollte er sie umarmen.

»Carl? Was machst du hier?«

»Ich habe deine Briefe bekommen.«

»Meine *Briefe*?«

»Ich … als ich wieder in Frankfurt war, hat man sie mir gegeben. Sie konnten in Mexiko nicht zugestellt werden und gingen zurück an die Redaktion. Deshalb hat es so lange gedauert, bis ich sie bekommen habe. Sie sind … ich …«

Er wirkte völlig überfordert. »Hanna …«

Die Briefe. Hanna konnte nicht glauben, was passierte.

»Du … du hast sie gelesen?«

Sie hatte gedacht, er wollte nicht antworten, weil er sie nicht mehr liebte. Stattdessen hatte er die Briefe gar nicht bekommen. Er hatte sie erst jetzt gelesen – und war sofort zu ihr gekommen. Hanna wurde schwindlig bei dem Gedanken, was das bedeutete.

»Ich bin direkt hergefahren«, stammelte er. »Ich war in der Schule, aber da arbeitest du nicht mehr. Man hat mir gesagt, was passiert ist. Die Sache mit Günther und dass du den Hof übernommen hast.« Er deutete auf den Sandweg, der zum Kiefernwäldchen führte. »Ich bin durch die Heide gekommen, so wie früher. Ich wollte dich sofort sehen … wollte …«

In ihrem Kopf ging alles durcheinander. Er liebte sie. Egal, was mit dem Brennereihof war, Carl liebte sie. Er war hergekommen, um ihr das zu sagen. Sie konnten endlich zu ihren Gefühlen stehen. Am liebsten hätte sie sich ihm in die Arme geworfen, aber wie hätte sie das tun können, in diesem Aufzug. Sie war wahrlich ein Aschenputtel. Und Carl, mit seinem eleganten Anzug und den perfekt sitzenden blonden Haaren, tauchte hier auf wie ein Prinz.

Herrje, wenn sie sich nur schnell umziehen könnte!

Alles war so absurd, dass sie nicht anders konnte. Sie musste plötzlich lachen. Es war ein befreiendes Lachen. Ein glückliches.

»Was ist?«, fragte er ein wenig unsicher.

»Sieh mich nur an. Ich bin eine Bauernmagd geworden.«

Nun lachte er ebenfalls. Die Scheu war verflogen. Carl störte sich nicht an ihrem Aussehen. Er umarmte sie. Sie hielten sich fest, schlossen die Augen. Und für den Moment war alles andere egal. Endlich wussten sie von ihren Gefühlen. Endlich gab es kein Versteckspiel mehr.

»Ich bin hier«, sagte er. »Ich weiß, es hat lange gedauert. So viel ist passiert. Doch das spielt keine Rolle mehr. Jetzt können wir zusammen sein.«

Kapitel 28

Zusammen sein. Das war leichter gesagt als getan. Jeder von ihnen hatte sein eigenes Leben, und das ließ sich schwer vereinen. Carl war für ein paar Tage geblieben, bevor er zurück nach Frankfurt musste. Nicht auf dem Hof natürlich, das wäre undenkbar gewesen. Auch nicht bei seinem Vater, der immer noch in Marienfehn lebte. Er war bei einem Schulfreund in Altheim untergekommen, der dort das Hotel seines Vaters übernommen hatte.

In diesen Tagen sahen sie sich, sooft es möglich war. Heinrich Brook schien nicht überrascht vom Auftauchen von Hannas Jugendfreund.

»Ich kümmere mich um die Schweine«, sagte er zu seiner Tochter. »Der Rest kann warten. Das Nötigste bekomme ich schon hin. Ein paar Tage können wir auch mit halber Kraft fahren.«

Er ermutigte sie, sich mit Carl zu treffen. Mit ihm ins Moor zu gehen. Abends in Altheim zu tanzen. Er drückte sogar ein Auge zu, wenn Hanna bei Carl im Hotel übernachtete. Eigentlich hätte er dieses Verhalten unschicklich finden müssen. Doch er schien sich für seine Tochter zu freuen, auch wenn vorerst keine Verlobung gefeiert wurde.

Hanna und Carl vermieden es, über die Zukunft nachzudenken. Sie genossen ihr Zusammensein. Als Carl nach Frankfurt zurückkehrte, war es nur ein Abschied auf Zeit.

»In zwei Wochen kann ich wieder ein paar Tage freimachen«, versprach er. »Ich komme nach Marienfehn, so oft es geht.«

»Weißt du, Carl …« Hanna wollte etwas zu ihrer Verantwortung auf dem Brennereihof sagen. Zu der Unvereinbarkeit ihrer beider Leben.

»Sei still«, sagte er und küsste sie. Offenbar wusste er, was ihr auf dem Herzen lag. »Reden wir nicht über die Zukunft. In zwei Wochen komme ich wieder. Dann sehen wir uns. Weiter wollen wir nicht denken.«

Dieses Hotel in Altheim sollte noch einige Male sein Zuhause sein, immer, wenn er in Marienfehn bei Hanna war. Wenn sie gemeinsam in die Heide gingen, sich liebten, redeten, zusammen waren.

Ein halbes Jahr lang war Carl so oft gekommen, wie es ihm möglich gewesen war. Hanna fieberte seinen Besuchen entgegen. Sie halfen ihr, die Verantwortung für den Brennereihof besser zu tragen. Die Streitigkeiten mit ihrem Vater leichter zu erdulden, wenn es um die Zukunft des Hofs ging. Alles war einfacher, wenn sie es mit Carl teilen konnte.

Doch dann bekam er das Angebot, als Korrespondent nach Moskau zu gehen, und das änderte alles an ihrem neuen, gemeinsamen Leben. Es war sein Traum, er war ganz aus dem Häuschen deswegen. Auch wenn es hieß, dass ihre heimlichen Treffen, die Zeit in der Heide, in Altheim, ihre zarte Romanze, dass all dies vorerst vorbei wäre.

Doch dafür hatte Carl eine ganz einfache Lösung. Typisch Carl. »Komm mit«, sagte er. »Wir gehen zusammen.«

»Wie denkst du dir das? Es ist unmöglich.«

»Ach, Hanna. Sei doch nicht so.«

Er nahm sie in den Arm, küsste ihr Haar, spazierte mit ihr durch die einsame Heide. Es war nicht das erste Mal, dass er ihr vorschlug zu heiraten. So verführerisch der Gedanke auch war, Hanna konnte nicht sehen, wie das funktionieren würde.

»Stell dir das nur vor«, schwärmte er begeistert. »Wie aufregend das wäre. Moskau. Die Stadt ist unglaublich. Riesengroß, stolz, so vielseitig. Und wir würden zusammen da leben.«

Es gab so viele Dinge, die dagegensprachen. Hanna wusste gar nicht, womit sie anfangen sollte.

»Was soll ich denn da? Einfach nur deine Ehefrau sein?«

»Da findet sich bestimmt etwas. Du könntest irgendwo als freie Mitarbeiterin arbeiten, Texte aus Moskau schreiben. Mit etwas Geduld und Spucke kriegen wir dich schon in den Beruf.«

Doch alles, was sie vor sich sah, war ein Leben, eingesperrt im Diplomatenviertel, das bestimmt davon war, den Haushalt zu führen, auf ihren Mann zu warten und gesellige Abendessen vorzubereiten. Mit den Frauen anderer beschäftigter Männer beim Kaffee zusammenzusitzen und sinnentleerte Gespräche zu führen. Nein. Dafür konnte sie nicht alles hinwerfen.

»Musst du denn nach Moskau gehen?«, fragte sie. »Gibt es nicht etwas in Frankfurt? Dann wären wir näher beieinander. Wir könnten uns regelmäßig sehen.«

»Das ist eine einmalige Chance, Hanna. Moskau ist das Zentrum des Sowjetreichs. Das kann man sich nicht entgehen lassen. Außerdem bin ich überzeugt, dass die große Koalition nicht lange hält. Wenn Willy Brandt Kanzler wird, dann macht er sich an die Ostpolitik – dann bin ich genau am Puls der Zeit.«

Hanna schwieg dazu. Sie konnte Carl verstehen, natürlich. Jedoch schloss dieses Leben sie aus. Es war unmöglich, ihn zu begleiten. Und wenn er erst in Moskau wäre, konnten sie sich nicht mehr an den Wochenenden treffen.

»Wie viele Menschen haben schon eine solche Gelegenheit? Da muss man zugreifen.« Er nahm ihre Hände. »Komm mit mir, Hanna. Bitte. Irgendetwas finden wir schon für dich, wenn du berufstätig sein willst. Vielleicht kannst du an einer deutschen Schule unterrichten.«

Hanna entzog ihm ihre Hand. Dieses Mal ließ sie sich nicht

anstecken von seiner Begeisterung. Im Gegenteil. Sie ärgerte sich sogar über ihn.

»Ich kann nicht weg hier. Das weißt du genau.«

»Aber wieso nicht? Das war doch immer, was wir wollten, oder? Zusammensein.«

Ja, das war es, was Hanna wollte. Mehr als alles andere. Trotzdem ging es nicht. Nicht auf diese Weise.

»Die Zeit der Missverständnisse ist vorbei, Hanna. Die des Versteckspielens. Lass uns doch endlich das Leben leben, das wir uns wünschen. Wir können das jetzt tun, uns endlich unsere Träume erfüllen.«

Aber nicht in Moskau. Das musste Carl doch begreifen.

»Und was ist mit dem Brennereihof?«

»Du wolltest doch immer weg von hier.«

»Dinge ändern sich.«

»Aber du hasst den Brennereihof.«

»Jetzt bin ich nun mal für ihn verantwortlich.«

In diesem Moment begriff Hanna: Sie hasste den Hof nicht. Schon lange nicht mehr. Inzwischen verstand sie, wie wichtig die Tradition der Brennerei für die Familie war, und gerade jetzt war sie im Begriff, einen Platz im Leben zu finden. Der Hof gehörte nun ihr, und damit war sie für sein Wohlergehen verantwortlich.

Carl schien jedoch nicht zu begreifen. »Wieso fühlst du dich verpflichtet?«, regte er sich auf. »Wer hat sich deine Loyalität denn verdient? Etwa dein Vater? Oder deine Geschwister? Wenn deine Eltern gekonnt hätten, hätten sie dich gleich nach der Geburt abgegeben. Sie waren nicht viel besser als mein Vater. Wieso willst du nun die Verantwortung für alles tragen? Du musst doch dein eigenes Leben leben.«

»Du siehst das vielleicht so. Für dich mag das stimmen. Aber bei mir ist das anders. Ich lebe mein eigenes Leben.«

»Hanna! Wir wollten immer zusammen weg, schon als Kinder. Wieso musst du diese Suppe auslöffeln? Was ist denn mit Günther? Wieso ist der nicht verantwortlich? Oder Inge, als Älteste?«

»Du verstehst nicht«, sagte sie matt. »Ich bin Schnapsbrennerin geworden. Das ist mein Handwerk. Das ist es, was ich jetzt bin.«

»Wenn es wegen deines Vaters ist, Hanna, weil er sonst allein auf dem Hof ist, da findet sich eine Lösung. Dann müssen eben deine Geschwister ran.«

Carl hatte mit seinem Vater gebrochen, mit der Vergangenheit und Tradition seiner Familie. Für Hanna war es nicht so einfach. Natürlich hatte sie sich anfangs verantwortlich gefühlt, für den Hof und ihre Familie. Doch inzwischen war mehr daraus geworden. Vielleicht war es nicht ihre Bestimmung gewesen, Kornbrennerin zu werden, doch wollte sie es nun zu ihrer Bestimmung machen.

Carl war abwechselnd wütend, sauer, traurig und enttäuscht. Dennoch konnte er Hanna nicht umstimmen. Als sein Besuch in Marienfehn endete, sein letzter Besuch, bevor er nach Moskau zöge, trennten sie sich zum ersten Mal im Streit. Sie sprachen auch in den folgenden Wochen nicht miteinander, bis er dann nach Moskau flog. Und Hanna blieb allein in Marienfehn.

Vielleicht ist es so das Beste, sagte Hanna sich. Vielleicht stehe ich Carl nur im Weg. Vielleicht wird es ihm besser ergehen, wenn er frei war.

Ein paar Tage später inspizierte sie einen Lagerraum, der ehemals zur Brennerei gehörte und inzwischen für Landgeräte genutzt wurde. Hinten in einer dunklen Ecke fand sie ein leeres Holzfass. Sofort dachte sie an Günther und seinen alten Korn, den er ihr präsentiert hatte. Sie zog den Pfropfen aus dem Fass und roch zaghaft an der Öffnung. Der Geruch von Whiskey schlug ihr entgegen. Würzig, fruchtig und mild. Mit einer Note von Vanille. Es war ein edles und besonderes Aroma, das diesem leeren Fass entwich, obwohl es seit Jahren unbenutzt hier herumstand. Dies war also eines der Eichenfässer, in denen ihr Großvater seinen Brand gelagert hatte.

Sie suchte nach einem Hinweis auf den Hersteller des Fasses. Ob es diese Firma noch gab? Was mochte so ein Fass kosten? Wie lange würde der Korn in so einem Fass lagern müssen? Sicher über Jahre. Das würde den Produktionsprozess bestimmt unbezahlbar machen.

Auf dem Hof hörte sie ihren Vater rufen. Sie vergaß das Fass und ging hinaus. Der Viehhändler stand mit seinem Lastwagen auf dem Hof. Er hatte Bullen verladen und war bereit zum Aufbruch. Mit dünnen Zetteln aus Wachspapier, die im Wind flatterten, wartete er neben seinem Lastwagen. Hannas Vater wirkte verdrossen und übellaunig. Irgendetwas musste vorgefallen sein.

»Was ist denn los?«, fragte sie. »Kann ich helfen?«

Der Viehhändler blickte zu Boden. Er räusperte sich verlegen.

»Stimmt was nicht? Ist was mit den Bullen?«

»Du musst unterschreiben«, presste ihr Vater hervor.

»Ich muss … was?«

»Ich brauche die Unterschrift des Hofbesitzers«, meinte der Viehhändler gequält. »Die Unterschrift Ihres Vaters reicht nicht aus.«

»Oh. Verstehe. Natürlich.«

Sie nahm eilig das Wachspapier, der Viehhändler drehte sich um, damit sie seinen Rücken als Unterlage nutzen konnte, und dann unterschrieb sie. Versuchte, alles schnell über die Bühne zu bringen, damit ihr Vater nicht noch länger gedemütigt wurde.

Trotzdem brauchte der eine Weile, um den Vorfall zu verdauen. Doch so war es nun einmal. Hanna konnte nichts dafür, dass Günther den Hof ausgeschlagen hatte. Sie war nun die Erbin, und ihr Wort zählte. An Situationen wie diese würden sie sich beide gewöhnen müssen.

»Wärst du lieber Lehrerin geblieben?«, fragte ihr Vater später während des Nachmittagskaffees. Sie saßen in der Küche, erschöpft von der Arbeit und dankbar für die kurze Pause, in der sie Kaffee tranken und Gebäck aßen.

Normalerweise wurde wenig dabei geredet, schon gar nicht über persönliche Dinge. Hanna sah erstaunt auf. Ihr Vater hatte es einfach grimmig hingenommen, dass sie und nicht Günther den Hof übernommen hatte. Er schien sich nie weiter Gedanken gemacht zu haben.

»Das ist ein guter Beruf«, schob er hinterher. »Ich würde es verstehen.«

»Ich bin gern Kornbrennerin.«

»Ja. Du bist wie geschaffen dafür. Trotzdem. Damals ... nicht alles ist gelaufen wie erwartet. Jeder muss seine Rolle spielen. Das ist nicht immer einfach.« Er zögerte. Nahm einen Keks, teilte ihn, legte ihn neben die Kaffeetasse, ließ ihn dort liegen. Er schaffte es nicht, sie anzublicken. »Du hast getan, was von dir erwartet wurde. Das hätte nicht jede getan. Ich weiß das.«

Hanna war so überrascht, sie wusste gar nicht, was sie erwidern sollte.

»Lehrerin zu sein«, fuhr er fort. »Da hat man eine sichere Zukunft. Du hast gutes Geld verdient. Du warst dein eigener Herr. Wärst du gern diesen Weg weitergegangen?«

»Ich bin jetzt Kornbrennerin«, wiederholte sie.

Er nickte, und es schien, als wäre er erleichtert über die Antwort. Sie sah die Dankbarkeit in seinem Blick. Beinah glaubte sie, er wollte es offen aussprechen. Doch dann nickte er nur erneut, diesmal kräftiger, und damit war das Thema beendet.

»Ich habe mir Edelstahlkolonnen angesehen«, sagte er. »Es wäre keine allzu große Investition. Wir sollten mit den Herstellern sprechen. Wenn wir ...«

»Die Kupferkolonne wird bleiben«, stellte Hanna fest. »Wir werden keine neue aus Edelstahl kaufen.«

Ihr Vater wirkte verdattert. Doch Hanna war fest entschlossen. In dieser Sache würde sie bis zum Äußersten gehen. Auch wenn sie es nicht offen aussprach, so war beiden klar, dass sie auch die Macht dazu hätte.

»Das ist mein letztes Wort, Vater.«

Kapitel 29

Im September einundsiebzig fing sich Hannas Vater eine hartnäckige Erkältung ein, die sich zu einer rätselhaften Lungenkrankheit wandelte und nach und nach alle Lebensgeister aus ihm heraussaugte. Der Arzt aus Marienfehn war regelmäßig bei ihnen auf dem Hof, konnte jedoch nur wenig für ihn tun.

Hannas Vater war alt geworden. Seine körperliche Verfassung wurde zusehends schlechter. Auch die Spätfolgen der Kriegsgefangenschaft und seiner Verletzungen bei dem Unfall spielten eine Rolle. Hanna hatte Angst, ihn zu verlieren – und allein auf dem Hof zurückzubleiben.

Nachdem sie die Arbeiten auf dem Hof erledigt hatte, ging sie ins Haus, um nach ihm zu sehen. In der Diele war es still. Kalter Feuergeruch ging vom Kamin aus, nur das Pendel der Standuhr war zu hören. Dann hustete es aus dem Schlafzimmer ihres Vaters. Wenn ein alter Bauer tagsüber im Bett lag, dann stand es nicht gut um ihn.

»Hanna, da bist du ja«, begrüßte er sie freudig, aber schwach, als sie ins Zimmer trat.

Sie lächelte, wie so häufig in den letzten Wochen, wenn sie am liebsten weinen würde.

Es war warm im Raum. Seit ein paar Jahren hatten sie eine Ölheizung, und in einem Teil der Räume waren Heizkörper eingebaut. Zum Glück auch hier, obwohl Heinrich anfangs in seinem Schlafzimmer partout keine Heizung haben wollte.

Trotz der Wärme schien ihm kalt zu sein. Er sah schlecht aus. Sein Gesicht war eingefallen, die ehemals kräftigen Schultern wirkten schmal und zerbrechlich.

Hanna schüttelte seine Kissen auf, wechselte die Decke und füllte frisches Wasser in ein Glas auf seinem Nachttisch.

»Brauchst du sonst noch etwas?«, fragte sie.

»Nein, es geht mir gut.«

»Dr. Viehkamp sieht später nach dir.«

Er nickte vage. Es schien ihn nicht weiter zu interessieren. Stattdessen winkte er sie zu sich heran.

»Ich muss in den Stall, Papa.«

Unbeirrt nahm er Hannas Hand, eine Geste, die so unvermutet war, dass sie innehielt und sich auf die Bettkante setzte.

»Triffst du dich heute mit Peter?«

Sie lächelte. »Mal sehen. Warten wir ab, was der Arzt sagt. Ich möchte dich nicht allein lassen.«

»Ich komm schon klar. Triff dich mit ihm.«

Peter Huesmann war ein Landwirt aus der Gegend, der wie Hanna Anfang dreißig war und den ihr Vater als Schwiegersohn durchaus begrüßen würde. Er war bereits geschieden, was ein ziemlicher Skandal in Marienfehn gewesen war, wenn man nicht wie Rosie in der Stadt lebte und ohnehin ein ganz anderes Leben führte. Seine Frau hatte die Trennung gewollt, über die Gründe wurde viel spekuliert. Doch hatte sich die Sichtweise durchgesetzt, dass er schuldlos daran sein müsse, was immer das bedeuten mochte.

Peter war ein schweigsamer und ordentlicher Mann mit ernsten, sanften Augen. Einer, auf den Verlass war. Und er kannte sich mit dem Schnapsbrennen aus. Vielleicht mochte er ein bisschen langweilig sein, das fand Hanna jedenfalls, aber dafür war er zuverlässig. Und das war schon viel.

Hanna galt vielen Männern der Umgebung als zu eigenständig und durchgreifend. Hätte sie nicht den großen Hof, würde sich wohl keiner für sie interessieren. Da Peter sich nicht aus Habgier für Hanna interessierte und zudem noch als Landwirt taugte, hielt ihr Vater ihn für den perfekten Ehemann.

Hanna hatte sich einmal mit ihm getroffen, ihrem Vater zuliebe, es war jedoch undenkbar für sie, sich an ihn zu binden. Carl besuchte sie zwar nicht mehr, seit er in Moskau war, aber sie hielten lose Kontakt, und ihr Herz gehörte ihm immer noch. Am liebsten hätte sie Peter gesagt, sie sei vergeben. Allerdings wusste auch sie, dass ihre Beziehung zu Carl nach gewöhnlichen Maßstäben kaum so genannt werden konnte.

»Du musst an die Nachfolge denken«, sagte ihr Vater eindringlich. »Ich werde nicht ewig hier sein. Triff dich mit Peter.«

Hanna wich seinem Blick aus.

»Versprichst du mir das, Hanna? Dass du an die Nachfolge denkst? Das ist etwas, das nie aus dem Auge geraten darf.«

»Ja, Papa. Ich verspreche es.«

»Meine kleine Hanna«, sagte er zärtlich und stieß ein sanftes Lachen aus, das in Husten überging. »Da sitzen wir jetzt, du und ich. Wer hätte das gedacht?«

»Brauchst du etwas? Soll ich dir einen Tee machen?«

»Nein. Aber ich möchte dir etwas sagen. Das will ich schon lange.« Er schob mühsam seinen Kopf höher, um ihr aufrecht in die Augen sehen zu können. »Ich bin dir dankbar. Du hättest dich nicht für den Hof entscheiden müssen. Keiner hätte das damals von dir verlangen dürfen. Ich hätte es verstanden, wenn du dich anders entschieden hättest.«

»Papa, lass doch. Das ist jetzt nicht wichtig.«

»Doch, das ist es. Du musst mir zuhören. Ich habe mich geirrt. Ich habe nie bemerkt, was für ein besonderer Mensch du bist. Wie stolz ich auf dich sein kann.«

Sie hielt seinem Blick nicht stand. Sah zu Boden. Kämpfte gegen ihre Gefühle an. Wie sehr sie sich nach diesen Worten gesehnt hatte, merkte sie erst, als sie ausgesprochen waren.

»Ich wünschte, ich könnte die Zeit zurückdrehen. Vergibst du mir, Hanna? Dass ich dir kein guter Vater war?«

Erneut begann er zu husten, diesmal schlimmer. Er bäumte sich auf, bekam keine Luft. Hanna begann sich bereits Sorgen zu machen, dann fand sein Körper zur Ruhe.

»Du bist mir jetzt ein guter Vater. Ich könnte mir keinen besseren wünschen.«

Er lächelte, sein Blick schwamm in Zuneigung.

»Mein drittes Mädchen«, sagte er, bevor er die Augen schloss und einschlief.

Hanna ging in die Küche, um seine Wärmflasche zu erneuern. Sie hielt sich an der Spüle fest und kämpfte ihre Tränen nieder. Sie musste sich zusammennehmen. Es gab so viel zu tun. Sie musste für zwei schuften, die Tiere nahmen keine Rücksicht auf einen kranken Hofherrn.

Am Nachmittag besuchte der Arzt wieder einmal den Brennereihof. Nachdem er ihren Vater untersucht hatte, sagte er Hanna, sie solle den Geschwistern Bescheid geben. Er könne nicht sagen, wie lange es noch dauern würde, doch sein Zustand verschlechtere sich zusehends.

Kurz darauf war ihr Vater in einen komaähnlichen Zustand gefallen, aus dem er nicht mehr erwachte. Hanna hatte wie ferngesteuert alles veranlasst. Die Geschwister verständigt, sich um die Tiere gekümmert, Schnittchen und Suppe vorbereitet.

Inge war die Erste, die eintraf. Die anderen erreichten den Hof in rascher Folge. Sie versammelten sich am Bett des Vaters, bis er am frühen Abend friedlich entschlief. Hanna war wie betäubt. *Mein drittes Mädchen* war das Letzte gewesen, was er gesagt hatte. Danach war er eingeschlafen und für immer verstummt.

Zwei Tage nach der Beerdigung erreichte sie ein Ferngespräch aus Moskau. Carl hatte ein Telegramm aus Marienfehn bekommen und erfahren, was passiert war. Ein Telefonat nach Deutschland war furchtbar teuer, doch das schien Carl egal zu sein.

»Es tut mir so leid, Hanna. Er ist viel zu früh gestorben. Ich weiß, dein Vater war nicht wie meiner. Ich hätte das nicht vergleichen sollen.«

»Er ist am Ende friedlich eingeschlafen, Carl. Er ...«

Nun konnte sie die Tränen nicht mehr zurückhalten. Das erste Mal seit seinem Tod begann sie hemmungslos zu weinen. Sie schluchzte und konnte nicht mehr aufhören. Carl sprach sanft auf sie ein. Er tröstete sie, und trotz Knacken und Knistern in der Leitung schien er ihr ganz nah zu sein.

»Ich wünschte, ich könnte nach Marienfehn kommen«, sagte er, als sie sich wieder einigermaßen gefangen hatte. »Ich würde so gern bei dir sein.«

»Brandt ist in Moskau, nicht wahr?«, fragte sie, da sie seit Tagen keine Nachrichten mehr gehört hatte.

»Er ist schon wieder weg. Aber ich bekomme keinen Urlaub. Hier ist zu viel zu tun. Ich kann erst zu Weihnachten nach Hause fliegen.«

»Ist schon gut. Ich komme zurecht. Danke, Carl.«

»Aber wie geht es jetzt weiter? Wie willst du den Hof allein betreiben?«

»Günther hat jemanden besorgt, den ich anstellen kann. Außerdem kümmert er sich um die Schweine. Auch Inge taucht regelmäßig auf, um nach dem Rechten zu sehen. Alle packen mit an. Im Moment läuft es irgendwie.«

»Aber wie stellt ihr euch die Zukunft vor?«

»Ich weiß nicht. Vater war ja schon länger krank. Es ging auch ohne ihn. Ich muss halt für zwei arbeiten.«

»Hanna ...« Er schien mit sich zu ringen, doch dann sprach

er seinen Gedanken aus: »Willst du nicht doch nach Moskau kommen?«

»Carl. Du weißt, dass es nicht geht.«

»Vielleicht ja doch. Bestimmt ist jetzt der falsche Zeitpunkt, das zu besprechen. Aber ich habe mit der Redaktion geredet. Stell dir vor, du könntest eine Stellung bei uns bekommen: als redaktionelle Mitarbeiterin. Du hättest einen Fuß in der Tür. Es hat mich viel Überzeugungsarbeit gekostet. Ich hab ihnen deinen Artikel aus dem *Tagesspiegel* gezeigt, und sie finden, dass du das Zeug zur Journalistin hast. Ist das nicht wundervoll, Hanna?«

Sie fühlte sich völlig überrumpelt. Er präsentierte ihr aus dem Nichts heraus eine Zukunft als Journalistin. Zusammen mit ihm in Moskau. Alles, was sie sich je gewünscht hatte, konnte in Erfüllung gehen. Einfach so. Wenn sie die Brennerei verließ und ihre neue Bestimmung, die sie im Leben gefunden hatte. Wenn sie das Versprechen brach, das sie ihrem Vater gegeben hatte.

»Du weißt doch, dass ich hier nicht wegkann!«

»Aber es ist eine einmalige Chance, Hanna.«

Sie wurde wütend. Das war typisch Carl. Er dachte nicht über die Konsequenzen nach. Machte einfach, wonach ihm der Sinn stand.

»Wieso tust du mir das an?«, schrie sie ihn an. »Wieso jetzt? Du weißt, ich kann nicht Ja sagen. Wieso quälst du mich?«

»Hanna, ich will dich doch nicht quälen. Ich meine nur: Jetzt, wo dein Vater tot ist …«

Ihr Gesicht glühte vor Wut und Entrüstung.

»Der Hof ist sein Erbe«, rief sie ungehalten. »Die Brennerei ist unser Familienbesitz. Unsere Tradition. Du weißt, was das für mich bedeutet!«

»Aber wir wollen doch zusammensein. Wir …«

»Nein, Carl. Ich komme nicht nach Moskau. Und auch sonst

nirgendwohin. Dies ist mein Platz im Leben. Hier gehöre ich hin. Die Brennerei ist meine Zukunft.«

Das brachte ihn zum Schweigen. Hanna war fassungslos. Glaubte er wirklich, sie würde alles einfach hinwerfen? Gerade jetzt?

Vielleicht lag es daran, dass keiner was sagte, doch auf einmal wurde das Rauschen und Knistern in der Leitung lauter. Plötzlich wirkte Carl unendlich weit entfernt.

»Vielleicht ist es besser, wenn wir nicht mehr telefonieren«, sagte sie matt. »Das kostet viel zu viel Geld.«

»Aber, Hanna ...«

»Ich meine es ernst, Carl. Vielleicht sollten wir uns eine Weile in Ruhe lassen. Vielleicht stehen wir uns gegenseitig im Weg. Wir könnten beide jemanden finden, der sein Leben mit uns teilen will.«

Carl reagierte anders, als sie es erwartet hätte. Er protestierte nicht lautstark, sondern fügte sich ihrer Bitte. Auch wenn er dabei wirkte wie jemand, dem sein Todesurteil verlesen worden war.

Hanna hatte ihre Entscheidung getroffen. Sie wollte sich an ihr Versprechen halten, das sie ihrem Vater auf dem Sterbebett gegeben hatte. Sie würde für die Nachfolge auf dem Hof sorgen. Der Brennereihof würde fortbestehen.

Die Wochen und Monate nach dem Tod ihres Vaters zogen wie im Nebel an ihr vorbei. Das Leben fühlte sich grau an, Hanna spürte nichts mehr. Später konnte sie sich kaum erinnern, wie sie in dieser Zeit die Tage verbracht hatte. Die Trauer hatte alles andere überlagert.

In den Nächten war sie stets allein in dem großen Bauernhaus, und die Geräusche im Gebälk verstärkten ihre Einsamkeit. Der Hof war zu groß für sie allein. Doch sie wusste nicht, was sie tun sollte. Wie sie es schaffen sollte, einfach weiterzuleben.

Dieser Nebel, der über allem lag, lichtete sich erst, als Rosie auf dem Hof auftauchte. Sie stand plötzlich da, ihren fünfjährigen Sohn Wolfgang an der Hand und einen Koffer in der anderen. Sie tauchte auf, wie einst ihre Mutter mit ihr an der Hand aufgetaucht war, nachdem sie ausgebombt worden waren. Nur mit dem Nötigsten und wie auf der Flucht.

Die Ehe mit ihrem Architekten war in die Brüche gegangen, was sich schon seit einiger Zeit abgezeichnet hatte. Irgendwann hatte sich Rosie ihren Sohn geschnappt und war mit dem nächsten Zug nach Marienfehn aufgebrochen.

Hanna nahm sie mit offenen Armen auf. Sie richteten sich in ihrem alten Zimmer ein. Waren beide so bedürftig nach Nähe und Trost, dass sie wie früher zusammen in einem Raum schliefen, obwohl mehr als genug Platz auf dem Hof war. Wie früher lagen sie in der Dunkelheit und redeten über alles Mögliche, bis sie in den Schlaf fielen.

In den ersten Nächten taten sie es, um einander Halt zu geben, und als sich nach ein paar Tagen Normalität einstellte, beließen sie es nach kurzem Zögern einfach dabei.

»Wir sind wie ein altes Ehepaar«, pflegte Rosie zu sagen, wenn sie abends die Decken aufschlugen und ins Bett schlüpften. »Oder wie zwei vertrocknete Jungfern, die keinen abgekriegt haben.«

»Mich stört das nicht«, sagte Hanna. »Ich find es einfach nur schön, dass du da bist.«

Das war es tatsächlich. Rosie war nicht nur eine willkommene Gesellschaft auf dem verwaisten Hof, sondern auch eine große Hilfe. Der Betriebshelfer, den Günther für Hanna eingestellt hatte, arbeitete auf dem Feld und in den Stallungen. Dennoch blieben das Kühemelken, die Brennerei, die Hühner und die vielen kleinen Arbeiten, die Tag für Tag im Haushalt anfielen, an Hanna hängen. Rosie kümmerte sich derweil um die Küche und den Gemüsegarten und übernahm das Kochen. Außerdem half sie beim Putzen und bei der Wäsche.

»Wie geht es denn weiter?«, fragte sie irgendwann nachts in der Dunkelheit. »Wie lange kann ich denn bleiben?«

»Bleib, so lange du willst. Meinetwegen für immer.«

»Für immer? Das wirst du noch bereuen.«

»Warten wir's ab. Bislang läuft es doch ganz gut.«

»Das tut es. Danke, Hanna, dass du mich aufgenommen hast.«

»Das ist doch selbstverständlich.«

Hanna konnte sich schon vorstellen, wie man sie im Dorf nennen würde. Die Brook-Schwestern, die den Hof übernommen hatten. Die Vorstellung gefiel ihr.

»Du weißt, was wir gesagt haben, Rosie – für immer Freundinnen.«

»Ja. Für immer Freundinnen.«

Kapitel 30

Als Hanna einige Monate später nach dem Sonntagsgottesdienst an der Kirche Peter begegnete, fand sie, dass es an der Zeit für ein offenes Wort war.

»Sei mir nicht böse, Peter. Ich brauche einfach Zeit.«

»Nimm dir alle Zeit der Welt«, sagte er verständnisvoll. »Ich kann warten.«

»Das soll nicht heißen, dass das nichts wird mit uns, also mit dir und mir. Es ist nur ...«

»Das weiß ich doch. Du hast deinen Vater verloren. Du willst mit deiner Familie zusammen sein.«

»Ich fand unseren gemeinsamen Abend sehr schön. Ich möchte nicht ...«

Er lächelte, und seine Augen leuchteten warmherzig.

»Ich kann warten, Hanna«, sagte er und nahm sie kurz und mit respektvollem Abstand in den Arm. Dann ließ er sie mit Rosie und Wolfgang, die ebenfalls aus der Kirche traten, allein und zog sich zurück. Er rief auch nicht mehr an, sondern wartete geduldig, bis Hanna sich bei ihm meldete. Sie war dankbar, dass er ihr den Raum ließ, den sie in ihrer Trauer brauchte. Das bestätigte sie darin, dass sie mit ihm die richtige Wahl getroffen hatte.

»Willst du dich denn gar nicht bei ihm ausheulen?«, fragte Rosie, als sie sich nach der Kirche in die Küche zurückzogen. Sie machte es sich mit ihrem Strickzeug auf der Küchenbank bequem und sah Hanna dabei zu, wie sie Holzscheite im Herd anzündete. »Dafür ist ein Liebhaber doch da, oder?«

Hanna fächelte der züngelnden Flamme Luft zu. »Er ist doch noch gar nicht mein Liebhaber. Wir haben uns nur ein paarmal getroffen, das ist alles.«

»Trotzdem. Da möchte man doch bei dem Mann sein, zu dem man sich hingezogen fühlt.«

»Ich denke, wir sind einfach noch nicht vertraut genug. Das wird noch kommen, doch im Moment möchte ich lieber allein sein.«

Rosie erwiderte nichts, bedachte Hanna allerdings mit gerunzelter Stirn. Hanna tat, als würde sie nichts davon bemerken, und hievte die Herdplatte zurück an ihren Platz.

»Wann lerne ich ihn denn mal kennen, deinen Peter?«, wollte Rosie wissen. »Ich bin schon so lange zurück, und er hat sich immer noch nicht vorgestellt. Ich hab keine zwei Worte mit ihm gewechselt.«

»Eigentlich müsstest du ihn kennen. Er war zusammen mit Günther auf der Landwirtschaftsschule.« Sie warf Rosie einen amüsierten Seitenblick zu. »Muss ich ihn dir etwa vorstellen, damit du mir deinen Segen geben kannst?«

»Natürlich nicht. Du kannst tun, was du willst. Ich bin nur gespannt, was für eine Art Mann er ist.«

»Früher oder später wirst du ihn kennenlernen, und dann kannst du sagen, ob er gut genug für mich ist oder nicht.«

Wolfgang, Rosies Sohn, trat schüchtern in die Küche. Mit großen Augen betrachtete er die beiden Frauen.

»Du sollst doch draußen spielen«, fuhr Rosie ihn an. »Kannst du denn nie machen, was man dir sagt?«

Wolfgang senkte den Kopf. Er war ein stilles und verschlossenes Kind, das immer versuchte, es seiner Mutter recht zu machen. Hanna bekam Mitleid mit ihm.

»Ich hab…«, begann er zu stottern. »Ich wusste nicht, wohin

so schnell. Ich war in der Tenne, und da … Ich hab mir in die Hose gemacht.«

Rosie stöhnte auf. Sie machte Anstalten, ihr Strickzeug beiseitezulegen, doch Hanna kam ihr zuvor.

»Das ist doch nicht so schlimm«, sagte sie so liebevoll wie möglich. »So was kann passieren. Komm, mein Kleiner. Wir ziehen dich schnell um.«

Hanna führte Wolfgang aus der Küche. Damit war das Gespräch über Peter vertagt.

Ein paar Wochen später meldete Hanna sich bei Peter, und sie verabredeten sich erneut, diesmal, um in Altheim ins Kino zu gehen. Rosie stand neugierig am Fenster und spähte auf den Hof, als er Hanna abholte. Die trug einen modischen Hosenanzug mit Schlag, den sie nach einem Schnittmuster selbst genäht hatte. Aus einem dunklen, karierten Stoff, den sie in Altheim gekauft hatte. Dazu trug sie eine rote Bluse mit riesigem Kragen.

»Wirklich *chic*, ich muss schon sagen«, befand Rosie.

»Nicht ein bisschen übertrieben?«

»Es ist halt modisch. Aber alles im Rahmen. So kannst du ruhig einen draufmachen.«

Draußen hupte es. Ein roter Audi 100 mit Doppelscheinwerfern und schnittigem Heck stand vor der Brennerei. Es war Peter, der im Wagen darauf wartete, dass Hanna herauskam.

»Jetzt bekomme ich ihn wieder nicht zu Gesicht«, beschwerte sich Rosie.

»Soll ich ihn kurz hereinbitten?«

»Unsinn. Nun geh schon. Ich wünsche dir einen schönen Abend. Amüsier dich! Und mach dir keine Gedanken, ich werde morgen früh die Kühe melken. Du kannst ruhig später nach Hause kommen.«

Es machte Hanna großen Spaß, mit Peters sportlichem Wagen durch die Landschaft zu jagen. Am liebsten hätte sie gefragt, ob er sie ans Steuer ließ. Doch dazu kannten sie sich nicht gut genug. Vielleicht würde er das falsch verstehen.

Das Altheimer Kino war ein schicker Nachkriegsbau mitten in der Innenstadt. Ins Kino zu gehen war für Hanna etwas ganz Besonderes. Sie liebte die Atmosphäre in der Dunkelheit, die erstrahlende Leinwand, die tiefen Kinosessel. Schon allein das genoss sie. Peter hatte den Film ausgesucht. Sie sahen *Vier Fäuste für ein Halleluja*, einen Film, der vielleicht nicht unbedingt zu einem romantischen Abend passte, doch Hanna musste furchtbar viel lachen.

Nach dem Kino gingen sie in eine Gaststätte in Altheim, um noch etwas zu trinken. Es war eine enge Kneipe mit langer Theke, roten Girlanden und süßlicher Schlagermusik. Ein überheizter, bierseliger und schummriger Raum, der sie regelrecht einsog mit seiner vertraulichen Atmosphäre.

»Der Film war genau das Richtige«, sagte Hanna, als sie sich in eine Nische setzten. »Ich weiß nicht, wann ich zum letzten Mal so viel gelacht habe.«

Unausgesprochen standen plötzlich die letzten Monate der Trauer im Raum, doch Peter schien Hannas Verlegenheit nicht unangenehm zu finden.

»Deshalb habe ich den Film ausgesucht«, sagte er. »Ich dachte mir schon, dass er dich aufheitern könnte. Auch wenn ich mich gefragt habe, ob nicht ein Liebesfilm passender wäre.«

Hanna lachte schallend, und das Eis war gebrochen. Sie bestellte per Handzeichen zwei Bier und natürlich Korn von Brook.

»Nein, der Film war die perfekte Wahl«, sagte sie. »Ich danke dir, Peter.«

»Ich habe deinen Vater sehr gemocht. Es tut mir leid, dass er so früh gehen musste. Er hätte noch viele Jahre haben können.«

»Er mochte dich auch. Deswegen lag ihm so viel daran, uns zu verkuppeln.«

Nun war es Peter, der ein wenig verlegen wirkte. In der Musikbox wurde eine neue Platte aufgelegt. *Es fährt ein Zug nach Nirgendwo.* Hanna hatte plötzlich Lust zu tanzen. Doch in der Kneipe war es dafür zu eng. Es reichte nur zum Schunkeln, was um sie herum im Gedränge alle taten.

»Ich hoffe, dein Vater hat sich nicht in mir geirrt. Ich weiß natürlich, was die Leute von geschiedenen Männern denken. Du kannst mich gern alles fragen, was du wissen willst. Was das angeht, werde ich dir nichts verheimlichen.«

»Das weiß ich zu schätzen. Aber es macht mir nichts aus. Keiner ist perfekt.«

»Du bist auf jeden Fall eine sehr schöne Frau, Hanna. Das habe ich als Allererstes über dich gedacht.«

»Ach, hör schon auf. Du musst mir nicht schmeicheln.«

»Ich meine es ernst. Du erinnerst mich an Katharine Hepburn. Die Schauspielerin. Ihr seht euch wirklich ähnlich.«

Hanna merkte, dass er es ehrlich meinte. Er gefiel ihr. Sie glaubte, offen mit ihm sprechen zu können.

»Ich muss dir etwas sagen, nur damit du Bescheid weißt.«

»Du kannst mir alles sagen.«

»Ich hatte bereits abgeschlossen mit der Idee, zu heiraten und eine Familie zu gründen.«

»Was hat deine Meinung geändert?«

Sie zögerte. »Du bist ein guter Mann, Peter. Ich …«

»Der Betrieb muss fortgeführt werden«, stellte er nüchtern fest. »Du brauchst einen Hoferben.«

»Das hört sich schrecklich an. Ich mag dich sehr. Ich …«

»Ich verstehe schon, was du sagen willst. Tun wir uns zusammen, Hanna.« Schelmisch fügte er hinzu: »Es ist kein Problem für mich, einen Schnapsbrenner zu zeugen.«

Hanna musste lachen, Peter stimmte ein, und eine Weile

konnten sie sich gar nicht wieder einkriegen. Erst als schon Tränen flossen, beruhigten sie sich und bestellten noch eine weitere Runde.

»Dann auf eine Zukunft, in der wir viel zu lachen haben werden«, sprach er einen Toast aus.

»Auf eine gemeinsame Zukunft.«

Sie stießen an, und zum ersten Mal empfand Hanna nicht nur freundschaftliche Zuneigung ihm gegenüber. Da war noch ein anderes, ein romantisches Gefühl.

Als sie spätabends nach Hause kam, war Rosie schon im Bett und schlief. So konnte sie ihr nicht von der Verabredung erzählen. Sie sprachen erst am nächsten Tag darüber, am späten Vormittag, als Hanna die Bullen versorgt hatte und in der Küche das Mittagessen vorbereiten wollte.

Im Stall glaubte Hanna, den Postboten gesehen zu haben. Sie trat auf den Hof, um einen kurzen Schwatz mit ihm zu halten. Doch da war er schon nicht mehr zu sehen. In der Küche fand sie Rosie allein und mit dem Mittagessen beschäftigt vor. Sie saß am Küchentisch und schälte Kartoffeln.

»Ich dachte, ich mache einfach schnell Wurzelgemüse, bist du einverstanden?«, fragte sie.

»Natürlich. Haben wir Post bekommen? Ich habe gerade den Postboten gesehen.«

»Nein«, entgegnete Rosie überrascht. »Der Postbote war nicht hier. Du musst dich irren. Aber wo du schon mal da bist: Ich habe noch Kaffee auf dem Herd. Möchtest du eine Tasse? Du musst mir unbedingt von gestern Abend erzählen.«

Das tat Hanna natürlich liebend gern. Sie setzte sich mit einem dampfenden Kaffee zu ihr an den Küchentisch. Während sie erzählte, schnitt sie die Möhren klein.

Rosie ließ sich jede Einzelheit genauestens schildern.

»Bist du verliebt?«, fragte sie schließlich.

»Ich weiß nicht, Rosie. Vielleicht ein bisschen. Er ist ein guter

Mann. Abwarten, wie's weitergeht. Ich muss an den Hof denken.«

»Wann lerne ich ihn endlich kennen?«

»Sicher bald.« Hanna bemerkte, dass Wolfgang gar nicht da war. »Wo ist denn der Junge?«

»Ich hab ihn rausgeschickt. Er ist mir auf die Nerven gegangen. Ich kriege Kopfschmerzen davon, weißt du. Aber wo du ihn schon ansprichst – Wolfgang kommt bald in die Schule, damit werde ich mich auseinandersetzen müssen.«

»Ich weiß. Hast du dir schon überlegt, ob du in Marienfehn bleibst? Du weißt ja, du kannst so lange bleiben, wie du willst.«

»Ich habe mich noch nicht entschieden. Vielleicht schicke ich Wolfgang auch nach Hamburg zurück. Sein Vater kann sich um ihn kümmern. Seine Oma lebt ja auch im Haus.«

»Er stört hier nicht. Ich mag den Jungen.«

Hanna hatte Mitleid mit dem Kind. Er erinnerte sie an ihre eigene Kindheit, in der sie sich nirgendwo willkommen gefühlt hatte. Rosie war alles andere als ein mütterlicher Typ, und das war nicht einfach für einen kleinen Jungen.

»Ich muss zuerst entscheiden, wie es mit meinem Leben weitergeht«, sagte Rosie. »Irgendwann will ich wieder arbeiten gehen. Das Leben auf dem Bauernhof ist auf die Dauer nichts für mich, Hanna. Das weißt du.«

Es schmerzte Hanna, das zu hören. Natürlich wusste sie, dass Rosie nicht für immer bleiben würde. Trotzdem wünschte sie, ihre Schwester würde noch nicht über Abschied nachdenken.

Sie wollte sich die Zwiebeln vornehmen, doch Rosie sagte: »Geh ruhig, wenn du noch was im Stall zu erledigen hast. Das Mittagessen ist in einer halben Stunde fertig.«

Hanna, die tatsächlich noch genug zu tun hatte, ging zurück auf den Hof. In der Ferne sah sie den Postboten mit seinem Fahrrad über die Landstraße fahren. Er war also doch auf dem Hof gewesen. Seltsam. Vielleicht hatte er erst hier festgestellt, dass er keine Sendung für sie hatte, und war unverrichteter Dinge weitergefahren.

Sie dachte an Peter und wie es wäre, wenn Rosie tatsächlich den Hof verließ. Ob er der richtige Mann für sie war? Sie könnten ein gutes Team abgeben.

Es dauerte nur wenige Tage, bis Peter sie erneut einlud. Er wollte sie in Altheim in ein Tanzlokal ausführen. Hanna trug dieselbe Bluse mit dem großen Kragen, statt des Hosenanzugs hatte sie einen Bundfaltenrock und farbige Strumpfhosen angezogen. Mehr modische Kleidung besaß sie nicht. Sollte Peter sie häufiger einladen, würde sie sich etwas Neues nähen müssen.

Diesmal kam er ins Haus, und so bekam Rosie ihn zum ersten Mal zu Gesicht. Hanna war regelrecht aufgeregt deswegen. Es fühlte sich an, als führte sie ihren Freund ihrer Mutter zur Begutachtung vor. Obwohl das Unsinn war. Doch auch Peter schien es so zu ergehen, als er etwas scheu ins Wohnzimmer trat. Er wusste eben, dass Rosies Meinung für Hanna wichtig war.

Rosie saß mit dem Strickzeug vorm Fernseher, wie es Hannas Mutter ebenfalls getan hätte. Dass sie ihre Brille trug, verstärkte den Eindruck noch. Im Fernsehen lief *Was bin ich?*. Hanna bemerkte am Rande, dass der heutige Stargast James Last war, was sie unter anderen Umständen interessiert hätte.

Rosie blieben die leicht nervösen Gesichter nicht verborgen, und sie amüsierte sich merklich darüber.

»Sie sind also der junge Mann, der meine Hanna ausführen will?«, sagte sie, ganz die ältliche Dame. Damit war das Eis gebrochen. Peter lachte.

»Ich verspreche, ich bringe sie wohlbehalten zurück.«

Rosie betrachtete ihn über den Rand ihrer Brille. Sie blieb in ihrer Rolle und fragte: »Ich hoffe doch, Sie sind kein Erbschleicher?«

»Rosie!«, rief Hanna.

Doch Peter gefiel das Spiel. »Ich bin überzeugt, Hanna besteht auf einem Ehevertrag. Selbst wenn ich was erschleichen wollte, hätte ich wenig Chancen.«

»Ja, sie ist sehr bedacht darauf, den Hof zu erhalten. Sie haben Kinder, habe ich gehört?«

»Zwei. Sie leben bei ihrer Mutter.«

»Dann sind Sie in der Lage, einen Hoferben zu zeugen.«

»Davon gehe ich doch aus.«

»So, jetzt ist aber Schluss«, ging Hanna dazwischen. »Komm, Peter, wir gehen. Rosie scheint es zu gefallen, uns auf den Arm zu nehmen.«

»Ja, geht nur. Habt einen schönen Abend. War nett, dich kennenzulernen, Peter. Ich darf doch Peter sagen?«

Als sie gingen, wirkte Rosie ein wenig verloren auf dem Sofa. Hanna erkannte, dass sie am liebsten mitgekommen wäre. Sie hatte schon ewig keine Gelegenheit mehr gehabt, tanzen zu gehen. Es war bestimmt nicht leicht für sie, auf dem Hof zu hocken und eine Quizshow zu gucken, während Hanna sich amüsieren ging.

Aber sie konnte ihre Schwester unmöglich mitnehmen, wenn sie sich mit einem Mann traf, so sehnsüchtig sie ihnen auch hinterherblicken mochte. Außerdem musste jemand zu Hause bei Wolfgang bleiben.

Bevor sie sich auf den Weg machten, ließ Peter sich die Brennerei zeigen. Er bewunderte die alte Kolonne, die den Raum dominierte, begutachtete die Anlage und äußerte sich lobend über ihren Zustand.

»Hast du schon mal überlegt, in eine eigene Abfüllanlage zu investieren?«, fragte er. »Du könntest die Abnehmer direkt beliefern.«

Hanna hatte tatsächlich schon darüber nachgedacht. Es musste in die Brennerei investiert werden, das war längst überfällig.

»Brooks Korn war früher legendär in der Gegend«, meinte

Peter. »Wirklich schade, dass es heute so viele andere Schnäpse auf dem Markt gibt.«

»Vielleicht können wir ja mal in Ruhe darüber nachdenken. Uns überlegen, wie es mit der Feinbrennerei Brook weitergeht.«

Der Satz war Hanna herausgerutscht. Sie hatte gar nicht darüber nachgedacht. Die Andeutung einer gemeinsamen Zukunft ließ ein breites Lächeln in Peters Gesicht erscheinen.

»Ja, vielleicht denken wir mal darüber nach«, sagte er und reichte ihr seinen Arm. »Aber jetzt gehen wir erst einmal tanzen. Darf ich bitten?«

Daraufhin machten sie sich lachend und plaudernd auf den Weg.

Im Nachhinein fragte sich Hanna oft, ob sie da bereits hätte ahnen müssen, was auf sie zukam. War sie zu naiv gewesen? Hätte sie genauer hinsehen sollen?

Bestimmt war sie zu sehr mit sich selbst beschäftigt gewesen. Natürlich war Peter eine gute Partie gewesen, was den Brennereihof anging. Sie brauchte jemanden an ihrer Seite, der mit ihr zusammen alles führte. Auf Dauer konnte sie das nicht allein stemmen.

Dennoch musste sie immer noch häufig an Carl denken. Sie fragte sich, ob er auch eine neue Frau gefunden hatte. Ob er vielleicht sogar verliebt war. Sie fragte sich, ob jemand Carl glücklich machte, und ob sie ihm das wünschen sollte.

Mit Rosie über dieses Thema zu sprechen, war unmöglich. An diesem Punkt bewegte sich ihre Freundschaft auf dünnem Eis. Stets umschifften sie Rosies erste Ehe in ihren Gesprächen. Rosie hatte deutliche Narben aus dieser Zeit davongetragen, auch wenn sie nicht darüber sprach. Dass ihre zweite Ehe ebenfalls gescheitert war, machte alles nur schlimmer.

Rosie war in den darauffolgenden Wochen häufig unterwegs. Sie schien sich wieder ihrer eigenen Zukunft zuzuwenden, auch wenn sie ein ziemliches Geheimnis daraus machte. Hanna sagte sie, dass sie sich nach Arbeit umsah. Sie wollte ihr altes Leben wiederaufnehmen. Dazu musste vieles organisiert werden. Was genau ihre Abwesenheit erforderte, sagte sie allerdings nicht.

Hanna ging unterdessen ihrer Arbeit auf dem Hof nach. Sie mochte es, wenn Wolfgang ihr in den Stallungen und in der Brennerei hinterherlief. Es gefiel ihr, ein Kind auf dem Hof zu haben. Vielleicht würde sie bald selbst welche haben. Auch dieser Gedanke gefiel ihr.

Da Rosie oft in Altheim war, hoffte Hanna, dass ihre Schwester dort vielleicht Arbeit fand. Dass sie in der Nähe bleiben würde und nicht ganz aus der Welt wäre. Vielleicht könnte sie sogar auf dem Hof wohnen bleiben.

An einem Dienstagmorgen war Hanna wieder einmal allein auf dem Hof. Wolfgang hatte sich mit einem Nachbarsjungen angefreundet und streifte mit ihm durch die Heide wie Hanna in seinem Alter. Sie ging nach dem Füttern des Viehs in die Waschküche, um sich die Wäsche vorzunehmen.

Während sie das Wasser erhitzte, fragte sie sich, weshalb sie seit Tagen nichts von Peter gehört hatte. Ihr letztes Treffen war schön gewesen, hatte sogar mit einem Kuss geendet. Aber es gab immer noch keinen Heiratsantrag. Irgendwas hielt ihn davon ab, und Hanna hatte keine Ahnung, was es sein könnte.

Die Bettwäsche war schon am Vortag gemacht worden. Da sie inzwischen auf der Leine getrocknet war, faltete Hanna sie zusammen und trug sie hinauf in ihr Schlafzimmer. Die beiden Frauen teilten sich immer noch einen Raum mit zwei Betten, obwohl viele der Kammern des Bauernhauses leer standen.

Hanna öffnete die Tür des Eichenschranks, um die Wäsche zu verstauen. Dabei fiel Rosies Koffer herunter, der oben auf dem Schrank verstaut gewesen war. Er knallte auf die Bodendielen und sprang auf. Ein paar ausrangierte Kleider waren darin verstaut, außerdem ein halbes Dutzend Romane. Hanna ging in die Hocke und stopfte alles wieder hinein.

Da fiel ihr auf, dass eines der Bücher ungewöhnlich dick und aufgequollen wirkte. Auf den zweiten Blick erkannte sie, dass Rosie Briefe hineingelegt hatte. Deshalb wirkte es so unförmig.

Hanna wollte nicht schnüffeln, es ging sie nichts an, was Rosie in ihrem Koffer aufbewahrte. Doch einer der Briefe rutschte heraus, und sie erkannte sofort Carls Handschrift.

Wahrscheinlich alte Liebesbriefe, dachte sie verschämt, als sie den Umschlag zurückstecken wollte. Doch dann erkannte sie, dass die Briefe nicht an Rosie adressiert waren – sondern an sie.

Sie ließ sich auf die Bodendielen sinken und betrachtete fassungslos die Briefe. Es waren vier, alle in Moskau aufgegeben, innerhalb des letzten halben Jahres.

Rosie musste sie aus der Post gefischt haben. Sie waren alle geöffnet und wohl auch gelesen worden.

Zittrig zog Hanna den obersten Brief hervor und faltete ihn auseinander. Es stand nur eine kurze Nachricht darauf.

Liebe Hanna,

dies wird der letzte Brief sein, den ich Dir schreibe. Ich kann verstehen, dass Du mir nicht zurückgeschrieben hast. Bei unserem letzten Telefonat hast Du mir deutlich gemacht, wie Du über eine gemeinsame Zukunft denkst.
Ich hatte gehofft, dass mein Angebot etwas an Deiner Entscheidung ändert. Ich hatte gehofft, dass Du mir noch eine Chance gibst.
Ich wünsche Dir alles erdenklich Gute für Dein Leben. Ich wünsche Dir, dass Dir immer Träume bleiben, die Du Dir erfüllen kannst.

In Liebe
Dein Carl

Hanna starrte den Brief verständnislos an. Eilig ging sie die Daten auf den Poststempeln durch. Dieser Brief war der letzte in der Reihe gewesen. Es lag gut drei Monate zurück, dass er ihn in Moskau eingesteckt hatte. Die anderen waren älteren Datums. Hanna sortierte die Briefe in chronologischer Reihenfolge, dann nahm sie den ersten und faltete ihn auseinander. Sie traute ihren Augen nicht.

Ich weiß, Du kannst den Hof nicht verlassen, stand dort in Carls schöner Handschrift. *Es war dumm und egoistisch von mir, anzunehmen, dass Du einfach alles hinwirfst, um mir hinterherzulaufen. Ich hoffe, Du kannst verzeihen, wie selbstsüchtig ich war. Ich habe viel nachgedacht und weiß nun, was mir wichtig ist. Ich brauche Dich in meinem Leben, mehr als alles andere. Dir nah zu sein ist mir wichtiger als meine Karriere. Wichtiger, als in der Welt unterwegs zu sein. Wenn Du den Brennereihof nicht verlassen kannst, dann heißt das, dass ich eben zu Dir kommen muss. Du weißt, ich bin kein Bauer, und daran wird sich bestimmt nichts ändern. Aber vielleicht könnte ich mich als Schnapsbrenner versuchen. Oder ich arbeite für die Lokalzeitung in Altheim. Das Wichtigste ist, mit Dir zusammenzusein.*

Hanna überflog auch die restlichen Briefe. Dann las sie jeden einzelnen noch ein zweites Mal. Überall stand das Gleiche: Wenn du es willst, komme ich nach Marienfehn. Wenn es der einzige Weg ist, mit dir zusammenzusein, bin ich bereit, diesen Weg zu gehen.

Hanna war völlig durcheinander. Carl wollte mit ihr zusammensein. Er war bereit, alles dafür aufzugeben, was ihm wichtig war. Doch wieso waren diese Briefe in Rosies Koffer versteckt? Das machte alles keinen Sinn.

In allen Briefen war eine Telefonnummer notiert. Eine lange Nummer mit Auslandsvorwahl. Hanna packte die Briefe und lief hinunter in die Diele.

Neben dem Herdfeuer stand das Telefonbänkchen. Sie nahm Platz und zog das Telefon mit der Wählscheibe heran. Dann wählte sie die Nummer, die in dem Brief notiert war, und wartete. Es knackte und rauschte in der Leitung. Sie konnte förmlich spüren, wie die Verbindung über zig Länder hinweg hergestellt wurde. Schließlich erklang ein Freizeichen am anderen Ende.

Mit klopfendem Herzen erwartete sie Carls Stimme. Sie wusste gar nicht, was sie ihm sagen sollte. Seit einem halben Jahr wartete er auf eine Antwort von ihr. Er musste doch die Hoffnung längst aufgegeben haben.

Hinter Knistern und Rauschen meldete sich eine ferne Stimme. Es war nicht Carl. Es war eine Frau, die russisch sprach.

»Entschuldigung«, rief Hanna laut, wie um die Entfernung zu überbrücken. »Ich möchte mit Carl Nordthues sprechen.«

Die Frauenstimme wechselte ins Deutsche. »Herr Nordthues ist nicht im Büro. Mit wem spreche ich?«

»Ich … bin nur eine Nachbarin. Aus Marienfehn, wo er aufgewachsen ist.«

»Marienfehn. Davon habe ich gehört. Ich bin übrigens die Sekretärin des Moskauer Büros. Kann ich Herrn Nordthues was ausrichten?«

»Kann ich ihn später erreichen?«

»Heute nicht mehr. Er feiert seine Verlobung.«

Hanna ließ die Briefe sinken. »Oh« war alles, was sie dazu sagen konnte. Sie schluckte schwer. »Er verlobt sich?«

»Ja, ist das nicht wundervoll? Mit einer Kollegin, einer Korrespondentin von der ARD.«

»Wie schön«, brachte sie mühsam hervor.

»Soll ich ihm etwas ausrichten?«

»Nein. Sagen Sie nichts. Sagen Sie nicht, dass ich angerufen habe. Ich melde mich einfach morgen wieder.«

Ein leises Knacken in der Leitung, dann war die Verbindung unterbrochen. Das ferne Rauschen war verstummt.

Hanna ließ den Hörer sinken. Sie war zu spät. Es war wie ein Fluch, der auf ihnen lastete. Jedes Mal verpassten sie sich. Carl hatte eine neue Frau gefunden. Er hatte vergeblich auf Hannas Antwort gewartet.

Kapitel 31

Die Glastür zu Rosies Station schwang automatisch auf, als Hanna am Bewegungsmelder vorbeiging. Der Flur und die Gemeinschaftsbereiche dahinter waren in warmes, helles Licht getaucht. Von dem dunklen grauen Herbstnachmittag, der draußen herrschte, war hier nichts zu spüren. Regen, Wind und Novemberatmosphäre waren ausgesperrt worden.

Zwei greise Männer hockten im Rollstuhl am Tisch. Auf Hanna wirkten sie uralt und gekrümmt, obwohl sie wusste, dass sie selbst kaum jünger war. Die Männer blickten starr vor sich hin und schwiegen. Hanna ging grußlos an ihnen vorbei.

Sie blickte sich nach Rosie um. Eine gebeugte Frau mit einem silbrig-weißen Vogelnest auf dem Kopf schob ihren Rollator aufreizend langsam an einem Zeitschriftenstand vorbei, warf im Vorbeigehen eine Tageszeitung auf die Ablage und schob ihn wacklig weiter. Von Rosie nichts zu sehen.

»Sie machen heute einen Ausflug, Frau Brewster?«, fragte eine Pflegerin, die übertrieben laut und akzentuiert sprach, was bei manchen Bewohnern notwendig sein mochte, um sich verständlich zu machen, bei den restlichen allerdings zu Verdruss führte, wie Hanna wusste.

»Haben Sie Ihre Tabletten auch genommen? Sie wissen, dass die nach dem Mittagessen fällig sind. Oder müssen wir uns heute wieder extra daran erinnern?«

Nun entdeckte sie Rosie in ihrer offenen Zimmertür. Die Pflegerin führte sie bestimmt in den Raum zurück. Rosie murmelte missmutig etwas, wirkte fahrig, beschämt und gleichzeitig ungehalten. Dann nahm sie die Tabletten, die die Pflegerin ihr reichte, und schluckte sie pflichtschuldig.

Hanna trat zurück. Sicher wollte Rosie nicht, dass sie Zeugin dieser kleinen Machtdemonstration wurde. Sie nahm in einer Sitzecke Platz und blickte in den Nieselregen hinaus.

»Hanna, da bist du ja«, hörte sie nach einer Weile Rosie sagen, die mit ihrem Rollator hinter ihr aufgetaucht war. »Können wir gleich los? Ich bin fertig.«

»Denkst du wirklich, dass es eine gute Idee ist?«

»Natürlich ist es das. Komm schon, wir fahren.«

»Ich hätte nicht gedacht, dass ich so schnell zum Brennereihof zurückkomme. Aber ganz wie du willst.«

Gemeinsam verließen sie das Mariahilf. Hannas Auto stand auf einem der Mietstellplätze des Heims. Sie war nicht die einzige Bewohnerin, die noch selber fuhr, allerdings waren es nicht mehr viele, die noch ein Auto besaßen.

Es dauerte, bis sie Rosies Rollator im Kofferraum verstaut und Rosie auf den Beifahrersitz verfrachtet hatte. Sie war wirklich nicht mehr gut zu Fuß, dachte Hanna. Das schien Rosies guter Laune jedoch keinen Abbruch zu tun. Sie strahlte, machte Witze und freute sich sichtlich, das Heim zu verlassen.

»Ich weiß gar nicht, wann ich das letzte Mal auf dem Hof war«, meinte sie. »Das muss Ewigkeiten her sein.«

Mit einem Mal schien sie sich dann doch zu erinnern. Ebenso wie Hanna. Rosies Lachen erstarb, sie vermied es, Hanna anzusehen.

Es war jener Tag gewesen, als Hanna die Briefe von Carl gefunden hatte. Danach war Rosie nie wieder zum Brennereihof zurückgekehrt.

Verlegen legte sie den Sicherheitsgurt an. Die Stimmung war spürbar getrübt.

»Es hat sich nicht viel verändert«, sagte Hanna, um das Schweigen zu durchbrechen. »Du wirst den Brennereihof schon wiedererkennen.«

»Ich kann mir gar nicht vorstellen, wie es dort ist, wenn du nicht mehr da wohnst.«

»Ich schätze, Astrid hat dafür gesorgt, dass nicht mehr viel da ist, was an mich erinnert.«

Sie verließen Marienfehn und fuhren hinaus aufs Land. Am Horizont zog eine düstere Wolkenwand herauf. Das letzte schüttere Laub der Linden stand in leuchtendem Gelb vor dem schwarzen Horizont. Bunte Blätter flogen durch die Luft und wirbelten um das Auto herum. Beide betrachteten die Landschaft und hingen ihren Gedanken nach.

Irgendwann würden sie darüber reden müssen, was damals passiert war, dachte Hanna. Sie würden diese eiternde Wunde noch einmal öffnen müssen, bevor sie für immer heilen konnte.

Es dauerte nicht lange, bis hinter einer Kurve der Brennereihof auftauchte. Rosie sog die Luft ein, als sie ihn sah. Tatsächlich, er wirkte noch immer beeindruckend. Auf den ersten Blick hatte sich nicht viel verändert. Das Anwesen lag wie seit Jahrhunderten eingebettet in die Landschaft, unabhängig von allen Familienstreitereien.

»Ich habe ganz vergessen, wie schön er ist«, sagte Rosie.

»Das ist er wirklich. Wunderschön.«

»Dann bin ich gespannt, ob wir schon erwartet werden«, feixte Rosie. »Ich habe Benedikt gesagt, dass er auch kommen soll.«

Hanna warf ihr einen Seitenblick zu. »Weiß Klaus das?«

»Nun ja. Vielleicht habe ich es nicht explizit erwähnt. Aber wir sind eine Familie. Ist doch egal, wer alles kommt. Je mehr, desto besser.«

»Ich weiß nicht, Rosie. Ob das eine gute Idee ist?«

»Ich habe Klaus seit Ewigkeiten nicht gesehen. Er hat gesagt, er freut sich auf mich. Das hörte sich ganz aufrichtig an. Du weißt ja, wir hatten immer ein gutes Verhältnis, Klaus und ich. Wie oft hat er seine Ferien bei uns in Hamburg verbracht? Jetzt bin ich zurück in Deutschland. Da kann man seine Zwistigkeiten doch mal für ein paar Stunden beiseiteschieben.«

Hanna blieb skeptisch, aber nun war es eh zu spät. Sie steuerte den Wagen auf den Hof, zögerte kurz und stellte ihn dann auf den freien Parkplatz vor der Brennerei. Sie war nun Gast auf dem Hof. Da würde Astrid ihr den Parkplatz sicher nicht streitig machen.

Hanna stieg aus und warf die Tür zu. Die Wirtschaftsgebäude standen kantig und abweisend im grauen Novemberlicht. Der Hof wirkte vertraut und fremd zugleich, als spiegelte er ihr Verhältnis zueinander.

Rosie mühte sich stöhnend und seufzend auf der Beifahrerseite ab. Hanna lief ihr eilig entgegen. Selbst mit Rollator war es für Rosie nicht einfach, sich fortzubewegen. Auf Hanna wirkte sie noch zerbrechlicher als sonst.

Klaus tauchte in der Tür zur Brennerei auf. Er starrte wütend auf Hannas Auto. Dann stürmte er ihnen entgegen. Hanna begriff, dass Rosie nicht nur Benedikts Kommen verschwiegen hatte.

»Klaus, mein lieber Junge«, rief Rosie und lachte laut mit ihrer Reibeisenstimme. »Du lieber Gott, ich hätte dich fast nicht wiedererkannt.«

»Tante Rosie. Du hast dich aber auch verändert.«

Sie lachte drauflos, als hätte er einen guten Witz gemacht, und versuchte, ihn zu umarmen, so gut das ging, ohne den Halt am Rollator zu verlieren.

»Ich bin alt geworden, das ist alles.« Sie begutachtete ihn von oben bis unten. »Deine Jacke ist so dick, kein Wunder, dass ich dich nicht gleich erkannt habe.«

Hanna hielt verlegen die Luft an. Sie kannte die Windjacke, die Klaus hochgeschlossen trug. Der Stoff war so dünn, wie Stoff überhaupt nur sein konnte. Was die Jacke so massig wirken ließ, war Klaus' Körper.

»Sollen wir nicht reingehen, mein Junge? Es fängt jeden Moment wieder an zu regnen.«

»Du hast nicht gesagt, dass Hanna mitkommt.«

»Irgendwer musste mich ja fahren. Wie sollte ich sonst hierherkommen?«

Also hatte Rosie sie tatsächlich uneingeladen mitgebracht. Klaus mahlte grimmig mit dem Kiefer, sagte jedoch nichts.

»Ich kann dich später wieder abholen, Rosie«, lenkte Hanna ein. »Ihr habt euch doch auch ohne mich viel zu erzählen.«

»Unsinn. Für eine Tasse Kaffee kann man doch das Kriegsbeil begraben, oder, Klaus?«

»Nein, nein. Lass gut sein, Rosie. Ich hole dich einfach später wieder ab. Ruf mich an, wenn ich kommen soll.«

Klaus sagte nichts dazu. Er wartete einfach düster ab.

Die Tür zum Wohnhaus schlug auf. Astrid kam im Laufschritt auf den Hof gelaufen. Auf diese Begegnung hätte Hanna gern verzichtet.

»Sie?«, schrie Astrid und deutete mit dem ausgestreckten Finger auf Hanna. »Was macht sie hier?«

Die Frage war an Klaus gerichtet, dessen Laune noch schlechter zu werden schien.

»Sie hat kein Recht, hier zu sein. Du hast gesagt, sie kommt nicht mehr.«

Ihre Stimme überschlug sich regelrecht vor Wut. Rosie schien erschrocken zu sein über diesen Auftritt. Auch Hanna konnte kaum glauben, wie Astrid sich gehenließ.

»Ich habe Rosie nur hergefahren«, sagte Hanna, um Ruhe bemüht. »Ich kann sie später abholen. Oder ihr bringt sie einfach zurück ins Seniorenheim.«

»Natürlich bringen wir sie zurück«, fauchte Astrid. »Wir hätten sie auch abgeholt. Und jetzt verlass unseren Hof.«

Rosie schien sich furchtbar unwohl zu fühlen. Kein Wunder. Die Atmosphäre war bereits vergiftet, noch ehe sie richtig angekommen war.

Hanna zog sich zum Auto zurück. Sie wollte keine Minute länger bleiben als nötig.

Rosie verharrte jedoch, wo sie war. Zu Hannas Überraschung streckte sie den Rücken durch und baute sich zu alter Größe auf.

»Hanna will euch nichts streitig machen«, verkündete sie. »Können wir nicht wenigstens eine Stunde lang zusammen Kaffee trinken? Als Familie? Ich war so lange fort.«

Astrid verweigerte eine Antwort. Sie schnappte nach Luft, verschränkte die Arme vor der Brust und sah demonstrativ zur Seite.

»Misch dich da nicht ein, Tante Rosie«, sagte Klaus. »Ist nett gemeint, aber das geht dich nichts an.«

»Ich gehöre auch zur Familie, Klaus. Was ist denn Schlimmes passiert, dass ihr so wütend seid? Hanna ist doch gar nicht mehr auf dem Hof.«

»Sie ist hier unerwünscht«, blaffte Astrid sie an. »Du kannst gern bleiben, aber sie muss gehen.«

Rosie gefiel es überhaupt nicht, wie Astrid sich ihr gegenüber benahm. Ihr Blick wurde eiskalt.

»Wir kennen uns noch gar nicht, oder?«, sagte sie förmlich. »Ich bin Rosalind Brewster, ehemals Brook. Ich bin die Schwester von Hanna Brook. Und von Waltraut, der Mutter von Klaus. Sie sind die Frau meines Neffen, richtig?«

»Rosie, bitte …«, sagte Hanna. Es machte keinen Sinn, wenn Rosie sich jetzt auch noch mit Astrid und Klaus verkrachte.

»Nein, Hanna. Ich weiß nicht, was hier vorgefallen ist zwischen euch allen. Und es ist mir auch fast egal. Aber was ich weiß, ist«, und damit wandte sie sich an Klaus, »dass ohne

Hanna diese Brennerei, ja, der ganze Besitz überhaupt nicht existieren würde. Hanna hat den Betrieb damals übernommen, weil ihn sonst keiner aus der Familie haben wollte – auch deine Mutter nicht. Und deine Tante hat viel dafür gegeben, das alles zu erhalten, was du hier übernommen hast.«

»Das sind doch alte Geschichten, Tante Rosie«, mahnte Klaus. »Was spielt das heute noch für eine Rolle?«

»So schlecht ist sie dabei nicht gefahren, den Hof zu kriegen«, mischte sich Astrid keifend ein. »Sie hatte ja sonst nichts. Nicht mal einen Mann.«

Rosie wollte ihr ordentlich die Meinung sagen, das konnte Hanna genau erkennen. Doch Klaus kam ihr zuvor.

»Du bist hierbei nicht beteiligt, Tante Rosie. Du hast keine Rechte mehr auf dem Hof. Das geht dich alles nichts mehr an.«

»Natürlich habe ich keine Rechte mehr. Und vielleicht sind das alles alte Geschichten. Trotzdem geht es mich was an. Ich bin nämlich eine Brook. Und wenn Hanna den Besitz nicht zusammengehalten hätte, dann gäbe es keine Feinbrennerei Brook mehr.«

»Hätte, hätte, Fahrradkette«, äffte Klaus genervt. »Es gibt die Brennerei aber. Es ist alles noch da. Was soll das also?«

»Es gibt sie, weil Hanna dafür gesorgt hat«, beharrte Rosie. »Sonst wäre alles unter uns Kindern aufgeteilt worden. Dann hätte ich hier geerbt, verstehst du? Ich, Günther, deine Mutter, alle anderen. Für dich wäre kaum noch etwas geblieben. Kann man dafür nicht ruhig mal ein bisschen dankbar sein?«

Bei der eingeforderten Dankbarkeit schnaubte Astrid erneut.

»Du weißt doch gar nichts über den Betrieb, Tante Rosie«, sagte Klaus. »Jede Generation muss ihn so führen, wie sie es für richtig hält. Hanna hat das zu ihrer Zeit gemacht. Und jetzt bin ich dran. Sie könnte genauso dankbar sein. Sie brauchte ja einen, der alles weiterführt, und war froh, dass ich das machen wollte.«

»Sie hätte den Hof genauso gut Benedikt geben können«, sagte Rosie.

Hanna versuchte erneut, sie zurückzuhalten, doch ihre Schwester achtete gar nicht auf sie.

»Der hätte sich bestimmt nicht schlecht gemacht, soweit ich das beurteilen kann. Aber du hast ihn ja vor die Tür gesetzt.«

»Der Hof gehört uns«, fauchte Astrid.

»Er gehört Klaus«, sagte Rosie und goss damit nur weiter Öl ins Feuer. »So dumm war Hanna dann doch nicht, ihn euch beiden zu geben.«

Astrid wurde weiß vor Zorn. Das war ihr wunder Punkt. Eines der Dinge, die sie Hanna nicht verzeihen konnte. Dass der Hof nicht an die Eheleute, sondern an Klaus als Einzelperson überschrieben worden war. Darauf hatte Hanna bestanden. Ehen wurden im Himmel geschlossen, hatte sie sich gesagt, und der Rest sollte besser in einem Ehevertrag geregelt werden. Astrid war finanziell abgesichert, falls die Ehe zerbrechen sollte, aber nicht auf die Weise, dass ihr der Hof zu gleichen Teilen gehörte.

Hanna hatte damit nur verhindern wollen, dass der Betrieb bei einer möglichen Scheidung auseinanderfiel. Darum war es schließlich seit Jahrhunderten gegangen: dass der Betrieb als Ganzes für die nachfolgende Generation erhalten blieb. Astrid hatte das jedoch als Kampfansage aufgefasst.

Rosie war dieser Kommentar offenbar nur im Affekt herausgerutscht. Doch sie hatte damit alle zum Schweigen gebracht.

Motorengeräusche drangen auf den Hof. Ein weiteres Auto tauchte zwischen den Wirtschaftsgebäuden auf. Es war ein silberner Dacia. Hanna hielt den Atem an. Benedikt.

Wahrlich perfektes Timing.

Klaus traute seinen Augen nicht. Er war so fassungslos, dass er für den Augenblick sogar seine Wut vergaß. Es gab nur eine Erklärung für das Auftauchen seines Großcousins.

»Steckst du etwa dahinter, Tante Rosie?«

Rosie wirkte zum ersten Mal defensiv. Benedikts Erscheinen passte ihr nicht mehr ins Konzept.

»Ich dachte doch nur, wir können in Ruhe über alles reden«, verteidigte Rosie sich. »Wir sind doch eine Familie …«

»Eine Familie also!« Klaus schüttelte den Kopf. »Fast vierzig Jahre bist du weg. Du tingelst in der Weltgeschichte rum, machst, was dir in den Kram passt, und kümmerst dich einen Dreck um die Familie. Und jetzt tauchst du hier auf, holst mir diese Leute ins Haus und mischst dich überall ein. Was weißt du denn von Familie?«

»Ich dachte nur … Ich dachte, es muss doch eine Lösung geben.«

Benedikt, der aus seinem Auto gestiegen war, hielt mitten in der Bewegung inne. Er wechselte einen Blick mit Hanna, blieb instinktiv am Auto. Er begriff sofort, dass er hier nicht erwünscht war, egal, was Rosie ihm gesagt haben mochte.

Klaus war nun nicht mehr zu halten. »Wir haben längst eine Lösung!«, schrie er. »Ob sie dir nun gefällt oder nicht. Alles ist in Ordnung. Bis du hier auftauchst nach vierzig Jahren Abwesenheit und die Familie zusammenführen willst. Geht's noch, Tante Rosie?«

»Aber, Klaus …« Rosie stützte sich auf ihren Rollator. Sie wirkte plötzlich angegriffen.

Hanna überlegte, wie sie Rosie dazu bewegen konnte, sich von ihr ins Auto setzen zu lassen. Das Wiedersehen war längst unrettbar den Bach runtergegangen. Am besten fuhren sie zurück ins Mariahilf, damit Rosie dort in Ruhe ihre Wunden lecken konnte.

»Ich wollte doch nur …«

»Lass es gut sein, Tante Rosie. Nimm diese Leute mit und verschwinde. Wir haben uns so lange nicht mehr gesehen, jetzt muss das auch nicht mehr sein. Ich wünsch dir alles Gute.«

»Klaus, hör doch zu. Der Hof ist …«

»Nein! Ich muss keinem zuhören. Geht.«

Rosie schien sich immer noch nicht geschlagen geben zu wollen. Hanna flehte sie an, mit ihr zurückzufahren. Doch Rosie war nur auf Klaus konzentriert, den es immer wütender machte, dass sie sich nicht fortjagen ließ.

»Das geht dich nichts mehr an, Tante Rosie.«

»Was ich sagen will, ist …«

»Verschwinde!«, rief er, und als sie immer noch nicht hören wollte, brüllte er: »Ihr seid alt. Eure Zeit ist vorbei.«

Rosie wich zurück, als hätte er sie geschlagen. Ihre Beine schienen sie nicht mehr sicher zu tragen. Sie klammerte sich mit einer Hand an den Rollator. Die andere drückte sie sich gegen die Brust. Dann knickte sie am ganzen Körper zitternd zur Seite, warf Hanna einen Blick voller Furcht zu und sackte zu Boden.

Hart schlug Rosie auf, mit dem Gesicht voran, und erst da begriff Hanna, wie ernst die Lage war.

Bevor sie reagieren konnte, lief Benedikt los. Mit wenigen Sätzen war er bei Rosie. Hob sie auf, legte ihren Kopf vorsichtig in seine Arme, fühlte ihren Puls.

Die drei anderen standen immer noch wie erstarrt da, keinem gelang es, die plötzliche Wendung der Situation zu begreifen.

»Einen Krankenwagen!«, rief Benedikt in die Sprachlosigkeit hinein. »Wir brauchen einen Krankenwagen.«

Kapitel 32

Die Briefe von Carl, die Hanna in Rosies Koffer über dem Wäscheschrank gefunden hatte, lagen ausgebreitet auf dem Küchentisch. Hanna wartete wie apathisch, bis Rosie am späten Vormittag auftauchte. Zum Glück war Wolfgang noch mit dem Nachbarsjungen unterwegs, so bekam er nichts von dem Streit mit, der folgte. Später würde er nicht verstehen, warum seine Mutter den Brennereihof Hals über Kopf verlassen musste. In Anbetracht der verstörten und bleichen Erwachsenen würde er allerdings nicht wagen, irgendwelche Fragen zu stellen, und seiner Mutter einfach mit gepackten Koffern folgen.

Den Vormittag über war Rosie fort gewesen, um, wie sie vage gesagt hatte, sich um ihre Zukunft zu kümmern. Kurz vor zwölf, wenn sie üblicherweise zu Mittag aßen, kehrte Rosie mit dem Fahrrad zurück auf den Hof.

Hanna saß in der Küche und starrte auf die blank geputzte Tischplatte. Sie hatte sich weder ums Essen gekümmert, noch hatte sie die Wäsche gemacht. Auch der Herd war erkaltet, nachdem kein Holz nachgelegt worden war.

Hanna spürte nichts davon. Alles in ihr fühlte sich taub an. Seit sie die Briefe gefunden und in Moskau angerufen hatte, tat sie nichts, als einfach dazusitzen und vor sich hin zu starren. Ein weiteres Mal war das Glück ganz nahe gewesen, und doch war es wieder unerreichbar. Wie jedes Mal hatte Hanna den richtigen Zeitpunkt verpasst. Sie blieb allein zurück, während

Carl weiterzog und sein Leben lebte. Es war wie ein Fluch, der auf ihr lastete.

Rosie trat in die Küche und legte das Kopftuch ab, das sie sich fürs Radfahren umgebunden hatte. Sie war gedanklich zu sehr mit anderem beschäftigt, um zu erkennen, in welcher Verfassung Hanna war. Sie bemerkte nicht einmal, dass kein Mittagessen vorbereitet war.

Rosie lag offenbar etwas auf dem Herzen, denn nachdem sie tief durchgeatmet hatte, lehnte sie sich gegen die Anrichte und richtete das Wort an Hanna.

»Ich muss mit dir reden, Hanna. Ich habe wichtige Neuigkeiten.«

Nun, wo es raus war, blickte sie auf. Erst jetzt erkannte sie, wie bleich und starr ihre Schwester war.

»Hanna? Ist alles in Ordnung mit dir?«

Sie erhielt keine Antwort. Stattdessen starrte Hanna unverändert auf die Tischplatte.

»Hanna! Was ist los? Jetzt sag schon.«

Schweigend nahm Hanna die Briefe, die in ihrem Schoß lagen, und legte sie auf den Küchentisch. Rosie hielt sich die Hand vor den Mund. Sie wusste sofort, was los war.

In der Küche hätte man eine Stecknadel fallen hören können. Alles, was Rosie über die Lippen kam, war ein schwaches Oh.

»Ich habe ihn angerufen«, sagte Hanna in die Stille der Küche hinein. »In Moskau. Er hat gedacht, ich will ihn nicht. Es ist zu spät. Er hat eine neue Frau. Er ist wieder verlobt.«

Rosie wirkte bedrückt. Wirklich schuldbewusst sah sie jedoch nicht aus. Das machte Hanna wütend.

»Wieso hast du das getan, Rosie?«

»Ich weiß nicht. Ich … das war dumm von mir. Hätte ich gewusst …«

»Dumm? Du versteckst meine Briefe hinter meinem Rücken. Und das findest du dumm? Wie kannst du nur so etwas tun?«

Rosie verlor ihren bedrückten Ausdruck. Sie wirkte nun ebenfalls verdrossen.

»Ach, komm schon, Hanna. Tu nicht so unschuldig.«

»So … was?«

»Wie ich das machen kann, willst du wissen? Bitte schön. Das kann ich dir sagen.«

Hanna war so verdattert über diese Reaktion, dass sie Rosie mit offenem Mund anstarrte.

»Glaubst du, ich weiß nicht, was damals war?«, fragte Rosie herausfordernd. »Dass du mich betrogen hast? Glaubst du, ich weiß nicht, dass ihr etwas miteinander hattet, du und Carl? Während wir verlobt waren, hast du mit Carl angebändelt. Heimlich und hinter meinem Rücken.«

Hanna spürte, wie ihre Wangen heiß wurden. Es war doch nur dieses eine Mal in der Heide gewesen. Wie konnte Rosie etwas davon wissen?

Hanna ließ die Briefe sinken. Die Rollen wechselten plötzlich. Aus Klägerin wurde Angeklagte.

»Ich habe es die ganze Zeit gewusst, Hanna. Ich hatte nie eine Chance bei Carl. Es war alles vergebens. Du hast ihn mir schon weggenommen, bevor ich ihn überhaupt für mich hatte.«

»Es war nur dieses eine Mal«, sagte Hanna tonlos. »Es tut mir leid. Ich habe es sofort beendet.«

»Wann hast du es beendet? Vor unserer Hochzeit oder danach? Wann bitte war Schluss?«

Hanna wollte antworten, doch Rosie kam ihr zuvor.

»Du hast hinter meinem Rücken mit meinem Verlobten angebändelt!«, wiederholte sie laut. »Du warst meine Schwester, meine beste Freundin. Ich habe dich gefragt, ob er frei ist, Hanna. Du hast mich angelogen. Und dann seid ihr noch vor unserer Hochzeit fremdgegangen.«

»Das wollte ich nicht. Bitte. Es ist einfach passiert. Ich wollte nie …«

»Ach, hör auf. Du hast Carl immer geliebt. Das willst du doch wohl nicht bestreiten. Aber warum hast du mich zum Narren gehalten? Wolltest du mir damit zeigen, dass du klüger bist als ich? Dass Carl dich interessanter findet, weil er mit dir ja so gute Gespräche führen kann? Dass ich nicht intelligent genug bin für einen Mann wie ihn? War es das, was du mir zeigen wolltest?«

»Nein, Rosie. So war es nicht...«

»Weißt du, wie es ist, wenn dein Ehemann nur Augen für deine Schwester hat? Sogar auf unserer Hochzeit hat Carl immer nur zu dir geguckt. Als wäre ich gar nicht anwesend.«

Hanna konnte nichts zu ihrer Verteidigung sagen. Rosie hatte recht. Sie hatte sie hintergangen und betrogen. Deshalb hatte Rosie die Briefe aus der Post herausgenommen. Es war ihre Rache.

Was hätte Hanna tun oder sagen können, um Rosie ihre Sichtweise zu erklären? Schließlich hatte Hanna ihretwegen auf ihr Glück verzichtet. Sie hatte Carl weggestoßen, als sie ihn hätte haben können, und dafür gesorgt, dass diese Hochzeit stattfand.

Dabei waren Carl und sie füreinander bestimmt gewesen. Wäre nicht Rosie mit ihrem einnehmenden Wesen dazwischengekommen, dann hätte Hanna vielleicht zu ihrer Liebe stehen können. Doch was würde es ändern, wenn Hanna ihr das sagte? Rosie würde ihr ohnehin nicht glauben.

»Hat er dir schon solche Briefe geschrieben, als wir noch verheiratet waren?«, fragte Rosie bitter. »Habt ihr euch getroffen? Warst du je in Frankfurt?«

»Nein, Rosie ...«, kam es schwach von Hanna. »Wir haben uns nie wieder getroffen. Nicht, während... Es war nur das eine Mal. Ich wünschte, es wäre nie passiert.«

Doch tat sie das wirklich? Sie schämte sich dafür, doch obwohl sie wusste, wie falsch es gewesen war, war sie glücklich, diese Erinnerungen zu haben.

»Es tut mir leid, Rosie.«

»Ach ja? Wie kann ich dir das glauben? Was weiß ich denn überhaupt darüber?«

Hanna schwieg. Sie hatte diese Fragen verdient. Sie hatte Rosie um ihr Glück gebracht. Und sich selbst noch dazu.

»Ich habe dir die Briefe vorenthalten, weil ich eifersüchtig war«, sagte Rosie. »Ich wollte nicht, dass ihr euer Leben auf den Trümmern meiner Ehe aufbaut. Das war einfach unerträglich. Es tut mir leid, dass Carl nun vergeben ist. Es tut mir leid, dass du die Briefe zu spät entdeckt hast. Doch sicher kannst du verstehen, weshalb ich sie dir nicht gegeben habe.«

Hanna starrte auf die Briefe, die vor ihr auf dem Tisch lagen. Carl. Wieder hatten sie sich verfehlt. Wieder waren sie nicht zueinandergekommen.

»Ich hätte das nicht tun sollen«, sagte Rosie. »Trotz allem. Es war nicht richtig von mir.«

Schweigen breitete sich in der Küche aus. Hanna saß am Tisch, während Rosie mit verschränkten Armen an der Anrichte lehnte. Es waren nur wenige Meter zwischen ihnen, doch fühlte es sich an, als läge ein meilenweiter Abgrund dazwischen.

»Er konnte mich nicht lieben«, sagte Rosie. »Ich dachte, er hätte sich von mir abgewandt, nachdem er mich wirklich kennengelernt hatte. Ich reiche eben nur für eine flüchtige Verliebtheit.«

Hanna wollte widersprechen, spürte jedoch, dass dies nicht der richtige Zeitpunkt war. Sie war in diesem Augenblick die falsche Person, um Rosie zu sagen, wie viel sie wert war.

»Wieso hast du mir nicht gesagt, dass du ihn liebst?«, fragte Rosie. »Wir haben uns doch immer alles gesagt. Ich verstehe das nicht. Hatten wir denn je Geheimnisse voreinander? Warum hast du mich angelogen?«

»Ich dachte, Carl sieht in mir nur eine Schwester. Ich dachte, keiner kann mich wollen. Nicht als Frau. Das war einfach undenkbar. Und Carl ... Ich habe gehofft, ich könnte ihn wenigstens als Freund behalten. Nur so könnte ich in seiner Nähe bleiben, dachte ich, wenn er nicht weiß, dass ich ihn liebe.«

»Und deshalb hast du mir die Wahrheit verschwiegen.«

»Ich dachte, du bekommst eh alles. Du hast die Liebe unserer Eltern bekommen. Alles hast du überstrahlt, vor allem mich. Natürlich bekommst du dann auch Carl, habe ich gedacht.«

Rosie lachte bitter. »Es muss befriedigend für dich gewesen sein, dass ich ihn doch nicht bekommen habe.«

Hanna fiel in Schweigen. Sie war völlig durcheinander. Rosie hatte recht, wenn sie sagte, Hanna habe sie betrogen. Doch hatte Hanna alles versucht, um dieses Unrecht wiedergutzumachen.

Rosie dagegen hatte die Briefe bewusst versteckt. Es war keine Unbedachtheit gewesen, keine impulsive Handlung. Und nun war es zu spät. Carl war wieder vergeben. Hanna konnte ihr das nicht so einfach verzeihen. Sie hatte ja noch nicht einmal verdaut, was in den Briefen stand.

Es war unmöglich, einfach zum Alltag zurückzukehren. Hanna brauchte Zeit, um alles sacken zu lassen. Sie wollte allein sein.

Da erinnerte sie sich daran, wie Rosie in die Küche gekommen war und angekündigt hatte, Hanna etwas Wichtiges sagen zu müssen.

»Was wolltest du mir denn sagen?«, fragte Hanna matt.

Rosie sah verstört auf, als erinnerte sie sich an einen schlechten Traum, den sie beinahe vergessen hatte.

»O Hanna ...«, begann sie gequält.

»Was ist? Nun sag schon.«

Sie stieß die Luft aus, schüttelte verzweifelt den Kopf.

»Hätte ich das alles nur vorher gewusst. Es tut mir so leid. Das ist doch alles egal jetzt. Ich war so dumm.«

»Hättest du vorher was gewusst?«

Plötzlich war da ein sonderbares Gefühl. Panik machte sich in ihrem Magen breit, als blickte sie in einen Abgrund.

Rosie wirkte schuldbewusst. Wortlos senkte sie den Blick.

»Was wolltest du mir sagen, Rosie?«

»Es ist was passiert.« Sie schluckte. »Womit ich nicht gerechnet habe. Etwas Schönes … aber …«

»Worum geht es denn? Hast du eine neue Stelle bekommen?«

Rosie knetete nervös die Hände. Hanna begriff nicht, was los war. Nun war es nicht mehr Hanna, die sich verteidigen musste. Rosie trat zurück in die Defensive, ohne dass Hanna wusste, weshalb.

»Es ist so, Hanna …«

Ein Hupen ertönte draußen auf dem Hof. Sie hörten, wie ein Auto quietschend zum Stehen kam. Eine Tür fiel ins Schloss, dann hörten sie Schritte in der Tenne.

»Das muss Peter sein«, meinte Hanna.

Er wollte zum Mittagessen kommen. Sie hatte ihn ganz vergessen. Vielleicht wollte er ihr heute den Antrag machen, auf den sie seit Wochen wartete. Nicht auszudenken. Einen schlechteren Zeitpunkt hätte er dafür nicht wählen können.

»Hanna«, fuhr Rosie drängend fort. »Was ich dir sagen wollte …«

»Lass uns später darüber reden. Bitte. Wir wollen uns zusammenreißen. Peter soll nichts von unserem Streit mitkriegen. Tun wir, als wäre nichts passiert.«

Als wenn das möglich wäre. Doch irgendwie musste es ihnen gelingen, Peter außen vor zu lassen. Carl war vergeben, was immer in den Briefen stand, spielte nun keine Rolle mehr. All diese Dinge gehörten der Vergangenheit an, während die Zukunft Peter gehörte. Ihm und dem Brennereihof.

»Hanna, bitte …«

Doch da flog bereits die Küchentür auf, und Rosie verstummte.

Peter erfasste die Situation mit einem Blick. Er sah die beiden Frauen, die blass und ernst waren. Er bemerkte ihre distanzierte Körperhaltung und das unterkühlte Schweigen im Raum. Es hatte keinen Sinn, ihm irgendetwas vorspielen zu wollen.

Er nickte Hanna ernst zu, blieb in der offenen Tür stehen.

»Du weißt also Bescheid«, begrüßte er sie.

Hanna brauchte einen Moment, um ihre Verwunderung zu überwinden.

»Wie bitte? Worüber soll ich Bescheid wissen?«

Peter wechselte einen Blick mit Rosie, die unglücklich ein Kopfschütteln andeutete. Peter riss die Augen auf.

Was ging hier nur vor sich? Hatte er ebenfalls mit der Sache mit Carl zu tun?

»Es war nicht geplant, Hanna, wirklich nicht«, beeilte sich Rosie zu sagen. »Es ist einfach so passiert. Wir wollten das nicht.«

»Aber … was wolltet ihr nicht?«

Noch während sie fragte, begriff sie plötzlich. Das war es, was Rosie ihr hatte beichten wollen. Deswegen hatte sie sich so sonderbar benommen. Der Abgrund, den sie gespürt hatte, rückte näher.

Peter trat neben Rosie und nahm ihre Hand in die seine.

»Wir haben uns verliebt«, sagte er. »Rosie und ich wollen zusammen sein.«

Kapitel 33

Bis in den späten Herbst hinein gab es so viel Arbeit auf dem Brennereihof, dass Hanna kaum Zeit zum Nachdenken hatte. Wie betäubt hielt sie den Betrieb am Laufen, kümmerte sich um das Vieh, den Hof, die Ernte und die Brennerei. Sie schonte sich nicht, ließ die Jahreszeiten an sich vorbeiziehen, lebte mit den Tieren, schweigsam, genügsam und im Rhythmus der Natur.

Die Nachbarn halfen ihr bei der Ernte, vor allem Hubert Espelkamp packte mit an. Am Anfang war gemunkelt worden, dass Hanna den Hof allein nicht würde halten können. Sie brauche einen Mann, sonst würde alles den Bach runtergehen.

Jedoch hatten sie ihre Hartnäckigkeit unterschätzt, und schließlich hatte das Gerede aufgehört. Stattdessen erfuhr Hanna nun Respekt, vor allem von den Bauern aus der Nachbarschaft, die sahen, was sie leistete.

Hubert Espelkamp war der Erste, der ihr angeboten hatte, bei der Ernte zu helfen. So sei es Sitte auf dem Land, sagte er, und Hanna könne sich jederzeit revanchieren. Er hatte auf seinem Traktor gesessen, den er auf dem Sandweg neben ihr zum Stehen gebracht hatte, und respektvoll zum Brennereihof geschaut. Dann hatte er Hanna nachdenklich betrachtet, den Finger gegen die Schirmmütze getippt und den Motor wieder angeworfen.

Nach der Ernte im Spätherbst verkaufte Hanna die Kühe. Sie machten einfach zu viel Arbeit. Sie wollte sich vor allem auf die

Brennerei konzentrieren, der Rest der Landwirtschaft musste verkleinert werden.

August, der kriegsversehrte Knecht ihres Vaters, der immer noch zäh war, langsam jedoch alt wurde, half ihr in der Brennerei. Zu zweit hielten sie den Betrieb über Wasser, auch das konnte fürs Erste so weitergehen.

Die Brennerei lief noch einigermaßen, jedoch zeichneten sich seit einiger Zeit beträchtliche Umsatzrückgänge ab. Man trank auf dem Land nicht mehr bei jeder Gelegenheit Korn. Einigen galt der Schnaps nun als zu billig und unkultiviert. Und wer weiterhin Korn trank, machte wenig Unterschied zwischen ihrem und dem, den man im Supermarkt kaufen konnte. Die großen Unternehmen drückten billige Produkte auf den Markt, und es wurde zusehends schwieriger, mitzuhalten. Hanna wusste, dass es zum Überleben des Betriebes nötig werden würde, eine Antwort auf diese Veränderungen am Markt zu finden.

Die Wintermonate brachen an und entschleunigten das Leben auf dem Hof. Mit den ersten Herbststürmen, die am alten Dachstuhl rüttelten und das Haus stöhnen und heulen ließen, begann die Zeit, in der Hanna die Abende am Herdfeuer verbrachte. Sie strickte Pullover oder stopfte Socken, genoss die Wärme des prasselnden Feuers und interessante Sendungen im Radio.

Nach allem, was mit Peter passiert war, hatte sie vorerst die Lust verloren, sich auf einen Mann einzulassen. Doch sie wusste, dass ihre Zeit für eine Ehe ablief.

Anfangs hatte ihr die Einsamkeit in dem großen Bauernhaus auf dem Gemüt gelastet, doch inzwischen genoss sie das stille Leben in dem alten Haus. Besonders im Winter mochte sie den Frieden und die Ruhe, die das alte Gemäuer ausstrahlte. Das Herdfeuer und die uralten Möbel gaben ihr ein Gefühl der Geborgenheit, das sie als Kind niemals empfunden hatte.

Während der Weihnachtstage kam Carl nach Marienfehn. Er

und seine zweite Frau hatten den Festgottesdienst in der Kirche besucht, wo Hanna ihnen begegnet war.

Seine neue Frau sah unfassbar hübsch aus mit ihrem engen weißen Mantel mit dem Hermelinbesatz. Sie trug die blonden Haare hochgesteckt, was ihre prägnanten Wangenknochen zum Vorschein brachte. Ihr Gesicht war klassisch schön, auch wenn sich an ihren Augen der scharfe Verstand ablesen ließ. Sie und Carl sahen aus wie ein Traumpaar aus Hollywood.

Hanna, die in der Kirche ein paar Reihen hinter ihnen saß, spürte bei dem Anblick einen Hauch von Sehnsucht. Dennoch gönnte sie den beiden ihr Glück.

Nach dem Gottesdienst drängte die Gemeinde hinaus auf den Kirchplatz. Draußen vorm Portal, umweht von Glockengeläut und den Klängen der Kirchenorgel, tauchte Carl plötzlich neben ihr auf. Er schlug den Kragen seines Wintermantels hoch, um sich vor dem eisigen Wind zu schützen.

»Hanna. Ich hatte gehofft, dich zu treffen«, sagte er. »Ich wünsche dir frohe Weihnachten.«

Er zog den Lederhandschuh aus und reichte ihr seine warme, trockene Hand. Die Berührung verstärkte in ihr das Gefühl der Sehnsucht. Doch sie lächelte tapfer.

»Frohe Weihnachten, Carl.«

Seine neue Frau nickte ihr freundlich zu und ging weiter. Offenbar wollte sie die beiden ungestört miteinander reden lassen, wie Hanna beeindruckt feststellte. Bestimmt wusste sie, wer Hanna war. Sie hatte keine Angst davor, Carl mit ihr allein zu lassen.

»Du hast wieder geheiratet«, sagte sie.

»Ja. Das ist Susanne. Sie kommt aus München. Ist Korrespondentin bei der ARD.«

»Sie sieht nett aus.«

»Das ist sie«, sagte er und schenkte ihr ein warmherziges Lächeln. Dann tauchte auch in seinem Blick eine Spur von Traurigkeit auf. »Du hast mir nicht geantwortet. Ich habe lange darauf gewartet.«

Hanna sagte nichts dazu. Es hatte keinen Sinn, zu erklären, was Rosie getan hatte, damit sie ein weiteres Mal nicht zusammenfinden konnten. Es würde nichts mehr ändern.

»Sie ist hübsch«, sagte sie stattdessen. »Und sie scheint sehr sympathisch zu sein.«

»Das ist sie auch. Komm uns doch besuchen. Dann kannst du Susanne kennenlernen. Wir sind noch bis morgen in Marienfehn.«

»Das wird wohl nicht klappen. Die ganze Familie kommt am Weihnachtstag auf den Brennereihof.«

Einzelne Schneeflocken tanzten durch die Luft. Carl betrachtete Hanna schweigend. Es gab so viel zu sagen, aber er sah aus, als wüsste er nicht, wo er anfangen sollte. Ein kalter Wind ging um die Kirche.

»Ich wünschte, wir hätten mehr Zeit gehabt.«

»Macht sie dich glücklich?«

»Ja.« Wieder dieses warmherzige Lächeln. »Ich glaube schon.«

Die Menschen um sie herum verließen nach und nach den Vorplatz vor der Kirche und gingen zurück zum Parkplatz oder zu ihren Häusern. Die Orgelmusik verklang.

»Bist du glücklich, Hanna?«

»So glücklich, wie ich es sein kann.«

»Dass du tatsächlich auf dem Hof bleibst, das hätte ich vor zwanzig Jahren nie gedacht.«

»Ich auch nicht«, lachte sie. »Aber so ist es. Er ist mein Zuhause geworden.«

Ihr Leben hatte wirklich eine seltsame Entwicklung genommen. Der Brennereihof war ihre Zukunft. Sie spürte, wie sehr sie dieser Umstand mit Zufriedenheit erfüllte. Er war alles, was ihr geblieben war.

»Es wäre nicht das Richtige für dich gewesen, Carl. Du gehörst nicht auf einen Bauernhof.«

Als sie es sagte, spürte sie, dass es der Wahrheit entsprach. Vielleicht hätte Carl seine Karriere tatsächlich für sie geopfert und wäre zurück nach Marienfehn gekommen, um mit ihr zusammen zu sein. Doch er wäre niemals glücklich geworden. Nicht in diesem abgelegenen Marienfehn. Er brauchte das Leben draußen in der weiten Welt. Er wäre, davon war sie überzeugt, immer rastlos geblieben. Und nun konnte er das Leben leben, das er liebte. Auch wenn sie nicht an seiner Seite war.

»Ich hätte für dich alles hinter mir gelassen«, sagte er traurig. »Das musst du mir glauben.«

»Ich glaube dir, Carl. Und das werde ich dir nie vergessen. Aber du wärst hier nicht glücklich geworden.«

Er wollte protestieren, doch sie brachte ihn mit einer Geste zum Schweigen.

»Es ist gut, wie es ist«, sagte sie.

Ohne auf die vielen Menschen zu achten, die immer noch auf dem Kirchplatz standen, legte sie ihre Hand an seine Wange.

»Leb wohl«, sagte sie, wandte sich ab und ging nach Hause.

Am nächsten Tag besuchte die gesamte Familie den Hof, wie es Tradition am Weihnachtstag war. Inge half Hanna bei den Vorbereitungen. Sie hatte zwei Torten gebacken, die sie frühmorgens rüberbrachte. Dann wurde gekocht und geputzt und unterm Weihnachtsbaum alles vorbereitet, bevor der Rest der Familie einfiel.

Die Geschwister kamen mit Ehepartnern und Kindern. So war das große Haus nach langer Zeit endlich wieder erfüllt von zahllosen Stimmen. Sogar Rosie und Wolfgang waren gekommen. Es war das erste Mal, dass sie wieder auf dem Hof war, nachdem sie mit Peter fortgegangen war. Allerdings wohnte sie bei Inge im Gästezimmer, hatte nur Wolfgang mitgebracht und tat, als würde es Peter gar nicht geben. Offenbar wollte sie Hannas Gastfreundschaft nicht über Gebühr strapazieren.

In dem Trubel war es kaum möglich, ein vertrautes Wort miteinander zu reden, was nicht nur an den Kindern lag, die tobend durchs Haus jagten. Auch die Erwachsenen redeten viel und lachten laut.

Erst als Hanna in die Küche ging, um ein leeres Tortenblech wegzubringen und neuen Kaffee zu kochen, tauchte Rosie verlegen in der Tür auf und suchte zaghaft das Gespräch. Offenbar hatte sie darauf gewartet, Hanna allein abpassen zu können.

»Danke, dass ich kommen durfte, Hanna.«

»Es ist auch dein Zuhause. Natürlich darfst du kommen.«

»Trotzdem. Nach allem, was passiert ist...«

»Lass uns nicht darüber reden, Rosie. Es ist Weihnachten.«

Hanna hievte den Wasserkessel auf den Herd. Sie wollte nicht wieder wütend sein auf Rosie, nicht mit ihr streiten. Wäre es nicht schön, alles, was geschehen war, einfach hinter sich lassen zu können?

Doch Hanna ahnte, dass das kaum möglich wäre.

»Bist du uns noch böse, Peter und mir?«

Sie sagte das, als wäre Hanna nur das Opfer eines dummen Kinderstreichs geworden. Empört wandte sie sich zu Rosie um.

»Ob ich noch böse bin? Peter und ich hatten eine gemeinsame Zukunft vor uns. Das war nicht einfach eine Laune, es war mir ernst.«

»Aber du hast ihn doch gar nicht geliebt. Gib es wenigstens zu. Dass du ihn nie geliebt hast.«

»Was spielt das für eine Rolle? Ich mochte ihn, und ich wollte ihn heiraten, und das war nicht leichtfertig entschieden.«

Rosie wirkte überrascht. Offenbar war ihr gar nicht klar gewesen, wie sehr sie ihre Schwester verletzt hatte.

Doch das machte Hanna nur noch wütender. Glaubte Rosie etwa, es würde einfach Gras über die Sache wachsen? Dass sie hierherkäme, und dann lachten sie einfach über das, was passiert war, und alles wäre gut?

»Es war alles ausgemacht. Bis du kamst.«

»Bitte, Hanna. Wir wollten das doch nicht. Wir haben uns einfach ineinander verliebt.«

»Du tust, als hättest du mir aus Versehen ein Spielzeug kaputt gemacht.«

Rosie wirkte nun ebenfalls verärgert.

»Ich habe jedenfalls nicht hinter deinem Rücken mit deinem Verlobten herumgeturtelt«, kommentierte sie bitter. »Wir waren von Anfang an ehrlich.«

»Was willst du damit sagen? Dass ich mich weniger anständig verhalten habe als du?«

Schließlich hatte sie alles dafür aufgegeben, dass Rosie glücklich werden konnte. Sie hatte verhindert, dass die Hochzeit abgesagt wurde. Das ließ sich doch unmöglich vergleichen.

»Ich will damit nur sagen, dass wir quitt sind.«

Hanna traute ihren Ohren nicht.

»Wir sind quitt?«

»Du hast mir Carl weggenommen, und ich habe dir Peter weggenommen. Aber beide Männer haben nicht die Frau geliebt, die sie heiraten sollten. Was ich sagen will, ist, wir können beide nicht unbedingt stolz darauf sein, was passiert ist. Aber wir sind nun quitt, und deshalb können wir auch weiterziehen.«

»Ich habe dir also Carl weggenommen? Wo war er denn? Wann habe ich ihn gehabt?«

»In der Heide«, fauchte Rosie. »Zum Beispiel.«

Hanna konnte kaum klar denken. »Ich habe für dich auf alles verzichtet. Ich hätte Carl haben können und das Leben an seiner Seite, das ich mir immer erträumt habe. Aber das konnte ich dir nicht antun. Ich wollte dir nicht den Mann nehmen. Deshalb habe ich verzichtet. Für dich.«

Rosie wollte widersprechen, das sah sie genau. Hanna ließ sie nicht zu Wort kommen.

»Nein, Rosie. Ich habe dir Carl nicht weggenommen. Ganz im Gegenteil. Du hast ihn mir weggenommen. Wir sind nicht quitt. Niemals. Weil du mir zweimal den Mann weggenommen hast.«

Offenbar fiel es Rosie schwer, das so stehenzulassen. Doch sie riss sich zusammen.

»Sag ruhig, was du sagen willst, Rosie.«

»Also gut. Bei Peter war eben alles anders. Ich war vorher so unglücklich. Doch mit ihm habe ich endlich den Mann gefunden, nach dem ich immer gesucht habe. Diesmal ist alles anders. Und du hast ihn nicht geliebt. Kannst du dich nicht freuen, dass ich endlich den richtigen Mann gefunden habe?«

»Ist nicht bei jedem alles anders? Wie oft bist du jetzt verheiratet? Man kommt ja mit dem Zählen nicht hinterher.«

Rosie starrte sie ungläubig an. Hanna hatte keine Lust mehr, sich zurückzunehmen.

»Es geht doch nur um dich. Das war immer schon so, Rosie. Schon, als wir Kinder waren.«

»Und deshalb gönnst du mir nicht, dass ich glücklich bin.«

»Peter war nicht frei, als du ihn getroffen hast«, rief sie.

Sie blickten sich düster an.

Da wurde die Küchentür aufgestoßen, und Inge stürmte herein. Sie brachte leere Kaffeekannen und Milchkännchen zum Nachfüllen. Als sie die beiden bemerkte, hielt sie inne.

»Oh, Entschuldigung. Ich wollte nicht stören.«

»Schon in Ordnung«, sagte Hanna. »Wir sind fertig.«

Inge spürte natürlich die gedrückte Stimmung im Raum.

»Dann habt ihr darüber gesprochen?«

»Inge, lass das bitte ...«, begann Rosie, doch Inge ließ sich nicht aufhalten. Sie wandte sich an Hanna, als hätte sie ebenfalls eine Meinung zu der Sache.

»Hör zu, Hanna. Ich finde, Rosie hat durchaus recht. Ich weiß, das ist normalerweise nicht üblich. Dafür ist die Höfeordnung schließlich da, dass der Betrieb erhalten bleibt. Und wir haben ja alle unsere Abfindung bekommen. Trotzdem solltest du darüber nachdenken. Wenn du ein kleines Stück Land verkaufen würdest, wäre es kein Problem. In Rosies Lage ist der Fall doch anders…«

»Was meinst du überhaupt?«, fragte Hanna. »Worüber soll ich nachdenken?«

Inge schien irritiert. Sie sah zu Rosie, die schuldbewusst zu Boden blickte. Erst jetzt begriff sie, dass Hanna und Rosie über etwas anderes gestritten hatten, und ihre Wangen röteten sich.

»Kannst du mir bitte erklären, wovon du redest?«

»Hat Rosie denn nicht…?«

Sie warf ihr einen Blick zu, doch Rosie zuckte nur mit den Schultern.

»Wegen der Firma, die Peter übernommen hat«, erklärte Inge verlegen. »Die Finanzierung ist aufgebraucht. Es ist eine harte Zeit. Und Rosie hätte doch auch geerbt, wenn der Hof nicht übergeben worden wäre. Kann man da nicht etwas machen?«

»Es geht also um Geld«, stellte Hanna düster fest. »Deshalb bist du hier, Rosie.«

»Nein. Ich bin hier, weil ich mich mit dir versöhnen wollte. Um Weihnachten bei der Familie zu sein. Das eine hat mit dem anderen nichts zu tun. Wenn ich nicht gezwungen wäre…«

Hanna war wie versteinert. Sie wollte nichts mehr hören.

»Es ist kein Geld da«, sagte sie kalt.

»Aber, Hanna…«, begann Inge.

»Tut mir leid. Ich brauche alles für die Brennerei. Hier sieht es nämlich auch nicht gerade rosig aus. Wie ihr gesagt habt: Es ist eine harte Zeit. Es gibt hier nichts für dich zu holen, Rosie. Und jetzt geh.«

Inge starrte sie ungläubig an. »Hanna!«

Doch die ließ sich nicht erweichen.

»Ich möchte, dass du gehst, Rosie.«

Die rührte sich nicht vom Fleck. Hanna wäre am liebsten aus der Küche gelaufen, um sich irgendwo zu verstecken, bis Rosie fort war. Doch dies war ihr Zuhause. Sie wollte um keinen Preis weichen.

Rosie nickte. Sie drehte sich um und verließ die Küche. Ohne sich von den anderen zu verabschieden, schnappte sie sich Wolfgang und trat durch die Diele nach draußen.

Inge schimpfte furchtbar mit Hanna, doch die blieb hart. Die anderen merkten schnell, was passiert war. Die Weihnachtsstimmung war verdorben, und es dauerte nicht lange, bis sich nach und nach alle auf den Heimweg machten.

Als Hanna allein war, räumte sie verbissen auf, schrubbte den Tisch und spülte das Geschirr. Arbeitete schnell und unverdrossen, bis ihre Wut verraucht war.

Rosie verließ Marienfehn am nächsten Morgen. Obwohl Inge sie darum bat, unternahm Hanna keinen Versuch mehr, sich mit ihr zu versöhnen.

Und so wurde es wieder still auf dem Brennereihof.

In den Tagen zwischen Weihnachten und Silvester arbeitete Hanna sich durch die alten Unterlagen der Brennerei. Sie hatte schon seit einiger Zeit eine Idee, der sie nachgehen wollte.

Eigentlich war es Günthers Idee gewesen – den Korn nach altem Verfahren in Fässern reifen zu lassen. Doch damals hatte Hanna keinen Markt dafür gesehen, das Preisbewusstsein der Leute war noch zu dominierend gewesen. Nun, wo sich der Markt zu verändern begann und die großen Brennereien das

Geschäft mit ihrem Industriealkohol übernommen hatten, würde sich das vielleicht ändern. Sie musste offen bleiben für neue Ideen, die Veränderungen in der Nachfrage der Kunden im Auge behalten.

In den alten Büchern fand Hanna schließlich, wonach sie suchte. Sie verschaffte sich einen Überblick, kalkulierte alles durch, prüfte die Materialien, die sie benötigen würde.

Es ging um den aromatischen Korn, den ihr Großvater hergestellt hatte. Damit wollte sie es in dieser neuen Zeit probieren. In der Tradition seiner Handwerkskunst. Es dauerte nicht lange, bis sie auch einen passenden Namen für ihr Projekt fand: Brooks Alter Korn.

Mit etwas Glück würde sie schon ein paar Abnehmer finden. Und dann ließe sich schnell erkennen, ob sie mit dieser Idee die Brennerei für die Zukunft aufstellen könnte oder ob es einfach eine weitere Träumerei wäre.

Kapitel 34

Regen prasselte von außen an die Fensterscheiben. Der Wind drückte gegen das Glas, dann flaute die Böe ab und die Regentropfen rannen lautlos herab.

Benedikt legte die Hand an den Heizkörper. Heißes Wasser rauschte in den Rohren. Es war warm und wohlig im Zimmer. Vorsichtig stellte er die dampfende Kaffeetasse auf dem Nachttisch neben dem Krankenhausbett ab und holte die Pralinen hervor.

»Sind die auch mit Alkohol?«, fragte Tante Rosie, die immer noch benommen wirkte.

»Natürlich.« Er grinste. »Was denkst du denn?«

»Dann her damit. So lässt es sich doch aushalten. Kaffee, Zucker und Alkohol. Tut mir leid, dass ich euch so einen Schreck eingejagt habe.«

Sie hatte einen leichten Schwächeanfall gehabt und war kurz ohnmächtig geworden. Nichts allzu Ungewöhnliches in ihrem Alter, hatten die Ärzte gesagt. Vor allem nicht in Anbetracht der Ereignisse.

Das Schlimmste waren die Prellungen und blauen Flecken, die sie sich bei dem Sturz zugezogen hatte. Doch es hätte schlimmer kommen können.

»Ich habe ein ziemliches Chaos angerichtet«, meinte sie betreten. »Ich habe es gut gemeint. Das kann ich zu meiner Verteidigung sagen. Aber das ändert wohl nichts am Ergebnis.«

»Schon in Ordnung, Tante Rosie.«

»Für Hanna tut es mir am meisten leid. Falls es für uns noch irgendwas zu gewinnen gab auf dem Brennereihof, habe ich das wohl ein für alle Mal verdorben.«

»Ich glaube nicht, dass da noch viel zu gewinnen war. Außerdem hat Tante Hanna die Situation längst akzeptiert.«

Rosie seufzte. »Deine Tante Hanna ist eine Kämpferin, wenn es sein muss, aber sie weiß, wann ein Kampf verloren ist.«

Er lächelte und reichte ihr die Pralinenschachtel.

»Im Gegensatz zu uns, meinst du?«, kommentierte er.

Sie nahm eine heraus, immer noch ein bisschen zittrig, führte sie zum Mund und biss hinein.

»Du meinst, wir sollten uns auch damit abfinden? So wie Hanna?«

Er war sich nicht sicher. Wahrscheinlich wäre es das Beste. Doch hatte er noch nicht damit begonnen, nach freien Stellen zu suchen, obwohl es höchste Zeit wurde, sich nach einem neuen Job umzusehen. Vielleicht fand er ja etwas in einer anderen Brennerei. Regionale Produkte boomten, und sicher suchten auch andere kleine Brennereien nach Destillateuren. So würde er seiner Leidenschaft treu bleiben können.

»Willst du hierbleiben, Benedikt? Hier auf dem Land?«

»Eigentlich schon. Das ist mein Zuhause. Ich möchte gar nicht woandershin. Das kannst du wahrscheinlich schwer nachvollziehen. Du warst ja dein ganzes Leben unterwegs.«

Sie blickte ihn nachdenklich an. »Sag mir, wie ist es hier auf dem Land, schwul zu sein? Ist das noch schwieriger als in der Stadt?«

Benedikt glaubte, sich verhört zu haben. Seine Wangen wurden heiß. Woher wusste sie davon?

Tante Rosie lächelte unbedarft und schnappte sich eine weitere Praline aus der Schachtel.

»Hast du eigentlich einen Freund?«

Es war ein Spaß für sie. Sie versuchte, ihn aus der Reserve zu locken. Doch es war ihm unmöglich, darauf zu antworten. Was sollte er jetzt tun? Er hatte den Zeitpunkt verpasst, alles abzustreiten, und hatte sich einfach von ihr überrumpeln lassen.

»Ach Benedikt. Jetzt hab dich nicht so. Man könnte fast denken, du bist *meine* Großtante und nicht umgekehrt. Mach dich mal locker.«

Ihm war überhaupt nicht danach zumute, sich locker zu machen. Ganz im Gegenteil.

»Aber woher weißt du …?«

»So schwer war das nicht zu erraten. Ich bin viel rumgekommen.«

In seinem Kopf rasten die Gedanken. Keiner in der Familie sollte davon wissen. Sein Vater hatte immer deutlich gemacht, was von *solchen* wie ihm zu halten war. Über nichts anderes hatte er sich zeit seines Lebens so verächtlich geäußert. Für Benedikt war immer klar gewesen, dass er niemals die Wahrheit erfahren durfte. Schon gar nicht Tante Hanna.

»Ich werd's schon keinem verraten«, stöhnte Tante Rosie auf. »Du bist aber auch verspannt.«

Er wollte etwas erwidern, sich verteidigen, doch da sprang die Tür auf.

Es war Klaus, der mit herabhängenden Mundwinkeln ins Zimmer trat. Offenbar hatte er sich zu einem Anstandsbesuch durchgerungen. Benedikt stand auf, um Platz für ihn zu machen.

»Hallo, mein Junge«, flötete Tante Rosie, als wäre nichts zwischen ihnen vorgefallen. »Wie schön, dass du mich besuchst. Setz dich.«

Klaus entdeckte Benedikt am Fenster und nickte ihm knapp zu. Dann wandte er sich Rosie zu, unschlüssig, ob er das Angebot annehmen sollte, Platz zu nehmen.

»Tut mir leid, dass ich euch so einen Schrecken eingejagt habe«, sagte Rosie heiter. »Es ist alles nur halb so wild. Die wollen mich zur Beobachtung hierbehalten, aber morgen früh kann ich wieder zurück ins Mariahilf.«

»Ich lasse euch mal allein«, sagte Benedikt.

»Nein, schon gut«, erwiderte Klaus. »Ich bleibe nicht lange. Mir ist schon klar, dass ich nicht gern gesehen bin in der Familie.«

Dem konnte Benedikt schlecht widersprechen, doch Rosie wollte das natürlich nicht so stehenlassen.

»Das ist doch Unsinn, Klaus. Du bist mein Neffe. Wenn überhaupt, dann muss ich mich bei dir entschuldigen. Weil ich mich so lange nicht gemeldet habe. Du hast ja recht, wenn du mir vorwirfst, dass ich jahrelang weg war und mich jetzt überall einmische.«

Klaus warf einen linkischen Blick in Richtung Benedikt. Bestimmt wünschte er sich nun doch, dass er den Raum verließ. Es wäre sicher leichter für ihn, frei zu sprechen, wenn nicht ein Vertrauter Hannas mit im Raum war.

»Schon gut.« Er ließ sich auf einen Stuhl sinken, ohne die Jacke abzulegen. »Es war nicht leicht, für keinen von uns. Denk nicht zu schlecht über mich, Tante Rosie.«

Benedikt traute seinen Ohren nicht. Klaus zeigte sich selbstkritisch? Für den Moment trat sogar Tante Rosies Enthüllung in den Hintergrund.

»Astrid und Hanna, die waren vom ersten Tag an wie Feuer und Wasser«, fuhr Klaus fort.

Er warf Benedikt einen weiteren kurzen Blick zu, wog offenbar ab, was er sagen sollte und was nicht, entschied sich dann anscheinend dazu, ihn einfach zu ignorieren.

»Hanna denkt sicher, dass sie keine Schuld trifft. Doch ganz so einfach ist das nicht. Du kennst sie ja. Sie hat klare Vorstellungen und hält mit ihrer Meinung nicht hinterm Berg. Wenn Astrid etwas anders machen wollte, hat sie sehr deutlich gemacht, was sie davon hielt.«

Rosie kicherte. »Das kann ich mir durchaus vorstellen. Aber Hanna würde sicher das Gleiche von deiner Frau sagen.«

»Astrid hat natürlich auch Schuld, das will ich gar nicht bestreiten. Sie hat sich immer sofort angegriffen gefühlt, egal, was Hanna gesagt hat. Sie wollte grundsätzlich alles anders machen, als Hanna es bislang gemacht hat. Einfach aus Prinzip. Sie hatte das Gefühl, sich nur gegen sie zu wehren. Aber ganz unschuldig war sie eben auch nicht.«

»Aber sie ist deine Frau. Eine verzwickte Situation.«

»Ich weiß. Sie wollte, dass ich zu ihr halte. Was sollte ich auch sonst tun? Ich bin zwischen die Fronten geraten. Irgendwann habe ich einfach dichtgemacht. Augen zu und durch, dachte ich mir. Ich war erleichtert, als Hanna ins Mariahilf gezogen ist, und dachte, so kann es endlich ruhig werden bei uns.«

Benedikt war verblüfft über so viel Selbsterkenntnis. Doch sie machte ihn auch wütend. War er deshalb gefeuert worden? Weil Klaus zu seiner Frau halten musste?

»Ach, die arme Hanna«, sagte Rosie. »Sie hängt eben an der Brennerei, das muss man verstehen. Dabei wollte sie nie Schnapsbrennerin werden. Sie hat sich etwas ganz anderes vom Leben erträumt.«

»Ja, das sagt sie immer«, meinte Klaus missmutig. »Aber es hat sie keiner gezwungen. Sie tut immer so, als wäre sie das Opfer gewesen. Dabei hat sie doch profitiert. Und sie ist eine knallharte Geschäftsfrau. Wenn sie etwas überhaupt nicht gewollt hätte, dann hätte sie es auch nicht gemacht. So gut kenne ich sie.«

»Das ist heute vielleicht schwer zu verstehen«, sagte Rosie. »Aber auch wenn du denkst, sie hätte sich anders entscheiden können, hatte sie damals keine Wahl. Dafür war ihr Pflichtgefühl viel zu groß. Wenn sie den Familienbetrieb nicht übernommen hätte, wäre er zerschlagen worden. Und du kannst mir glauben, dass sie große Opfer dafür gebracht hat. Sie war damals verliebt. In Carl. Sie hätte mit ihm fortgehen können. Doch das hätte das Aus für den Hof bedeutet.«

Klaus wirkte ziemlich überrascht. Auch Benedikt horchte auf. Da war er wieder, dieser Name: Carl. Er wusste immer noch nicht, was es damit auf sich hatte.

»Meinst du etwa deinen ersten Mann?«, fragte Klaus.

»Ja, genau den. Es ist eine lange Geschichte. Sie hat sich gegen das Leben an seiner Seite entschieden, um den Hof weiterführen zu können. Damit er erhalten bleibt.« Mit einem nachsichtigen Lächeln fügte sie hinzu: »Für dich erhalten bleibt.«

Klaus' Gesicht verfinsterte sich. Doch er widersprach ihr nicht.

»Erinnerst du dich noch an die achtziger Jahre?«, fragte Rosie.

»Du meinst, als die Brennerei um ein Haar in Konkurs gegangen wäre?«

Auch Benedikt wusste davon. Es war so etwas wie eine Familienlegende. In den Siebzigern hatte sich der Industriealkohol durchgesetzt. Die kleinen Betriebe waren nicht länger rentabel, auch die Feinbrennerei Brook stand vor der Pleite. Doch Tante Hanna hatte den Betrieb gerettet.

»Alle hatten Hanna gesagt, sie solle die Brennrechte verkaufen und retten, was zu retten war«, sagte Rosie. »Der gesamte Hof stand kurz vor dem Konkurs, und alle meinten, es wäre das Beste, wenn Hanna sich auf Milchvieh oder Schweinemast spezialisierte. Mit dem Industriealkohol ließ sich nicht mehr länger konkurrieren. Weißt du, warum Hanna nicht aufgeben wollte? Die Vorstellung, dass sie diejenige wäre, bei der die Fackel der Familientradition verlosch, war für sie unerträglich. Und dann hat sie gekämpft wie eine Löwin.«

»Sie hat Brooks Alten Korn entwickelt«, sagte Benedikt.

Das hatte die Wende gebracht. Die Rückbesinnung auf die alten Traditionen. Auf das Geschäft mit der Qualität.

»Sie hat sich erinnert, wie ihr Großvater seinen Korn hergestellt hat«, stimmte Rosie zu. »Ein Lagerbrand, der in Holzfässern gereift war. Hanna hat alles auf eine Karte gesetzt, Tag und Nacht durchgearbeitet. Das Ergebnis kennt ihr. Brooks Alter Korn, unser Aushängeschild. Hätte Hanna nicht durchgehalten, dann hättest du den Betrieb heute nicht.«

Klaus stieß einen Seufzer aus. »Ich weiß, Tante Rosie. Aber das Zusammenleben auf dem Hof war nicht mehr möglich. Das war ein Kriegsgebiet. Für dich ist es leicht, so zu reden. Aber wir hatten jeden Tag unsere Gefechte.«

»Sie will gar nicht mehr zurück auf den Hof. Damit hat sie längst abgeschlossen. Aber denkst du nicht, man kann irgendwie Frieden schließen?«

Klaus betrachtete sie, als gefiele ihm nicht besonders, wie dieser Krankenbesuch verlief. Aber letztlich konnte Benedikt nicht sagen, was ihm durch den Kopf gehen mochte. Sein Onkel war für ihn immer unergründlich gewesen.

»Wenigstens geht es dir wieder besser«, sagte Klaus und stand auf. »Freut mich, das zu sehen.«

Rosie schenkte ihm ein Bühnenlächeln. »Wie schön, dass du nach deiner alten Tante siehst. Den Besuch bei euch zu Hause hole ich nach, versprochen. Wir haben uns sicher viel zu erzählen.«

Klaus nickte. Er wirkte resigniert.

»Dann gute Besserung, Tante Rosie.«

»Klaus«, rief sie ihm nach, als er schon in der Tür stand. »Du denkst doch darüber nach?«

»Ich werde sehen, was sich machen lässt.«

Damit verschwand er und schloss die Tür hinter sich. Rosie und Benedikt blieben allein im Krankenzimmer zurück. Draußen war die Dämmerung hereingebrochen. Noch immer prasselte der Regen gegen die Fensterscheiben.

Benedikt war sich nicht sicher, was er über Klaus nach diesem

Auftritt zu denken hatte. Er wandte sich an Rosie, um sie danach zu fragen, was eigentlich gerade passiert war.

Doch Tante Rosie lächelte ihn verschmitzt an.

»Wir sind doch bei irgendetwas unterbrochen worden«, meinte sie und griff genüsslich in die Pralinenschachtel. »Wie war das mit deinem Privatleben?«

Kapitel 35

Als Hanna ins Mariahilf zurückkehrte, ging sie in den Wintergarten, in dem Rosie für gewöhnlich saß.

Sie wollte sich der Einsamkeit ihres Apartments vorerst nicht stellen. Lieber blätterte sie in einer Zeitschrift, ohne sich recht auf den Inhalt konzentrieren zu können, und ließ sich ablenken von den Gesprächen und der Betriebsamkeit um sich herum.

Das Bild, wie Rosie neben ihrem Rollator lag, hatte sich tief in ihr Bewusstsein eingebrannt. Ausgerechnet Rosie, die immer so viel Energie und Lebensmut besaß, hatte plötzlich wie leblos dagelegen.

Benedikt war bei Rosie im Krankenhaus. Alles war gut ausgegangen, trotzdem zeigte dieser Zwischenfall, wie zerbrechlich ihre Gemeinschaft war. Wie schnell sich in ihrem Alter alles ändern konnte.

Sie legte die Zeitschrift beiseite und blickte sich um. Eine der griesgrämigen Damen, die Hanna aus dem Essensraum kannte, hatte ihre Familie zu Besuch. Die Tochter, die selbst längst ergraut war, schob den Rollstuhl, ein paar Teenager trotteten nebenher, und ein Mädchen mit einer Puppe hüpfte vor dem Rollstuhl herum. Wie eine Majestät ließ sich die alte Dame von ihrer Familie durch den Gemeinschaftsraum schieben und tat, als würde sie die anderen Frauen, mit denen sie sonst zu Mittag aß, gar nicht bemerken. Wer Familie zu Besuch hatte, stieg hier in der Hierarchie, das hatte Hanna längst bemerkt. Das war etwas, womit sich angeben ließ.

Sie sah der Gruppe hinterher, die in Richtung Cafeteria verschwand. Da entdeckte sie den korpulenten Herrn mit Glatze und knittrigem Jackett, der durch die Gänge irrte. Er war offenbar auf der Suche nach etwas. Hanna wollte sich gerade wieder ihrer Zeitschrift zuwenden, als sie ihn plötzlich erkannte. Es war Wolfgang, Rosies Sohn.

Sie hatte ihn ewig nicht mehr gesehen, und sie musste sich eingestehen, dass er sich nicht zu seinem Vorteil verändert hatte. Wolfgang war schon immer übergewichtig und ungepflegt gewesen. Doch nun sah er fast verwahrlost aus. Auch hatte sie ihn auf den ersten Blick deutlich älter geschätzt, als er war. Er hätte beinah als Bewohner durchgehen können.

Wolfgang entdeckte sie am Tisch. Gerade rechtzeitig gelang es Hanna, ihr Erschrecken über sein Aussehen hinter einem Lächeln zu verstecken.

»Tante Hanna!«, begrüßte er sie erstaunt. »Du besuchst auch Mutter? Das ist ja eine Überraschung. Da wird sie sich bestimmt freuen. Sie hat mir gar nicht erzählt, dass ihr wieder Kontakt habt.«

Hanna stockte. Zweifellos hatte sie das nicht. Und wie es aussah, war es nicht das Einzige, was Rosie verschwieg.

»Du bist nicht oft hier zu Besuch, oder?«, fragte sie. »Wann hast du denn Rosie zum letzten Mal gesehen?«

»Ich bin einmal die Woche hier«, sagte er irritiert. »Wenn es geht, auch öfter. Wieso fragst du?«

Hanna wunderte sich. Etwas stimmte hier nicht.

Wolfgang verstand ihre Reaktion falsch. »Ich weiß, Tante Hanna«, sagte er schnell. »Ich hätte dich längst auf dem Hof besuchen sollen, wenn ich schon in Marienfehn bin. Ich bin nur nie dazu gekommen. Und ich wusste auch nicht … weil du und Mutter ja zerstritten seid …«

»Wir haben uns versöhnt.« Das stimmte zwar nicht ganz, aber die Unwahrheit war es auch nicht. »Hat sie das denn gar nicht erzählt?«

»Nein. Letzte Woche war alles sehr hektisch. Heute habe ich mehr Zeit mitgebracht.«

Dass Wolfgang einmal pro Woche herkam und Rosie besuchte, passte gar nicht ins Bild des lieblosen Sohnes, der seine Mutter in ein Seniorenheim abgeschoben hatte. Wolfgang hatte sicher Gründe genug, ein schwieriges Verhältnis zu seiner Mutter zu haben. Dennoch schien er längst nicht so abwesend zu sein, wie Rosie behauptete.

Hanna fragte sich, wieso sie ihr das verschwiegen hatte.

»Ich verlaufe mich hier jedes Mal«, sagte er und blickte sich irritiert um. »Alle Flure sehen gleich aus. Kannst du mir sagen, wo Mutters Zimmer ist? Es war dort runter, oder?«

»Wolfgang«, begann Hanna vorsichtig. »Deine Mutter ist nicht hier. Es ist etwas passiert. Sie ist … es geht ihr gut, keine Sorge. Aber sie ist im Krankenhaus.«

»Im Krankenhaus? Dann ist sie sicher gestürzt. War es denn diesmal so schlimm, dass sie ins Krankenhaus musste?«

Er wirkte gar nicht überrascht.

»Es war ein kleiner Schwächeanfall. Wir waren auf dem Brennereihof. Wir wussten nicht … Wir haben sofort den Krankenwagen gerufen. Sie wollen sie nur über Nacht zur Beobachtung dabehalten.«

»Dann ist ja gut.« Er blickte sich ratlos um. »Das heißt, ich bin umsonst gekommen. Wo ist sie denn im Krankenhaus? Sicher in Altheim, nicht wahr?«

Hanna nickte, was Wolfgang einen enttäuschten Seufzer entlockte. Mit seinem zerknautschten Mantel ließ er sich neben Hanna auf den Stuhl sinken. Er lächelte schief.

»Dann sind wir beide umsonst gekommen.«

Hanna schlug wieder einen vorsichtigen Tonfall an.

»Wolfgang, ich bin nicht zu Besuch. Ich lebe hier. Im Mariahilf.«

»Du lebst hier? Aber …«

Sie wusste natürlich, was ihm durch den Kopf ging. Das alte Lied. Wie konnte es sein, dass die Matriarchin des Brennereihofs nicht auf ihrem Altenteil, sondern in einem Altenheim lebte?

»Eine lange Geschichte. Ich bin erst seit ein paar Wochen hier. Vielleicht hat Rosie deshalb noch nichts erzählt. Wir haben unsere Zeit gebraucht, um uns aneinander zu gewöhnen.«

»Ja, das verstehe ich. Aber ich freue mich, dass ihr wieder zueinandergefunden habt. Sie hat immer sehr an dir gehangen. Auch nachdem … du weißt schon.«

Er nahm ein Stofftaschentuch aus seinem Jackett und tupfte sich den Schweiß von der Halbglatze. Er war ein seltsamer Typ, das war er immer gewesen. Doch er hatte das Herz am rechten Fleck, trotz aller Streitigkeiten, die er mit seiner Mutter gehabt hatte. Umso mehr fragte Hanna sich nun, ob Wolfgang seine Mutter wirklich ins Seniorenheim abgeschoben hatte.

»Sie hat immer viel von dir erzählt, Tante Hanna. Du hast ihr gefehlt. Schön, dass ihr euch wieder versteht.«

»Ja, das finde ich auch.« Hanna lachte. »Zu Anfang war ich gar nicht begeistert, als ich sie hier gesehen habe. Ich wusste nicht, dass sie hier lebt. Das war ein ziemlicher Schreck.«

»Das kann ich mir vorstellen.«

»Aber wo wir beide schon mal hier waren, konnten wir uns schlecht aus dem Weg gehen. Wir haben uns wieder vertragen, jedenfalls so einigermaßen. Und ich bin froh darüber.«

»Mutter wird sich bestimmt auch gefreut haben. Sie wollte überhaupt nicht hierhin. Ein Seniorenheim, das war das Allerletzte, was sie wollte. Aber es ging nun mal nicht anders. Sie konnte nicht bei mir bleiben.«

Hanna überlegte, ihn zu fragen, weshalb es nicht anders ging. Doch sie brachte es nicht über sich.

»Dadurch, dass du hier bist, hat sie bestimmt ihre Abneigung gegen diesen Ort abgelegt«, redete er weiter. »Mit dir zusammenzuwohnen, das wird ihr ganz sicher gefallen.«

»Ja, mir gefällt es auch. Wir hören da auf, wo wir angefangen haben. Zusammen unter einem Dach.«

»Na, so weit ist es noch nicht, dass wir vom Aufhören sprechen. Ihr werdet beide hoffentlich noch viel Zeit haben.«

Hanna konnte sich ein Lächeln nicht verkneifen. Zwar war es noch nicht so weit, mit jemandem darüber zu sprechen. Bislang war ihre Idee kaum mehr als eine Phantasie. Doch wurde ihr nun klar, dass sie sich innerlich längst entschieden hatte, diesen Weg zu gehen. Daher sagte sie augenzwinkernd: »Vielleicht werden wir auch gar nicht mehr lange im Mariahilf sein. Wer weiß.«

Wolfgang schien nicht zu verstehen. »Aber … wieso denn nicht? Hier ist doch alles in Ordnung, oder? Ich dachte, es sei ein gutes Haus.«

»Das ist es auch, keine Frage. Wir haben nur überlegt, ob wir nicht zusammen eine Alten-WG gründen. Rosie und ich. Das könnte lustig werden. Vielleicht finden wir eine kleine Wohnung in Marienfehn. Altersgerecht natürlich. Wir könnten uns gegenseitig helfen, dann wären wir unabhängig. Das würde mir schon gefallen.«

Wolfgang schien gar nicht begeistert von dieser Idee. Da war nicht ein Funken Verständnis in seinen Augen. Er schüttelte nachdrücklich den Kopf.

»Das geht nicht, Tante Hanna.«

»Aber …«

»Wie stellt ihr euch das vor?«

»Ich weiß, dass Rosie schon eine Pflegestufe hat. Aber wir können auch den ambulanten Pflegedienst kommen lassen. Und um den Rest kümmern wir uns selbst. Gemeinsam. Das wird schon klappen.«

»Sei doch nicht naiv. Was glaubst du, wie lange das noch so geht mit Mutter? Es wird doch nicht besser. Wie willst du das denn allein schaffen?«

Hanna hielt inne. Nun war sie es, die nicht begriff.

»Ich weiß nicht, was du meinst.«

»Rosie hat Parkinson.«

Das verschlug ihr die Sprache.

»Wusstest du das denn nicht?«

Natürlich. Es fiel Hanna wie Schuppen von den Augen. Rosie litt an Parkinson. Das Zittern, die Steifheit, diese seltsame gebeugte Haltung. Es passte alles zusammen. Hanna kannte die Symptome dieser Krankheit.

Und deshalb hatte Rosie auch ins Seniorenheim gehen müssen. Wolfgang hatte sie nur in gute Hände gegeben.

»Vielleicht könntet ihr noch eine Weile zusammenwohnen«, sagte er. »Auch wenn ich nicht glaube, dass es einfach wird. Aber wie lange würde es noch gehen? Auf Dauer ist das einfach unmöglich. Das musst du doch einsehen, Tante Hanna.«

Sie sah es sofort ein. Natürlich. Der Traum vom gemeinsamen Wohnen löste sich augenblicklich in Luft auf. Rosie wollte es nicht wahrhaben, deshalb hatte sie Hanna nichts gesagt. Hanna spürte Mitgefühl für ihre Schwester, die sich ein normales Leben vorgaukeln wollte. Auch das war typisch für Rosie. Sie spielte sich selbst und allen anderen vor, dass alles heiter und unbeschwert war, und leugnete ihre Probleme einfach.

Ach, Rosie, dachte Hanna unglücklich. Wie gern hätte sie mit ihr einen Neuanfang gewagt.

»Ich wusste nicht, dass es schon so schlimm ist.«

»Doch, das ist es. Und die Krankheit schreitet weiter fort.«

»Nein, dann geht es natürlich nicht. Es war sowieso nur so eine Spinnerei.«

Ihr war beinahe zum Weinen zumute. Ein weiterer Traum, der sich auflöste. Als hätte es nicht schon genug davon gegeben.

»Es tut mir leid, Tante Hanna. Für Rosie ist es das Beste, wenn sie hierbleibt.«

Hanna nickte. Es fiel ihr schwer, sich ihre Gefühle nicht anmerken zu lassen. Sie wollte nur noch zurück in die Einsamkeit ihres Apartments. Zusehen, wie der Herbststurm über das Moor fegte. Wie er an den knorrigen Kiefern zerrte und kleine Strudel im Sumpf entstehen ließ. Sie wollte mit ihren Gedanken allein sein.

»Warum fährst du nicht nach Altheim ins Krankenhaus?«, fragte sie. »Rosie freut sich bestimmt, wenn du sie besuchst.«

»Ja, vielleicht. Ist ja furchtbares Wetter draußen. Aber bis nach Altheim schaffe ich es noch.«

Der Gemeinschaftsraum füllte sich. Es war Kaffeezeit. Der Geräuschpegel stieg an. Hanna und Wolfgang saßen etwas unschlüssig am Tisch. Sie wussten nicht so recht, wie sie sich verabschieden sollten.

»Es war schön, dich nach so langer Zeit mal gesehen zu haben, Wolfgang.«

»Ja, ich …«

Da wurden sie von jemandem unterbrochen. Einem gebrechlichen alten Mann, der in einem viel zu großen Anzug steckte. Es war Herr Altenbrock. Er strahlte Hanna an und schlurfte langsam auf sie zu.

»Frau Brook. Wie schön, Sie zu treffen.«

Hanna war irritiert über die Störung. Das kam nun wirklich unpassend. Unschlüssig wandte sie sich von Wolfgang ab, um Herrn Altenbrock zu sagen, dass sie später mit ihm sprechen würde. Doch da redete der schon drauflos.

»Ich muss Ihnen unbedingt etwas mitteilen, Frau Brook. Meine Recherchen waren erfolgreich.«

»Sie meinen, Sie haben noch was gefunden, was den Brennereihof betrifft?«

»Nein, leider nicht. Der Fall war ja ziemlich klar.«

»Welche Recherchen meinen Sie dann?«

»Frau Brewster hat mir noch einen anderen Auftrag gegeben. Wissen Sie nichts davon? Sie hat mich gebeten, einen gewissen Carl Nordthues ausfindig zu machen.«

Hanna war nicht in der Lage, etwas zu erwidern. Sie musste sich am Stuhl festhalten.

»Stellen Sie sich vor, ich habe ihn gefunden«, sagte der Jurist, sichtlich mit sich zufrieden. »Er lebt noch. Er ist verwitwet und wohnt in Frankfurt. Ich habe sogar seine Telefonnummer.«

Kapitel 36

Nach den Novemberstürmen der vergangenen Tage hatte sich das Wetter wieder beruhigt. Hanna stand am Fenster und blickte hinaus auf das Moor. Die Wolkendecke riss auf, und blasses Sonnenlicht fiel auf die regengetränkte Landschaft. Das verbliebene bunte Laub war mit den Stürmen verschwunden. Jetzt waren die Bäume kahl, das Moor grau und stumpf. Der Winter kündigte sich an.

Vor ihr auf dem Tisch lag ein Zettel mit einer Telefonnummer. Der kleine Zettel war bereits abgegriffen, so oft, wie sie ihn in der Hand gehalten und angestarrt hatte. Es war die Nummer von Carl. Sie konnte sie längst auswendig. Jedoch hatte sie noch nicht den Mut gefunden, anzurufen.

Die Möglichkeit, Carl eventuell wiederzusehen, hatte sie aus dem Gleichgewicht gebracht. Das tat sie immer noch, auch wenn schon ein paar Tage vergangen waren, seit der Notar ihr davon erzählt hatte.

Noch am selben Tag war sie ins Krankenhaus gefahren, um mit Rosie zu sprechen.

»Ich dachte, es wäre gut, zu wissen, was aus Carl geworden ist«, sagte Rosie etwas kleinlaut. »Ich wollte dir nichts sagen, solange ich nicht Bescheid wusste. Es hätte ja sein können, dass er gar nicht mehr lebt. Oder noch verheiratet ist. Oder … was auch immer. Ich wollte zuerst Klarheit haben. Bevor … bevor ich dir davon erzähle.«

Hanna fühlte sich von der Situation überfordert.

»Jetzt herrscht Klarheit«, sagte sie unsicher.

»So ist es.« Ein Grinsen tauchte in Rosies Gesicht auf. »Er lebt in Frankfurt, putzmunter. Was sagst du jetzt, Hanna? Er hat nach dem Tod seiner Frau nicht wieder geheiratet.« Sie zwinkerte ihr zu. »Er ist noch zu haben.«

»Das ist nicht dein Ernst, Rosie! Du denkst doch nicht etwa, ich soll Kontakt zu ihm aufnehmen?«

»Warum denn nicht? Natürlich nehmen wir Kontakt auf. Wäre es nicht schön, sich nach all den Jahren zu sehen? Es ist doch eine Chance, sich noch einmal zu treffen. Über alles zu reden. Du willst dir das doch nicht etwa entgehen lassen?«

Hanna wanderte im Krankenzimmer auf und ab. Carl wiederzusehen war eine verstörende Vorstellung. Würde er sie überhaupt wiedererkennen? Sie war alt geworden, brauchte einen Stock zum Gehen, und ihr faltiges Gesicht war von dünnen weißen Fusseln umrahmt. Von dem, was Carl an ihr attraktiv gefunden haben mochte, war nichts übrig.

Wäre er denn noch wie früher? Wie mochte er sich verändert haben? Was hatte das Leben aus ihm gemacht? Wer wusste schon, ob sie sich überhaupt noch was zu sagen haben würden? Ob sie sich fremd geworden wären? Was, wenn Carl gar nicht an früher erinnert werden wollte?

So viele Fragen purzelten durch ihren Kopf. So viele Befürchtungen und Sorgen. Sie knetete nervös die Hände.

»Vielleicht ist es besser, die Erinnerung zu bewahren, wie sie ist, Rosie. Alles unverändert im Herzen zu behalten.«

»Du meinst, du willst dich nicht bei ihm melden?«

»Ich weiß es nicht, Rosie. Was, wenn ich damit nur das Bild zerstöre, das ich von Carl in meinem Herzen habe? Die Erinnerung an uns und unsere Liebe.«

»Fängst du schon wieder damit an, Hanna?« Rosie stemmte sich verärgert im Bett auf, soweit das ihre steifen Glieder zuließen. Sie schien wirklich wütend zu sein. »Hört das denn nie auf?«

»Ich verstehe nicht. Was meinst du?«

»Du redest dir schon wieder ein, dass aus der Sache nichts wird. Dass du nicht schön oder liebenswert genug bist. Kommt dir das nicht bekannt vor?«

»Ich meine doch nur, dass es vielleicht besser ist…«

»Hör auf, Hanna. So hast du euer Glück schon immer verhindert. Du bist lieber allein geblieben, als dich deiner Angst zu stellen.«

Rosie ließ sich ins Kissen zurücksacken. Ihre Hand zitterte. Sie war erschöpft.

»Weißt du noch, was du mir damals gesagt hast, Hanna? Dass ich dir zweimal den Mann weggenommen habe?«

»Ach, Rosie. Das war doch nicht so gemeint. Lass doch die alten Geschichten ruhen. Wir haben beide Dinge gesagt und getan, auf die wir nicht stolz sind.«

»Nein, es ist schon gut. Du hattest ja recht. Ich habe dir Carl weggenommen. Und dann auch noch Peter.«

»Ich habe auch eine Rolle dabei gespielt. Du hast es selbst gesagt. Ich hatte immer Angst davor, glücklich zu sein. Und du hast mir niemanden weggenommen. Es war deren eigene Entscheidung.«

»Ich war nicht wie du, ich hatte immer Angst vorm Alleinsein«, sagte Rosie wie zu sich selbst. »Trotzdem habe ich es nie geschafft, einen Mann an meiner Seite zu halten.«

Hanna, die durch den Raum gewandert war, ließ sich nun wieder auf den Besucherstuhl sinken. Sie nahm die Hand ihrer Schwester.

»So viele Jahre, Rosie. Es tut mir so leid, dass wir uns nicht versöhnt haben. Das hätten wir viel früher tun sollen.«

Rosie lächelte. Der alte Glanz trat wieder in ihre Augen, auch wenn sich ihre Hand erschreckend zerbrechlich anfühlte.

»Ich wünschte, ich könnte die Zeit zurückdrehen. Um deinetwillen, Rosie.«

»Wir werden ewig zusammen sein, nicht, Hanna?«, wiederholte sie, was sie sich als Kinder geschworen hatten. »Wir bleiben Freundinnen, so lange wir leben.«

»Das tun wir, Rosie. Für immer Freundinnen.«

Rosie hatte ihr angeboten, Carl für sie anzurufen. Um erst einmal herauszufinden, wie seine Situation war. Doch Hanna wollte das selbst in die Hand nehmen. Sie schrieb am selben Tag noch einen Brief, in dem sie Carl berichtete, wie sie ihn wiedergefunden hatte. Wo sie und Rosie heute lebten und was sich in den letzten Jahrzehnten zugetragen hatte. Sie wollte Carl nicht einfach mit einem Telefonanruf überfallen, nachdem sie Ewigkeiten nichts voneinander gehört hatten. Stattdessen kündigte sie ihm an, ihn anzurufen. Der Brief musste inzwischen angekommen sein, trotzdem brachte sie es nicht über sich, zum Telefon zu greifen.

Wieder nahm sie das abgegriffene Zettelchen in die Hand und studierte die Nummer. Tu es jetzt, sagte sie sich. Sie ließ sich auf ihrem Sessel am Fenster nieder und nahm das Telefon. Betrachtete die winterliche Landschaft.

Dann klingelte das Telefon plötzlich, vor Schreck ließ sie es in den Schoß fallen. Beinah rechnete sie damit, dass Carl am anderen Ende war. Doch es war Benedikts Handynummer, die auf dem Display angezeigt wurde.

»Hallo, Tante Hanna. Ich komme gerade mit Tante Rosie von der Nachuntersuchung. Wir sind gleich im Mariahilf.«

Irgendwas stimmte nicht. Seine Stimme täuschte Fröhlichkeit vor, doch er wirkte nervös und angespannt.

»Wir würden dich gern besuchen. Bist du zu Hause?«

»Ja, natürlich. Ist wirklich alles in Ordnung?«

»Tante Rosie geht es gut. Ich … es ist alles in Ordnung, wirklich. Wir sind gleich da. Rosie hat mich nur noch gebeten, Bienenstich zu besorgen.«

Hanna machte sich Sorgen. Irgendwas war im Busch.

Carls Nummer legte sie sorgsam in die Zigarrenkiste mit den alten Fotos und schob sie unter den Sessel. Dann erhob sie sich und setzte in der Küchenzeile Kaffee auf. Draußen hellte es sich weiter auf. Die Wolken verzogen sich, und das Licht der tief stehenden Sonne brachte das Land zum Leuchten.

Vielleicht könnten sie und Rosie später im Moor spazieren gehen. Sie würde einen Rollstuhl besorgen und Rosie über die gepflasterten Wege schieben. Die Weite und der unverstellte Himmel ließen den nahenden Winter spüren.

Es klopfte an ihrer Apartmenttür. Rosie und Benedikt. Rosie strahlte wie eh und je, sie lachte ihr typisches raues Lachen und schob den Rollator an Hanna vorbei ins Apartment.

Hanna betrachtete sie. Eigentlich hätte sie längst bemerken müssen, was los war. Die steife Haltung, mit der Rosie den Rollator schob. Die leicht gekrümmte Körperhaltung, die zittrigen Hände. Sie fragte sich wirklich, wieso sie nicht von allein darauf gekommen war, dass Rosie an Parkinson litt.

Benedikt, der den eingepackten Kuchen vom Bäcker trug, sah weniger fröhlich aus. Er wirkte regelrecht verstört. Blass und stumm und ängstlich. Mit steifen Bewegungen packte er den Kuchen aus und platzierte ihn auf einem Kuchenteller.

»Ich sehe, der Kaffee ist schon fertig«, flötete Rosie, die sich umständlich von ihrem Rollator auf einen Stuhl abseilte. »Wie wäre es denn mit einem kleinen Likörchen, Hanna? Du hast mir doch von diesem Holunderblütenlikör erzählt. Ich glaube, so einen könnte ich vertragen.«

Benedikt lächelte matt. Schließlich war dieser Likör eine seiner Kreationen gewesen. Eine, die sich zu einem Verkaufsschlager entwickelt hatte.

»Ich denke, wir alle könnten einen Likör vertragen«, sagte Hanna und holte die Flasche aus dem Schrank.

Sie setzten sich an den Tisch, verteilten Kaffee und Kuchen und stießen mit den Likörgläsern an. Die Atmosphäre blieb trotzdem angespannt.

Nachdem alle in Schweigen gefallen waren, gab Rosie Benedikt ziemlich auffällig einen Stoß unterm Tisch. Er atmete durch und richtete seinen Blick auf Hanna.

»Ich muss dir was sagen, Tante Hanna.«

Hanna wusste sich nicht anders zu helfen, als aufmunternd zu nicken. Sie hatte keine Ahnung, was auf sie zukommen würde.

Es wurde still. Benedikt, blass und ängstlich, starrte auf seine Schuhe. Er sah aus, als würde er gleich in Tränen ausbrechen. Was war denn hier nur los?

»Es geht um Andreas«, half Rosie. »Deinen Vater.«

»Was ist denn mit Andreas?«, fragte Hanna verwundert.

»Ich wünschte, ich wäre ehrlich zu ihm gewesen«, presste Benedikt hervor. »Er war ein toller Vater. Er … Da war immer viel Liebe. Er hat sich um mich bemüht. Hat sich Zeit genommen. Wollte, dass wir ein Team sind. Dass wir zusammenhalten. Trotzdem war immer eine Mauer zwischen uns.«

Er schluckte. Hanna fragte zaghaft nach: »Warum denn? Was war das Problem?«

Sie wusste, dass es schwierig gewesen war zwischen Andreas und seinem Sohn. Auch, dass Andreas im Prinzip ein guter Mann gewesen war. Dass er sich allerdings so sehr um seinen Sohn bemüht hatte, war ihr bislang nicht klar gewesen. Sie hatte immer gedacht, die beiden wären einfach zu verschieden gewesen, um etwas miteinander anfangen zu können.

»Diese Mauer blieb zwischen uns, weil ich nicht ehrlich war. Weil ich ihn auf Abstand gehalten habe. Ich wünschte, ich hätte mehr mit ihm gesprochen.«

Er wischte eine Träne weg. Holte tief Luft.

»Es gibt da etwas, das ich ihm über mich nie gesagt habe. Ich habe gedacht, wenn er die Wahrheit über mich weiß, wird er mich nicht mehr lieben.«

»O Benedikt…«

Hanna hätte am liebsten seine Hand genommen. Doch er war noch nicht fertig.

»Ich wünschte, ich wäre schon früher ehrlich gewesen zu dir, Tante Hanna. Denn seit Papa tot ist, bist du meine Familie. Du bist alles, was ich noch habe.«

Hanna wusste natürlich längst, was diese Wahrheit war. Sie war jedoch erschrocken darüber, wie schwer es Benedikt fiel, mit ihr darüber zu sprechen. Wie sehr ihn das offenbar gequält hat. Er konnte doch sein, was immer er war. Sie würde ihn in jedem Fall lieben. Wusste er das denn nicht?

»Seit ich vierzehn bin, weiß ich, dass ich anders bin. Ich bin schwul, Tante Hanna. Ich habe einen Freund. Er heißt Sven und lebt in Altheim. Wir sind seit acht Jahren zusammen. Keiner in Marienfehn weiß das.«

Er hatte einen Freund? So lange schon? Hanna konnte nicht mehr an sich halten. Sie nahm seine Hände und drückte sie. Strich ihm über die Wange. Benedikt zuckte vor den Berührungen zurück.

»Benedikt, ich liebe dich. Du bist ein wundervoller Junge. Ich bin so stolz auf dich. Hörst du? Du hast den besten Mann der Welt verdient. Du bist ein großartiger Destillateur. Du bist alles, was ich mir wünschen kann.«

Er konnte die Tränen nicht mehr zurückhalten. Klammerte sich an ihren Händen fest.

»Ich habe immer gedacht, dass ich keine Familie mehr habe, wenn ich die Wahrheit sage. Dass ich dich verlieren könnte. So wie ich auch meinen Vater verloren habe.«

Jetzt nahm Hanna ihn doch in den Arm. Seine Widerstände waren ihr egal. Sie wollte ihn festhalten.

»Wie konntest du so was nur denken? Du bist doch auch alles, was ich noch habe.«

Benedikts Körper bebte. Sie merkte, wie sehr er gelitten hatte. Unter dem Tod seiner Eltern, unter dem Geheimnis, das er niemandem offenbaren konnte. Benedikt schluchzte. Jedoch ließ er die Umarmung zu. Es war das erste Mal, dass er nicht davor zurückschreckte.

Sie sah auf und traf auf Rosies Blick, die Hanna zuzwinkerte. Hanna lächelte zurück. Sie begriff, dass Rosie hinter dieser Aussprache steckte.

Benedikt versprach Hanna, ihr seinen Freund so schnell wie möglich vorzustellen. Sie wollte ihn unbedingt kennenlernen. Für Hanna gehörte er schon jetzt zur Familie. Sie wollte wissen, wer dieser Junge war, in den Benedikt sich verliebt hatte.

Es wurde noch viel Likör getrunken, bevor sie sich an diesem Nachmittag trennten. Benedikt war erleichtert und glücklich gewesen. Und Hanna war wieder einmal von Rosie vor Augen geführt worden, wie wichtig es war, zu seinen Gefühlen zu stehen und die Wahrheit zu sagen.

Und als der Horizont über dem Moor feuerrot leuchtete und das Licht der Dämmerung langsam schwand, hatte endlich sie genügend Mut gesammelt, um sich ihren eigenen Gefühlen zu stellen.

Sie zog Carls Telefonnummer aus der Zigarrenkiste hervor und nahm ihr Telefon. Am anderen Ende klingelte es zwei Mal, dann wurde das Gespräch entgegengenommen.

Seine Stimme hatte sich kaum verändert. Es war wie eine Reise durch die Zeit. Hanna hätte laut auflachen können. Er war es tatsächlich. Nichts hatte sich geändert.

Es war Carl.

Kapitel 37

Sommer 1981

Kein anderer Ort strahlte so viel Ruhe, Frieden und Geborgenheit aus wie die Brennerei. Hier konnte Hanna alles andere vergessen. Einfach abschalten und in ihrer Arbeit aufgehen. Die Anlage sorgte dafür, dass immer wohlige Wärme in den alten Gemäuern herrschte. Es dampfte und gurgelte hinter Fensterchen. Kupferrohre, Glasglocken, Pumpen und Rührer waren in Betrieb, alles ging seinen Gang, um den Brand zu vollenden.

Für Hanna war die Brennerei wie ein zweites Zuhause geworden. Ein Ort, an dem sie ganz sie selbst sein konnte. Die Arbeit beruhigte sie und lenkte von den Dingen ab, über die sie nicht nachdenken wollte. Über die finanziellen Probleme, in die der Hof geraten war. Über die notwendigen Entscheidungen, die getroffen werden mussten.

Die Schulden drückten. Es stand nicht gut um den Betrieb. Seit ein paar Jahren ging der Umsatz stark zurück. Korn war bei der breiten Masse aus der Mode gekommen, man trank das Feierabendbier. Dazu übernahmen große Firmen zunehmend das Geschäft. Sie überschwemmten den Markt mit Billigalkohol. Es wurden massenhaft Korn und Weinbrand und Kräuterschnaps für die großen Discounter-Märkte hergestellt. Zu unglaublichen Dumpingpreisen. Hanna konnte da nicht mithalten. Der Flaschenpreis stimmte einfach nicht mehr. Es war unmöglich, mit Gewinn zu produzieren.

Wenn nicht bald etwas passierte, würde sie bankrottgehen, so wie viele andere kleine Brennereien in der Gegend. Doch was sollte sie tun? Wie gegen das Unvermeidliche ankämpfen?

Sie war Kornbrennerin. Das war ihr nun wichtiger als alles andere. Sie liebte diese Arbeit, die sie Teil werden ließ von den Kreisläufen in der Natur. Mit dem Säen, Wachsen und Ernten des Getreides. Mit dem Regen, dem Wind über den sandigen Böden und der Kraft der Sonne. Sie liebte es, mit Sorgfalt, Umsicht und handwerklichem Wissen einen Korn zu brennen, der den Boden und den Himmel in sich trug, der das Land als Geschmack einfing und in Alkohol konservierte. Der Teil ihrer Heimat war.

Nein. Sie durfte die Brennerei nicht aufgeben. Sie musste eine Lösung finden. Sie musste weg von der Massenproduktion. Hin zur Qualität. Sie musste sich auf das konzentrieren, was sie selbst am Brennen liebte. Es war ein Risiko, das wusste sie. Doch es blieb ihr nichts anderes übrig.

Eine Weile lauschte sie dem Rauschen und Schäumen in der Kupferkolonne. Dann umrundete sie den Koloss und wandte sich ihren Experimenten zu. Eine Reihe französischer Eichenfässer, die Hanna bei einem Cognac-Produzenten in Südfrankreich günstig hatte kaufen können, war geliefert worden und beherrschte nun den Nebenraum. Darin reifte jetzt ihr Alter Korn. Vier Jahre sollte er mindestens lagern, bevor er abgefüllt werden würde. Brooks Alter Korn.

Sie wusste, dass Korn das Image preiswerter Massenware hatte, doch ein guter Korn, das wusste sie ebenfalls, der brauchte gute Zutaten. Auserlesenes Getreide, weiches Wasser, eine Kupferkolonne und letztlich viel Zeit zum Reifen. Ein guter Korn konnte mit hochwertigem Whiskey mithalten. Man musste es nur richtig angehen.

Sie löste den Pfropfen aus einem Fass und entnahm mithilfe einer Pipette etwas Alkohol. Füllte ihn in ein Glas und roch daran. Das ganze Aroma der Heimat entfaltete sich. Sie spürte augenblicklich ein Glücksgefühl. Hier entstand etwas Besonderes. Ein gelagerter Korn, der alles übertraf, was die Feinbrennerei Brook bislang produziert hatte.

Er würde sich verkaufen. Er würde der Brennerei neues Leben einhauchen. Hanna musste einfach daran glauben. Trotz aller Probleme. Sie musste zuversichtlich bleiben.

Kapitel 38

Mit dem Stock in ihrer Hand irrte sie über die Station, doch weder in ihrem Zimmer noch im Gemeinschaftsraum war Rosie zu finden.

»Versuchen Sie es unten in der Cafeteria«, sagte eine Pflegerin. »Ich glaube, sie ist noch gar nicht vom Mittagessen zurück.«

Hanna nahm den Weg durchs Treppenhaus zum Hauptgebäude. Sie hatte kaum geschlafen in der vergangenen Nacht, gleichzeitig stand sie unter Strom. In ihrem Körper war so viel Adrenalin, dass sie keinen Schlaf brauchte.

Carl würde heute kommen. Er war bereits auf dem Weg hierher. Hanna war aufgeregt wie ein Teenager, obwohl das völliger Unsinn war. Sie brauchte Rosie, um ihre aufgekratzten Nerven zu beruhigen.

Hanna fand sie tatsächlich im Mittagsraum. Das Essen war längst abgeräumt worden, doch Rosie saß mit ihrer Clique noch beisammen und plauderte. Als sie Hanna in der Tür entdeckten, hob sich sofort die Stimmung am Tisch.

»Da ist sie ja!«, rief einer der beiden Herren aus der Gruppe, während Rosie und die ältere Dame kicherten.

»Was ist?«, fragte Hanna. »Habe ich was verpasst?«

»Nein, gar nichts. Wir haben nur gehört, dass du heute Herrenbesuch bekommst.«

»So was spricht sich schnell rum, musst du wissen. Du hast also einen Verehrer.«

»Wo hast du den her, Hanna?«, fragte die ältere Dame. »Ich hätte ja auch gern mal wieder einen. Aber mir bleiben nur die beiden alten Knacker hier.«

»Na, wo soll sie den schon herhaben?«, rief ihr Gegenüber. »Sicher über Tinder, oder?«

Wieder kicherten alle drauflos, bis Rosie mit der flachen Hand auf den Tisch schlug.

»Schluss. Hört auf.« Sie deutete mit der Hand zur Tür. »Müsst ihr nicht euren Mittagsschlaf halten? Abmarsch, Hanna und ich müssen reden.«

Es wurden noch ein paar Späße gemacht, doch schließlich machten die anderen sich auf den Weg zu ihren Stationen und ließen Rosie und Hanna allein.

Hanna nahm nervös Platz. Gern hätte sie einen Tee getrunken, doch die Küche war bereits geschlossen.

»Wann kommt Carl denn?«, fragte Rosie.

»In zwei Stunden etwa. Wenn er gut durchkommt. Ich habe es allein nicht mehr ausgehalten in meinem Apartment. Ich lauf da rum wie ein Tiger im Käfig.«

»Beruhig dich erst mal. Ich habe nämlich Neuigkeiten, die dich ablenken werden.«

»Was denn für Neuigkeiten? Von Carl?«

»Nein, vom Brennereihof. Stell dir vor. Benedikt war heute Vormittag hier.«

»Er war hier? Wieso hat er mir nicht Bescheid gesagt?«

»Er wollte dich nicht stören. Weil Carl doch heute zu Besuch kommt. Aber er hat mir gesagt – und jetzt halt dich fest –, dass Klaus ihn gebeten hat, in die Brennerei zurückzukehren.«

»Nein!«

»Wenn ich es doch sage. Er hat den Verkauf an Behrendt platzen lassen. Und braucht wieder einen guten Destillateur.«

»Klaus hat …? Aber wie ist das denn passiert?«

»Offenbar hat sich Klaus doch ins Gewissen reden lassen. Ich wusste, der Junge hat Anstand. Es braucht nur manchmal ein bisschen Zeit, bis er es merkt.«

Hanna war sprachlos. War das tatsächlich Rosies Werk?

»Astrid wollte nicht, dass Benedikt zurückkommt, stell dir vor. Aber Klaus hat sich durchgesetzt. Es hat wohl ziemlichen Krach gegeben. Astrid ist jetzt mit einem Koffer bei ihrer Mutter.«

»Das gibt's ja nicht. Woher weiß Benedikt das denn, dass sie gestritten haben?«

»Das hat ihm Bernhard Aaldering erzählt.« Sie feixte: »Wir haben noch Spione in der Brennerei. Wie es aussieht, wird er wohl seine Stelle doch nicht aufgeben und als Nachtwächter in Altheim anfangen. Zu wünschen wäre es ihm.«

»Ich kann mir nicht vorstellen, dass Astrid und Klaus sich trennen. Sie kommt bestimmt zurück. Wart es ab.«

»Wenn sie das tut, muss sie Klaus' Entscheidung akzeptieren. Und wenn sie es nicht tut, auch gut. Bei einer Scheidung hat sie nur ihre Abfindung. Die Brennerei wird das nicht gefährden.«

»Wie um alles in der Welt hast du das nur angestellt, Rosie?«

»Ich habe ein bisschen mit dem Jungen geplaudert. Als er mich im Krankenhaus besucht hat. Du weißt doch, dass wir uns immer gut verstanden haben. Er muss wohl einsichtig geworden sein.«

Hanna lachte. »Du bist unglaublich, Rosie.«

Rosie grinste mit funkelnden Augen, jedoch sackte ihr der Kopf dabei leicht zur Seite. Eine aufrechte, lockere Körperhaltung schien immer seltener sichtbar zu sein. Auch das leichte Zittern ihrer Hand erinnerte Hanna daran, was Rosie bevorstand. Wie diese tückische Krankheit ihr Leben verändern würde.

»Ich bin so froh, dass wir uns wiedergefunden haben, Rosie.«

»Das bin ich auch, Hanna. Glaub mir.«

Hanna nahm die Hand ihrer Schwester. Das Zittern hörte augenblicklich auf. Ihr ganzer Körper schien zur Ruhe zu kommen.

»Ich habe über unsere Alten-WG nachgedacht«, meinte Hanna und gab sich dabei gut gelaunt. »Ich denke wirklich, wir sollten das angehen. Mir wäre ja Marienfehn am liebsten. Aber wenn wir da nichts Passendes finden, können wir auch nach Altheim ziehen. Was meinst du?«

Rosies Blick war unergründlich. Ahnte sie, dass Hanna über ihre Krankheit Bescheid wusste? Dass Rosie das Mariahilf nicht mehr würde verlassen können, ganz gleich, wie sehr sie es sich wünschte? Dass sie auf die Pflege in dieser Einrichtung angewiesen war, wenn ihre Krankheit sich verschlechtern würde?

»Marienfehn hört sich gut an«, sagte Rosie.

»Das finde ich auch. Wir brauchen nur eine Wohnung, die im Parterre liegt. Den Rest baut uns Benedikt barrierefrei um. Er ist ein talentierter Junge, du wirst sehen. Wir müssen unbedingt den Immobilienteil im Auge behalten. Wenn wir mitten im Ort sind, können wir zu Fuß einkaufen gehen. Außerdem trifft man immer mal jemanden auf der Straße, mit dem man plaudern kann.«

»Wenn wir eine Wohnung in Marienfehn mieten, dann muss die aber ein großes Wohnzimmer haben. Das wird unser Salon, Hanna. Damit wir Partys geben können.«

»Wir richten das ein wie das Tanzlokal in Altheim, damals in den Fünfzigern. Das wird ein Spaß!«

Eine Weile phantasierten sie über ihre gemeinsame Wohnung, dann schien Rosie müde zu werden. Ihr fehlte der Mittagsschlaf.

Hanna brachte ihre Schwester auf ihre Station, dann kehrte sie zurück in ihr Apartment. Es war alles für Carls Ankunft vorbereitet. Sie bekam feuchte Hände. Die Aufregung wurde immer größer.

Vor dem Fenster ließ sie sich in den Sessel sinken. Das Moor lag wie eingefroren unter einem stahlgrauen Himmel. Es hatte Frost gegeben in der vergangenen Nacht, und das Wollgras stand starr von Raureif überzogen. Sie blickte auf die Uhr.

Nun machte sich doch die Müdigkeit bemerkbar. Sie nickte kurz ein. Träumte von der Brennerei. Warmes Sonnenlicht fiel durch die Sprossenfenster herein. Die Maische gor im Kessel, und ein wunderbares Aroma von Malz und Sommerweizen erfüllte den Raum.

In ihrem Traum hatte Hanna keine Schmerzen, nicht einmal in der Hüfte. Sie sah an ihren Armen herab. Sie waren jung und kräftig. Als wäre seit damals keine Zeit vergangen. Eine Hupe trötete auf dem Hof vor der Brennerei. Sie trat vor die Tür. Es war Carl in seinem Cabriolet, dem Opel Olympia. Auf seinem blonden Schopf war ein schief sitzender Hut, in seinem Gesicht ein schelmisches Grinsen. Auch ihm hatte die Zeit nichts anhaben können.

Er ergriff ihre Hände. In seinem Blick lag ein Hauch von Traurigkeit. Dann kam er näher, und die Welt hörte auf, sich zu drehen. Er küsste sie. War Hanna jemals so glücklich gewesen?

»Du bist gekommen, um mich zu besuchen, Carl. Du hast mir gefehlt.«

»Nein. Ich bin gekommen, um dich mitzunehmen. Ich hoffe, du hast deinen Koffer gepackt.«

Mitnehmen? Wohin denn? Jetzt fiel es ihr wieder ein. Sie würden nach Frankfurt gehen. Hanna hatte Arbeit bei einer Zeitung. Sie würden zusammen sein. Ihren Traum leben.

Sie lachte wie ein junges Mädchen. Stieg in das klapprige Cabriolet, warf die Tür hinter sich zu. Der Wind fuhr durch ihre Haare, Carls Hand umfasste die ihre, sein Lächeln war voller Zärtlichkeit.

»Kann es losgehen?«, fragte er.

Sie blickte zurück auf die Brennerei. Jetzt war es so weit. Ohne Bedauern sagte sie: »Ja. Es kann losgehen.«

Sie war allein, als sie erwachte. Es war still in ihrem Apartment, von nirgendwo drang ein Geräusch zu ihr. Sie schaute ins einsame frostige Moor hinaus. Was für ein sonderbarer Traum.

Wollte sie sich wirklich mit Carl treffen? Sie hatten ihr Leben gelebt. Wenn sie Rosies heimtückische Krankheit bedachte, wurde ihr klar, dass ihnen nicht mehr viel bevorstand. Ein paar Jahre vielleicht, und wer wusste schon, wie es ihnen gesundheitlich ergehen würde. War es nicht längst viel zu spät für ihre Liebe?

Draußen in der froststarren Natur war eine Bewegung. Ein Fuchs glitt durch die Hainbuchen an der Kapelle, blieb stehen, schaute auf. Ihre Blicke trafen sich. Hanna hielt den Atem an. Es war ein sonderbarer Moment der Erhabenheit. Würdevoll trat der Fuchs weiter vor, ohne Hanna aus den Augen zu lassen. Doch dann, ohne Vorwarnung, verschwand er mit einer einzigen eleganten Bewegung durch die Hecke. War zurück im Moor und aus ihrem Sichtfeld.

In der Natur gab es nur zwei Zeiten, die eine Rolle spielten. Eigentlich hatte sie das auf dem Brennereihof gelernt. Es gab das Jetzt und die Ewigkeit. Es gab nur den Moment, in dem sie lebten, und das ewige Werden und Vergehen.

Hanna durfte nicht zu sehr an die Zukunft denken. Weder an Rosies Krankheit noch an ihr Alter. Das Hier und Jetzt zählte. Der Augenblick war es, auf den es ankam.

Und so lautete die einzige Frage, die noch von Bedeutung war, das verstand sie endlich, ob sie bereit war für die Liebe.

Es klopfte an der Tür. Carl.

Sie strich sich den Rock glatt, räusperte sich, stand auf. Ihr Herzschlag beruhigte sich, alle Zweifel fielen von ihr ab.

»Ich bin bereit«, sagte sie zu sich.

Dann ging sie zur Tür und öffnete.

Hanna erkannte ihn sofort. Er war alt geworden, natürlich. Doch seine Augen waren unverändert. Er blickte sie an wie der kleine Junge in den kurzen Hosen, der damals auf ihrem Hof aufgetaucht war und dem sie ihre Murmel hatte zeigen wollen.

Die Grenzen der Zeit lösten sich auf, sie hatten keine Bedeutung mehr. Sie waren einundachtzig, und gleichzeitig waren sie fünf. Sie waren Teenager und verliebte Studenten, waren Kinder und Erwachsene und heimliche Liebhaber in einem Hotel in Altheim.

Hanna glaubte sich umgeben von offenen Fenstern in die Vergangenheit, sie konnte einfach hindurchsteigen. Ihr gesamtes gemeinsames und getrenntes Leben entfaltete sich zwischen ihnen.

»Hanna.«

Seine Stimme klang warm und voller Zuneigung.

Es gab so viel zu sagen. Sie wusste gar nicht, wo sie anfangen sollte. Wieso hatte sie Angst vor diesem Moment gehabt? Wieso hatte sie ihr Leben nie furchtlos in die Hand genommen?

»Carl.«

Sie legten die Stirn aneinander, fassten sich an den Händen, schlossen die Augen. Es brauchte keine Worte, verstand sie. Sie waren vereint. Am Ende ihres Lebens gab es nichts mehr, auf das sie Rücksicht nehmen mussten. Keine Hindernisse mehr.

Eine Weile sprachen sie über seine Anreise, über das Mariahilf, die Kapelle im Moor, über Marienfehn und darüber, was aus ihrer Jugend verschwunden war. Carl stand noch immer im Mantel in der Tür, und als wären sie dafür verabredet gewesen, nahm auch Hanna ihren Mantel, zog ihn über und folgte Carl hinaus.

Sie steuerten das Moor an. Den Ort ihrer heimlichen Treffen, ihr Refugium, die Gegenwelt, in der sie schon immer vor ihren

Eltern und dem realen Leben in Sicherheit waren. Den Ort, an dem sie sich erstmals geliebt und den sie überallhin in ihrem Herzen mitgenommen hatten.

Die Wintersonne brach aus den Wolken hervor, als sie über den Bohlenweg durch den Bruchwald spazierten. Frost und Raureif glitzerten in der tief stehenden Sonne, dünnes Eis überzog die Ränder der Wasserflächen, und starres Gras ragte eingefroren heraus. Über ihnen der einsame Ruf eines Vogels.

Am Rande des Moors blieben sie stehen und schauten. Hielten einander fest und atmeten die klare und eisige Luft ein. Da bemerkte Hanna den Fuchs, den sie von ihrem Fenster aus gesehen hatte. Er blickte kurz auf, dann verschwand er im Gestrüpp. Hanna sah ihm nach und lächelte.

Ich bin bereit, dachte sie und legte ihren Kopf an Carls Schulter.

Rebekka Eder
Die Schokoladenfabrik - Die Tochter des Apothekers
Roman
614 Seiten. Klappenbroschur
ISBN 978-3-7466-1488-5

Bonbons, Liebe und Revolution

Köln, 1838: Anna Sophia liebt es, ihrem Vater in der Apotheke zu helfen. Stolz ist sie auch auf ihre eigene Kreation: köstliche Hustenbonbons. Als der Apothekergeselle August um ihre Hand anhält, blickt sie einer sicheren Zukunft entgegen. Doch plötzlich wird ihr Vater krank. Die Ärzte scheinen ihm nicht helfen zu können, und ausgerechnet August gerät unter Verdacht, ihrem Vater schaden zu wollen, um die Apotheke an sich zu reißen. Währenddessen kehrt Franz Stollwerck, der Sohn des Krämers, nach Jahren der Wanderschaft in die Stadt zurück. Er ist schon seit Kindertagen in Anna Sophia verliebt, und auch sie hat nie aufgehört an ihn zu denken. Als er ihr einen Heiratsantrag macht, steht Anna Sophia vor einer schwierigen Entscheidung.
Inspiriert von einer wahren Geschichte: Der große Auftakt einer farbenprächtigen Saga über die Kölner Familie Stollwerck und den Aufstieg ihres berühmten Schokoladenimperiums.

»Ein wundervolles Buch voller Sprachpoesie und Spannung.« Miriam Georg, Autorin von »Elbleuchten«

Regelmäßige Informationen erhalten Sie über unseren Newsletter.
Jetzt anmelden unter: www.aufbau-verlage.de/newsletter

atb aufbau taschenbuch